Opinie czytelniczek
debiutanckiej ksią.......... rowskiej

Opowieść o miłości wbrew wszystkiemu i wszystkim. Nie mogłam się od niej oderwać.
Nie mogę o niej zapomnieć.
Beata Tyszkiewicz

Wciąga bez reszty i pozwala zapomnieć o problemach.
Kyou, papierowemiasta.blogspot.com

Intryguje od pierwszych stron. Bardzo możliwe,
że przenosząc się do Różanego Gaju, przegapicie swój przystanek!
Martyna Sitniewska, ksiazkowy-blog.blogspot.com

Czytając, można poczuć zapachy pysznego jedzenia, wiosny i lata,
tych wszystkich róż, usłyszeć śpiew ptaków i niezwykłą grę Tomasza.
Miałam ochotę przenieść się w ten cudowny świat.
Agnieszka, zaczytane-zwariowane.blogspot.com

Książka, którą warto przeczytać, aby uwierzyć, że zawsze można zacząć wszystko
od początku, jeśli tylko otworzymy się na to, co przygotowało dla nas życie.
Anna Kucharska, annakucharska-autorka.blogspot.com

Idealna pozycja na wieczorne chwile relaksu przy dobrej herbacie. Po ciężkim dniu
w pracy miło jest oderwać się od codziennych problemów i wraz z bohaterką przenieść się
do cudownego, swojskiego Różanego Gaju, by móc poznawać kolejne losy Łucji.
marciamadness.blogspot.com

Bardzo łatwo jest polubić główną bohaterkę, a fabuła książki mnie oczarowała.
Szybko się ją czyta, akcja nie pozwala na nudę. Książka godna polecenia.
czytajsercem2.blogspot.com

Książka przypomniała mi, że zawsze trzeba mieć nadzieję, ale również to,
że wszystko dzieje się nie bez przyczyny.
Katarzyna, recenzjapisanaemocjami.blogspot.com

Moją pierwszą myślą po przeczytaniu książki, którą pochłonęłam jednym tchem, było
„dlaczego to już koniec?". Książka ma niesamowitą moc przyciągania, nawet po jej
odłoże... co może być dalej.
., lubimyczytac.pl

Marzenie Lucji

DOROTA GĄSIOROWSKA

Marzenie Łucji

między
słowami

ISBN 978-83-240-3517-5

Między Słowami
ul. Kościuszki 37, 30-105 Kraków
E-mail: promocja@miedzy.slowami.pl
Dział sprzedaży: tel. 12 61 99 569

Wydanie I, Kraków 2015
Druk: Abedik

Ciepłe nocne powietrze dotykało rozgrzanej skóry Łucji, kiedy przemykała jedną z parkowych alejek. Było bardzo ciemno. Nic nie widziała, ale wydeptane ścieżki znała niemal na pamięć. Odkąd zamieszkała w osiemnastowiecznym pałacu Kreiwetsów razem ze swoim ukochanym Tomaszem i jego córką Anią, stary park stał się jej bardzo bliski. Półtora roku wcześniej przyjechała do Różanego Gaju, małej podkarpackiej miejscowości. Nie przypuszczała wówczas, że stanie się ona jej miejscem na ziemi.

– Cóż, życie pisze nieoczekiwane scenariusze – szepnęła i szczelniej otuliła się szlafrokiem.

Już trzy miesiące mieszkali w pałacu, ale niestety prace renowacyjne jeszcze się nie skończyły. Na parterze za kilka miesięcy miała powstać szkoła dla utalentowanych artystycznie dzieci. Tomasz wciąż załatwiał w związku z tym różne formalności i czekał na przyznanie dotacji. Dlatego parter nadal był pusty. Pierwsze piętro zagospodarowali na swój użytek.

Łucja szła przed siebie. Nagle potknęła się o niewielki kamyk. Przystanęła i odwróciła się w stronę pałacu. Wszystkie okna były ciemne. Tego dnia wyjątkowo wcześnie udała się do swojego pokoju, a i Tomasz położył się w ich wspólnym łóżku, nim nastał zmierzch. Jego walizka stała już spakowana obok gładkiej szafy weneckiej w sypialni. Nie chciała na nią patrzeć, ale jej wzrok wciąż lądował na ciemnobrązowej śliskiej powierzchni. Tej nocy nie mogła spać. Ciągle myślała o wyjeździe ukochanego. Nie mogła tego zaakceptować, choć wiążąc się z Tomaszem, zdawała sobie sprawę, że częste podróże będą zapewne wpisane w jego życie. Tomasz był światowej klasy pianistą i wielbiciele jego talentu często się o niego upominali.

Znowu odwróciła się w stronę gęstej czerni parku. Poczuła znajomy zapach. Jeszcze głębiej wciągnęła w płuca powietrze i uśmiechnęła się. To nie była woń róż, choć tych wokół było najwięcej. Różane pąki dopiero nabrzmiewały, by za kilkanaście dni otworzyć swoje pergaminowe wnętrza. Słodki zapach z każdą chwilą stawał się bardziej wyrazisty.

Po chwili stanęła przy niewielkiej ławeczce, teraz prawie całkowicie zatopionej w bujnej zieleni jaśminowca. Łucja usiadła na ławce i wtuliła twarz w najbliższą gałązkę. Zamknęła powieki i odchyliła głowę do tyłu. Lubiła to miejsce. Często tutaj przychodziła. Czasem zabierała ze sobą książkę albo filiżankę ulubionej herbaty. W tym miejscu łatwo zbierała myśli. A tej nocy były wyjątkowo wzburzone.

Nocną ciszę przeszył niewyraźny szmer. Uniosła głowę i popatrzyła przed siebie w czarny, zastygły pejzaż. Ktoś był w ogrodzie. Słyszała odgłos kroków na drobnych kamykach oddzielających pałacowy podjazd od granicy parku. Potem kroki ucichły, a do uszu Łucji dotarł jedynie szelest lekko kołyszącej się trawy. Po chwili na ciemnej dróżce zobaczyła niewyraźną postać, która podążała w jej stronę. Przesunęła się na środek ławki.

– Wiedziałem, że cię tu znajdę. – Tomasz zbliżył się do Łucji i usiadł obok.

Nie odezwała się, tylko pochyliła głowę, wpatrując się w czubki pantofli. Nawet nie pofatygowała się, by zmienić obuwie.

– O co chodzi? – spytał po chwili, nie uzyskawszy odpowiedzi.

Głęboko nabrała powietrza w płuca, ale nadal milczała.

– Kochanie, wiesz, że ja też najchętniej zostałbym tutaj z tobą i Anią. Ale… to przecież tylko miesiąc, szybko zleci. – Dotknął jej włosów i odgarnął je do tyłu.

– Wiem, ale… to nie tak miało wyglądać. – Odważyła się powiedzieć to, co już od kilkunastu dni cisnęło jej się na usta.

Przyjrzała mu się wnikliwiej, starając się w gęstej czerni nocy dostrzec ciepłe, dobrze znajome oczy.

– Łucjo… – Tomasz był zmieszany. Słyszała to w jego głosie, czuła w dotyku dłoni, którymi gładził jej kark. – Gdybym wiedział, że tak będziesz cierpieć, zrezygnowałbym z tego tournée. Myślałem…

– Daj spokój, to tylko miesiąc. – Łucja starała się uśmiechnąć. – Szybko do nas wrócisz. Do połowy czerwca mam jeszcze dużo zajęć w szkole, a Ania jest już po egzaminach.

– No właśnie, zostawiam cię z tym wszystkim samą. Moja córka kończy szóstą klasę. Powinienem być razem z wami. Zwłaszcza że tak niedawno straciła matkę.

Tomasz zamilkł. Łucja też nie odzywała się przez dłuższą chwilę.

W jego słowach było sporo racji. Mama Ani, Ewa, rok wcześniej zmarła na nowotwór, a Tomasz pojawił się w życiu dziecka zupełnie niespodziewanie. Dziewczynka nie znała go wcześniej.

Dopiero po jej śmierci za sprawą Łucji ta dwójka się odnalazła. Ania bardzo pokochała swojego ojca i podobnie jak Łucja nie znosiła się z nim rozstawać. Obie jednak wiedziały, że nie mogą ograniczać Tomasza. Ania rozumiała to, tym bardziej że sama miała talent pianistyczny, który teraz z wielką pasją mogła realizować. Łucja natomiast spełniała się jako nauczycielka historii w szkole podstawowej w Różanym Gaju.

Kiedy pewnego zimowego dnia przyjechała do tej niewielkiej wioski z Wrocławia, zostawiając za sobą niby poukładane, smutne życie i nieudane małżeństwo, nie sądziła, że czeka ją jeszcze coś miłego. Stało się jednak inaczej. Poznała mamę Ani, która umierając, poprosiła, by zaopiekowała się córką. To wydarzenie całkowicie zmieniło jej życie, bo zaraz po pojawieniu się w nim Ani zjawił się również Tomasz, jej ojciec.

– Tomasz. – Łucja położyła głowę na jego ramieniu. Tak bardzo lubiła wtulać twarz w jego jasne, sięgające niemal ramion włosy.

W tej fryzurze wyglądał jak niepokorny nastolatek, a promienny uśmiech, który prawie nigdy nie znikał z jego twarzy oraz duże niebieskie oczy patrzące na świat z dziecięcą naiwnością sprawiały, że wyglądał na nie więcej niż trzydzieści lat, a nie czterdzieści dwa, ile pokazywała jego metryka.

– Łucjo, powiedz mi, o co ci tak naprawdę chodzi? – Tomasz ujął jej twarz w dłonie i przybliżył do swojej.

Poczuła anyżowo-miętowy zapach pasty do zębów. Nie wiedziała, co odpowiedzieć. Nie chciała, żeby wyjechał właśnie teraz, gdy wszyscy troje dopiero co zamieszkali razem. Wcześniej, gdy jeszcze w pałacu trwały większe prace remontowe, Tomasz z Anią mieszkali w rodzinnym domu dziewczynki. Łucja natomiast wynajmowała pokój u emerytowanej nauczycielki, pani Matyldy, u której zamieszkała zaraz po przyjeździe do Różanego Gaju.

Ale przecież teraz było inaczej. Bo teraz codziennie budziła się u boku Tomasza, a zanim zdążyła spojrzeć w lustro starej szafy stojącej w ich sypialni, swoją szczęśliwą twarz widziała w jego jasnych oczach. Wszyscy troje byli tak blisko siebie. Ona, Tomasz i Ania.

Po śmierci Ewy Ania pokochała Łucję niemal jak rodzoną matkę. Nauczycielka nie miała własnych dzieci, dlatego z taką ochotą oddała serce Ani. Teraz już nie wyobrażała sobie życia bez tej dziewczynki i oczywiście bez jej ojca, Tomasza.

– Tomku… ja się boję, że jak wyjedziesz, to wszystko się zmieni. – Popatrzyła muzykowi prosto w oczy.

Naprawdę się tego bała. Od kilku tygodni prześladowało ją dziwne przeczucie. Panicznie bała się rozstania, które jednak wydawało się nieuniknione.

– Kochanie, ale co się może zmienić? – Odgarnął z jej czoła kosmyk włosów.

Sięgające karku włosy Łucji były czarne jak noc, która ich otaczała. Takie też były jej oczy. Ciemne i duże, otoczone wachlarzem gęstych rzęs, teraz zroszonych smutkiem, którego ich właścicielka nie potrafiła ukryć.

– Ty płaczesz? – Tomasz dotknął opuszkami palców jej powiek.

– Nie. – Jeszcze starała się udawać, ale straciła kontrolę i wybuchła płaczem. – Tak, płaczę. – Spojrzała na Tomasza, tym razem przez gruby filtr łez. – Możesz mnie uznać za wariatkę, ale wiem, że jak wrócisz, to… – Poczuła, że słowa uwięzły jej w gardle.

– To co? – Tomasz się zaniepokoił.

Łucja cofnęła się i oparła o chłodną ławkę. Długo nie odpowiadała, tylko uważnie przyglądała się mężczyźnie. Po chwili jednak odważyła się powtórzyć to, co wciąż nie dawało jej spokoju.

– Tomku, boję się, że po twoim powrocie już nic nie będzie takie jak przedtem.

Przygarnął ją do siebie. Nie mógł tego słuchać. Żałował, że zgodził się na te występy. Ale miał we Włoszech wielu znajomych. Mieszkał tam wiele lat. Uwielbiano go. Nie mógł tak nagle porzucić tego, co robił przez całe życie.

Zanim poznał Łucję i odnalazł Anię, muzyka była całym jego życiem. Poświęcił się jej. Uwiodła go. To właściwie z powodu muzyki nie ułożył się jego związek z Ewą, mamą Ani. Ale potrzebował muzyki, by żyć. Musiał grać, musiał tworzyć. Inaczej nie potrafił. Nie chciał. Mimo że najbardziej na świecie kochał Łucję i Anię, nie był w stanie całkowicie zrezygnować z dawnego życia.

– Kochanie, wracajmy do łóżka. Jest już dobrze po północy. – Tomasz wstał i złapał Łucję za rękę.

– Tak, masz rację, jest już naprawdę bardzo późno. Przecież o szóstej musisz być na dworcu. Pociąg nie będzie na ciebie czekał.

Łucja odeszła kilka kroków i stanęła na szerokiej ścieżce prowadzącej prosto do frontowych drzwi pałacu. Uciekała przed Tomaszem. Szukała jego bliskości, a jednocześnie się odgradzała. Tomasz czuł to. Tak było przez kilka ostatnich dni. Od tygodnia nie rozmawiali o wyjeździe. Był to drażliwy temat. Po paru chwilach znaleźli się w pałacu. Nie wracali do wcześniejszej rozmowy. Gdy położyli się w ich wspólnym łóżku, Łucja wtuliła się w ciepłe ramiona Tomasza, by jeszcze raz poczuć jego zapach, który miał wystarczyć jej na chłodne, naznaczone tęsknotą dni rozłąki.

Następnego dnia obudziła się o siódmej rano. Tomasza już nie było. Jego połowa łóżka była równo zaścielona, choć na jasnobeżowej poduszce oczami wyobraźni nadal widziała ślad jego twarzy. Czuła się zawiedziona, że wyszedł bez pożegnania, choć tak się umawiali, tak było łatwiej. Pożegnali się przecież dużo wcześniej. Wspólna kolacja, spacer i mnóstwo czułych słów. Choć te właściwe, najwłaściwsze, Łucja nadal trzymała w sobie.

Wstała i podeszła do okna. Było lekko uchylone. Otworzyła je szerzej. Do wnętrza wtargnęło poranne, jeszcze chłodne powietrze. Tomasz był już w drodze do Warszawy. W południe miał samolot do Mediolanu. To właśnie tam rozpoczynał tournée.

Cieszyła się jego szczęściem. Wiedziała, z jaką pasją tworzył i grał. Nie miała zamiaru go ograniczać. Cały czas czuła jednak w sobie niepokój, który sprawiał, że niemal traciła zmysły.

– Dość tego! – powiedziała do siebie i zatrzasnęła okno. Potem popatrzyła na zegar. Było już po siódmej. Wyszła do holu. Otoczyła ją cisza. Ania prawdopodobnie wciąż spała. Łucja podeszła pod pokój dziewczynki, żeby ją obudzić. Jednak cofnęła się i nacisnęła klamkę drzwi znajdujących się obok. Potem weszła do środka. Pomieszczenie w zasadzie było puste. Na samym środku stał tylko czarny, lśniący fortepian, ulubiony instrument Tomasza. Sprowadził go tutaj prosto z Florencji, gdzie mieszkał przez ostatnie kilka lat. Teraz jego ulubiony Bechstein stał opuszczony i smutny, tak jak kobieta, która właśnie dotykała jego klawiszy.

Łucja gładziła je z czułością, w taki sam sposób, jak czynił to Tomasz. Uderzyła w kilka klawiszy. Przez jeszcze uśpione ściany pokoju przetoczyło się kilka wysokich dźwięków. Zamknęła klapę fortepianu. Tomasz widocznie żegnał się ze swoim ukochanym instrumentem i zapomniał tego zrobić.

Usłyszała w holu stukot kroków, a w chwilę później w uchylonych drzwiach zobaczyła rozczochraną głowę Ani.

– Łucjo, co tu robisz? Uczysz się grać na fortepianie? – Ania miała rozbawioną minę, choć na dnie jej niebieskich oczu kobieta dostrzegła smutek.

Łucja doskonale wiedziała, jak trudno przyszło jej rozstać się z ojcem. Zwłaszcza że przez ostatni rok byli nierozłączni. Łucja zmilczała to pytanie, popatrzyła tylko na Anię, zastanawiając się, co też powinna jej powiedzieć. Dziewczynka ją jednak ubiegła.

– Chyba czas już się zbierać do szkoły. Masz pierwszą lekcję w naszej klasie, a u nas wszyscy są punktualni. Poza tym nie wypada, żeby najlepsza nauczycielka w szkole się spóźniła. Nie chcesz chyba spaść w rankingu, hm? – Chwilę później Ania już stała przy Łucji i mocno się przytulała.

Łucja nie pozostała obojętna na czułe gesty dziewczynki. Objęła ją i poczochrała po włosach.

– W takim razie zmykajmy, muszę jeszcze przygotować kanapki.

Nieco później siedziały przy kuchennym stole, gdzie Ania pałaszowała ciepły tost, a Łucja zawijała w papier dwie świeże bułki.

Kuchnię urządzili na piętrze. Była duża i przestronna. Miała aż trzy dwuskrzydłowe okna. Chcąc zachować pałacowy klimat, oboje z Tomaszem zdecydowali, że zaaranżują ją w starym stylu. Ciemnoorzechowe drewniane meble poprzecinane gdzieniegdzie pasmami rudej cegły doskonale się prezentowały na tle oranżowych ścian, nadając całemu pomieszczeniu przytulny charakter. Na środku stał duży sześcioosobowy stół nakryty obrusem wydzierganym przez panią Matyldę. Starsza kobieta podarowała go

nauczycielce w prezencie. Teraz Łucja bardzo uważała, by broń
Boże go nie poplamić. Dlatego w czasie posiłków nakrywała
obrus gustownymi nakładkami, malowanymi w kolorowe ptaki.

– No, szybko! Zbieramy się! – powiedziała Łucja.

Dziewczynka przełknęła jedzenie i głośno ziewnęła, zakry-
wając ręką usta.

– Nie wyspałaś się? – Łucja popatrzyła na nią uważnie.

Ania milczała. Na chwilę odwróciła głowę w stronę kredensu.
Zaraz jednak spojrzała na Łucję.

– Źle spałam tej nocy. Słyszałam, jak tata rano odjeżdżał. –
Ania wyraźnie posmutniała.

Łucja przemilczała słowa małej. Cały czas jednak nie spuszczała z niej oczu. Ania była bardzo podobna do ojca. Mieli taki
sam kolor włosów. Takie same duże modre oczy. Pełne usta roz-
chylały się w figlarnym uśmiechu.

Gdy Łucja poznała Anię ponad półtora roku temu, dziewczynka rzadko się uśmiechała. Teraz jej buzia promieniała. Ania była
radosną nastolatką. Już od kilkunastu miesięcy uczyła się grać na
fortepianie. Wcześniej lekcji udzielała jej Antonina, córka pani Matyldy. Później do grona jej nauczycieli dołączył ojciec, Tomasz. Od
września Ania uczęszczała też do szkoły muzycznej pierwszego
stopnia. Szkoła mieściła się w Waligórze, niewielkiej miejscowości
znajdującej się w pobliżu Różanego Gaju. Na zajęcia dziewczynkę
zawoziła Łucja. Teraz, odkąd wspólnie z Tomaszem kupili jeepa
wranglera, mogli się swobodnie przemieszczać pomiędzy stojącym na skraju wsi pałacem Kreiwetsów a centrum miejscowości.

Do szkoły jednak Łucja z Anią nadal chadzały piechotą. Lubiły swoje towarzystwo, kilkanaście minut wędrówki okraszone
babskimi pogaduszkami.

– A co będzie, jak… – Ania nie dokończyła. Spojrzała jednak na Łucję w taki sposób, że ta poczuła dreszcze.

– Aniu, czy chcesz mi coś powiedzieć?

Ania, która zazwyczaj miała bladą cerę, teraz poczerwieniała.

– Co będzie, jeśli po powrocie taty wszystko się zmieni? – zapytała.

Łucja poczuła suchość w gardle.

– Dlaczego nieobecność twojego taty miałaby cokolwiek zmienić? – Łucja odezwała się cicho, drżącymi wargami.

– Boję się, że coś się może wydarzyć – rzekła Ania ze smutkiem.

Łucja poczuła na swoim ciele nieprzyjemny dotyk lodowatego powietrza.

– Aniu, nie opowiadaj głupstw. Tata wróci do nas za miesiąc i znów będzie wszystko tak jak do tej pory.

Łucja odwróciła się do Ani plecami, udając, że zbiera ze stołu resztki jedzenia. Nie chciała, żeby dziewczynka zobaczyła w jej oczach lęk. Taki sam, jaki Ania miała wypisany na twarzy. Ona też się bała. Obie uwierzyły, że udało im się wspólnie stworzyć prawdziwe szczęście. Ale co, jeżeli to szczęście miałoby runąć? Jeśli okazałoby się tylko kruchą, ulotną chwilą i odeszło wraz z powiewem ostatniego letniego wiatru?

– Aniu, naprawdę powinnyśmy już wyjść. – Łucja postanowiła radykalnie zakończyć rozmowę.

Potem stanęła z boku stołu i kątem oka obserwowała dziewczynkę. Ania podniosła się z krzesła i ociągając się, ruszyła do drzwi.

– Tylko się spakuję. Zaczekaj na mnie przy gryfie.

– Dobrze. – Łucja starała się uśmiechnąć, widząc wysiłki Ani, która pragnęła stworzyć pozory, że ten poranek jest taki sam jak pozostałe.

Był jednak inny, bo brakowało Tomasza. Nie było wspólnego śniadania i wspólnego planu, jak spędzić do końca dzień, który dopiero się rozpoczynał.

Łucja wyszła na zewnątrz. Ania czekała już przy potężnym kamiennym gryfie, jednym z dwóch stojących przy wejściu na szerokie schody, które prowadziły do drzwi wejściowych. Odkąd zamieszkały w pałacu, przed wyjściem do szkoły spotykały się w tym miejscu. Kiedy Tomasz wszedł w jego posiadanie, co wiązało się z mnóstwem wyrzeczeń, remontem i wieloma niewygodami, Łucja z Anią pokochały to miejsce jeszcze bardziej. Pałac Kreiwetsów był słynny w całej okolicy. Osiemnastowieczny niewielki budynek o ciekawej bryle architektonicznej, z dwiema wieżami w narożach, właściwie zachował się w dość dobrym stanie. Niestety przez długie lata nie mieszkał w nim nikt, kto mógłby zadbać o stare mury i przypomnieć lata świetności. Prawowici właściciele zostali po wojnie zmuszeni do opuszczenia swoich dóbr i emigracji. Potem pałac wraz z kilkuhektarowym parkiem przejęło państwo. Właścicielom udało się w końcu odzyskać swój majątek, ale niestety nie byli już w stanie przywrócić mu dawnej świetności. Sprzedali go. Dzięki splotowi różnych okoliczności pałac trafił w ręce Tomasza.

Drogę do szkoły pokonały dość szybko. Zazwyczaj zajmowało im to nieco więcej czasu, ale dzisiaj pędziły przed siebie razem z porannym wiatrem, który muskał ich plecy i leciutko popychał do przodu.

Szły wydeptaną ścieżką wśród szczerych pól. Okolica była dzika, ale piękna. Pałac Kreiwetsów stał na obrzeżach wioski. Aby do niego dojść, trzeba było pokonać spory kawałek wśród malowniczych łąk i mnóstwo splątanych ze sobą wiejskich dróżek. Jeszcze zanim przeniosły się do starej rezydencji, często tędy chadzały. Rodzinny dom Ani, w którym mieszkała z matką, także stał na krańcu wsi, obie z Łucją doskonale więc znały drogę.

Łucja przez pewien czas mieszkała z Anią w domu jej zmarłej matki, a przed śmiercią Ewy była w nim częstym gościem. Teraz jednak w dawnym domu Ani zamieszkała córka ich najbliższej sąsiadki, przejmując nad nim opiekę.

Pogoda była ładna. Słońce już od wczesnych godzin porannych ogrzewało rozszalałą przyrodę i dachy domów. W zagrodach leniwie przechadzały się krowy. Przez grubą drucianą siatkę stadko gęsi kąśliwie wyciągało w ich stronę rozdziawione dzioby. Ot, wydawałoby się, dzień jak co dzień. Leniwy poranek z zapachem obsychającej ziemi i cichego szemrania trawy.

Ania i Łucja wiedziały jednak, że ten dzień jest inny. Niby taki sam jak poprzednie, a jednak oderwany od znajomej powtarzalności. W szkole też niby wszystko było jak zazwyczaj. Nic się przecież od wczoraj nie zmieniło. Rozjaśniona słońcem cytrynowa elewacja widniała już z odległości kilkunastu metrów. Gdyby nie otaczające pałac drzewa, teraz porośnięte majowymi, soczystymi liśćmi, można by go już dostrzec od strony przydrożnego krzyża, który stał w polu i stanowił pewnego rodzaju drogowskaz. Obie codziennie go mijały. Od momentu przyjazdu Łucji do Różanego Gaju w szkole nic się nie zmieniło. Ta sama pani dyrektor, Lucyna Zielna, każdego dnia witała ją serdecznym uśmiechem w pokoju nauczycielskim. Z pozostałymi nauczycielami od początku nawiązała bardzo dobre relacje.

W klasie szóstej, do której uczęszczała Ania, Łucja tego dnia prowadziła dwie pierwsze lekcje. Potem kolejne godziny w klasie czwartej i piątej. Na koniec dyżur w szkolnej świetlicy. Ania nigdy nie zostawała na zajęciach pozalekcyjnych, bo tego nie lubiła. Zazwyczaj czekała na Łucję w bibliotece, dokąd szła razem ze swoim ulubionym kolegą, Staszkiem.

Przez ostatni rok Staszek bardzo się zmienił pod wpływem Ani. Właściwie oboje pozytywnie się zmienili. Chłopiec podciągnął się w nauce. Oboje z Anią lubili czytać książki. Ojciec Staszka miał problem alkoholowy, ale na szczęście go pokonał. Stało się to w znacznym stopniu dzięki pani Lucynie, która interweniowała w jego domu po wielekroć i w końcu przyniosło to oczekiwane rezultaty.

Przez wszystkie godziny lekcyjne myśli Łucji uciekały w stronę Tomasza. Wyobrażała sobie, jak ukochany siedzi i pije kawę, czekając na samolot. Paliły ją policzki. Wiedziała, że on też o niej myśli. Że też tęskni. Miała nadzieję, że miesiąc rozłąki przeleci bardzo szybko.

Po skończonych zajęciach Ania, jak zazwyczaj, czekała na Łucję przy szkolnej bramie. Planowały odwiedzić panią Matyldę, z którą Łucja bardzo się zżyła od momentu, gdy przyjechała do Różanego Gaju. Matylda była pierwszą osobą, przed którą Łucja się otworzyła. Właściwie miały iść do starszej pani dopiero późnym popołudniem, ale decyzję odwiedzin przyspieszył telefon Izabeli, córki Matyldy, z którą Łucja bardzo się zaprzyjaźniła. Jeszcze rok wcześniej taka sytuacja byłaby nie do pomyślenia. Izabela była wówczas zimną i wyrachowaną kobietą. Teraz się zmieniła. Wróciła do malarstwa, które porzuciła, wyjeżdżając do Włoch, gdzie żyła przez ostatnie kilkanaście lat. Po powrocie do rodzinnej miejscowości uczyła jej się na nowo. Coraz śmielej zaglądała też do pałacu Kreiwetsów. Była przed laty partnerką Tomasza i ich związek, choć niezbyt głęboki i dość burzliwy, nadal stanowił dla niej problem. Pozostawali z Tomaszem na dystans. Ich relacja jednak ewoluowała. Z każdym kolejnym miesiącem coraz śmielej na siebie spoglądali. Wcześniej Tomasz nie wierzył, że Izabela może się zmienić. Był nawet zły na Łucję, że zaprzyjaźniła się z jego byłą partnerką. Nie ufał Izabeli. Miał po temu powody. Ale Łucja była uparta, bo szczerze polubiła Izę. Coraz bardziej otwierały się przed sobą. Malarka odkrywała przed Łucją swoje prawdziwe oblicze. Wciąż jednak była niepokorna. Po powrocie do Polski nie zamieszkała w domu matki, tylko kupiła mieszkanie w Wieliczanach. Często jednak odwiedzała Matyldę, aby wynagrodzić jej kilkunastoletnią rozłąkę, kiedy była marnotrawną córką.

Ania też przekonała się do Izabeli, choć i ona miała z tym na początku nie lada problem. Zresztą każdemu, kto znał w przeszłości Izabelę, trudno byłoby tak po prostu uwierzyć w jej przemianę. Teraz Łucja i Iza spotykały się przynajmniej trzy razy w tygodniu. Często widziały się także u Antoniny, siostry Izabeli, którą Łucja także bardzo polubiła. Ale to z Izą połączyła ją prawdziwa przyjaźń.

Teraz była ogromnie ciekawa, co też takiego przyjaciółka chce jej powiedzieć. Widziały się dwa dni wcześniej i umówiły na kolejny dzień. W Wieliczanach miały iść na wspólne zakupy. Izabela wspominała, że chce jej pokazać jakieś nowe płótno, które ostatnio tworzyła z wielkim zapałem, zarywając noce.

Dom Matyldy znajdował się niedaleko szkoły, dlatego już po dziesięciu minutach stały przed furtką. Matylda, która siedziała w przydomowej altanie w towarzystwie córki, pomachała do nich. Oczywiście na początek Łucja z Anią zostały poczęstowane solidną porcją zupy jarzynowej. Potem była herbata owocowa i kruche ciasteczka.

Malarka sprawiała wrażenie wyjątkowo ożywionej. W nowej, naturalnej fryzurze w kolorze ciemnego blondu wyglądała znakomicie. Dawniej była bardzo szczupła. Teraz nieco się zaokrągliła i nabrała kobiecych kształtów. Nie katowała już swojego ciała rygorystycznymi dietami. Zmieniła też styl ubioru. Wyrzuciła z szafy wszystkie obcisłe, seksowne sukienki i zastąpiła je wygodniejszymi.

Łucja zauważyła, że Iza z wielką ochotą zajadała upieczone przez mamę ciastka. Kiedyś na pewno nie pozwoliłaby sobie na taką rozpustę.

– Dobrze wyglądasz – skomplementowała ją Łucja. – Służy ci pobyt tutaj.

– Dziękuję, ty też wyglądasz niczego sobie – roześmiała się Izabela.

Potem rozmawiały o wiośnie, którą czuło się już wszystkimi zmysłami, i o ogrodzie Matyldy, gdzie było coraz więcej pracy. Przez dłuższą chwilę żadna z kobiet nie poruszyła jednak tematu wyjazdu Tomasza. Dopiero pani Matylda po długich minutach błądzenia po zastępczych tematach postanowiła spytać o to, co istotne.

– Pożegnałaś się z tatą? – Starsza pani popatrzyła na Anię, zerkając również z ukosa na Łucję.

– Tak. – Ania wzięła do ręki łyżeczkę i zamieszała herbatę w prawie już pustym kubku.

– Ignacy był u mnie skoro świt i mówił, że odwiózł Tomasza na dworzec. – Tym razem Matylda obdarzyła Łucję uważnym spojrzeniem.

Ignacy, stary znajomy Matyldy, wszystkim we wsi służył swoimi końmi i starą bryczką, którą już od kilkudziesięciu lat przemierzał bezkresne pola Różanego Gaju. Właściwie to Ignacy był pierwszą osobą, którą Łucja spotkała zaraz po przyjeździe. W pewną mroźną, styczniową noc ten starszy człowiek czekał na nią na zaśnieżonym peronie, by odwieźć ją do domu Matyldy. Tylko że wówczas jego gniade konie ciągnęły duże sanie, pokryte kilkoma warstwami owczych skór.

– Tata niedługo wróci. – Ania odwróciła głowę w stronę bocznej ściany domu.

Łucja zerknęła na zegarek. Rozmowa się nie kleiła. Temat dotyczący Tomasza utknął w połowie, a potem żadna z kobiet nie potrafiła wykrzesać z siebie nic nowego.

– Musimy już iść. O trzeciej miał przyjechać ktoś z urzędu w sprawie otwarcia naszego centrum w pałacu.

Łucja jednak nie wstała, tylko przesunęła się kilka centymetrów w bok. Izabela pochyliła się w jej stronę.

– Łucjo, słuchaj, mam do ciebie pytanie… Właściwie to małą prośbę. – Izabela nie spuszczała oczu z przyjaciółki…

Łucja zauważyła, że i Matylda przygląda się jej wyjątkowo uważnie. Jakby obie łączyła jakaś tajemnica.

– Pamiętasz, jak wspominałam ci, że na wiosnę ma przyjechać do mnie mój znajomy, malarz? – Iza była wyraźnie zmieszana.

– Tak, przypominam sobie. Miał się chyba zatrzymać u pani Matyldy. – Łucja przeniosła wzrok na matkę Izabeli.

Pani Matylda była mocno speszona.

– No właśnie – ciągnęła dalej przyjaciółka. – Chodzi o to, że… chciałam cię… was prosić… – Urwała i popatrzyła na Łucję bezradnie. Zaraz potem przeniosła wzrok na Anię.

– O co, Izabelo? – Łucja była coraz bardziej ciekawa tego, o co chciała zapytać przyjaciółka.

– Chciałabym cię prosić, żebyś wynajęła mojemu znajomemu pokój w waszym pałacu.

– Ale przecież miał się zatrzymać tutaj, w domu pani Matyldy. – Łucja nie kryła zaskoczenia prośbą Izabeli.

Nie wyobrażała sobie, by obok niej miał mieszkać obcy mężczyzna, choćby tylko przez krótki okres.

– Słuchaj, wszystko się tak jakoś dziwnie poukładało. Mama w tym tygodniu wyjeżdża do sanatorium, bo zwolniło się miejsce. My moglibyśmy w tym czasie przeprowadzić tutaj remont. Już ci mówiłam, że chcieliśmy założyć instalację gazową. Niestety to się wiąże z ogromnym bałaganem i wielkimi utrudnieniami. Mama ma już swoje lata, więc… sama rozumiesz. Ten wyjazd to świetna okazja, by w końcu to zrealizować. Mam znajomego, który się tym zajmuje. Tak się złożyło, że akurat jest wolny. – Izabela zamilkła. Nadal jednak twardo patrzyła na Łucję.

– Nie wiem, co powiedzieć – odparła Łucja bezradnie.

Nie chciała odmawiać Izabeli, ale naprawdę nie wyobrażała sobie, żeby obok niej miał się kręcić obcy facet. Poza tym pałac należał do Tomasza. Łucja uważała, że to jego Izabela powinna o to zapytać. Ona była tylko jego partnerką, narzeczoną. W sierpniu miała stać się żoną, panią Kellter, ale teraz? Tomasza nie było obok niej, a Izabela swoją prośbą poważnie ją zaskoczyła. W głębi duszy czuła jednak, że wypada się zgodzić. Była to winna przede wszystkim Matyldzie. W końcu starsza pani przyjęła ją pod swój dach, kiedy chciała się przenieść w te strony.

Łucja spojrzała na Anię. Zdawała sobie sprawę, że jej głos będzie miał decydujące znaczenie. Dziewczynka uśmiechnęła się do Izabeli, potem trąciła Łucję w bok.

– To miło, że w pałacu będzie mieszkał ktoś jeszcze. Teraz, gdy tata wyjechał, zrobiło się w nim bardzo pusto. – Ania posmutniała.

– Mój znajomy, Luca Venetti, świetnie zna twojego tatę. Właściwie to jest nasz wspólny znajomy. – Izabela popatrzyła na Anię ze zrozumieniem.

– Naprawdę? – Ania wyprostowała się.

Wszystko, co dotyczyło ojca, miało dla niej ogromne znaczenie, także informacje dotyczące jego przeszłości, a rozmowa wskazywała na to, że tajemniczy malarz należał do starych znajomych Tomasza.

Łucja nadal wpatrywała się w Izabelę niepewnym wzrokiem, bojąc się wypowiedzieć wiążące słowa. Miała mnóstwo wątpliwości. Przyjaciółka nie naciskała, ale widać było, że bardzo jej zależy, aby Łucja wyraziła zgodę. Pani Matylda nie odzywała się wcale. Była zawstydzona sytuacją. Według niej Izabela narzucała się Łucji. Długo przekonywała córkę, że nie jest to dobry pomysł, ale nie było na nią sposobu. Dbała o matkę nadgorliwie. Chciała w ten sposób nadrobić czas, kiedy mieszkała we Włoszech i na długie lata zapomniała o swoich korzeniach.

– Kiedy ten… mężczyzna miałby przyjechać do Różanego Gaju? – spytała cicho Łucja.

– Z początkiem przyszłego tygodnia. Jeszcze miał potwierdzić, ale najprawdopodobniej we wtorek. To znaczy, że się zgadzasz? – Iza popatrzyła najpierw na Anię, potem na Łucję.

Łucja odwróciła się do Ani. Wiedziała, że to ją musi zapytać.

– Powinnam się zgodzić? – zapytała Anię szeptem, który i tak wszyscy usłyszeli.

– Pewno, że tak – odpowiedziała Ania. – Nie odmawia się przyjaciołom – dodała po chwili, a Łucji zrobiło się naprawdę głupio, że chciała odmówić Izabeli. Coś jednak jej mówiło, że nie robi dobrze. Prośba przyjaciółki była dla niej jednak święta. Zwłaszcza że miała zgodę Ani… A słowo dziewczynki było dla nauczycielki najważniejsze. Liczyła się z nim bardziej niż ze swoim własnym.

– W takim razie zgadzamy się – potwierdziła Łucja i znów popatrzyła na Anię.

Pomyślała, że w ostateczności Luca może zamieszkać na parterze. W miejscu dawnej kuchni zrobiono dwa niewielkie pokoiki dla gości, z łazienkami. Wprawdzie nie były jeszcze całkowicie wykończone, ale z powodzeniem można już było z nich korzystać. Miały też niewielki aneks kuchenny. Niestety jeszcze nieczynny. Wciąż brakowało kuchenki i podstawowych przedmiotów. Znaczyło to, że pan malarz, chcąc skorzystać z kuchni, musiałby wchodzić na górę. „Jakoś to przeżyję" – pomyślała Łucja, nadal wpatrując się w Izę z obawą.

– Bardzo się cieszę – odpowiedziała Izabela i pogładziła matkę po plecach. – W takim razie zaraz dzwonię do mojego znajomego i umawiam się na remont.

Pani Matylda nadal była zakłopotana i tak pozostało do końca wizyty.

Wieczorem Łucja z Anią długo siedziały w kuchni. Czekały na wiadomość od Tomasza. Umówili się o dwudziestej na Skypie. Zobaczywszy ojca, Ania nie mogła oderwać od niego oczu. Zalała go falą pytań. Muzyk nawet nie mógł wejść jej w słowo. Kiedy Łucja w końcu została dopuszczona do rozmowy, nie bardzo wiedziała, od czego zacząć. W głowie wciąż pobrzmiewały jej ostatnie słowa rozmowy z Izabelą. Nie miała pojęcia, jak przekazać Tomaszowi, że bez jego zgody zdecydowała się przyjąć pod dach pałacu obcego mężczyznę. Koniec końców stanęło na tym, że niepotrzebnie się martwiła. Luca Venetti okazał się dość bliskim znajomym Tomasza. Łucja odniosła wrażenie, że jej ukochanego ta wiadomość nawet ucieszyła. Podobno Luca oddał mu kiedyś jakąś przysługę, Tomasz więc cieszył się, że może się w ten sposób odwdzięczyć. Martwiło go tylko to, że jego włoski przyjaciel jest bardzo przystojny, co przekazał Łucji żartem, lecz ona puściła te słowa mimo uszu. Zwróciła uwagę na coś innego. Patrzyła na twarz Tomasza i widziała w niej zmęczenie i smutek. Wiedziała, że on też bardzo za nią tęskni i że rozłąka była im w tej chwili nie na rękę.

W sierpniu planowali ślub, choć początkowo bardzo się przed tym wzbraniała. Już raz była mężatką i wiedziała, że żaden papier nie zagwarantuje trwałego szczęścia. Tworzymy je sami w każdym momencie naszego życia.

Tomasz był jednak nieugięty w staraniach o rękę Łucji. Oświadczał jej się kilkakrotnie i na różne sposoby. W końcu powiedziała „tak". A to „tak" niosło za sobą poważne zobowiązania. Tomasz od razu przystąpił do działania. Zaplanował kameralną uroczystość w miejskim ratuszu w Wieliczanach. Łucja nie miała rodziny. Kilka lat wcześniej rozstała się z mężem. Ojca właściwie nie znała, odszedł od rodziny, kiedy była mała. Matka zmarła młodo. W każdym razie od sierpniowych zaślubin nie było odwrotu. Łucji wypadało tylko wybrać sukienkę.

Tej nocy wciąż rozmyślała o Tomaszu. Przez ostatnie trzy miesiące, odkąd zamieszkali w pałacu Kreiwetsów, przywykła do jego obecności. Przy nim czuła się bezpieczna i kochana. A najważniejsze było to, że ona też kochała. Przedtem tego nie potrafiła. Kiedy przyjechała do Różanego Gaju, jej serce było przywiędłe, zmęczone długą życiową wędrówką. Dopiero miłość Tomasza i jego córki Ani spowodowała, że jej serce ożyło. Od momentu gdy Łucja po raz pierwszy stanęła na dawnej ziemi Kreiwetsów, czuła, że tylko tutaj może być naprawdę szczęśliwa.

Był środek tygodnia. Łucja miała spędzić popołudnie z Izabelą. Po lekcjach wsiadły z Anią do samochodu i pojechały do Waligóry. Tego dnia dziewczynka miała akurat zajęcia w szkole muzycznej. Łucja postanowiła wykorzystać wolny czas na zakupy z przyjaciółką. Odwiozła więc Anię i udała się prosto do Izy.

Gdy podjechała pod apartamentowiec Izabeli, już z daleka dostrzegła, że okna jej mieszkania były szczelnie zasłonięte. Zaparkowała samochód, nacisnęła przycisk domofonu. Izabela od razu otworzyła drzwi klatki schodowej.

Mieszkanie, które zajmowała, znajdowało się na poddaszu. Miało duży metraż, ale jego większą część Iza przeznaczyła na pracownię. Odkąd wróciła do kraju, tworzyła z wielką pasją, a jej oryginalne dzieła świetnie się sprzedawały.

Mimo popołudniowej pory Izabela miała na sobie szlafrok, a jej włosy były w nieładzie.

– Wejdź. – Ziewnęła, wpuszczając przyjaciółkę do środka. – Chyba będziemy musiały przełożyć nasze zakupy, bo nie najlepiej się dziś czuję – odezwała się do Łucji, zanim ta zdążyła o cokolwiek spytać.

– Może przyszłam nie w porę? – Łucja przyglądała się przyjaciółce z uwagą.

– Przyszłaś o idealnej porze. Zaraz napijemy się kawy. Dopiero co wstałam. – Znów ziewnęła i przejechała dłonią po potarganych włosach.

Łucja spojrzała na zegarek i uśmiechnęła się pod nosem.

– Cierpisz na bezsenność?

Iza przeciągnęła się leniwie, dotykając rękami drewnianego stropu.

– Tak, cierpię na bezsenność. Ale na szczęście mam na nią idealne antidotum – moje sztalugi. – Uśmiechnęła się zagadkowo.

– Malowałaś?

– Tak, do białego rana. I zaraz pochwalę ci się efektem. Jednak najpierw chodź do kuchni. Muszę się napić mocnej kawy, bo inaczej usnę na środku przedpokoju.

Izabela nie czuła potrzeby, by zamienić nocny strój na dzienny. Nie krępowało jej towarzystwo Łucji. Co najważniejsze, nie krępowało jej nawet własne towarzystwo. Dawniej byłoby to nie do pomyślenia. Zaraz po przebudzeniu wykonywała staranny, bardzo mocny makijaż. Potem ukrywała się za nim przez kolejne godziny i lata swojego życia. Nie potrafiła spoglądać w lustrze na swoje prawdziwe odbicie. Teraz już tak. Od momentu kiedy zrzuciła niewygodną maskę, minęło już wiele miesięcy. Gdy wróciła do malarstwa, poczuła, że żyje. Robiła to, co naprawdę kochała. Teraz znów miała apetyt na życie. We Włoszech próbowała zaistnieć jako plakacistka, ale nic z tego nie wyszło. W słonecznej Italii Izabela była marną artystką, która robiła dobrą minę do złej gry.

– Mocna ta twoja kawa. – Łucja upiła łyk z futurystycznej filiżanki.

– Powinna być mocna. Musi postawić mnie na nogi. Przepraszam, ja wciąż zapominam, że ty nie pijesz takiego „szatana". – Iza spojrzała na przyjaciółkę przepraszająco. – Dolać ci wody? – zapytała.

– Nie – odparła Łucja. – Też mi się przyda duża dawka kofeiny. Tej nocy źle spałam. – Łucja pochyliła się do przodu, opierając łokcie na blacie stołu.

Był bardzo śliski, pomalowany bordowym lakierem, dlatego jej ręce rozjechały się w dwie strony. Wyprostowała się i oparła o ścianę.

Nieduża kuchnia Izabeli była urządzona minimalistycznie. Na jej wystrój składało się tylko kilka szafek na wysoki połysk, podłużna półka wisząca na jednej ze ścian i nieduży stolik z czterema taboretami. Po drugiej stronie kuchni, oddzielony niewielkim ceglanym murkiem, znajdował się pokoik dzienny, a tuż za nim łazienka i sypialenka. Resztę przestrzeni zajmowała pracownia malarska. To w niej Izabela spędzała większość czasu.

– Chodzi o Tomasza, tak? To przez niego te podpuchnięte powieki? – Malarka nie spuszczała z Łucji oczu.

– Nie, no co ty. – Łucja jeszcze starała się udawać, ale wzrok przyjaciółki lustrował ją na wylot. Izabela miała na twarzy pobłażliwy uśmieszek. – Dobrze, rozgryzłaś mnie. To przez Tomka. Tęsknię za nim jak wariatka, choć nie ma go zaledwie od kilku dni.

– Przecież niedługo wróci.

– Wiem, że wróci, ale…

– Ale?

– Nie wiem, jak mam ci to wyjaśnić, ale boję się, że gdy przyjedzie, nic już nie będzie tak jak dawniej.

– Bo nie będzie. Życie przecież cały czas się zmienia. Co jednak nie znaczy, że nie może być lepiej.

– Nie o tym mówię. Nie rozumiesz… ja naprawdę boję się, że ten wyjazd źle wpłynie na nasze relacje.

– Dlaczego? Ty go kochasz. On poza tobą i córką świata nie widzi. Co mogłoby przeszkodzić waszemu szczęściu? Nie rozumiem.

– Właśnie chodzi o to, że ja też tego nie rozumiem. To raczej przeczucie…

– Wiesz co, Łucjo, za dużo myślisz. Powinnaś sobie znaleźć jakieś dodatkowe zajęcie. – Izabela starała się dać przyjaciółce dobrą radę.

– Nie zamierzam szukać dodatkowych zajęć, mam ich w nadmiarze. Nie muszę ci chyba przypominać, że w pałacu wciąż trwają prace renowacyjne. Doszła jeszcze szkoła muzyczna Ani. Ostatnio nie znajduję czasu nawet na czytanie.

– W przyszłym tygodniu będziesz miała towarzystwo. Luca to interesujący mężczyzna, można z nim podyskutować na różne tematy.

– Nie sądzę, żebyśmy znaleźli wspólny temat – powiedziała Łucja kąśliwie. – Poza tym on jest Włochem, a ja nie znam włoskiego.

– Nie musisz, Luca biegle włada polskim. Jego matka jest Polką. – Iza znów litościwie się uśmiechnęła. – Mówię ci, że jego towarzystwo dobrze ci zrobi. Ma bardzo zabawny styl bycia i jest niezwykle… przystojny. – Izabela roześmiała się, widząc irytację przyjaciółki.

– Daruj sobie – odpowiedziała dość szorstko Łucja.

Iza przygryzła wargi, ale uśmiech pozostał na jej twarzy.

Mocna kawa postawiła obie kobiety na nogi. Iza postanowiła się w końcu ubrać, dlatego na kilka chwil zniknęła w łazience. Kiedy wyszła – w jasnobeżowej długiej sukience i gładko zaczesanych do tyłu włosach przewiązanych opaską z barwnego materiału – wyglądała prześlicznie.

– Chcesz zobaczyć moje ostatnie dzieło? – zagadnęła, stając w kuchennych drzwiach.

– Tak, z wielką przyjemnością. – Po słowach przyjaciółki Łucja od razu podniosła się ze stołka.

Podobały jej się prace Izabeli. Dostrzegała w nich zazwyczaj to, czego nie widziała sama artystka. Iza przeważnie malowała kobiety, podobnie jak w młodości. Teraz jednak kobiety przedstawiane na jej obrazach były inne – dojrzałe i szczęśliwe. Miały piękne oczy, które z ufnością spoglądały z płócien. Izabela malowała głównie z wyobraźni. Tylko dwa razy zdecydowała się namalować portret na zamówienie. Jak mawiała, te kobiety przychodziły do niej we śnie, opowiadając historie swojego życia.

Łucja traktowała wynurzenia przyjaciółki z przymrużeniem oka. Nie do końca ją rozumiała. Iza była artystką. Żyła w swoim własnym świecie, do którego tylko ona miała sekretny klucz.

Kilka chwil później stały w pracowni Izabeli. Nadal unosił się tam zapach farb olejnych. Izabela podeszła do okna w dachu i uchyliła je. Do wnętrza w jednej chwili napłynęło ożywcze powietrze. Na obrzeżach osiedla, gdzie mieszkała, rósł stary sad pełen jabłoni. To właśnie zapach z ich dopiero co rozkwitłych bladoróżowych kwiatów uderzył Łucję w nozdrza. Nauczyła się już rozpoznawać aromat różnych gatunków kwitnących drzew. Każdy kusił inną wonią. Mieszkając we Wrocławiu, nie zwracała uwagi na drzewa. Przeważnie szybko przemykała zatłoczonymi ulicami miasta, zatopiona we własnych myślach, zamknięta na uroki natury. Dopiero w Różanym Gaju na nowo odkryła w sobie wrażliwość na piękno świata.

– Oto ona. – Izabela się uśmiechnęła. Stała naprzeciw płótna, które dopiero obsychało, rozciągnięte na sosnowych sztalugach. – Laura de Borgio – dodała cicho, jakby do siebie.

Łucja podeszła do niej i zerknęła na nowe dzieło. Przedstawiało piękną kobietę w średnim wieku. Siedziała na wysmukłym krześle, którego gięte nóżki zakończone były formą muszli. Jej szczupłą sylwetkę oplatała długa karminowa suknia. Na ramiona opadały pukle jasnych włosów. Z dekoltu kusiły piękne piersi.

Łucja z fascynacją patrzyła na ostatnie dzieło Izabeli.

– To chyba… najpiękniejszy z twoich obrazów. – Nie mogła oderwać od niego oczu.

– Dziękuję – powiedziała skromnie Izabela. – Poświęciłam jej wiele nocy. – Roześmiała się i dotknęła jeszcze wilgotnych włosów kobiety z obrazu.

– Jak ją nazwałaś? – Łucja spojrzała na przyjaciółkę z ciekawością.

– Laura de Borgio.

– Laura de Borgio, domniemana córka Borgii, późniejszego papieża Aleksandra Szóstego, zwana Laurą Orsini? – spytała Łucja, kojarząc historyczne ciekawostki.

– To tylko przypadkowa zbieżność nazwisk. Kobieta, którą namalowałam, także istniała naprawdę. Widziałam jej siedemnastowieczny portret w jednej z galerii. Zrobił na mnie piorunujące wrażenie. Postać Laury została we mnie. Nie sądziłam, że kiedyś uda mi się przenieść ją na płótno. Widziałam ją tylko raz.

– Kim była? – Łucja coraz śmielej wpatrywała się w twarz kobiety z obrazu.

– Należała do arystokratycznego rodu. Była żoną kupca. Miała nieziemską, ponadczasową urodę. Pozowała różnym artystom. Obrazy z jej podobizną wisiały w niejednej rezydencji.

– Ciekawe, czy jej mężowi nie przeszkadzało, że wciąż oglądali ją inni mężczyźni? – zauważyła Łucja.

– Dlaczego miałoby mu przeszkadzać? – oburzyła się Izabela, która nie ukrywała feministycznych poglądów. – Laura nigdy nie pozowała do aktów, była skromną kobietą, ale miała w sobie coś intrygującego – i to coś fascynowało malarzy.

Łucja cofnęła się. Z oddali obraz wydawał jej się bardziej spójny.

– Oddasz go do galerii? – zapytała.

Ostatnio wszystkie prace Izabeli sprzedawały się jak ciepłe bułeczki.

– Na razie nie. Zostawię go sobie. Poświęciłam mu tyle energii. Chcę go mieć przez jakiś czas przy sobie. Nie wiem, może powieszę go w kuchni.

Potem usiadły w kącie pracowni na niskich pufach. Z malarstwa rozmowa zeszła na przyziemne sprawy, jak remont domu pani Matyldy, który miał się zacząć zaraz po wyjeździe starszej pani do nadmorskiego uzdrowiska. Rozmawiały też o Antosi, siostrze Izabeli.

Antonina i Iza, teraz jako dorosłe kobiety, poznawały się od nowa. Ich relacje w dzieciństwie i młodości nie układały się najlepiej. Po powrocie Izabeli z Włoch siostry starały się nadrobić stracone lata. Izabela została matką chrzestną Juliana, synka Antosi. Miały okazję do częstych spotkań, gdyż Antonina mieszkała niedaleko, w Waligórze.

Babskie pogaduszki przeciągnęły się ponad miarę. Spojrzawszy na zegar w pracowni Izabeli, Łucja uznała, że najwyższy czas się zbierać. Ania lada moment kończyła zajęcia, a musiała jeszcze dojechać po nią do Waligóry, gdzie znajdowała się szkoła muzyczna. Szybko pożegnała się z Izabelą i już po chwili odpalała silnik samochodu.

Ania po zajęciach była jak zwykle rozpromieniona. Starała się przekazać Łucji nowo poznane pojęcia muzyczne. Wciąż mówiła o muzyce. A jeżeli o niej nie mówiła, to grała na fortepianie. To była jej największa pasja. Mimo to nie zaniedbywała swoich obowiązków. Na końcowych egzaminach otrzymała najwyższą punktację, a w szkole była prymuską. Ochoczo pomagała też Łucji w pracach na terenie pałacu.

Wieczorami oczywiście rozmawiały z Tomaszem. Jednak w ciągu dwóch ostatnich dni nie udało im się z nim skontaktować o umówionej porze. Okazało się, że Włochy wciągnęły go bez reszty. Koncerty i częste spotkania z fanami sprawiły, że nie miał czasu na rozmowy telefoniczne i wizyty na Skypie. Wszyscy troje starali się sprawiać wrażenie, że wszystko jest w porządku. Że to tylko stan przejściowy. Ale nie było w porządku i Łucja to czuła. Z każdą chwilą spędzoną bez Tomasza czuła to coraz mocniej. Już nawet nie wiedziała, jak opisać to uczucie. Wcześniej była to tylko tęsknota, lęk przed tym, co miało nadejść. A teraz... teraz po prostu czuła się bardzo samotna. Tomasz znów cały oddał się muzyce. Widać nie umiał inaczej. Dla Ani i dla niej zostały tylko okruchy jego uwagi. Starał się dzwonić, ale ich rozmowy z każdym dniem stawały się coraz bardziej oficjalne. Łucja czuła, że Tomasz jest całym sobą we Włoszech. Teraz miały z Anią tylko siebie.

Luca pojawił się w Różanym Gaju niespodzianie. Miał przyjechać we wtorek, a zjawił się już w niedzielę, kiedy Ania i Łucja siedziały na pałacowych schodach i wygrzewały się w słońcu. Właśnie zastanawiały się nad poobiednim spacerem, gdy nagle zobaczyły dwie postaci zbliżające się od strony bramy. Jedną z nich była Izabela. Łucja poznała ją od razu. Obok przyjaciółki szedł mężczyzna ciągnący za sobą niewielką walizkę.

Łucja z Anią zeszły ze schodów i stanęły przy kamiennym gryfie. Izabela pomachała im ręką na powitanie. Luca zrobił to samo. Jego ręka uniosła się, a potem długo nie opadała.

– Cześć, dziewczyny – rzuciła Izabela. – To jest właśnie zapowiadany przeze mnie Luca. – Złapała kolegę za ramię.

Włoch oparł walizkę o krawędź schodów. Uśmiechał się przy tym tak czarująco, że Ania z zadziwienia aż otworzyła buzię.

Potem wyciągnął rękę na powitanie. Nie czekając, włożyła szczupłą, jeszcze dziecięcą dłoń w jego męską i smagłą. Łucja starała się zachowywać oficjalnie, ale bez powodzenia. Luca był tak zabawnym człowiekiem, że sztywna rozmowa w ogóle nie wchodziła w grę. Ładnie mówił po polsku, choć co jakiś czas zabawnie przekręcał niektóre słowa. Patrząc na niego, Ania bez przerwy się uśmiechała. Luca był bardzo spontaniczny i żywiołowy, jak to Włoch. Nawet przez chwilę nie czuł się skrępowany nową sytuacją i kontaktem z dopiero co poznanymi osobami.

– Pięknie tutaj – powiedział, rozglądając się wokół. – Wiedziałem, że Polska jest ładna, byłem tutaj już wielokrotnie, ale nie miałem pojęcia, że gdzieś może istnieć jeszcze taki rajski zakątek. – Spojrzał na wysoki starodrzew.

Park i schowany za nim ogród o tej porze roku wyglądały niezwykle. Soczysta zieleń liści i trawy wydawała się odgradzać to miejsce od reszty świata. W gęstych kopułach drzew siedziały ptaki, wzajemnie się nawołując. Maj – miesiąc rozkwitu przyrody i miłości – wszystko wokół łączył w pary.

Dość długo stali przy schodach. Widać było, że Lucę oczarował Różany Gaj i pałac Kreiwetsów. Kiedy w końcu weszli do środka, dokładnie przypatrywał się wszystkiemu. W dawnej sali balowej nadal stały rusztowania. Udało się odrestaurować kilka malowideł, ale znajomy Izabeli, malarz, wciąż jeszcze pracował nad kilkoma detalami. Luca obrzucił ściany fachowym okiem.

– Niezła robota. – Trącił lekko Izabelę. Malarka też miała w pałacowym dziele swój udział. Pomagała w renowacji obrazów. Efekt był zachwycający.

Przez niemal rok w pałacu poczyniono ogromne zmiany. Aż trudno było uwierzyć, że wcześniej był szary i nijaki. Tylko pani

Matylda i jej przyjaciel Ignacy nigdy nie przestali wierzyć, że ich „wiejska perełka" odzyska kiedyś dawny fason. I doczekali się. Pałac wyglądał naprawdę imponująco. Matylda i Ignacy przez długie lata opiekowali się nim, kiedy przechodził z rąk do rąk. Teraz mogli być dumni, że ich zapał i wiara nie poszły na marne.

Kiedy Luca obejrzał już całe wnętrze, Łucja zaprowadziła go do przygotowanego dla niego pokoju. Pomieszczenie nie było duże, ale przytulne. Nadal unosił się w nim zapach farby. Ostro-łukowe okno wychodziło na jedną z parkowych alejek różanych. Włoch usiadł na wąskim drewnianym łóżku, tuż przy ścianie.

– Dziękuję – rzekł, spoglądając na Łucję. – Cieszę się, że mo-głem się u was zatrzymać. To dla mnie bardzo ważne. – Zerknął na okno, a nauczycielka odniosła wrażenie, że w jego wesołych oczach pojawił się smutek.

Zaraz jednak wstał i energicznie przemierzył wnętrze pokoju. Po kilku chwilach ponownie znalazł się przy kobietach. Izabela przyglądała mu się z wielkim zadowoleniem. Już na pierwszy rzut oka było widać, że się polubili.

– Szkoda tylko, że nie ma Tommaso. Dawno się nie widzie-liśmy. – Luca zerknął na Łucję.

Nie odezwała się, tylko patrzyła na niego, czekając, co jesz-cze powie.

– Adela… To znaczy, Izabela, mówiła ci, że chcę się tutaj zatrzy-mać na jakiś miesiąc? – Spojrzał na mieszkankę pałacu uważnie.

– Tak. – Łucja tylko przytaknęła.

– Wygląda więc na to, że miniemy się z moim przyjacielem, a szko-da. – Potarł czoło. – Obiecuję, że nie będę przeszkadzał. W ogóle mogę się nie pokazywać. – Cały czas patrzył na Łucję badawczo.

Wiedziała, że nie żartował.

– Pałac jest duży. Pomieścimy się. – Starała się zażartować.
Luca jednak patrzył dojrzale, jakby zwiedzając pałacowe mury,
zgubił po drodze swoją żywiołowość, którą ujawnił przed chwilą.

– Może jesteś głodny? – zagadnęła Łucja.

– Nie. Izabela odebrała mnie z dworca w Wieliczanach. Zjed-
liśmy coś w restauracji.

– A więc przyjechałeś tu prosto z lotniska? Musisz być zmęczony. – Łucja popatrzyła na walizkę, którą postawił przy szafie.

– Może troszkę. – Uśmiechnął się, a Łucja dostrzegła na jego
twarzy znużenie.

– W takim razie czuj się jak u siebie. Wiesz już, gdzie co znaleźć.
Zawsze służę pomocą. A teraz nie będziemy ci przeszkadzać. – Łucja szturchnęła Izabelę, dając do zrozumienia, że powinny wyjść.

Izabela jeszcze wymieniła z przyjacielem kilka słów i zaraz potem się pożegnali. Malarka bardzo się spieszyła i nie dała się Łucji
zaprosić nawet na krótką pogawędkę. Pani Matylda następnego
dnia wyjeżdżała, musiała więc jeszcze do niej zajrzeć, by dograć
szczegóły podróży i remontu, który miał się lada dzień rozpocząć.

– Dzięki, Łucjo – powiedziała na pożegnanie, kiedy wyszły
poza teren parku i stanęły przy wielkiej furcie.

– Nie ma za co – odpowiedziała Łucja.

– Jest za co i dobrze o tym wiesz. Gdyby nie ty, nie miałabym
go gdzie upchnąć – zażartowała.

Łucja roześmiała się. Pierwsze lody z Lucą zostały przełamane.
Cieszyła się, że ma to już za sobą. Zwłaszcza że włoski przyjaciel
Izabeli, tak jak mówiła, okazał się miłym człowiekiem.

– Po co on w ogóle chciał tutaj przyjechać? W sumie w Różanym Gaju nie ma nic ciekawego, ot… prowincja zagubiona
wśród rozległych łąk i pól.

– Właśnie dlatego. To ja mu to zaproponowałam. Gdy miesz-kałam we Florencji, przyjaźniliśmy się. Ostatnio Luca był w złej formie. Przestał malować. Pomyślałam, że... może tutaj uda mu się pozbierać. Mnie powrót w rodzinne strony wyszedł na dobre.

– Luca ma jakieś problemy? – zainteresowała się Łucja.

– Brak weny twórczej to chyba największy problem każde-go artysty – powiedziała Iza wymijająco. – Zresztą ma za sobą trudny okres – dodała po chwili i odwróciła głowę w stronę wsi, skąd co chwilę dochodziło pianie kogutów.

Łucja wiedziała, że temat Luki Venettiego został zakończony. Poza tym w zupełności wystarczyło jej to, co już wiedziała. Ma-larz był przyjacielem Tomasza i Izabeli. Przyjechał do Różanego Gaju z odległych Włoch, by nabrać sił do pracy. A ona nie chciała mu w tym przeszkadzać. Nie zamierzała wchodzić mu w drogę.

W ciągu kilku następnych dni Luca na dobre zadomowił się w Ró-żanym Gaju. Przeważnie przebywał w ogrodzie. Z Łucją w za-sadzie się nie widywali, aż pewnego razu natknęła się na niego w swoim ulubionym zakątku. Kwiaty jaśminu jeszcze nie roz-kwitły, ale już niedługo kusić będą swym cudownym aromatem.

Było późne popołudnie. Ania wybrała się ze Staszkiem do biblioteki, a Łucja postanowiła w tym czasie trochę poczytać. Ostatnio na jej półce wciąż przybywało interesujących książek. Odkładała je z nadzieją, że kiedyś po nie sięgnie. Myślała, że po wyjeździe Tomasza będzie miała więcej czasu. Niestety, pomyli-ła się. Czas się nie rozciągnął, a co gorsza znacznie przybyło jej obowiązków. Teraz jednak miała wolne popołudnie, które zamie-rzała spędzić sama ze sobą i ulubioną lekturą. Nie przewidziała, że będzie skazana na czyjeś towarzystwo. W zasadzie Luca wcale jej nie przeszkadzał, ale tego dnia naprawdę chciała być sama. W szkole panował teraz bardzo gorący okres, jak zwykle przed końcem roku. Ale ten dzień był wyjątkowy. Rano rozmawiała na Skypie z Tomaszem i ten nagle bez żadnego wytłumaczenia przerwał rozmowę. Ot, stwierdził, że musi już kończyć. Dodał oczywiście, że bardzo ją kocha i w ogóle... Łucja czuła jednak, że jego słowa wyzute były z emocji. Nie były do końca szczere. Tomasz się zmienił. „Czyżby znowu dał się uwieść muzyce, swojej dawnej kochance?" – zastanawiała się. A im częściej o tym myślała, tym większego nabierała przekonania, że Tomasz nie jest już tylko jej i Ani, jak zawsze podkreślał. Coś się zmieniło w ich relacji.

Ania nic nie mówiła, ale też zauważyła zmianę, pomimo że Tomasz był dla niej bardziej wyrozumiały. Z córką rozmawiał znacznie dłużej i z większą uwagą jej słuchał. Pomimo obaw Łucja nadal się łudziła, że czas rozłąki szybko minie i wszystko wróci do normy.

Gdy podeszła do swojej ulubionej „jaśminowej ławki" i zobaczyła siedzącego na niej Włocha, nie kryła zaskoczenia. Park był naprawdę rozległy, a pięknych miejsc w nim nie brakowało. Liczne alejki oddzielone starymi drzewami prowadziły do wielu zagadkowych zaułków, skrywających tajemnice minionych czasów. Jeszcze w osiemnastym wieku mieszkali tu jego pierwsi właściciele – Ludwik von Kreiwets i jego żona Lukrecja.

Luca czytał gazetę. Już z daleka dojrzał zbliżającą się Łucję. Uśmiechnął się szeroko.

– Cześć – rzucił na powitanie.

– Cześć – odpowiedziała, chowając za siebie książkę.

– Chciałaś poczytać – zauważył.

– Tak, chociaż... – Uniosła książkę wyżej, tuż przed swoje oczy. Nagle straciła ochotę na czytanie. Towarzystwo Luki ją rozkojarzyło.

Od momentu jego przyjazdu widywali się naprawdę rzadko. Luca zachowywał się dyskretnie. Z kuchni korzystał przeważnie wtedy, gdy ona i Ania były w szkole. Czasem słyszała go na górze, kiedy one udawały się już na spoczynek. Rzadko kiedy wchodził na piętro.

– Zająłem chyba twoją ławkę – zauważył.

– Skąd wiesz, że to moja ławka? – spytała zaskoczona.

– Zauważyłem, że lubisz tutaj przychodzić. – Uśmiechnął się zagadkowo.

– Zauważyłeś? Kiedy? – Łucja była szczerze zdziwiona jego słowami.

Nie odpowiedział, tylko cały czas tajemniczo się uśmiechał.

– Siądziesz obok? – zaproponował po chwili.

Chwilę stała nieruchomo i patrzyła na deski ławki, jakby oceniała, którą jej część powinna zająć. W końcu usiadła tuż przy bocznym oparciu, z dala od Luki.

– Jak ci jest u nas, w Różanym Gaju? – zagadnęła po chwili.

Znów tajemniczo się uśmiechnął.

– Dobrze – odpowiedział. – Chyba nawet mógłbym tutaj zamieszkać. – Uśmiechnął się w taki sposób, że nie bardzo wiedziała, czy mówił serio, czy żartował.

– Nie brakowałoby ci Włoch?

Roześmiał się, a po chwili odpowiedział:

– Zawsze wracam do Włoch. W przeszłości dużo podróżowałem, ale jednak... zawsze wracałem. Tylko że teraz... – Nagle urwał i odwrócił się w drugą stronę.

Długo milczał. Po chwili znów spojrzał na Łucję.

Odwzajemniła mu się tym samym. Wyglądał interesująco. Jego czarne włosy połyskiwały w słońcu jak skórka dojrzałego bakłażana. Oczy w orzechowym kolorze patrzyły intrygująco. Było coś niezwyczajnego w jego wyglądzie. Niebieska, luźno puszczona koszula z podwiniętymi do łokcia rękawami doskonale komponowała się z jasnym odcieniem dżinsów.

– Dlaczego tak mi się przyglądasz? – Uśmiechnął się. Potem położył na twarzy rękę, jakby szukał na niej jakiegoś ukrytego defektu. – Coś ze mną jest nie tak? – Miał komiczną minę.

Zawstydziła się i poczerwieniała. Rzeczywiście dłużej zatrzymała na nim wzrok. Nie dlatego, że chciała się mu przyjrzeć, po prostu uciekła wzrokiem przed słońcem, a jego twarz okazała się ochronną tarczą.

– Nie, nie, wszystko jest z tobą w porządku – odparła zmieszana.

Luca znów uśmiechnął się pobłażliwie, ale nagle spoważniał, gdy jego wzrok padł na dekolt Łucji. Momentalnie poczuła jego palące spojrzenie i zawstydziła się jeszcze bardziej niż wtedy, kiedy to ona tak obcesowo mu się przyglądała.

– Skąd to masz? – spytał, nadal wpatrując się w miejsce powyżej jej piersi.

Dotknęła go, wyczuwając pod palcami delikatny splot łańcuszka i niewielki złoty wisiorek w kształcie ptaka z rozłożonymi skrzydłami.

– Chodzi ci o ten łańcuszek?

– Tak – odparł, nadal wpatrując się w jej dekolt.

Chcąc przerwać krępującą sytuację, na moment odwróciła się w drugą stronę, wtedy Luca przeniósł wzrok na jej twarz. Widać było, że zżera go ciekawość i czeka na odpowiedź. Na przekór sobie przysunęła się bliżej niego, w zamkniętej dłoni cały czas trzymając wisiorek.

– Dostałam go od bliskiej osoby – odpowiedziała po chwili zgodnie z prawdą.

Rok wcześniej dostała go od Ani – łańcuszek był pamiątką po jej zmarłej matce. Ewa zaś otrzymała go kiedyś od ojca Ani, Tomasza.

– Podoba ci się? – zapytała cicho, widząc, jakie wrażenie ten niewielki przedmiot zrobił na Włochu.

– Tak, jest piękny, a ty pięknie w nim wyglądasz. – Znów patrzył na jej dekolt jak zahipnotyzowany, a ona nagle poczuła, że za jego szczerym, spontanicznym zachwytem kryje się coś jeszcze. Patrzył na złote, rozłożyste skrzydła ptaka zawieszonego na drobnym łańcuszku w taki sposób, jakby ujrzał w nim coś znajomego, jednak nic więcej nie chciał powiedzieć. Nagle odwrócił wzrok i zmienił temat. Łucja jednakże nie czuła się już swobodnie w jego towarzystwie. Złoty ptak, rozgrzany żarem popołudniowego słońca, nieprzyjemnie palił jej ciało, tak że przez chwilę miała ochotę go zerwać, uwolnić się od niego. Odkąd dostała ten łańcuszek, nie zdjęła go ani razu, tak bardzo przyzwyczaiła się do jego chłodnego splotu, że nie zwracała już na niego uwagi. Aż do dzisiejszego popołudnia. Wydawało jej się, jakby to natarczywy wzrok Luki rozgrzał go do czerwoności, a ją naznaczył niewidzialnym piętnem. Nagle Luca wstał i poprawił brzeg pomiętej koszuli.

– Nie chcę ci już przeszkadzać – odezwał się, cofając się jednocześnie o dwa kroki. Patrzył na książkę, którą Łucja odłożyła na brzeg ławki.

– Nie przeszkadzasz mi – skłamała. W rzeczywistości jednak pragnęła, żeby odszedł jak najszybciej. Nie chciała, żeby na nią patrzył. Tęskniła za samotnością.

Luca uśmiechnął się raz jeszcze i zaraz potem odwrócił się i odszedł. Została sama. Przesunęła się na miejsce, które przed chwilą on zajmował, chroniąc się w cieniu gęstego jaśminowca. Spojrzała na książkę, lecz była już pewna, że tego dnia jej nie otworzy. Dotknęła łańcuszka, odczuwając znów przez moment przemożną ochotę, by go zerwać, jak najszybciej się go pozbyć. To było dziwne uczucie, jakiego nigdy wcześniej nie doświadczyła. Już trzymała drobne zapięcie w ręku, gdy nagle coś ją powstrzymało. Nie potrafiła tego zrobić. Przez moment poczuła się jak bezwolna kukła, zaplątana w zawiłą sieć sznurków tkwiących w dłoniach nieudolnego lalkarza, nie mogła zebrać myśli.

Tego dnia nie spotkała już Luki, w nocy zaś długo nie mogła usnąć. Wyszła na zewnątrz, by odetchnąć świeżym powietrzem. Zauważyła, że i w jego pokoju pali się światło.

Odkąd pani Matylda wyjechała do sanatorium, Izabela, jako że osobiście nadzorowała remont w domu mamy, była częstym gościem w Różanym Gaju. Od rozpoczęcia prac remontowych nieustannie coś zajmowało jej uwagę. Niestety, jako artystce trudno jej było pogodzić przyziemne sprawy z doznaniami duchowymi, skutkiem czego jej twórczy zapał w ostatnich dniach znacznie osłabł. Od namalowania pięknej Laury de Borgio ani razu nie stanęła przy sztalugach. Przez pierwsze dni po prostu odpoczywała – musiała się w końcu porządnie wyspać – lecz po kilku następnych ta sytuacja zaczęła ją męczyć.

– Świetnie rozumiem Lucę – powiedziała do Łucji pewnego popołudnia pod koniec maja, kiedy siedziały w altanie tuż przy pałacu.

Wokół mosiężnej konstrukcji pawilonu właśnie zaczynały rozkwitać róże. Ich kolor, zapach, choć jeszcze niewyraźne, już pobudzały zmysły.

Łucja przyjrzała się uważnie przyjaciółce, nie komentując jej słów. Po chwili poszła do kuchni i wróciła z dzbankiem kawy. Iza uwielbiała kawę – piła ją zbyt często i w zbyt dużych ilościach. Twierdziła, że ten nawyk pozostał jej z czasów, gdy mieszkała we Włoszech, choć jak mawiała, włoska, bardzo mocna kawa, pijana w niewielkich filiżankach, była nie do zastąpienia. Chętnie jednak raczyła się kawą serwowaną przez przyjaciółkę w Różanym Gaju, gdyż w pałacowym ogrodzie, pośród świeżej, majowej zieleni, smakowała genialnie.

Łucja usiadła obok Izy. Wcześniej zapukała do drzwi Luki, by poinformować go o wizycie przyjaciółki i zaprosić na wspólną kawę. W ich relacji w zasadzie nic się nie zmieniło. Przystojny Włoch, niczym kot, nadal chadzał własnymi ścieżkami.

Niebawem Luca pojawił się w altanie. Izabela popatrzyła smętnym wzrokiem raz na Łucję, raz na niego.

– Doskonale cię rozumiem – powiedziała do Luki to samo, co kilka minut wcześniej usłyszała od niej gospodyni.

Łucja od razu zauważyła, że Iza jest w złej kondycji psychicznej. Przyjaciółka przyznała jej się kiedyś, że nie potrafi odnaleźć w życiu równowagi. Malarstwo często przesłaniało jej realny świat, ale to nim lubiła się zajmować najbardziej. Wykonując codzienne czynności, męczyła się i zazwyczaj nie potrafiła im sprostać. Gdy malowała, w jej mieszkaniu panował niewyobrażalny rozgardiasz, ale ona wcale się tym nie przejmowała. Nie przeszkadzało jej, że potyka się w przedpokoju o części swojej garderoby, a w kuchni nie może znaleźć czystego naczynia. Najważniejsze dla niej było to, że czuła w sobie ogień, który popychał ją do tworzenia. Wtedy była szczęśliwa. Po intensywnej pracy zwykle schodziła na ziemię. Ale to zejście, jak zdążyła już zauważyć Łucja, przeważnie okazywało się dla niej bolesne.

Luca popatrzył na Izabelę ze zrozumieniem. Wiedział, o czym mówiła. Od dwóch lat nie namalował żadnego obrazu. Nie stanął przy sztalugach, nie wziął do ręki pędzla. Gdy znalazł się w mieszkaniu Izabeli i poczuł znajomy zapach farb, przez moment pomyślał, że być może znów uda mu się coś stworzyć. Przecież kiedyś świetnie mu to wychodziło – trafił do czołówki włoskich malarzy, a jego prace rozchodziły się po całym świecie. Gdy zamknął drzwi swojego toskańskiego domku, zatrzaskując w nim swą malarską przeszłość, jego dusza przywiędła, a on sam, mimo młodego, pięknego ciała, czuł się jak starzec. Teraz jednak nie odważył się wejść do pracowni Izabeli. Zapach terpentyny mącił mu myśli, za bardzo przypominał mu jego dawne życie. Dlatego nie chciał zatrzymać się u Izabeli i wiedział, że ona go doskonale rozumie. Przyjaźnili się od kilku lat. Kiedy poznał ją we Włoszech, przedstawiła mu się jako Adela. Nie tylko nosiła wtedy inne imię, była zupełnie inną kobietą. On jednak zawsze dostrzegał lepszą, prawdziwą stronę jej duszy, choć Izabela skrzętnie starała się ją ukryć za ostrym makijażem i wyzywającym strojem.

Kiedy zaproponowała mu wyjazd w swe rodzinne strony, nie wahał się przyjąć zaproszenia. Wiedział, że nie ma nic do stracenia, właściwie było mu już wszystko jedno. Odkąd rozstał się z Monicą, życie z wolna traciło dla niego sens. Wydawało mu się kiedyś, że ma ją na własność, że Monica zawsze będzie darzyć go gorącym uczuciem, a on wcale nie musi się o to starać. Monica zawsze stała przy nim i niczym latarnia morska rozświetlała jego często zbyt ciemne i wzburzone fale życia. Wiedział, że może sobie na wiele pozwolić, bo kobieta, którą kocha, jest tuż obok. Zawsze skłonna mu wybaczyć. Zawsze gotowa go pocieszyć, nawet jeżeli to ona potrzebowała otarcia łez. Ale już od dwóch lat Moniki nie było obok niego. Odeszła, zostawiając go samego w jego pogmatwanym świecie i zabierając ze sobą nie tylko wspólne lata, ale przede wszystkim własną godność. A on dopiero wtedy pojął, że nie umie i nie chce żyć bez niej. Zrozumiał też, że do tego związku nie ma już powrotu – zbyt wiele ponurych wspomnień ich łączyło. Znacznie więcej niż ufności, że mogłoby im się udać stworzyć coś od nowa. Właśnie dlatego Monica odeszła, a on musiał w końcu się z tym pogodzić.

Może gdyby został w Różanym Gaju nieco dłużej, udałoby mu się to. Tutaj wszystko było takie świeże i niewinne. Czuł, że mógłby zacząć wszystko od nowa. Zwłaszcza że wokół niego znajdowały się tak interesujące osoby. Izabela, na którą zawsze mógł liczyć. Dziewczynka o pszenicznych włosach, która była wierną kopią jego przyjaciela, Tommaso. I Łucja… kobieta, która intrygowała go najbardziej. Czuł jednak, że w ich relacjach wyznaczyła pewną granicę, a on nie zamierzał jej przekraczać. I tak przecież wtargnął jak intruz do tego dziewiczego zakątka. Postanowił, że niczym duch, będzie dla niej niezauważalny.

– Jak idą prace w domu twojej mamy? – zagaiła Łucja, chcąc przerwać krępującą ciszę.

– Dom wygląda jak po bitwie grunwaldzkiej, ale mam nadzieję, że zanim mama wróci, uda mi się to wszystko ogarnąć.

Łucja uśmiechnęła się. Dobrze poznała panią Matyldę, mieszkając u niej w zeszłym roku. Wiedziała, że starsza pani nie lubi zmian. Od kilkunastu lat nie wybierała się w dalsze podróże i wyjazd do nadmorskiego sanatorium musiał być dla niej nie lada wyzwaniem.

Przez całą wizytę w pałacu Izabela wydawała się nieobecna duchem. Nie potrafiła podjąć tematu ani z Łucją, ani ze swoim włoskim przyjacielem. Patrzyła na drzewa, ziewała i co chwilę dolewała sobie kawy do filiżanki. Nagle wstała, oparła się o ścianę altany i rzuciła:

– Pójdę już.

Kiedy wydawało się, że już odejdzie, nagle odwróciła się w stronę Luki i żywo gestykulując, zawołała:

– O mały włos bym zapomniała! – Miała taki wyraz twarzy, jakby poczuła się zawstydzona z powodu swojej niepamięci. – Mam w samochodzie rzeczy, o które mnie prosiłeś, ale musisz pójść ze mną, bo zaparkowałam dość daleko stąd. Moje auto niestety nie potrafi przedrzeć się przez pola. To nie to, co samochód Łucji. – Izabela uśmiechnęła się. Smętna atmosfera nagle gdzieś znikła, a na twarzach całej trójki pojawił się uśmiech.

Luca odprowadził malarkę do jej samochodu. Niewielki, kobiecy nissan na pewno nie był dostosowany do przemierzania wyboistych polnych dróg.

Łucja po odejściu tych dwojga odniosła brudne naczynia do kuchni, włożyła je do zmywarki, po czym zajrzała do pokoju Ani. Nie było jej. Pewnie znów wyszła ze Staszkiem, w ostatnich miesiącach byli nierozłączni. Dzisiaj akurat nie miała lekcji fortepianu, więc mogła więcej czasu poświęcić na spotkanie z przyjacielem. W ogóle w powietrzu czuć już było rozprężenie, które zwykle się pojawia, gdy lato stoi tuż za progiem. Większość uczniów w szkole Łucji już bujała w obłokach, a o porządnej nauce nie było mowy. Ania i Staszek, kiedy nie przesiadywali w bibliotece, też coraz częściej wałęsali się po okolicznych łąkach.

W pałacu było pusto i cicho. Zbyt pusto i zbyt cicho. Włączyła radio. Kuchnię zalała fala dźwięków. Właśnie kończył się jeden utwór, a nim zaczął się kolejny, w tle usłyszała jeszcze kilka zbyt głośnych reklam. Podeszła do okna, by poprawić przytrzaśniętą firankę. Otworzyła je. Już miała odejść, gdy dostrzegła Lucę zbliżającego się do budynku. Szedł od strony bramy. Od razu zauważyła, że coś niesie. Oparła ręce na parapecie i przyglądała mu się z rosnącym zainteresowaniem. Kiedy podszedł dostatecznie blisko, zauważyła, że trzyma sztalugi. Widziała je wcześniej w mieszkaniu Izabeli. Na ramieniu miał zawieszoną pokaźną ortalionową torbę. Poruszał się powoli, ale mimo to dość szybko dotarł do schodów. Zerknął w górę, na kuchenne okna. Łucja cofnęła się. Poczuła się zdemaskowana. Zupełnie jakby wiedział, że go obserwowała. Przymknęła okno. Zaraz potem usłyszała głuchy łoskot zamykanych na dole drzwi. Kroki Włocha tylko przez chwilę były głośne i wyraźne, zaraz bowiem ucichły, kiedy zniknął za drewnianymi drzwiami swojego pokoju.

Sobotni poranek zapowiadał się bardzo leniwie. Łucja z Anią postanowiły pomóc Józefowi, ogrodnikowi zatrudnionemu przez Tomasza, w pracach na terenie pałacowej posesji.

Józef, sześćdziesięcioletni mieszkaniec Różanego Gaju, wywiązywał się ze swoich obowiązków należycie, ale na kilkuhektarowym terenie przydatna była każda dodatkowa para rąk do pracy. Zwłaszcza teraz, kiedy krzewy różane zaczynały rozkwitać, ożywiając zielone zakątki parku i ogrodu swoimi barwami. Trawa, często zroszona ciepłym, majowym deszczem, rosła w tym roku wyjątkowo szybko i bujnie. Kosił ją głównie Ignacy, ale i Łucja często brała do rąk spalinową kosiarkę. Także Ania lubiła prace w ogrodzie. Kiedy była na zewnątrz, czuła, że to miejsce… pałac i cały ten zielony teren naprawdę stały się jej domem. Kiedy jeszcze żyła mama, mieszkały na skraju wsi, w niewielkim domku.

Dobrze jej tam było. Ale wtedy była przy niej ukochana osoba. Kiedy matki zabrakło, wszystko się zmieniło, a domek, w którym mieszkała przez jedenaście lat swojego życia, choć ten sam, stał się zupełnie inny. Po śmierci matki Ani właściwie wszystko się zmieniło. Przede wszystkim pojawił się w nim ojciec. A teraz, kiedy mieszkali w tym pięknym miejscu, Ania wiedziała, że dawna ziemia Kreiwetsów przyjęła ich na dobre, dając życie licznym kwiatom i starym drzewom, które rosły tu przez dziesięciolecia. Teraz jednak jakby na nowo odżyły soczystą zielenią i śpiewem ptaków, których kiedyś było tutaj niewiele.

Tego dnia Łucja i Ania śniadanie zjadły w altanie, a kiedy opróżniły swoje filiżanki z herbatą, właściwie nie miały ochoty wracać do środka. Już wcześniej obie ubrały się odpowiednio do planowanych zajęć: krótkie spodenki, luźne koszulki i tenisówki. Talerze po zjedzonym śniadaniu zostały więc na zewnątrz, w altanie.

Ania pobiegła do Józefa, który akurat zajmował się terenem wokół niewielkiego stawu znajdującego się na krańcu posesji. Zaniedbane oczko wodne, gęsto oblepione tatarakiem, stanowiło mieszkanie dla okolicznych żab, które specyficznym śpiewem umilały ciepłe wieczory w Różanym Gaju. Nawet w ogrodzie było ich sporo. Często chowały się pod gładkimi kamieniami, a potem nieoczekiwanie spod nich wyskakiwały. Ania była zachwycona tym miejscem. To właśnie dla niej Tomasz postanowił zadbać o nie w szczególności. I to właśnie temu niewielkiemu zbiornikowi wodnemu Józef poświęcał ostatnio najwięcej czasu. Wybudował pomost i oczyścił przybrzeżny teren, przez co mniejsza, dotąd schowana roślinność, wysunęła się na pierwszy plan, otaczając koliste lustro wody gęstym kobiercem. Od wczorajszego dnia ogrodnik dosadzał wokół niego nowe gatunki.

Gdy Ania zniknęła z pola widzenia, Łucja ruszyła w głąb parku. Zaopatrzona w podłużny sekator, który włożyła do szerokiego wiklinowego kosza, szła jedną z alejek, na której końcu tej wiosny wyjątkowo bujnie rozrosły się różane krzewy. Wczesną wiosną nie wykonała obowiązkowego cięcia i teraz zamierzała nadrobić zaległości, usuwając zdrewniałe, martwe łodygi, które nie przetrwały zimy.

Postawiła kosz na trawniku. Nałożyła robocze rękawice, żeby ochronić delikatną skórę dłoni przed nieuniknionym zadrapaniem, i od razu zabrała się do pracy. Suche gałązki kolejno lądowały na zielonym poszyciu, a herbaciane pąki róż odsłaniały się coraz bardziej, ciesząc oczy ogrodniczki.

Róże w pałacowym ogrodzie zakwitły wyjątkowo wcześnie. Na innych działkach jeszcze trzymały się mocno, zaciskając pąki i osłaniając się drobnymi liśćmi, a na ziemi Kreiwetsów już kusiły swym pięknem.

Łucja kucnęła i odłożyła sekator na bok. Potem zdjęła rękawice i poprawiła opaskę, która co chwilę opadała jej na czoło. Zagarnęła włosy do tyłu. Na chwilę przysiadła na trawniku i zamknęła oczy. Poczuła różany aromat. Jakby kwiaty, wydzielając słodką woń, odwdzięczały jej się za troskę i uwagę, które im poświęcała.

Praca w ogrodzie była dla niej odskocznią od natrętnych myśli, dotyczących oczywiście Tomasza. Cały czas o nim myślała. Zawładnął nią. Był pod jej powiekami. Każda komórka jej ciała pamiętała o jego niedawnej obecności. To się stawało nie do wytrzymania. Przeradzało się w obsesję. Tylko kiedy była na zewnątrz, potrafiła przerwać tę nieustanną gonitwę niekontrolowanych myśli.

Przesunęła się o kilka centymetrów dalej, opierając ręce na gęstym kobiercu z trawy. Dwie czarne mrówki weszły na jej serdeczny palec. Lekko je zdmuchnęła. Uniosła wyżej dłoń i zobaczyła na niej

skromny pierścionek ze szmaragdowym oczkiem. „Pierścionek zaręczynowy od Tomasza" – pomyślała i przez chwilę się uśmiechała.
Świetnie pamiętała chwilę, kiedy znalazł się na jej palcu. Stało się to
pewnego zimowego, słonecznego dnia, w pałacowym ogrodzie, przy
fontannie sylfidy. Tomasz zachowywał się bardzo tajemniczo. A kiedy
pod kamiennym spojrzeniem ogrodowej bogini wyjął nieduże zielone pudełko, z którego chwilę potem wyciągnął pierścionek z równie zielonym oczkiem, wiedziała, że za chwilę stanie się coś ważnego
i że na pewno nie odmówi Tomaszowi. Soczysta zieleń atłasowego
puzderka i blask szmaragdowego oczka pierścionka były jak powiew
wiosny w zimnym, zastygłym gęstą bielą zimowym ogrodzie.

Teraz miała ten pierścionek na serdecznym palcu, a ciepła
wiosna, która tamtego mroźnego dnia była tylko obietnicą, w końcu nadeszła. Nie było jednak Tomasza.

Łucja znów położyła rękę na trawie. Zielony kamień wtłoczo-
ny w okrągłą wypustkę pierścionka zamigotał, wysuwając się spomiędzy soczystej trawy. Tuż za sobą usłyszała szmer. Odwróciła
się. Za nią stał Luca. Uśmiechał się i zagadkowo jej się przyglądał – jak zazwyczaj. Potem zauważyła coś jeszcze. Włoch trzymał w ręku sekator.

– Witam cię – powiedział, cały czas się uśmiechając. – Przyszedłem ci trochę pomóc.

Szybko się podniosła, strzepując ze spodenek drobne grudki
ziemi i pojedyncze źdźbła trawy.

– Skąd wiedziałeś, gdzie jestem? – To były jedyne słowa, jakie w tym momencie przyszły jej do głowy.

– Widziałem cię przez okno. Zdążyłem już zauważyć, ile
macie tutaj pracy. Chętnie pomogę. – Uniósł sekator, chcąc za-
demonstrować jego działanie.

Nie odezwała się, zaskoczył ją. Już samo jego pojawienie się na końcu różanej alejki było dla niej nie lada niespodzianką. Przyzwyczaiła się do tego, że od przyjazdu Włocha właściwie cały czas schodzili sobie z drogi. A teraz stał przed nią, gotów włączyć się w pałacowe życie.

– Pokłujesz sobie ręce – zauważyła.

– Mam rękawice. – Wyjął zza pleców parę grubych rękawic. – Trochę cię ostatnio obserwowałem i zauważyłem, co jest potrzebne do pracy w ogrodzie.

Poczerwieniała. Nie sądziła, że Luca jej się przyglądał. Rzadko go widywała, myślała więc, że i on jej nie widuje.

– Nie musisz tego robić.

– Nie muszę, ale chcę – odpowiedział i zanim zdążyła zareagować, stał już przy różanym krzewie i trochę nieumiejętnie, ale bardzo starannie przycinał martwe końcówki pędów.

Nie rozmawiali, tylko co chwilę spoglądali na siebie, obdarzając się niby to przypadkowymi uśmiechami. Luca obserwował ruchy Łucji i bardzo szybko nabrał pewności w swoich.

Po godzinie kilka metrów trawiastego kobierca pokryte było górą kolczastych łodyg.

– Może zrobimy sobie odpoczynek? – zaproponowała Łucja, a malarzowi spodobał się ten pomysł.

– Kawa? – Popatrzył na nią znad rozkwitłych pędów bladopomarańczowych róż.

– Dobry pomysł. Kawę pijam zazwyczaj z Izabelą, a że nie widziałyśmy się od dwóch dni, to chętnie przyłączę się do ciebie.

Luca zdjął rękawice i włożył do wiklinowego kosza, który wcześniej przyniosła. Ona również włożyła do niego swoją parę. Potem oczyściła sekator z resztek gałązek i odłożyła go.

– Nie wrócimy już tutaj? – spytał, widząc, że Łucja zabiera wszystkie przyniesione wcześniej przedmioty.

– Trzeba tylko zebrać poobcinane gałązki, ale do tego potrzebne będą taczki. – Poprawiła opaskę, która znów zsunęła się jej na czoło.

Luca wziął do ręki swój sekator. Łucja sięgnęła po kosz i ruszyli w stronę pałacu.

Luca przyrządził fantastyczną kawę. Wprawdzie zrobił ją w ekspresie, dla Łucji miała jednak niepowtarzalny smak. „Może parząc ją, Luca dorzucił kilka włoskich wspomnień?" – pomyślała.

Potem w ciszy delektowali się kawą przez dłuższy czas. Pierwszy odezwał się Luca. Łucja zauważyła, że zawsze się uśmiechał, zanim coś powiedział. Tak jakby w ten sposób chciał ją przygotować na słowa, które dopiero układał w głowie.

– Chciałbym cię o coś zapytać – rzekł dość odważnie, patrząc jej prosto w oczy.

– Tak? – Podniosła głowę znad wciąż pełnej filiżanki.

Roześmiał się, a potem przez dłuższą chwilę milczał. Łucja odniosła wrażenie, że po prostu zabrakło mu odwagi.

– To dość osobliwa prośba…

– Lubię niespodzianki. – Uśmiechnęła się zachęcająco.

– Chciałbym wrócić do malowania – powiedział, na moment odwracając wzrok. Zaraz jednak znów patrzył na nią z uwagą.

– To cudownie. – Szczerze się ucieszyła.

Przypomniała sobie, jak kilka dni wcześniej Luca niósł do pałacu przywiezione przez Izabelę sztalugi.

– No właśnie… Myślałem, że już nigdy nie stanę przy płótnie. Teraz jednak… – Zamilkł.

Łucja cały czas uśmiechała się zachęcająco. Naprawdę ucieszyła ją ta wiadomość. Przecież po to tutaj przyjechał. Miał odzyskać spokój i harmonię ducha. Okazało się, że w Różanym Gaju odnalazł też zagubioną wenę twórczą.

– O co chciałeś mnie spytać? – Łucja patrzyła mu prosto w oczy.

– Łucjo, chciałbym… żebyś pozowała mi do portretu. – Teraz w jego wzroku było wahanie. Jakby nie był pewien, czy dobrze postąpił.

– Ale… dlaczego ja? – spytała zdezorientowana.

– Bo jesteś piękna, mądra i masz w sobie coś, co czyni cię wyjątkową – rzucił jednym tchem.

– Dziękuję – odpowiedziała cicho. – Nigdy nie myślałam o sobie w ten sposób. Szczerze mówiąc, nie wiem, co też takiego we mnie zobaczyłeś.

– Uwierz mi, bardzo dużo. – Spojrzał na nią wymownie. – Zgadzasz się? – Patrzył w taki sposób, jakby chciał wymóc odpowiedź twierdzącą.

– Nie wiem. – Rozłożyła bezradnie ręce. – Jak to miałoby wyglądać? Co miałabym robić?

– Tylko być obok mnie i pozwolić się podziwiać. – Uśmiechał się tajemniczo. – A tak na poważnie, chciałbym, żebyś codziennie spędzała ze mną jakiś czas, żebym mógł uwiecznić twoje piękno na płótnie. – Uśmiech Luki był szczery i naturalny.

– Ile czasu to zajmie? – spytała rzeczowo, mocno mrużąc oczy.

– Nie wiem. – Uniósł w górę ramiona. – Dwie, trzy godziny, może trochę dłużej – dodał.

– To dość długo. Wiesz, że pracuję w szkole, poza tym...

– Nie chcę ci przeszkadzać. – Luca nagle posmutniał. – Wiesz co, może zapomnijmy o wszystkim.

– Nie! Źle mnie zrozumiałeś. Chodzi raczej o to, że nie wiem, czy będę w stanie poświęcić ci tyle czasu, ile... – Łucja plątała się. – W zasadzie co drugie popołudnie mam wolne, no i weekendy.

– Wiesz co, to głupie, o co cię poprosiłem. Nie dość, że jestem intruzem w waszym domu, to jeszcze próbuję cię zmusić do czegoś, na co nie masz ochoty. – Malarz wydawał się skrępowany.

– Nie powiedziałam, że nie mam ochoty – pośpiesznie weszła mu w słowo.

Popatrzył na nią z nadzieją, ale nic więcej nie powiedział.

– Nie wiem, co takiego we mnie zobaczyłeś, i szczerze mówiąc, nawet nie będę się starała tego zrozumieć. Mam jednak nadzieję, że uda ci się mnie namalować w taki sposób, jak sobie to zaplanowałeś. – Uśmiechnęła się do niego zachęcająco.

– To znaczy, że się zgadzasz? – Popatrzył radośnie.

– Sądzę, że nie mam innego wyjścia. Chyba nie mogłabym ci odmówić.

Szczerze się ucieszył. Patrzył na nią rozradowany. Już więcej o tym nie rozmawiali. Luca pomógł jeszcze Łucji zwieźć kawałki obciętych wcześniej pędów na tyły ogrodu. Później się rozstali. Kobieta poszła gotować obiad, a Włoch zniknął w swoim pokoju.

Przyrządzanie obiadu przedłużyło się jednak niemal do wieczora. W trakcie gotowania Łucja kilkakrotnie wychodziła na zewnątrz. Tego dnia zarówno Ignacy, jak i Józef mieli do niej mnóstwo pytań. Krążyła więc między ogrodowymi ścieżkami a kuchnią, ale to sprawy ogrodu były ważniejsze. Gotowanie zeszło na drugi plan.

Gdy wieczorem usiadły z Anią do kolacji, Łucja pomyślała, że dobrze by było zaprosić do wspólnego stołu Lucę. Najpierw spytała o to małą, a kiedy dziewczynka chętnie się zgodziła, przygotowała dodatkowy talerz.

Malarz od przyjazdu wciąż żywił się puszkowym jedzeniem. Korzystanie ze wspólnej kuchni było dla niego krępujące, dlatego gdy dziewczyn nie było w pałacu, błyskawicznie podgrzewał jedzenie i zaraz znikał, nie pozostawiając po sobie najmniejszego śladu. Puste słoiki i puszki od razu wynosił do kontenera stojącego na zewnątrz.

Ania pobiegła zaprosić gościa na wspólny posiłek. Wrócili już razem. Dziewczynka zajęła miejsce przy stole. Luca stał w drzwiach, czekając na zaproszenie ze strony Łucji.

– Siadaj. – Skinęła w jego kierunku i uśmiechnęła się na zachętę. Odszedł od drzwi i zajął miejsce przy niej.

– O! Spaghetti! – zauważył z entuzjazmem.

Nie pytając go o nic, Łucja nałożyła mu na talerz gorące danie.

– Smacznego – powiedziała.

– *Buon appetito!* – odpowiedział z zapałem. A potem pośpiesznie zabrał się do jedzenia.

Wszyscy troje szybko uporali się z dużą ilością makaronu polanego przyrządzonym przez Łucję sosem bolognese i posypanego świeżymi ziołami z pałacowego ogrodu.

Jeszcze na jesieni Łucja przygotowała grządki, na których wiosną posiała warzywa i zioła. Teraz cieszyła się pierwszymi efektami. Warzywnik rozkwitał, a wyhodowane rośliny cieszyły nie tylko oczy, ale i podniebienie.

Po kolacji Luca na moment zszedł do swojego pokoju. Za chwilę jednak wrócił. W rękach trzymał butelkę czerwonego wina.

– Masz kieliszki? – spytał pewnie.

– Mam – odpowiedziała, nie wstając od stołu. Nie piła wina i nie wiedziała, jak delikatnie przekazać to gościowi.

Z opresji uratowała ją Ania, która doskonale znała przyzwyczajenia swojej opiekunki.

– Łucja nie lubi wina – wyparowała bez ogródek.

Włoch popatrzył na Łucję z niedowierzaniem.

– Nie lubisz wina? – Nadal patrzył na nią tak, jakby nie wierzył w słowa Ani.

– Rzeczywiście nie przepadam za winem – potwierdziła Łucja.

– Macie korkociąg? – spytał.

– Tak, kieliszki też mamy. – Łucja podeszła do szafki i po chwili na stole znalazły się dwie duże lampki, korkociąg i szklanka soku marchewkowego dla Ani.

Luca zerknął na błyszczące kieliszki.

– Czy to znaczy, że jednak się poczęstujesz? – spytał z nadzieją.

– Może – odpowiedziała zagadkowo. – Chociaż wolałabym herbatę.

– W takim razie nie namawiam. Dzisiaj i tak dużo na tobie wymusiłem. – Ściągnął brwi. Znów wydawał się zawstydzony.

Ania zerknęła ciekawie, czekając na jakieś słowa wyjaśnienia. Luca popatrzył na nią wyrozumiale.

– Łucja będzie mi pozować do obrazu – zwrócił się do dziewczynki.

– Co takiego?! – Widać było, że ten pomysł nie bardzo się małej spodobał.

Łucja drgnęła, przesuwając się na stołku.

– Czy to, co mówi pan Luca, to prawda? – Ania patrzyła na Łucję bez mrugnięcia.

– Tak.

Łucja poczuła się wyjątkowo głupio. Przecież zanim podjęła decyzję, powinna ją najpierw skonsultować z Anią. Zawsze to robiła. Teraz żałowała, że tak pochopnie się zgodziła, ale na odmowę było już za późno.

– Łucja jest bardzo ładna, więc chciałem, żeby pozowała mi do portretu. – Luca starał się wyjaśnić Ani swoje motywy.

Dziewczynka patrzyła na Łucję krytycznym okiem.

– Przecież pan za miesiąc wyjeżdża – zauważyła. – Zdąży go pan namalować? – spytała sceptycznie.

– Mam taką nadzieję – odpowiedział.

Ania pokiwała tylko głową i więcej się nie odezwała. Chwilę posiedziała przy stole. Potem poszła nad staw. Tuż przy brzegu Józef postawił jej dzisiaj nieludzką ławeczkę. Do tej pory dziewczynka siadywała na przyciągniętej z parku kłodzie. Po wyjściu małej Luca otworzył butelkę i napełnił winem dwa kieliszki.

– Zagalopowałem się. – Zrobił minę niewiniątka.

Łucja nie wiedziała, czy udawał, czy mówił serio.

– Mogę wypić za ciebie. – Sięgnął po lampkę, ale Łucja chwyciła go za rękę. Zaraz jednak szybko ją cofnęła.

– Zostaw – powiedziała. – Poczęstuję się, dawno nie piłam wina.

Uśmiechnął się. Widać było, że tymi słowami sprawiła mu przyjemność. Wziął swoją lampkę z winem i uniósł ją wysoko. Na lnianej serwecie zamajaczył bladoróżowy cień zmierzchu odbijającego się na szklanej powierzchni kieliszka. Malarz dłużej przytrzymał go w górze.

– W takim razie – za nasz obraz!

– Nasz? – Łucja powtórzyła ze zdziwieniem.

– Tak – odparł wymijająco, a potem podał jej kieliszek z winem.

Upiła pomału łyk, uważając, żeby się nie skrzywić. Wytrawne wino było wyjątkowo cierpkie.

– Nie smakuje ci. – Luca zauważył od razu.

– Rzeczywiście. Ale nie chodzi o to, że to konkretne wino mi nie smakuje, ja po prostu w ogóle nie lubię alkoholu.

Uśmiechnął się do niej ze zrozumieniem. Potem wyjął jej z rąk kieliszek.

– Zostaw – powiedział stanowczo. – Chciałem kupić lepsze, ale w waszym sklepie nie było wyboru. Po niedzieli muszę się wybrać do Wieliczan po większe sprawunki. Izabela mówiła, że w pobliżu jej osiedla jest fajny sklepik z dobrym markowym winem.

– Możesz pojechać z nami. Trzy razy w tygodniu odwożę Anię na zajęcia do szkoły muzycznej, albo po prostu weź samochód, kiedy z niego nie korzystam. Nie proponowałam ci tego wcześniej, bo nie przypuszczałam, że będziesz chciał się wydostać poza Różany Gaj.

– Wypadałoby zrobić kilka sprawunków. Chętnie się z tobą zabiorę. – Uśmiechnął się i wypił łyk wina.

Do pokoi rozeszli się, kiedy na dworze było już ciemno. Łucja jeszcze kilka razy próbowała połączyć się z Tomaszem. Jego telefon jednak nie odpowiadał. Od trzech dni nie rozmawiali również na Skypie, co bardzo ją niepokoiło. W ciągu dnia trochę udało jej się zapomnieć o sytuacji z Tomaszem, ale teraz… późnym wieczorem, jej pełne tęsknoty i niejasnych obaw myśli zaatakowały ją ze zdwojoną siłą.

Wzięła prysznic. Potem poszła do pokoju Ani. Kiedy przechodziła przez hol, kusiło ją, żeby wejść do pokoju z fortepianem.

Już trzymała dłoń na chłodnej klamce. W ostatniej chwili jednak się wycofała. Smutno było w pałacu bez muzyki ukochanego.

Ania leżała w łóżku z nosem w książce. Zerknęła tylko na Łucję i wróciła do otwartych stronic.

— Przeszkadzam ci? — Łucja usiadła na brzegu łóżka.

Dziewczynka ziewnęła. Widać było, że jest już zmęczona. Często czytała do późnych godzin, a potem usypiała przy zapalonej lampie. Łucja gasiła ją i odkładała książkę na półkę. Tym razem jednak Ania odłożyła lekturę sama. Usiadła, podciągając nogi pod brodę.

— Aniu, nie spodobało ci się, że zgodziłam się pozować do obrazu Luki, tak? — Łucja wiedziała, że od razu musi porozmawiać z małą o całej sytuacji.

Dziewczynka nie odpowiedziała, tylko westchnęła.

— Jesteś zła? — Kobieta postanowiła jednak wyjaśnić sprawę portretu do końca.

— Nie jestem, ale... — Ania nagle urwała.

— Ale co? — Łucja dociekała.

— Chodzi o to, że będziecie spędzać ze sobą dużo czasu.

— I to cię tak martwi? Nie bój się, nie zaniedbam domowych obowiązków. W szkole mam już mniej pracy. Zajęcia w szkole muzycznej też niedługo nam odpadną. Zresztą Luca obiecał, że nie będzie mnie zbytnio angażował.

Ania nie wydawała się nawet trochę uspokojona.

— Łucjo... ja już nie jestem małą dziewczynką. Wiem, że jak kobieta i mężczyzna długo ze sobą przebywają, to... — Spuściła głowę. Nie chciała patrzeć na opiekunkę.

— Aniu, co ty mi chcesz powiedzieć?! — Łucja była wzburzona tym, co dziewczynka próbowała jej przekazać.

– Oj, nie udawaj. Dobrze wiesz, o co mi chodzi. On jest taki przystojny. Przecież ty możesz się w nim zakochać. – Mimo zawstydzenia Ania dopiero teraz odważyła się spojrzeć na Łucję.

Kobieta dostrzegła lęk w oczach dziecka. Przybliżyła się do Ani. Odchyliła kołdrę, którą mała kurczowo zaciskała w dłoniach, a potem przytuliła dziewczynkę.

– Aniu, kochanie, przecież wiesz, że kocham tylko twojego tatę. Tylko z nim mogę być naprawdę szczęśliwa. Z nim i z tobą. Niepotrzebnie zaprzątasz sobie głowę takimi myślami.

– Może i niepotrzebnie, ale... tak bardzo chciałabym, żeby tata był z nami. Przed jego wyjazdem wszystko wyglądało jakoś inaczej.

– Przecież tata już niedługo wróci. – Łucja ze wszystkich sił starała się ją pocieszyć. Z marnym skutkiem. Dziecko wciąż było smutne.

– Ostatnio wcale nie ma dla nas czasu, a obiecywał, że będziemy rozmawiać przynajmniej dwa razy dziennie. Mówił, że będzie dzwonił, a teraz nawet telefonu ode mnie nie chce odebrać. – Ania patrzyła na Łucję smutno.

Łucja nie miała pojęcia, jak ją pocieszyć. Tomasz zachowywał się dziwnie. To, że nie miał czasu rozmawiać z nią, jeszcze mogła przełknąć, ale braku zainteresowania córką nie potrafiła mu już darować. Nie mogła pozwolić, żeby muzyka znów przesłoniła mu cały świat, bo w tym świecie była teraz Ania. Postanowiła, że przy najbliższej okazji powie mu do słuchu.

Okazja ku temu nadarzyła się już następnego dnia. Wcześnie rano Łucję obudził dzwonek telefonu. Zaspana i jeszcze nie całkiem świadoma tego, co się dzieje, odezwała się niewyraźnie:

– Halo!

– Cześć, kochanie. – Usłyszała głos Tomasza i od razu zebrała się w sobie. Usiadła na brzegu łóżka i odruchowo poprawiła włosy.

– Cześć – odpowiedziała.

Długo nie mogła wejść mu w słowo, bo ukochany z dużym zapałem zdawał jej relację z pobytu we Włoszech. Mówił o odbytych koncertach i o dalszych planach. W tych opowieściach nie było miejsca dla niej i dla córki. Wyglądało na to, że muzyka znów była dla niego najważniejsza. Kiedy skończył wyliczać serię swoich ostatnich sukcesów, nagle zamilkł. Po jego pełnym euforii przemówieniu Łucja nie mogła wykrzesać z siebie nawet słowa.

– Łucjo, czy u was wszystko w porządku? – spytał po chwili milczenia.

Zdawało się, że dopiero teraz sobie o nich przypomniał. Znów się nie odezwała, tylko nerwowo zakasłała.

– Łucjo? – odezwał się głośniej.

– Nic nie jest w porządku! – wybuchła w końcu. – Odkąd wyjechałeś, zupełnie przestałyśmy się dla ciebie liczyć. Naprawdę mogę zrozumieć to, że ja trochę zeszłam na dalszy plan, ale Ania?! Twoja córka tęskni za tobą każdego dnia, a ty zdajesz się o tym wcale nie pamiętać! – wykrzyczała do słuchawki.

Na chwilę przyniosło jej to ulgę.

– Nie wiedziałem. – Tomasz odezwał się cicho. – Tutaj jakoś inaczej płynie czas. – Powiedział to w taki sposób, jakby starał się usprawiedliwić.

– Nie wątpię – odezwała się z przekąsem.

– Przepraszam. – Tym razem mówił bardzo głośno. – Porozmawiam z Anią, przeproszę ją i wszystko jej wyjaśnię.

– Co jej wyjaśnisz? – dociekała Łucja.

– No… to, że… – Nie umiał powiedzieć, o co mu właściwie chodzi.

Potem rozmawiali jeszcze kilka minut, ale bez dawnej bliskości. Kiedy Łucja odłożyła słuchawkę, bynajmniej nie czuła się lepiej. Miała wrażenie, że Tomasz przez te kilkanaście dni od momentu wyjazdu naprawdę się zmienił. Tak jak sobie obiecała, wygarnęła mu. Tylko że on nic sobie z tego nie robił. Przynajmniej sprawiał takie wrażenie. Nie takiego Tomasza znała. Nie w takim Tomaszu się zakochała. Jej złe przeczucia pomału się spełniały.

Od momentu, kiedy Luca poprosił Łucję o pozowanie do obrazu, stał się w jej życiu bardziej obecny. Częściej widywała go w pałacowym korytarzu, niby to przypadkiem mijali się w kuchennych drzwiach. Kobieta odnosiła wrażenie, że pozorny dystans, dotychczas obecny w ich relacjach, teraz ulotnił się całkowicie. Mijały jednak dni, a Włoch nie rozpoczynał pracy nad swoim dziełem. Przez moment Łucja pomyślała, że zmienił zdanie. Że poprosił ją o pozowanie do portretu pod wpływem chwili. Okazało się jednak, że Luki bynajmniej nie opuścił twórczy zapał, który udało mu się na powrót wskrzesić. W jego pokoju na sztalugach Izabeli stało już rozciągnięte, zagruntowane płótno, a we wszystkich kątach można było dostrzec artystyczny miszmasz. Na ławie przy oknie leżały tuby farby olejnej, a wokół unosił się zapach werniksu. Kilka różnej grubości pędzli wystawało z niedomkniętego tekowego pudełka. Mężczyzna czuł, że to dzieło będzie niepowtarzalne. Był pewien, że gdy teraz znów stanie przy sztalugach, zapał i twórcza wena staną się dla niego chlebem powszednim. Oddychał tym, co miało się wydarzyć, i wciąż czekał na odpowiedni moment, by zacząć.

Kiedy pewnego ciepłego popołudnia, stojąc przy oknie swojego pokoju, dostrzegł Łucję zmierzającą wąską parkową alejką do bramy pałacu, wiedział, że ta chwila właśnie nadeszła. Kobieta wyglądała zjawiskowo. W zwiewnej kolorowej sukience, pokrytej drobnymi kwiatami, była jak motyl unoszący się nad zieloną wydeptaną ścieżką. Szła pewnym krokiem, choć jednocześnie sprawiała wrażenie ulotnej.

Luca otworzył okno i się wychylił. Chciał, żeby Łucja go dostrzegła. Zdawał sobie sprawę z tego, że po prostu mógł wyjść jej naprzeciw, ale wolał pozostać w pokoju i patrzeć na nią niemal do końca, aż zbliży się do pałacowych schodów.

Rzeczywiście, już z odległości kilkunastu metrów dojrzała go i pomachała ręką. Z każdym dniem coraz mniej krępowała ją obecność włoskiego gościa. Luca uśmiechnął się, ale nie był pewien, czy Łucja ten uśmiech zobaczyła. Kiedy weszła do holu, już tam stał. Wiedziała, że na nią czekał, że to spotkanie nie było przypadkowe. Czuła, o co malarz chce ją spytać, i czekała na jego słowa.

– Cześć – rzucił wesoło z włoskim akcentem.

– Cześć – odpowiedziała, poprawiając torebkę.

– Późno dziś wracasz – zauważył. Czekał na nią już od trzech godzin. Zwykle wracała ze szkoły wcześniej.

– Tak, rzeczywiście. Przedłużyły nam się dzisiaj próby. Organizuję przedstawienie na zakończenie roku szkolnego. Chcę, żeby wszystko wypadło jak najlepiej.

– Jasne. – Luca zrobił minę wyrażającą pełne zrozumienie.

Chwilę stali bez słowa, wpatrując się w siebie nawzajem. Włoch chciał wyczuć moment, w którym będzie mógł spytać Łucję, a ona czekała, kiedy ją o to poprosi.

– Masz czas dziś po południu? – W końcu ośmielił się zapytać.

– Właściwie... tak. – Wydawało się, że przez moment się zastanawia, ale on wiedział, że to tylko gra.

– Chciałbym, żebyśmy zaczęli... – Wpatrywał się w nią bez mrugnięcia.

– Dobrze. – Uśmiechnęła się zachęcająco.

Sprawiała wrażenie pewnej siebie, ale wewnątrz czuła wzbierającą falę niepewności. Nie wiedziała, jak będą wyglądały ich wspólne sesje. Nie miała pojęcia, czy da radę wysiedzieć w jednej pozycji przez dłuższy czas.

Luca wprawdzie nie powiedział jej, gdzie będzie malował, ale domyślała się, że najprawdopodobniej w pałacowym ogrodzie. Na dworze było tak pięknie, że wielobarwna przyroda umajona ciepłym powietrzem wydawała się najbardziej trafnym wyborem jako tło przyszłego dzieła.

– W porządku – dodała jeszcze, widząc jego chwilowe zakłopotanie. – Tylko podam Ani obiad. – Zajrzała przez niedomknięte drzwi, jakby czekała na dziewczynkę. – Zaraz powinna wrócić. Poszli ze Staszkiem do biblioteki.

Chwilę potem w pałacowych drzwiach rzeczywiście pojawili się Ania i Staszek. Mieli na ramionach szkolne plecaki. Chłopiec trzymał jeszcze w ręku dwie grube książki.

– Dzień dobry! – rzucili jednocześnie.

– Dzień dobry! – odpowiedział Luca i uważnie przyjrzał się Staszkowi. Potem przeniósł wzrok na książki, które chłopak przyciskał do piersi. Były wyjątkowo opasłe. Wydawało się, że lada chwila mu się wyślizgną.

– Interesujesz się malarstwem? – spytał Luca, nie spuszczając wzroku z chłopca.

– Tak – odpowiedział Staszek i podciągnął wyżej książki.

Włoch się uśmiechnął, potem znowu popatrzył na książki, a właściwie na jeden z dwóch tomów znajdujących się w rękach kolegi Ani.

– *Tajniki malarstwa* – przeczytał Luca. – Dobry wybór – dodał po chwili. – Mam tę książkę, tylko we włoskim wydaniu. Zawiera naprawdę wiele cennych wskazówek.

Staszek zaczerwienił się. Starał się uśmiechnąć, ale Ania popchnęła go lekko do przodu.

– Chodźmy na górę – odezwała się głośno.

– Odłóżcie plecaki, umyjcie ręce i przyjdźcie do kuchni. Idę wam odgrzać obiad. – Łucja stanęła na pierwszym stopniu, odwróciła się i popatrzyła na Lucę. – Zjesz z nami? – Uśmiechnęła się zachęcająco.

– Nie, dziękuję, jadłem już dzisiaj obiad – skłamał.

Nie chciał się naprzykrzać. Od kiedy rozstał się z Monicą, jadał zazwyczaj nieregularnie. Choć właściwie wcześniej też nie przywiązywał wagi, by zasiadać ze swoją partnerką do stołu o stałej porze. Nieraz Monica czekała na niego z ciepłym obiadem, który on odgrzewał sobie dopiero późną nocą. Była świetną kucharką, piękną kobietą i dobrym człowiekiem, ale on nie umiał tego docenić.

– Nie będę nalegać – powiedziała Łucja. – Wiesz jednak, że zawsze jesteś mile widziany przy naszym stole.

Nie odpowiedział, tylko głośno się roześmiał. Łucja ruszyła schodami na górę. Kiedy była w połowie, odwróciła się i jeszcze raz na niego popatrzyła. Cały czas stał w tym samym miejscu, oparty o ścianę. Lekko kołysał się na boki, jakby tańczył w rytm rozbrzmiewającej w jego głowie melodii.

– Po posiłku zejdę na dół – dodała.

Na ustach Włocha znów pojawił się uśmiech.

Obiad z talerzy Staszka i Ani zniknął błyskawicznie. Dziewczynka ostatnio miała dość duży apetyt. Jej zazwyczaj wątła sylwetka teraz trochę nabrała ciała, a na lekko zaokrąglonych policzkach pojawiły się dwa niewielkie dołeczki. Kiedy się uśmiechała, dołeczki uwydatniały się jeszcze bardziej. Łucja bardzo lubiła patrzeć na uśmiechniętą Anię, ale ostatnio dziewczynka często bywała smutna. Łucja starała się sprowokować ją do śmiechu przypadkowymi dygresjami, ale wywołanie radości na twarzy dziecka graniczyło z cudem. Tylko Staszkowi wciąż się to udawało. Tylko w jego towarzystwie zachowywała się spontanicznie. Przy Łucji była stale zamyślona. Nie umiały ze sobą rozmawiać o Tomaszu. Od kilku dni dziewczynka zręcznie unikała tematu ojca, z którym rzadko rozmawiała na Skypie. Łucja zdawała sobie sprawę, że to była główna przyczyna jej przygnębienia.

Po skończonym posiłku włożyła naczynia do zmywarki i trochę posprzątała w kuchni, choć Ania zaoferowała jej pomoc. Kobieta podziękowała jej jednak z uśmiechem, widząc, jak mała pali się, by znów być z przyjacielem sam na sam. Ania i Staszek traktowali się jak najlepsi przyjaciele, choć często słyszeli docinki ze strony rówieśników. Wcale im to nie przeszkadzało. Ania nadal z pasją uczyła się gry na fortepianie, a Staszek dopiero odkrywał, co było dla niego ważne. Odkąd Łucja podjęła pracę w tutejszej szkole, zauważyła, że chłopiec ma wyjątkowe predyspozycje do wszelkiego rodzaju prac manualnych. Ładnie rysował. Jego umiejętności już dość dawno temu zauważyła pani Marta, nauczycielka plastyki, ale wówczas Staszek przychodził na lekcje notorycznie nieprzygotowany, bez potrzebnych przyborów. Przez ostatni rok szkolny chłopak angażował się coraz częściej nie tylko na lekcjach plastyki, ale też uczestniczył we wszystkich szkolnych projektach. Chętnie robił dekoracje do przedstawień i wymyślał tła gazetek dydaktycznych. Wszyscy w szkole zauważyli jego przemianę i wiedzieli, że wiązała się z jego sytuacją rodzinną. Odkąd ojciec przestał pić, Staszek zawsze był czysty i skoncentrowany. Coraz lepiej się uczył. Na zakończenie szóstej klasy udało mu się uzyskać z egzaminów wysoką punktację, a i świadectwo zapowiadało się doskonale. Wcześniej ledwo dawał sobie radę, a trójki całkowicie go zadowalały. Kiedy przebywał w szkolnej świetlicy, pani Marta poświęcała mu wiele uwagi, nawet zostawała po godzinach, by z nim popracować.

Łucja dokonała gruntownej inspekcji wszystkich kątów, z zadowoleniem stwierdziwszy, że pomieszczenie lśni czystością. Włączyła zmywarkę i wyszła do sypialni. Popatrzyła na szafę, gdzie w lustrzanym odbiciu zobaczyła siebie. Przeczesała ręką włosy i wygładziła fałdy sukienki. Przez chwilę pomyślała, że skoro ma pozować malarzowi, może powinna się podmalować, ale odstąpiła od tego zamiaru. Nie malowała się już od tak dawna, że i teraz uznała to za zbędne. Jej ciemne oczy na tle oliwkowej cery błyszczały urokliwie. Kiedy szły z Anią przez park, dziewczynka mawiała, że odbijają się w nich liście. Patrzyła wówczas w oczy opiekunki i uśmiechała się. Czuła się bezpiecznie. Łucja też się uśmiechała. Wtedy wszystko było takie realne. Miękka trawa, która podnosiła się, kiedy tylko uwolniły ją ich stopy. Szorstka kora drzew, witająca się z ich dłońmi chropowatym dotykiem. Ciepły, pachnący oddech ziemi, na której mieszkały. Doskonale go znały.

Łucja jeszcze raz rzuciła okiem na swoje odbicie w lustrze. Tym razem starała się spojrzeć na siebie krytycznie, choć nie bardzo już to potrafiła. Odkąd zamieszkała w Różanym Gaju i od nowa poukładała swoje życie, polubiła się na nowo.

Podeszła do szafy i starannie ją domknęła. Przy drzwiach odwróciła się jeszcze, aby sprawdzić, czy łóżko jest równo zaścielone, i wyszła do holu.

Kiedy zeszła ze schodów, od strony sali balowej do jej uszu doleciały roześmiane głosy Ani i Staszka. Chwilę potem wesoła dwójka znalazła się tuż przy niej. Dziewczynka przemknęła obok jak strzała.

– Będziemy przy stawie – zakomunikowała tylko w biegu i już była przy drzwiach. Kolega w jednej chwili znalazł się tuż przy niej.

– Dobrze – odpowiedziała Łucja, ale Ania zdawała się już tego nie słyszeć. Wybiegła z pałacu, nie domykając za sobą drzwi.

Łucja westchnęła i położyła rękę na mahoniowej barierce. Schody z ozdobną balustradą prezentowały się imponująco. Przypomniał jej się dzień, kiedy po raz pierwszy zwiedzała wnętrze pałacu Kreiwetsów. Wybrała się tam z panią Matyldą i Ignacym, którzy od dawna byli opiekunami tego urokliwego, ale niestety wówczas mocno zrujnowanego miejsca. Wnętrze budynku zrobiło na niej wtedy niezbyt dobre wrażenie. Zniszczone ściany, resztki parkietu i kłęby kurzu. Schodom, rozchodzącym się do góry w dwie strony, brakowało kilku stopni. Z przeciekającego dachu powoli sączyły się do wnętrza drobne kropelki wody, powodując dotkliwe zawilgocenie i tak już chłodnych sal. Teraz było tu zupełnie inaczej. Tomasz zainwestował olbrzymie pieniądze, żeby przywrócić temu miejscu dawną świetność. Na początku, zatrudniając jedną z najlepszych firm budowlanych w okolicy, wstawił drewniane okna i pokrył dach dobrej jakości ceramiczną dachówką. Remont pałacu przeprowadzał sukcesywnie, pod nadzorem konserwatora zabytków. Odkąd ruszyły prace, wnętrze pałacu coraz bardziej przypominało to sprzed pierwszej wojny, kiedy mieszkali tu jeszcze ostatni właściciele. Potem potomkowie

Kreiwetsów zostali zmuszeni do emigracji, a budynek popadł w ruinę. Pani Matylda przechowywała kilka egzemplarzy starych gazet ze zdjęciami przedstawiającymi wiekowy pałac. Teraz, po remoncie, bardzo zbliżył się do dawnego wyglądu.

Przez uchylone drzwi wraz z ciepłym powietrzem wtargnęła do wnętrza słodka woń azalii kwitnącej przy pałacowych schodach. Łucja zapragnęła jak najszybciej znaleźć się na zewnątrz. Gdy już była przy wyjściu, zauważyła Lucę.

– Słyszałem was – odezwał się. – Rozumiem, że jesteś już gotowa? – Popatrzył na nią w taki sposób, jakby oceniał każdy detal jej urody.

– Tak, chodźmy. – Odwróciła wzrok i wyszła na zewnątrz. Pośpiesznie zbiegła ze schodów i zatrzymała się dopiero przy gryfie, znaczącym początek stopni.

Luca wydawał się zrelaksowany. Kiedy rozmawiała z nim ponad godzinę temu, miał spiętą twarz.

– A gdzie przybory do malowania? – Łucja obrzuciła wzrokiem najbliższą przestrzeń.

– Wszystko już przygotowałem, brakuje tylko ciebie. – Popatrzył sugestywnie.

– Gdzie będziesz mnie malował? – Znów rozejrzała się wokół.

– Wybrałem jedno piękne miejsce. – Uśmiechnął się tajemniczo.

O nic go nie spytała, tylko drgnęła i zrobiła kilka kroków do przodu.

– Chodźmy więc. – Poprawiła sukienkę, której fałdy zawijały się po bokach.

Luca podszedł do niej i delikatnie objął ją w pasie, sugerując, że powinni skręcić w lewo, w wąską, niepozorną dróżkę.

Odskoczyła zaskoczona. Nie była przygotowana na jego bliskość. Nie była przygotowana na bliskość żadnego mężczyzny poza Tomaszem.

– Przepraszam. – Luca się zmieszał, ale po chwili zażartował. – Musisz mi wybaczyć. Jestem Włochem, a wiesz, że my... południowcy, jesteśmy dość żywiołowi. – Uśmiechał się zabawnie, a Łucja nabrała pewności, że tak właśnie było.

Ostatnio zachowywał się wobec niej bardziej spontanicznie niż na początku. Z każdym kolejnym dniem spędzonym w Różanym Gaju patrzył na nią coraz śmielej. Ona też nabrała odwagi. Polubiła go. Był zabawnym i sympatycznym człowiekiem.

Łucja poprawiła włosy i weszła na dróżkę obrośniętą gęstą, niewydeptaną trawą. Rzadko tędy ktoś chodził. Prowadziła do serca parku, a po kilku metrach łączyła się z innymi alejkami. Łucja przeszła kilka kroków i odwróciła się do Luki.

– Zostajesz? – Starała się przybrać zabawny wyraz twarzy.

Zadziałało. Od razu ruszył za nią. Po chwili ją wyminął i przez dłuższy czas szedł przodem. Nie rozmawiali. Łucja rozglądała się z nadzieją, że zaraz zobaczy ukryte gdzieś w zaroślach sztalugi Luki. W tej części parku roślinność była wyjątkowo bujna. Stare drzewa pojawiały się rzadko, ustępując miejsca niskim krzewom. Wzdłuż dróżki, którą szli, rosło kilka leszczyn o dużych, czerwonych liściach. Kilka lat wcześniej posadził je w tym miejscu Ignacy, który co jakiś czas wypełniał luki w starym parku, siejąc w nim nowe życie. Dzięki niemu w wiekowym ogrodzie Kreiwetsów znalazło się kilka nowych gatunków drzew i krzewów.

Kiedy dochodzili do końca ścieżki, Luca przystanął.

– Chodź – powiedział, unosząc rękę w prawą stronę. Uważał, by nie dotknąć Łucji.

Potem, nie czekając na gest z jej strony, nagle skręcił w kierunku, który właśnie wskazał, i zaczął się przedzierać przez gęste krzaki, oblepione białymi drobnymi kwiatkami. Kilka płatków zostało na jego ciemnoszarym podkoszulku. Na chwilę się zatrzymał i odchylił gałąź jednego z krzewów, aby Łucja mogła swobodnie przejść. Znaleźli się na porośniętej paprociami ziemi, w otoczeniu kosodrzewiny. Nieco dalej rosły wysokie choiny. Łucja od razu dostrzegła kilka gęstych świerków.

Domyślała się, dokąd prowadził ją Luca. Wiedziała, że jego zamiarem było dojście do fontanny sylfidy. Po prostu poszedł inną, rzadziej uczęszczaną ścieżką. Tym ją zmylił. Sądziła, że zaraz się zatrzyma, a ona wśród bujnej przyrody zobaczy szczyty jego sztalug. Ale tak się nie stało. Luca wybrał bowiem do swej pracy miejsce, z którym wiązało ją wiele wspomnień, a ostatnie wciąż przechowywała w sobie niczym najcenniejszy amulet. Zimowy ogród, ciepły uśmiech Tomasza i szmaragdowy błysk pierścionka, który od tamtej chwili cały czas przytulał się do jej serdecznego palca.

Luca zauważył jej chwilowe zakłopotanie, ale o nic nie spytał, tylko ruszył przed siebie. Wiedziała, że zaraz oboje znajdą się przy fontannie sylfidy. Z miejsca, w którym się znajdowali, wystarczyło przejść zaledwie kilka metrów, skręcić w bok i już wychodziło się na niewielką polankę, pokrytą gęstym kobiercem majowej trawy, pośrodku której stała naga boginka wychylająca się z misy kamiennej fontanny.

Malarz znacznie przyspieszył tempo, aż w pewnym momencie zniknął z pola widzenia. Wtedy ona też wydłużyła krok. Po chwili stała już na oświetlonej popołudniowym słońcem łące, a przed sobą miała znajomą fontannę, z której drobnym strumieniem tryskała woda. Niedaleko kamiennej bogini stały sztalugi Luki.

Zatrzymała się. Stała w znacznej odległości zarówno od wodotrysku, jak i malarza, który schował się częściowo za stojakiem.

– Prawda, że tu pięknie? – Luca rozejrzał się wokół, a potem
zatrzymał wzrok na twarzy Łucji, czekając, co powie.

– Tak – odpowiedziała cicho i ruszyła w jego stronę.

Za chwilę stała tuż przy nim. Oparła rękę o sztalugę i przyglądała się mu.

– To znaczy, że właśnie tutaj chcesz malować?

– Tak. – Luca się rozpromienił. – To wyjątkowe miejsce, ma
w sobie coś magicznego. Kiedy trafiłem tu pierwszy raz, wiedziałem, że wrócę. Przyznam ci się, że przychodziłem tu codziennie. –
Przeniósł wzrok na nagą postać sylfidy.

– W pałacowym ogrodzie jest wiele pięknych miejsc – powiedziała Łucja, mając nadzieję, że Luca może jednak zmieni zdanie
co do miejsca swej pracy twórczej.

– Wiem o tym. Kilkakrotnie przemierzyłem wszystkie alejki
parku, dłuższe i krótsze ogrodowe ścieżki, ale… – Uśmiechnął
się zagadkowo.

– Tutaj podoba ci się najbardziej – dokończyła za niego Łucja. Jej
głos pozbawiony był entuzjazmu, charakterystycznego dla Włocha.

– Właśnie tak – rzekł i uśmiechnął się czarująco.

Nie wiedziała, czy ten uśmiech przeznaczony był dla niej, czy
dla kamiennego bóstwa, na którego obfitych piersiach właśnie
zatrzymał się wzrok malarza.

Luca rzeczywiście był sumiennie przygotowany do pracy. Na
sztalugach oparł zagruntowane płótno, a spomiędzy traw wystawały tuby z różnymi kolorami farb. Pędzle położył najbliżej siebie, na rozłożonej tekturze. Obok fontanny sylfidy stało krzesło,
które Luca przygotował dla swej modelki.

– Usiądź. – Uśmiechnął się zachęcająco. – Chcę chwilę na ciebie popatrzeć i zrobić stosowne przymiarki. – Schylił się, wziął do ręki pędzel i jedną z farb.

Poczerwieniała. Odwróciła się do Włocha plecami, spoglądając na wyścielone pluszem krzesło. Luca zabrał je ze swojego pokoju. Było bardzo stare. Wróciło do pałacu Kreiwetsów po bardzo długiej nieobecności. Tomasz z Łucją dostali je od Eleonory wraz z licznymi pamiątkami, które kiedyś należały do dawnych właścicieli pałacu.

Eleonora była mieszkanką Różanego Gaju, ale z powodu swego nietuzinkowego, staroświeckiego ubioru i nietypowego stylu bycia uchodziła za niepoczytalną. Łucja i Ania zaprzyjaźniły się z nią, choć niezbyt często się widywały. Eleonora jawiła się Łucji jako mityczna, tajemnicza postać. Bo w gruncie rzeczy niby tu była, o czym świadczyła jej rzeczywista obecność, ale jednocześnie, otoczona mirażem niewiadomego, znajdowała się gdzieś daleko. Rzadko kiedy można było zobaczyć ją w okolicy. Przeważnie siedziała w swoim małym domku, położonym wśród pól. Czasami znikała i nikt nie widział gdzie.

Łucja pierwszy raz zobaczyła Eleonorę w scenerii zimowego ogrodu Kreiwetsów, tuż przy pałacu. Było to zaraz po jej przyjeździe do Różanego Gaju. Od tamtej pory minęło sporo czasu, ale Eleonora wcale się nie zmieniła. W swojej długiej, trochę niemodnej sukni i kapeluszu z ptasimi piórami wciąż wydawała się postacią z innego świata.

– Usiądziesz? – Głos Luki przywołał Łucję do porządku.

Dotknęła miękkiego wybrzuszenia siedziska i usiadła. Poczuła się nieswojo. Ponad nią górowała kamienna sylfida, spoglądająca zgasłymi oczami. Choć było gorąco, przez jej ciało przeszedł chłodny dreszcz. Kilka kroków przed nią stał Luca. Uśmiechał się czarująco, a ona poczuła w sobie jakiś dziwny smutek. Zapragnęła uciec z tego miejsca i nigdy więcej tu nie wracać. Zwłaszcza teraz, kiedy zdała sobie sprawę z tego, że w ciągu kolejnych tygodni będzie tu częstym gościem.

– Łucjo, wszystko okej? – Luca zauważył zmianę jej nastroju.

– Tak – odpowiedziała na przekór temu, co kołatało w jej sercu.

Chciałaby stamtąd uciec, ale nie była w stanie podnieść się na nogi. Położyła rękę na kolanie, przez co sukienka uniosła się nieco w górę, odsłaniając jej zgrabne nogi.

– Możemy zaczynać – odparła nie swoim głosem.

– Naprawdę? Widzę, że nie czujesz się najlepiej. – Luca patrzył na nią jak na obiekt swojej twórczości, który za moment zamierzał przenieść na płótno.

– Tylko tak ci się wydaje – rzekła matowym głosem.

Nie wiedziała, co się z nią dzieje. Znów zachowywała się wbrew sobie. Mówiła nie swoim głosem. W głowie miała obce myśli. Przez moment czuła dziwną, wręcz zniewalającą słabość. Patrzyła na znajdującego się przed nią mężczyznę jak przez gruby filtr. Przez chwilę straciła jasność widzenia. Nagle poczuła na swojej szyi ciepły dotyk dłoni. Odchyliła głowę, szerzej otwierając oczy. Obok niej stał Luca. Dotykał łańcuszka, który miała zawieszony na szyi.

– Chciałbym, żeby był widoczny na portrecie. Jest taki piękny. – Bez skrępowania dotykał delikatnych skrzydeł złotego ptaka, wyzierającego z dekoltu Łucji.

– Zostaw. – Łucja złapała go za rękę. – Nie dotykaj mnie! – krzyknęła.

Odskoczył. Nie spodziewał się takiej reakcji.

– Przepraszam… Ja tylko chciałem… ten łańcuszek – plątał się. – Po prostu chciałem go poprawić. – Trzepnął nerwowo rękami, które zaraz ciężko opadły wzdłuż ciała, jakby były z ołowiu.

Łucja całkowicie straciła ochotę na rozmowę. Nie chciała, żeby się przed nią tłumaczył. Najgorsze, że znów poczuła na szyi palący uścisk łańcuszka. Tak jak wtedy, kiedy siedzieli z Lucą na „jaśminowej ławce", a on dostrzegł go po raz pierwszy.

– Łucjo, obawiam się, że nic nie wyjdzie z naszego malowania. Przepraszam cię jeszcze raz. Myślę, że jednak źle mnie zrozumiałaś – powiedział smutno.

Potem odłożył pędzel na rozmokłej tekturze, na którą wcześniej wylało się kilka kropel terpentyny, i odszedł. Łucja została sama. Przed sobą miała sosnowe sztalugi, na których rozpościerało się puste płótno. Na jego jasnym tle usiadła duża ważka. Łucja odniosła wrażenie, że na moment ożyło. Jednak gdy wielobarwny owad odleciał, znowu miała przed sobą zwykłe płótno pociągnięte impregnatem.

Do późnych godzin nocnych nie mogła sobie znaleźć miejsca. Tego wieczoru, jak na złość, Ania była wyjątkowo rozmowna i wciąż zasypywała opiekunkę pytaniami. Łucja nie potrafiła odpowiedzieć poprawnie nawet na jedno z nich.

– Jesteś śpiąca? – Ania przyglądała jej się podejrzliwie.

– Chyba tak. – Łucja starała się unikać jej wzroku.

Ania porozkładała na całej szerokości kuchennego stołu nieduże obrazki namalowane pastelami przez Staszka. Dwa z nich, najładniejsze, podsunęła Łucji. Widać było, że starała się sprowokować ją do rozmowy. Kobieta opuściła głowę, spoglądając na dzieła kolegi Ani. Uśmiechnęła się.

– Są bardzo ładne. Zdolny ten nasz Staszek. – Łucja wzięła do ręki kartkę przedstawiającą pałacowy staw.

Ania przytaknęła, uśmiechając się.

– Pan Józef powiedział, że w przyszłym tygodniu zarybimy staw. – Ania nie dawała za wygraną.

– Tak, rzeczywiście. Mnie też coś o tym wspominał. Żaby już mamy, będą jeszcze ryby. – Łucja mówiła cicho, zerkając na obrazek namalowany przez Staszka.

Był naprawdę bardzo ładny. Kolisty zarys stawu, przecięty niewielkim pomostem, żywo zielona roślinność, płaska rzęsa wodna, pokrywająca taflę wody. Staszek był świetnym obserwatorem. Potrafił przenieść na papier to, czego większość nawet by nie zauważyła.

Nagle z pokoju Ani dobiegł sygnał telefonu. Dziewczynka gwałtownie odsunęła się od stołu, głośno szurając stołkiem. Za chwilę już stała przy drzwiach.

– To pewno tata – rzuciła nieco ciszej, nie patrząc na Łucję.

Była spięta. Niby się cieszyła, ale najwyraźniej coś ją niepokoiło. Unikała rozmów na temat Tomasza.

Kiedy wyszła, Łucja jeszcze raz zerknęła na porozkładane obrazki. Potem wstała i opuściła kuchnię. Gdy przechodziła obok pokoju Ani, zaniepokoiła ją nienaturalna cisza. Dziewczynka nie domknęła drzwi. Przez wąską szczelinę leniwie sączyło się ciepłe światło łososiowej lampki nocnej. Łucja stanęła przy ścianie i położyła rękę na klamce. Przez chwilę się zastanawiała, czy powinna wejść do środka. W końcu jednak ciekawość i troska o dziewczynkę wzięły górę.

Ania siedziała na łóżku z głową opartą na kolanach i podkulonymi nogami. Była bardzo smutna. Obok niej na miękkim, wełnianym kocu leżał telefon komórkowy.

– Aniu, wszystko w porządku? – Łucja starała się delikatnie zachęcić ją do rozmowy, ale ona tylko mocniej zacisnęła usta. Mrużąc oczy, popatrzyła w kierunku ciemnego już okna. – Czy to tata do ciebie dzwonił? – Łucja nie była pewna, czy powinna dalej ją przepytywać.

Dziewczynka nie odzywała się dłuższą chwilę. W końcu jednak nie wytrzymała i popatrzyła na opiekunkę.

– Tak – szepnęła. Zaraz potem znów zanurzyła wzrok w gęstym mroku, rysującym się po drugiej stronie szyby.

– Aniu, gdybyś chciała ze mną porozmawiać, to wiesz, że... – Popatrzyła na dziecko współczująco.

– Nie ma o czym mówić. – Ania znów zacisnęła usta. Potem odchyliła koc i wsunęła się pod kołdrę. Zrobiła to tak gwałtownie, że jej komórka w jednej chwili znalazła się na dywanie. Łucja, która akurat stała obok, odruchowo się po nią schyliła. Już miała podnieść telefon, kiedy usłyszała zdenerwowany głos Ani: – Zostaw! Niech leży! I tak nie mam z kim rozmawiać.

Łucja wstała i pochyliła się nad łóżkiem Ani. Chciała poprawić kołdrę, ale dziewczynka ją wyszarpnęła.

– Chcę spać. – Odwróciła się na bok.

Łucja dłuższą chwilę stała, nachylając się nad dzieckiem. Potem cicho wycofała się w kierunku drzwi.

– Zgasić lampę? – zapytała.

Do końca jeszcze miała nadzieję, że może Ania jednak zmieni zdanie i nabierze ochoty na rozmowę. Ale tak się nie stało. Opatuliła się kołdrą i nawet nie drgnęła.

– Nie – odezwała się głosem zduszonym przez grubą powłokę pikowanej tkaniny.

– Jak chcesz. – Łucja w końcu skapitulowała i wyszła z pokoju.

Niepokoiła się zachowaniem dziewczynki. Ania zawsze chętnie z nią o wszystkim rozmawiała. Od śmierci jej matki bardzo się do siebie zbliżyły. Często podpytywała Łucję o różne sprawy. Zwierzała jej się. Były ze sobą tak blisko jak matka i córka.

Po śmierci Ewy Łucja zastąpiła jej matkę. A teraz? Teraz Ania z każdym dniem oddalała się od niej. Łucja czuła, że to z powodu Tomasza. Nie wiedziała jednak, jak ma dotrzeć do dziewczynki. Sytuacja z Anią ciążyła jej jak nadplanowy balast. Najgorsze było to, że nie mogła porozmawiać o tym problemie z Tomaszem. On też oddalał się od niej z każdym dniem swojej nieobecności. Kiedy zadzwoniła do niego poprzedniego dnia, nie odebrał i nawet nie oddzwonił.

Z pokoju Ani udała się wprost do sypialni. Po długiej odprężającej kąpieli poczuła się zmęczona. Miała nadzieję, że uda jej się szybko usnąć. Kiedy jednak wtuliła się w miękką poduszkę, obleczoną w finezyjnie haftowaną poszewkę, nie była w stanie zmrużyć oczu. Potarła je, dłużej zatrzymując na nich zaciśnięte dłonie, i przeturlała się na drugi bok. Popatrzyła na puste miejsce, na którym sypiał Tomasz. Pościel była nienaturalnie równo zaścielona. Gładka, starannie przetrzepana poduszka nie miała już jego zapachu. Zrobiło jej się smutno. Poczuła dotkliwy chłód majowej nocy. Przez uchylone okno do wnętrza wpadło zimne powietrze, które wywołało na jej ciele dreszcze. „A może to brak ukochanego mężczyzny wywołał u mnie to nagłe zimno?" – pomyślała. Długo walczyła z bezsennością. W końcu jednak dała za wygraną. Wstała. Wsunęła stopy w ciepłe frotowe kapcie i otuliła się szlafrokiem. Przez kilka minut pałętała się pomiędzy wyciszonymi ścianami, co chwilę zerkając w śliską powierzchnię lustra wprawionego w drzwi starej weneckiej szafy. Dokładnie domknęła okno, ale mimo to przez cały czas było jej zimno. Postanowiła zrobić sobie ciepłą herbatę. Wyszła do holu i skierowała się do kuchni. Kiedy zrobiła kilka kroków, zauważyła, że w kuchni pali się mdławe światło. Pomyślała, że pewnie zapomniała wyłączyć lampkę nad okapem. Drzwi były na wpół przymknięte. Dokładnie tak, jak je zostawiła, wychodząc na zewnątrz. Pchnęła je lekko i zatrzymała się, zaskoczona. Za stołem siedział Luca. Miała ochotę uciec, ale na dezercję było już za późno. Gdy Włoch ją zauważył, wyraźnie się zmieszał. Pośpiesznie wstał, ale zamiast podejść do drzwi, przy których stała, przesunął się w kierunku okna.

– Myślałem, że już śpisz – odezwał się cicho. Na stole stała jego filiżanka z niedopitą kawą.

– Pijesz w nocy kawę? – zdziwiła się.

– Tylko czasami, gdy nie mogę spać. – Luca mówił dość nielogicznie.

To było bez sensu. Kawa na pewno nie była dobrym lekarstwem na bezsenność, ale na ten temat wolała się nie wypowiadać.

– Usiądź, nie krępuj się. Ja tylko zrobię sobie herbatę i zaraz uciekam. – Łucja też czuła się głupio w tej sytuacji. Oboje nie wiedzieli, jak się zachować po popołudniowym zajściu.

– Nie musisz uciekać. To ja powinienem pójść. Wezmę tylko filiżankę i już się stąd zabieram. – Podszedł do stołu i złapał uszko białego naczynia.

Łucja oparła się o szafkę i zwróciła w stronę Luki.

– Siadaj – odezwała się pewnym głosem. – Chyba powinniśmy pogadać, nie sądzisz? – Była zaskoczona swoją śmiałością.

Luca też się tego nie spodziewał. Jednak po jej słowach posłusznie osunął się na krzesło. Łucja zrobiła sobie herbatę i usiadła przy stole, naprzeciw niego. Mierzyli się wzrokiem. Żadne z nich nie było skłonne zacząć rozmowy. Łucja tak długo zaciskała w dłoniach kubek z gorącą herbatą, że ich wewnętrzna strona zrobiła się mocno czerwona. Co chwilę odstawiała kubek na blat stołu, zaraz jednak znów zamykała go w uścisku. W końcu odstawiła go na środek blatu i popatrzyła dłużej na Lucę.

– Nie powinnam tak zareagować. To było głupie z mojej strony. – Jej policzki spurpurowiały, ale w przytłumionym świetle okapowej lampki Włoch tego nie zauważył.

– Nie. To nie była twoja wina. To ja... nie powinienem. Ten łańcuszek... – Popatrzył na łańcuszek zawieszony na jej szyi. Potem wpatrywał się w niego dłuższą chwilę. – Skąd go masz? – spytał z wahaniem.

Położyła dłoń na dekolcie i zacisnęła w pięści złotego ptaka.

– To pamiątka – odpowiedziała wymijająco.

Kiedy jednak dostrzegła wciąż zaciekawione spojrzenie malarza, dodała:

– Dostałam go od kogoś bliskiego. – Odwróciła się w kierunku drzwi. Po chwili jednak zupełnie zmieniła front i to ona postanowiła zaatakować mężczyznę pytaniami.

– Dlaczego tak cię interesuje ten łańcuszek?

Zmieszał się. Widać było, że to pytanie było dla niego niewygodne. Czuł jednak, że powinien udzielić jej odpowiedzi, choćby oględnej.

– Widziałem już gdzieś ten wisiorek. – Odsunął się na krześle, jakby chciał się od niej oddalić.

– Widziałeś go? Gdzie? – Łucja zapragnęła dowiedzieć się czegoś więcej na ten temat. Intrygowało ją, dlaczego ten wisior z ptakiem zrobił na nim tak duże wrażenie.

– Nieważne – odpowiedział. – Łucjo, przepraszam cię, ale nie chcę o tym mówić – uciął.

– Dobrze, nie będę naciskać. – Przez chwilę zrobiło jej się wstyd za swoją ciekawość.

– Obiecuję, że już więcej cię nie dotknę. – Patrzył na nią poważnym wzrokiem.

– Luca... jest mi naprawdę głupio, że tak obcesowo zareagowałam. Nie mam pojęcia, dlaczego się tak zachowałam. Wiesz co, spróbujmy o tym zapomnieć, zgoda? – Popatrzyła na niego w taki sposób, jakby żądała natychmiastowej odpowiedzi.

– To znaczy, że wracamy do pomysłu sesji? – Zerknął na nią z nadzieją.

– Myślę, że jutro możemy spróbować. Nie wiem, czy usiedzę w jednym miejscu przez dłuższy czas, ale sądzę, że jestem ci to winna. – Łucja chciała, żeby jej słowa zabrzmiały beztrosko, ale na twarzy Włocha nie zauważyła uśmiechu.

– Nie jesteś mi nic winna. – Mężczyzna cały czas był skrępowany.

– To jak, spotykamy się jutro w ogrodzie? – Łucja nadal starała się go rozśmieszyć.

W końcu osiągnęła swoje. Luca opuścił ramiona. Sprawiał wrażenie spokojniejszego.

– Jesteś tego pewna? Ja naprawdę nie chcę...

– Jestem pewna – ucięła. – Gdy wrócę ze szkoły, możemy zaczynać. Jutro kończę dość wcześnie. Właściwie powinnam być już przed dwunastą.

Luca uśmiechnął się. Potem popatrzył na stół. Przed jego oczami leżały obrazki Staszka.

– Kto to namalował? – spytał.

– Staszek, kolega Ani, ten, który był tu dzisiaj.

Luca wyjątkowo długo wpatrywał się w obrazek przedstawiający staw. Uśmiechał się przy tym subtelnie.

– Jest dobry – skwitował na koniec.

Nagle wstał, przechylił filiżankę, opróżniając całą jej zawartość. Potem podszedł do zlewozmywaka, opłukał filiżankę pod bieżącą wodą i odstawił na suszarkę.

– Dobranoc, Łucjo. – Bardzo szybko znalazł się przy drzwiach.

– Dobranoc – odpowiedziała.

Nagle zapragnęła, żeby został. Tak bardzo chciała z kimś pogadać. Nie zatrzymywała go jednak, tylko ziewnęła na pożegnanie. Gdy Luca wyszedł z kuchni, chwilę potem ona też wróciła do sypialni. Wśliznęła się pod kołdrę, wtulając twarz w wygniecioną poduszkę. Teraz przynajmniej było jej ciepło. Gorąca herbata od razu ją rozgrzała. Długo nie mogła zapaść w sen. Kiedy jednak po kolejnym spokojnym oddechu poczuła ciepło wydychanego powietrza, usnęła.

Następnego dnia Łucja obudziła się bardzo wcześnie. Dopiero co wzeszło słońce, a ona już rozsuwała zasłony. Tak jak zazwyczaj, postanowiła zacząć dzień od wypicia ulubionej herbaty na dworze. Dość szybko ją sobie przygotowała. Jej poranna toaleta też przebiegła błyskawicznie. Szybko się ubrała, by potem zyskać na czasie. Trzeba było jeszcze przygotować kanapki dla Ani.

Kiedy schodziła szerokimi schodami na dół, pałac jeszcze spał. Wszechobecna cisza gnieździła się we wszystkich jego kątach. Do szyb okiennych nieśmiało dobijało się słońce. Tylko drewniane schody wydawały się witać ją niewyraźnym skrzypieniem, jakby chciały przeciągnąć się po dobrze przespanej nocy.

Na zewnątrz było przyjemnie. Po chłodnej nocy poranek przywitał ją ciepłym oddechem. Pojedyncze kwiaty też się budziły, rozkładając płatki na powitanie słońca. Szybko doszła do ulubionej

„jaśminowej ławki". Odkąd zamieszkała w pałacu Kreiwetsów, robiła tak każdego poranka. Nie zrażała jej nawet zła aura. Kiedy mocno wiało lub padał deszcz, po prostu cieplej się ubierała. Wychodziła, by choć na chwilę przejść cichą parkową alejką i stanąć przy bujnym krzaku jaśminowca. Gdy usiadła obok gładkiej poręczy ławki, a na karku poczuła lekkie łaskotanie drobnych gałązek, poczuła się wspaniale. Rześkie poranne powietrze nasączyło jej twarz niepowtarzalnym zapachem wiosny. Zielony napar z jej kubka zniknął bardzo szybko. Odruchowo chciała sprawdzić, która godzina, ale zostawiła zegarek w domu. W parku i ogrodzie był i tak zbyteczny. Tutaj to przyroda wyznaczała rytm. Na przeciwległym grabie usiadł kos i zaczął przejmująco gwizdać. Zawsze przylatywał na ulubione drzewo i rozpoczynał nawoływanie o stałej porze. Łucja wiedziała więc, że na nią już czas. Potem odzywały się inne ptaki. Śpiew kosa towarzyszył jej jednak aż do drzwi pałacu. Kiedy przekraczała próg, była naładowana energią. Czuła, że tego dnia może przenosić góry.

Szybko przemknęła po schodach i poszła prosto do pokoju Ani. Dziewczynki w nim jednak nie było. Zdziwiła się, Ania była bowiem wielkim śpiochem i z reguły nie reagowała na sygnał budzika. To Łucja zwykle ją budziła. Wycofała się za próg i ruszyła w kierunku kuchni. Już z oddali usłyszała głos dziewczynki. Rozmawiała przez telefon. Łucja odruchowo zatrzymała się i przysunęła do ściany. Głos Ani zrobił się nagle bardzo wyraźny. Musiała przejść z telefonem bliżej kuchennych drzwi.

– Staszku, ja naprawdę nie wiem, co mam o tym wszystkim myśleć. – Ania głośno westchnęła.

Łucja zaczęła się uważniej wsłuchiwać w słowa dziecka. Zastanowiło ją przede wszystkim to, po co dziewczynka dzwoniła do kolegi, skoro za godzinę mieli się zobaczyć w szkole.

– A jeżeli tamta kobieta jest tacie bliska? Co będzie, jak on tam zostanie i nas zostawi? Przecież miał się ożenić z Łucją, ona go kocha. – Głos Ani lekko zadrżał.

Była to bardzo emocjonalna rozmowa. Łucji udzieliło się napięcie dziewczynki.

„O czym ona mówi?" – myślała gorączkowo. „Jaka kobieta? Czy to ma związek z wczorajszym telefonem Tomasza, po którym Ania była taka smutna?" – Łucja poczuła, że cały wigor, z którym wróciła z parku, w jednej chwili wyparował. Nie miała siły zrobić nawet kroku. Chciała odejść i już nic więcej nie słyszeć. Mimo to nadal stała w tym samym miejscu. Oparła tylko rękę o zimną krawędź, przez co zrobiło się jej jeszcze chłodniej.

Potem Ania dość długo milczała. Co parę chwil Łucja słyszała jej: „hm", stąd domyślała się, że przyjaciel po prostu ją pociesza. Kiedy jednak dotarły do niej ostatnie słowa rozmowy: „No to cześć", nagle odsunęła się od ściany, a w chwilę potem stała już przy kuchennych drzwiach. Kiedy Ania ją zobaczyła, wyraźnie się zmieszała.

– Dlaczego tak na mnie patrzysz? – spytała Łucję, a jej policzki oblał czerwony rumieniec. W rękach mocno ściskała telefon.

– Rozmawiałaś z kimś? – Łucja chciała sprawiać wrażenie obojętnej. Podeszła do jednej z szafek i wyjęła bochenek chleba.

– Tak, ze Staszkiem – wybąkała Ania.

– Przecież zaraz będziecie się widzieć. Aż tak bardzo za nim tęsknisz? – Łucja starała się uśmiechnąć. Nie było to łatwe. W jej uszach nadal pobrzmiewały słowa Ani, a gardło ściskała panika.

– Chciałam tylko… – Ania przez chwilę się zawahała. Widać było, że stara się na poczekaniu wymyślić jakiś wiarygodny powód porannej rozmowy. – Obiecałam, że zadzwonię do niego i przypomnę, żeby zabrał ćwiczenia do matematyki. Ostatnio ciągle ich zapomina. – Ania odwróciła się nagle i podeszła do drzwi. – Muszę się jeszcze spakować – dodała na koniec.

– Dobrze, zmykaj. – Łucja zauważyła, jak ciężko przychodziło Ani kłamstwo. Nie umiała kłamać. Teraz nagle przymrużyła oczy i pochyliła do przodu ramiona. Widać było, że nie radzi sobie z tą sytuacją.

Kiedy Ania wybiegła, Łucja zaczęła przygotowywać kanapki. Była jednak tak rozkojarzona, że nie potrafiła się skupić na doborze składnikówi w rezultacie na pełnoziarnistej kromce wylądował stos przypadkowych produktów. Musiała je potem zdejmować i z powrotem wkładać do lodówki.

Przez całą drogę do szkoły niemal się do siebie nie odzywały. Ania szła przodem. Łucja wiedziała, że dziewczynka po prostu nie chce patrzeć jej w oczy. Nie wiedziała, jak jej pomóc, jak do niej dotrzeć. Po porannym telefonie czuła, że stąpa po kruchym lodzie. Nie dostrzegała zielonych pól wokół, nie słyszała odgłosu ptaków. Koncentrowała się tylko na tym, by jak najszybciej dotrzeć do szkoły. Na lekcjach też była nieobecna. Tego dnia akurat miała dwie godziny w klasie Ani. Co chwilę więc na nią spoglądała. Dwa razy musiała ją nawet upominać, bo dziewczynka zbyt często wdawała się w rozmowę ze Staszkiem. Zresztą on też wydawał się zbytnio ożywiony. Pochylali się ku sobie. Oboje mieli na twarzach wypieki.

„O jakiej kobiecie mówiła Ania? Czy Tomasz poznał kogoś we Włoszech?" – Od chwili, kiedy Łucja usłyszała rozmowę Ani ze Staszkiem, niemal cały czas się zadręczała. Wszystko zaczęło się jej układać w całość. Tomasz nie dzwonił, przestał odbierać telefon, był rozkojarzony. A czy tak zachowuje się odpowiedzialny mężczyzna? Przecież te kilkanaście dni jego nieobecności nie mogło przekreślić planów, które obejmowały resztę ich życia. Irracjonalne przeczucia, które ją trapiły, zaczynały mieć realne uzasadnienie. Była tym naprawdę przerażona.

Po skończonych zajęciach Ania nie miała zamiaru wracać z Łucją. Gdy zadzwonił dzwonek po ostatniej lekcji, od razu wypadła ze Staszkiem z sali. Wyglądało to niemal jak ucieczka.

– Idziemy do biblioteki – rzuciła w pośpiechu, kiedy Łucja pochylała się jeszcze nad biurkiem, zbierając swoje rzeczy.

– Powinnaś zjeść obiad. – Udało jej się jeszcze złapać wzrokiem dziewczynkę, choć stała już na korytarzu.

– Mówiłam ci już, że dzisiaj zjem u Staszka. – Mała miała rozkojarzoną minę.

Rzeczywiście Łucja przypomniała sobie, że coś jej o tym wspominała. Ostatnio obie były roztargnione, więc jakoś jej to umknęło.

– No dobrze, tylko szybko wracaj – powiedziała na koniec.

Ania i Staszek wybiegli pędem ze szkoły. Nim zdążyła wyjść z klasy, dojrzała ich jeszcze przez szybę. Chłopiec mocno gestykulował, a Ania po prostu szła, lekko pochylona, i go słuchała.

Po lekcjach Łucja nie wiedziała, co zrobić z nadwyżką wolnego czasu. Zazwyczaj zostawała w szkole nieco dłużej, przeważnie miała też dyżury w świetlicy. Dziś jednak nie miała już żadnych obowiązków. Doskonale pamiętała, że umówiła się z Lucą. Wolno człapała chodnikiem, kierując się w stronę pałacu. Niespieszno jej było do rozpoczęcia sesji malarskiej. Trochę przyspieszyła kroku, kiedy z oddali dojrzała jaskrawozielone łąki oprószone kolorowymi polnymi kwiatami. Widok był olśniewający. Dostrzegła też coś innego.

Przy oddalonym o kilkanaście metrów krzyżu, przy rozstajnych drogach, stała jakaś kobieta. Łucja rozpoznała w niej

Eleonorę. Groszkowa długa sukienka starszej kobiety, poruszana polnym wiatrem, lekko powiewała na boki, stapiając się z zielonością pobliskich łąk. Na głowie kobieta oczywiście miała kapelusz z ptasimi piórami. Spod spłaszczonego ronda wylewały się długie fale siwo-czarnych włosów. Łucja pomachała do niej, Eleonora zaś odpowiedziała jej takim samym gestem.

– Witaj, Delikatny Ptaku – Eleonora przywitała Łucję, podszedłszy bliżej. Właśnie tak się do niej zwracała. Chwile, kiedy mówiła jej po imieniu, należały raczej do rzadkości. Kiedy Łucja przyjechała do Różanego Gaju, Eleonora nie bez powodu nazwała ją Skrzywdzonym Ptakiem. Ale od tamtej pory minęło już sporo czasu, a Łucja uporządkowała swoje życie. Trafiwszy na ziemię Kreiwetsów, czuła się jak rozbitek, poraniona i niepozbierana. Eleonora doskonale to wówczas wyczuła, choć sama Łucja nie zdawała sobie wtedy z tego sprawy.

– Dzień dobry, pani Eleonoro – przywitała się ze znajomą.

Eleonora już nieraz proponowała, by Łucja zwracała się do niej po imieniu, ale ona nie była w stanie przekroczyć dzielącej je, prawie trzydziestoletniej, różnicy wieku. Właściwie nie było dokładnie wiadomo, ile Eleonora ma lat.

– Jesteś dziś smutna – zauważyła starsza kobieta.

– Przed panią nic się nie da ukryć. – Łucja spojrzała jej prosto w oczy. Jak zwykle były przejrzyste. Eleonora miała czyste serce i jasną duszę, niezabrudzoną niepokojem i bólem, który towarzyszy większości ludzi.

Starsza kobieta uśmiechnęła się zagadkowo.

– Pójdzie pani ze mną do pałacu? – zaproponowała Łucja.

Eleonora popatrzyła w niebo, jakby właśnie tam szukała wskazówki. Nie odpowiedziała, tylko weszła na ścieżkę prowadzącą do siedliska Kreiwetsów. Młoda kobieta poszła za nią. Nie mogły iść obok siebie, gdyż długie źdźbła traw zamykały dróżkę szczelnym parawanem. Eleonora, która szła przodem, co chwilę odwracała się i spoglądała na Łucję. Nie rozmawiały, jednak ich oczy zdawały się przekazywać wszystko bez słów.

– Wejdzie pani do środka? – spytała Łucja, choć wiedziała, że ta odmówi.

Kiedy Eleonora odwiedzała Łucję, zawsze siadywały w ogrodzie. Najczęściej chodziły alejką prowadzącą do fontanny sylfidy.

– Gdzie jest Biała Gołębica? – spytała Eleonora i rozejrzała się wokół. Wydawało się, że dopiero teraz zauważyła nieobecność Ani. Dziewczynka nadal była dla starszej pani Białą Gołębicą.

Eleonora kochała ptaki. Miała swoisty zwyczaj porównywania ptasich czynności do ludzkich nawyków. Stąd jej nietypowe skojarzenia dotyczące imion.

Łucja popatrzyła w górę, na kuchenne okna. Potem przeniosła wzrok na Eleonorę.

– Jest u Staszka – odpowiedziała dopiero po chwili.

– To dobrze. – Eleonora pokiwała ze zrozumieniem głową. – Powinni jak najczęściej się spotykać. To korzystnie wpłynie na oba małe serduszka. One są tak bardzo spragnione miłości i ciepła. – Eleonora patrzyła na drzewa, jakby w ich gęstych koronach szukała ptaków.

Łucja przywykła już do nietypowego słownictwa starszej pani, ale ostatnie słowa mocno ją poruszyły.

– Ania nie jest spragniona miłości. Ma mnie i… – Zawahała się. – I swojego ojca – dopowiedziała po chwili trochę głośniej.

– Jesteś tego pewna? – Eleonora dłużej zatrzymała na niej wzrok.

Słowo „tak" nie chciało przejść Łucji przez usta, jakby nękające ją obawy uwięziły je i nie pozwoliły wydostać się na zewnątrz. Popatrzyła na Eleonorę niepewnie.

— Nie wiem — odezwała się zmatowiałym głosem. — To znaczy… Ja kocham ją nad życie, jak rodzoną córkę, ale jej ojciec… — Załamał się jej głos.

— On wróci — powiedziała Eleonora.

Łucja popatrzyła na nią z wdzięcznością. Starsza kobieta na moment ją uspokoiła, dodała siły. Ale to była tylko chwila, bo kiedy Eleonora odezwała się znowu, tymczasowy pomost, który na chwilę zbudowała między dobrymi, dodającymi otuchy słowami, nagle runął. A ona poczuła, że wpada w lodowatą toń wody.

— Musisz być dzielna — rzekła Eleonora. — Dla siebie i dla dziewczynki. Obie musicie być silne. On wkrótce wróci, ale…

— Proszę nie kończyć — przerwała jej Łucja z paniką w głosie.

Nie chciała usłyszeć całego zdania. Nie miała zamiaru poznać prawdy, jakakolwiek by ona była. Nie była na to gotowa.

— Jak chcesz. — Eleonora odeszła od schodów. Patrzyła przed siebie. Łucja wiedziała, że zaraz pójdzie przywitać się z sylfidą.

— Nie zmienisz przyszłości, ona już tu jest. Chodzi między odnowionymi kątami starego pałacu, wabi zapachem rozchylonych kielichów we wciąż żywym ogrodzie Kreiwetsów. Wkrótce jej doświadczysz. — Uśmiechnęła się smutno, a Łucja wiedziała, że ta przyszłość, o której mówiła, nie będzie łatwa.

Czasami spacerowała razem z Eleonorą parkowymi alejkami. Tym razem postanowiła jednak zostać. Słowa starszej pani znów wytrąciły ją z równowagi, choć myślała, że po porannym telefonie nic jej już nie zaskoczy. Eleonora nie starała się jej namawiać. Miała niezwykły talent wyczuwania ludzkich nastrojów.

Kiedy jednak Łucja myślała, że znajoma już odejdzie, ona podeszła bardzo blisko. Łucja dokładnie widziała splątane włosy i pomarszczoną twarz. Nagle Eleonora wysunęła przed siebie rękę, a potem szybko uniosła ją w górę i położyła na dekolcie nauczycielki, zagarniając w długie jasne palce misterną ozdobę. Złote skrzydełka niewielkiego ptaka wysuwały się spod jej kciuka, błyszcząc w słońcu.

– Powinnaś go zdjąć. – Eleonora nie patrzyła na Łucję. Wydawało się, że mówi wprost do wisiorka na szyi młodej kobiety. Potem nagle go wypuściła i stanęła z Łucją twarzą w twarz.

– Pani wie, że to prezent od Ani. Będzie jej przykro, jeśli... – Łucja złapała za wisior. Znów poczuła jego palący dotyk.

– Zrobisz, jak zechcesz. – Eleonora wzruszyła ramionami. – Pewne rzeczy i tak muszą zaistnieć. Są sprawy... z przeszłości, które muszą ujrzeć światło dzienne. – Odwróciła się.

Jeszcze chwilę stała i patrzyła przed siebie, jakby się zastanawiała, co jeszcze powiedzieć. A może czekała na odpowiedź Łucji? Jednak młoda kobieta już się nie odezwała. Nie miała w sobie słów, które mogłaby ułożyć w logiczny sposób. Jej myśli w tej chwili były tylko fragmentarycznym przekazem. Patrzyła więc na plecy Eleonory, czekając, aż ta się oddali. Po chwili starsza pani odeszła, zostawiając ją samą u wylotu kamiennych pałacowych schodów.

Spojrzała w bok, na okna pokoju Luki. Zauważyła szybki ruch przesuwanej firanki. Czuła, że znów ją obserwował. A może dojrzał ją przez przypadek? Z okna jego pokoju widoczna była większa część parkowych alejek. Przycupnęła na schodach. Nie chciało jej się wchodzić do wnętrza. Tam niestety wszystko przypominało jej Tomasza, choć dopiero zaczynali ozdabiać ściany starego pałacu Kreiwetsów swoją teraźniejszością.

Tak jak przypuszczała, Luca musiał ją widzieć, bo wkrótce tuż za sobą usłyszała jego spokojne kroki.

– Cześć – rzucił z entuzjazmem, siadając na stopniu obok niej.

– Cześć – odpowiedziała cicho.

– Wyglądasz na zmęczoną – zauważył.

Nie miała siły, żeby zaprotestować. Naprawdę czuła się jak po biegu długodystansowym. Popatrzyła tylko na niego znużonym wzrokiem.

– Może jesteś głodna? Zrobiłem smaczną sałatkę – zaproponował.

Wzruszyła ramionami, nie odzywając się.

– W takim razie idź do altany, a ja zaraz tam przyjdę, zgoda? – Wstał i patrzył na nią, jakby czekał na decyzję.

– Zgoda – odpowiedziała po chwili.

Luca zniknął za wejściowymi drzwiami, a ona dość długo nie podnosiła się ze schodów. Kiedy jednak usłyszała dobiegający przez uchylone kuchenne okno odgłos przesuwanych naczyń, wstała i powoli ruszyła w kierunku pawilonu.

– Naprawdę jesteś dziś zmęczona – powiedział, zbliżając się do altanki. W ręku trzymał wiklinowy kosz piknikowy. Pośpiesznie wypakował z niego przezroczystą misę wypełnioną kolorową sałatką, dwa nieduże talerzyki i widelce. Na ogrodowym stole znalazła się też woda mineralna i dwie wysokie szklanki.

– Dzięki. – Łucja popatrzyła na niego i po raz pierwszy tego dnia się uśmiechnęła.

Luca odwzajemnił uśmiech. Nic nie mówił, tylko zręcznie nakładał sałatkę na talerze. Łucja oceniła wzrokiem ich zawartość. Potem spróbowała.

– Jest pyszna – odezwała się po chwili, przełykając kolejne porcje. – Skąd wziąłeś potrzebne produkty? – Przez moment zrobiło jej się głupio, bo obiecała Włochowi, że wybiorą się na wspólne zakupy do miasteczka. Pomysł ten jednak spełzł na niczym.

– Ośmieliłem się wtargnąć do twojego ogródka – powiedział, patrząc na nią filuternie.

– To sałata z mojego warzywnika? – Roześmiała się. – Smakuje jakoś inaczej. – Zerknęła na talerzyk.

– Trochę ją przerobiłem.

– Trochę?

– No… dodałem do niej małe co nieco. Niech to jednak będzie moją tajemnicą.

– Dobrze, nie będę wnikać w szczegóły. Jest naprawdę pyszna.

– Cieszę się, że ci smakuje. Przynajmniej się uśmiechasz.

Po jego słowach jak na złość posmutniała.

– Powiedziałem coś nie tak? – Luca przysunął się bliżej, a ona poczuła, że chce się przed nim wygadać. Nie miała już siły dłużej nosić w sobie obaw, które z każdym kolejnym dniem pęczniały w niej jak drożdżowe ciasto wylewające się z blachy do pieczenia.

– Nie, nie… To chodzi o mnie – zaczęła nieśmiało.

Znów się przybliżył. Patrzył na nią czujnie. Nie wiedział, jaka odległość pomiędzy nimi będzie bezpieczna. Nie chciał jej spłoszyć.

– Chodzi o Tommaso, tak? – Luca nazwał po imieniu to, co ona dopiero nieumiejętnie układała sobie w głowie.

– Skąd wiedziałeś? – Popatrzyła na niego zaskoczona.

Uśmiechnął się zagadkowo.

– Tommaso wyjechał, ty zostałaś sama, nietrudno się domyślić, że za nim tęsknisz. – Luca powiedział to tak naturalnie, a barwa jego głosu była tak ciepła, że Łucja nabrała jeszcze większej ochoty na rozmowę.

– Tak, bardzo za nim tęsknię. – Westchnęła głośno.

– Z tego, co wiem, to Tom niedługo wraca… Planujecie ślub.

– Skąd o tym wiesz?

– Izabela trochę mi o tobie opowiadała.

– Ciekawe po co – rzuciła ostro Łucja.

– Nie bądź na nią zła. Nie zdradziła mi żadnych twoich sekretów. – Popatrzył tak, jakby chciał sprowokować ją do śmiechu. Potem oparł się o ławkę. – Chciałem coś o tobie wiedzieć, zanim się tutaj pojawiłem. Zrozum, ta cała sytuacja z mieszkaniem u was była… jest dla mnie nadal bardzo krępująca. Do końca nie wiedziałem, że wyląduję w waszym pałacu. Izabela wpuściła mnie w maliny. Powiedziała mi o tym dopiero na dworcu, jak tylko wysiadłem z pociągu. Przyznam ci się, że gdy byliśmy w restauracji, przez cały czas chciałem dać stąd nogę. Izabela jednak przekonywała mnie, że jesteś bardzo gościnna i miła… Miała rację.

Jego spojrzenie sprawiło, że na ciele poczuła chłodny powiew wiosennego wiatru.

– Nie wiedziałam – wybąkała Łucja. – To znaczy myślałam, że nie jedziesz zupełnie w nieznane. – Zarumieniła się, choć coraz swobodniej czuła się w jego towarzystwie.

– Jechałem w nieznane, ale teraz… – Spojrzał przed siebie na obrośnięty bujnymi pąkami różany krzew. – Cieszę się, że to „nieznane" okazało się małym kawałkiem raju. – Długo patrzył na satynowe płatki ciemnobordowych róż.

– Podoba ci się u nas? – ośmieliła się zapytać.

– Tak, bardzo – odpowiedział natychmiast. – Zapomniałem o sprawach, które przez długie lata szarpały moje sumienie. – Łucja odniosła wrażenie, jakby chciał jej powiedzieć o sobie coś więcej. Najwyraźniej on również nabrał ochoty na zwierzenia. Oswoili się ze sobą i pomału zaczynali sobie ufać.

– Czy nasze wspólne popołudnie przy sztalugach jest nadal aktualne? – Patrzył wyczekująco.

– Tak. Chyba powinniśmy zacząć jak najszybciej, bo jeszcze stracisz wenę – odpowiedziała.

– Najpiękniejsza z wen siedzi właśnie obok mnie.

Po jego słowach Łucja znów się zarumieniła. Zauważył, że się zmieszała, dlatego szybko zszedł na inny temat.

– Chcesz jeszcze sałatki? – zaproponował.

– Jest pyszna, ale muszę odmówić. Zjadłam już wystarczająco dużo. Napiję się jednak wody. – Wzięła do ręki chłodną butelkę i napełniła szklankę.

– Chcesz? – spytała, unosząc ją do góry.

– Chętnie. – Podsunął w jej stronę pustą szklankę. – Dziękuję – rzekł, kiedy Łucja ją napełniła.

Kilkanaście minut później szli jedną ze słonecznych alejek, kierując się do fontanny. Chwile spędzone z Lucą korzystnie wpłynęły na Łucję. Na jej twarzy coraz częściej pojawiał się uśmiech.

Sztalugi stały w tym samym miejscu co poprzednio. Krzesło wyścielone gładkim pluszem też zdążyło już odcisnąć na gęstej trawie ślady swoich drewnianych nóg, choć malarz dopiero je przyniósł. Było zbyt cenne i delikatne, by można je było zostawiać w ogrodzie. Łucja na nim usiadła. Nie patrzyła na górującą ponad nią sylfidę, tylko śmiało spojrzała w oczy Włocha.

Zauważył to i od razu chwycił do ręki pędzel. Potem zanurzył go w farbie i dotknął płótna.

– Pięknie – powiedział cicho, ale ona i tak usłyszała jego słowa.

Nieustannie patrzyła na niego, raz po raz tylko przenosząc wzrok na rozmyte niebo. Nie myślała o niczym. Było jej dobrze. Co kilkanaście minut lekko przesuwała dłonie i niezauważalnie podciągała się na krześle.

Luca patrzył na nią oderwanym od rzeczywistości wzrokiem. Niby był, niby się do niej uśmiechał, ale jednocześnie w jakiejś części pozostawał w swoim, ukrytym przed wszystkimi, wewnętrznym, artystycznym świecie.

– Może chcesz już odpocząć? – Włoch spytał ją po niemal dwóch godzinach malowania.

„Chyba powrócił na ziemię" – pomyślała, lecz nic nie odpowiedziała. Z ulgą zauważyła, że pozowanie Luce wcale nie było uciążliwe. Co więcej, sprawiało jej przyjemność.

Luca jeszcze przez kilka minut dotykał płótna, potem odłożył pędzel do kubka z terpentyną i wyszedł spoza sztalug, za którymi się ukrywał.

– Na dzisiaj koniec, dziękuję. Byłaś bardzo cierpliwa – powiedział.

Łucja odchyliła głowę do tyłu i przesunęła się na krześle, ale nie wstała. Luca miał promienną twarz. Nigdy nie widziała go takim szczęśliwym.

– Mogę zobaczyć? – Wstała i ruszyła w jego stronę.

– Nie – zaprotestował. Cofnął się i objął ramionami górną część płótna, jakby chciał je przed czymś ochronić.

– Dlaczego? – zapytała zmieszana.

– Bo... ja nigdy nie pokazuję obrazu przed jego ukończeniem. – Słowa Luki brzmiały wiarygodnie, ale Łucja i tak nie rozumiała jego zachowania. Poczuła się zawiedziona. – Postanowiłem, że dostaniesz ode mnie ten obraz w ślubnym prezencie. Mam nadzieję, że uda mi się go ukończyć, zanim wyjadę. – Luca mówił głośno i wyraźnie, jakby chciał przebić się głosem przez szum popołudniowego ogrodu. – Jesteś zawiedziona – zauważył.

– Może... trochę. – Uśmiechnęła się.

Nie chciała się narzucać, wchodzić w jego artystyczną przestrzeń. Teraz przynajmniej wiedziała, na co może sobie pozwolić. Obraz miał pozostać w ukryciu do czasu jego ukończenia.

– Wiesz, Łucjo... – Luca cofnął się jeszcze o kilka kroków i za moment znów znalazł się przy sztalugach. – Kiedy maluję, nigdy nie wiem, jaki będzie efekt końcowy. To tak, jakby obraz powstawał sam, a ja tylko trochę mu w tym pomagam. Nasycam go barwami, patrzę na niego, czuję go, a on... cały czas się zmienia. Nie mogę go pokazać zbyt wcześnie, bo wtedy jego magia mogłaby się ulotnić. Nie bardzo wiem, jak mam ci to wyjaśnić. – Potarł czoło. Nad jego brwią pozostał ślad niebieskiej farby.

– Nie musisz się przede mną tłumaczyć. – Łucja przybliżyła się do niego, stając po drugiej stronie sztalug. Przez chwilę ich oczy się spotkały. Kobieta poczuła, że nawzajem dodają sobie otuchy i coraz bardziej się na siebie otwierają.

– To jak, zbieramy się? – Luca pochylił się, żeby sprzątnąć porozrzucane tuby z farbą.

– Tak. Pomóc ci w czymś? – spytała, widząc, jak Luca stara się poukładać przybory malarskie.

– Nie. Wrócę tutaj za chwilę. Wyczyszczę tylko pędzle.

Kiedy Łucja przyszła do pałacu, Ania była już w swoim pokoju. Z góry dochodziły dźwięki fortepianu. Dziewczynka ćwiczyła przed jutrzejszą lekcją. Zajęć w szkole muzycznej zostało już niewiele. Koniec roku szkolnego zbliżał się wielkimi krokami.

Do tej pory Ania trenowała też pod czujnym okiem ojca, a postępy, jakie poczyniła od momentu, gdy po raz pierwszy usiadła do fortepianu, były zadziwiające. Potrafiła grać zarówno ze słuchu, jak i z nut. Nieśmiało zaczynała także tworzyć własne kompozycje, choć nikomu się do tego nie przyznawała. Łucja widziała, jak dziecko stara się dorównać sławnemu ojcu. Ćwiczyła każdego dnia, a gra nie była dla niej obowiązkiem, lecz czystą przyjemnością. Nawet gdy początkowo coś jej nie wychodziło, potrafiła wytrwale ćwiczyć daną partię dźwięków aż do uzyskania oczekiwanych efektów.

Tomasz był z niej dumny, co często podkreślał. Chwalił Anię i nagradzał za upór i konsekwencję. Dla niej największą nagrodą było jednak to, że może usiąść do fortepianu razem z ojcem. To od niego uczyła się najwięcej, chociaż w szkole muzycznej zdobywała solidne podstawy zagadnień muzycznych, które do niedawna były dla niej tylko abstrakcją.

Łucja od razu poszła na górę. Drzwi do pokoju dziecka były otwarte na oścież, więc zajrzała do środka. Zaabsorbowana grą dziewczynka wcale jej nie zauważyła.

Łucja z jednej strony nie chciała jej przeszkadzać, z drugiej zaś była ciekawa, czy dziewczynka zjadła obiad. Po namyśle postanowiła jednak się wycofać. Gdy już prawie znikła za ścianą, Ania przestała grać.

– Łucja? – Dziewczynka odwróciła się do drzwi.

Znów wsunęła głowę między framugi.

– Nie chcę ci przeszkadzać, widzę, że pilnie ćwiczysz. – Uśmiechnęła się do Ani.

– Właśnie skończyłam. – Zamknęła klapę i wstała.

– Jadłaś obiad u Staszka? – chciała się upewnić Łucja.

– Tak, przecież już ci mówiłam. – Ania wydawała się zniecierpliwiona.

Łucja zauważyła, że ostatnio dziewczynka drażliwie reagowała na wszelkie przejawy opiekuńczości z jej strony, które dotychczas przyjmowała bardzo naturalnie.

„Może to przez okres dojrzewania, w który właśnie wchodzi?" – zastanawiała się. Ania starała się być aż nadto samodzielna i coraz częściej demonstrowała niezależność.

– Aniu, chcesz ze mną o czymś porozmawiać? – spytała Łucja i weszła do pokoju, stając z dziewczynką twarzą w twarz.

– Porozmawiać? Ale o czym? – Policzki Ani mocno poczerwieniały. Odeszła od Łucji i wskoczyła na równo zaścielone łóżko.

– Tak po prostu, o wszystkim i o niczym. – Łucja usiadła obok niej. Chciała zachęcić ją do rozmowy, choć ostatnio było to prawie nierealne.

– Przecież ciągle rozmawiamy – bąknęła Ania, najwyraźniej chcąc zbyć opiekunkę. – Nie musisz do mnie specjalnie przychodzić, żeby pogadać. – Zwróciła się w kierunku okna.

Potem obie zamilkły. Łucja wiedziała, że Ania tylko czeka, aż ona wyjdzie z pokoju. Dziewczynka niecierpliwie przebierała palcami stóp, starając się wepchnąć je pod brzeg koca.

– Będę u siebie. – Łucja w końcu wstała. Nim przekroczyła próg, raz jeszcze się obejrzała, Ania jednak udawała, że jej nie widzi.

Następnego dnia dziewczynka była już nieco bardziej rozmowna, choć nadal trzymała Łucję na dystans. Ożywiła się dopiero wtedy, gdy wsiadły do samochodu. Tego dnia miała lekcje w szkole muzycznej i Luca skorzystał z okazji, by w końcu wybrać się z nimi po sprawunki, choć niechętnie opuszczał Różany Gaj.

Kiedy odstawili Anię pod budynek szkoły, pojechali dalej do pobliskich Wieliczan. Zakupy zrobili pośpiesznie w jednym z centrów handlowych. Luca odwiedził jeszcze sklep dla plastyków, gdzie zaopatrzył się w potrzebne mu artykuły, a potem pojechali do Izabeli.

Łucja cieszyła się na spotkanie z przyjaciółką, nie widziały się bowiem od kilku dni.

Tym razem Izabela otworzyła drzwi swojego mieszkania w dobrze dobranym, kompletnym stroju. Doskonale się prezentowała w sięgającej kolan gładkiej liliowej tunice i delikatnym, prawie niezauważalnym makijażu. Wydawała się wypoczęta, wyciszona i radosna.

– Wchodźcie, czekam na was już od godziny. – Udała znudzoną.

Przez chwilę wszyscy troje stali w progu otwartych drzwi.

– Wpuścisz nas w końcu? – zażartował Luca.

Kobieta pchnęła drzwi, wpuszczając gości do wnętrza. Tym razem w mieszkaniu Izy pachniało nietypowo – wszechobecny zapach terpentyny zastąpiła przyjemna woń ciasta.

Udali się do kuchni. Łucja zauważyła na skraju blatu tortownicę nakrytą lnianą ściereczką.

– Tylko mi nie mów, że to ty upiekłaś, bo nie uwierzę. – Łucja udała, że przeciera oczy ze zdumienia.

Izabela nie odezwała się, tylko podeszła do stołu i odsunęła dla gości stołki.

– Siadajcie i spróbujcie mojego jagodowego przekładańca. – Zrobiła tajemniczą minę, taką, jaką zwykle miała, pokazując Łucji efekty swojej pracy. Do tej pory rezultaty jej twórczości

Łucja mogła podziwiać jedynie na płótnach. Okazało się, że przyjaciółka posiada również talent kulinarny.

Rozkrojone przez Izabelę ciasto, które upiekła według przepisu swojej mamy, rozpływało się w ustach. Było idealnym dodatkiem do świeżo zaparzonej kawy.

— I jak, smakuje wam? — Izabela patrzyła na przyjaciół niecierpliwie. Czekała na ocenę. Zawsze bardzo liczyła się ze zdaniem innych. Kiedyś wręcz obsesyjnie przyglądała się otoczeniu, ciekawa, jak ją odbierano. Po powrocie do Różanego Gaju trochę się wyciszyła i skupiła na sobie, nadal miała jednak mnóstwo przyzwyczajeń z przeszłości, które trochę utrudniały jej życie. Zawsze była nadwrażliwa. Przez długi czas ukrywała tę cechę pod maską zimnej seksbomby. Teraz znów chciała być sobą.

— Jest pyszne. — Łucja i Luca odezwali się jednocześnie.

— Cieszę się. Mam nadzieję, że mówicie szczerze. — Izabela przez cały czas uważnie im się przyglądała, co chwila przenosząc wzrok z jednego na drugie. — Nie miałam świeżych jagód, więc dałam zeszłoroczne, ze słoika. Dostałam je od mamy.

— Powinnaś porzucić malarstwo na rzecz cukiernictwa. Masz do tego smykałkę, zupełnie jak twoja mama — powiedziała Łucja z pełnymi ustami.

— Nie przesadzaj — odparła Izabela.

Potem Iza i Łucja wdały się w gorliwą dyskusję dotyczącą remontu u pani Matyldy, który jej córka bardzo przeżywała. Mówiły też o obrazie, który kilka dni wcześniej zaczęła malować. Iza nie była tak tajemnicza jak Luca, zawsze chwaliła się Łucji nawet najmniejszym postępem swych prac. Czasem wystarczyło, że kilka razy machnęła pędzlem i już odczuwała potrzebę, by pokazać przyjaciółce efekty. Lubiła, gdy ją podziwiano. Łucja nie znała się na malarstwie. W początkowych dziełach Izy widziała przeważnie wielobarwne, asymetryczne kreski i plamki, które nie pasowały do reszty. Co innego efekt końcowy. Ale tego, co przyjaciółka widziała oczami wyobraźni artysty, Łucja nie potrafiła zrozumieć.

Kiedy w końcu zamilkły i zwróciły oczy w stronę Luki, dostrzegły jego wzrok zawieszony na ścianie, a właściwie na obrazie, który od niedawna ją ozdabiał.

Łucja dopiero teraz zauważyła, że na miejscu poprzedniego płótna przyjaciółka powiesiła nowe, to, o którym wspominała przy ostatniej wizycie. Z góry uwodzicielsko spoglądała na nich piękna kobieta. Luca nie spuszczał z niej oczu. Stał jak zaczarowany, a na jego ustach pojawił się błogi uśmiech.

– Jak ci się to udało? – Nagle odwrócił wzrok od portretu i popatrzył na Izabelę.

W odpowiedzi wzruszyła ramionami.

– Kilkanaście nieprzespanych nocy, hektolitry mocnej kawy, zdrętwiałe dłonie, piekące oczy i… jakoś poszło. – Zrobiła skromną minę, ale widać było, że przepełnia ją duma.

– Widziałaś ją przecież tylko raz w galerii Moniki. To niebywałe. Przecież to płótno jest lepsze od oryginału. – Głos Włocha przesycały emocje. – Dlaczego aż tak zapadła ci w pamięć?

– Nie wiem. – Znów wzruszyła ramionami. – Laura de Borgio ma w sobie coś szczególnego.

Twarz Luki sposępniała, ale nadal wpatrywał się w obraz z zachwytem. Do końca wizyty kobietom nie udało się go już rozweselić. Iza zagadywała go o Włochy, co jeszcze bardziej wytrąciło go z równowagi. Wyglądało na to, że tego dnia nie znajdą już wspólnego języka.

– Mogę zajrzeć do twojej pracowni? – spytał Izabelę po dłuż-
szym milczeniu.

– Oczywiście. Trafisz sam? – Jeszcze starała się go rozbawić,
ale on pozostał głuchy na jej zaczepny ton.

– Trafię – odpowiedział smutno, po czym wstał i wyszedł.

Łucja spojrzała na Izabelę zdezorientowana.

– Co mu się stało? – spytała przyjaciółkę. Z każdym dniem
była coraz bardziej ciekawa swojego gościa.

– Wspomnienia – odpowiedziała wymijająco Iza.

Łucja wyczytała z wyrazu twarzy przyjaciółki, że nie chciała więcej o tym mówić. Ją i Lucę łączył wspólny kawałek życia.
Wspominała, że przyjaźnili się we Włoszech, a malarz nieraz
wyciągał do niej pomocną dłoń. Widać było, że jest wobec niego
lojalna i nie ma zamiaru zdradzać jego przeszłości. Przez chwilę popatrzyła na portret i zamyśliła się. Zaraz jednak opuściła
wzrok i przechyliła się w stronę Łucji.

– Słyszałam, że zbliżyliście się z Lucą do siebie – szepnęła
tajemniczo. Nie chciała, żeby przyjaciel ją usłyszał.

– Co przez to rozumiesz? – Słowa przyjaciółki miały dwu-
znaczny wydźwięk.

– Luca mówił mi o waszych sesjach. To dzięki tobie znów
zaczął malować. – Iza nadal mówiła ściszonym głosem, zerkając w stronę holu.

– Dzięki mnie? – Łucja była zdziwiona.

– Dlaczego tak cię to dziwi? – Teraz to Izabela była zaskoczona. – Cieszę się, że zobaczył w tobie coś, co go obudziło do
życia. Z artystami tak już jest, nie wiadomo kiedy i dlaczego zaczynają tworzyć. Miałam nosa, żeby go tutaj sprowadzić – rzekła,
uśmiechając się przebiegle.

– Dlaczego nie powiedziałaś mu, że zatrzyma się u nas w pałacu?

– Bo… nigdy by się nie zgodził przyjechać. Już namówienie go, żeby zatrzymał się u mojej mamy, graniczyło z cudem. Najważniejsze, że udało mi się go ściągnąć. – Mówiąc to, Iza uśmiechnęła się pod nosem.

– Nie uważasz, że to trochę nie fair? – Łucja starała się być obiektywna.

Doskonale widziała, że Luca czuł się skrępowany przez pierwsze dni pobytu w pałacu.

– Oj, Łucjo, najważniejszy jest efekt. Nie bądź taka drobiazgowa. – Izabela na moment zacisnęła usta, jakby znowu stała się dawną Izabelą, a właściwie Adelą, bo takie imię wcześniej nosiła.

Gdy Iza wyjechała do Włoch, zostawiła za sobą całą przeszłość i przyoblekła się w nową skórę. Zmieniła też imię na bardziej oryginalne, jak twierdziła. Kiedy jednak rok temu wróciła do Różanego Gaju, do własnych korzeni, zrzuciła z siebie maskę awangardowej, nieprzystępnej artystki Adeli i teraz znów była po prostu Izabelą. W ciągu tego roku bardzo się zmieniła, choć od czasu do czasu jeszcze się zapominała.

Łucja oparła się o krzesło i zerknęła na zegarek.

– Powinniśmy się już zbierać. Ania kończy za pół godziny, a musimy jeszcze dojechać pod szkołę. – Łucja wstała od stołu. – Zawołasz Lucę? – Zerknęła w kierunku pracowni.

– Tak, już po niego idę – odpowiedziała Izabela.

Kilkanaście minut później siedzieli już w samochodzie i jechali główną drogą do Waligóry, gdzie znajdowała się szkoła muzyczna.

Ania wyszła, tryskając radością, zagadywała zarówno do Łucji, jak i do Luki. Lubiła te lekcje. Była jedną z najambitniejszych uczennic i robiła największe postępy.

W drodze powrotnej jeszcze raz zatrzymali się przy jednym z marketów, ponieważ Ania potrzebowała nowych tenisówek. Dzięki licznym zajęciom tego popołudnia Łucja oderwała się nieco od niepokojących myśli. Nawet relacja z Anią wyglądała lepiej. Wiedziała, że najlepszym remedium na bolączki dziewczynki była muzyka. Dzięki niej dojrzewała i przeobrażała się, jak motyl porzucający swój niewygodny kokon. Muzyka tłumiła tęsknotę Ani. Łucja nie była jednak pewna, jak długo ten stan u niej potrwa. Ania nauczyła się swoistego obcowania z dźwiękami od Tomasza. To ojciec, chcąc nie chcąc, nauczył ją miłości do muzyki. Łucja domyślała się, że następne lata w życiu dziewczynki podporządkowane będą rygorowi codziennych ćwiczeń. Ania czerpała z tych lekcji wielką przyjemność, a mimo to Łucja bała się o nią. Wiedziała, jak cienka jest granica pomiędzy zatopieniem się w muzyce a realnym życiem. Wiedziała o tym od Tomasza, dla którego muzyka była kiedyś całym światem i przesłaniała wszystko inne.

Wyglądało na to, że ukochany znów utonął w niebezpiecznej głębinie dźwięków. Czy stała za tym inna kobieta, czy to tylko muzyka znów go uwiodła? Tego Łucja nie wiedziała.

Słońce jeszcze dotykało najwyższych wierzchołków starych parkowych drzew, ale wokół już unosił się zapach usypiającego zmierzchu. Łucja usiadła przy biurku. Przed sobą miała plik niepoprawionych klasówek. W pałacu było cicho i spokojnie, ale ona nie mogła się skupić. Wertowała kolejne kartki, wczytując się w zapisane na nich litery. Sięgnęła po okulary. Niektóre dzieciaki miały okropny charakter pisma. Kilkoro przyniosło orzeczenie o dysgrafii. Pracom tych uczniów musiała zazwyczaj poświęcić więcej uwagi. Tego dnia nie mogła się jednak skupić. Popatrzyła na leżący obok telefon. Przez chwilę kusiło ją, żeby zadzwonić do Tomasza. Już wzięła do ręki aparat, już układała sobie w głowie, co powinna powiedzieć, gdy nagle zrezygnowała i położyła telefon na skraju biurka. Odezwała się w niej kobieca duma. Tomasz prawie wcale nie dzwonił, a jeżeli już odebrała od niego telefon, przeważnie coś przeszkadzało ich rozmowie. No i była jeszcze jakaś kobieta. Po rozmowie Ani ze Staszkiem, którą nieopatrznie podsłuchała, nie przespała spokojnie ani jednej nocy. Ciągle zastanawiała się, co akurat robi Tomasz, a niespokojnymi oczyma wyobraźni widziała obok niego nieznajomą, o której mimochodem wspomniała jego córka. Tomasz nie ułatwiał jej sprawy – ich kontakty telefoniczne, i tak dość rzadkie, pozbawione były dawnej bliskości. Łucja czuła całą sobą, że ukochany w tej chwili nie jest jej.

Ostatnio zadzwonili z restauracji, w której miało się odbyć przyjęcie weselne. Kucharz chciał ustalić menu. Wbrew pozorom czasu nie zostało aż tak wiele. Lokal, który wybrali z Tomaszem, był jednym z najlepszych w okolicy i już pół roku wcześniej wpłacili potrzebną zaliczkę. Niestety Łucja nie potrafiła teraz odpowiedzieć, kiedy podejmą decyzję, ponieważ z Tomaszem nie mogła się skontaktować, a chciała, żeby podjęli ją wspólnie.

Pozbierała porozkładane na biurku kartki, postanowiwszy odłożyć sprawdzanie klasówek na później. Wstała od biurka i podeszła do wąziutkiej szafki, w której trzymała podręczniki i rzeczy potrzebne do pracy w szkole. Jeden z pokoi przeznaczono właśnie na to, aby mogła w ciszy i skupieniu pracować. Dlatego w dawnej komnacie siedliska Kreiwetsów teraz stanęło biurko, dwie wąskie witryny oraz regał na książki i segregatory. Łucja przychodziła tutaj tylko wtedy, gdy chciała popracować, po czym od razu opuszczała swój gabinet. Najbardziej lubiła przesiadywać w kuchni. Pomieszczenia starego pałacu były bardzo duże, w czasie remontu trochę jednak pozmieniano. Z jednego pokoju zrobiono dwa, z których jeden teraz należał do Ani, drugi zaś przeznaczony był do pracy. Pomieszczenie, w którym planowali urządzić przytulny pokój dzienny, wciąż stało puste. Jego aranżacją mieli zająć się latem, po planowanych zaślubinach. Na dole też trwały prace remontowe. W dawnej sali balowej kolejne freski zyskiwały nowe, barwne życie, ozdabiając coraz większą powierzchnię ściany. Także pomieszczenia znajdujące się tuż za nią obsychały po niedawnym malowaniu. Łucja była już zmęczona tym remontem. Jak na złość, akurat po wyjeździe Tomasza wzmogły się prace modernizacyjne. Do pałacu wróciła ekipa, która na miesiąc zrobiła sobie przerwę, przenosząc się na plac innej budowy. Tak ustalili wcześniej z Tomaszem. To on o wszystkim decydował. Teraz musiała radzić sobie sama. Robotnicy zachowywali się cicho i kulturalnie. Po prostu rano, jeszcze przed wyjściem do szkoły, wpuszczała ich bocznym wejściem, znajdującym się za salą balową. Wychodzili po południu. Wtedy przeważnie Łucja była już na miejscu. Ostatnio mogła dodatkowo liczyć na Lucę, który też zaangażował się w prace renowacyjne. Sprawdzał ich codzienne postępy i rozmawiał z pracownikami. Służył też pomocą malarzowi odnawiającemu malowidła w sali balowej. Potem co wieczór zdawał Łucji ze wszystkiego relację. Ich stosunki bardzo się ocepliły.

Codziennie spotykali się na dłuższe lub krótsze sesje malarskie przy fontannie sylfidy. Ich popołudniowe spotkania stały się swego rodzaju rytuałem. Kiedy Łucja przychodziła do wodotrysku, wszystko było już przygotowane. Krzesło z aksamitnym siedziskiem stało zawsze w tym samym miejscu. Sztalugi dotykane dłońmi malarza wydawały się zamkniętą bramą do niewiadomego. Widziała je tylko z tyłu; to, co po ich drugiej stronie tworzył malarz, pozostawało tajemnicą. Nadal ciekawiły ją efekty ich wielogodzinnych spotkań, jednak cierpliwie siedziała, patrząc przed siebie i całą sobą chłonąc malarski klimat. Po kilku spotkaniach udzielił jej się pełen zapału nastrój Luki. Lubiła na niego patrzeć, gdy tworzył. Kiedy przenosił kolejne elementy jej twarzy na płótno, niby na nią patrzył, a jednak błądził myślami gdzie indziej. Często mieszał kolory na drewnianej desce. Przy pierwszych dwóch spotkaniach używał do tego celu typowej malarskiej palety. Potem zaopatrzył się w zwykłą prostokątną deskę. Była bardziej praktyczna. Miał do dyspozycji większą płaszczyznę na mieszanie farb.

Pogoda też im sprzyjała. Odkąd zaczęli sesje, ani razu nie spadł deszcz. Tylko z rzadka słońce musiało przedrzeć się przez niewielkie chmurki, by oświetlić polanę.

Łucja domknęła szufladę szafki. Podeszła do drzwi, ale cofnęła się do okna, żeby zasunąć kotarę. Popatrzyła z góry na park. Jedną z alejek szedł Luca. Obok niego kroczyli Staszek i Ania. Cała trójka wydawała się mocno zaabsorbowana rozmową. Zza zamkniętej szyby dochodziły ich głośne śmiechy. Zeszła na dół. Chciała się trochę przewietrzyć. Wieczorem miała zamiar jeszcze przysiąść nad klasówkami. To były w zasadzie ostatnie dni na poprawę ocen. Tym razem zakończenie roku szkolnego wypadało stosunkowo wcześnie, bo już dwudziestego szóstego czerwca. W trzech klasach, w których uczyła, nie było zagrożonych uczniów, ale miała kilku gagatków, którym systematyczna nauka nie mogła wejść w nawyk. Większość dzieci chciała mieć ocenę wyższą, niż im się należała. Często, stojąc naprzeciw nich, czuła się jak Temida. Nie była ostra, ale konsekwentna i wymagająca. Dzieci w szkole wiedziały, że u pani od historii oceny „za nic" się nie dostanie. Dlatego teraz Łucja miała do poprawy większą niż zazwyczaj liczbę sprawdzianów.

Spotkali się u wylotu schodów. Ania była wyjątkowo rozgadana. Ostatnimi czasy albo dużo mówiła, albo milczała jak grób. W chwilach wycofania Łucja nie mogła wyciągnąć z niej ani słowa. Staszek jak zwykle uśmiechał się trochę zabawnie, trochę nieśmiało. Zazwyczaj milczał. Mówił tylko wtedy, gdy Łucja go o coś pytała. Tak było zarówno na lekcjach, jak i poza szkołą. Tylko przed Anią się otwierał. Zza grubej pałacowej ściany Łucja nieraz słyszała jego śmiały głos. Czasami nie dopuszczał koleżanki do słowa.

Luca szedł pomiędzy tą uśmiechniętą dwójką, spoglądając raz w jedną, raz w drugą stronę, jakby chciał po równo obdarzyć ich uwagą.

Ania podbiegła do Łucji i złapała ją za rękę, ta zaś mocniej uścisnęła jej drobną dłoń. Ostatnio Ania tak rzadko się do niej zbliżała. Nadal był pomiędzy nimi ten niewidoczny mur, który powstał w momencie wyjazdu Tomasza.

– Byliśmy przy stawie – powiedziała głośno.

Wcale to Łucji nie zdziwiło. Ania i Staszek nieustannie tam przesiadywali, zwłaszcza odkąd Józef wpuścił do stawu ryby. Od tamtej pory dziewczynka biegała tam jeszcze częściej. Tej wiosny Ania albo siedziała przy fortepianie, albo moczyła nogi w stawie, zwieszając je z wąskiej kładki i wpatrując się w wodne stworzenia. W ciągu ostatnich dni do pałacu przychodziła, dopiero gdy zaczynało zmierzchać. Staszek przeważnie wracał do domu, gdy słońce już gasło. Ania zostawała wówczas sama do momentu, aż długie źdźbła przybrzeżnych traw stawały się słabo wyraźne. Gdy wchodziła do pałacu, Łucja czekała już na nią z kolacją.

– Bardzo urokliwe miejsce, powinnaś się tam wybrać – powiedział Luca.

Łucja zorientowała się, że musiał być tam z Anią i Staszkiem, a teraz najprawdopodobniej stamtąd wracali. Chociaż staw stał się ulubionym miejscem Ani, Łucja rzadko tam zaglądała. Od chwili gdy Józef dał mu drugie życie, była tam może ze trzy razy. To było miejsce Ani, a ona miała swoją „jaśminową ławkę". Zielone liście jaśminowca nadal ją uspokajały, łaskocząc po karku. Lubiła ich chłodny dotyk, jakże inny niż ludzki. Ciepłe dłonie Tomasza rozgrzewały jej szyję, ledwo jej dotknął.

Łucja popatrzyła na Lucę. Teraz wydawał jej się zupełnie kimś innym niż kilka godzin wcześniej, kiedy znajdowali się na polanie sylfidy. Wtedy był skupiony i niedostępny, teraz – rozluźniony i otwarty na towarzystwo.

– Rzeczywiście dawno tam nie byłam – zauważyła Łucja. – Rozmawiałam rano z Józefem. Podobno wczoraj dokupił ryby.

– Tak – odezwała się ożywiona Ania. – Teraz jest ich już bardzo dużo. Te starsze już się do mnie przyzwyczaiły. Podpływają od razu, gdy stanę przy brzegu, a czasami łaskoczą mnie po stopach. – Oczy dziewczynki się śmiały.

W takich chwilach jak ta znów była beztroskim dzieckiem, zamkniętym na problemy świata dorosłych.

– Pan Luca był dzisiaj z nami przy stawie ponad dwie godziny. – Ania chwyciła Staszka za rękę i popatrzyła na elektroniczny zegarek na plastikowym, miejscami popękanym pasku, który miał na ręku.

Ania zachowywała się wyjątkowo żywiołowo. Przez ostatnie trzy dni najczęściej siedziała przy fortepianie, a z jej pokoju dochodziły dość smutne dźwięki.

– Tak, spędziłem dzisiaj z tymi młodymi ludźmi trochę czasu. – Malarz się uśmiechał.

– Pan Luca będzie malował ze Staszkiem obraz – wypaliła Ania.

Luca nie odezwał się, tylko patrzył pogodnym wzrokiem. Wyglądało na to, że to Ania ma najwięcej do powiedzenia.

– Obiecał kupić Staszkowi sztalugi, pędzle i farby. Powiedział, że będą uczyć się malować. – Ania wpatrywała się w malarza, czekając na potwierdzenie.

– To prawda? – Łucja się uśmiechnęła. To była dobra wiadomość.

– Tak – odparł Luca. – Jeśli dobrze pamiętam, jutro jedziecie do szkoły muzycznej. Zabrałbym się z wami do sklepu dla plastyków. Myślę, że dostaniemy tam wszystko, czego potrzeba.

Po słowach malarza Staszek nie mógł ustać w miejscu. Starał się kontrolować emocje, ale nieustannie przebierał nogami i niby przez przypadek trącał Anię w bok. Ona też nie pozostawała mu dłużna, aż w końcu wybuchła między nimi żartobliwa przepychanka. Dziewczynka odbiegła kilka metrów dalej, a przyjaciel zaczął ją gonić. Biegali potem po parku jak młode źrebięta, które wyrwały się spod czujnego oka klaczy.

– Jesteś bardzo miły – powiedziała Łucja i popatrzyła na Lucę z podziwem.

Machnął ręką, jakby to nie miało większego znaczenia.

– Znajdziesz na to czas? Przecież nie skończyłeś jeszcze mojego portretu. – Nie potrafiła ukryć zainteresowania. Myślała, że może dowie się od niego czegoś więcej na ten temat. Była ciekawa, na jakim etapie są prace. Czy płótno pokryte jest tylko niewyraźnymi liniami? Czy może już widać na nim jej twarz?

Luca zbył jednak to pytanie. Domyślał się, że chciała, aby powiedział coś więcej, lecz nie mógł tego zrobić. Nie chciał. Zwłaszcza że obraz, który tworzył, zaczął wymykać mu się spod kontroli. Sam nie wiedział jeszcze, jaki będzie efekt końcowy. Tego nigdy nie wiedział, ale teraz sprawa była bardziej skomplikowana, ponieważ kobieta, którą malował, bardzo mu się podobała, co znacznie utrudniało pracę. Były momenty, że nie mógł się skupić. Nie potrafił dobrać odpowiedniej barwy i skoncentrować się na płótnie. Obraz jakby żył własnym życiem. Luca nie był pewien, czy spodoba się Łucji. Nie był pewien nawet tego, czy jemu podobało się to, co malował. Czasem wydawało mu się, że ktoś wkłada mu do ręki pędzel, a potem pociąga za sznurek, do którego przyczepiona jest jego dłoń. To było dziwne uczucie. Ale przecież był artystą i w wirze pracy twórczej robił różne rzeczy, które innym mogłyby się wydawać szalone. Zdawał sobie jednak sprawę z tego, że to dzieło będzie inne niż wszystkie, które stworzył do tej pory.

– Staszek to fajny chłopak i ma duży potencjał. Szkoda byłoby to zaniedbać. Powinien iść w tym kierunku. Chciałbym pokazać mu kilka malarskich sztuczek, które mogą mu ułatwić pracę.

– Dlaczego tak ci na tym zależy? – spytała Łucja, widząc jego zapał.

Odniosła wrażenie, że się speszył. Zaraz potem jego twarz sposępniała. Nie odpowiedział, tylko mgliście się uśmiechnął i popatrzył przed siebie – właśnie biegły ku nim dzieciaki.

– Staszek powiedział, że zostanie wielkim malarzem, jak pan Luca! – krzyknęła Ania, starając się wymknąć koledze, który już łapał ją za rękaw podkoszulka. Odbiegła kilka kroków i przystanęła.

– Anka, ty paplo! – Staszek był naburmuszony. Dziewczynka chciała zażartować, ale swoimi słowami speszyła przyjaciela. Stał w sporej odległości od Ani i patrzył na nią spode łba, dziewczynka podbiegła więc i szturchnęła go w bok.

– Staszek, no coś ty! Przecież tylko żartowałam. – Ania przestała się śmiać. Zorientowała się, że sprawiła mu przykrość.

– Głupie babskie żarty! – powiedział Staszek. Chciał wyjść z twarzą z tej sytuacji. Widać było, że już się nie gniewa, lecz stara się nie zmieniać nadąsanej miny. W końcu nie wytrzymał i się roześmiał. Najpierw nieśmiało i cicho, potem coraz głośniej. Po kilku sekundach śmiali się już razem z Anią.

Łucji też udzielił się nastrój dzieciaków. Tylko Luca był poważny. Zatrzymał wzrok na jednym z gryfów stojących przy wejściu na schody. Był głęboko zamyślony.

– Idę odprowadzić Staszka do rozstajów – powiedziała Ania i już za chwilę dwójka młodych przyjaciół skierowała się ku bramie.

– Do widzenia – powiedział Staszek, patrząc wpierw na Łucję, a potem dłużej zatrzymując wzrok na twarzy malarza.

Luca popatrzył na niego ciepło.

– Cześć, Staszku – powiedział wesoło z włoskim akcentem.

To ośmieliło chłopca. Popatrzył na Włocha z oczekiwaniem.

– Jesteśmy umówieni – odezwał się mężczyzna. – Myślę, że pojutrze możemy zacząć. Jutro dokupię w Wieliczanach potrzebne rzeczy i ruszamy! – Ostatnie słowa Luki zabrzmiały entuzjastycznie.

– To fajnie – odpowiedział Staszek. Potem jeszcze raz się pożegnał i ruszyli z Anią do furtki.

– Idziesz do środka? – Luca popatrzył na Łucję, która spoglądała w kierunku drzwi wejściowych.

– Nie. Właściwie to dopiero wyszłam. Miałam ochotę się przejść.

– Idziesz na swoją ławkę?

– Nie wiem – odpowiedziała, wzruszając ramionami i chyba po raz pierwszy nie wiedziała, dokąd pójść. Spojrzała w stronę zachodzącego słońca.

– Powinnaś zobaczyć staw – zasugerował Luca. – Pan Józek dopieścił to miejsce. Sam widziałem, że przez ostatnie dni poświęcał mu wiele czasu.

– Może... rzeczywiście się tam teraz wybiorę – powiedziała Łucja. – To dobry pomysł – dodała po chwili i zwróciła się w stronę, gdzie za najwyższymi czubkami drzew widoczna była tylko połowa tarczy słońca. Jego dogasające promienie powoli zanurzały się w puchatych chmurach.

– Mogę iść z tobą? – spytał Luca.

– Przecież dopiero co stamtąd wróciłeś – zauważyła.

– Chętnie pokonam tę trasę jeszcze raz. Zwłaszcza w takim towarzystwie. – Popatrzył na nią uwodzicielsko.

Poczuła się nieswojo. Pomyślała, że Luca nie powinien patrzeć na nią w taki sposób. Zaraz potem weszła na drobne, białe kamyki, którymi wysypany był podjazd, i skierowała się w stronę stawu. Luca poszedł za nią. Przez całą drogę nie odzywali się do siebie. Łucja szła przodem, na plecach czując ciepłe spojrzenie

Włocha, takie samo, jak przed paroma minutami. Przyspieszyła kroku, ale on szybko dostosował się do jej tempa. Wkrótce się zrównali, ale wówczas mieli już przed sobą owalny zarys stawu. Długie trawy kołysały się w rytm spokojnego wieczornego wiatru. W tym miejscu aurę zmierzchu odczuwało się bardziej, niż przechodząc między alejami pełnymi kwitnących róż i zielonych klombów. Bliska obecność wody potęgowała uczucie chłodu, zwłaszcza że słońca w tej części ogrodu nie było już widać.

Łucja stanęła na brzegu stawu i weszła na pomost. Usiadła na nim tak, jak to zazwyczaj robiła Ania. Nie spuściła jednak nóg, by ich nie zamoczyć, tylko podkuliła i otoczyła ramionami. Luca usiadł obok niej. I znowu poczuła się zakłopotana jego obecnością. Jego wzrokiem. Znów patrzył na nią tak, jak nie powinien był patrzeć. Odwróciła głowę w drugą stronę. Zorientował się, że zrobiła to specjalnie, ale mimo to nie przestawał się jej przyglądać. Nie wytrzymała i nagle odwróciła się, patrząc mu prosto w oczy.

– Dlaczego to robisz? – ośmieliła się zapytać.

Wcale nie speszyły go jej słowa. Wydawał się inny niż zazwyczaj. Zbyt pewny siebie. Zbyt rozluźniony. Po jej słowach twarz Luki nawet nie drgnęła. Nieustannie się jej przyglądał. Nie znosiła niejasnych sytuacji. Była sam na sam z przystojnym mężczyzną w urokliwym, opustoszałym miejscu. Wyglądało na to, że dopiero teraz zdała sobie z tego sprawę. Tyle razy byli ze sobą sami, ale teraz było inaczej, bo kilkanaście minut wcześniej Luca gorącym wzrokiem południowca naruszył pewną sferę w ich relacji, która powinna być dla niego świętością. Chociaż tylko na nią patrzył, ona w jego oczach wyczytała dużo więcej.

Spróbowała się podnieść, ale zahaczyła o położoną obok deskę. Zachwiała się i przechyliła w bok. W mgnieniu oka Luca znalazł się przy niej, mocno chwytając ją w objęcia. Potem oboje wstali. Luca cały czas ją obejmował. Już miała go odepchnąć, gdy nagle na swych włosach poczuła jego oddech. Zesztywniała. Przez moment straciła orientację. Nawet nie zdążyła zareagować, bo malarz zaraz od niej odskoczył jak rażony piorunem.

– Przepraszam – powiedział głośno. – To naprawdę już się więcej nie powtórzy. – Mówił tak, jakby sam siebie chciał przekonać, że to prawda.

Łucja patrzyła na niego bez słowa. Zaskoczył ją tak bardzo, że nie potrafiła nawet pozbierać myśli, a co dopiero sklecić jedno proste zdanie. Po paru chwilach zeszła z pomostu.

– Powinniśmy już iść – odezwała się cicho.

Znów szła przodem. Ogrodowe ścieżki i parkowe alejki były teraz ciemnymi, krętymi nitkami. Niby jeszcze widoczne pomiędzy gęstymi źdźbłami traw, skrywały jednak wiele niespodzianek – drobne kamyki, większe otoczaki i naniesione przez wiatr gałązki.

Luca szedł dwa kroki za nią. Słyszała jego oddech. W ogrodzie było wyjątkowo cicho. „Cisza przed burzą" – pomyślała tylko i przyspieszyła kroku. Miała nadzieję, że uda jej się oddalić choć na chwilę. Ale Luca znów dopasował szybkość swoich kroków do tempa, które wyznaczała. Cały czas słyszała jego lekko przyspieszony oddech. Poczuła panikę. Chciała uciec i ukryć się przed nim jak najszybciej. Na karku cały czas czuła jego gorący oddech. To nie było miłe. Chociaż… właściwie? Nie chciała, żeby to było przyjemne, a jednak w jakiś osobliwy, niezrozumiały dla niej sposób… było. Zapragnęła, żeby zerwał się porywisty wiatr i wywiał z jej włosów zapach Luki. Żeby zabrał z jej głowy niezrozumiałe i niewygodne myśli. W ogrodzie było jednak cicho jak makiem zasiał. Przez cały czas słyszała tylko oddech Włocha, szmer gałęzi i szelest usypiającej trawy, którą niechcący budzili, następując na jej gęste kępy.

Kiedy kilkanaście metrów przed sobą ujrzała oświetloną boczną fasadę pałacu, odetchnęła z ulgą. Do samych schodów prowadziła już szeroka, wygodna aleja, wysypana jasnymi kamykami, po której można było iść znacznie szybciej.

Po kilku chwilach oboje stali już naprzeciw wejścia. Łucja natknęła się na wzrok Luki, ale szybko się odwróciła. Popatrzyła do góry na okna pokoju Ani. Świeciło się w nich światło, a zza uchylonej szyby znów dochodziły dźwięki fortepianu.

Luca nacisnął klamkę. Otworzył drzwi i przepuścił przodem Łucję.

– Przepraszam – rzekł i popatrzył na nią smutno.

Odważyła się spojrzeć mu w twarz. W korytarzu paliło się tylko mdławe światło lampy ukrytej w bocznej wnęce. Nie odezwała się. Miała w głowie pustkę. Luca wyglądał jednak na zmartwionego.

– Dobranoc – rzuciła i odwróciła się na pięcie, po czym szybko wbiegła po schodach i udała się do sypialni. Położyła się na łóżku, nawet nie zapalając lampy. Wciąż nie była w stanie zebrać myśli. Nie rozumiała nic z tego, co się wydarzyło. Czuła, że ta sytuacja dużo zmieniła w ich relacji. Chciała jak najszybciej o niej zapomnieć, ale jednocześnie na przekór sobie miała ochotę zatrzasnąć tę krótką chwilę w ciasnym pudełku wspomnień. To było kuszące.

– Łucjo, źle się czujesz? – Ania zapaliła lampę. Stała w drzwiach, ciekawie się jej przyglądając.

– Nie. – Łucja usiadła. Poczuła się zawstydzona, jakby Ania przyłapała ją na czymś niestosownym. Przez chwilę miała wrażenie, że Ania czyta w jej myślach. Wstała i poprawiła włosy, zerkając w lustro na weneckiej szafie. Czuła się jak winowajczyni, chociaż nic złego nie zrobiła. Ania przez cały czas przyglądała jej się z zainteresowaniem.

– Chodźmy do kuchni, przygotuję ci kolację. – Łucja nie patrzyła w stronę dziecka. Wydawało jej się, że Ania prześwietla ją wzrokiem.

– Nie trzeba, już jadłam – powiedziała.

Nim Łucja zdążyła się ponownie odezwać, Ania spytała:

– Gdzie byłaś? Myślałam, że poszłaś na swoją ławkę, ale nie widziałam cię tam.

– Szukałaś mnie? – Łucja się zająknęła.

– Przechodziłam tamtędy, gdy wracałam z rozstajów. Myślałam, że cię tam znajdę. Kiedy spotkałam cię przed wyjściem, wydawało mi się, że wybierasz się na spacer.

– Rzeczywiście tak było – rzekła Łucja. Nic więcej już nie powiedziała.

Ania odpuściła i nie drążyła więcej tematu przechadzki opiekunki.

– Zrobiłam sobie tosty – powiedziała, zanim Łucja znów spytała ją o wieczorny posiłek.

– To dobrze. – Odpowiedź Ani ją zadowoliła.

Wstała z łóżka, ale sprawiała wrażenie, jakby nie miała zamiaru wychodzić poza próg sypialni. Zaskoczyła tym Anię. Łucja zazwyczaj skrupulatnie pilnowała jej posiłków. Nie zmuszała dziewczynki do jedzenia, ale przynajmniej dwa razy dziennie musiały siadać wspólnie do stołu.

– Naprawdę dobrze się czujesz? – Ania popatrzyła podejrzliwie.

– Trochę boli mnie głowa – skłamała i na moment odwróciła się w stronę okna.

Było już ciemno. W szybie odbijały się cienie drzew. Wyglądały jak potężne stwory z wielkimi, rozczapierzonymi paluchami. Łucja się wzdrygnęła.

– Dzwonił tata – powiedziała Ania. – Chciał z tobą rozmawiać, mówił, że nie odbierasz. Powiedziałam mu, że wyszłaś. – Na twarzy dziecka przez chwilę pojawił się uśmiech. – Mówił, żebyś oddzwoniła, ale… – przez chwilę się zawahała – dopiero o dwudziestej trzeciej, bo wcześniej musi gdzieś wyjść. – Ania nagle spochmurniała, jakby nie spodobało jej się to, co powiedziała.

Łucji też nie sprawiło to radości. Uśmiechnęła się do dziewczynki niewyraźnie.

– Jest już późno. Zadzwonię do niego jutro. – Popatrzyła na zegar. – Nie będę mu przeszkadzać – dodała sztywno.

Po jej słowach Ani zrobiło się przykro. Doskonale zdawała sobie sprawę, że między tatą a Łucją nie dzieje się dobrze. Przecież rozstali się tylko na miesiąc, a jej się wydawało, że od momentu gdy tata opuścił Różany Gaj, minęły całe wieki. Bała się, że ojciec umówił się na wieczór z „tamtą" kobietą. Tą, którą wtedy słyszała. Nie chciała, żeby Łucja się o niej dowiedziała. Nie chciała, żeby się martwiła. Tym bardziej że teraz w pałacu był jeszcze pan Luca. Wystarczyło już to, że codziennie znikali razem na długie godziny, chowając się przed światem na polanie sylfidy. Raz nawet wspomniała o tym tacie, ale on puścił to mimo uszu. Zupełnie jakby to, co działo się w Różanym Gaju, kompletnie go nie interesowało. Tato wydawał jej się teraz zupełnie innym człowiekiem. Niby pytał ją o codzienne sprawy, o szkołę, o to, co dzieje się w pałacu, ale już po chwili zdawał się wcale nie pamiętać tego, co przed momentem usłyszał. Nie wspominał też o Łucji, jakby przestała dla niego istnieć. O to Ania martwiła się najbardziej.

Trochę żałowała, że powiedziała opiekunce o rozmowie z ojcem i tym samym wygadała się, że tato gdzieś wychodzi. Bała się, że był z „tamtą". Nie wiedziała, kim ona jest. Nie ośmieliła się spytać o to taty. Wystarczyło jej, że coraz częściej słyszała jej głos podczas rozmowy z ojcem. „Łucja nie może się o tym dowiedzieć" – pomyślała Ania i popatrzyła w stronę opiekunki ze współczuciem. „Wkrótce tata wróci, a jego włoska przyjaciółka zostanie z dala od niego" – pocieszała się dziewczynka. Już raz nawet chciała spytać ojca o ten kobiecy głos, który z każdą kolejną rozmową stawał się śmielszy, ale w ostatniej chwili zabrakło jej odwagi.

– Może… połóż się wcześniej – powiedziała Ania. W jej głosie była dawno nieobecna troska. Łucja popatrzyła na nią ciepło.

– Chyba tak właśnie zrobię. Jutro możemy trochę dłużej pospać. Pamiętasz, że lekcje zaczynają się później?

– Tak – odpowiedziała dziewczynka.

Łucja zbliżyła się do drzwi, zrównując się z Anią.

– Pójdę jeszcze sprawdzić, czy oba wejścia są zamknięte. Wydaje mi się, że nie przesunęłam zasuwy od zamka przy głównych drzwiach. Robotnicy wyszli dziś dość wcześnie. Luca… – Łucja na moment się zmieszała, ale już po chwili dodała: – Mówił, że zamknął boczne wejście, kiedy ich wypuszczał, ale powinnam to jeszcze sprawdzić. Chodźmy. – Objęła Anię, a ta chętnie do niej przylgnęła.

Łucja poczuła, że między nią i dziewczynką znów jest tak jak dawniej, kiedy były tylko we dwie, kiedy tak bardzo zbliżyły się do siebie po śmierci jej mamy. To było cudowne. Ania też poczuła się doskonale w szczupłych ramionach opiekunki. Kiedy w końcu na siebie spojrzały, w oczach miały niepewność, obawę i lęk, którymi oddychały od momentu wyjazdu Tomasza.

Do późnych godzin nocnych z pokoju Ani dochodziły dźwięki fortepianu. Słuchając ich, Łucja próbowała stłumić tęsknotę za Tomaszem, poczucie chłodu majowej nocy i żywe wspomnienie gorącego oddechu Luki na swoich włosach.

Rano obudził ją sygnał telefonu. Próbowała sobie przypomnieć, gdzie wczoraj położyła aparat. Przeciągnęła się i przetarła oczy. Potem jeszcze raz dokładniej rozejrzała się po wszystkich kątach sypialni. „Jest" – zauważyła go na parapecie, za zasłonką. Wczorajszego wieczoru długo nie mogła zasnąć. Myślała o Tomaszu, o zajściu nad stawem, a takie myśli niestety nie działały jak dobry środek nasenny. Do późnych godzin poprawiała jeszcze klasówki. Kiedy skończyła, była już naprawdę bardzo śpiąca. Włożyła poprawione sprawdziany do torebki, wzięła telefon, który zauważyła niemal w ostatniej chwili, i poszła do sypialni z nadzieją, że uda jej się usnąć. Niestety, mimo zmęczenia nie mogła zapaść w sen. Kilka razy brała do rąk telefon i wybierała numer Tomasza. W końcu odłożyła aparat na parapet. Teraz dzwonił jak szalony. Złapała go niemal w ostatniej chwili. Nawet nie popatrzyła na wyświetlacz.

– Halo – odezwała się cicho.

– Cześć, kochanie. – Usłyszała głos ukochanego i od razu całkiem się przebudziła.

– Tomasz?

– Dziwi cię, że do ciebie dzwonię? – Miał ciepły głos. Czuła, że się uśmiecha. Przez ułamek sekundy znów była blisko niego, tak jak przed wyjazdem. – Tęsknię za tobą – powiedział po chwili.

Tego się nie spodziewała.

– Tęsknisz za mną? – Nie kryła zdziwienia.

– Tak, bardzo. – Znów usłyszała jego ciepły głos. – Co tam słychać w pałacu, radzisz sobie?

Nie odpowiedziała, nadal nie mogła uwierzyć w jego przemianę.

– Łucjo, kochana, jesteś tam? – spytał po dłuższej chwili milczenia.

– Tak – odpowiedziała, nerwowo przełykając ślinę.

– Dlaczego jesteś taka małomówna? Czy u was wszystko w porządku?

Łucja pośpiesznie próbowała ułożyć sobie gotowe zdania, które na pewno Tomasz chciałby od niej usłyszeć, ale nie mogła wydobyć z siebie słowa.

– Łucjo…

– Cieszę się, że już wkrótce cię zobaczę – wydusiła z siebie.

Każdego wieczoru odliczała w kalendarzu dni do powrotu Tomasza.

Teraz to on zamilkł. Dłuższą chwilę milczeli oboje. W słuchawce słychać było tylko niewyraźne szumy.

– Łucjo, będziecie musiały na mnie jeszcze trochę poczekać.

Łucja czuła, że posmutniał. Jego głos był teraz matowy i brzmiał oficjalnie.

– O czym ty mówisz? – Poczuła przypływ paniki. – Przecież wracasz już za niecałe dwa tygodnie, prawda? – Zaczęło brakować jej sił na dalszą rozmowę.

– Chodzi o to, że… muszę zostać we Włoszech trochę dłużej.

– Jak długo?

– Jeszcze trzy tygodnie.

Łucja nie odezwała się. Miała ochotę rzucić słuchawką, ale chciała jednak poznać powód przedłużenia przez Tomasza pobytu we Włoszech.

– Łucjo, czy ty... jesteś na mnie zła?

Znów nie odpowiedziała, tylko głośno, ciężko oddychała.

– Zrozum mnie, przecież to tylko trzy tygodnie. Potem znów wszystko wróci do normy.

– Jesteś tego pewien?! – Nie wytrzymała.

Miała ochotę wykrzyczeć mu prosto w twarz wszystko, co od blisko trzech tygodni w sobie dusiła. Ale i tak na nic by się to zdało. Już raz próbowała dogadać się z Tomaszem, ale on pozostał głuchy na jej argumenty. A teraz? Teraz znów ją zaskoczył. Ciągle ją zaskakiwał. Czuła, że coraz mniej go rozumie. Jego twarz, ukochana i bliska, pomału rozmywała się w jej pamięci.

– Dlaczego musisz zostać? – odważyła się w końcu zapytać, choć bała się odpowiedzi.

– Obiecałem towarzyszyć w koncertach mojej znajomej – odpowiedział jak gdyby nigdy nic.

Łucja poczuła się tak, jakby dostała w twarz.

– Znajomej?! – krzyknęła do słuchawki.

– Tak. Chiara jest wiolonczelistką. Już kiedyś razem koncertowaliśmy. Teraz poprosiła mnie... Sama rozumiesz.

– Chodzi o to, że nie rozumiem! – wybuchła ponownie.

Naprawdę miała tego dość. „A więc jednak chodziło o kobietę" – pomyślała. Teraz znała już jej imię... Chiara.

– Łucjo, proszę, zrozum mnie. Nie zachowuj się tak infantylnie.

– Co ty powiedziałeś?! Według ciebie ja się zachowuję niedojrzale?!

– Przecież to tylko trzy tygodnie – tłumaczył się.

– Tak, rzeczywiście. Kolejne trzy tygodnie, które zamiast ze mną i swoją córką spędzisz w towarzystwie twojej znajomej... Chiary – ironizowała.

– Łucjo, nie poznaję cię. Widzę, że nie dojdziemy do porozumienia. – Ściszył głos.

Czuła, że Tomasz chce zakończyć rozmowę.

– Gdy będziesz chciała ze mną porozmawiać, po prostu zadzwoń. Po siedemnastej będę jednak zajęty. Od jutra zaczynamy... – Nie zdążył dokończyć, gdyż weszła mu w słowo.

– Nie obawiaj się, na pewno nie będę wam przeszkadzać.

Tomasz chciał jeszcze coś powiedzieć, ale się rozłączyła. Potem cisnęła telefon na łóżko i się rozpłakała. „Jak on może być takim egoistą?! Okazuje się, że wcale go nie znałam. Jak mogłam mu tak bardzo zaufać?!"

Usiadła na łóżku, schyliła się i oparła głowę na kolanach. Po kilku minutach spodnie od piżamy były pokryte mokrymi plamami łez. Czuła się bezradna i samotna. Okazało się, że wcale go nie interesowała. Może tylko przez chwilę. Kiedy Tomasz ponad rok temu wrócił do Różanego Gaju, odżyły w nim wspomnienia związane z tym miejscem. A teraz powrócił do wielkiego świata i znów zachłysnął się życiem artysty. Tylko po co obiecywał jej te wszystkie bzdury? Czemu mówił, że chce się przy niej zestarzeć i do końca swoich dni żyć w Różanym Gaju?

Po telefonie Tomasza Łucja była zdruzgotana. Trzęsły jej się ręce, a łzy lały się z oczu hektolitrami. Popatrzyła na zegar i stwierdziła, że pora się zbierać. Musiała jeszcze obudzić Anię. Nie chciała, żeby dziewczynka zauważyła, że płakała, ale raczej było to niemożliwe. Powieki jej napuchły, a głos dusiła rozpacz. Weszła do łazienki i obmyła twarz lodowatą wodą. Zimny strumień tylko na chwilę zmył z niej słony smutek, bo zaraz potem z oczu pociekły nowe łzy. Szybko ubrała się, wyciągając z szafy przypadkowe ubrania. Potem wyszła z sypialni. Nie miała odwagi spotkać się z Anią, dlatego najpierw udała się do kuchni. Postanowiła zacząć dzień od mocnej kawy. Nigdy tego nie robiła, ale ten dzień był „wyjątkowy".

Drzwi kuchenne były niedomknięte. Pchnęła je, weszła do środka i jak wryta stanęła w progu. Za stołem siedział Luca. Była kompletnie zaskoczona. Malarz nigdy nie wchodził do kuchni o tej porze, bo wiedział, że w tym czasie dziewczyny wybierały się do szkoły. „A więc zrobił to specjalnie?" – pomyślała, wchodząc do środka.

Od razu wstał, potrącając filiżankę wypełnioną kawą. Był spięty.

– Łucjo, ja… – Jemu też trzęsły się ręce. – Usiądź. – Podsunął jej stołek.

Nie sprzeciwiła się i podeszła do stołu, patrząc na niego obojętnie. Potem przycupnęła na stołku.

– Chcesz kawy?

– Tak – odpowiedziała cicho.

Sięgnął po dzbanek i nalał jej do filiżanki kawę.

– Bardzo cię przepraszam za to, co wczoraj… – Luca nadal był roztrzęsiony.

– Przecież już mnie przepraszałeś. Wystarczy – powiedziała beznamiętnie.

– Głupio wyszło… – kajał się.

Uniosła wyżej głowę. Wiedziała, że na jej twarzy maluje się bezsilność, ale nie wstydziła się spojrzeć mu głęboko w oczy.

– W porządku. To bez znaczenia. Zapomnijmy o tym.

– Jak mogę o tym zapomnieć? Przecież widzę, w jakim jesteś stanie przeze mnie.

Łucja szerzej otworzyła spuchnięte oczy.

– Przez ciebie? – Zdziwiła się.

Dopiero teraz zrozumiała, co miał na myśli Luca. Był przekonany, że to przez niego płakała.

– Luca, ja… Ty nie masz z tym nic wspólnego.

– Jak to? To znaczy, że… – Patrzył na nią tak, jakby jej nie dowierzał. Cały czas myślał, że ją zranił.

W tym momencie do kuchni weszła Ania ubrana w piżamę, bo dopiero wstała z łóżka. Popatrzyła na Łucję, ale o nic nie spytała. Od razu się domyśliła, dlaczego płakała. Tata do niej także dzwonił i zakomunikował o przedłużeniu wizyty we Włoszech. Dowiedziała się też w końcu, jak nazywa się jego znajoma, z którą planował koncertować. Więc „ta" kobieta miała na imię Chiara.

Gdy Ania zauważyła czerwone od płaczu oczy opiekunki, zrobiło się jej jeszcze smutniej niż po telefonie taty. Podeszła do stołu i przywitała się z Lucą. Potem z odległości kilku kroków popatrzyła na Łucję.

– Widzę, że tata do ciebie dzwonił – odezwała się cichutko.

Łucja przytaknęła. Luca odsunął się na krześle. Miał już dość tych zagadek.

– Łucjo, o co chodzi? Czy coś nie tak z Tommasem? – Jego głos zdradzał niepokój.

– Tomasz musi jeszcze zostać we Włoszech.

– To dlatego płakałaś? – W jego głosie była zarówno ulga, jak i obawa. Kamień spadł mu z serca, że to nie on był przyczyną rozgoryczenia Łucji.

Przytaknęła, nic nie mówiąc.

Trochę jej nie rozumiał, ale postanowił całą sprawę przemilczeć. Uważał, że Łucja niepotrzebnie histeryzuje. Nic takiego przecież się nie stało. Jej mężczyzna po prostu przedłużył sobie wyjazd.

– Idź się przejść. Dzisiaj ja zrobię kanapki. – Ania patrzyła na opiekunkę współczująco.

– Nie, Aniu. – Łucja podniosła się ze stołka. – Idź się ubrać. Mamy jeszcze pół godziny. Ja przygotuję śniadanie. – Wyjęła z lodówki masło i ser. Potem sięgnęła do chlebaka i wyciągnęła kilka kromek. Odwróciła się jeszcze i spojrzała przez ramię na Anię, która dociekliwie jej się przyglądała.

– No idź. Nie bój się, dam sobie radę – zapewniła ją, zmuszając się do uśmiechu. Po tych słowach dziewczynka zdecydowała się wyjść.

– Ja też już sobie pójdę. – Luca się podniósł. – Nawet nie tknęłaś kawy – zauważył, spoglądając do filiżanki Łucji.

Odwróciła się w jego stronę i kolejny już raz tego poranka popatrzyła na niego bezradnie.

– To nic, po południu napijemy się świeżej – próbował ją pocieszyć.

Potem podszedł do drzwi. Kiedy już miał przekroczyć próg, nagle powiedział:

– Łucjo, chcę cię zapewnić, że to, co… wydarzyło się wczoraj nad stawem, już nigdy więcej się nie powtórzy. Chcę, żebyś wiedziała, że bardzo mi się podobasz. Zrobiłem to pod wpływem impulsu, ale obiecuję, że teraz już będę trzymał się od ciebie z daleka.

– W porządku. Naprawdę dajmy już temu spokój. Nie chcę, żeby tamta sytuacja coś zmieniła w naszych relacjach. Po prostu zapomnijmy o tym.

– Naprawdę? Chcesz tego?

– Tak. – Uśmiechnęła się.

Zauważyła, że odetchnął z ulgą.

– To ja już zmykam. Widzimy się po południu, tak? – Chciał się jeszcze upewnić.

– Tak. Ania zaczyna lekcje o piętnastej. Powinniśmy więc wyjechać koło czternastej.

– Będę gotowy – powiedział już swobodniej i wyszedł z kuchni.

Łucja przygotowała dla Ani śniadanie. Sama jednak nie była w stanie tego ranka nic przełknąć. Pół godziny później wyszły z pałacu.

W szkole Łucja zachowywała się jak robot. Grzecznie, choć czasem nie na temat, odpowiadała na zadane pytania, czym wzbudzała powszechne zainteresowanie. Oczywiście wszyscy zauważyli, że była w nie najlepszej kondycji, ale uznali, że to na pewno sprawa niekorzystnego biorytmu. Każdy miał przecież prawo do gorszych dni.

Po południu razem z Lucą zawieźli Anię na zajęcia muzyczne. Udali się też do Wieliczan, gdzie w sklepie dla plastyków Luca kupił dla Staszka niezbędne przybory malarskie. Niestety tym razem nie spotkali się z Izabelą, ponieważ malarka akurat była w Różanym Gaju. Wczesnym rankiem odebrała z dworca kolejowego swoją mamę. Remont w domu pani Matyldy pomyślnie się zakończył i starsza pani mogła spokojnie wrócić do siebie.

W sklepie dla plastyków nie zabawili długo. Luca szybko zrobił sprawunki, mieli zatem dużo wolnego czasu, z którym nie bardzo wiedzieli, co zrobić. Do Różanego Gaju na pewno nie opłacało się już wracać. Ania kończyła zajęcia za dwie godziny. Nie mieli planów na to popołudnie.

Szli obok siebie jedną z głównych ulic miasteczka. Hałas przejeżdżających samochodów utrudniał rozmowę, choć właściwie Luca nie starał się zbytnio zagadywać Łucji, która tego dnia była wyjątkowo małomówna.

Luca zatrzymał się i odwrócił w stronę dużego szyldu, który właśnie minęli. Łucja też przystanęła i szybko obrzuciła wzrokiem dużą, gustowną tablicę. Znajdowali się obok restauracji, w której serwowano włoskie jedzenie.

– Zapraszam cię na obiad – powiedział podniośle Luca.

Wzruszyła ramionami i zbliżyła się do niego. Nie była głodna, ale zdawała sobie sprawę, że odmową sprawiłaby mu zawód.

– Byłem już w tym lokalu z Izabelą, tuż po moim przyjeździe. Dobrze karmią. Chodź. – Złapał ją za rękę, choć jeszcze kilka godzin wcześniej trzymał się na dystans.

Łucja nawet nie zareagowała na jego gest. Po prostu odwróciła się w stronę wejścia do restauracji i powoli ruszyła przed siebie. Luca podążył za nią.

Większość stolików była wolna. Pachniało aromatycznym włoskim jedzeniem i świeżymi ziołami. Wszystkie parapety obstawiono glinianymi donicami, z których zachęcająco wychylały się gęste kłębki tymianku i majeranku. W jednym z okien, w największej donicy rozpychał się rozłożysty rozmaryn. Zioła były też na zewnątrz budynku. Łucja często spoglądała na nie, przechodząc ulicą. Nigdy wcześniej nie była jednak w tej restauracji.

Zajęli stolik przy jednym z okien. Zielony ogródek znajdował się na wyciągnięcie ręki. Kelner od razu podał im karty dań. Łucja nawet nie pofatygowała się, by ją otworzyć.

– Co wybierasz? – Luca spytał Łucję po dokładnym przewertowaniu swojego menu.

– Jest mi to obojętne. Zamów dla mnie to, co wybierzesz dla siebie.

– Zgoda. – Zrobił zdziwioną minę.

Potem jeszcze raz zerknął do karty. Minutę później przy ich stoliku znów pojawił się kelner.

– Dwa razy ravioli ze szpinakiem i ricottą i dwie porcje torta caprese.

Kelner przyjął zamówienie i odszedł. Na swoje dania nie czekali długo.

– Mam nadzieję, że będzie ci smakować – zagadnął Luca.

Łucja pochyliła głowę nad talerzem. Maleńkie nadziewane pierożki wyglądały apetycznie. Na niedużym białym talerzyku leżał spory kawałek czekoladowego ciasta. Nagle nabrała ochoty na jedzenie.

– Zaproponowałbym ci jeszcze lampkę dobrego, włoskiego wina, ale po pierwsze wiem, że go nie lubisz, a po drugie jesteś dziś kierowcą. Wybacz mi, ale sobie jednak nie odmówię – dodał, a po kilku minutach, kiedy ich talerze były już puste, zamówił dla siebie wino. Łucja zdecydowała się na orzeźwiającą spremutę.

Potem długo siedzieli bez słowa, wpatrując się w uliczny krajobraz. Luca pomału sączył swój wytrawny trunek, a Łucja popijała chłodny sok.

– Smakowało ci ciasto? – Luca postanowił przerwać ciszę. Zauważył, że Łucja z wielkim apetytem jadła czekoladowy deser.

– Tak, bardzo. – Uśmiechnęła się i przyłożyła do ust chłodny brzeg szklanki.

– Zamówiłem torta caprese, bo to mój ulubiony przysmak. Często piekła go moja mama. Nie oszczędzała na gorzkiej czekoladzie i migdałach.

Łucja popatrzyła na niego smutno. Słowo „mama" zawsze wywoływało u niej nastrój melancholii. Jej dzieciństwo było zimne i samotne. Nie było w nim słodkiego ciasta, prezentów, a matka, niby fizycznie obecna, emocjonalnie odgrodziła się od niej, kiedy

Łucja miała zaledwie kilka lat. Zawsze musiała radzić sobie sama. Teraz było jej o tyle lżej, że zaakceptowała przeszłość, ale kiedyś nie potrafiła sobie z tym poradzić. Nieustannie uciekała. Dopiero gdy trafiła do Różanego Gaju, poczuła, że właśnie w tym miejscu może osiąść na dłużej, na stałe. Chociaż... teraz nie była tego już taka pewna. Znów poczuła, że grunt usuwa się spod jej stóp. Tak jak wtedy, w dzieciństwie. Tak jak później, kiedy jako dorosła kobieta mieszkała we Wrocławiu i żyjąc w iluzorycznym świecie, była kobietą biznesu.

– Łucjo... jesteś dziś naprawdę bardzo cicha. – Luca nie wiedział, jak ma do niej dotrzeć.

– Rzeczywiście, trudna ze mnie polemistka. – Ze wszystkich sił starała się uśmiechnąć.

– Nawet nie wiem, o czym mam z tobą rozmawiać. – Rozłożył bezradnie ręce na stoliku.

– Dziękuję za obiad – popatrzyła z wdzięcznością.

– Dobrze, że chociaż ci smakował.

Łucja odwróciła wzrok w stronę okna i przyglądała się przechodniom.

– Słuchaj... może nie powinienem cię o to pytać, ale... – Luca pociągnął łyk wina, po czym spojrzał jej prosto w oczy.

Ona też patrzyła na niego bez mrugnięcia. Nie wiedziała, o co chciał ją zapytać, ale czuła, że w tej chwili mogłaby mu powiedzieć o sobie wszystko.

– Dlaczego tak nerwowo zareagowałaś na wiadomość o tym, że Tommaso zostaje jeszcze we Włoszech? Z tego, co wiem, to nie zmieni waszych planów. Ślub bierzecie w sierpniu. – Patrzył na nią czujnie, niepewny jej reakcji.

Westchnęła, a potem oparła się o krzesło.

– Tomasz... – Chwilę się zastanowiła. – Nie bardzo wiem, jak mam ci to wyjaśnić. – Zaczęła układać w głowie odpowiednie słowa. – On... bardzo się zmienił, czuję to. – Patrzyła prosto w oczy Luki, a on wiedział, o czym mówiła. Czasami niewiele było trzeba, aby bliscy sobie ludzie oddalili się od siebie o lata świetlne.

– Dlaczego musiał przedłużyć pobyt? – Luca czuł, że teraz może zapytać ją o wszystko. Patrzyła na niego z ufnością.

– No właśnie. – Znów westchnęła, tym razem głośniej i dłużej. – Powiedział mi, że będzie koncertował ze swoją dawną znajomą, Chiarą.

– Chiarą Castelli, sławną wiolonczelistką, największą... – Luca, widząc reakcję Łucji, ugryzł się w język.

– Nie wiem, jak ma na nazwisko, ale tak... rzeczywiście jest wiolonczelistką. Tomek wspomniał, że będzie jej towarzyszył w trasie koncertowej.

Teraz Luca już się nie dziwił, skąd jej niepokój. Chiara była nie tylko niezwykle piękna i utalentowana, ale miała też swoisty dar owijania sobie mężczyzn wokół palca. Nie znał żadnego, który nie uległby jej wdziękom. Sam kiedyś niewinnie z nią flirtował, ale ona nie była nim poważnie zainteresowana. Luca wiedział jeszcze coś, ale ukrył to przed Łucją. Chiara była kiedyś w Tommaso zakochana, tylko że on nie odwzajemniał jej uczucia. Dla niego zawsze liczyła się tylko muzyka. Kiedyś, kiedy Tom mieszkał jeszcze w pobliżu Florencji, Chiara starała się zawsze być gdzieś blisko niego. Miała tę przewagę nad innymi kobietami, że łączyła ich muzyka, której ona też poświęciła się bez reszty. Dzięki niej mogła być tak blisko Toma, jak tego pragnęła. Najwyraźniej florencka piękność znów była blisko niego i to właśnie dla niej mężczyzna Łucji zmienił swoje plany.

– Dlaczego nic nie mówisz? – zaniepokoiła się Łucja.

Pociągnął łyk wina i odstawił lampkę.

– Znasz ją… tę Chiarę? – odważyła się zapytać.

– Tak – odpowiedział krótko. Liczył na to, że Łucja nie zapyta go już o nic więcej na temat utalentowanej wiolonczelistki.

– Jaka ona jest? – Łucja patrzyła na niego nieustępliwie.

– Taka sobie – skłamał.

– To znaczy? – nie dawała mu spokoju.

– Ale co konkretnie chcesz wiedzieć? – Uciekał wzrokiem.

– Wszystko – odpowiedziała szczerze. – Tomek ma spędzić w jej towarzystwie kolejne trzy tygodnie, dlatego chciałabym wiedzieć, kim ona jest. – Łucja miała nadzieję, że Luca pomoże jej rozwiać targające nią wątpliwości, i zrobi jej się trochę lżej na sercu.

– Chiara to uzdolniona wiolonczelistka… jak już wiesz.

– Ile ma lat? Jak wygląda?– Łucja, dotąd apatyczna, nagle się ożywiła.

– Nie wiem dokładnie, chyba coś koło trzydziestki. – Popatrzył na nią i wiedział, że nie zadowoliła się w pełni jego odpowiedzią. – Wygląda jak typowa Włoszka, czarne włosy, ciemne oczy.

– Ładna? – Łucja musiała się tego dowiedzieć.

– Przeciętna. – Znowu skłamał, i to poważnie, bo Chiara była nieziemsko piękna. Wobec takiej urody nie dało się przejść obojętnie. Kiedy zaczynała grać, wszyscy patrzyli na nią jak urzeczeni. Po minie Łucji widział, że wciąż nie była usatysfakcjonowana jego wyjaśnieniami, ale czuł, że nie spyta go już o „boską Chiarę". Zacisnęła usta i przymrużyła oczy. Bardzo przypominała Monikę. Prezentowały podobny typ urody. Łucja była znacznie wyższa i szczuplejsza. Monica miała bardzo kobiece kształty, obfite biodra i duże, kształtne piersi, których nie krępowała biustonoszem.

Fryzury też miały zbliżone. Tylko że włosy Moniki sięgały daleko poza pas, Łucji zaś nawet nie do ramion.

Luca wpatrywał się w kobietę intensywnie. W jej oczach, dużych i ciemnych, w ruchach jej ciała, w niepewnym uśmiechu, w tęsknocie, którą miała wypisaną na twarzy, widział swoją byłą ukochaną.

– Dlaczego tak mi się przyglądasz? – spytała. W pewnej chwili poczuła się nieswojo pod naciskiem jego wzroku.

– Mówiłem ci już, że bardzo mi się podobasz. Poza tym… kogoś mi przypominasz. – Podparł brodę na dłoniach.

– Kogo? – popatrzyła ciekawie.

– Kogoś bliskiego, z kim łączyło mnie coś szczególnego.

– Jak ma na imię? – spytała i ciekawie zerknęła na malarza.

– Monica. – Nagle wziął lampkę z winem i opróżnił ją do dna. – Idziemy czy jeszcze coś zamawiamy? – Nie chciał być niegrzeczny, ale nie miał zamiaru rozmawiać z Łucją o byłej partnerce, o trudnej, burzliwej przeszłości. Odsunął się od stołu wraz z krzesłem.

– Pora iść. – Łucja popatrzyła na zegar. – Sądzę, że w sam raz dojedziemy po Anię.

Wstali. Luca uregulował rachunek i zaraz potem wyszli na zewnątrz. Wyjazd do Wieliczan i obiad w towarzystwie malarza dobrze Łucji zrobiły. Trochę się uspokoiła. Do końca dnia nie mogła jednak przestać myśleć o Chiarze, włoskiej znajomej Tomasza.

Po powrocie Luca od razu udał się do siebie. Zagruntowane na biało płótno obsychało dość szybko. Było ciepło, a to znacznie ułatwiało sprawę. W sklepie dla plastyków kupił Staszkowi sztalugi i komplet farb olejnych. Wiedział, że marzeniem chłopaka było wykonanie obrazu właśnie w takiej technice, choć znacznie łatwiej przyszłoby mu malowanie akrylami lub temperami.

Staszek jednak uparł się i trudno byłoby go przekonać do zmiany decyzji. Z poważną miną oświadczył malarzowi, że malując olejami, uzyska większą głębię kolorów. To prawda. Luca malował głównie tą techniką. Postanowił pomóc chłopakowi. Jednak na całkowite obeschnięcie płótna trzeba było, nawet przy idealnej, ciepłej pogodzie, poczekać przynajmniej trzy–cztery dni.

Obawiał się, że może nie zdążyć. Nieśmiało jednak zaczął myśleć o przedłużeniu swojego pobytu w Różanym Gaju, ponieważ czuł, że Łucja go teraz potrzebowała. Pomagał jej nie tylko, angażując się w roboty remontowe na terenie pałacu i prace ogrodowe, ale służył także dobrym słowem. Zawsze wiedział, co powiedzieć, by ją pocieszyć. Spadł mu kamień z serca, że zajście przy stawie nic pomiędzy nimi nie zmieniło. Luca cały czas miał ochotę zbliżyć się do Łucji jeszcze bardziej. Z każdym kolejnym dniem spędzonym w Różanym Gaju był w nią coraz bardziej zapatrzony. Ale szanował ją i swojego przyjaciela Toma. Nie mógłby zburzyć ich szczęścia. „Tam przy stawie to był tylko impuls" – przekonywał sam siebie w chwilach, kiedy w ciche, coraz cieplejsze noce nie mógł pozbyć się jej wizerunku spod swoich powiek. Spoglądał na nią zza szyby, gdy się tego nie domyślała. Niby przypadkiem wychodził do korytarza, kiedy otwierała drzwi wejściowe. No i ją malował. Mógł wtedy patrzeć na nią do woli. Mógł podziwiać jej piękne ciało ukryte pod zwiewną sukienką. Przy każdym spotkaniu Łucja wkładała tę samą sukienkę, aby ułatwić mu pracę. Nie miało to dla niego znaczenia. Pomimo powtarzalności stroju, tej samej fryzury, oryginalnego wisiorka, który dumnie ozdabiał jej piękny dekolt, jej twarz każdego popołudnia wyglądała inaczej. Wiedział, że już się go nie wstydzi. Otworzyła się na jego malarstwo. Podczas każdej sesji dawała mu całą siebie. Widział to w jej oczach, nieśmiałym uśmiechu i gestach.

Był pewien, że gdyby pomiędzy nimi nie było Toma, to mógłby się zbliżyć do niej dużo bardziej. Na pewno poznałby wówczas smak jej pełnych ust, które zabawnie rozchylała, śmiejąc się do niego. Takie marzenia na jej temat gasił jednak w zarodku, aby bez reszty nie zawładnęły jego duszą i ciałem. Wiedział, że nie może sobie na nie pozwolić. O tym jednak, że „serce nie sługa", przekonywał się z każdą kolejną chwilą coraz bardziej.

Ania tego dnia była niezmordowana. Po powrocie do pałacu usiadła do fortepianu. W pośpiechu zjadła wcześniej kilka usmażonych przez Łucję racuchów i już oddawała się swojej pasji. Tego dnia Staszek nie pojawił się u niej, więc mogła grać do woli.

Łucja postanowiła rozpakować kolejne pudła, które po przeprowadzce do pałacu wylądowały na górze, w holu, psując jego aranżację. Zostało ich jeszcze osiem. W szafce stojącej w pokoju przeznaczonym do pracy było jeszcze sporo wolnego miejsca.

Wtaszczyła dwa tekturowe pudła i postawiła obok biurka, przy którym zazwyczaj pracowała. Otworzyła pierwsze z nich. Było pełne książek Tomasza. Usiadła na podłodze i wzięła dwie z góry. Potem wstała i położyła je na jednej z półek. Znów przykucnęła i wyjęła kolejne tomy. Jak zdążyła zauważyć, wszystkie dotyczyły muzyki. Uśmiechnęła się. Tak żywo przywołały w niej wspomnienia ukochanego. Przekładanie książek szło jej bardzo sprawnie. Wyciągała z pudła kolejne egzemplarze i równo układała na półkach. Nieopatrznie wzięła do rąk trzy tomy naraz. Były grube, każdy innej wielkości. Niewygodnie było je trzymać, dlatego jeden z nich wymknął jej się z ręki i upadł na dywan. Schyliła się, chcąc go podnieść. Zauważyła wysuwający się z niego brzeg kartki. Pociągnęła. Już za chwilę trzymała fotografię przedstawiającą młodą, bardzo piękną kobietę. Mogła mieć niewiele ponad dwadzieścia lat. Ciemne oczy świeciły mocnym blaskiem na tle jasnooliwkowej karnacji. Długie kaskady lśniących, czarnych włosów spadały na ramiona. Pełne usta rozchodziły się w szerokim uśmiechu, odsłaniając śnieżnobiałe zęby. Łucja patrzyła jak zahipnotyzowana. Potem odwróciła zdjęcie na drugą stronę i przeczytała odręcznie wykonany napis: „Per Tommaso, Chiara". Pismo też było piękne, bardzo staranne i finezyjne.

Łucja stała jak sparaliżowana, trzymając w ręku znalezioną przed momentem fotografię. „Czy to jest ta Chiara?" – Starała się gorączkowo zbierać myśli. Nagle poczuła złość: na Lucę, że ją oszukał, zniekształcając wizerunek atrakcyjnej Włoszki, na Tomasza, że spotykał się z piękną wiolonczelistką, i na siebie, że była taka naiwna i zawsze wierzyła we wszystko, co jej mówiono. – Ona nie jest przeciętną Włoszką! Ona jest przepiękna! – powiedziała na głos i mocniej ścisnęła w dłoni fotografię.

W chwilę potem stała w progu pokoju Luki i patrzyła mu prosto w twarz.

– Dlaczego mi nie powiedziałeś?! – zaatakowała.

Siedział na dywanie i przekładał tuby z farbami, które kupili. Obok niego stały dwie butelki oleju lnianego, którego używał do rozcieńczania farb. Wysoko uniósł głowę i popatrzył na Łucję z zaciekawieniem.

– O co chodzi? – Wstał i przybliżył się do niej.

Podała mu fotografię Chiary. Pobieżnie przeleciał po niej wzrokiem. Potem popatrzył na Łucję, mrużąc oczy, jakby patrzył prosto w słońce.

– Skąd masz tę fotografię?

– Znalazłam ją w książce Tomasza. Wysunęła się, jakby chciała, żebym ją zobaczyła. Czy to jest „ta" Chiara? – W napięciu czekała na odpowiedź.

– Tak, to ona. Chociaż na tym zdjęciu jest znacznie młodsza. Wygląda niemal jak nastolatka. Jak już ci mówiłem, teraz ma coś koło trzydziestki.

– Dlaczego nie powiedziałeś mi, że jest taka ładna? – Łucja patrzyła smutno. – Na pewno nie jest przeciętna. – Usiadła na łóżku. W chwilę potem malarz przysiadł obok.

– Co by to zmieniło? – Niby przez przypadek dotknął jej ramienia. Poczuła w tym miejscu ciepło, jakby musnął ją upalny wiatr.

– Nie wiem. – Wzruszyła ramionami. – Musi być bliska Tomkowi, skoro przechowywał jej fotografię. – Chciała, żeby zaprzeczył, żeby ją pocieszył, ale on uparcie milczał.

– Wiem, że jest ci trudno. – Malarz odezwał się dopiero wtedy, kiedy cisza w pokoju zrobiła się tak dotkliwa, że zaczęła ich krępować.

– Tęsknisz za Tommasem. Jemu na pewno też nie jest łatwo. – Uniósł prawą brew.

– Na pewno – odpowiedziała uszczypliwie. – Zwłaszcza że ma przy sobie taką piękność – dodała.

– Chyba nie myślisz, że Tommaso i Chiara... – Luca wzrokiem badał Łucję.

– Nie wiem, co mam o tym wszystkim myśleć. Kiedy Tomek wyjechał, wszystko się zmieniło. On się zmienił. Nagle przestał się o nas martwić. Właściwie przestał dzwonić. Wydaje się zupełnie innym człowiekiem – wyrzuciła z siebie Łucja. Zapragnęła, żeby Luca ją pocieszył. Żeby powiedział, że wszystko będzie okej. Nawet jeśli miałaby to być nieprawda. Wtedy on zrobił dokładnie to, czego oczekiwała. Ujął jej dłoń, gładząc delikatnie jej wierzchnią stronę.

– Będzie dobrze. – Popatrzył Łucji prosto w oczy, a ona mu uwierzyła.

Nawet nie przyszło jej na myśl, by mu się wyrwać. Potrzebowała jego przyjacielskiego ramienia. Oszukiwała się, że malarz też traktuje ją jak przyjaciółkę. Tylko że on w tym samym momencie patrzył na nią trochę inaczej: jak na kobietę, która bardzo mu się podoba i w której mógłby się zakochać. Łucja była tak zajęta myślami o Chiarze i Tomaszu, że w ogóle tego nie zauważała. Chciała zaufać malarzowi. Chciała, żeby był blisko niej. Jego obecność dodawała jej siły. Potrzebowała tego.

Kiedy bardzo późnym wieczorem Łucja siedziała na brzegu łóżka i już miała wyłączyć światło, pomyślała, że może jednak powinna schować swoją kobiecą dumę i zadzwonić do Tomasza. Ich poranna rozmowa tak niefortunnie się zakończyła. „Może faktycznie nie powinnam mu robić pełnych awersji uwag?" – pomyślała i choć nadal była piekielnie zazdrosna o „boską Chiarę", zapragnęła wyjaśnić tę sytuację. Chociaż Tomek ostatnio zachowywał się inaczej niż zwykle, wciąż miała nadzieję, że może ta właśnie rozmowa zmieni coś w ich ostatnio skomplikowanej relacji.

Popatrzyła na zegar, chcąc upewnić się, czy o tej porze jeszcze może do niego zadzwonić. Była dwudziesta trzecia. Z biciem serca odszukała w telefonie imię ukochanego i szybko nacisnęła przycisk, wybierając numer. Długo nie odpowiadał. Gdy już miała odłożyć telefon, nagle po drugiej stronie słuchawki usłyszała zalotny, kobiecy głos.

– *Halo, buongiorno.*

Łucja, zaskoczona, nie mogła wydobyć z siebie głosu. Wyprostowała rękę, oddalając od siebie słuchawkę, chociaż z głośnika telefonu nadal wydobywał się damski głos. Katowała się w ten sposób, słuchając naprzemiennie polskich i niezrozumiałych dla niej włoskich słów kobiety, która chyba starała się jej coś wytłumaczyć.

W końcu się rozłączyła. Teraz to nie miało już dla niej żadnego znaczenia. Niejako dostała odpowiedź na pytanie dotyczące relacji Tomasza z wiolonczelistką. Niestety wszystko wskazywało na to, że ta dwójka w gorącym słońcu pięknej Italii była ze sobą. „Takiej kobiecie nie można się oprzeć" – pomyślała tylko, przypominając sobie piękną twarz Chiary. Włoszka była taka ładna, że od jej podobizny na zdjęciu nie można było oderwać oczu. Ale Łucja nie chciała już więcej na nią patrzeć. Dlatego niby przez przypadek zostawiła zdjęcie w pokoju Luki.

Siedziała skulona na krawędzi łóżka i nawet nie miała siły płakać. „Dość już łez wypłakałam w swoim życiu" – pomyślała smutno. Żal jej było siebie, ale na przekór temu postanowiła być dzielna. Kolejny już raz. Dla Ani i dla siebie. Wyłączyła światło. Zanim jednak to zrobiła, popatrzyła na równo zaścielone łóżko po stronie Tomasza. Ścisnęło jej się serce, kiedy pomyślała, że już nigdy więcej nie wtuli się w bezpieczne, ciepłe ramiona ukochanego. Kiedy położyła się na swojej połowie i opatuliła kołdrą, dwie niewielkie łzy wyślizgnęły się z jej oczu, wsiąkając od razu w miękką poduszkę. Zaraz potem usnęła.

Następnego dnia w zazwyczaj cichym pałacu zrobiło się gwarno i wesoło. Po południu w odwiedziny przyszła pani Matylda wraz ze swoimi córkami, Izabelą i Antoniną, a także ponadrocznym wnusiem Julkiem. Antosia była kiedyś nauczycielką Ani. Uczyła gry na fortepianie w Szkole Muzycznej w Waligórze, gdzie mieszkała. Kiedyś Izę i Antosię łączyła skomplikowana siostrzana relacja. Po powrocie Izabeli z Włoch ta trudna dotąd więź całkowicie się zmieniła. Malarka bardzo się starała nadrobić stracone lata, kiedy świadomie odcięła się od rodziny, matki i jedynej siostry. Dodatkowo wszystkich łączył mały Julek. Swojego pierworodnego Antonina urodziła dość późno, bo już po czterdziestce. Synek był żywym i wymagającym dzieckiem, ale Antosia macierzyńskie trudy przyjmowała z dużą cierpliwością i uśmiechem na twarzy, choć czasem targały nią skrajne emocje. Julek swoim figlarnym spojrzeniem potrafił zjednać sobie wszystkich. Już od pierwszej chwili ujął ciocię Izabelę, dla której stał się oczkiem w głowie. Iza z Antosią starały się w miarę regularnie spotykać, żeby podtrzymać dopiero co rozbudzoną rodzinną więź. Obie robiły to jednak z przyjemnością. Izabela przy Antośce złagodniała. Natomiast Antonina dzięki starszej siostrze nabrała pewności siebie, której brakowało jej przez całe dotychczasowe życie.

Ponad godzinę wszystkie siedziały w pałacowej altanie, wesoło gawędząc. Julek słodko spał w sportowym wózku, na świeżym powietrzu. Ania co chwilę podchodziła do niego z nadzieją, że w końcu się obudzi. Kiedy wstał, dziewczynka umiejętnie go zabawiała. Wcześniej nie miała kontaktu z małymi dziećmi. Julek właściwie był pierwszym maluchem, do którego tak się zbliżyła. Była dla niego trochę jak siostra, bez reszty angażując się w wymyślane przez siebie zabawy, a trochę jak młoda ciocia – czujna i opiekuńcza. Mały Julek nie potrafił jednak dłużej zagrzać miejsca. Wciąż go coś ciekawiło, a rozległy, przesycony kolorami ogród był dla niego nie lada pokusą. Nieustannie uciekał swoim opiekunkom. Pilnowały go wszystkie, a żadna nie potrafiła zatrzymać jego uwagi dłużej niż na kilka minut. W końcu Antosia wpakowała go do wózka i obie z Anią pojechały na spacer po parkowych alejkach. Izabela udała się do swojego przyjaciela, malarza. Luca nie chciał przeszkadzać w damskich rozmowach. Obiecał, że przyjdzie, ale się nie pojawił. Iza postanowiła więc przypomnieć mu o sobie.

Łucja z panią Matyldą zostały same. To było miłe. Dawniej, kiedy jeszcze Łucja mieszkała w domu emerytowanej nauczycielki, często rozmawiały przy stole. Łucja długo nie mogła się przed Matyldą otworzyć, ale starsza pani przejrzała ją na wylot już pierwszego dnia, kiedy młoda kobieta stanęła w oszronionym śniegiem progu jej domu.

Przyjrzała się starszej pani. Matylda była wypoczęta. Na jej pomarszczonej twarzy widać było piaskowy odcień ciepłego, morskiego powietrza. Była szczęśliwa. Miała przy sobie najbliższych, córki i wnuka. Poprzedni rok obdarzył ją wielkimi dobrodziejstwami. Urodził się jej pierwszy i dotąd jedyny wnuczek Julian, a na łono rodziny z długiej i samotnej podróży wróciła Izabela. Od tamtej chwili pani Matylda była jeszcze bardziej radosna niż wówczas, gdy Łucja ją poznała. Choć właściwie pozytywny stosunek do świata starsza pani zawsze miała wypisany na twarzy.

— Jak się pani mieszka w wyremontowanym domu? — zagadnęła Łucja, choć z wcześniejszej rozmowy wywnioskowała, że było wszystko w porządku.

— Oj, postarała się moja Izunia, postarała. Prawie nie poznałam mojego mieszkanka. — Uśmiechnęła się szeroko.

Potem zaczęła dokładnie opisywać wszystkie efekty poczynań robotników wynajętych przez starszą córkę. „Wszystko się zmieniło" – powiedziała na koniec, podsumowując wcześniejszą wypowiedź. Nie przestawała się przy tym uśmiechać.

— Cieszę się, że u pani wszystko dobrze — powiedziała Łucja.

– U mnie tak, ale coś mi się wydaje, że tobie, kochana, czegoś do szczęścia brakuje. – Matylda popatrzyła na młodą kobietę, czekając, aż usłyszy coś więcej. Łucja tylko westchnęła przeciągle i głośno.

– Pani Matyldo… – Patrzyła na starszą panią w taki sposób, jakby natychmiast chciała wyrzucić z siebie wszystko, co leżało jej na sercu. Mocno zaciskała jednak usta, nie mogąc się przełamać. Matylda patrzyła na nią ciepło, czekając cierpliwie, aż sama się przed nią otworzy.

– Pani Matyldo, jest mi trudno, bo… jak pani wie, zostałyśmy z Anią same – odezwała się dopiero po dłuższej chwili.

– Wiem, moja droga, że samotnej kobiecie zawsze jest trudniej, ale… pan Tomasz, twoja podpora, już niedługo wraca. To tylko chwilowy stan. – Matylda chciała pocieszyć Łucję, ale czuła, że tutaj chodziło o coś innego. Zwykła tęsknota nie potrafi rozbić człowieka na małe kawałeczki. Tęsknota jest cioteczną siostrą nadziei. Tęskniąc, wciąż pokładamy ufność w tym, że wszystko dobrze się ułoży. Łucja wydawała się zdruzgotana.

– Tak… wraca. – Łucja popatrzyła przed siebie smutno. – Tylko trochę później. Musiał przedłużyć swój pobyt we Włoszech – dodała.

– Jak długo?

– Nie wiem, mówił, że trzy tygodnie, ale…

– Nie jesteś pewna, kiedy wróci? – spytała zaskoczona Matylda.

– Niczego już nie jestem pewna.

– Dlaczego?

– Bo… – Łucja znów westchnęła. – Sama pani wie, że szczęście jest ulotne i… zastanawiam się, czy naprawdę istnieje. – Łucja patrzyła na Matyldę osowiałym wzrokiem.

– Co ty mówisz? – zdziwiła się starsza pani. Wydawało jej się, że w ciągu ostatniego roku Łucja odnalazła w Różanym Gaju wewnętrzny spokój.

– Pani Matyldo, po tylu latach życia coraz bardziej się przekonuję, że na uśmiech losu nie ma patentu. Gdyby szczęście było choćby kamykiem czy małym kawałkiem bursztynu, można by je zamknąć w tytanowej szkatułce i zakopać głęboko w ziemi, żeby nic nie miało do niego dostępu. Tak się niestety nie da. – Łucja rozłożyła ręce. – Nie można go sobie zachować na wyłączność.

Matylda popatrzyła na Łucję. Sporo było racji w jej słowach. Teraz w życiu emerytowanej nauczycielki było spokojnie, ale wcześniej każdy kolejny rok był niczym wartki nurt groźnej rzeki. Matylda też wiedziała, że idylla to stan przejściowy, a najważniejsze są myśli i czyny, towarzyszące dojściu do bezgranicznego szczęścia. Bo to one najbardziej hartują człowieka. Matylda nie starała się jednak dociekać, co jest przyczyną zmartwienia Łucji. Poznała ją już doskonale i wiedziała, że młoda kobieta swoje smutki dawkowała jej powoli, niewielkimi porcjami. Podczas kolejnych rozmów wiele się o niej dowiedziała. Miała wrażenie, że najbardziej ciążyło na niej smutne, pozbawione miłości dzieciństwo. Matka Łucji nie żyła już od dawna i kobieta zdążyła już przejść nad tym do porządku dziennego. Nie miała z matką dobrych wspomnień, ale udało jej się pozbyć również złych, do których nie przyznawała się przez długie lata. Ojciec Łucji zostawił ją i jej matkę, kiedy miała zaledwie kilka lat. Zniknął i dotąd nie miała z nim kontaktu. Prawie go nie pamiętała, bo ile może zachować w pamięci czteroletnia dziewczynka? Łucja twierdziła, że ojciec dla niej nie istnieje. Matylda przypuszczała jednak, że jest inaczej. Nigdy nie rozmawiały z Łucją o jej tacie. O mamie tak, choć rozmowy na jej temat nie należały do najłatwiejszych. Łucja długo nie potrafiła być z Matyldą szczera. Kiedy jednak w końcu się odważyła, starsza kobieta poznała kilka naprawdę smutnych faktów dotyczących jej relacji z matką. O ojcu jednak nic nie mówiła. Nie wiedziała, co się z nim działo. Nigdy nie starał się z nią kontaktować. Do jej pełnoletności przysyłał matce alimenty. Ze starego domu w rodzinnej wsi Strumiany Łucja nie zabrała żadnych pamiątek. Kilka zdjęć, które przechowywała w obitym skajem albumie, po prostu tam zostawiła. Kilka miesięcy temu sprzedała zresztą ten dom, z całym zrujnowanym wyposażeniem. Podobno zrównano go z ziemią, a jego obecny właściciel planował na tym miejscu postawić nowy budynek.

Matylda z Łucją długo milczały. Dobrze, że siedziały w altanie, bo ciszę wypełniał głośny świergot ptaków. Po niemal dziesięciu minutach Matylda odważyła się zagadnąć Łucję o coś, o co nigdy wcześniej jej nie pytała.

– Łucjo, czy wiesz, co się dzieje z twoim ojcem?

Nauczycielka popatrzyła na nią zaskoczona. Nie miała pojęcia, dlaczego starsza pani zapytała ją o to akurat teraz. Przecież miała już wiele okazji, by poruszyć temat jej „nieistniejącego" ojca.

– Nie – odpowiedziała Łucja zdecydowanie. – Dobrze pani wie, że straciłam z nim kontakt w chwili, gdy nas opuścił. On po prostu któregoś dnia wyszedł i nigdy więcej się nie pojawił. Naprawdę nie wiem, skąd to dziwne pytanie? – Łucja miała beznamiętny głos.

Matylda była jednak pewna, że brak ojca jest dla niej bolesny.

– Nigdy więcej się nie pokazał? Nie starał się do ciebie zbliżyć? – mówiła cicho Matylda. Do końca nie była przekonana, czy słusznie postąpiła, poruszając ten temat.

– Nie. Nigdy więcej. Naprawdę nie wiem, czemu pani o nim wspomina. On dla mnie nie istnieje i dobrze pani o tym wie. – Łucja przez chwilę była urażona, ale zaraz jej przeszło i przyjaźniej popatrzyła w stronę starszej pani.

– Może powinnaś go odnaleźć? – wymknęło się Matyldzie i od razu pożałowała tych słów.

– Ja?! Ja miałabym go szukać?! Pani Matyldo, czy pani sobie próbuje ze mnie zakpić?! – Łucja z wrażenia aż podniosła się o kilka centymetrów, ale zaraz znów usiadła na ławce.

– Tak… tylko powiedziałam. – Matylda poczuła się nieswojo. Żałowała, że poruszyła taki zadawniony i niewygodny dla Łucji temat.

Nauczycielka nie odniosła się do słów starszej pani, które najwyraźniej jednak ją wzburzyły. Matylda próbowała jeszcze znaleźć jakiś temat zastępczy, ale rozmowa już się nie układała. Niby mówiły o pogodzie, remontach i gotowaniu, ale każda myślała o czymś zupełnie innym.

Kiedy ze spaceru wróciła Antosia z Julkiem i Anią, zaczęły się zbierać do wyjścia. Wkrótce dołączyła do nich Izabela i opuściły pałac Kreiwetsów. Ania pobiegła do Staszka. Było jeszcze dość wcześnie. Słońce już chyliło się ku zachodowi, ale nadal jasno oświetlało parkowe alejki.

Łucja pozbierała na tacę filiżanki po kawie. Zamiast jednak iść do kuchni, została w pawilonie. Było ciepłe słoneczne popołudnie, niezmącone szmerem nawet najmniejszego wiatru. Na trawniku obok altany zobaczyła jasnobeżowego pluszaka Julka. Podeszła i podniosła go. Potem nim potrząsnęła i roześmiała się. Puchaty frotowy króliczek zabawnie rozłożył uszy. Chwilę potrzymała go w dłoniach, gładząc opuszkami miękki brzuszek zabawki. Następnie odłożyła go na ławę i z powrotem usiadła. Słońce oświetliło jej twarz. Oparła dłonie na rozgrzanych deskach ławy i przymknęła oczy.

– Nie przeszkadzam? – usłyszała obok siebie głos.

Szybko rozchyliła powieki. Tuż nad nią stał Luca, odgradzając ją od jasnej tarczy słońca. Uśmiechnęła się. Ucieszyła ją obecność malarza.

– Dlaczego do nas nie przyszedłeś? – zagadnęła.

– Myślę, że obecność jednego mężczyzny wam w zupełności wystarczyła. Słyszałem, jak Julian starał się zwrócić waszą uwagę – uśmiechnął się Luca.

– Tak, rzeczywiście straszny z niego urwis. Zawsze musi być w centrum uwagi. – Łucja też się uśmiechnęła. – Mogłeś jednak przyjść. Było miło. Poza tym straciłeś porcję dobrej kawy.

– Nie straciłem. Wypiłem z Izabelą. Nie zapominaj, że ona uwielbia mocne espresso.

– Faktycznie – przytaknęła Łucja. – Porozmawialiście sobie? – Popatrzyła na malarza pytająco.

– Tak. Powiedzmy, że nadrobiliśmy zaległości. Brakowało mi naszych dyskusji. Kiedyś, kiedy jeszcze Adela, to znaczy Izabela... – poprawił się szybko. Czasem zdarzało mu się jeszcze przekręcić imię przyjaciółki. W końcu we Włoszech była Adelą. Teraz powrót do dawnego imienia wpłynął na nią tak korzystnie, że zdawała się wcale nie pamiętać o tej zmianie.

Popatrzył na Łucję porozumiewawczo i wrócił do wcześniejszego tematu.

– Kiedy Izabela mieszkała we Florencji, był taki okres, że widywaliśmy się niemal codziennie. Przeważnie wieczorami. Wiesz... – Znów dłużej zatrzymał wzrok na Łucji. – U nas wszystko kręci się trochę inaczej niż u was. Ciepłe włoskie wieczory i noce sprzyjają spotkaniom towarzyskim. Stare ulice zaczynają wtedy tętnić życiem, a gwar dochodzący z przydrożnych kawiarenek pozwala zapomnieć o trudach dnia. Tutaj, w Różanym Gaju i nawet w Wieliczanach jest tak cicho. Ciepło i zarazem chłodno. Nasze słońce wdziera się nawet pod ubranie. Wasze daje czasami odetchnąć. – Przez chwilę Luca poszybował wspomnieniami do gorącej Italii. Łucja widziała to w jego oczach, wyrazie twarzy.

– Kochasz Włochy – zauważyła.

– Tak. – Znów na chwilę umknął wzrokiem. – Dobrze mi u was, w Różanym Gaju. – Zerknął na nią czujnie.

Domyśliła się, że chciał ją o coś zapytać. Tak też zrobił, choć wcześniej przez kilka minut zbierał się na odwagę. Co chwilę odwracał wzrok i patrzył w stronę parku. Łucja czuła pomiędzy nimi napięcie.

– Łucjo... – Odważył się w końcu. Przybliżył się i pochylił w jej stronę. – Chciałbym cię o coś zapytać. – Wydawał się onieśmielony.

– Pytaj. – Uśmiechnęła się zachęcająco.

Położył obie dłonie za głowę i odchylił się do tyłu. Wyglądał tak, jakby właśnie coś przemyśliwał.

– Chciałbym zostać u was jeszcze na jakiś czas – rzucił nagle. – Co ty na to? – dodał po chwili trochę wolniej.

– Cieszę się – odpowiedziała zaskoczona. To były jedyne słowa, jakie przychodziły jej na myśl.

– Jesteś pewna? Nie sprawię wam kłopotu? – Znów przechylił się w jej stronę.

– Naprawdę się cieszę. Z tobą pałac Kreiwetsów nie jest taki smutny. – Popatrzyła na boczną elewację budynku, do której nieśmiało przytulały się drobne liście młodego bluszczu.

– Pałac może nie jest, ale ty... – Uważnie popatrzył jej w oczy, jakby chciał wyczytać z nich główną przyczynę przygnębienia. Domyślał się, że ma ona na imię Tommaso, a może Chiara? Jeżeli chodziło o Łucję, to niczego nie był już pewien. Ta kobieta była dla niego enigmą. Jego przyjaciel Tommaso musiałby być wielkim głupcem, gdyby ją zostawił. Luca czuł, że ma ona w sobie niezmierzone pokłady ciepła. Aż chciało się ją przytulać. Był tak blisko, że widział odcień jej tęczówki. Ciemnobrązowy, nakrapiany jaśniejszymi plamkami. „Co za zbieg okoliczności, taki sam kolor oczu miała Monica" – pomyślał. Lubił łapać wzrok byłej partnerki. Liczył wówczas drobne cętki, które układały się wokół jej źrenic w nieduże półksiężyce.

Łucja udała, że nie dosłyszała jego ostatnich słów. Wstała i odeszła od ławy, jakby czegoś szukała. Potem chwyciła tacę.

– Pójdę do kuchni – rzekła.

– Idę z tobą. – Luca też wstał i udał się za nią.

Myślała, że w holu skręci w prawo, do pokoju, który zajmował, ale on poszedł za nią schodami do góry. Cały czas trzymał się o dwa kroki z tyłu. Nie oglądała się za siebie, tylko kurczowo zaciskała palce na wygiętych brzegach tacy, starając się, żeby niewielkie filiżanki nie ześlizgnęły się po jej gładkiej powierzchni.

Dopiero gdy weszła do kuchni, popatrzyła na Lucę. Oparł się o framugę. Zastanawiał się, czy powinien dalej wejść. Odłożyła tacę na blat i machnęła na niego ręką.

– Siadaj. – Wskazała na niedosunięty stołek.

– Nie. Zaczekam na ciebie tutaj. – Uśmiechnął się, ukazując ładne, białe zęby.

– Zaczekasz na mnie? – zdziwiła się. W swoich wczesnowieczornych planach nie przewidziała miejsca dla sympatycznego Włocha. Sądziła, że na sesję malarską jest już za późno.

– Zaniosłem na polanę obraz. Wszystko jest już przygotowane. Chyba że nie chcesz dzisiaj…

– Nie. Chcę. Myślałam tylko, że na malowanie jest już za późno. – Wydawała się zbita z tropu.

– Nie musimy być długo. Kilka pociągnięć pędzla i wracamy. Trochę sobie tylko na ciebie popatrzę. – Patrzył na nią jak na obiekt malarski.

Poczerwieniała. Odwróciła się od niego i zapakowała filiżanki do zmywarki.

Luca nawet nie drgnął. Stał nieruchomo w tym samym miejscu. Po chwili podeszła do niego.

– Chodźmy więc – powiedziała.

Kiedy wyszli na zewnątrz, natknęli się na Anię i Staszka.

– Julek zostawił w altanie Pana Klemensa. – Ania mówiła tak na ulubionego pluszaka malca.

– Zauważyłam. Nie zabrałam go jednak do środka. Zrobisz to za mnie? – spytała Łucja.

– Już to zrobiłam. – Dziewczynka pomachała miękką zabawką, którą jeszcze przed momentem trzymała za sobą. – Ciekawe, jak Julek dzisiaj bez niego uśnie? – Ania przytuliła puchatego królika do twarzy w taki sam sposób, jak robił to synek Antosi.

Rzeczywiście, Pan Klemens był usypiaczem małego. Uśmiechnięty królik łagodził podobno stany jego największego rozdrażnienia. „Jak mogły wypuścić Julka bez najlepszego przyjaciela?". – Łucja popatrzyła na maskotkę wtuloną w twarz Ani. Przez moment pomyślała nawet, żeby wsiąść w samochód i podjechać do Antosi. Zerknęła na Lucę i przypomniała sobie, dokąd zmierzają.

– Idziecie do fontanny? – spytała Ania dla zasady.

Oboje jednocześnie przytaknęli.

– Możemy iść z wami? – spytał Staszek, który dotąd trzymał się na uboczu.

– Po co? – Ania popatrzyła na niego zdziwiona.

– Chciałbym zobaczyć, jak pan Luca maluje… To znaczy tylko z daleka. – Chłopak doskonale wiedział, że Włoch nikomu nie pokazywał obrazu przed ukończeniem. Wszystkie czynności związane z malowaniem były jednak dla Staszka nie lada pokusą.

– Chodźcie. – Luca szeroko uśmiechnął się do chłopaka.

Zaraz potem cała czwórka ruszyła w kierunku polany sylfidy. Ania wydawała się najbardziej znudzona ze wszystkich. Wiedziała jednak, że dla przyjaciela jest to bardzo ważne. Staszek czekał na rozpoczęcie malowania obrazu pod okiem Luki, jak na jakieś święto. Codziennie zaglądał do pokoju malarza i sprawdzał, czy zagruntowane płótno obsycha. Oglądał malarskie akcesoria i dotykał sztalug, które kupił dla niego Włoch. Obaj postanowili, że na razie zostaną one w pałacu. To właśnie tam zamierzali malować wspólne dzieło.

Kiedy doszli do polany, Ania i Staszek usiedli na trawie w odległości kilku metrów od sztalug Luki. Łucja natomiast usadowiła się na przygotowanym przez malarza krześle. Zrobiła to odruchowo, jakby ta czynność stała się dla niej czymś powszednim. Potem, tak jak zazwyczaj, odchyliła głowę do tyłu, ukazując dekolt, na którym z gracją opierał się kunsztowny wisior. Tym razem nie miała na sobie zwiewnej sukienki, w którą zazwyczaj ubrana była podczas malarskich sesji. Z powodu odwiedzin znajomych nie zdążyła się przebrać.

Luca nie patrzył jednak na jej ubranie. Tego wieczoru koncentrował się na twarzy.

Staszek rejestrował każdy ruch malarza. Ania natomiast wydawała się bujać w obłokach. Łucja co rusz na nią spoglądała. W pewnej chwili wydawało jej się nawet, że dziewczynka zaraz uśnie. Ania przecierała jednak oczy i podpierała się na rękach, starając się usiąść prosto.

Po godzinie intensywnego malowania Luca odłożył pędzel do słoika z terpentyną i wyszedł zza sztalug.

– Na dzisiaj koniec. – Popatrzył najpierw na Łucję, potem na dwójkę młodych ludzi. Jeszcze na moment cofnął się i zerknął na obraz, ale już po chwili szedł w kierunku nauczycielki. – Jesteś wyjątkowo cierpliwą modelką – powiedział wesołym tonem.

Po jego słowach drgnęła i podpierając się na siedzisku, szybko wstała.

– To my już biegniemy do pałacu – rzuciła Ania, a po minucie już ich nie było na polanie.

– Pomóc ci? – spytała Łucja, zauważając, że Luca wrócił po farby i pędzle.

– Nie, dam radę. – Zapakował wszystko do tekturowego pudła, które zawsze przynosił, i zaraz potem znów stał przy Łucji. – Po obraz wrócę później, a sztalugi mogą zostać. Nie zapowiadają zmiany pogody. Wygląda na to, że przez najbliższe dni będzie nam asystować słońce.

Kiedy doszli do bramy pałacu, zauważyli, że wzmaga się wiatr. Był ciepły i przyjemny, ale mimo to sprawiał, że jak najszybciej chciało się schronić we wnętrzu.

Kiedy już stanęli przy drzwiach wejściowych i wydawało się, że lada chwila znajdą się w pałacu, Luca nagle stanął, przytrzymując klamkę. Popatrzył w kierunku parku.

– Kiedy byłem dzisiaj w ogrodzie, spotkałem tam dziwną kobietę... chyba nazywała się Eleonora. – Luca miał taki wyraz twarzy, jakby chciał sobie przypomnieć tamtą chwilę.

– Ona często tutaj zagląda. Od dawna przychodzi do pałacowego parku. Najczęściej odwiedza polanę sylfidy.

– Właśnie tam ją spotkałem. – Luca się zamyślił. Potem trzeźwo popatrzył na Łucję. – Ciekawa osoba. – Pokręcił głową i zagadkowo się uśmiechnął.

– Rozmawiałeś z nią? – zaciekawiła się Łucja.

– Trochę... Właściwie niewiele. Ale wydawało mi się, że oboje dobrze czuliśmy się w swoim towarzystwie. Pytała o obraz, który maluję. Odpowiedziałem jej, że przedstawia ciebie. Odniosłem wrażenie, że nie była tym zaskoczona.

Łucja się uśmiechnęła.

– To właśnie cała Eleonora. Ona chyba wie więcej, niż my zdajemy się zauważać.

– Mam nadzieję, że jeszcze się z nią spotkam. – Zerknął na park.

– Na pewno. Ona kocha stare drzewa i ptaki, które na nich siadają. Myślę, że przychodzi tutaj właśnie dla nich. W naszym parku jest ich najwięcej, choć właściwie w całym Różanym Gaju ich nie brakuje. Obsiadają przydrożne płoty i wizytują urodzajne pola, gdzie raczej są nieproszonymi gośćmi.

Po jej słowach Luca się uśmiechnął. Bardzo podobało mu się w tej niewielkiej wiosce. Polubił już ptasi świergot i ciszę wieczornego ogrodu. Cieszył się, że zostanie w pałacu Kreiwetsów na dłużej. Łucja nie miała nic przeciwko przedłużeniu jego wizyty. Przez chwilę odniósł nawet wrażenie, że się ucieszyła. Kiedy jednak przyjrzał jej się bliżej, zorientował się, że było inaczej. Od wczorajszej rozmowy, po zajściu ze zdjęciem Chiary, Łucja była bardzo przygnębiona. Luca domyślał się, że rozchmurzała się tylko kiedy wychodziła do ogrodu. Często patrzyła wtedy w niebo. Miała wówczas takie przejrzyste spojrzenie. Luca łapał się na tym, że mógł patrzeć na nią bez mrugnięcia nawet przez kilkanaście sekund. Kobieta jednak zazwyczaj zauważała jego zainteresowanie i delikatnie się uśmiechała. Wtedy on się odwracał, ale po chwili znów dociekliwie się jej przyglądał. Ciekawiło go wszystko, co było z nią związane. Znał na pamięć jej miny, chociaż ostatnio to smutek najczęściej gościł na jej twarzy. Wiedział już, w jaki sposób falowały na wietrze jej włosy. Zakładała je wówczas za uszy, ale one i tak się wymykały. Czasami odpuszczała i wtedy pęd powietrza łagodnie je targał. Wydawało się wówczas, jakby z nim tańczyła.

Tego wieczoru Łucja usnęła bardzo szybko. Poprzedniej nocy spała niespokojnie, a rano, po przebudzeniu, czuła każdy centymetr ciała. Dyskomfort towarzyszył jej przez cały poranek. Przez chwilę pomyślała nawet, że bierze ją grypa. Gdy jednak doszły z Anią do szkoły, po wczesnorannej niedyspozycji nie było już śladu. Na szczęście teraz otulona mrokiem majowej nocy, do samego rana spała kamiennym snem.

To były jedne z ostatnich zajęć Ani w szkole muzycznej przed wakacjami. Bardzo to przeżywała. Uczyła się najlepiej z całego rocznika. Wyjechały wcześniej, ponieważ chciały wstąpić jeszcze do Antosi. Nie zastały jej jednak, bo wyszła z Julkiem na zakupy, Łucja oddała więc Pana Klemensa w ręce jej męża – najważniejsze, że wrócił na swoje miejsce. Potem odwiozła Anię pod szkołę, sama zaś pojechała do Izabeli.

Przyjaciółka znów miała niewyspaną twarz i potargane włosy, ale była spokojna. Łucja znała ją już na tyle dobrze, by wiedzieć, że musiała spędzić owocną noc przy sztalugach. Tylko ona i jej obraz wyłaniający się z wizji przyszłości. „A może przeszłości?" – pomyślała Łucja, wchodząc do dusznego holu. Izabela musiała nie wietrzyć mieszkania przynajmniej od kilku dni. Często jej się to zdarzało. Kiedy malowała, zapominała o bożym świecie. Zapach terpentyny panoszył się wówczas na całym poddaszu.

O tym, że nowe dzieło Izabeli było efektem zetknięcia się artystki z duchem przeszłości, Łucja przekonała się już kilka minut później, stojąc przed obsychającym obrazem. Była na nim kobieta, której rysy Łucja znała już bardzo dobrze. Laura de Borgio zuchwale spoglądała z płótna pokrytego jasnomiedzianym tłem. Lekko rozchylając usta, sprawiała wrażenie, jakby chciała zaoferować coś światu, najważniejsze pozostawiając jednak sobie.

– Znów ją namalowałaś – odezwała się cicho Łucja, wpatrując się w skończony już obraz.

– Tak – odpowiedziała Izabela. A w tym jedym słowie zawarte były wszystkie wyjaśnienia. Łucja nie spytała jej o nic więcej.

Przez kilka minut wpatrywała się z przyjemnością w piękną twarz Laury.

– Oddasz ją do galerii? – zapytała Izabelę dopiero wtedy, kiedy usiadły w kuchni przy filiżance mocnego espresso.

Izabela wolno przechylała jasny brzeg naczynia z ciemnymi, zaschniętymi zaciekami. Najwyraźniej nie była to jej pierwsza kawa tego dnia.

– Nie – odpowiedziała zdecydowanie. – Laura zostaje ze mną. – Uśmiechnęła się zagadkowo.

– To już drugi obraz z rzędu, który sobie zostawiasz, w galerii nie upominają się o kolejne?

– Upominają – odpowiedziała na luzie. – Pieniądze to nie wszystko – dodała po chwili, przyglądając się Łucji. – Są na świecie rzeczy ważniejsze od kasy. – Obie jednocześnie zerknęły w kierunku dużego obrazu Laury, wiszącego tuż nad stołem.

Łucja ciągle poznawała nowe oblicze Izabeli. Czasami po prostu nie mogła uwierzyć, że jej nowa przyjaciółka w ciągu zaledwie roku aż tak bardzo się zmieniła. Kiedyś pieniądze były dla Izy wszystkim. Wartość życia mierzyła ilością waluty. Teraz wydawała tylko na to, co było jej pracą, a zarazem pasją – malarstwo. Nie żyła ponad stan, jak dawniej. Pieniądze, które zarabiała, z powodzeniem wystarczały jej na opłatę rachunków i godną, przyjemną egzystencję.

– Widziałam ją tylko raz, w galerii mojej znajomej, ale dokładnie zapamiętałam jej twarz. Laura nie jest na sprzedaż – powiedziała głośno Izabela. – To dziwne, ale... nikt, do kogo trafiały jej portrety, nie chciał się z nią rozstawać.

– Mówiłaś, że widziałaś ją tylko raz – zainteresowała się Łucja.

– Tak, rzeczywiście. Widziałam ją w galerii mojej znajomej, Moniki. Ona też miała ją tylko dla siebie. Z góry zastrzegła sobie, że obraz Laury de Borgio, który zdobił główną ścianę jej salonu wystawowego, nie jest na sprzedaż. Zainteresowanie tym dziełem było jednak tak duże, że musiała je schować na zapleczu, żeby nie kusiło spojrzeń klientów.

– Moniki? – spytała Łucja i z dużą ciekawością popatrzyła na Izabelę.

Doskonale pamiętała rozmowę z Lucą, w której wspomniał, że właśnie tak miała na imię jego kobieta.

– Monica to... dawna partnerka Luki. Byli ze sobą bardzo długo, jak stare, nie całkiem dobre małżeństwo.

Łucja czuła, że przyjaciółka po raz pierwszy jest gotowa uchylić rąbka tajemnicy na temat życia Luki Venettiego.

– Dawno się rozstali? – spytała jakby mimochodem, ale nie potrafiła ukryć ciekawości w głosie.

– Hm… – Izabela się zastanowiła. – Luca i Monica rozstawali się, a potem wracali do siebie wiele razy. Teraz jednak wydaje się, że rozstali się już na zawsze. – Izabela zamyśliła się, przenosząc wzrok na wizerunek Laury. Zaraz jednak popatrzyła na Łucję.

– Jesteś do niej trochę podobna. – Uśmiechnęła się.

– Do kogo? – Łucja spytała naiwnie, choć doskonale wiedziała, kogo miała na myśli Iza.

– Do Moniki. – Szybko potwierdziła przypuszczenie przyjaciółki. – Luca chyba też to zauważył. Podobasz mu się – powiedziała Izabela bezceremonialnie.

Łucja się speszyła. Miała ochotę wstać i wyjść z kuchni. Została jednak na swoim miejscu.

– Skąd o tym wiesz? Mówił ci? – spytała przyjaciółkę.

Iza uśmiechnęła się zagadkowo.

– Mówił – odpowiedziała dopiero po chwili.

Łucja odwróciła głowę w kierunku okna. Tego dnia na dworze było pochmurno i nijako. Zieleń drzew zagłuszyła dominującą od samego rana szarówkę. To tak, jakby niewyraźny świt nie zdążył się przeistoczyć w niezaciemniony dzień. Zza zasuniętej kotary gęstych chmur słońce nie miało szansy wychylić się nawet na chwilę. Wydawało się, jakby ono też usnęło, zapominając o spragnionych jego ciepła ludziach.

Łucja wiedziała, że teraz nie zapyta Izabeli już o nic więcej. Żałowała, że w ogóle poruszyły temat przystojnego Włocha. Okazało się, że w jakimś sensie był on związany z twórczością Izabeli. Konkretnie z podobizną pięknej arystokratki Laury de Borgio, którą podobno uwielbiali florenccy artyści.

– Nie wygląda jak typowa Włoszka – zauważyła Łucja, wpatrując się w jasne pukle włosów Laury, namalowane ręką Izabeli.

– Ma blond włosy, ale oczy, nos, ogólne rysy są typowo włoskie. – Izabela widocznie nie była do końca przekonana co do słuszności swoich słów, bo zaczęła dokładnie przyglądać się portretowi. Patrzyła dość długo, w końcu opuściła wzrok i wzruszyła ramionami.

– Wiesz już, kiedy w końcu wraca Tomasz? – zapytała Łucję.

Rzadko o nim rozmawiały. Iza i Tomasz przez krótki okres życia we Włoszech byli parą. Oboje traktowali tę znajomość jako całkowity przypadek i w ogóle się dziwili, jak mogli się ze sobą związać. Teraz unikali się nawzajem. Krępowało ich własne towarzystwo. Zwłaszcza Tomasz zachowywał się wyjątkowo powściągliwie w stosunku do dawnej partnerki. Izabela przymykała na to oczy. Nabrała dystansu do przeszłości. Potrafiła o niej mówić, a nawet śmiać się z niej.

– Chyba w przyszłym tygodniu – powiedziała cicho Łucja, wyraźnie unikając wzroku przyjaciółki.

– Chyba? – Niepewny ton głosu nie umknął uwadze malarki. – Nie mówił dokładnie, kiedy wraca?

– Nie – odparła Łucja, zaciskając pięści. Chciała schować je pod stół, ale nie zdążyła, zanim zauważyła to przyjaciółka.

– Dawno ze sobą nie rozmawialiśmy – szepnęła Łucja, jakby nie miała siły odezwać się na głos.

– Myślałam, że między wami wszystko jest w porządku. – Iza patrzyła na Łucję ze współczuciem. – Nie pytałam cię o nic… Sama zresztą wiesz dlaczego. – Dyskretnie zakasała, jakby poruszany temat nadal sprawiał jej trudność. – O co poszło? – Po chwili odważyła się jednak zadać przyjaciółce osobiste pytanie.

– O nic. – Łucja uniosła ramiona i szerzej otworzyła oczy.

– Jak to o nic? Zawsze jest jakiś powód. – Izabela mimo artystycznej duszy była osobą dość konkretną.

– Nie było żadnego powodu. Chociaż… – Wargi Łucji zadrżały. Izabela nachyliła się w jej stronę.

– Łucjo, o co chodzi? – Złapała przyjaciółkę za rękę.

Nawet przez chwilę Łucja nie pomyślała, żeby się odsunąć. Potrzebowała jej wsparcia. Czuła, że już nie daje sobie z tym wszystkim rady. Tomasz przestał się odzywać. Ostatnio z Anią wcale o nim nie rozmawiały. Była pewna, że to koniec. Była przekonana, że kiedy ukochany wróci, poprosi ją o zwrot pierścionka zaręczynowego. Czuła, że pomiędzy nimi stoi inna kobieta. A może jeszcze coś? Co? – Tego nie potrafiła wyjaśnić.

– Tomek przedłużył pobyt, żeby koncertować ze swoją znajomą… Chiarą. – Łucja bardzo starała się unikać emocji, dlatego każde słowo wymawiała głośno i wyraźnie, jakby odczytywała ważną notatkę.

– Co takiego?! – Izabela nie wytrzymała napięcia.

Znała Chiarę. Wiedziała, jak działał na nią Tomasz. Bezczelnie mu się narzucała. Malarka była pewna, że za słodką buźką pięknej wiolonczelistki ukrywa się chimeryczna natura. Niby spokojna i poukładana, zawsze musiała jednak dostać to, czego chciała. Izabela doskonale o tym wiedziała. Przejrzała ją, bo sama kiedyś taka była. Kapryśna i skoncentrowana na sobie. Po trupach dążąca do wyznaczonego celu.

– To, co słyszałaś – potwierdziła smutno Łucja.

– Dlaczego mu na to pozwoliłaś? – Iza była wzburzona.

– Nie pytał mnie o zdanie. On… odkąd wyjechał, przestał się z nami liczyć. Myślałam, że to znów przez muzykę, ale teraz…

Izabela wstała i podeszła do niedomkniętej szafki. Zaraz jednak wróciła i położyła na stole gorzką czekoladę. Rozchyliła granatowe opakowanie i połamała ją na kostki.

– Jedz. – Podsunęła Łucji.

Kobieta chwyciła w palce mały, nierówny kawałek, który wydawał się wcale nie pasować do reszty idealnych, kwadratowych kosteczek, i włożyła go do ust.

– Dobrze znałaś tę Chiarę? Jest piękna… – Łucja nie spuszczała z przyjaciółki oczu.

– Trochę… ją znałam. – Iza zdawała sobie sprawę, że musi być szczera. Miała tylko nadzieję, że Łucja nie będzie zbyt dociekliwa w swoich pytaniach. – Skąd wiesz, jak wygląda? – Iza wydawała się zaskoczona.

– Tomek miał jej zdjęcie w jednej z książek. Przez przypadek z niej wypadło. Chociaż… Podobno nie ma przypadków.

– Rzeczywiście, urody jej nie brakuje – rzuciła sarkastycznym tonem Izabela.

Łucja popatrzyła na nią markotnie.

– Zazdrościłam jej tego uroku. Zresztą… wszystkie czegoś jej zazdrościłyśmy. – Iza skrzywiła usta w taki sam sposób, jak robiła to dawno temu, gdy jeszcze była „dawną Izabelą", kobietą z niewygodnym bagażem przeszłości. – Miała w sobie coś wyjątkowego. Nie musiała się zbytnio wysilać, żeby zrobić na kimś wrażenie. Może to przez jej domniemane pokrewieństwo.

– Jakie pokrewieństwo? – Łucja wzięła do ust drugą kostkę czekolady. Ta była równa, kwadratowa. Jej krawędzie były idealnie gładkie.

– Chiara twierdziła, że jest spokrewniona z Laurą de Borgio. – Na twarzy malarki malowała się zazdrość. – Ale… nikt nigdy tego nie potwierdził – dodała. – W środowisku florenckiej bohemy Laura była dość znaną postacią. Sądzę, że Chiara po prostu mogła sobie to wymyślić, żeby wzbudzić jeszcze większe zainteresowanie swoją osobą. – Izabela próbowała przekonać siebie i Łucję, że to, co mówi, jest prawdą. – Nie przejmuj się. Kiedy Tomasz przyjedzie, wszystko wróci do normy – skwitowała, chcąc odciągnąć uwagę przyjaciółki od tematu wiolonczelistki. „Boska Chiara" według niej nie była godna uwagi, jaką zazwyczaj jej poświęcano. Nie starała się za wiele, a i tak cały świat leżał u jej stóp. Tylko Tomasza nie mogła mieć. Izabela obawiała się jednego, że tym razem piękna Włoszka nie odpuści, zwłaszcza że potencjalną zdobycz miała na wyciągnięcie ręki.

– Szybko ją namalowałaś. – Łucja uniosła głowę i popatrzyła na obraz. Nie musiała się zbytnio wysilać, wisiał tuż nad nią.

– Tak – na ustach Izabeli rozlał się nieskromny uśmiech.

– Ukręciłaś głowę niemocy twórczej, zanim zdążyła zadomowić się w twoim mieszkaniu. – Łucja przypomniała sobie znudzoną twarz przyjaciółki, kiedy chwilowo nie malowała, odpoczywając po stworzeniu pierwszego portretu Laury de Borgio.

Teraz jej twarz była zmęczona, ale pulsowała życiem. Izabela była szczęśliwa. To tak, jakby każde jej płótno było kolejnym elementem tworzącym harmonijną całość jej egzystencji. Iza nie mogła przestać malować, bo bez swoich obrazów czułaby się niekompletna.

Kiedy Łucja wróciła z Anią do Różanego Gaju, było już późne popołudnie. Aura zabrudziła jednak niebo smutnym odcieniem szarości, dlatego trudno było się zorientować, która jest godzina.

Tego dnia nie usiadła przed sztalugami Luki. Zresztą malarz, ku wielkiemu niezadowoleniu Ani, znaczną część swojego czasu poświęcał Staszkowi. W niedużym pokoiku, tuż za salą balową, urządzili sobie minipracownię. Odkąd zaczęli malować wspólny obraz, chłopak zjawiał się w pałacu Kreiwetsów zaraz po zajęciach w szkole. W pośpiechu zjadali z Anią obiad, a potem Staszek pędził do pracowni. Luca już tam na niego czekał. Wiedział, jak ważne jest dla Staszka ich wspólne dzieło. Kolega Ani aż się palił, by wziąć do ręki pędzel i zanurzyć go w farbie. Luca od samego początku postanowił dać mu wolną rękę. Służył radą, korygował drobne niedociągnięcia, ale tak naprawdę to Staszek sam tworzył swoje wymarzone płótno.

Gdy chłopiec stawał przed sztalugami, malarz bardziej zamieniał się w obserwatora niż współtwórcę dzieła. Staszek radził sobie wspaniale. Zanim wziął do ręki twardy pędzel ze świńskiej szczeciny, już dokładnie wiedział, co chce namalować. Obraz miał przedstawiać szczęśliwą rodzinę: matkę, ojca, starszego, już dorosłego brata, który kilka lat wcześniej uciekł z domu, nie mogąc dłużej znosić awantur ojca pijaka. Najważniejszą postacią miał być on, Staszek, z roześmianą buzią i marzycielskim spojrzeniem. Stojąc przy nowych sztalugach, pod czujnym okiem malarza, Staszek czuł, że może osiągnąć wszystko. W murach pałacu spełniało się jego dziecięce marzenie. Stojąc przed płótnem, czuł się dojrzałym mężczyzną, choć miał dopiero dwanaście lat. Nawet zmienne nastroje ojca znosił z podniesioną głową. Zauważył, że mama ostatnio znów niedojadała i częściej miała podkrążone, czerwone oczy. Ale teraz miał swój obraz i wszystko inne przestało na chwilę mieć dla niego znaczenie. Udawał, że nie zauważa coraz później wracającego do domu ojca ani tego, że w dusznej izbie ostatnio nieustannie unosił się zapach przetrawionego alkoholu. Gdy Luca nie widział, do małego słoiczka odlał sobie trochę terpentyny. Potem postawił go przy swoim tapczanie, chłonąc specyficzny zapach, choć Włoch przestrzegał, że jest bardzo toksyczna i że używając jej, trzeba często wietrzyć pomieszczenie. Wtedy znów był myślami przy sztalugach. Widział obraz, który po trochu powstawał każdego dnia. Staszek miał ochotę powiedzieć Luce, że jest dla niego jak ojciec. Nie ten rodzony, od którego dawniej tylko dostawał baty i syszał przykre słowa, ale jak ojciec idealny, którego nigdy nie miał. Kiedy malował, w pewnym sensie czuł się jak jego syn. Na pewien czas przywłaszczył sobie jego uwagę i troskę. Wiedział, że Włoch jest blisko niego i chce mu pomóc.

Luca też otwierał się przy chłopcu. Kiedy na niego spoglądał, w drobnym, chłopięcym ciele widział swoją straconą przeszłość. Ich syn, jego i Moniki, byłby teraz w wieku Staszka. Dziwny zbieg okoliczności. Ale kiedy Luca zobaczył chłopca po raz pierwszy, znowu dopadły go przykre wspomnienia, choć próbował się przed nimi ukryć w tym niewielkim rajskim zakątku. Staszek swoim melancholijnym, zbyt dojrzałym spojrzeniem, niepewnym uśmiechem, przypomniał mu o czymś, o czym chciał zapomnieć dwanaście lat temu i przez kolejne lata życia. To było trudne i niewykonalne, o czym z każdym dniem się przekonywał. Różany Gaj, maleńka miejscowość, jakże inna od gwarnej metropolii, w której obracał się przez większość życia, miała być dla niego jak spokojny matecznik, i poniekąd tak się stało. Tylko że w tym pięknym miejscu wszystko co rusz mu przypominało o straconych szansach. O dawnym, burzliwym życiu. Nieziemsko piękne oczy Łucji każdego dnia przywodziły mu na myśl zranione spojrzenie Moniki. Tak bardzo ją skrzywdził. Nie zdawał sobie sprawy, że unieszczęśliwiając ukochaną, wyrządza krzywdę przede wszystkim sobie. Teraz pragnąłby zmienić bieg czasu, ale wiedział, że to już niemożliwe. Monica odeszła z jego życia, tym razem na zawsze. Był tego pewien.

W kolejnych dniach Łucja nie spotkała się z Lucą na polanie sylfidy. Malarz twierdził, że obraz jest już prawie gotowy i nie musi mu już pozować. Czuła się przez to trochę oszukana. Musiała przyznać się przed sobą, że brakowało jej tych wspólnych sesji, kiedy Włoch nieustannie się w nią wpatrywał. Była naprawdę zawiedziona, bo podczas ostatniego spotkania Luca nie mówił, że to jest już ostatni raz. Chodziła na polanę sylfidy z nadzieją, że zobaczy na niej jasne sztalugi Luki i oryginalne krzesło, które przenosiło ją w magiczny świat jego twórczości. Teraz Włoch najwięcej czasu poświęcał Staszkowi. Całe popołudnia siedzieli w stworzonej na ich użytek pracowni. A kiedy Staszek opuszczał pałac, zawsze był rozpromieniony. Czasami biegli jeszcze z Anią nad staw albo ganiali między drzewami.

Był już czerwiec. Lato leniwie wlewało się do Różanego Gaju wraz z ciepłym powietrzem. Białe kwiaty jaśminowca zaczynały przekwitać, ale piękna zieleń jego liści nadal wabiła, by choć na chwilę usiąść w rozłożystym cieniu.

Wcześnie rano z kubkiem wypełnionym herbatą wyszła na spacer i tak jak zawsze udała się do ulubionego zakątka. Drewniana ławeczka jeszcze nie zdążyła ogrzać się w słońcu, które schowane za koronami niższych drzew dopiero co zarysowało się na horyzoncie i odsłoniło linię niedużych krzewów. Wciąż rozmyślała o Tomaszu, ale teraz jego osoba w jej wyidealizowanych marzeniach była już mało wyraźna. Z każdym dniem Łucja po trochu pozbywała się złudzeń co do Tomasza i ich wspólnego życia. Teraz tylko oczekiwała, co się wydarzy. Uświadomiła sobie, że Tomasz zabrał ze sobą ich wspólną, niezbyt długą przeszłość, i wywiózł ją. Że nie było jej już w Różanym Gaju. Może zostawił ją gdzieś w gorącej Italii? A może zgubił po drodze, spiesząc się na spotkanie muzyki i... kobiety, która być może była mu bliska. Ostatnio już się nawet nie zadręczała. Pastelowy kolor jutrzenki i śpiew ptaków jak zwykle ją uspokoiły. Kiedy dopiła herbatę, wstała z ławki i ruszyła w stronę pałacu.

Szybko przekroczyła drzwi wejściowe i odruchowo spojrzała w bok, na drzwi do pokoju Luki. Były otwarte i miarowo chybotały, obijając się o framugę. W pomieszczeniu musiał być przeciąg. Ruszyła w ich stronę. Kiedy była już pod pokojem Włocha, nagle się zawahała. „Co ja tu właściwie robię?" – pomyślała, ale kilka sekund później, na przekór sobie, znalazła się w jego wnętrzu. Otwarte na oścież okno wpuściło do środka poranne, zmącone wiatrem powietrze. Większa część firanki znalazła się na zewnątrz, zaczepiając o wypustki na fasadzie budynku. Pokój był pusty. Luca najwidoczniej gdzieś wyszedł w pośpiechu, zostawiając niedomknięte drzwi i otwarte okno. Podeszła i chwyciła za klamkę, po czym zdecydowanym ruchem nacisnęła na nią i przyciągnęła do siebie prawe skrzydło, zatrzaskując je. Zasunęła jeszcze firankę i już miała wyjść, kiedy w kącie dostrzegła znajome, brzozowe sztalugi. Tuż za nimi na podłodze stał odwrócony obraz. Przybliżyła się do niego. Czuła palącą ciekawość. Wystarczyło tylko kucnąć, przesunąć sztalugi, odwrócić płótno i poznałaby efekt ich wspólnych spotkań. Przez ostatnie dni, od chwili gdy przestali się spotykać na polanie, czuła wręcz obsesyjną ciekawość. Łapała się na tym, że wyobrażała sobie, jak będzie wyglądała na obrazie Luki. Włoch obiecał, że da go jej w prezencie ślubnym. „Ale czy ten ślub w ogóle dojdzie do skutku?" – myślała gorączkowo, dotykając szorstkiej struktury zawiniętego po brzegach płótna. Nie mogła się opanować. To było jak jakaś niemoralna pokusa. Zbliżała się do odwróconego obrazu, czując wyrzuty sumienia. Kucnęła, wkładając dłoń między nóżki sztalug. Wiedziała, czego chce. Miała zamiar przesunąć je w bok, a wtedy… Nie zdążyła się jednak o tym przekonać, bo do pokoju wszedł Luca.

– Łucjo, co ty tutaj robisz?! – Nie krył oburzenia. Wiedział, co chciała zrobić.

Już dotykała tyłu płótna. Odskoczyła i szybko wstała.

– Ja… – Nie miała żadnego sensownego wytłumaczenia, postanowiła więc zmierzyć się z prawdą. – Chciałam zobaczyć obraz – przygryzła usta.

Luca podszedł do niej i chwycił ją za ramię.

– Naprawdę tego chcesz? – spytał. Nie był zły. Może tylko zaskoczony, że spotkał ją w swoim pokoju. – Przecież obiecałem, że ci go pokażę, kiedy będzie skończony – odezwał się łagodnie, tak jak mówi się do dziecka, kiedy chce się je uspokoić.

– Wiem – powiedziała. – Wydawało mi się, że już jest skończony. Nie spotykamy się już na polanie, więc… – Popatrzyła z oczekiwaniem.

– Właściwie masz rację. Obraz jest już skończony. Nie wiem tylko, czy ci się spodoba. – Luca miał dziwny wyraz twarzy. Łucja nie potrafiła wyczytać z niej żadnych emocji.

– Na pewno mi się spodoba – zachęciła go.

Podszedł do obrazu. Przez moment chyba faktycznie chciał jej go pokazać. Zaraz jednak chwycił jego górną krawędź i mocno zacisnął na niej rękę.

– Nie jestem tego taki pewien. Ten obraz… On wygląda trochę inaczej niż wtedy, gdy zaczynałem go malować.

– To chyba oczywiste. – Uśmiechnęła się, chcąc rozładować napięcie. Zerknęła na Lucę. Miał poważną twarz, bez cienia uśmiechu.

– Jeżeli chodzi o ten obraz, to nic nie jest oczywiste – powiedział sucho.

Już wiedziała, że tego dnia dzieła Luki nie zobaczy.

– Kiedy mi go pokażesz?

– Nie wiem. Jak będzie odpowiednia pora – odpowiedział, unikając jej wzroku.

Zaraz potem Łucja wyszła z jego pokoju.

Kiedy się obudziła, poczuła słodkawy zapach róż. Na zewnątrz było już całkiem jasno. Sobotni poranek zachęcał do tego, by jeszcze pozostać w łóżku. Przeciągnęła się leniwie, zrzucając z siebie kołdrę. Jej cienka nocna koszulka, gęsto usiana drobnymi niezapominajkami, zadarła się do góry, odsłaniając długie nogi i część pośladków. Łucja usiadła na skraju łóżka i obciągnęła koszulkę. Biała miękka koronka połaskotała jej uda. Ziewnęła i spojrzała w lustro szafy weneckiej. Na samym środku widniał nieestetyczny, tłusty ślad palców. Trochę niżej odbita była na nim cała dłoń. „Przydałyby się tutaj jakieś porządki" – pomyślała i podniosła się z łóżka. „Mój owocny dzień zacznę jednak standardowo". Podeszła do drzwi. W ustach już czuła smak ulubionej herbaty. Na moment jeszcze się odwróciła i cofnęła do łóżka, gdzie stały pantofle. Wsunęła w nie stopy i wyszła do kuchni. Kiedy była w holu, poczuła aromatyczny zapach kawy. Zaciągnęła się nim jak papierosowym dymem. Przez moment się zawahała, czy wejść do środka. Domyślała się, że w kuchni jest Luca. Stanęła nieruchomo po drugiej stronie drzwi, jakby miała za chwilę przekroczyć niedozwoloną granicę. Przez ostatnie tygodnie Luca stał jej się bliski. Nie czuła już wstydu, dzieląc z nim normalne życie. Widział ją już z rozczochranymi włosami, niewyspaną i zapłakaną, i szykowną. Czasami łapała jego zbyt ciepłe spojrzenie, ale tłumaczyła to sobie jego gorącym, południowym temperamentem.

Pchnęła drzwi i weszła do środka. Uderzył ją intensywny zapach kawy. Stanęła i oparła się o ścianę. Szeroko otworzyła powieki. Przy stole siedział Tomasz. Gdy tylko ją zobaczył, pośpiesznie wstał, niedbale odpychając krzesło, które przewróciło się, robiąc wiele hałasu. Kilka sekund później był tuż przy niej i trzymał ją za rękę. Nie miała odwagi spojrzeć mu w oczy. W końcu jednak to zrobiła. Były takie jak zawsze, roześmiane, mocno niebieskie.

– Nie chciałem cię budzić, tak słodko spałaś – szepnął, jakby nie do końca wierzył, że się obudziła. Potem zbliżył się do niej. Zesztywniała i przesunęła się wzdłuż ściany, w kierunku drzwi. Wyglądało to na ucieczkę. Odsunął się od niej i popatrzył skołowany.

– Łucjo… o co chodzi?

Podeszła do stołu i postawiła przewrócone krzesło. Potem na nim usiadła. Było jeszcze ciepłe. Tomasz musiał być w kuchni już dość długo. Nie wiedziała, co ma mu odpowiedzieć. Dawno ze sobą nie rozmawiali. Kiedy na niego spojrzała, odniosła wrażenie, że już się go oduczyła. Jego głos brzmiał inaczej. Gładka, opalona włoskim słońcem twarz też wydawała jej się obca. Sięgające brody jasne włosy były jakby nazbyt starannie zaczesane. Zazwyczaj były lekko zmierzwione, przez co Tomasz wyglądał jak młody chłopak. Czasem związywał je w kucyk na czubku głowy. Łucja poczuła się zdezorientowana. Kiedy jednak spojrzała w jego oczy, przekonała się, że ma przed sobą ukochanego. Patrzyła na niego bez słowa. Podszedł do stołu i zajął miejsce obok.

– Dobrze znów być w domu. – Odwrócił głowę i rozejrzał się po wszystkich kątach. Potem się uśmiechnął i przejechał ręką po włosach, przez co zburzył ich gładką linię. Teraz Łucja popatrzyła na niego trochę odważniej.

– Kochanie, proszę, powiedz mi, o co chodzi? – Mocno złapał ją za rękę.

Zrozumiała, że nie takiego powitania oczekiwał. Dla niego wszystko było oczywiste. Kiedy kilka tygodni temu wyjechał, zamknął za sobą drzwi i otworzył się na nowe życie. Teraz jednak wrócił i od razu wszedł w „stare kapcie". Zupełnie tak, jakby tamten okres, który przeżył w kuszącej słońcem Italii, teraz nie miał dla niego żadnego znaczenia. Patrzył na Łucję podejrzliwie. Nie rozumiał, dlaczego trzyma dystans. Zawsze była spontaniczna i ciepła. Potrzebował jej dotyku i spojrzenia. Tęsknił za nią. Chociaż… we Włoszech wszystko odbierał trochę inaczej niż w Różanym Gaju. To zupełnie tak, jakby w tamtym kawałku świata obowiązywał inny czas. Bez chronologii i codziennej powtarzalności. We Florencji była tylko muzyka.

Łucja westchnęła. Wciąż nie umiała opisać uczuć, które przez kolejne tygodnie nieobecności Tomasza zmieniały się jak pory roku.

– Dawno cię nie widziałam… Długo ze sobą nie rozmawialiśmy – szepnęła.

– No tak, ale… – Kiedy na nią popatrzył, też nie wiedział, co powiedzieć. Czuł, że o coś go oskarża. Wypuścił jej rękę.

– Łucjo, powiedz, tylko szczerze… Czy uważasz, że mój wyjazd zmienił coś w naszych relacjach?

– Myślę, że sam powinieneś odpowiedzieć sobie na to pytanie – odezwała się wymijająco.

– Jak mam sobie odpowiedzieć na coś, o czym nie mam nawet mglistego pojęcia. – Przez chwilę wydawał się spanikowany.

Odsunęła się na krześle przez co zyskała więcej przestrzeni. Odniosła wrażenie, że patrząc na niego z większej odległości, będzie bardziej obiektywna. W jej umyśle przeleciał krótki film wspomnień z jego udziałem. Pierwsze samotne noce tuż po jego wyjeździe. Obawy, tęsknota i zazdrość... o piękną Włoszkę. Zwilżyła usta, jakby miała zamiar je otworzyć, ale się nie odezwała.

– Dlaczego się do mnie nie odzywałeś? – zapytała po dłuższej chwili milczenia.

– Bo... – Odwrócił głowę do okna.

Widziała, że mocno zmrużył oczy, jakby w pośpiechu szukał gotowej odpowiedzi. Milczał jednak.

– Sam widzisz... jak bardzo się od siebie oddaliliśmy przez ten czas. – Popatrzyła na niego oskarżycielsko.

– Nie rozumiem dlaczego? – Starał się zebrać myśli i znaleźć gotowe rozwiązanie. Oczywista odpowiedź nie pojawiła się jednak. Po kilku minutach zmagań w końcu skapitulował. Oparł się o stół i przygarbił plecy. Potem znowu przeciągnął dłonią po całej długości włosów, przez co jeszcze bardziej naruszył ich wymuskany wygląd.

– Powiedz mi po prostu, o co chodzi.

– Czy ty myślisz, że można to opisać w kilku słowach? – uniosła się.

– Nie wiem, przecież musimy sobie to wyjaśnić... Musimy się dogadać. – W jego oczach była panika.

– Dobrze. – Wyprostowała się, przez co wydawała się bardziej zdecydowana niż przed chwilą. – Czy ty nie widzisz, że przez ten okres, kiedy byłeś we Włoszech, oddaliłeś się od nas... Ode mnie i od Ani?

– Nie wiem. – Uniósł ramiona. Wydawało się, że dopiero teraz zaczynały do niego docierać pewne fakty. Miał taką minę, jakby właśnie obudził się z głębokiego snu.

– Dlaczego mi o tym nie powiedziałaś? – mówił cicho. Jego usta ledwo się poruszały.

– Jak miałam ci powiedzieć, skoro prawie wcale ze sobą nie rozmawialiśmy. Zresztą... próbowałam. Tylko że ty zdajesz się teraz niczego nie pamiętać. Dla ciebie liczy się tylko muzyka i... twoja włoska przyjaciółka! – wykrzyczała. Znów poczuła złość. Emocje wzięły górę. Przez ostatnie kilkanaście dni, od momentu ostatniej rozmowy z Tomaszem, trochę zobojętniała. Teraz okazało się jednak, że był to tylko przejściowy stan. Jej gniew, szczelnie przykryty pozorną apatią, dojrzewał i nabrzmiewał po trochu każdego dnia, by w końcu wybuchnąć.

Tomasz pobladł.

– O czym ty mówisz? – Sprawiał wrażenie, jakby bał się o cokolwiek zapytać.

– Nie udawaj – odezwała się cierpko. – Miej cywilną odwagę, by mi o tym powiedzieć. – Patrzyła prosto w jego oczy. Widać było, że jest gotowa na wszystko. Właśnie teraz chciała poznać całą prawdę. Jakakolwiek by ona była i jakkolwiek po jej usłyszeniu miałoby wyglądać jej życie.

– Łucjo... ja naprawdę nie wiem, o czym mówisz.

– Dlaczego wy, faceci, jesteście takimi idiotami?! – Nie przebierała w słowach. Czuła, że właśnie teraz musi dać upust swojej złości. Nie interesowało jej to, czy Tomasz na nią zasługiwał, czy też nie.

– Łucjo... nie poznaję cię. Co się z tobą dzieje? – Był zaskoczony jej zachowaniem.

– Nie poznajesz mnie? – Uśmiechnęła się sarkastycznie. – Widocznie rysy twarzy pięknej Chiary tak dalece zapadły ci w pamięć, że wymazały mój wizerunek. – Łucja była bezlitosna.

– Więc o to chodzi? – Szeroko otworzył oczy, jakby nagle wszystko stało się dla niego jasne.

Łucja była zła i ta złość narastała w niej z każdą chwilą.

– Kochanie, twoje insynuacje są bezpodstawne. – Starał się uśmiechnąć.

Szybko ostudziła jego chwilowy zapał.

– Bezpodstawne, powiadasz? Jak więc wytłumaczysz mi nieustanną obecność Chiary w twoim życiu?!

– Przecież mówiłem ci, że razem koncertowaliśmy. Przez ostatnie trzy tygodnie albo mieliśmy próby, albo występy. – Tomasz bardzo starał się ją przekonać.

Łucja była jednak zbyt wzburzona, by otworzyć się na jego kontrargumenty.

– Byłeś zajęty do tego stopnia, że twoja włoska przyjaciółka odbierała za ciebie w nocy telefony? – Oczy Łucji pałały złością.

Więc o to jej chodziło. To prawda, kiedy był we Włoszech, poczuł, że znowu gubi poczucie rzeczywistości. Muzyka stała się dla niego najważniejsza, przez nią tracił kontakt ze światem, żył jak w transie. Czasami przez cały dzień nic nie jadł i o niczym nie pamiętał. Zapominał o telefonie. Chiara go w tym wyręczała. Rzeczywiście wspomniała mu kiedyś mimochodem, że odebrała jakieś połączenie. Tylko dlaczego nie powiedziała, że to dzwoniła Łucja?

Ten okres życia we Włoszech był jakby wyrwany z życiorysu. Właściwie tylko spał i grał. No tak, ale w tym wszystkim była jeszcze Chiara. Wiedział, że jej się podoba. Zlekceważył jej umizgi. Tylko że Włoszka z każdym dniem była coraz śmielsza.

Im wyraźniej dawał jej do zrozumienia, że nie interesuje go jako kobieta, tym bardziej stawała się nieustępliwa w swoich zabiegach. Starał się nie zwracać na to uwagi. Kiedy jednak na którejś próbie bezceremonialnie usiadła mu na kolanach, nie wytrzymał i mocno ją odepchnął. Zazwyczaj brakowało mu asertywności. Tym razem był jednak konsekwentny. Powiedział jej wyraźnie, żeby więcej tego nie robiła. Że jest zaręczony, a kobietę, która wkrótce zostanie jego żoną, kocha najbardziej na świecie. Chiara przyjęła wówczas jego słowa z podniesioną głową. Nadal jednak starała się go kokietować. Nie działało to na niego. Była dla niego przezroczysta. Kochał Łucję, tylko ona się liczyła. Tylko jej zapach nosił w pamięci. Tylko jej oczy sprawiały, że czuł żar na dnie serca. Wiedział, że tylko z Łucją może być prawdziwie szczęśliwy. Skądinąd Chiarę znał już dużo wcześniej. Wiedział, że poza nietuzinkową urodą nie miała do zaoferowania nic więcej. Dla Chiary liczyła się tylko jej cielesność. Doskonale zdawała sobie sprawę z tego, jak działa na mężczyzn, i bez skrupułów to wykorzystywała. Była prawdziwa tylko wtedy, gdy grała. Gdy brała w dłonie smyczek i dotykała wiolonczeli, stawała się autentyczna. Kiedy przemijały ostatnie, powołane przez nią do życia dźwięki, jej piękne oczy znów stawały się zimne.

Do Tomasza pomału zaczynało docierać, że Łucja mogła naprawdę poczuć się samotna. Że ją zawiódł. Tyle razy obiecywał sobie, że już nigdy nie da się omamić muzyce. Przecież to przez nią rozpadł się jego związek z Ewą, matką Ani. Ewa odsunęła się, a on wybrał muzykę. Wyjechał do Włoch i poświęcił się komponowaniu. Przez lata nie liczyło się dla niego nic poza fortepianem. Dopiero Łucja to zmieniła. Ona i Ania, córka, o której istnieniu dowiedział się po jedenastu latach. Jak mógł znów dać się tak omotać? Jak mógł zamienić uwagę i troskę ukochanej kobiety na muzykę? Coraz bardziej docierało do niego, że zachował się jak Judasz. Jak uliczny grajek żebrzący o uwagę przypadkowych przechodniów. Przecież to, co najważniejsze, miał tutaj. Dlaczego w ogóle podkusiło go, żeby wyjeżdżać? Patrzył na Łucję i panikował. Zaczynały powracać do niego wspomnienia. Te same, które odsunął od siebie na kilka tygodni. Teraz powracały jak ptaki do znajomego gniazda. Coraz wyraźniejsze i prawdziwsze. Zrozumiał, że znalazł się w beznadziejnym położeniu.

– Przepraszam. – Opuścił głowę. Nie znajdował odpowiednich słów. Na moment stracił wiarę, że zdoła wyrazić to, co czuje. Nie miał odwagi zbliżyć się do kobiety, którą kochał. Patrzył na nią smutno, a ona odpowiadała mu takim samym wzrokiem. Wiedział, że przez niego w ciągu zaledwie kilku tygodni pomiędzy nimi pojawiła się gruba szklana ściana, zniekształcająca obraz rzeczywistości.

Nagle kuchenne drzwi się rozwarły. Stanęła w nich Ania. Dziewczynka mocno przecierała oczy, nie wiadomo, czy ze zdziwienia, czy z niewyspania.

– Tata? – Stanęła nieruchomo i wpatrywała się w Tomasza.

Kilka sekund później tulili się do siebie. Nie było pomiędzy nimi tej bariery, która tkwiła między dorosłymi.

– Dlaczego nie powiedziałeś, że dzisiaj przyjeżdżasz? Dlaczego do nas nie dzwoniłeś? – pytała Ania, wtulając się w szyję Tomasza, a słowo „dlaczego" wypadało z jej ust co chwila.

Tomasz nic nie mówił, tulił ją tylko, jakby w ten sposób chciał wynagrodzić czas, w którym z własnej winy skazał ją na samotność.

Łucja wstała i omijając ich szerokim łukiem, podeszła do drzwi. Na moment odwrócili się w jej kierunku.

– Pójdę już, nie będę wam przeszkadzać – powiedziała, zanim zdążyli się odezwać. Potem cicho zamknęła drzwi. Wciąż czuła huragan emocji. Nie wiedziała, co ze sobą zrobić. Weszła do sypialni i szybko się ubrała. Włożyła kremową, plisowaną spódnicę i lnianą bluzkę w kolorze fuksji. Ostatnio nie lubiła tej barwy, wydawała jej się zbyt krzykliwa. Popatrzyła do lustra. Uznała, że bluzka jest wyjątkowo nietwarzowa. Zamiast ją jednak zdjąć i zamienić na inną, wyszła z pokoju. Szybko zbiegła po schodach. Gdy znalazła się w holu, z paniką zaczęła rozglądać się na boki. Nie chciała zobaczyć się z Tomaszem. Nie teraz. Najpierw musiała spotkać się sama ze sobą. Byle jak najdalej od pałacu. Najdalej od niego… mężczyzny, którego tak bardzo kochała.

Już dotykała zimnej mosiężnej klamki, gdy tuż za plecami usłyszała znajomy głos.

– Łucjo… dokąd tak pędzisz?

Odwróciła się. W odległości kilku kroków od niej stał Luca.

– Widziałem się z Tommasem. – Powiedział to w taki sposób, jakby chciał, żeby dowiedziała się o tym spotkaniu.

Nie zareagowała na jego słowa. Podszedł do niej. Wciąż stała w tym samym miejscu.

– Wyjaśniliście sobie wszystko? – Popatrzył na nią z powątpiewaniem.

Chciał, żeby odezwała się do niego. Żeby powiedziała cokolwiek, ale ona tylko nieruchomo na niego patrzyła. Wtedy on wziął ją za rękę i pociągnął za sobą.

– Chcesz go zobaczyć? – powiedział teatralnym szeptem.

Szczerze mówiąc, w tamtej chwili było jej już wszystko jedno. Chciała zobaczyć ten obraz, efekty ich plenerowych spotkań, ale chwilowo zdusiła w sobie ciekawość. Szła jednak za Lucą, czując ciepły dotyk jego dłoni.

Kiedy znaleźli się w pokoju, pierwsze, co zauważyła, to znajome sztalugi, trzymające w drewnianym uścisku duże płótno. Obraz był naprawdę sporej wielkości. Nakryty grenadyną, czekał na niechybne spotkanie. Zatrzymała się, wyrywając dłoń z ręki Luki. Popatrzyła przed siebie i podeszła bliżej. Pomyślała tylko, jak duża musi być jej twarz zamknięta w splocie wielu barw, wtopiona w obszerny fragment płótna, powołana do życia przez malarza.

— Jesteś pewna, że chcesz go zobaczyć?

Łucja obejrzała się przez ramię. Luca stał tak blisko niej, że mogła dokładnie przyjrzeć się jego twarzy. Na jego śniadej cerze widać było ślad świeżych zagnieceń. Widocznie dopiero co wstał.

Pokiwała głową, czekając na ruch z jego strony. On jednak stał nieruchomo jak posąg. Jakby wciąż się wahał.

— Zrób to, odsuń tkaninę — zachęcił ją.

Zerknęła na niego przelotnie. Potem dotknęła materiału. Przez chwilę poczuła się tak, jakby za moment miała dostać długo oczekiwany prezent.

Usłyszeli odgłos zbiegających po schodach stóp. Chwilę później na dole w holu rozległ się dziewczęcy głos.

— Łucjo… jesteś tu?

Zdjęła ręce z zawoalowanego płótna i wycofała się do drzwi.

— Pójdę. — Przelotnie obrzuciła wzrokiem Lucę. Poczuła się zawiedziona, jakby ominęło ją coś ważnego. — Już idę — odpowiedziała Ani.

Kiedy Łucja znalazła się w holu, Ania stała już w jego centralnej części. Po schodach schodził Tomasz. „A jednak to spotkanie jest nieuniknione". — Jej myśli krążyły jak skołowane, przepłoszone ptaki. Niestety, nie zdążyła ich poukładać.

– Mówiłaś, że nie lubisz tej bluzki. – Ania patrzyła na nią zdziwiona.

– Rzeczywiście – przytaknęła. W tej chwili było jej wszystko jedno, co miała na sobie. Mógłby to być nawet bezkształtny parciany worek. I tak przed Tomaszem czuła się naga. Wyzuta z godności. Przewidywalna, jak zbyt często powtarzane menu w kiepskim barze.

– Tata cię szukał. Nie było cię w sypialni, więc pomyśleliśmy, że jesteś na swojej ławce. – Ania mówiła bardzo szybko.

– Istotnie miałam zamiar tam pójść.

– Po co byłaś u pana Luki? – Ania popatrzyła na nią z zaciekawieniem. Potem dołączył do niej Tomasz. Przez dłuższą chwilę obydwoje wpatrywali się w Łucję.

Nie miała zamiaru im nic wyjaśniać.

– Idźcie do ogrodu, ja pójdę zrobić sobie grzankę – odezwała się dziewczynka po dłuższej chwili, a Łucja doskonale wiedziała, że była to zamierzona gra. Ania przywitała się z ojcem, wyjaśniła z nim nurtujące ją sprawy, a teraz chciała dać tę samą szansę Łucji.

Kiedy Łucja na nią popatrzyła, w jej dużych, niebieskich oczach zobaczyła nadzieję. Dziewczynka najwyraźniej uwierzyła, że jeszcze wszystko można naprawić, a wraz z powrotem taty w Różanym Gaju znów pojawi się słońce.

I rzeczywiście słońce zaświeciło. Po kilku smutnych, mlecznych dniach stanowiło radosną odmianę. Rozjaśniło pejzaż pałacowego ogrodu, nasączając go barwami ukrytymi wcześniej pod gęstym płaszczem mgły.

– Przekwitły – powiedział Tomasz, dotykając zaschniętych kwiatów jaśminu. Część z nich już opadła z krzewu, strącona przez ostatnie wiatry. Zbrązowiałe, kruche płatki wypadły z jego palców, krusząc się i pozostawiając na ławce rudo-pudrowy proszek.

– Przychodziłaś tu codziennie? – Tomasz patrzył na Łucję z determinacją, tak jakby chciał schwytać jej spojrzenie.

– Prawie codziennie. – Chciała się uśmiechnąć, ale sprawiło jej to trudność.

– Łucjo… przepraszam za wszystko. Za ten wyjazd i w ogóle… To nie powinno było się wydarzyć. Zawiodłem cię. Zostawiłem samą z problemami, niewyjaśnionymi sprawami. Gdyby tylko dało się cofnąć czas, na pewno bym nie wyjeżdżał.

– Dobrze wiesz, że nie da się cofnąć czasu. Czas rządzi się swoimi prawami. Nie zmienimy tego, co już się wydarzyło.

– Ale… co właściwie się wydarzyło? – Znów patrzył na nią pytająco. – Wiem, zawiodłem cię. Nie było mnie przy tobie, kiedy mnie potrzebowałaś, ale… teraz już jestem. Możemy wszystko naprawić. Jesteśmy razem… jak dawniej. Przecież to jest najważniejsze.

– Jesteś tego pewien? Obawiam się, że jeżeli teraz dostałbyś propozycję wyjazdu i udziału w nowych koncertach, spakowałbyś się jeszcze dziś i ruszył na spotkanie muzyki. – Słowa Łucji przesiąknięte były goryczą.

– Łucjo… dlaczego to mówisz?

– Dobrze wiesz, że to, co mówię, jest prawdą.

– Nie! – Tomasz wstał. Był bardzo wzburzony. – Wiem. Zawaliłem. Znów się zapomniałem. Zdradziłem cię! – Z każdym kolejnym słowem się kajał.

– Co takiego?! Zdradziłeś mnie?! – Łucja poczuła, że odpływa z niej krew.

– Nie to chciałem powiedzieć. – Zauważył zmianę w jej wyglądzie. – Nie zdradziłem cię z kobietą… tylko z muzyką. Tak jak Ewę. Widocznie wciąż nie jestem odporny na jej wdzięki. – Posmutniał.

Łucja nadal nie mogła dojść do siebie. Słowo „zdrada" poruszyło jej serce, które teraz waliło jak oszalałe.

– A Chiara? – Łucja czuła w ustach suchość.

– Co Chiara? – Tomasz miał taką minę, jakby zaraz miał się rozpłakać. Naprawdę dotarło do niego, że może stracić to, co tak pięknie budowali w ciągu ostatniego roku… ich miłość.

– Kim ona dla ciebie jest?

– Przecież już ci mówiłem, znajomą, z którą łączy mnie muzyka.

– No właśnie… muzyka. Jeżeli o nią chodzi, to już niczego nie jestem pewna. Czuję, że nie mogę ci zaufać. – Popatrzyła na niego bezradnie.

– Nie ufasz mi?! – Wydawał się zaszokowany tym odkryciem.

Ani nie zaprzeczyła, ani nie potwierdziła.

– Łucjo… Myślałem, że to jest oczywiste. Kocham tylko ciebie. Tylko z tobą chcę zbudować przyszłość. Tylko tutaj… w Różanym Gaju. Choć właściwie mogłoby to być gdziekolwiek. Tylko ty, ja… nasza córka.

„Nasza córka". Te słowa zawsze sprawiały, że serce Łucji miękło. Uwielbiała, gdy Tomasz je wymawiał. Czuła wówczas, że nic nie jest w stanie zakłócić ich szczęścia. Bo w tym wszystkim była jeszcze Ania. To przecież ona ich połączyła. To dzięki niej się spotkali.

– Łucjo, co mam zrobić, żebyś mi znowu zaufała?

– Chcę ci ufać, tylko…

– Tylko? – Pochylił się w jej stronę.

– Nie wiem. Niby nic takiego się nie wydarzyło, a czuję, jakby dzieliło nas morze niepewności.

– Tę niepewność masz w sobie. Pozbądź się jej. Niech będzie jak dawniej. – Patrzył na nią w taki sposób, jakby chciał wymusić odpowiedź.

– Tomek... Ewa przegrała z muzyką, a ja... – W oczach Łucji było mnóstwo obaw.

– Ty nigdy z nią nie przegrasz.

– Do czasu, aż znów się pojawi i cię uwiedzie.

– Łucjo, co jeszcze mam zrobić? Jak cię przekonać?

– Nie wiem. Chcę ci wierzyć. Kocham cię.

– To mi wystarczy. – Tomasz usiadł obok niej i mocno ją objął. Odważyła się do niego przytulić. Położyła głowę na jego ramieniu, tak jak to robiła zawsze. Jego włosy łaskotały jej twarz. Poczuła, że mają przed sobą kolejną szansę. Wiedziała, że jest dla niego ważna i że tak naprawdę to nie Chiara stanęła na ich drodze... tylko muzyka. Nadal nie była jednak pewna, czy Tomasz będzie w stanie się jej oprzeć. Nuty były dla niego większą pokusą niż uwodzicielska kobieta.

Siedzieli potem bez słowa, na nowo chłonąc swoją bliskość, jakby chcieli się sobie przypomnieć. W blasku słońca wszystko wydawało się wyraźniejsze, prawdziwsze niż w szarości zgaszonego dnia. Ten dzień przecież dopiero się zaczynał.

Kolejne dni przyniosły w pałacu Kreiwetsów znaczne zmiany. Malowidła w sali balowej zostały ukończone, a większość prac remontowych, jakie pozostały jeszcze do wykonania, wydawała się czystą kosmetyką. Łucja z Tomaszem na poważnie zaczęli przygotowania do ślubu. Luca w ciągu tygodnia miał wyjechać do Włoch, chociaż muzyk nalegał, żeby został przynajmniej do czasu ceremonii. Oboje z Łucją chcieli, żeby był ich świadkiem.

Także ze Staszkiem malarz nie mógł się rozstać. Przez ten czas, kiedy tworzyli wspólne dzieło, bardzo zbliżyli się do siebie. Ostatnio kolega Ani był w pałacu częstym gościem. Zdarzyło się, że kilka razy nawet w nim nocował. Nikt tego jeszcze oficjalnie nie potwierdził, ale szeptano, że ojciec chłopaka znów wpadł w szpony alkoholizmu. Staszek nieco schudł i zbladł. Widać było, że bardzo przeżywał sytuację domową. Kiedy ojcu udało się na kilka miesięcy wyjść z nałogu, uwierzył, że może mieć normalny dom. Teraz wyglądało na to, że tracił tę dopiero co rozniecioną wiarę. Łucja dbała o niego jak o własne dziecko, tylko że chłopiec wstydził się okazywanej mu pomocy. Ze wszystkich sił starał się być silny i niezależny. Tylko Luce zaufał. Tylko przed nim się otwierał. Dużo ze sobą rozmawiali. Pewnego razu, mimo wielkiego sprzeciwu Staszka, malarz wybrał się nawet do jego rodzinnego domu na rozmowę. Gdy jednak przekroczył próg niewielkiej, cuchnącej tanim winem chaty, szybko się zorientował, że nic tam nie wskóra. Widok zamroczonego i agresywnego ojca Staszka uzmysłowił mu, dlaczego chłopak tak bardzo starał się nie dopuścić do ich konfrontacji. Wstydził się brudu, smrodu i wymierzonej w niego wrogości ojca. A matka? Matka nie potrafiła go obronić. Znów była zbyt słaba, żeby mu się przeciwstawić. Staszek czuł, że jest sam. Chociaż, prawdę mówiąc, teraz miał Anię. Przyjaciółka była dla niego wszystkim. Zwierzył jej się ze spraw, o których nigdy wcześniej nikomu nie powiedział. Widziała jego obskurne, biedne życie, na wpół obnażonego, nieprzytomnego ojca, którego matka nie mogła zaciągnąć do domu. Widziała porozbijane przez ojca w pijackim szale butelki, których kawałki walały się teraz w niewielkiej kuchni. Nie rozmawiali o tym, ale kiedy patrzył w jej śliczne, mocno niebieskie oczy, widział w nich taki rodzaj współczucia, który sprawiał, że nie czuł się gorszy. Ania była jego, a on był jej. Teraz był jeszcze Luca. Obraz, który chłopak malował pod jego czujnym okiem, już obsychał w pałacowym pokoju. Był piękny, taki, o jakim Staszek zawsze marzył. Teraz wiedział jednak coś, czego nie przewidział, kiedy zaczynali go malować. Był pewien, że nie zabierze go do rodzinnego domu. Ten obraz był dla niego zbyt cenny, by zbezcześcił go wulgarny ojciec. Kiedy jeszcze go tworzył, miał nadzieję, że gdy skończy, wszystko się ułoży, ojciec się opamięta, a do ich małego domku znów zawita spokój. Teraz tę wiarę stracił i nawet nie starał się jej odzyskać.

Piątek zapowiadał się bardzo optymistycznie. Łucja z Anią miały zrobić coś, na co czekały od dawna. Po południu planowały wyjazd do Wieliczan po sukienkę ślubną dla Łucji. W jednym z butików już coś upatrzyła, ale czekała jeszcze na aprobatę Ani. Początkowo myślała, żeby uszyć coś według własnego projektu u znajomej krawcowej. Niestety, czasu do dnia ceremonii zostało niewiele i wciąż go ubywało. Menu wreszcie zostało ustalone, ale sukienka nadal pozostawała wielką niewiadomą. W końcu Łucja za namową Ani zdecydowała, że czas podjąć ostateczną decyzję.

Pewnego słonecznego czerwcowego popołudnia stały obie za wypolerowaną na błysk sklepową witryną, oglądając kolejne fasony eleganckich sukienek. O ile dla Łucji wybór nie był oczywisty, dla Ani okazał się wyjątkowo łatwy. Zaraz na wstępie wybrała coś dla siebie. Jasnoniebieska sukienka idealnie pasowała do jej oczu. Podkreślona w talii cienkim, szyfonowym paseczkiem, zwiewna i skromna kreacja bardzo pasowała do Ani. Przeglądając się w potężnym sklepowym lustrze, dziewczynka podobała się sobie. Gładziła lokowane włosy, jakby chciała je wyprostować, i okręcała się na boki. Wydawało się, że tego dnia nie zdejmie kreacji, tylko wróci w niej do Różanego Gaju. W końcu jednak sukienka wylądowała w efektownym, dużym pudełku. Po godzinie spędzonej w salonie i przeglądaniu kolejnych modeli sukienek Łucja była już znużona. Poszłoby o wiele łatwiej, gdyby wiedziała, czego szukać. Niestety do końca nie była pewna, jak chciałaby wyglądać w tym ważnym dla siebie dniu. Sukienka, którą wcześniej sobie upatrzyła, teraz straciła na atrakcyjności. Dla Tomasza wybór był oczywisty. W szafie miał tyle garniturów i smokingów, że mógł po prostu zdjąć coś z wieszaka niemal w ostatnim momencie. Dla Łucji wyłonienie tej jedynej sukienki z całego wachlarza ciekawych kreacji stanowiło nie lada wyzwanie. Była pewna, że nie wybierze dla siebie typowej sukienki ślubnej. Już raz brała ślub. I choć ten ślub był tylko cywilny, jako młoda, dwudziestokilkuletnia dziewczyna miała na sobie długą, białą suknię. Jej głowy wprawdzie nie okrywał welon, ale i tak wyglądała wówczas jak typowa panna młoda. Teraz miała czterdzieści lat i choć nadal wyglądała ładnie i młodo, nie chciała się ośmieszać. Tomasz zachęcał ją, by włożyła długą, wyrafinowaną suknię, ale Łucja od razu kategorycznie się temu sprzeciwiła. Nie zamierzała przesadnie się stroić z okazji tej kameralnej uroczystości. Po dwóch godzinach spędzonych w sklepie w końcu wybrały kremową, sięgającą kolan skromną sukienkę. Była śliczna, lekko poszerzana ku dołowi i odcinana w pasie. Tak jak sukienka Ani, również i suknia Łucji w talii związana była cienką tasiemką. Przyszła panna młoda wyglądała w niej

obłędnie. Przy jej czarnych włosach i śniadej cerze kremowy odcień ślubnej kreacji nabierał szczególnego blasku.

Gdy wracały z Anią do Różanego Gaju, Łucja była pewna, że
dokonała słusznego wyboru.

Dotarłszy pod bramę pałacu, zobaczyły stojącego przy drzwiach
Tomasza. Machał do nich. Łucja zatrzymała samochód niemal przy
schodach. Białe, drobne kamyczki chrzęściły pod kołami, kiedy
dojeżdżała do prawej kolumny ze stojącym u jej stóp kamiennym
gryfem. Tomasz zszedł do nich i stanął obok samochodu. Rzucił
okiem na tylne siedzenie, gdzie leżały dwa duże bladoróżowe pudła.

– O… Widzę, moje panie, że owocnie zakończyłyście poszukiwania – rzekł z uśmiechem.

Łucja wyłączyła silnik i wyjęła kluczyki. Ania pędem wyskoczyła z samochodu.

– Trochę to trwało, ale… – Ania kręciła głową i patrzyła na
ojca. – Łucja jest bardzo niezdecydowana. To cud, że w ogóle
coś wybrała.

– Aniu… – Kobieta starała się przybrać srogi wyraz twarzy.

Tomasz podszedł do niej, objął w pasie i złożył na jej policzku solidnego całusa.

– Zaniosę wam te pudła na górę – powiedział.

– Nie! – zaprotestowała Ania. – Jeszcze by cię podkusiło
i zajrzałbyś do środka. – Ania stanęła przy drzwiczkach samochodu, jakby chciała zagrodzić dostęp Tomaszowi.

– A nie mogę? – Zrobił zabawną minę.

– Tato! Wiesz, że mężczyzna nie może zobaczyć sukni panny młodej przed ceremonią. To przynosi pecha – mówiła Ania z przejęciem.

– Naprawdę? – Tomasz był bardzo rozbawiony, ale udawał powagę.

– Naprawdę – odpowiedziała Ania. – Sama zaniosę te pudełka. – Dziewczynka wzięła z tylnego siedzenia zapakowane sukienki.

– Pomogę ci, zaraz wszystko wypadnie ci z ręki. – Łucja podeszła do Ani, ale dziewczynka jej się wywinęła. Zaraz potem wspinała się po schodach.

– Mówiłam przecież, że nie trzeba – zawołała, nie odwracając się.

Drzwi do pałacu na szczęście były otwarte i już po chwili Ania zniknęła w środku. Tomasz znów podszedł do Łucji i objął ją w pasie. Tym razem jego uścisk był jeszcze mocniejszy, prawie zaborczy. Miała wrażenie, jakby chciał ją zagarnąć tylko dla siebie, mocno zatrzasnąć w swoim męskim uścisku. Starała się poruszyć, ale przychodziło jej to z trudem. Dłonie ukochanego zbyt mocno oplatały jej talię.

– Chcesz ode mnie uciec? – zażartował i poluzował uścisk.

Nie odpowiedziała, tylko tak jak zazwyczaj położyła głowę na jego ramieniu. Było ciepłe, rozgrzane czerwcowym słońcem popołudnie. Jego granatowy podkoszulek pachniał ogrodem. Kędzierzawe włosy falowały w rytm ciepłego wiatru. Tomasz znów był sobą. Było jak dawniej. „To cud, że znów wszystko wróciło do normy" – pomyślała i zaciągnęła się aromatycznym powietrzem. Nie była pewna, czy to zapach Tomasza, czy woń kwiatów unosząca się z pobliskiej rabaty. Po chwili Tomasz odsunął ją lekko od siebie.

– Chodźmy do altany. Luca tam na mnie czeka. Mieliśmy właśnie pić kawę. – Tomasz popatrzył w kierunku pawilonu oplecionego różami.

– Za chwilę do was dołączę, tylko pójdę na górę się przebrać. Sprawdzę, czy Anka doniosła w całości moją sukienkę. – Roześmiała się.

– W porządku. To ja idę do Luki, a ty dołącz do nas, jak będziesz gotowa. Luca podjął ostateczną decyzję, że w środę wyjeżdża. Stwierdził, że tym razem nie przełoży już terminu wylotu. Robił to dwukrotnie.

– Rzeczywiście – potwierdziła Łucja. Zauważyła, jak dobrze Luca czuł się w Różanym Gaju.

Po powrocie Tomasza mężczyźni nie mogli się nagadać. Gdy przedyskutowali jedną sprawę, zwykle okazywało się, że w zanadrzu akurat mają znowu jakiś nowy, niecierpiący zwłoki temat.

Kiedy Tomasz wrócił do pałacu Kreiwetsów, Luca trochę odsunął się od Łucji. Odnosiła nawet wrażenie, że czasami czuł się skrępowany jej towarzystwem. Teraz całą uwagę poświęcał Tomaszowi. Kiedy rozmawiali, często wychodziła. Nie miała pojęcia o ich dawnych sprawach. Dawne życie partnera, które wiódł w pełnej słońca Italii, nadal stanowiło dla niej zagadkę. Kiedyś chciała dowiedzieć się o tym etapie jak najwięcej, teraz wystarczyło jej to, co miała na co dzień. To tutaj tworzyli swoją przyszłość. Nie liczyło się nic innego.

Przekroczywszy próg sypialni, Łucja od razu zauważyła duże pudło leżące na skraju obszernego łóżka. W pierwszym odruchu chciała wypakować z niego długo wybieraną sukienkę, ale kiedy już trzymała w palcach wieczko, nagle je odsunęła. „Może to tylko zwykłe zabobony, wolę jednak dmuchać na zimne. A nuż zobaczyłby mnie Tomasz". Wzięła pudło z zamkniętą w nim kremową kreacją i włożyła na spód szafy. Potem zrzuciła z siebie lnianą, mocno pognieconą sukienkę i odwiesiła na wieszak. Już miała

w rękach wygodne krótkie spodenki, kiedy z wieszaka obok ze-
ślizgnęła się malownicza, ukwiecona sukienka. Upadła tuż obok jej
stóp. Łucja kucnęła i wzięła ją w dłonie. Przed oczami stanęły jej
długie godziny spędzone w towarzystwie Luki na polanie sylfidy.
Nie miała jej na sobie od tamtej pory. Po zakończeniu ostatniej
sesji odwiesiła ją i zamknęła w szafie. Teraz przyłożyła ją do twarzy. Miała zapach tamtych dni. Aromatyczna woń późnej wiosny
przemawiała do niej kwiecistym deseniem tkaniny, z której uszy-
ta była sukienka. Nie namyślając się długo, włożyła ją na siebie.
Znów poczuła tamten entuzjazm, ale też i lęk, że coś może się nie
udać. Rozpięła guzik, przez co jej dekolt lekko się rozchylił. Przesunęła wyżej dłoń i zamknęła w niej złoty wisior. Znów to odczuła. Nagły lęk i chęć, by pozbyć się z szyi misternie wykonanego
ptaka. Popatrzyła na swoje odbicie w lustrze. Zobaczyła piękną
kobietę. W jednej chwili zdusiła chwilowy niepokój. Nie chciała
dłużej patrzeć w swoje oczy, żeby broń Boże nie zobaczyć w nich
czegoś, co popchnie ją do czynu, którego mogłaby potem żałować.

„Ten łańcuszek to prezent od Ani, nigdy go nie zdejmę".
Uśmiechnęła się, potem przeczesała włosy, włożyła lekkie sandały i wyszła.

Luca i Tomasz jak zwykle zatopieni byli w rozmowie. Kiedy
jednak do nich dołączyła, w okamgnieniu przenieśli uwagę na nią.

– Chcesz kawy? – spytał Tomasz, choć zauważyła, że o to
samo chciał ją zapytać Luca.

– Tak, poproszę – odpowiedziała dość oficjalnie. Tomasz
przechylił biały dzbanek ze starej niemieckiej porcelany i napełnił filiżankę. Dość długo wszyscy troje patrzyli na siebie, licząc na
to, że ktoś przerwie ciszę i rozpocznie rozmowę. To było krępujące – ta cisza i chwila, kiedy obserwowało ją dwóch mężczyzn.

– Pięknie wyglądasz – odezwał się w końcu Luca.

W jego wzroku widziała, że on też na moment powrócił wspomnieniami do dni spędzonych na polanie sylfidy. Przez moment popatrzył na wisiorek dumnie zwisający z jej szyi. Wtedy w jego oczach znów pojawił się ten rodzaj nostalgii, co tamtego pamiętnego dnia, kiedy dopiero zaczynał ją malować i dotykając przytulonego do jej dekoltu złotego ptaka, na chwilę przekroczył kruchą granicę bliskości. Opuścił wzrok. Przez moment poczuła się zażenowana, tak jak wówczas, kiedy Luca nieoczekiwanie znalazł się tak blisko niej. To onieśmielenie było tym większe, że teraz obok niej siedział Tomasz. To jego kochała. Tylko on miał prawo dotykać jej ciała. Tamta chwila w ogrodzie to tylko mgliste wspomnienie. Nadal jednak miała w sobie tę moc, żeby zburzyć jej spokój. Tomasz nachylił się i pocałował ją w ramię.

– Łucja zawsze ładnie wygląda. Będzie najpiękniejszą panną młodą w Różanym Gaju. – Tomasz nie krył dumy, patrząc na ukochaną. – Szkoda, że nie możesz zostać. Miałem nadzieję, że w tym ważnym dla nas dniu będziemy mieć obok siebie wszystkich naszych przyjaciół. – Kiedy Tomasz patrzył na Lucę, czuł zawód.

– Propozycja przedłużenia urlopu jest niezwykle kusząca, ale obawiam się, że jeżeli nie wyjechałbym z Różanego Gaju w ciągu kilku najbliższych tygodni, już nigdy byście się mnie nie pozbyli.

– I o to chodzi, mój przyjacielu. – Tomasz poklepał go po plecach. – Nasz pałac jest otwarty dla wszystkich bliskich. Wiesz, że możesz tu wrócić, kiedy tylko najdzie cię ochota. – Muzyk na chwilę wstał, przez co jego słowa zyskały na powadze.

Luca tylko się uśmiechnął. To miejsce już na zawsze pozostanie w jego pamięci. Nie chciał odjeżdżać, ale zauważył, że każdy kolejny dzień przykuwa go do ziemi Kreiwetsów jeszcze bardziej.

No i była przecież Łucja. Nie mógł się już dłużej oszukiwać, że nic dla niego nie znaczyła. Zdawał sobie sprawę, że im szybciej wyjedzie, tym lepiej. Dobrze życzył Tommasowi i Łucji, ale nie chciał uczestniczyć w ich ślubie.

– Luca wspomniał, że coś nam chciał pokazać. – Tomasz patrzył na przyjaciela, czekając na słowa wyjaśnienia.

Łucja odchyliła się do tyłu, wiedziała, co to było. Już kilka razy podchodziła do drzwi pokoju Luki, ale nie odważyła się wejść do środka. Czekała na ruch z jego strony. Malarz jednak, wbrew wcześniejszej propozycji pokazania jej obrazu, zmienił stanowisko. Zdawał się nie pamiętać chwili, kiedy oboje stali przed zawoalowanym płótnem, aby je odsłonić, a Łucja odwlekała ten moment.

– To miło – bąknęła.

Poczuła, że początkowa ciekawość wyparowała z niej jak woda z wiosennych roztopów. Miarowo ogrzewana śmiałym słońcem, w końcu wysychała, odsłaniając szorstką skorupę ziemi.

Odkąd do pałacu wrócił Tomasz, dla Łucji wszystko inne przestało się liczyć. Ze wszystkich sił zaangażowała się w planowanie uroczystości ślubnej. Szkolne sprawy też miały dla niej dużo mniejsze znaczenie. Za kilka dni miało nastąpić rozdanie świadectw. Teraz liczyło się tylko to, że znowu stanowili z Tomaszem zgrany duet. Ukochany codziennie siadał do fortepianu, ale Łucja czuła, że dopóki był blisko niej, muzyka, którą tworzył, nie mogła ich rozdzielić. Kiedy grał, często siadała obok. Uśmiechał się wówczas czarująco, a ona była pewna, że harmonijne dźwięki, które unosiły się w przestrzeni pokoju dawnej pani tego pałacu, przeznaczone były tylko dla niej. Chiara też wydawała się jedynie cieniem przeszłości. Jego stronę łóżka znów nasycił męski zapach. Łucja zdawała sobie sprawę, że wraz z powrotem

Tomasza do pałacu wróciło dawne życie. Nie myślała, co będzie potem. Zdecydowała się mu zaufać. A zaufania podważać nie należy. Nie chciała igrać z losem.

Tego wieczoru postanowiła przygotować typowo włoską kolację, na którą Luca był oczywiście zaproszony. Ostatnio często stołowali się razem. Zdecydowała, że tortellini będą dobrym wyborem. Gęsty sok z pomidorów rosnących w pałacowym ogródku miał wzbogacić ich smak. Nie były to wprawdzie warzywa rosnące na skąpanych w słońcu polach słonecznej Toskanii, tylko okrągłe malinówki z Różanego Gaju, ale ich smak i tak był wyjątkowy.

Łucja zamknęła się na dwie godziny w kuchni. Wszyscy gdzieś się porozchodzili. Ania ze Staszkiem i Tomaszem byli nad stawem. Luca też wałęsał się gdzieś na zewnątrz. Od powrotu muzyka przypałacowy staw też stał się jego ulubionym miejscem. Często chodził tam z Anią. Ojciec i córka mieli własne sprawy, do których Łucja nawet nie starała się mieć dostępu. Ania odżyła. Teraz znów była bliżej Łucji. Tak jak kiedyś, częściej zarzucała jej na szyję ręce i rozdawała niby przypadkowe całusy.

Na dworze było jeszcze jasno, kiedy Łucja zdjęła krótki bawełniany fartuszek i odwiesiła go na kuchenny wieszak, przypominający kształtem nie całkiem rozkwitłą różę. Także jej zapaska ozdobiona była motywem kwiatowym. Dostała ją od pani Matyldy. Starsza pani własnoręcznie udekorowała ją haftem richelieu.

Łucja otworzyła kredens i wyjęła talerze, a z wysuniętej szuflady sztućce. Potem wszystko równo ułożyła na drewnianej tacy. Podeszła do okna. Wokół pałacu panowała wyjątkowa cisza. Nawet jej ulubione kosy tego dnia nie miały ochoty śpiewać.

W jednej z zacienionych alejek zauważyła Anię i Staszka. Szli bardzo wolno. Mogłoby się wydawać, że stoją w miejscu. Tomasza i Luki jednak nie zlokalizowała. Kolacja nadal była ciepła, a jej zapach zachęcający. Łucja zaczęła się już jednak niecierpliwić. Chciała, żeby wszyscy jak najszybciej skosztowali efektów jej dwugodzinnych starań.

Wychyliła się przez okno.

– Aniu! Wiesz, gdzie jest twój tata? – Łucja mówiła bardzo głośno, bo nie była pewna, czy dziewczynka ją usłyszy.

Ania jednak od razu popatrzyła na okno, z którego wyglądała Łucja.

– Nie wiem! Pół godziny temu był z nami przy stawie! Mówił, że wraca do pałacu! – odpowiedziała.

– Przynajmniej wy chodźcie na kolację! Odnalezieniem Tomasza zajmę się sama – powiedziała do Ani, po czym schowała się we wnętrzu, trochę przymykając okno.

Wychodząc z kuchni, rzuciła jeszcze okiem na kuchenkę. Wszystko było jak należy. Zanim zeszła ze schodów, zajrzała do sypialni i pozostałych pomieszczeń na piętrze. W pałacu panowała głucha cisza. Przypuszczała, że i Tomasz, i Luca nadal są w ogrodzie. Ania i Staszek mimo jej napomnień też zbytnio nie spieszyli się z powrotem. „Co za leniwy dzień" – pomyślała i pomału zaczęła schodzić na dół. Przez cały czas nasłuchiwała, czy przypadkiem ktoś nie pojawił się w domu. Kiedy znalazła się w holu, podeszła do głównych drzwi i wyjrzała na dwór.

Ania i Staszek siedzieli na ławce.

– Mieliście przyjść na kolację – upomniała ich.

– Wrócimy razem z tatą i panem Lucą.

– No dobrze… Tylko że wtedy może się okazać, że wszystko wystygło – powiedziała Łucja uszczypliwie.

– Możemy ich poszukać. – Dziewczynka się podniosła.

– Nie, siedźcie. Na pewno zaraz przyjdą. – Łucja skinęła, żeby zostali. Sama zaś odwróciła się i skierowała ku altanie.

Kiedy przechodziła obok części pałacu, gdzie znajdowało się okno pokoju Luki, usłyszała szmer. Było otwarte. Powiewała z niego firanka, której fałdy co chwilę zahaczały o fragment zdobiącej fasadę sztukaterii. Nagle usłyszała znajomy głos. Padło tylko jedno słowo: „dlaczego?". Ale i tak rozpoznała w nim głos Tomasza. Od razu zawróciła do drzwi. Zanim jednak przekroczyła próg, krzyknęła w stronę Ani i jej kolegi:

– Znalazłam tatę. Jak tylko dojdzie Luca, siadamy do kolacji.

Dzieci przesunęły się na ławce, ale najwyraźniej nie miały ochoty wstawać. Łucja zatrzasnęła drzwi i ruszyła w stronę pokoju Luki. Były zamknięte, a za nimi panowała przejmująca cisza. Przez chwilę zawahała się, czy powinna wejść. „Może ten głos… Może tylko mi się zdawało" – pomyślała, a zaraz potem wbrew wcześniejszym obawom nacisnęła na klamkę.

Na środku pokoju stał Tomasz. Kiedy ją zobaczył, nawet nie drgnął. Miał woskową twarz, zimne spojrzenie i zaciśnięte usta. Przybliżyła się do niego, ale gdy dotknęła jego nadgarstka, odepchnął ją.

– Tomaszu… – powiedziała cicho, patrząc mu w oczy.

Unikał jej wzroku. Tuż za nim stały sztalugi Luki, a na nich duże płótno. Łucja poczuła, jak odpływa z niej krew. Zawirowało jej w głowie i usiadła na skraju tapczanu.

– Co… to ma znaczyć? – spytała bezbarwnym głosem, wpatrując się w efekty wielogodzinnej pracy włoskiego malarza. Nie wierzyła w to, co widziała.

– Mnie o to pytasz?! – krzyknął Tomasz. Wyglądał tak, jakby właśnie się obudził. Jego biała twarz nabrała rumieńców.

Łucja rozejrzała się po pokoju z nadzieją, że zaraz zobaczy Lucę. Nie było go. Wstała i z paniką popatrzyła na drzwi.

– Gdzie jest Luca? – spytała Tomasza.

Mężczyzna zmrużył oczy. Była w nich wrogość.

– Nie wiem, gdzie jest twój kochanek – odezwał się po chwili zdławionym głosem.

– Co... ty mówisz? – Łucja znów poczuła, że brakuje jej siły. Pod powiekami zaczęły zbierać się łzy. Podeszła do Tomasza, chcąc go dotknąć, ale mocno złapał jej dłoń i odepchnął.

– Nigdy więcej się do mnie nie zbliżaj! – Mówiąc to, nie patrzył jej w oczy. Potem odwrócił się i w pośpiechu opuścił pokój.

Po kamiennej posadzce długo niósł się odgłos jego gniewnych kroków.

„Boże, co to ma znaczyć?!" – Łucja podeszła do obrazu i dotknęła na nim swojej twarzy. Była piękna. Luca idealnie przeniósł jej rysy na płótno. Przesunęła wzrok niżej, poza długą szyję, poza dekolt ozdobiony znajomym wisiorkiem w kształcie ptaka. To było jej. Reszta już nie. Poniżej linii dekoltu ukazywało się nagie, piękne ciało... Nie jej ciało. Duże piersi, kształtne uda i bezwstydnie obnażone łono wystawione były na widok publiczny. Łucja czuła, że nie może przełknąć śliny. Że zaczyna się dusić. Z paniką dopadła okna, ale nawet przestygłe wieczorne powietrze nie mogło jej przynieść ulgi. Położyła głowę na marmurowym parapecie. Poczuła, jak zimno przenika wprost do jej wnętrza, zaciemniając wzrok, odbierając zmysły. Nie chciała już nic więcej widzieć. Nie chciała słyszeć. Czuła się perfidnie oszukana.

Usłyszała kroki. Ktoś wszedł do pokoju. Nie miała siły, żeby podnieść głowę i sprawdzić, kto to.

– Łucjo... – usłyszała cichy głos.

Dźwignęła się na dłoniach, wyprostowała i pomału odwróciła. Przed nią stał Luca.

– Czułem, że ci się nie spodoba – szepnął.

Jego słowa podziałały na nią jak zimny prysznic. Poczuła w sobie wolę walki.

– Dlaczego mnie oszukałeś?! – krzyknęła. Chciała go uderzyć, ale w ostatniej chwili się opamiętała.

Stał przed nią ze zwieszonymi rękami, niemy i bezbronny. „Nie kopie się leżącego" – przemknęło jej przez myśl.

– Nie oszukałem cię – odpowiedział.

– Nie oszukałeś?! Nie kłam! Stoję przed tobą. Przynajmniej teraz miej odwagę się przyznać. Powiedz mi, czy kiedykolwiek widziałeś mnie nagą?! – Na usta cisnęły jej się wulgarne słowa, ale mimo wzburzenia nadal nad sobą panowała.

– To nie tak, jak myślisz – powiedział pokrętnie Luca. – Ja też nie wiedziałem, że sprawy przybiorą taki obrót.

– Jaki obrót?! Co ty bredzisz?!

– Gdy zaczynałem cię malować, widziałem tylko twoją śliczną twarz. Długo się na niej koncentrowałem. Potem… – Popatrzył na nią, na sukienkę, w którą była ubrana. – Potem wszystko wymknęło mi się spod kontroli.

– Wiesz co… Jesteś obrzydliwy. Jak mogłeś?! Stałeś przede mną, patrzyłeś mi w oczy, uśmiechałeś się do mnie, a w międzyczasie wyobrażałeś sobie mnie nagą. Zbiera mi się na wymioty, gdy na ciebie patrzę! – Cofnęła się, przez co znów znalazła się przy oknie.

– Przepraszam – szepnął. – Nie wyobrażałem sobie ciebie nagiej, choć domyślam się, że masz piękne ciało.

Posłała mu nienawistne spojrzenie. Zapragnęła uciec. Widziała to, co widziała, a Luca nie miał żadnego sensownego wytłumaczenia.

Jej kobiecość wystawiona na publiczny widok została zbrukana. Poczuła się jak kurtyzana oferująca swoje wdzięki światu.

Przesunęła się do najbliższej szafki. Stamtąd było już blisko do drzwi. Chciała znaleźć się jak najdalej od niego, mężczyzny, który ją zdradził.

Nie próbował jej zatrzymać. Kiedy jednak znalazła się przy drzwiach i już miała wyjść, odezwał się:

– Na obrazie nie jesteś ty… To znaczy namalowałem twoją twarz, ale nie mógłbym… – Luca gubił się w słowach. – To ciało należy do sylfidy – powiedział i zamilkł.

– Co takiego?! – odwróciła się do niego.

– Jest tak, jak mówię. Niby patrząc na ciebie, malowałem stojącą obok sylfidę, wtopioną w misę fontanny.

– Ale… dlaczego?! – Łucja opuściła bezradnie ręce.

– Nie wiem – odpowiedział. – Naprawdę nie wiem. Nie potrafię tego racjonalnie wytłumaczyć. – Luca był smutny. – Do końca miałem nadzieję, że może ci się spodoba…

Łucja popatrzyła na niego drwiąco, przemilczając ostatnie słowa.

– Dlaczego pokazałeś ten obraz Tomaszowi? – Kolejne słowa z coraz większym trudem przechodziły Łucji przez gardło.

– Nie pokazałem mu. Chciałem, żebyście byli oboje… To znaczy chciałem wam to wyjaśnić, zanim… Tylko że Tommaso wszedł tutaj przede mną i zainteresował się płótnem. Wspomniałem mu wcześniej, że w ślubnym prezencie dam wam obraz.

– Ładny mi prezent ślubny – zakpiła. – Możesz go sobie zabrać, bo jak się zapewne domyślasz, ceremonia się nie odbędzie.

– Ale dlaczego? – spytał naiwnie, choć czuł, że te słowa nie pasowały do sytuacji.

Roześmiała się ironicznie.

– Bo, mój drogi, przez twoją wybujałą fantazję, przez splot dziwacznych, zainicjowanych przez ciebie okoliczności, jestem zdrajczynią. Przypuszczam, że w oczach Tomka zostanę nią już na zawsze. Nie wybaczy mi. Zobaczył to, co chciał zobaczyć, zresztą… ten obraz jest taki jednoznaczny. – Jeszcze raz zawiesiła wzrok na akcie. – Gdybym ja zobaczyła na jakimś płótnie jego twarz doczepioną do ciała jakiegoś bożka, pewno też bym mu nie uwierzyła – ironizowała.

Luca zdawał sobie sprawę, że był to śmiech przez łzy.

– Wszystko mu wyjaśnię. Na pewno mi uwierzy. – Próbował ją pocieszyć.

Spojrzała na niego bezradnie.

– Tutaj nic nie można wyjaśnić. Wszystko jest zawarte na obrazie. To jest jak dowód naszych spotkań.

Luca spuścił głowę. Dotarło do niego, że Łucja ma rację. Dlaczego wcześniej nie wziął tego pod uwagę? Dlaczego dał się poprowadzić malarskiej intuicji? Może dlatego, że nigdy wcześniej go nie zawiodła. Teraz był ten pierwszy raz. Już wcześniej parokrotnie malował akty. Tylko że ten obraz był szczególny. Przedstawiał bowiem kobietę, w której prawie się zakochał. I nieważne, że namalowane ciało nie należało do niej, tylko do lubieżnej boginki, która postanowiła go zainspirować i popchnąć do obrzydliwej mistyfikacji. Jak mógł tak skrzywdzić kobietę, która w ciągu kilku tygodni stała się mu taka bliska? Jak mógł ją aż tak zranić? Jak mógł zburzyć jej życie, które dopiero co poskładała po powrocie Tommasa? W tej chwili czuł się najgorszym łajdakiem. Wzrok Łucji tylko to potwierdzał.

Łucja jeszcze raz dłużej zatrzymała na nim wzrok, potem wyszła. Malarz poczuł, że od jej zranionego spojrzenia zapiekło go serce. Wiedział, że musi to naprawić. Nie miał jednak pojęcia, jak to zrobić.

Następnego dnia Łucja wyprowadziła się z pałacu. Zdawała sobie sprawę, że nie ma innego wyjścia. Luca też wyjechał z samego rana. W nocy nie zmrużyła oka. Tomasz spał w pokoju przeznaczonym do pracy. Kiedy wieczorem weszła do sypialni, przed szafą leżały jej dwie puste walizki. Ukochany sugerował jej w ten sposób, co powinna zrobić. Nie miała już siły mu się tłumaczyć. Wiedziała, że jest na straconej pozycji. Włochowi też nie udało się naprawić tego, co zniszczył. Odjeżdżał z „podkulonym ogonem" i zwieszoną głową. O szóstej rano Łucja widziała go przez okno, kiedy szedł główną aleją, kierując się do bramy. W pewnym sensie było jej go żal, choć przede wszystkim czuła złość i gorycz. Przez jeden nieprzemyślany czyn zmarnował życie i jej, i sobie. „Czy nie mógł tego przewidzieć?" – zastanawiała się, wpatrując się w jego przygarbioną sylwetkę. Ciągnął za sobą tylko nieduża walizkę, tę samą, z którą zjawił się w Różanym Gaju pierwszego dnia. Poza kilkoma osobistymi przedmiotami zostawił w pałacu Kreiwetsów wszystko, przede wszystkim wspomnienia i zapach świeżych farb. Ta woń unosiła się nawet wówczas, kiedy kilka godzin później ona też schodziła na dół, taszcząc w obu rękach spore walizki. Najgorsze było pożegnanie z Anią. Dziewczynka zachowywała się wobec niej z dystansem. Łucja nie była pewna, czy Ania widziała nieprzyzwoity obraz. Czuła jednak, że o wszystko ją obwinia. Kiedy starała się złapać ją za rękę, w widoczny sposób jej się wymykała.

– Przyjmie mnie pani do siebie? – To były pierwsze słowa, jakie usłyszała Matylda, kiedy wczesnego, sobotniego poranka w drzwiach swojego domu zobaczyła Łucję. O nic nie spytała, tylko wpuściła ją do środka.

Kobieta wtaszczyła walizki i postawiła je w przedpokoju przy jednej ze ścian. Potem obie usiadły w kuchni.

– Jeśli nie chcesz, nic nie mów... – zaczęła Matylda.

Kiedy przed kilkoma miesiącami Łucja opuszczała to miejsce, wydawało się, że już tu nie powróci na dłużej. Cóż, los jest jednak przewrotny. Czasami prowadzi nas krętymi ścieżkami, oddalając od tego, co jest dla nas ważne.

– Rozstałam się z Tomaszem... chyba – powiedziała cicho Łucja.

Matylda tylko pokręciła głową. Badała wzrokiem, ile jest w stanie powiedzieć siedząca przed nią kobieta.

– Nie wygląda na to, żebyśmy się znowu mieli zejść. W związku z tym chciałam panią zapytać, czy mogę tutaj zostać na pewien czas? – Łucja popatrzyła na Matyldę błagalnie.

– Oczywiście, że tak, moja kochana. Możesz zająć pokój, w którym zatrzymałaś się poprzednio. Po remoncie jest dużo przyjemniejszy – powiedziała Matylda.

– Dziękuję. – Łucja uśmiechnęła się do starszej pani.

– A Ania? Jak ona to przyjęła? – Matylda delikatnie zachęcała Łucję do zwierzeń.

– Ania... Ona chyba mnie o wszystko obwinia. – Łucja pochyliła się nad stołem tak nisko, że końce jej włosów dotykały pokrytego obrusem blatu.

– Wina zwykle jest po obu stronach. – Matylda niechcący potrąciła stołek, który przesuwając się w bok, narobił hałasu.

– Może ma pani rację. W tej sytuacji trudno mówić jednak o czyjejkolwiek winie. Zaszło wielkie nieporozumienie. Tomasz źle ocenił sytuację, a ja… Ja nie umiałam mu nic wyjaśnić. Zresztą on nawet nie chciał ze mną rozmawiać. – Łucja była tak smutna, że ten smutek udzielił się również Matyldzie.

– Musicie ze sobą porozmawiać. Dla siebie i dla dobra Ani. Ona na pewno bardzo to przeżywa. – Matylda była niezwykle przejęta.

– Proszę mi uwierzyć, że w tej chwili to jest naprawdę niemożliwe. Tomasz nie chce mnie znać.

– Kiedyś też twierdziłaś, że pewne rzeczy w twoim życiu nie są możliwe. Po jakimś czasie doszłaś jednak do innych wniosków. – Matylda wróciła myślami do okresu, kiedy Łucja u niej mieszkała. Młoda nauczycielka historii miała wówczas wiele spraw do poukładania. Trudne dzieciństwo, brak miłości i uwagi ze strony matki, potem jej nagła śmierć, nieobecność ojca odcisnęły na niej piętno. Z jego skutkami zmagała się też jako dorosła kobieta. Matylda polubiła Łucję od pierwszego dnia. Cieszyła się, że w końcu udało jej się poskładać życie. Okazało się jednak, że szczęście byłej lokatorki wciąż jest kruche. Zależne od zbyt wielu ludzi.

– Pani Matyldo, ja naprawdę nie wiem, co teraz zrobię. Nie mam gdzie wyjechać. Nigdzie nie mam domu. – Łucja popatrzyła z nostalgią za okno.

– Łucjo, dobrze wiesz, że mój dom jest i twoim domem. Będzie mi bardzo miło, jeśli zdecydujesz się u mnie zostać. – Matylda delikatnie się uśmiechnęła.

– Pani Matyldo, miło mi usłyszeć z pani ust takie słowa. Obawiam się jednak, że byłoby to tylko połowiczne rozwiązanie. Ja… chyba nie mogę zostać w Różanym Gaju. Zbyt wiele wspomnień łączy mnie z tym miejscem. Wspomnień, o których wolałabym nie pamiętać.

– Gdzie znów chcesz uciekać? – Matylda spytała wprost.

Łucja nie odrywała wzroku od okna. Starsza pani ją przejrzała. Przecież ona rzeczywiście znów myślała o ucieczce. Teraz sytuacja była o tyle bardziej skomplikowana, że nie miała pojęcia, dokąd mogłaby się udać. Kiedy półtora roku temu przyjechała do Różanego Gaju, decydując się przyjąć posadę nauczycielki historii, całkowicie spaliła za sobą mosty. Po siedemnastu latach wspólnego życia rozstała się z mężem, któremu zostawiła firmę i duży apartament. Ich rozłąka nie była dla niej bolesna. Nie mieli dzieci, a poza materialnymi przedmiotami od dawna nic ich nie łączyło. Poza byłym już mężem nie miała rodziny. Matka zmarła dawno temu, ojca nie znała. Zniknął, gdy miała zaledwie kilka lat. Uwierzyła, że w Różanym Gaju zostanie na dłużej... na zawsze.

Ciepły czerwiec mijał bardzo szybko. Przez ostatnich kilka dni przed rozdaniem świadectw Łucja nie pojawiła się w szkole. Złapała zapalenie gardła. Pani Matylda twierdziła, że była to „choroba na zamówienie". Łucja bała się natrętnych spojrzeń i niewygodnych pytań. W takiej małej miejscowości jak Różany Gaj wszyscy o wszystkich wszystko wiedzieli. A Łucja i Tomasz w szczególności byli na cenzurowanym. Tomasz, jako nowy właściciel pałacu Kreiwetsów, sławny muzyk, i jego partnerka, nauczycielka Łucja, byli chlubą tej niewielkiej miejscowości.

Pani Matylda kurowała Łucję domowymi specyfikami. Okazało się, że w spiżarni znalazł się jeszcze gęsty sok z zeszłorocznych malin, suszony kwiat lipy i kwiat czarnego bzu. Pod kuratelą

Matyldy Łucja bardzo szybko dochodziła do siebie. Kilkudnio-
wa wysoka gorączka nie sprzyjała myśleniu. Przez trzy dni Łucja tylko spała. Nie chciała nic jeść. Starsza pani wmuszała w nią
jednak duże ilości ciepłych płynów.

Kiedy nadszedł dzień rozdania świadectw, Łucja wychodziła z domu na miękkich nogach. Aby dojść do szkoły, miała do
pokonania tylko kawałek prostej szosy z solidnym chodnikiem
i dwa zakręty, ale i tak bała się, że przejście tej dobrze znajomej
trasy okaże się dla niej niemożliwe.

Tak bardzo bała się spojrzeć w oczy Ani. Obawiała się, że nie
zniesie jej odrzucenia. Nie wykluczała tego, że może rozpłakać się
na środku sali gimnastycznej. Gdyby tylko mogła, nie pojawiłaby
się tam wcale. Dzień wcześniej potwierdziła jednak swój udział
w akademii. Z domu Matyldy wyszła niemal w ostatniej chwili.
W szkole zjawiła się jako ostatnia z kadry pedagogicznej. Kiedy
weszła do sali, prawie wszystkie miejsca były już zajęte. Usiadła
z boku, nie rozglądając się. Nauczyciele siedzieli przy jednej ze
ścian. Pośrodku ustawione były ławki przeznaczone dla dzieci.
Część artystyczna przygotowana przez klasę piątą minęła błyskawicznie. Łucja przebiegła wzrokiem po twarzach kolejnych uczniów. Nie zauważyła Ani i Staszka. Odczuła chwilową ulgę, ale
i niepokój. Przecież ta dwójka niewątpliwie powinna teraz tutaj
być. Oboje mieli wzorowe świadectwa i kończyli szóstą klasę. To
miało być ich pożegnanie ze starą szkołą. Od września mieli rozpocząć naukę w gimnazjum znajdującym się w sąsiedniej miejscowości. Łucja przygotowała krótkie przemówienie na tę okoliczność. Była wychowawczynią szóstej klasy. Kiedy stanęła na środku
sali i poczuła na sobie palące, zaciekawione spojrzenia, przez kilka sekund nie mogła wydobyć z siebie głosu. Z pomocą przyszła

pani dyrektor Lucyna, która od samego początku była dla niej wielkim oparciem. Wystarczyło, że uśmiechnęła się wspierająco, a nauczycielka od razu odzyskała rezon. Z reguły była osobą dość kontaktową, bez trudu więc weszła w swoją rolę. Powiedziała to, co zamierzała, i wróciła na miejsce. Dziesięć minut później rozpoczęto uroczyste wręczanie świadectw z wyróżnieniem. Kiedy jednak wśród uczniów wyczytano nazwisko Ani, nie pojawiła się ona na środku. Tak samo było ze Staszkiem. W tamtej chwili wszyscy patrzyli na Łucję. Ona jednak nie znała odpowiedzi. Nie miała pojęcia, dlaczego Ania nie przyszła na zakończenie roku szkolnego. Nie widziały się od kilku dni. Łucja miała jeszcze nadzieję, że Ania lada chwila wejdzie do sali, a później zawita do klasy, gdzie nauczycielka miała rozdać świadectwa reszcie wychowanków. Tam jednak też się nie pojawiła. Łucja czuła coraz większy niepokój. Dowiedziała się, że jeszcze dzień wcześniej dziewczynka i jej kolega byli w szkole i nic nie zapowiadało tego, że opuszczą dzisiejszą uroczystość.

Kiedy Łucja wyszła ze szkoły, przez chwilę kusiło ją, żeby pójść do pałacu i dowiedzieć się czegoś o Ani. Wstąpiła nawet na wąziutką polną ścieżkę i dotarła do brzozowego krzyża na rozstaju dróg. Stamtąd było już bardzo blisko do pałacu. Kiedy jednak spojrzała w stronę posiadłości Kreiwetsów, wiedziała, że nie zrobi w tamtym kierunku ani kroku więcej. Szybko postanowiła wrócić do domu Matyldy. Kiedy stanęła naprzeciw starszej pani, była wycieńczona. Matylda od razu zaprowadziła ją do kuchni i zrobiła ciepłą herbatę. Choć na zewnątrz było ponad dwadzieścia stopni, Łucja cała dygotała.

– Połóż się – powiedziała Matylda, widząc, że Łucja nie może wysiedzieć na stołku.

Łucja wzięła do ręki gorący kubek i wyszła do swojego pokoju. Odstawiła go na szafkę, sama zaś zwinęła się w kłębek na zaścielonym pledem łóżku. Zaraz zapadła w krótką drzemkę, w której rzeczywistość mieszała jej się z sennymi marzeniami. Usłyszała stukanie do drzwi, a kiedy przed sobą zobaczyła twarz pani Matyldy, nie była już pewna niczego. Dłuższą chwilę patrzyła na gospodynię, nie ruszając się z łóżka.

– Łucjo… masz gościa. – Matylda była zakłopotana.

– Jakiego gościa? – Kobieta szybko się podniosła i usiadła, kładąc nogi na miękkiej wykładzinie.

– Chodź i zobacz sama. – Matylda się odwróciła. Wyraźnie unikała odpowiedzi.

Łucja wstała i wzięła do ręki kubek z już zimną, niedopitą herbatą. Zaraz potem wyszła z pokoju. Nie zdążyła nawet zamknąć za sobą drzwi, kiedy dwa metry przed sobą zobaczyła… Tomasza.

Stał odchylony do tyłu, opierając się bokiem o ścianę, jakby bał się do niej zbliżyć. Zacienione wnętrze trochę ułatwiało kontakt.

– Cześć – rzucił szybko, patrząc ni to na nią, ni to na kinkiet wiszący ponad jej głową.

– Cześć – odpowiedziała, ledwo otwierając suche usta.

– Widziałaś dzisiaj Anię? – W jego głosie była panika.

Wtedy ona też spanikowała.

– Nie, nie było jej dzisiaj w szkole. – Odważyła się podejść bliżej.

Nawet nie drgnął. Nie miał bowiem możliwości ucieczki.

– Zobacz. – Wetknął jej do ręki kartkę w grubą linię. Łucja od razu rozpoznała pismo Ani.

„Wyjeżdżamy. Nie szukajcie nas. Damy sobie ze Staszkiem radę. Kocham Cię, tatusiu, i Łucję też kocham. Ania".

Łucja przyłożyła kartkę do piersi. Oparła się o ścianę. Bardzo szybko oddychała. Natychmiast dotarło do niej, co to oznaczało. Ania i Staszek uciekli z domu.

– Kiedy ją widziałeś po raz ostatni? – spytała przerażona. Teraz już nie unikała jego wzroku. Stała naprzeciw Tomasza i niemal słyszała bicie jego serca. Oddychała jego strachem.

– Wczoraj wieczorem. Przed snem jeszcze graliśmy na fortepianie. Potem Ania poszła do swojego pokoju. Dzisiaj rano długo nie wstawała, chociaż dzwonił jej budzik. Wszedłem tam i znalazłem to. – Wskazał na kartkę z wiadomością od córki.

– Zawiadomiłeś policję?! Widziałeś się z rodziną Staszka?! – Łucja wiedziała, że jak najszybciej trzeba zacząć działać.

– Nie. Przyszedłem najpierw do ciebie. Myślałem…

– Zaczekaj chwilę, tylko się przebiorę. Nie ma czasu do stracenia.

Po kilku minutach wyszli na zewnątrz. Przed furtką stał zaparkowany samochód Tomasza. Szybko do niego wsiedli. Kiedy Tomasz odpalił silnik, Łucja spytała:

– Sprawdzałeś teren przy pałacu? Byłeś przy stawie i na polanie sylfidy?

– Tak, obszedłem wszystko kilka razy.

– W takim razie jedźmy na komisariat. Wcześniej powinniśmy jeszcze porozmawiać z rodzicami Staszka.

Tomasz zachowywał się jak automat. Wykonywał polecenia Łucji trochę na zwolnionych obrotach. Gdy jechali wąską jezdnią, kierując się do jednego z wielu domów położonych pośrodku wsi, Łucja jeszcze miała nadzieję, że zaraz zobaczą Anię. Kiedy jednak podjechali pod dom Staszka i ujrzała siedzącą na schodach zapłakaną, spanikowaną kobietę, histeria udzieliła się również i jej. Nie mogła jednak sobie na nią pozwolić. Teraz liczyła się każda minuta, bo nawet najmniejsza zwłoka działała na niekorzyść dzieciaków. Poszukiwania należało rozpocząć jak najszybciej. Okazało się, że mama Staszka znalazła rano na stole podobną kartkę. Znaczyło to, że wymknęli się nocą.

– Musi pani jechać z nami na komisariat. Trzeba jak najszybciej zgłosić zaginięcie dzieci. – Łucja starała się wytłumaczyć rozdygotanej kobiecie istotne sprawy.

Pokiwała głową i naciągnęła na siebie zmechacony sweter. Potem dokładnie go zapięła.

– Dobrze. Powiem tylko staremu, że wychodzę. Chociaż… on i tak nie zrozumie. – Machnęła ręką i w ślad za Łucją i Tomaszem weszła do samochodu.

Łucja usiadła obok niej na tylnym siedzeniu. Widziała kobietę już kilkakrotnie, ale dopiero teraz dokładnie jej się przyjrzała. Pani Grażyna miała zmęczoną, wychudzoną twarz. Jej piwne oczy niepewnie spoglądały przed siebie spod zbyt często pochylonej głowy. Takie same oczy miał Staszek, choć ostatnio na jego twarzy można było dostrzec radość.

– Pani Łucjo – zaczęła nieśmiało mama Staszka, kiedy wyjechali poza Różany Gaj. – Chciałam pani podziękować, że tak często opiekuje się pani moim Stasiem. To taki dobry, kochany chłopiec. – Pani Grażyna pochyliła się w stronę Łucji.

– Nie ma za co dziękować. Ania i Staszek przyjaźnią się ze sobą. Zresztą ja też bardzo lubię pani syna. – Łucja spojrzała za okno. Rozkwitłe łąki i dojrzewające zielenią pola były jak kadr z przyrodniczego filmu. Ciągnęły się przez kilka kilometrów, gdzieniegdzie oddając tylko miejsce drzewom. Dopiero dalej pojawiały się pierwsze zabudowania, mniejsze i większe zagrody, niewielkie skupiska domów. Potem do końca podróży, czyli do momentu dojazdu do Wieliczan, mama Staszka nie odezwała się słowem. Wszyscy troje myśleli tylko o jednym: gdzie znajdują się teraz dzieciaki?

Rozmowa w komisariacie odbyła się błyskawicznie. Policjant przyjął zgłoszenie i poczynił odpowiednie notatki. Trochę podpytał o bieżące sprawy dotyczące rodzin obu zaginionych. Na koniec powiedział, niby na pocieszenie, że takie sytuacje zdarzają się dość często, zwłaszcza w okresie wakacji, i że młodzież na pewno sama wróci do domu. Łucja była tymi słowami mocno oburzona.

„Jaka młodzież?! Przecież to nieświadome zagrożenia dzieci, które porwały się z motyką na słońce!" Wszystko w niej wrzało. Czuła, że sama musi szukać Ani. Nie wiedziała tylko, od czego zacząć.

W drodze powrotnej do Różanego Gaju gorączkowo rozmyślała. Kiedy dojechali do wsi i zatrzymali się niedaleko domu Staszka, Łucja wyszła na zewnątrz razem z panią Grażyną. Nie chciała jechać z Tomaszem. Czuła, że musi działać sama. Pochyliła się ku niemu. Przyglądał jej się, czekając, co zrobi.

– Jedź do pałacu i sprawdź wszystko jeszcze raz – powiedziała zdecydowanie. – Ja poszukam w innych miejscach. – Kiedy to mówiła, nie bardzo wiedziała, gdzie powinna pójść. Jedynym miejscem, jakie przychodziło jej do głowy, był cmentarz, na którym pochowana była mama Ani. Często tam razem zachodziły. Na grobie Ewy zawsze płonął znicz, a teraz rosły jeszcze bujne róże.

Tomasz przytaknął. Widać było, że nie wiedział, jak ma się zachować w tej sytuacji. Dobro córki było jednak dla niego najważniejsze.

Pani Grażyna stanęła naprzeciwko Łucji, czekając na jej słowa. Na nadzieję, której brakowało w jej szarym, pozbawionym radości życiu.

– Pani Grażyno, jeżeli przypuszcza pani, gdzie mogą być dzieci, to proszę szukać. Ja sprawdzę swoje miejsca. Potem się spotkamy. Przyjdę do pani. Jeżeli okazałoby się, że wpadła pani na jakiś trop, to proszę przyjść albo do pałacu, albo do pani Matyldy, u której teraz mieszkam.

Mama Staszka obrzuciła Łucję zaciekawionym spojrzeniem.

– W takim razie do zobaczenia, pani Łucjo. – Poprawiła sfatygowany sweter i ruszyła w kierunku domu.

Tomasz odjechał. Kiedy Łucja została sama na środku pustego chodnika, poczuła panikę. Naprawdę nie wiedziała, gdzie może być Ania. Nawet bała się pomyśleć, co będzie, jeżeli dziewczynka nie znajdzie się przed wieczorem. Zmierzch zapadał teraz bardzo późno, ale przecież mimo długich dni noc i tak nadejdzie.

Łucja wolno ruszyła w stronę pobliskiego cmentarza. Miała nadzieję, że za chwilę zobaczy Anię stojącą przy mogile swojej matki. Kiedy jednak weszła za ogrodzenie niewielkiego przykościelnego cmentarza, już z daleka zobaczyła, że nie ma tam Ani. Grób Ewy, jak zwykle zadbany i ozdobiony stojącym pośrodku zapalonym lampionem, wcale nie wskazywał na to, by dziewczynka była tam wcześniej. Wypalony do połowy wkład utrzymywał we wnętrzu szklanej obudowy ładny, długi płomień.

„To już ponad rok, jak odeszła Ewa" – pomyślała ze smutkiem Łucja. Przed jej oczami jak żywa stanęła tamta chwila, kiedy przyjaciółka poprosiła ją, by po jej śmierci zaopiekowała się Anią. „Zawiodłam cię, Ewo. Nie potrafiłam dopilnować Ani. Nie umiałam dać jej tego, czego ode mnie oczekiwałaś". Do oczu Łucji napłynęły łzy.

Kucnęła i poprawiła lampion, choć stał w idealnym miejscu. Wtulony w trzy obfite pąki cyklamenowych róż wyglądał jak mała świetlana wieżyczka.

– Gdzie mam jej szukać, Ewo? Gdzie? – mówiła na głos, jakby przyjaciółka stała naprzeciw niej.

Z Ewą znały się krótko. Aż dziw, że połączyła je taka bliska relacja. Kiedy Łucja przyjechała do Różanego Gaju, Ewa była już w końcowym stadium choroby nowotworowej. Umierała na oczach swojej córki, gasnąc dzień po dniu. Po śmierci Ewy Łucja uwierzyła, że mogą być z Anią na zawsze. Pokochała córkę Ewy jak własne dziecko, którego nigdy nie urodziła. Nie mogła mieć dzieci. Kilka razy była w ciąży, ale zawsze kończyło się to poronieniem. Potem, kiedy odnalazł się ojciec Ani, Tomasz, Łucja pokochała także i jego. Ostatni rok przyniósł w jej życiu wiele zmian… dobrych zmian. Dał jej to, czego już nie oczekiwała. Miłość, zaangażowanie, rodzinę, nowych przyjaciół. Teraz jednak to gubiła.

Właściwie to była już odporna na stratę. Przez całe życie coś traciła. Najpierw ojca, matkę, uwagę i miłość męża, pasję i chęć do życia. Upadała i podnosiła się, by za chwilę znów ruszać do przodu. Umiała to. Nie była jednak pewna, czy i tym razem da radę.

Pomyślała o Ani, o tym, co teraz robi, gdzie jest, i znów poczuła, że traci oddech. Jej łzy obeschły, zmiecione z twarzy przez wiatr zawiewający od strony wsi. Chciała zapłakać, ale poczuła, że jej serce kamienieje. Niosła w nim winę, żal i lęk o dziewczynkę, którą kochała najbardziej na świecie.

Gdy tak stała nad grobem przyjaciółki, z nadzieją wpatrując się w jasną świecę, wpadła na nowy pomysł. „Eleonora… ona może coś wiedzieć o Ani”. Wyprostowała się i pożegnała z Ewą. Przecież liczyła się każda minuta.

Niedługo potem szła ścieżką za wsią. Kręta dróżka prowadziła do domku Eleonory. Łucja dobrze znała tę drogę, choć u starszej kobiety była tylko kilka razy. Już z daleka widziała jasnoniebieskie ściany budynku, otoczone zielonymi drzewami. Mała chatka Eleonory wyglądała jak z sielskiego obrazka.

– Dawno cię nie widziałam. – Eleonora pojawiła się nagle, wychodząc zza rozłożystej młodej sosny.

Zaskoczona Łucja drgnęła.

– Przyszłam do pani, bo mam wielki problem.

– Domyślam się. Widziałam cię już z oddali. Wyglądasz, jakby uszło z ciebie życie.

– Ania zaginęła. – Łucja od razu postanowiła z siebie to wyrzucić. – Uciekli razem ze Staszkiem. Zostawiła tylko kartkę, na której nie ma żadnych informacji. Nie wiem, co mam robić. – Łucja rozłożyła bezradnie ręce. – Czy pani może wie, gdzie ona jest? – Popatrzyła z nadzieją na Eleonorę.

– Niestety muszę cię zmartwić. Nie wiem, gdzie jest Biała Gołębica i jej przyjaciel. Ale powiem ci też coś na pocieszenie…

Łucja wpatrywała się w twarz starszej kobiety, wierząc, że za moment usłyszy z jej ust słowa, które rozwiążą wszystkie jej problemy.

– Poradzą sobie… To mądre dzieciaki. – Eleonora się uśmiechnęła.

Łucja nie wytrzymała.

– Co takiego?! Oni mają dopiero po dwanaście lat?! Jak mają sobie poradzić w obcym świecie dorosłych?! Nawet nie wiem, gdzie są…

– Daleko stąd. – Eleonora wygładziła ręką suto marszczoną spódnicę.

– I pani mówi to tak spokojnie. – Łucja wrzała. – Czyli wygląda na to, że pani coś jednak wie. – Łucja zaborczo złapała starszą kobietę za rękę. – Proszę, niech mi pani powie, gdzie oni są? Czy Ania coś pani wspominała?!

– Nie, nic nie mówiła.

– W takim razie, skąd pani wie, że są daleko?

Eleonora nie odpowiedziała, tylko jak zwykle zagadkowo po-patrzyła w niebo.

– Znajdziesz ją... gdy przyjdzie odpowiednia pora. Odnaj-dziesz wówczas jeszcze coś. Ania i Staszek... To musiało się zdarzyć.

– Nic nie musiało się zdarzyć. To moja wina. Nie dopilnowa-łam jej. Powinnam była nie opuszczać jej ani na moment. Ostat-nio oddaliłyśmy się od siebie. – Łucja wyraźnie się obwiniała.

– To nie jest niczyja wina. Zrozum, pewne rzeczy po prostu muszą zaistnieć.

– Nie pomogła mi pani. – Łucja patrzyła na nią z wyrzutem.

– Sama musisz sobie pomóc – odrzekła Eleonora spokojnie.

– Jak mam to zrobić? – Znów patrzyła bezbronnie.

– Dasz radę. Jesteś mądra i... bardzo silna. Twoja siła wzra-sta w tobie z każdym rokiem twojego życia. Z każdym doświad-czeniem, które nie zawsze wydaje ci się odpowiednie. Idziesz do przodu, a to jest przecież najważniejsze.

Łucja poczuła, że znowu traci czas, a przecież od momentu ucieczki dzieciaków minęło go już tak wiele. Słońce jeszcze tkwi-ło na niebie, ale z każdą chwilą jego światło bladło.

– Pójdę już, nic tu po mnie. Pokładałam w pani nadzieję. My-ślałam... – Łucja znów popatrzyła na Eleonorę w taki sposób, jakby liczyła na to, że starsza kobieta jednak coś jej powie.

– Idź, zaraz zrobi się ciemno – odpowiedziała Eleonora spo-kojnie.

Łucja odwróciła się i powoli zaczęła się oddalać.

– Powinnaś go jednak zdjąć. – Tuż za sobą Łucja usłyszała jej gromki głos.

Na moment się odwróciła i wzięła w dłonie wisiorek ze złotym ptakiem. Dobrze wiedziała, że to o niego chodziło.

– Nie mogę. Nie teraz, kiedy Ania... – odpowiedziała i ruszyła przed siebie.

Jak mogłaby w takiej chwili pozbyć się prezentu od Ani? Nie mogłaby tego zrobić, choć w głębi siebie, instynktownie czuła, że ten przedmiot nie należy do niej. To było dziwne, ale miała świadomość tego, że wcześniej nie należał też ani do Ewy, ani do jej córki. „Skąd więc się wziął?" – pomyślała i na moment zwolniła kroku. Zaraz jednak znów przyspieszyła. A kiedy dostrzegła pierwsze zabudowania, zaczęła biec. Gdy dotarła do domu Matyldy, była zziajana.

– Znaleźliście ją? – spytała Matylda, gdy tylko ją ujrzała. Wcześniej słyszała rozmowę Łucji i Tomasza, ale nie wtrąciła się do niej, tylko pozostała z boku. Bardzo jednak przeżywała całą sytuację.

– Niestety nie – odpowiedziała smutno Łucja i nie czekając na zaproszenie Matyldy, weszła do kuchni. – Muszę sobie zrobić mocnej kawy. Powinnam zebrać myśli. Przecież trzeba jej szukać. – Łucja popatrzyła z paniką w okno. Roztaczający się poza nim krajobraz z chwili na chwilę tracił na ostrości.

– Usiądź. Zaraz ci zaparzę. Wcześniej jednak powinnaś coś zjeść. – Matylda obrzuciła Łucję opiekuńczym spojrzeniem.

– Nie będę jeść – powiedziała zdecydowanie kobieta.

– Jak uważasz, ale...

– Nie dam rady nic przełknąć. Kiedy myślę, że ona... tam... sama, to... – Łucja schowała twarz w dłoniach, opierając ręce na stole.

– Ja wiem, że to niewielkie pocieszenie, ale są razem ze Staszkiem. Będzie im raźniej.

– Ona jest taka bezbronna. Taka ufna. Tak bardzo się boję, że ktoś może ją skrzywdzić. – Łucja załkała.

— To mądra dziewczynka. Na pewno nikt jej nie skrzywdzi. Dadzą sobie radę, zanim…

— A jak ich nie odnajdziemy? — Łucja popatrzyła na Matyldę z paniką. — Policjant jakoś nie rwał się do rozpoczęcia poszukiwań. Ja… nie wiem, gdzie mogłabym jej szukać. Byłam na grobie Ewy i u Eleonory, ale Ania jakby zapadła się pod ziemię.

— Nie trać wiary. Na pewno wszystko dobrze się skończy.

— Pani Matyldo, wszystko się sypie. Czuję, że znów tracę kontrolę nad własnym życiem.

— Dobrze wiesz, że życia nie da się kontrolować. Ono biegnie własnym torem.

Łucja westchnęła i znów zapatrzyła się w okno.

Nagle usłyszały stukanie do drzwi. Łucja rzuciła się do nich pędem, nie czekając na gospodynię. Kiedy je otworzyła, zobaczyła Tomasza. Miał bladą, ściągniętą twarz.

— I co? Dowiedziałaś się czegoś? — spytał naiwnie.

— Nie — odpowiedziała od razu, żeby nie robić mu nadziei. — Wejdziesz? — Szerzej rozwarła drzwi.

— Nie. Ja…właściwie przyszedłem poprosić cię, żebyś wróciła ze mną do pałacu. Razem będzie nam łatwiej…

— Czy to znaczy, że wierzysz w moją niewinność? Nigdy nie rozebrałabym się przed obcym mężczyzną.

Tomasz odwrócił głowę w stronę ściany. Świeże wspomnienia nadal go bolały.

— No odpowiedz. Wierzysz mi? — naciskała.

Powoli się odwrócił, ale nie potrafił spojrzeć jej w oczy.

— Nie — odpowiedział cicho.

Potem stali bez słowa przez dłuższą chwilę. Tomasz zdawał sobie sprawę, że Łucja tego dnia nie opuści domu Matyldy. Była zbyt dumna. Zbyt zraniona tym, co od niego usłyszała. A on? On uwierzył w to, co zobaczył. Dla niego liczyły się twarde dowody. Nie miały znaczenia słowa Luki i kobiety, którą kochał. Choć właściwie nawet nie dał jej dojść do słowa. To Luca go przekonywał. Błagał, żeby uwierzył w jego pokręconą wersję wydarzeń. Ale jak mógł mu uwierzyć w słowa bez pokrycia? To było bez sensu. Przecież doskonale musiał widzieć Łucję, kiedy ją malował. Musiała się przed nim obnażyć. Tak wiernie przedstawił na tym obrazie jej piękne ciało. Była na nim jak żywa.

– Wrócę już do pałacu – odezwał się po chwili. – Ania może przecież w każdej chwili…

– Tak, rzeczywiście powinieneś tam teraz być.

Przez moment wydawało jej się, że Tomasz chce się do niej zbliżyć. Potrzebowała tego. Niestety cofnął się i szybko zbiegł ze schodów. Kiedy stał przy furtce, jeszcze na moment się odwrócił. Rysy jego twarzy rozmyły się w szarości późnego wieczoru.

– Przyjdę jutro. Może coś będę już wiedział – dodał na koniec.

– Dobrze – odpowiedziała.

Po półgodzinie w domu Matyldy zjawiła się pani Grażyna. Okazało się, że obeszła domy wszystkich uczniów. Była w szkole, gdzie jeszcze zastała panią dyrektor. Wszyscy w Różanym Gaju zostali postawieni w stan gotowości. W czasie odwiedzin mamy Staszka Łucja odebrała kilka telefonów od zaprzyjaźnionych osób. Antosia dzwoniła trzykrotnie. Iza non stop wysyłała do niej SMS-y. Mimo krytycznej sytuacji czuła, że ma przy sobie grono przyjaciół.

Najgorsza była jednak noc. Kiedy położyła się do łóżka i zamknęła oczy, pod powiekami pojawiały się najbardziej dramatyczne obrazy. Tak bardzo bała się o Anię, że niemal nie mogła oddychać. Kilka razy wstawała i podchodziła do okna. Potem znów kładła się z nadzieją, że sen odgrodzi ją od niedobrych myśli. Zasnęła dopiero nad ranem, kiedy już świtało. Obudził ją sygnał telefonu. Drgnęła, od razu wstała z łóżka i złapała za aparat.

– Halo?

– Cześć, Łucjo – usłyszała głos Luki.

Przez chwilę nie mogła wydobyć z siebie głosu.

– Dlaczego dzwonisz? – odezwała się w końcu.

– Dowiedziałem się o Ani i Staszku. Domyślam się, jak się teraz czujesz.

Znów nic nie powiedziała.

– Może powinienem przyjechać? – spytał z nadzieją.

– Nie, to nie jest dobry pomysł. Twój przyjazd i tak nic by nie zmienił.

– Jest ci ciężko, a ja… – Nie odważył się dokończyć.

– Dam sobie radę – skwitowała.

– Łucjo, mam do ciebie prośbę. Odpisz czasem na mój e-mail. Wysłałem ci już kilka, ale na żaden nie odpowiedziałaś.

– Przepraszam, nie wiedziałam. Od dłuższego czasu nie otwierałam skrzynki – powiedziała zgodnie z prawdą. – Ale… odezwę się.

– Mam taką nadzieję. Nie chcę tracić z tobą kontaktu. Wiem, że cię skrzywdziłem, ale… Proszę, nie przekreślaj mnie. Czuję się z tym fatalnie. Wiem, że to nie czas, żeby o tym mówić, zwłaszcza teraz, kiedy dzieciaki…

– Gdy będę miała czas, napiszę do ciebie.

– Będę czekał.

Chwilę potem się rozłączyli. Kiedy Łucja weszła do kuchni, pani Matylda już się tam krzątała.

– Jak minęła noc?

– Słabo. To była chyba najdłuższa noc w moim życiu. – Łucja miała podpuchnięte oczy, które co chwilę pocierała.

– Napiję się tylko herbaty i pójdę do pałacu. Może Tomek już się czegoś dowiedział. Może Ania wróciła.

– Nie wypuszczę cię bez śniadania. – Matylda popatrzyła na nią stanowczo.

– Pani Matyldo, ja naprawdę nie dam rady nic przełknąć.

– Powinnaś jeść. Musisz być teraz silna, nie tylko dla Ani, ale i dla siebie. Jak nie będziesz jadła, znowu wpadniesz w chorobę. Ugotowałam ci kaszę jaglaną z jabłkami. Wiem, że ją lubisz. – Matylda sięgnęła po niewielki rondelek i nałożyła część jego zawartości na nieduży talerz, który postawiła przed Łucją.

– Dobrze, zjem. – Łucja wbiła łyżkę w rozgotowane ziarenka i powoli zaczęła jeść.

Matylda przyglądała jej się uważnie, jakby liczyła każdy kęs.

Kiedy młoda kobieta opróżniła talerzyk, Matylda wzięła go od niej i zaniosła do zlewozmywaka.

– Dziękuję – powiedziała Łucja.

– Proszę bardzo. Niech ci wyjdzie na zdrowie – uśmiechnęła się gospodyni.

Kilkanaście minut później Łucja pędziła już do pałacu Kreiwetsów. W tym dniu słońce grzało bardzo mocno. To był pierwszy prawdziwie upalny dzień tego lata. Kiedy szła główną szosą, z oddali dostrzegła zbliżającą się panią Grażynę. Podobnie jak Łucja, mama Staszka również miała wypisane na twarzy zmęczenie. Ta noc prawdopodobnie zeszła jej na czuwaniu.

– Pani Łucjo, czy dowiedziała się pani czegoś o naszych dzieciach? – spytała z oddali.

– Niestety nie. – Łucja przystanęła, czekając, aż kobieta się z nią zrówna.

– Idę do pałacu, może Tomasz coś wie.

Pani Grażyna znów popatrzyła na nią ciekawie, ale o nic nie spytała.

– Pójdę z panią. We dwie będzie nam raźniej – zadecydowała mama Staszka.

Przeszły przez jezdnię i udały się w kierunku pól i rozstajów.

– Byłam dzisiaj rano w kościele – powiedziała pani Grażyna, starając się iść obok Łucji, choć na wąskiej ścieżce mieściła się tylko jedna osoba.

Łucja odniosła się do tej informacji bez większego entuzjazmu. Wszyscy we wsi wiedzieli, że pani Grażyna jest pobożna i zawsze rozpoczyna dzień od porannej mszy. Często kończyła go, zamykając kościelną bramę.

– Modliłam się do naszego miłosiernego Jezusa. Coś mu obiecałam. – Przystanęła i niby przez przypadek złapała Łucję za ramię.

Łucja zatrzymała się i popatrzyła na nią.

– Przyrzekłam naszemu Panu, że jeżeli mój Stasiu odnajdzie się cały i zdrowy, to odejdę w końcu od mojego starego. Wiem, że powinnam była to zrobić już dawno temu, ale wie pani, jak to jest… Dziadyga ciągle mydlił mi oczy, a ja, głupia baba, mu wierzyłam.

– Rzeczywiście, dla dobra syna powinna pani to zrobić. Staszek źle znosi całą sytuację. Wiele traci, angażując się w domowe konflikty.

– Ta łajza… mój ślubny, już go nie skrzywdzi. Nie pozwolę go tknąć. Żeby tylko wrócił. Wywalę Mietka na zbity pysk. Dam radę – powiedziała głośno dla dodania sobie odwagi.

Gdy Łucja spojrzała w jej oczy, była pewna, że tego dokona.

Potem niemal do samej bramy szły już gęsiego. Pani Grażyna co kawałek zatrzymywała się, a potem dobiegała do Łucji, chcąc się z nią zrównać.

Tomasz stał przy pałacowych schodach. Miał smutny wzrok. Patrzył przed siebie. Właściwie nie musiały go o nic pytać. Wszystko miał wypisane na twarzy. Łucja jednak zapytała:

– Dowiedziałeś się czegoś?

Obie kobiety podeszły do niego.

– Nie – odpowiedział cicho. – Dobrze, że jesteście, pojedziemy na komendę. Może tam się czegoś dowiemy.

Kilka chwil później znów jechali znajomą trasą do Wieliczan.

Wizyta w komisariacie nie przebiegła jednak tak, jak się spodziewali. Nie dowiedzieli się niczego nowego. Zostali jedynie poinformowani, że w województwie podkarpackim w ciągu zaledwie ostatniej doby w podobnych okolicznościach zniknęło dwadzieścioro młodych ludzi.

Kiedy Łucja siedziała naprzeciw mundurowego, czuła się podwójnie zmęczona bezradnością. Za siebie i za niego, choć on sam, jak się domyślała, miał szersze pole manewru. Pani Grażyna nie odzywała się prawie wcale aż do momentu, gdy funkcjonariusz poruszył niewygodny dla niej temat.

– Pani Jabłońska, czy pani jest pewna, że mąż nie ma nic wspólnego z zaginięciem pani syna? – Mężczyzna patrzył podejrzliwie.

– Mój stary? – Mama Staszka ze zdziwienia uniosła brwi. – A co niby miałby mieć wspólnego? – Kobieta poczuła, że odzyskała głos. Zazwyczaj małomówna i wycofana, teraz miała wyjątkową ochotę na rozmowę.

– Pan Mieczysław Jabłoński jest nam dość dobrze znany. – Policjant uśmiechnął się ironicznie.

– O co panu chodzi? Co mi pan chce powiedzieć? – Pani Grażyna nie spuszczała oczu z siedzącego naprzeciw niej mężczyzny.

– Pani mąż powinien jak najszybciej zgłosić się do nas na komisariat. Chcielibyśmy zadać mu kilka pytań w tej sprawie.

– Ale… jak on ma przyjechać? Cały czas śpi pijany, o bożym świecie nie wie.

Policjant nie wydawał się zadowolony z jej odpowiedzi.

– W takim razie, gdy będziemy mieć wolny radiowóz, pofatygujemy się do państwa. – Ściągnął brwi.

– Zapraszam. – Pani Grażyna się roześmiała.

Nie bardzo spodobało się to mundurowemu.

– Może uda mu się wydukać choć słowo. Tylko uprzedzam, że jest nieposprzątane. Ostatnio nie przyjmuję gości. – Zrobiła wesołą minę.

Łucja spojrzała na nią i też się uśmiechnęła. To był pierwszy jej uśmiech tego dnia. Nie sądziła, że pod pochmurną twarzą pani Grażyny może kryć się drugie, żartobliwe oblicze.

Kiedy wyszli na zewnątrz i stanęli przed szarą ścianą komisariatu, nie wiedzieli, dokąd się udać.

– Co robimy? – Łucja odezwała się pierwsza.

Nagle w torebce zadzwonił jej telefon. Szybko odebrała.

– Łucjo, słyszałam od mamy, że jesteście w Wieliczanach. – Izabela miała rozdygotany głos. Sytuacja z Anią i Staszkiem sprawiła, że wszyscy zachowywali się inaczej niż zwykle.

– Tak. Właśnie wyszliśmy z komisariatu – odparła smutno Łucja.

– Przyjedźcie do mnie. – Jej słowa zabrzmiały jak rozkaz.

– To chyba nie jest dobry pomysł. – Łucja zerknęła na Tomasza.

– Łucjo, daj spokój. Chcę wam pomóc w poszukiwaniu dzieciaków.

– Niby jak? – Łucja czuła, że wyczerpały się już wszystkie możliwości.

– Przyjedźcie jak najszybciej.

– No dobrze. Będziemy za dziesięć minut. – Łucja się rozłączyła.

– Kto to był? – Tomasz zainteresował się rozmową.

– Izabela. Prosiła, żebyśmy do niej zaraz przyjechali. Chce pomóc w poszukiwaniach. – Łucja popatrzyła na niego z wahaniem.

– Więc jedźmy. Na co jeszcze czekamy? – Tomasz odwrócił głowę w kierunku zaparkowanego niedaleko samochodu.

Zaginięcie Ani zmniejszyło bariery w relacji Izabeli i Tomasza. Malarka powitała ich z powagą na twarzy.

– Chodźcie. Musimy jak najszybciej zacząć działać. Pierwsze godziny po zaginięciu są najważniejsze, a od ucieczki dzieciaków minęła już doba.

Weszli do kuchni. Na stole zobaczyli stos kartek. Izabela wzięła do ręki jedną z nich i uniosła w górę. Wtedy Łucja dostrzegła na niej zdjęcie Ani i Staszka.

– Musimy rozwiesić te kartki gdzie tylko się da. Może ktoś ich widział. W ten sposób trafimy na jakiś trop.

Łucja wzięła do ręki przygotowany przez przyjaciółkę arkusz. Była na nim śliczna fotografia roześmianej Ani i stojącego obok niej Staszka. Czytelny druk od razu przykuwał wzrok.

Dnia 26.06.2015 zaginęli Ania Kellter i Staszek Jabłoński. Dzieci wyglądają dokładnie tak jak na przedstawionej fotografii. Ktokolwiek ich widział lub wie coś o miejscu ich pobytu, proszony jest o pilny kontakt pod numerem telefonu… – Iza podała numery Tomasza i Łucji. – Potencjalnego informatora czeka sowita nagroda.

Przez chwilę Łucji zapaliły się oczy. To był idealny pomysł. Jak sami mogli wcześniej nie wpaść na coś takiego? Dość szybko zaczęli działać. W ciągu kilku godzin wszystkie kartki zostały rozwieszone nie tylko w Wieliczanach, ale także w okolicznych wioskach. Wisiały przy większości tras dojazdowych, na dworcach i stacjach benzynowych. Roześmiane buzie dzieci wyglądały z większości sklepowych wystaw. Znajomy Izabeli miał rozwiesić je także w dwóch dużych miastach, do których udawał się po południu.

– To się musi udać – powiedziała Łucja, kiedy wracali do Różanego Gaju późnym popołudniem.

Wszyscy byli już bardzo zmęczeni, jednak to brak informacji był dla nich największą udręką.

Ich telefony milczały jak zaklęte.

Pod wieczór pod dom Jabłońskich zajechał radiowóz. Jednak, tak jak mówiła pani Grażyna, funkcjonariuszom nie udało się nawiązać kontaktu z jej mężem. Wrócili więc do komendy niepocieszeni.

Łucja miała przed sobą kolejną długą, pełną dręczących myśli noc. Gdy dotarła do domu pani Matyldy, zabrakło jej siły, żeby zdać relację z tego, co wydarzyło się w ciągu dnia, i od razu schroniła się w swym pokoju. Było w nim zbyt cicho, zbyt samotnie. Wiedziała, że tej nocy też trudno jej będzie usnąć. Wypakowała z walizki laptop i podłączyła go, kładąc na stoliku. Usiadła, wpatrując się w ciemny monitor. Kiedy na ekranie pojawił się obraz, wybiórczo przejrzała wiadomości. Tak naprawdę w tej chwili nie interesowało jej nic poza Anią. Żadne kataklizmy, święte wojny i wszechobecny chaos nie miały dla niej znaczenia.

– Gdzie jesteś, kochana? – szepnęła.

Zalogowała się do poczty. Szybko zorientowała się, że jej skrzynka wypełniona była mnóstwem przypadkowych i nieprzypadkowych e-maili. Najwięcej wiadomości było od Luki. Po datach zauważyła, że Włoch wysyłał je codziennie. Otworzyła pierwszą z nich i przeczytała:

> Łucjo, dlaczego wciąż się do mnie nie odzywasz? Jestem w stanie zrozumieć Twój chłód, ale, proszę, napisz choć słowo. Wciąż myślę o Tobie, o Was. Jest mi głupio, bo wyjechałem i nie pożegnałem się ze Staszkiem. Nie wziąłem od niego numeru telefonu, a tak bardzo chciałbym z nim nieraz pogadać. Jeśli możesz, prześlij mi go i napisz, co u dzieciaków. Czy Staszek nadal maluje? Czy chodzą z Anią nad swój staw? Jak radzi sobie w domu?

Łucja nie doczytała e-maila do końca. Był nieaktualny. Każde kolejne słowo przekonywało ją o tym coraz bardziej.

– Nie radzi sobie – powiedziała, patrząc na monitor, jakby mówiła do siedzącego przed nią Luki. A potem zaczęła pisać. Myśli, które zamieniała na miarodajne słowa, dawały jej bardzo klarowny obraz tego, co czuła. Pierwszy raz je do siebie dopuściła. W pierwszych kilku zdaniach nie szczędziła Włochowi wyrzutów. Pisała, jak ją skrzywdził. Dała mu do zrozumienia, że wciąż nie może tego pojąć. Ale napisała też, że bardzo go lubi i nie chciałaby, żeby ich znajomość skończyła się w taki głupi sposób. Zaznaczyła jednak, że ich bezpośrednie spotkanie na razie nie wchodzi w grę. Kiedy skończyła pisać i wysłała wiadomość, poczuła się lepiej. Miała wrażenie, jakby odbyła długą, krzepiącą rozmowę. Nie wyłączyła laptopa, tylko wyszła do kuchni, by czegoś się napić. W domu było już ciemno. Pani Matylda spała. „To dobrze" – pomyślała. Nadal nie miała ochoty wracać do zdarzeń minionego dnia, a spotkanie z gospodynią zmusiłoby ją do konfrontacji z tym, od czego chociaż na chwilę chciała uciec.

Okazało się jednak, że to niemożliwe. Kiedy wróciła do pokoju z filiżanką gorącej herbaty i znów usiadła przy stoliku, draźliwe myśli znów zaczęły mącić spokój, który na chwilę udało jej się przywrócić.

Popatrzyła na ekran. Z zaskoczeniem stwierdziła, że kiedy wyszła do kuchni, otrzymała wiadomość od Luki. Tak jakby malarz dostał od niej telepatyczną informację, że go potrzebuje.

> Cieszę się, że się do mnie odezwałaś. Już zawsze będę żałował tego, co się stało, ale świadomość, że mi wybaczyłaś, jest dla mnie bardzo ważna. Przynajmniej będę mógł teraz spokojnie żyć. Przykro mi, że nie wydarzyło się nic nowego w sprawie Ani i Staszka. Pamiętaj, że jestem z Tobą. Bądź dobrej myśli. Na pewno wszystko dobrze się skończy. Odezwij się znów do mnie. Niecierpliwie czekam na wiadomość o dzieciakach. Jestem też w kontakcie z Izabelą. Luca.

Odpisała tylko „Dobranoc" i pomyślała, że to faktycznie odpowiednia pora, by udać się do łóżka i spróbować usnąć. Zamknęła laptop i zgasiła światło. W pokoju było bardzo ciemno. Cienki sierp przybywającego księżyca przysłoniła mgiełka chmur. Wydawało się, że kilka widocznych na niebie gwiazd zawisło na nim tylko przez przypadek. Wbrew wcześniejszym obawom Łucja dość szybko zasnęła. Tej nocy prześladowały ją koszmarne sny. Nie pamiętała ich, ale kiedy się obudziła, była wyczerpana. Dygotała na całym ciele. Po chwili dopiero zauważyła, że zrzuciła z siebie kołdrę. Usiadła na brzegu łóżka.

„Kolejny dzień bez Ani" – pomyślała i poczuła, że uchodzi z niej całe powietrze.

Nagle zadzwonił telefon. Zareagowała natychmiast. Po kilku sekundach już trzymała go w dłoniach.

– Tak, Tomaszu? Coś wiadomo? Znaleźli się? – Nie pozwoliła mężczyźnie dojść do słowa.

– Nie wiem – odpowiedział stłumionym głosem.

– Jak to nie wiesz? – spanikowała.

– Słuchaj… ubierz się. Zaraz u ciebie będę. – Szybko się rozłączył.

Stała skołowana, nadal trzymając przy uchu telefon. Po chwili jednak ocknęła się, jakby wyszła z letargu. Otworzyła jedną z walizek, których nadal nie rozpakowała, i wyjęła z niej przypadkowe ubranie, znajdujące się akurat w zasięgu jej rąk. Mimo zapowiadającego się kolejnego upalnego dnia włożyła dżinsy i bawełniany T-shirt. Na koniec wsunęła nogi w miękkie tenisówki. Tomasz zjawił się błyskawicznie. Stał przy drzwiach i tak jak poprzedniego dnia jego twarz poprzecinana była bruzdami smutku.

– Musimy jechać do Krosna. – Odwrócił głowę.

– Do Krosna? – To miasto znajdowało się w dość dużej odległości od Różanego Gaju.

– Tak – potwierdził.

– Znaleźli ich? – Łucja spytała ostrożnie, widząc w oczach Tomasza lęk.

– Z samego rana dostałem telefon, że w krośnieńskim szpitalu jest dziewczynka, która wiekiem i wyglądem przypomina Anię.

– Ania jest w szpitalu?! – Łucja spanikowała.

– Nie wiemy jeszcze, czy to ona. – Tomasz wyraźnie unikał jej wzroku. – Trzeba to sprawdzić – dodał po chwili cicho.

– Nie czekajmy więc, tylko jedźmy jak najszybciej. – Łucja poczuła, że wchodzi w nią nowe życie.

– Łucjo… jest jeszcze coś. – Tomasz popatrzył jej prosto w oczy.

Nie pytała już o nic, tylko przyglądała mu się nieruchomo. Miała ochotę ominąć wzrok mężczyzny, ale był teraz bardzo blisko niej.

– Ta dziewczynka, która może okazać się Anią… Ona nie żyje. – Westchnął tak głęboko, że na swojej skroni poczuła powiew wydychanego przez niego powietrza.

– Jak to… nie żyje? – Głos Łucji zabrzmiał jak sztuczny, jakby nie należał do niej.

– Wczoraj do szpitala trafiła wycieńczona dziewczynka, zmarła kilka godzin później. Nie powiedziano mi, co było przyczyną zgonu.

Łucja poczuła, że uginają się pod nią nogi. Osunęła się i usiadła na jednym ze stopni. Schowała twarz w dłonie. Nie miała już siły płakać, ale rozpacz rozrywała ją od wewnątrz.

– Łucjo, jeżeli nie chcesz… Nie musisz tam ze mną jechać.

– Muszę. – Uniosła głowę i mocno zacisnęła usta. Zaraz potem wstała i opierając się o żelazną barierkę, wolno zeszła ze schodów. – Jedźmy, szkoda czasu. – Odwróciła się do Tomasza.

Po chwili siedzieli już w samochodzie. Droga była bardzo długa. Przejechane kilometry ciągnęły się niczym wstążki zbyt długiego makaronu. Przez cały ten czas Łucja i Tomasz nie zamienili ze sobą ani słowa. W ciszy ukryli swój lęk i wizję tego, co za chwilę mogli zobaczyć. W momencie wyjazdu Łucja oparła dłonie na siedzeniu i mocno zacisnęła na nim palce. Puściła je dopiero wtedy, kiedy stanęli przed szarym, podłużnym budynkiem miejskiego szpitala.

Oboje bez słowa wyszli z auta i skierowali się do głównego wejścia. Łucja czuła, że w tej chwili nie jest sobą. Wiedziała też, że podobnie czuł się Tomasz. Miał nieobecne spojrzenie, jakby patrzył tylko w jeden punkt... przed siebie.

Po załatwieniu oczywistych formalności znaleźli się przed drzwiami prosektorium. Tomasz chwycił Łucję za rękę.

– Naprawdę nie musisz tego robić. Wystarczy, że ja ją zidentyfikuję. Po co oboje mamy się na to narażać.

Łucja oparła się o ścianę. Wokół unosił się mdlący, sterylny zapach szpitala.

– Zostań. – Słowa Tomasza zabrzmiały jak żądanie. Wypuścił jej rękę. Zaraz potem zniknął za szerokimi stalowymi drzwiami.

Łucja rzuciła się za nim. Kiedy jednak dotknęła zimnego szarego wejścia, od razu wycofała się do ściany.

Po minucie Tomasz wyszedł na zewnątrz. Była to najdłuższa minuta w jej życiu. Wydawało jej się, że wskazówki szpitalnego zegara zatrzymały się, dręcząc ją pozornym bezruchem.

– To nie ona. – Tomasz podszedł do niej i mocno ją objął.

Przytuliła się do niego i tak jak zazwyczaj wtuliła twarz w zagłębienie na jego ramieniu. Przez chwilę wydawało jej się, że znów jest jak dawniej. Zaraz jednak mężczyzna odsunął ją od siebie.

– Wyjdźmy stąd. – Jeszcze raz spojrzał w kierunku stalowych drzwi.

Kilka minut później stali już przy samochodzie.

– Nie wiem, co bym zrobił, gdyby okazało się, że ta dziewczynka... że to Ania.

– To nie Ania. Nie myśl już o tym. – Pocieszając Tomasza, Łucja chciała pocieszyć też i siebie.

– To mogła być ona. Ta mała… miała taką samą szczupłą twarz. Prawdopodobnie ktoś ją pobił do nieprzytomności. – Tomasz oparł głowę o dach samochodu.

– Ania się odnajdzie. Nic jej nie będzie – odezwała się głośno Łucja.

Po wyjściu ze szpitalnej kostnicy Tomasz był podłamany. Wydawało się, że stracił nadzieję na odnalezienie córki.

Droga powrotna też minęła im bez słowa. Tomasz sprawiał wrażenie, jakby koncentrował się wyłącznie na jeździe. Łucja wiedziała jednak, że to tylko pozory. Że za maską obojętności kryje się ból i niemoc.

– Tomaszu… odezwij się, jak… – Wysiadła z samochodu i nie patrząc już w jego stronę, udała się w kierunku domu Matyldy.

Gospodyni stała przy drzwiach, opierając się o framugę. Wyglądała tak, jakby tkwiła tam przez cały czas, czekając na Łucję.

– Czy coś już wiadomo? – Pani Matylda była zaniepokojona. Rano nie zdążyły zamienić nawet słowa, tak szybko Łucja wyszła z domu.

– Byliśmy z Tomaszem w Krośnie, w szpitalu. – Łucja nabrała powietrza i mówiła dalej. – Musieliśmy zidentyfikować zmarłą dziewczynkę, która była podobna do Ani. Na szczęście… – Łucji załamał się głos.

– Boże miłosierny! – Pani Matylda ją objęła. – Wchodź szybko do środka. – Popchnęła ją lekko do wnętrza i zatrzasnęła drzwi.

Kiedy znalazły się w przedpokoju, Łucja zamiast iść do kuchni za panią Matyldą, zatrzymała się przy drzwiach pokoju, który zajmowała.

– Pani Matyldo, niech mi pani tego nie bierze za złe, ale chciałabym zostać sama. Dzisiejszy dzień bardzo mnie wyczerpał. – Popatrzyła na gospodynię błagalnie.

– Oczywiście, kochana. Nie wiem, czy to jednak dobry pomysł. W samotności skłonni jesteśmy wyolbrzymiać problemy. Według mnie nie powinnaś teraz zostawać sama. Może powinnaś się zobaczyć z Antosią albo Izabelą. Choć na moment zapomniałabyś…

– Pani Matyldo, jak mam zapomnieć? Najgorsze jest to, że jestem taka bezsilna. Dzisiejsza sytuacja uświadomiła mi, że naprawdę wszystko może się zdarzyć.

– Łucjo… – Matylda wyciągnęła w jej stronę rękę.

– Pójdę do siebie. – Łucja otworzyła drzwi do pokoju i chwilę potem za nimi zniknęła.

Kolejne dni nie przyniosły nic nowego. Tomasz zaczął jej unikać. Zamykał się w sobie. Któregoś dnia sam wsiadł do samochodu i pojechał szukać Ani, nikogo o tym nie informując. W komisariacie też nie mieli dla nich żadnych nowych wiadomości. W lokalnej prasie, w dwóch najbliżej położonych większych miastach ukazały się informacje o zaginięciu dzieci. Poza wiadomościami o dziewczynce znajdującej się w szpitalu nie pojawiły się inne. Jakby dzieci zapadły się pod ziemię.

Tomasz oddalał się od Łucji, ale coraz częściej odwiedzała ją pani Grażyna. Potrzebowała rozmów tak samo jak codziennej mszy świętej. Obie kobiety się polubiły. Zbliżyła je niemoc i zmartwienie.

Upały minęły, oddając pole umiarkowanemu ciepłu. Pogoda była nieokreślona, trochę letnia, trochę wiosenna. Wieczory i noce były chłodne, a poranki wietrzne i wilgotne.

Jednego z takich wczesnowakacyjnych dni zadzwonił telefon Łucji. Nie spieszyła się, by go odebrać. Ostatnio nic dobrego nie działo się w jej życiu. Zapanowała w nim całkowita stagnacja. Sprawa dzieciaków utkwiła w martwym punkcie i Łucja właściwie liczyła już tylko na cud. Sygnał telefonu dźwięczał jednak wyjątkowo napastliwie. Zanim doszła do półki, na której leżał, ucichł. Po chwili jednak znów zadzwonił. Opieszale wzięła go w dłonie.

– Słucham – odezwała się nieswoim głosem.

– Czy rozmawiam z panią Łucją Wróblewską? – usłyszała głos po drugiej stronie słuchawki. – Nazywam się Malwina Kucharczyk. Dzwonię z pogotowia opiekuńczego we Wrocławiu.

– Tak? O co chodzi? – ożywiła się nieco. Wrocław był dla niej schronieniem przez ostatnie dwadzieścia lat.

– Na terenie naszego ośrodka przebywa pani podopieczna, Anna Kellter, i jej kolega. Ja właściwie nie powinnam pani o tym informować, bo sprawą zajmuje się policja, ale dzieciaki bardzo nalegały, żeby skontaktować się też z panią.

Przez dłuższą chwilę Łucja nie mogła wydobyć z siebie głosu.

– Pani Łucjo? Słyszy mnie pani?

– Tak, tak. Bardzo dobrze panią słyszę. Po prostu jestem oszołomiona. Nie mogę uwierzyć w to, co słyszę.

– Rozumiem, że zjawicie się państwo u nas jak najszybciej. Podam pani dokładny adres.

Łucja zaczęła w pośpiechu szukać czegoś do pisania. Sięgnęła do walizki po notes i długopis.

– Tak… mogę pisać.

– Szuwarowa 16. Ośrodek mieści się w szarym, dwupiętrowym budynku obok dużego placu zabaw.

– Zanotowałam – odezwała się Łucja entuzjastycznie. Nadal nie mogła uwierzyć w dopiero co usłyszaną informację.

– Jest pani pewna, że nie zaszła żadna pomyłka?

– Nie mogła zajść pomyłka. Dane dzieci potwierdziła policja. To właściwie wszystko z mojej strony.

– Dziękuję. – Łucja nie miała pojęcia, co jeszcze mogłaby powiedzieć. – Na pewno dziś do państwa dotrzemy. Dojazd może nam jednak zająć sporo czasu.

– Proszę się nie martwić. Dzieci są pod dobrą opieką. Rozumiem, że po Anię zjawi się jej ojciec, który jest jej prawnym opiekunem.

– Tak, na pewno. – Łucja poczuła suchość w ustach.

– Bo wie pani... ja telefonuję trochę nieformalnie. Tata dziewczynki i mama chłopca zostaną poinformowani o ich znalezieniu przez policję. Sądzę, że ta informacja już do nich dotarła. Dzieci znalazły się dzisiejszej nocy.

– Gdzie były?

– Wszystkiego dowie się pani na miejscu. Nie mogę zdradzać szczegółów. Ja i tak... – Nie dokończyła, gdyż Łucja weszła jej w słowo.

– Są zdrowi?

– Tak. Proszę się nie martwić. Dzieci są w dobrym stanie.

Po drugiej stronie rozległy się jakieś szmery.

– W takim razie do zobaczenia. Czekamy na państwa.

– Do zobaczenia – odpowiedziała prędko Łucja, już szukając w otwartej walizce ubrania, które mogłaby włożyć. Panował w niej straszny rozgardiasz. Mimo kilku dni pobytu u pani Matyldy wciąż się nie rozpakowała. Rozłączyła się i niedbale rzuciła telefon na niezaścielone łóżko. Nie zastanawiając się długo, złapała pierwsze z góry rzeczy. Bawełniane obcisłe spodnie i podkoszulek w cienkie paseczki. Nad wyborem obuwia też nie zastanawiała się zbyt długo. Włożyła tenisówki, w których ostatnio chodziła najczęściej. Odkąd zaczęły się wakacje, ubierała się wygodnie. Sukienki i spódnice zamieniła na T-shirty i krótsze lub dłuższe spodnie, w zależności od pogody.

Po pięciu minutach od zakończenia rozmowy stała przy drzwiach wejściowych. Już miała przekroczyć próg, gdy nagle zawróciła i poszła w stronę pokoju pani Matyldy. Nie mogła wyjść, nie dzieląc się z gospodynią taką wiadomością. Zapukała, a kiedy zza drzwi usłyszała jej głos, weszła do środka.

Pani Matylda siedziała przy niewielkim stoliku i czytała książkę. Ukryta za grubymi szkłami okularów przez dłuższą chwilę przypatrywała się Łucji, która ostatnio unikała towarzystwa i tak jak Tomasz zamykała się w sobie.

– Łucja? – Matylda zamknęła książkę, włożywszy w nią wcześniej kolorową zakładkę. Potem zdjęła okulary i odłożyła na skraj blatu.

– Dzieci się odnalazły. – Na twarzy Łucji pojawił się uśmiech, pierwszy od wielu dni.

Matylda natychmiast wstała. Chwilę potem była już przy niej.

– Gdzie?

– Są w pogotowiu opiekuńczym we Wrocławiu.

– We Wrocławiu?

– Tak, we Wrocławiu. Sądziłam, że już nigdy więcej tam nie pojadę, a jednak…

– Tomasz już wie?

– Nie mam pojęcia. Dzwonili do mnie z pogotowia, Ania podała im mój numer. Tomka miała zawiadomić policja.

– Boże drogi! Mówiłam ci, że wszystko będzie dobrze! – Matylda złożyła na piersi ręce jak do modlitwy.

– Będę uciekać. Nie wiem, czy pani Grażyna już wie… Trzeba zacząć działać. Czeka nas długa droga. – Łucja uniosła rękę i popatrzyła na zegarek.

– Może jednak najpierw byś coś zjadła? – Matylda zagrodziła jej drogę, jakby starała się ją zatrzymać.

– Pani Matyldo… – Łucja spojrzała na nią błagalnie.

– W takim razie biegnij, nie zatrzymuję cię. Szkoda czasu. Powodzenia! – krzyknęła już na koniec, kiedy Łucja otwierała furtkę. Była tak zdenerwowana, że nawet jej nie domknęła. Zazwyczaj pilnowała tego, wiedząc, jak bardzo jest to ważne dla gospodyni. Już po chwili pędziła chodnikiem wzdłuż działki pani Matyldy.

Gdy wyszła na główną drogę, z daleka dostrzegła zbliżającą się w jej kierunku panią Grażynę. Kobieta biegła, wymachując ręką.

– Znaleźli się! – krzyczała, coraz wyżej unosząc nogi.

Kiedy stanęły naprzeciw siebie, mama Staszka mocno objęła Łucję.

– Święty Boże, moje modły zostały wysłuchane! Odnaleźli się! – powiedziała już trochę spokojniej, a potem wypuściła Łucję z uścisku.

Łucja uśmiechnęła się, nic nie mówiąc. Natomiast pani Grażyna stała się bardzo rozmowna.

– Był u mnie ten policjant, co to wtedy przyjechał przesłuchać mojego starego. Gdy go zobaczyłam, włosy mi się zjeżyły na głowie. Myślałam, że zaraz z czymś wyskoczy, a on mi tu gada, że mój synek, że dzieciaki… – Pani Grażyna się wzruszyła i nagle zamilkła.

– Tak. Mnie też o tym poinformowano – powiedziała krótko Łucja. Uznała, że szczegółowe informacje nie mają tutaj większego znaczenia.

– U pana Kelltera pewno też już byli. – Patrzyła na Łucję tak, jakby czekała na wyjaśnienia.

– Zapewne – odparła Łucja i przez chwilę zastanawiała się, co powinna teraz zrobić.

Najwłaściwszym rozwiązaniem w tej sytuacji było jak najszybsze spotkanie z Tomaszem. Od Wrocławia dzieliły ich długie godziny jazdy. Łucja domyślała się, że samochodem dotrą tam znacznie szybciej niż pociągiem. Nadal pamiętała swoją pierwszą drogę do Różanego Gaju, która trwała około dziesięciu godzin. Kiedy wsiadała do pociągu na wrocławskim dworcu przed południem, mimo złej pogody było jednak jasno. A gdy wysiadała na niewielkiej stacyjce w Różanym Gaju, była już noc. Dobrze pamiętała tamten moment. Lodowate styczniowe powietrze, zwały świeżego śniegu i czerwoną, zmrożoną twarz Ignacego, który przyjechał po nią na stację saniami.

– Powinnyśmy tam pójść… jak najszybciej. – Pani Grażyna złapała Łucję za rękę.

– Tak… powinnyśmy. – Łucja odwróciła się w stronę wysokich topoli, zza których wyłaniał się czubek dachu pałacu Kreiwetsów.

Nie zdążyły jednak ujść nawet jednego kroku, gdy zza najbliższego zakrętu wyłonił się nagle samochód Tomasza.

– Już wiecie? – Pośpiesznie wyskoczył z auta.

– Tak – odpowiedziały jednym głosem.

– W takim razie wsiadajmy, szkoda czasu. Przed nami daleka droga.

Po chwili wszyscy siedzieli w aucie. Droga się dłużyła. Niektóre odcinki pokonywali dość szybko, ale zdarzało się też, że grzęźli w ulicznych korkach. Tylko raz zatrzymali się w przydrożnym barze i zjedli szybki posiłek.

Przed osiemnastą Łucja dostrzegła znajome zabudowania. Kiedy mieszkała we Wrocławiu, często jeździła tą trasą. To było dziwne, ale nic nie poczuła. Żadnego sentymentu. Żadnych wspomnień, które na trwałe związałyby ją z tym miejscem. „Przecież mieszkałam tutaj taki szmat czasu!" – pomyślała i przylgnęła do szyby.

Nigdy nie była w tej części miasta, gdzie mieścił się ośrodek pogotowia opiekuńczego. Orientowała się jednak co do miejsca jego położenia. Popatrzyła przez ramię Tomasza na samochodowy zegar. Obie z panią Grażyną siedziały z tyłu. Przypuszczała, że najdalej za piętnaście minut powinni już być na miejscu. Spanikowała. Tak długo nie widziała Ani. „Co jej powiem? Jak spojrzę jej w oczy?" – zastanawiała się. „Co będzie, jeśli ona wcale nie zechce ze mną rozmawiać? Jeśli mnie odrzuci?"

Ostatnie minuty jazdy bardzo się dłużyły, mimo że Tomasz jechał dość szybko, a na większości skrzyżowań witały ich zielone światła. Gdy zatrzymali się przed właściwym budynkiem, Łucja nie miała siły zmierzyć się z sytuacją. Kurczowo zacisnęła dłoń na klamce samochodu. Pani Grażyna i Tomasz od razu wyszli na zewnątrz.

– Łucjo… – Tomasz włożył głowę do auta przez niedomknięte drzwi.

– Już idę. – Zebrała się w sobie, choć nadal czuła wewnętrzny opór.

Pani Grażyna podała jej rękę. Szły, mocno ściskając sobie palce, aż do samych drzwi ośrodka. Kiedy przekroczyły próg, mama Staszka wypuściła dłoń Łucji i ruszyła przodem.

Powitała ich bardzo wysoka, szczupła kobieta. Po głosie Łucja od razu się zorientowała, że to ta sama osoba, która telefonowała do niej dziś rano. Po krótkim, oficjalnym powitaniu utwierdziła się w tym. Widać było, że dyrektor placówki pani Malwina Kucharczyk, nie chciała przedłużać tej chwili. Wszyscy byli bardzo zdenerwowani.

– Dzieci są w świetlicy – dodała na koniec.

W chwilę później Łucja szła na miękkich nogach wąskim korytarzem w stronę świetlicy. Tuż za nią podążali Tomasz i pani Grażyna. Otworzyła drzwi i popatrzyła przed siebie. Przy niedużym kwadratowym stoliku siedziała Ania, a obok niej Staszek.

Łucja ostrożnie weszła do środka. Tomasz i pani Grażyna stanęli za nią.

W tym samym momencie Ania wstała i powoli ruszyła w jej stronę. Patrzyła tylko na nią. Wtem przystanęła.

– Przepraszam! – krzyknęła i rzuciła się Łucji w objęcia.

Kobieta poczuła na podkoszulku jej łzy. Mocno tuliła dziewczynkę, jakby chciała w ten sposób wynagrodzić sobie czas, kiedy jej ramiona wtulały się w miękkie poszycie kołdry, tęskniąc za dotykiem drugiego człowieka.

– Przepraszam cię, Łucjo. I ciebie, tato, też. – Podniosła głowę i popatrzyła na ojca.

Tomasz uśmiechnął się do niej ciepło. W tym samym czasie pani Grażyna obejmowała swojego syna.

– Nie wiem, co sobie myślałam, uciekając z Różanego Gaju. – Ania miała minę winowajczyni.

– Najważniejsze, że się odnalazłaś. – Łucja głaskała ją czule po głowie.

– Ja chciałam wrócić już następnego dnia po naszej ucieczce, tylko…

– Dlaczego więc nie wróciłaś?

– Bo się bałam.

– Czego? – Łucja nadal trzymała dłoń na głowie dziewczynki i odgarniała do tyłu pukle jej jasnych włosów.

– Nie wiem. Łatwo jest uciec, trudniej wrócić – powiedziała mądrze. Miała wtedy minę dorosłej, doświadczonej przez życie kobiety.

– Gdzie wy w ogóle byliście przez ten czas? Co jedliście? Gdzie spaliście? – Tomasz zalał małą w jednej chwili całą serią pytań.

Ania odsunęła się od Łucji i podeszła do Tomasza.

– Przepraszam cię, tato. – Objęła go. On też ją objął, ale zaraz odsunął od siebie.

– Dziecko, nie odpowiedziałaś na moje pytanie. – Patrzył na nią bez mrugnięcia.

– Mieliśmy ze Staszkiem pieniądze. Zabrałam ze skarbonki. Na jedzenie nam wystarczyło. A spaliśmy… w takim starym domu, gdzie już nikt nie mieszka. – Ania skrzywiła się na wspomnienie miejsca, w którym spędzili ostatnie dni.

Tomasz nabrał powietrza w płuca. Wiadomość Ani była dla niego wstrząsem. Jego mała córeczka z dala od domu i rodziny w jakiejś starej, zatęchłej ruderze.

– Tatusiu, ja wiem, że źle zrobiłam. Naprawdę przepraszam! – W głosie Ani była panika.

– Najważniejsze, że jesteście cali i zdrowi. – Widząc niepewną minę dziewczynki, Łucja pospieszyła jej z pomocą.

– Tak, to prawda – przytaknął Tomasz. – Pójdę jeszcze do dyrektorki ośrodka. Powinniśmy wyjechać stąd jak najszybciej. To takie smutne miejsce. – Tomasz zerknął na kilka pustych stolików. Potem zawiesił wzrok na jednej z odrapanych ścian.

– Nie jest tutaj znowu aż tak źle. W miejscu, gdzie nocowaliśmy… – Ania nie zdążyła dokończyć, bo Tomasz dał jej wyraźnie do zrozumienia, że nie jest to odpowiedni czas ani miejsce na takie wyjaśnienia.

– Opowiecie nam wszystko po drodze. A teraz chodźcie. Zbieramy się.

Wyszli na korytarz. Tomasz udał się do gabinetu pani Malwiny. Pozostali ruszyli w kierunku wyjścia. Zatrzymali się dopiero przy głównych drzwiach.

– Musimy jeszcze zaczekać. Powinniśmy się pożegnać z panią dyrektor i podziękować za opiekę. – Łucja upomniała dzieciaki, które już wyrywały się na zewnątrz.

– No tak – przytaknęła zawstydzona Ania.

– Przecież trzeba się jeszcze zobaczyć z panem Erykiem. – Na twarzy Staszka pojawił się rumieniec.

– Kim jest pan Eryk? – zainteresowała się pani Grażyna.

– To pan, który nas znalazł. Tak się składa, że pracuje jako opiekun w tym ośrodku.

– Skoro ten pan was znalazł, to i z naszej strony należą mu się słowa podziękowania. – Łucja rozejrzała się wokół, jakby wzrokiem szukała wspomnianego mężczyzny.

– Na pewno będzie na górze. Pójdę po niego – zaoferował się Staszek.

– Może wszyscy powinniśmy tam pójść. – Nie pytając o nic, Łucja ruszyła przed siebie. W chwilę potem dołączyła do niej pozostała trójka.

Weszli na ciąg chłodnych, betonowych schodów. Pani Grażyna szła tuż przy niej. Dzieciaki przekomarzały się z tyłu. Po chwilowej panice znowu odzyskały wigor. Kiedy znaleźli się na górze, Ania ze Staszkiem pognali do przodu. Obie kobiety, nic nie mówiąc, stanęły przy barierce.

Łucja popatrzyła w dół. Dzisiejszy dzień przeżyła na przyspieszonych obrotach. Gdy próbowała odtworzyć choć najmniejszy jego fragment, nie potrafiła. W głowie miała wielką pustkę, jakby wypełniała ją kula cukrowej waty. Euforia mieszała się z niepewnością, a oczekiwanie z lękiem.

– Panie Eryku, tam są. – Łucja usłyszała głos Ani dobiegający z głębi korytarza.

Odwróciła się dopiero wtedy, kiedy głosy stały się bardziej wyraźne. Popatrzyła przed siebie i zastygła w bezruchu. Jej prawa ręka nadal wczepiona była w okrągły słupek barierki, lewa luźno zwisała, zahaczając o zapięcie paska spodni. Przez jej głowę w jednej ulotnej chwili przeleciał krótki film wspomnień. Ona, mała, cztero-, pięcioletnia dziewczynka, i obok uśmiechnięta mama i ojciec. Przystojny i młody. Wysoki, z czarnymi równo przystrzyżonymi włosami, męskimi bakami i niewielkim ciemnym zarostem.

Zawirowało jej w głowie. Zamknęła oczy i całym ciałem oparła się o barierkę. Przez chwilę wydawało jej się, że zaraz upadnie.

– Łucjo, dobrze się pani czuje? – Mama Staszka starała się przywrócić ją do pionu.

Łucja, przezwyciężywszy chwilową niemoc, wyprostowała się i stanęła naprzeciw człowieka, który porzucił ją trzydzieści pięć lat wcześniej. To niebywałe, że go w ogóle poznała. Że go spotkała. Przecież kiedy widziała go po raz ostatni, była małą dziewczynką. On był dojrzałym mężczyzną. A teraz? Teraz stał tuż przed nią, całkiem siwy i lekko pochylony do przodu. Patrzył na nią jednak tak samo jak wtedy, kiedy brał ją na kolana i razem siadali na niewielkim taborecie, przy piecu. Wtedy jeszcze mu ufała. Wtedy go kochała. Bo wówczas nie wiedziała jeszcze, że za kilka miesięcy ją zostawi. Po śmierci jej małego braciszka wszystko się zmieniło. Skończył się sen małej dziewczynki o szczęśliwej rodzinie. Tato coraz częściej znikał z domu, aż któregoś dnia zniknął zupełnie. Do teraz, bo właśnie w tej chwili stał przed nią, a ona nie mogła wymówić nawet słowa.

– Łucjo, w końcu się spotkaliśmy. – Łagodnie się uśmiechał.

Nadal nic nie mówiła, tylko niemo się w niego wpatrywała. Każdą cząstką siebie chciała jak najszybciej uciec z tego miejsca. Czuła się okropnie. Przez ponad trzydzieści lat nie miała ojca, dlaczego więc teraz miałaby go mieć? Nie chciał jej. Porzucił. Pozostawił z udręczoną matką. „Czy on w ogóle wiedział, jak wyglądało potem jej życie?! Czy zdawał sobie sprawę, jaki los jej zgotował?!" Łucja zmrużyła oczy, jakby dokładnie się przyglądała stojącemu przed nią mężczyźnie. Ona nie patrzyła jednak na niego. Znów widziała swoje smutne dzieciństwo i brak perspektyw. Bolesne wspomnienia zlewały się w jeden ponury obraz, który teraz miała przed sobą.

– Pan mnie z kimś pomylił – powiedziała sucho. Potem odwróciła się i zbiegła ze schodów.

– Łucjo, nawet się nie przywitałaś z panem Erykiem! – usłyszała głos Ani.

Biegła przed siebie, nie patrząc na boki. Potknęła się o próg, ale podparła się ręką o ścianę. Złapała oddech, dotarła do drzwi i wypadła na zewnątrz. Zbiegłszy ze schodów, pędziła przed siebie przez kilka minut. Chciała znaleźć się jak najdalej od niego… mężczyzny, który unieszczęśliwił ją najbardziej na świecie. W tej chwili nie miała wątpliwości, że nie był nim Tomasz. To ojciec był pierwszym człowiekiem, który pozbawił ją złudzeń. Potem już nigdy nie potrafiła nikomu zaufać. Wciąż tylko ze sobą walczyła. Czekała i traciła wiarę w to, że kiedyś będzie lepiej.

Przystanęła i oparła się o drzewo. Była w parku. Obok przechodzili jacyś ludzie. Kilkoro z nich ciekawie się jej przyglądało. Zauważyła ławkę. Osunęła się na nią. Serce waliło jej jak młotem. „Dlaczego los znów postawił go na mojej drodze?! Dlaczego?!" Nie mogła zebrać myśli, żeby ułożyć sobie to wszystko w głowie. Przecież wyrzuciła go z pamięci już dawno temu. Nie miał do niej wstępu.

Popatrzyła na drzewa. Usłyszała znajomy głos kosa. Na chwilę się uśmiechnęła. Myślami znów wróciła do Różanego Gaju i zapragnęła schronić się w ciepłym domu pani Matyldy. Opowiedzieć jej o wszystkim. Poszukać u niej pocieszenia. W ciągu ostatniego roku pani Matylda nieraz podnosiła ją na duchu. Łucja przypomniała sobie którąś z ich rozmów, kiedy starsza pani zasugerowała, by poszukała ojca. „Powiedziała to w złym momencie". Łucja była tego pewna. Pomału dochodziła jednak do siebie. Nadal ciężko oddychała, ale już przytomnie patrzyła na otaczający ją świat. Wokół tętniło życie, przechodzili roześmiani ludzie, choć zieleń parku zdawała się już przygasać w chłodnej scenerii zmierzchu. „Pora wracać". – Wstała dopiero wtedy, kiedy upewniła się, że może już iść spokojnie. Doszła do granicy parku. Rozpoznała jedną z głównych dróg. Weszła na chodnik. Minęła ciąg witryn sklepowych. Nie przejrzała się w żadnej z nich. Nie chciała widzieć smutku w swoich oczach. Doszła do końca drogi i skręciła w boczną, ślepą uliczkę. Z oddali dostrzegła spory budynek ośrodka. Przyspieszyła kroku. Po kilku minutach była już na parkingu.

– Łucjo, gdzie byłaś?! – Ania dopadła do niej.

– Nieważne – odpowiedziała Łucja wymijająco.

Wszyscy patrzyli na nią zaniepokojeni. W chwilę potem podszedł do niej Tomasz. Chwycił ją za rękę.

– Łucjo, o co chodzi? Czy coś się stało?

W oczach Tomasza dostrzegła tę samą troskę i miłość, którymi otoczył ją już na początku ich znajomości. Zacisnęła usta. Smutno na niego popatrzyła.

– Ania mówiła, że ten mężczyzna... Eryk... że po spotkaniu z nim uciekłaś. Znasz go? – Tomasz wpatrywał się w nią.

– Nie – skłamała i odwróciła głowę. – Jedźmy już. Robi się ciemno, a mamy przed sobą długą drogę.

– Masz rację. – Tomasz wypuścił jej rękę i podszedł do samochodu. – Wsiadajcie.

Kilka minut później jechali wciąż jeszcze zatłoczonymi ulicami Wrocławia. Nikt nic nie mówił. Wszyscy czuli się zmęczeni pełnym wrażeń dniem. Tomasz skupił się na jeździe. Po dwóch godzinach monotonnej drogi dzieci usnęły. Pani Grażyna tuliła Staszka i co chwilę na niego patrzyła, jakby sprawdzała, czy nie zniknął. Łucja siedziała z przodu, obok Tomasza. Czuła, że po odnalezieniu Ani lody między nimi trochę stopniały. W tej chwili nie miało to jednak dla niej większego znaczenia. Bo to nie Tomasz był tym, który ją odrzucił. Był nim ojciec. „Jak on mnie rozpoznał?" Dopiero teraz dotarła do niej ta myśl. „Przecież kiedy widział mnie po raz ostatni, miałam niewiele ponad pięć lat, a patrzył na mnie w taki sposób, jakby doskonale wiedział, jak teraz wyglądam". Przez chwilę zastanowiła się, ale zaraz potem odrzuciła wszystkie myśli o ojcu. „Nieważne. Teraz to i tak nie ma żadnego znaczenia" – kontrowała bezgłośny dialog w głowie.

Mocno wiało, kiedy nad ranem stanęła na progu domu pani Matyldy. Myślała, że rozbujany pęd powietrza zaraz zdmuchnie ją ze schodów. Nie zabrała kluczy, więc musiała obudzić gospodynię. Nie miała wyjścia.

Kiedy Matylda usłyszała dzwonek u drzwi, wyskoczyła z łóżka na równe nogi i stanęła przy wejściu.

– Nareszcie jesteś. Opowiadaj, co z dziećmi. Przywieźliście je?

Łucja cicho wślizgnęła się do środka, unikając kontaktu ze starszą panią.

– Tak, wszystko w porządku – odezwała się smutno.

– Łucjo, mnie nie oszukasz. Wiem, że jesteś zmęczona, ale...

– Tak, rzeczywiście jestem zmęczona tym wyjazdem. Proszę mi jednak uwierzyć, że z dzieciakami wszystko jest dobrze. – Łucja od razu skierowała się do swojego pokoju.

– W takim razie dobranoc – rzuciła za nią Matylda.

– Dobranoc – odparła Łucja.

Spotkały się w kuchni przed południem. Kiedy Matylda tam weszła, Łucja już siedziała za stołem, w zamyśleniu popijając herbatę.

– Witam cię – powiedziała gospodyni.

– Dzień dobry, pani Matyldo. – Łucja drgnęła. Wydawało się, że ma ochotę wstać.

Starsza pani nalała sobie do kubka wiśniowego kompotu i usiadła obok.

– Widziałam go – odezwała się nagle Łucja, uporczywie patrząc na Matyldę.

– Kogo? – spytała zaciekawiona starsza pani.

– Mojego... To znaczy ojca. – Łucja ledwo wymówiła ostatnie słowo.

Pani Matylda długo milczała.

– Jaki on jest? – spytała po chwili.

– Nie wiem. Nie przyjrzałam mu się dokładnie. Uciekłam – odpowiedziała Łucja. Pożałowała, że wygadała się przed Matyldą o niewygodnym dla niej spotkaniu.

Starsza pani jak zwykle zachowała się taktownie. Wstała od stołu, podeszła do szafki i wróciła z talerzykiem wypełnionym małymi biszkoptowymi ciasteczkami.

– Może to nie jest idealny pomysł na śniadanie, ale… częstuj się. Są świeżutkie. Piekłam je wieczorem. Nie mogłam sobie znaleźć miejsca, a jak wiesz, pieczenie mnie uspokaja.

Łucja uśmiechnęła się do Matyldy i wzięła do ręki okrągłe ciasteczko. Wyglądało jak miniaturowy pączek. Aż się prosiło, by wziąć je do ust.

– Nie wiem, jak on mnie rozpoznał. Przecież ostatnio widział mnie jako kilkuletnie dziecko. – Łucja powróciła jednak do rozpoczętego wcześniej tematu.

– Gdzie go spotkałaś? – Matylda patrzyła na nią ostrożnie.

– W ośrodku, gdzie przebywali Ania i Staszek. Niech pani sama powie, czy to nie był niesamowity zbieg okoliczności?! – Łucja była wzburzona.

Matylda tylko się uśmiechnęła. Trudno powiedzieć, czy jej uśmiech był smutny, czy wesoły. Po prostu był. Unosił do góry jej usta, stwarzając pozory chwilowego rozluźnienia.

– Tak, z tego, co mówisz, to musiało być dla ciebie wielkie zaskoczenie.

– Na szczęście mam to już za sobą. – Łucja starała się wyglądać na pewną siebie, ale co chwilę niespokojnie spoglądała na drzwi. Zupełnie jakby miał się w nich pojawić jej ojciec.

Matylda nie odniosła się do jej słów.

– Opowiadaj, co z dzieciakami. – Postanowiła dać Łucji wytchnienie od trudnego tematu.

– Tak jak już pani mówiłam, wszystko jest dobrze. Nie głodowali, bo Anka wzięła swoje długo zbierane oszczędności. Chciała kupić nowy wymarzony rower. A spali podobno w jakimś opuszczonym domu. Tyle wiem. Reszty dowiem się po południu. Obiecałam, że przyjdę do pałacu.

– Kto by pomyślał, że dzieciaki wpadną na taki pomysł? – Matylda kręciła głową. Często to robiła. W zależności od tematu rozmowy obroty były wolniejsze lub szybsze.

– Wydaje się, że żałują tego, co zrobili. – Łucja się zamyśliła.

– Najważniejsze, że się odnaleźli. Myślę, że w jakimś sensie dostali nauczkę. Pewno więcej tego nie zrobią.

– Jestem skłonna sobie wyobrazić, dlaczego uciekł Staszek, ale Ania? – Matylda przyglądała się Łucji, ale ta nie pisnęła nawet słowa. Wciąż nie wyjawiła, co było powodem jej wyprowadzki z pałacu. To było dla niej zbyt krępujące.

Po odnalezieniu dzieci dni płynęły szybko. Łucja codziennie chodziła do pałacu, by zobaczyć się z Anią, ale rzadko widywała Tomasza. Zwykle był czymś bardzo zajęty. Wciąż nie wiedziała, czy Ania widziała feralny obraz i czy to jego widok popchnął ją do ucieczki. Dziewczynka udzielała niejasnych odpowiedzi. Temat ojca i Łucji był dla niej kłopotliwy. Zacięła się i wcale nie chciała mówić o Tomaszu, rozważnie wybierając tematy do dyskusji z Łucją. Kiedy rozmowa schodziła na niepożądany tor, od razu przejmowała kontrolę. Kolejny już raz Łucja pozbywała się złudzeń. Tęskniła za Tomaszem, kochała go, ale teraz postanowiła skoncentrować się na relacji z Anią. Była szczęśliwa, że może ją widywać. Nie wyobrażała sobie, jak mogłaby żyć z dala od niej. Dziewczynka często przychodziła też do domu Matyldy.

Tej niedzieli dzwony kościelne biły wyjątkowo długo na wieczorną mszę. Ich dźwięk, przytłumiony szumem leniwego wiatru, roznosił się po spokojnych uliczkach Różanego Gaju. Łucja szła łąkami do domu pani Matyldy. Wracała z pałacu. Całe popołudnie spędziły z Anią w ogrodzie. Większość czasu przesiedziały nad stawem. Tomasz znów gdzieś się przed nią schował. Przynajmniej Ania była wesoła. Wydawało się, że zapomniała już o przykrych doświadczeniach związanych z ucieczką. Nadal miała nadzieję, że ślub jej ojca i Łucji się odbędzie. Pragnęła zaaranżować ich spotkanie. Niestety bezskutecznie. Muzyk unikał Łucji i dał córce do zrozumienia, żeby nie mieszała się w ich skomplikowane sprawy. Ania jednak w swej dziecięcej naiwności próbowała stworzyć plan pojednania dwóch bliskich jej osób.

Łucja tęskniła za Tomaszem. Nie było dnia i nocy, żeby o nim nie myślała. Gdy dochodziła do domu Matyldy, już z odległości kilku metrów zauważyła gospodynię stojącą w otwartych drzwiach, jakby na nią czekała. Była zdenerwowana. Kołysała się na boki i stukała ręką o framugę.

– Cieszę się, że już jesteś. – Popatrzyła na Łucję, a zaraz potem odwróciła się i niby ukradkiem zerknęła do środka.

– Nie byłam długo… To znaczy nie dłużej niż zazwyczaj. – Łucja uniosła w górę lewą rękę i zerknęła na zegarek.

– Łucjo… – Zmieszanie gospodyni się pogłębiało. – Masz gościa. – Po tych słowach Matylda schowała się na ganku, zupełnie tak, jakby przed nią uciekała.

– Gościa? – Łucja wspięła się po nielicznych schodkach, zastanawiając się, któż to może na nią czekać w domu, w którym mieszkała przecież od niedawna.

Drzwi do pokoju gościnnego były lekko uchylone, a z wnętrza dobiegała wesoła muzyka Trubadurów. Pani Matylda włączyła winylową płytę ulubionego zespołu na starym gramofonie, który miała jeszcze z czasów młodości. Łucja pchnęła lekko drzwi i stanęła oniemiała.

– Pan tutaj?! Jak mnie... znalazłeś?! – odezwała się spanikowana. Cofnęła się o krok i oparła o ścianę.

Przy nakrytym wykrochmalonym obrusem stole siedział jej ojciec.

– Ta dziewczynka... Ania. Dowiedziałem się gdzie mieszka. Na miejscu powiedziano mi, gdzie cię znaleźć. Przez ostatnie trzydzieści lat zabrakło mi odwagi, ale teraz... – Ojciec wstał i chwycił oparcie jednego z krzeseł.

Łucja zacisnęła usta. Nie była w stanie wydusić z siebie słowa. Wtedy mężczyzna ruszył w jej stronę. Szedł wolno, jakby mierzył kroki, zastanawiając się, czy może pozwolić sobie na następny. A ona stała nieruchomo. Zastygła w czasie, który dla niej zatrzymał się trzydzieści pięć lat temu. To wtedy... ten mężczyzna, jej ojciec, który teraz stał tuż przed nią, przestał dla niej istnieć. Uśmierciła w sobie wszystkie wspomnienia z nim związane i na długie lata zamknęła się na miłość.

– Proszę stąd odejść, zanim... – zaczęła oficjalnie. Bała się, że lada chwila może przestać panować nad emocjami.

– Łucjo, proszę, wysłuchaj mnie. Daj mi szansę, żebym...

– Szansę?! Niech mnie pan nie rozśmiesza! Tę szansę stracił pan w momencie, kiedy opuścił pan mnie i moją matkę. To przez pana ona… – Pod wpływem bolesnych wspomnień głos Łucji zadrżał, a po twarzy rozszedł się grymas bólu.

– Wiem, że Jadwiga popełniła samobójstwo. Nie było dnia, żebym o was nie myślał. Żebym za tobą nie tęsknił. – Oczy mężczyzny zaszły mgłą.

– Niech pan stąd wyjdzie! – Łucja chwyciła za klamkę. – Nie zamierzam słuchać jakichś marnych tłumaczeń. Pan dla mnie nie istnieje i nic nie jest w stanie tego zmienić. – Popatrzyła hardo w jego smutne oczy.

– Dobrze, nie mam prawa naruszać twojej prywatności. Pomyślałem tylko, że skoro los zetknął nas znów ze sobą, to powinienem w końcu się odważyć do ciebie zbliżyć.

– O co panu chodzi? – Łucja popatrzyła na niego czujnie.

– Kiedy jeszcze mieszkałaś we Wrocławiu, stchórzyłem.

– Skąd pan wie, że mieszkałam we Wrocławiu? – W głosie Łucji pojawiła się ciekawość, którą nieumiejętnie starała się ukryć, siląc się na obojętny ton głosu.

Przez moment się uśmiechnął.

– Zawsze byłem blisko ciebie, nawet kiedy o tym nie wiedziałaś.

– O czym pan mówi? – Teraz, choć tego nie chciała, patrzyła na mężczyznę z zainteresowaniem.

To niesamowite, że tak niewiele się zmienił. Owszem, postarzał się, skurczył, ale twarz, choć poprzecinana siatką gęstych zmarszczek, wciąż miała ten sam wyraz. Duże brązowe oczy patrzyły na nią ufnie, tak jak wtedy, gdy jeszcze była jego małą córeczką.

– Łucjo… kochana, przez ostatnie piętnaście lat deptałem ci po piętach. Byłem twoim cieniem, choć o tym nie wiedziałaś. To dla ciebie osiadłem w okolicy Wrocławia i znalazłem tam pracę.

Niemal codziennie przychodziłem na osiedle, gdzie mieszkałaś, i zbierałem się na odwagę, by do ciebie podejść. Obserwowałem cię, kiedy byłaś w biurze. A im dłużej zwlekałem, tym było mi trudniej. Potem nagle wyjechałaś. Uznałem, że widocznie tak musiało się stać. Los zdecydował za mnie, życiowego nieudacznika. Teraz jednak, gdy zobaczyłem cię w ośrodku, jak przyjechałaś po tę dziewczynkę... Anię, pomyślałem, że to już ostatnia szansa. Że teraz muszę cię odnaleźć i z tobą porozmawiać. — Patrzył na nią w taki sposób, jakby wyznawał swoją winę za te wszystkie smutne, samotne lata, kiedy swoim odejściem zniweczył jej dziecięce uczucia... radość, miłość i zaufanie, które jeszcze wówczas w sobie miała.

— Pan jest nienormalny. — Odwróciła głowę. Nie chciała dłużej na niego patrzeć.

— Przepraszam — powiedział cicho.

— Niech pan już idzie i da mi spokój. — Zasłoniła twarz dłońmi.

— Dobrze. — Podszedł do drzwi, a ona przesunęła się wzdłuż ściany, aby znaleźć się jak najdalej od niego.

— Gdybyś jednak zmieniła kiedyś zdanie... taką mam nadzieję... to zostawiam ci mój adres. — Odwrócił się, podszedł do stołu i położył na nim kartkę z adresem. Potem w pośpiechu wyszedł. Zanim jednak przekroczył granicę pokoju, jeszcze raz smutno na nią spojrzał.

Nie widziała tego. Cały czas trzymała na twarzy skurczone dłonie. Pod zaciśniętymi powiekami miała tylko wibrujące fioletowe plamy. To było lepsze od patrzenia na niego, obcego człowieka... jej ojca.

Kiedy wyszedł, jeszcze długo stała z zamkniętymi oczami, oparta o chłodną ścianę, czekając nie wiadomo na co.

– Łucjo... – Pani Matylda ostrożnie wsunęła głowę do pokoju. Drgnęła i rozchyliła powieki. Były mocno czerwone, choć przecież nie płakała. Nie miała już dla niego łez. Uważała, że nie był ich wart.

– Jak się czujesz? – Gospodyni podeszła bliżej.

– On nie powinien był się tutaj zjawiać. – Łucja odezwała się oskarżycielsko.

– Ja... nie chciałam być niegrzeczna. Przyjechał z daleka. Zaproponowałam mu herbatę i powiedziałam, żeby zaczekał na ciebie. – Spoglądając na Łucję, pani Matylda miała wyrzuty sumienia.

– Nie mam do pani pretensji, że go pani zaprosiła. Chodzi o to, że on w ogóle nie powinien tutaj przyjeżdżać... Nie powinien mnie szukać.

– Powiedział ci, dlaczego to zrobił?

– Zrobił to, żeby ugasić palące wyrzuty sumienia – powiedziała gorzko Łucja.

– Tak mówił? – Matylda się zdziwiła.

– Niezupełnie – odpowiedziała Łucja wymijająco. – Bo po co miałby przyjeżdżać?! – krzyknęła i mimowolnie wyrzuciła w górę ręce.

– Bo cię kocha? – Matylda obawiała się, że powiedziała za dużo.

Te słowa wywołały na twarzy Łucji grymas złości.

– Kocha?! Co też pani opowiada?! Gdy się kocha, nie krzywdzi się drugiej osoby i nie porzuca jak niechcianego szczeniaka! Gdyby wtedy nie odszedł, może wszystko inaczej by się potoczyło. Może ona by żyła, a ja... – Zamilkła i utkwiła wzrok w oknie.

– Nie zmienisz tego, co już się wydarzyło, ale możesz się dowiedzieć czegoś, co odmieni twój stosunek do przeszłości. – Mimo wyraźnego sprzeciwu Łucji starsza pani nadal drążyła niechciany temat.

– Ten człowiek… mój ojciec, jego życie, wszystko, co z nim związane, mnie nie interesuje. On nie powinien był się tutaj zjawiać! – krzyknęła, a Matylda uznała w końcu tę rozmowę za zakończoną.

Łucja była blada. Znów oparła się o ścianę. Wydawało się, jakby zaraz miała zemdleć.

– Może powinnaś się położyć? – W głosie Matyldy brzmiała troska. – Wyglądasz… tak papierowo.

– Nic mi nie jest. Wychodziłam już z gorszych opresji – stwierdziła kwaśno Łucja.

– Nie wątpię. – Matylda była naprawdę zatroskana. Zauważyła, że życie młodej nauczycielki znów wirowało jak kawa w młynku. Seria niejasnych sytuacji, o których Łucja nadal nie chciała mówić, smutne sprawy z przeszłości prowadziły ją na niebezpieczną drogę szybkiego ruchu. Tylko że Łucja bała się prędkości. Ona pragnęła spokoju.

– Połóż się – powtórzyła Matylda, tym razem stanowczo. – Zaparzę ci melisę. Chyba że chcesz pogadać? – Popatrzyła uważnie.

Łucja się nie odezwała. Oderwała się od ściany i podeszła do drzwi, zrównując się z gospodynią.

– Dziękuję, pani Matyldo… za wszystko. – Przez chwilę miała ochotę przytulić się do starszej pani, ostatecznie jednak wyszła z pokoju i udała się do siebie.

Kłęby rozwichrzonych myśli, niczym ciemne chmury rozrywane przez gwałtowny wiatr, mąciły jej umysł. Znów czuła się oszukana i zraniona. Znów chciała uciekać. Tym razem miała co do swojej ucieczki solidne podstawy, bo przecież „on" ją odnalazł. Zburzył jej spokój, który udało jej się zbudować w tym rajskim zakątku.

– On nie miał prawa przyjeżdżać do Różanego Gaju! Wszędzie, ale nie tutaj! – krzyknęła i uderzyła ręką w stolik. Położony na nim laptop zadrżał, wydając przy tym dziwny dźwięk. Usiadła na stołku i otworzyła notebooka. Przywołała w myślach rozmowę z ojcem i na samą myśl, że przez ostatnie lata była przez niego obserwowana, zrobiło jej się niedobrze. „On nie ma do tego prawa!" Znów uderzyła ręką w blat. Tym razem cios był silniejszy, aż poczuła ból w nadgarstku. Poczuła także ból w piersiach. O ile ten pierwszy był rwący i ostry, o tyle drugi był duszący i gęsty, nie fizyczny. Tak bolało serce zmęczone zadawnionym smutkiem.

Zalogowała się do skrzynki e-mailowej. „Nowa wiadomość od Luki" – ucieszyła się. Z ciekawością zaczęła czytać kolejny list. Ostatnio Luca pisał bardzo często, a ona z przyjemnością mu odpisywała. Tym razem wiadomość była dość długa. Znacznie dłuższa niż zazwyczaj.

Witam Cię, Łucjo. – Tak zazwyczaj zaczynał każdy list. – Dowiedziałem się dzisiaj bardzo interesującej rzeczy i od razu postanowiłem podzielić się z Tobą pewną ciekawą historią, która może mieć związek z Tobą… z Waszą miejscowością. To niesamowite, jak poprzez splot różnych, niby przypadkowych wydarzeń czy spotkań z ludźmi natrafiamy na sprawy, które dotychczas były przed nami zamknięte.

Mam pewnego dobrego znajomego, który prowadzi niewielki sklepik na Ponte Vecchio. Zapewne wiesz, że Most Złotników – Ponte Vecchio – to najstarszy most we Florencji. Od 1593 roku po jego obu stronach zaczęły powstawać liczne warsztaty i kramiki jubilerskie. Mój znajomy Leonardo, jak już Ci wcześniej napomknąłem, jest właścicielem właśnie takiego małego sklepu, który należy do jego rodziny od wielu pokoleń. Zresztą Leo pochodzi ze starej włoskiej, kupieckiej rodziny z tradycjami. W swoich zbiorach ma wiele ciekawych, często wiekowych przedmiotów. Ciągle tworzy też nowe. Ale nie o tym chciałem... Odbiegam od tematu. To wszystko przez to, że magiczny sklepik mojego znajomego zawsze pobudzał moją wyobraźnię. Wracam do tematu. Otóż przodkowie Leonarda, podobnie jak i on to czyni, prowadzili rejestr sprzedanych przedmiotów. Sklepik tej rodziny był bardzo ekskluzywny i przez lata wyrobił sobie renomę. Nie sprzedawali dużo, raczej stawiali na jakość. Przedmioty z warsztatu rodziny Leo zawsze były oryginalne, ale też słono trzeba było za nie zapłacić. I znów odbiegam od tematu... No właśnie. Dzisiaj rano odwiedziłem Leonarda i w moje ręce wpadł ów rejestr. To bardzo stara księga. Pochodzi z siedemnastego wieku. Leo, wiedząc, że niedawno byłem w Polsce, zwrócił mi uwagę na nazwisko, które pojawiło się na jej stronach. Nie uwierzysz... Ale zakupu w starym florenckim sklepiku mistrza Giuliano (tak nazywał się przodek Leonarda, który wówczas sprawował nad nim pieczę) dokonał pan Ludwik von Kreiwets. Zakupił wówczas złoty łańcuszek z wisiorem przedstawiającym ptaka. Przedmiot był nieznanego pochodzenia. To znaczy, że nie został zaprojektowany i zrobiony przez mistrza Giuliano, ówczesnego złotnika. Domyślasz się, co to może oznaczać?

W tej chwili Łucja przerwała czytanie i chwyciła łańcuszek, który od ponad roku ozdabiał jej szyję. Nie zdjęła go ani razu, jakby ten przedmiot zrósł się z nią. Nie czuła się z nim dobrze, choć przez większość czasu wcale o nim nie myślała. Zdarzały się jednak momenty, że mimo delikatnego splotu ją uwierał. Wtedy miała ochotę go zerwać z szyi. Czuła wówczas, że nie należy do niej. Wypuściła wisiorek z ręki i powróciła do czytania. O tak, nie miała co do tego wątpliwości, łańcuszek ze złotym ptakiem był jedyny w swoim rodzaju.

> Nigdy nie pytałem Cię o to, skąd go masz, choć przecież zauważyłaś, że mnie interesował. Chodzi o to, że już wcześniej gdzieś go widziałem. Ale to już inna historia, niemająca związku z tym, co chcę Ci przekazać.

„A więc jednak?" – pomyślała i znów oderwała oczy od monitora. Luca nie ukrywał swojego zainteresowania łańcuszkiem ze złotym ptakiem. Tylko dlaczego nie wspomniał wówczas, że już go widział? Może słowo pisane przychodziło mu łatwiej niż bezpośrednia rozmowa? Choć i teraz nie zdradził zbyt wiele, Łucja była pewna jednego, a mianowicie, że ma w posiadaniu przedmiot, który pan Ludwik kupił zapewne swojej żonie Lukrecji, gdy wracał z podróży. Podobno często wyjeżdżał. Łucja domyślała się, że z każdym powrotem jego żonie przybywał jakiś cenny drobiazg. Największą pasją Lukrecji była gra na fortepianie. Dostała kiedyś od męża jeden z pierwszych instrumentów wyprodukowanych przez sławnego Bartolomeo Cristoforiego. Grę bowiem kochała najbardziej. Ale może ten wisiorek też był dla niej cenny?

Znów dotknęła misternego splotu. Nie można mieć całkowitej pewności, że to ten sam przedmiot, o którym pisał Luca. Ale czuła, że tak jest. Że należał do Lukrecji von Kreiwets. Nic więc nie było wiadomo. Ojciec Ani, Tomasz, znalazł go przy fontannie sylfidy, kiedy akurat spacerował tam z jej mamą, Ewą. Bardzo się wówczas kochali, planowali ślub. Tomasz założył łańcuszek Ewie. Nosiła go niemal do końca. Zdjęła go dopiero na krótko przed śmiercią. Powiedziała, że nie chce zabierać go do grobu. Prosiła wówczas Łucję, żeby po pogrzebie oddała go Ani. Stało się jednak tak, że Ania podarowała go jej. To wszystko było bardzo dziwne. Już sama okoliczność znalezienia wisiorka przez Tomasza wydawała się nierzeczywista.

Znów spojrzała na ekran monitora.

> Sama musisz przyznać, że to niesamowite – pisał Luca. Ten łańcuszek z wisiorkiem był bardzo drogi. Pan Kreiwets musiał należeć do zamożnej części społeczeństwa i z pewnością bardzo kochał żonę. W każdym razie przy dacie 28.08.1768 jest złożony jego odręczny podpis.

„Dwudziesty ósmy sierpnia?" – Łucja na moment znów oderwała oczy od zlewających się rzędów literek. Była coraz bardziej zmęczona. „To data naszego ślubu… mojego i Tomasza". Do dnia ceremonii został zaledwie miesiąc. Przecież musieli w końcu o tym porozmawiać. Tomasz był jednak w stosunku do niej tak oschły, że nie pozostawiała sobie złudzeń. List od Luki trochę odciągnął ją od bieżących spraw. Na moment zapomniała też o ojcu, o spotkaniu, które teraz wydawało jej się tylko złudzeniem.

Doczytała do końca wiadomość od Luki. Dużo było w niej ciepłych, pokrzepiających słów. Dużo było o życiu samego Luki, który po powrocie do Włoch wrócił do malowania. Z tego, co wiedziała, często kontaktował się też ze Staszkiem. Przyjaciel Ani również zajął się malowaniem. W pokoju, gdzie z Lucą tworzyli wspólny obraz, nadal pozostały wszystkie przybory malarskie. Pozostał też ich wspólny obraz. Choć skończony, czekał na lepsze czasy, kiedy będzie mógł opuścić mury pałacu Kreiwetsów. Staszek ostatnio coraz częściej zamykał się w tym pokoju i malował. Przeważnie była z nim Ania, choć czasami dawała przyjacielowi odetchnąć od swojego towarzystwa.

Łucja wyłączyła laptop i poszła do łazienki. Po krótkiej kąpieli przebrała się w piżamę i usnęła. Nie myślała już o ojcu. Odgrodziła od siebie wspomnienia. Tak samo potraktowała dzisiejsze nieoczekiwane spotkanie – jakby go nie było.

– On nie miał prawa tutaj przyjeżdżać – powtórzyła raz jeszcze głośno, po czym szczelnie zasunęła zasłony, aby nie przedarło się przez nie światło księżyca, i poszła spać.

Rankiem znów usłyszała bicie kościelnych dzwonów. Zawsze je słyszała. Kościół w Różanym Gaju stał od kilku wieków na niewielkim pagórku, a kościelny uwielbiał pociągać za gęsto tkaną linę, wprowadzając tym samym dzwony w wyjątkowo długie kołysanie.

Tym razem dźwięk był jakiś nietypowy. Brzmiał żałobną nutą. Łucja poczuła niepokój. Wstała i poszła do kuchni. Pani Matylda była już w ogrodzie. Łucja znalazła na stole przygotowane dla siebie śniadanie. Niewielkie kromeczki przystrojone równymi plasterkami żółtego sera i świeżymi warzywami wyglądały jak miniaturowe dzieła sztuki. W dzbanku czekała na nią jeszcze ciepła kawa. Mimo zapowiadającego się ciepłego dnia domknęła okno. Chciała odciąć się od niechcianego dźwięku. Bicie dzwonów wyjątkowo ją dzisiaj drażniło. Oczyma wyobraźni ujrzała panią Grażynę siedzącą w pierwszej ławce bocznej nawy przed obrazem miłosiernego Jezusa. „Przynajmniej dotrzymała słowa danego świętemu" – pomyślała Łucja. Po odnalezieniu się Staszka pani Grażyna rzeczywiście rozprawiła się z mężem. Ze względów religijnych nie mogła zdecydować się na rozwód, ale wyeksmitowała swojego ślubnego z domu. Niewielki trzyizbowy budynek należał do niej, odziedziczyła go bowiem po matce. Pan Mietek, chcąc nie chcąc, z prawie pustą torbą, w której znajdowało się tylko kilka par dziurawych skarpet i niewiele lichych, przetartych ubrań, wylądował u swojego brata, mieszkającego w sąsiedniej wsi, który podobnie jak pani Grażyna był bardzo pobożny. Przy czym religijność brata pana Mieczysława znacznie wykraczała poza ogólne normy ludzi wierzących. Stryjek Staszka uczył się kiedyś w seminarium. A że nie szła mu nauka, szybko porzucił marzenie o stanie kapłańskim. Głęboka religijność jednak w nim pozostała, a nawet z biegiem lat przerodziła się w fanatyzm. Antoni, bo tak miał na imię, był teraz ponadsześćdziesięcioletnim człowiekiem i żył w skrajnie surowych warunkach. Często głodził się, umartwiał, a wszystko, co miał, oczywiście ofiarował dla chwały Pana. Ojciec Staszka, znalazłszy się w jego ascetycznym domu, musiał poddać się obowiązującym tam rygorom. Pokątnie śmiano się z Mietka. Wszyscy dopingowali panią Grażynę i podziwiali za to, że w końcu odważyła się przeciąć zapleśniałe, duszące ją więzy i przegoniła darmozjada, z którym użerała się od dwudziestu lat. Podobno po każdej wieczornej mszy Mietek czekał na nią przed kościołem i starał się ją przejednać. Pani Grażyna była jednak konsekwentna. „Obiecałam najświętszemu Jezusowi, że nie wpuszczę cię za próg mojego domu". – Takiego argumentu używała, odpierając namolne prośby ślubnego. „Ze świętym nie wygrasz" – mruczał wówczas pan Mietek i odchodził spod kościoła ze zwieszoną głową. Od dnia, kiedy żona wyrzuciła go z domu, nie wziął alkoholu do ust, ale pani Grażyna wiedziała z doświadczenia, że to stan chwilowy. Przez wszystkie lata małżeństwa wspierała go w walce z alkoholizmem, ale im dłużej trwało jego uzależnienie, tym bardziej słabła nadzieja pani Grażyny, że jej mąż kiedykolwiek się z tym upora. Teraz też było jej ciężko. Nie miała pewności, czy słusznie postąpiła. Ale kiedy patrzyła na spokojnego i wyspanego syna, uśmiechała się. W domu było teraz czysto. Jeden z sąsiadów odmalował wnętrze, inni oddali niepotrzebne, nowe sprzęty. Pani Grażyna, z zawodu krawcowa, mogła teraz spokojnie zająć się szyciem. A zleceń ostatnio nie brakowało. Nieraz szyła do późnej nocy.

Łucja usiadła przy stole i przysunęła do siebie talerz ze śniadaniem. Dzwony nadal biły. Popatrzyła na okno. Za szybą przeleciało kilka gołębi. Jeden z nich, największy i najciemniejszy, usiadł na parapecie. Przechylił głowę i popatrzył na Łucję. W dziobku trzymał mały kawałek papieru. Z daleka wyglądał jak doręczyciel, który dostarczył na miejsce oczekiwaną przesyłkę.

Łucja wstała i podeszła do okna. Złapała za klamkę i rozchyliła je, ale wtedy ptak odleciał. Na parapecie został tylko mały kawałek papieru, który wyglądał jak biały listek. Bicie dzwonów na szczęście ustało. Łucja wróciła do śniadania.

Kiedy wyszła z kuchni, w holu spotkała się z Matyldą.

– Jak się czujesz? – Gospodyni obrzuciła ją wnikliwym spojrzeniem.

– Dobrze – odpowiedziała. Nie skłamała. Naprawdę czuła się dobrze. Sama była zaskoczona, że z taką łatwością udało się jej odgrodzić od wspomnień wczorajszego spotkania.

„Nie było go w moim życiu przez ponad trzydzieści lat, dlaczego więc miałby pojawić się w nim teraz?" – przekonywała sama siebie za każdym razem, kiedy świeże wspomnienie ojca pojawiało się w jej głowie.

– Dziękuję za śniadanie – dodała po chwili.

Matylda uśmiechnęła się i ruszyła w stronę łazienki. Miała brudne dłonie, a do szerokiej spódnicy przyczepiły się drobne grudki ziemi.

– Wyplewiłam boczne rabaty. Ostatnio strasznie zarosły chwastami – powiedziała i znikła w łazience.

Łucja uznała, że jest to dobry dzień, żeby trochę pomóc gospodyni w ogrodzie. Wprawdzie działka pani Matyldy była doskonale utrzymana, Łucja miała nadzieję, że znajdzie się na niej chociaż jedno miejsce, gdzie nie dotarł czujny, choć już słabnący, wzrok gospodyni.

Weszła do swojego pokoju. Kucnęła przy otwartej walizce i wyjęła wygodne ubranie: szorty i koszulkę na cienkich ramiączkach. Na niebie od samego rana królowało słońce, chciała więc się trochę opalić. Przy każdym kontakcie ze słonecznymi promieniami jej ciemna karnacja nabierała ciekawej, oliwkowej barwy. Głowę Łucja przysłoniła słomkowym kapeluszem, choć jej hebanowe włosy od dzieciństwa nie pojaśniały nawet o ton. Wyszła na zewnątrz. Stanęła na schodkach i na moment przymrużyła oczy. Słońce przyjemnie głaskało twarz, tak że mogłaby stać i stać w nieskończoność. W odróżnieniu od poprzedniego dnia, dziś była pełna wigoru. Pod wpływem świeżego powietrza wspomnienie ojca w jej umyśle zatarło się jak zalana wodą fotografia.

Zeszła na dół i rozejrzała się po frontowej, okazalszej części ogródka, który gospodyni obsadziła głównie azaliami. Piękne rośliny wprawdzie przekwitły, ale tuż obok rabatę ozdabiały niebieskie hortensje i jeżówka o delikatnych liliowych płatkach. Kucnęła przy jednym z krzewów, przypatrując się uważnie okalającej go zieleni. Tak jak przypuszczała, nie było czego wyrywać. Pani Matylda nie pozwoliła panoszyć się na swojej posesji niechcianym zielonym lokatorom. Wszelkie chwasty nie miały u niej czego szukać. Nagle tuż za ogrodzeniem, wzdłuż którego ciągnął się gęsty, równo przycięty żywopłot, usłyszała czyjeś kroki. Podniosła się i spojrzała na furtkę. Stał przy niej Tomasz. Podeszła do furtki i odchyliła skobel, wpuszczając mężczyznę na teren działki.

– Cześć, Łucjo. – Tomasz stanął przy siatce, jakby nie zamierzał zrobić ani kroku więcej.

– Fajnie, że przyszedłeś – ucieszyła się, ale kiedy na niego popatrzyła, wiedziała, że odezwała się nie w porę.

– Musimy porozmawiać. – Gdy to mówił, miał poważną twarz.

– Dobrze, już dawno powinniśmy to zrobić. Chodź, usiądziemy w ogrodzie. – Wskazała ręką na niewielki zagajnik, gdzie w cieniu stał okrągły stolik ogrodowy.

– Nie wiem, czy to… co chcę ci powiedzieć, jest…

– O co chodzi? – Łucja była pełna niepokoju.

– Łucjo, odwołałem nasz ślub. – Odwrócił głowę w stronę wzgórza, gdzie wznosił się kościół.

Z działki Matyldy zza gęstych koron drzew było widać tylko czubek jego jedynej wieży.

Łucja nie odezwała się słowem. W gruncie rzeczy pozbyła się już złudzeń i domyślała się, że planowana wcześniej ceremonia może się nie odbyć. Ale co innego było o tym myśleć, a co innego stanąć twarzą w twarz z mężczyzną, którego się kocha, i usłyszeć to z jego ust.

– Dlaczego milczysz? – Tomasz mówił cicho, jakby zabrakło mu sił.

– A co chciałbyś usłyszeć? – Głos Łucji był smutny, ale nie dała się wyprowadzić z równowagi. – Najgorsze jest dla mnie to, że mi nie wierzysz – powiedziała sucho. Zauważyła, że zacisnął rękę na siatce. Jej ostre zakończenie musiało go mocno zakłuć, bo natychmiast ją cofnął i zwiesił luźno wzdłuż ciała. Łucja uniosła lewą dłoń. Na serdecznym palcu zamigotał zielony kamień zaręczynowego pierścionka. Szybko go zdjęła i podała Tomaszowi. Nie był na to gotowy. Wziął go od niej i przez dłuższą chwilę zatrzymał na nim wzrok.

– Dlaczego mi go oddajesz? – spytał z paniką.

– To chyba oczywiste. Odwołałeś ślub, do którego wcześniej tak usilnie dążyłeś. Uznałam więc nasze zaręczyny za zerwane.

– Ale… ja tylko odwołałem ślub. Przecież…

– Aha. – Uśmiechnęła się ironicznie. – No tak… tylko odwołałeś ślub.

– Chciałem nam dać trochę więcej czasu.

– Trochę więcej czasu na co? Na to, żebyśmy dalej bawili się w kotka i myszkę? Tomek, to nie ma sensu i ty dobrze o tym wiesz. Nie wierzysz mi. Nie ufasz. Na takim marnym fundamencie nie zbudujemy naszego związku.

Tomasz nic nie mówił, tylko cały czas patrzył na nią z paniką.

– Uważam, że jednak powinnaś go zatrzymać. – Podszedł do niej, ale się cofnęła.

– Nie – powiedziała zdecydowanie. – Ślub się nie odbędzie, i to nie z mojej winy. Nie zachowuj się jak pozorant i w końcu miej śmiałość nazwać rzeczy po imieniu.

– Masz rację. – Zacisnął pierścionek w dłoni. Potem włożył go do kieszeni spodni.

W tej chwili w drzwiach pojawiła się Matylda.

– Witam, panie Tomku. Jak miło, że pan do nas zajrzał. – Gospodyni przywitała gościa szerokim uśmiechem.

– Dzień dobry – odpowiedział kwaśno Tomasz.

– Dlaczego pan nie wejdzie, tylko tak stoicie przy płocie? – Matylda nie kryła zdziwienia.

– Wpadłem tylko na chwilę. Właściwie to już się zbieram.

– Ale… jak to? – Gospodyni wpatrywała się w niego z rosnącym zdumieniem.

– Do widzenia. – Żegnając się, Tomasz już był za siatką.

– Do widzenia. – Matylda kręciła z niedowierzaniem głową.

Potem popatrzyła na Łucję. Stała odwrócona do niej plecami i patrzyła za oddalającym się mężczyzną.

– Widziałaś go? Co mu tak dzisiaj śpieszno? – Matylda zeszła po schodkach i podeszła do Łucji. Z jej oczu płynęły łzy.

– Łucjo, co się stało?! – Złapała ją za rękę.

– Tomek odwołał ślub. To już koniec! – Łucja wyrwała się Matyldzie i pędem pobiegła do domu.

Wpadła do swojego pokoju, rzuciła się na łóżko i zaczęła szlochać. Płakała długo, aż biała poduszka, którą podłożyła sobie pod twarz, namokła od jej łez. Nie żałowała łez, bo przeznaczone były dla człowieka, którego kochała.

W mieszkaniu Izabeli czuć było terpentyną mocniej niż zazwyczaj. Łucja pomyślała, że przyjaciółka, tak jak to miała w zwyczaju, znów spędziła noc przy sztalugach. Worki pod oczami i nieuczesane włosy świadczyły o tym niezbicie.

– Malowałam – powiedziała, gdy zobaczyła Łucję w progu swojego mieszkania.

– Domyślam się. – Łucja się uśmiechnęła.

Izabela od razu zauważyła, że ten uśmiech kosztował ją wiele wysiłku. Stanęły w holu, mierząc się wzrokiem. I jedna, i druga popatrzyły na siebie krytycznie.

– Źle wyglądasz – odezwały się jednocześnie i roześmiały się.

– Chodź do kuchni… na kawę. Co jak co, ale nie wypuszczę cię z mojego domu bez filiżanki porządnej kawy.

Weszły do kuchni. Łucja od razu usiadła na pierwszym z brzegu stołku. Izabela podeszła do ekspresu. Zanim go włączyła, odwróciła się w stronę przyjaciółki.

– A może jednak wolisz herbatę? – zapytała.

Łucja spojrzała na nią apatycznie.

– Obojętne. Może być kawa. – Łucja uniosła głowę i spojrzała na obraz, z którego spoglądała na nią Laura de Borgio.

Po chwili w kuchni unosił się aromatyczny zapach. Iza podała przyjaciółce filiżankę wypełnioną mocnym espresso. Sama usiadła obok.

– Dobra, Łucjo. Kilka dni nie odzywałam się do ciebie. Dałam ci czas na asymilację, ale… w końcu musimy o tym pogadać, co? – Izabela nie spuszczała z Łucji wzroku.

– Dobrze, że zadzwoniłaś. Przecież w końcu musiałam wyjść z domu. – Uśmiechnęła się smutno.

– Łucjo, ja nadal uważam, że ktoś powinien przemówić Tomaszowi do rozumu. Nie możecie się rozstać w takich głupich okolicznościach.

– To nie są głupie okoliczności. Dobrze wiesz, że wszystko przemawia na moją niekorzyść. A największy i jedyny dowód, jak przypuszczam, nadal znajduje się w pałacu Kreiwetsów i woła o pomstę do nieba. No… chyba że się mylę. Może Tomek już się go pozbył. – Łucja założyła ręce na piersi.

– Chodzi ci o ten obraz? – spytała ostrożnie Izabela.

To dziwne, ale dotąd o nim nie rozmawiały. Oczywiście Iza wiedziała o wszystkim. Poznała wersję Luki. Wiedziała, że sprawa obrazu jest dla przyjaciółki drażliwym tematem. Odczuwała nawet wyrzuty sumienia. Bo przecież gdyby nie wpadła na szatański pomysł zainstalowania swojego przyjaciela w pałacu Kreiwetsów, do tej całej kuriozalnej sytuacji by nie doszło.

– Tak, chodzi mi o ten obrzydliwy obraz, na którym twój... Luca przedstawił mnie w stroju Ewy – odezwała się Łucja sarkastycznie.

– Brrr... – Iza potrząsnęła głową. – Nie wiem, co mu strzeliło do łba. Najgorsze jest to, że on też tego nie wie. Mówił, że malował pod wpływem impulsu, co akurat jestem w stanie zrozumieć. Ale... dlaczego nie domalował ci sukienki? – Iza starała się rozweselić Łucję. Niestety bezskutecznie. – Zobacz, ja uwierzyłam od razu. Tomek pewno też z czasem...

– Z jakim czasem? – Łucja popatrzyła na Izabelę wzrokiem pozbawionym złudzeń. – Izo, to już koniec. Ślub jest odwołany. Oddałam mu pierścionek, co znaczy, że rozstaliśmy się definitywnie.

Iza zamilkła, choć początkowo miała zamiar się odezwać. Dłuższą chwilę patrzyły na siebie bez słowa.

– A Ania, czy ona też ci nie uwierzyła? – Izabela spytała w końcu o to, co ją najbardziej nurtowało.

– Nawet nie wiem, czy widziała ten... obraz. – Łucja skrzywiła usta.

– Nie rozmawiałyście o tym?

– Nie. Ania unika tematu.

– A Tomek z nią o tym nie rozmawiał?

– Nie wiem. To znaczy mówił jej o odwołaniu ślubu, o naszym rozstaniu i w ogóle... – Łucji załamał się głos.

– I jak ona to przyjęła?

– Udaje, że jej to nie dotyczy, ale widzę, że bardzo cierpi. Ona naprawdę uwierzyła, że będziemy wszyscy troje ze sobą szczęśliwi.

– A ty?

– Ja też w to uwierzyłam. Teraz jednak… – Łucja ze wszystkich sił tłumiła szloch, który zaczął dusić jej gardło.

– Powinnaś gdzieś wyjechać i z dystansu spojrzeć na swoje problemy.

– Tak, rzeczywiście, ostatnio sporo się ich namnożyło – przytaknęła Łucja.

– Sama widzisz. Pomysł z wyjazdem nie jest zły. Masz przed sobą jeszcze miesiąc wakacji. Nie myślałaś, żeby wyjechać do Włoch? – Iza przyglądała się Łucji ostrożnie.

– O nie! Broń Boże do Włoch! Wszędzie, byle nie tam! Tak się składa, że ostatnio mam na Włochy alergię.

To przecież Włochy zabrały jej Tomasza. To tam zostawił cząstkę siebie. A może po prostu nie pasowali do siebie? Może wyjazd tylko przyspieszył to, co i tak musiało się kiedyś wydarzyć? „Rozstanie” – to słowo kaleczyło jej uszy i rozszarpywało serce na strzępy. Nie chciała go słyszeć nawet w myślach.

– To pojedź gdzieś bliżej… Gdziekolwiek. – Iza kusiła perspektywą wyjazdu.

Może i pomysł przyjaciółki nie był taki zły. W Różanym Gaju ostatnio ciągle się zadręczała. Wszystko, na co spojrzała, przypominało jej o straconych szansach. Ciągle tylko chodziła na grób Ewy i w myślach jej się żaliła. Ostatnio ze zmarłą mamą Ani spędzała więcej czasu niż z żywymi. Obwiniała się, że zawiodła Anię. Że nie umiała stworzyć jej takiego domu, na jaki zasługiwała. Że oboje tego nie potrafili… ona i Tomasz.

– Znam jedno takie miejsce, gdzie mogłabyś się na pewien czas ukryć. – Oczy Izabeli zapałały entuzjazmem.

Łucja popatrzyła na nią bez przekonania. Przyjaciółki to jednak nie zniechęciło.

– Co byś powiedziała na to: tylko ty… całkowite pustkowie… stary opuszczony kościół. – Iza zrobiła tajemniczą minę.

– Gdybym miała ochotę na modlitwę, poszłabym na codzienną mszę do naszego kościoła, w Różanym Gaju. Zresztą pani Grażyna ciągle mnie do tego namawia.

– Oj, Łucjo. Nie bądź taka dosłowna. Trzy godziny jazdy stąd jest niewielki gotycki kościółek. Od dawna stoi pusty, ale klucze do niego ma pewna starsza pani, którą trochę znam. Jeździliśmy tam kiedyś na spotkania plenerowe. Zatrzymywaliśmy się właśnie w tym kościele. Kilka dni można przetrwać. To zupełnie jak biwakowanie. Moi znajomi lubią tam wracać, kiedy znudzi ich krzykliwe, zbyt szybkie miejskie życie. Z prysznica można skorzystać za skromną opłatą u gospodyni. Co ty na to? – Iza wpatrywała się w przyjaciółkę wyczekująco.

– No… nie wiem. – Łucja pomyślała, że może to faktycznie nie najgorszy pomysł. Może powinna spróbować opuścić Różany Gaj choć na chwilę i z perspektywy ponad stu kilometrów na chłodno ocenić sytuację.

To wystarczyło. Po chwili Izabela trzymała w ręku telefon, a po dziesięciu minutach wiedziały już wszystko.

– Ustalone. – Malarka zatarła ręce. – Gospodyni ta sama od lat. Kościół stoi w tym samym miejscu od kilku wieków i tylko ty musisz się tam zjawić.

– Jesteś pewna, że to dobry pomysł? – Łucja wciąż się wahała. Patrzyła na przyjaciółkę tak, jakby to ona miała za nią podjąć decyzję.

Iza tylko na to czekała.

– Oczywiście, że jestem pewna. Inaczej bym ci przecież tego nie proponowała. Jedziesz, moja kochana. – Głośno klasnęła w ręce.

– Jesteś pewna, że nie pogrążę się na tym pustkowiu całkowicie? – Łucja jeszcze się zastanawiała, ale widać było, że już się zdecydowała.

– Na pewno się nie pogrążysz. Wrócisz jak nowo narodzona. Kilkadziesiąt metrów od kościoła przepływa czysta rzeczka, w której można się wykąpać. Musisz tylko zabrać wałówkę na kilka dni. Jedzenie można zostawić u gospodyni.

– A co, jeżeli w tym samym czasie ktoś przyjedzie do tego kościoła? Wspominałaś, że to miejsce znane artystom.

– To będziesz miała towarzystwo – żartowała Izabela.

Łucja zmarszczyła czoło.

– Nikogo tam nie zastaniesz. Cały sierpień kościół jest pusty. Dopiero w połowie września ma się tam odbyć jakaś impreza plenerowa. Kto wie, może sama się na nią wybiorę? – zastanowiła się Izabela.

Powiedziawszy to, uznała temat za zamknięty. Wydawało się oczywiste, że Łucja podjęła już decyzję. Obie o tym wiedziały. Teraz rozmowa zeszła na sprawy Izabeli, a zwłaszcza jej pracę. To znaczy mówiła przede wszystkim Iza, a Łucja z zainteresowaniem słuchała. Kiedy Iza mówiła o ważnych dla niej sprawach, miała ogień w oczach. W takich chwilach Łucja mogłaby jej słuchać bez ustanku. Kiedy po trzech godzinach żegnały się w progu, wymieniając przyjacielskie całusy, Iza dodała jeszcze:

– Wpadnę do was jutro i podam ci konkrety. Możesz się już pakować. – Popatrzyła przebiegle.

Potem się pożegnały i Łucja zbiegła na dół.

– Nie możesz jechać... Nie teraz. – Taka była reakcja Ani na wiadomość o wyjeździe Łucji.

– To tylko kilka dni – przekonywała małą Łucja.

– Nie jedź, proszę. – Dziewczynka patrzyła na nią błagalnie.

– Dlaczego tak ci zależy, żebym została? Przecież w ciągu pięciu czy siedmiu dni nawet nie zauważysz mojej nieobecności.

– Naprawdę tak uważasz? Myślisz, że nic dla mnie nie znaczysz?

– Nie to miałam na myśli. – Łucja pogłaskała ją po ramieniu.

Siedziały w niedużej altance znajdującej się na tyłach ogrodu pani Matyldy. Ania odwiedzała Łucję codziennie. Od rozmowy z Tomaszem Łucja nie pojawiła się w pałacu. Ania wiedziała dlaczego. Tomasz starał się dokładnie jej wytłumaczyć, co zaszło pomiędzy nim a Łucją. Nie musiał. Jego córka była bystrą dziewczynką i od dawna wiedziała, co w trawie piszczy. Dzieci mają swoisty dar wyczuwania nastrojów swoich bliskich.

– Łucjo... Ja chcę, żebyś wiedziała, że... – Ania była zakłopotana.

– Aniu, o co chodzi? – Łucja przybliżyła się do niej. Objęła ją, zachęcając w ten sposób do rozmowy.

– Chcę, żebyś wiedziała... – powtórzyła i znowu zamilkła.

– O czym?

– Że ja ci wierzę. – Ania poczerwieniała.

– Wierzysz mi? – Łucja patrzyła pytająco.

– Ja wiem, że to nie ty... Na tym obrazie. – Dziewczynka była wyraźnie zawstydzona.

– Widziałaś obraz, który namalował Luca?

– Tak – odpowiedziała pośpiesznie. – Wiem, że to nie ty. To znaczy twarz jest twoja, ręce, ten wisiorek... – Spojrzała na dekolt Łucji. – Ale reszta jest wymyślona.

– Cieszę się, że mi wierzysz. – Łucja mocno ją przytuliła. Poczuła, że zbiera się jej na płacz. Ania jej wierzyła. Ufała jej. Czego mogła pragnąć więcej? Chyba tylko tego, żeby takim samym zaufaniem obdarzył ją Tomasz.

Po chwili Łucja odsunęła od siebie twarz dziewczynki.

– Dlaczego mi wierzysz? – Łucja patrzyła na nią czujnie.

– Po prostu wierzę i już. Ty taka nie jesteś. Nie rozebrałabyś się przed obcym mężczyzną.

– Twój tata sądzi coś innego – powiedziała Łucja z przekąsem.

– Mężczyźni czasem zachowują się tak niedojrzale. Wiem, bo Staszek też czasem myśli, że zjadł wszystkie rozumy – powiedziała Ania poważnie. – Boję się, że tata będzie kiedyś żałował swojego uporu. – Popatrzyła przed siebie smutno.

– Aniu, najważniejsze jest to, że ja zawsze będę cię kochać. Niezależnie od tego, jak ułożą się sprawy pomiędzy mną i twoim tatą. I zawsze będę blisko ciebie. Obiecałam to twojej mamie. Wygląda na to, że jesteś na mnie skazana. – Łucja chwyciła kosmyk włosów dziewczynki i pociągnęła za niego.

Ania udała, że jej to przeszkadza, i zaczęły się przekomarzać. Przez chwilę było jak dawniej. To znaczy zanim Tomasz wyjechał do Włoch.

– Nigdy o mnie nie zapomnisz? – Ania znów popatrzyła na Łucję markotnie.

– Nigdy, kochanie. Przenigdy. – Łucja objęła ją tak mocno, że małej aż zabrakło tchu. – Aniu, ten wyjazd… Myślę, że dobrze mi zrobi. Wiesz, że wrócę, tak? – Łucja znów chwyciła w dłonie buzię dziewczynki i przybliżyła do swojej.

– Tak – odpowiedziała Ania cicho.

– Wrócę silniejsza i weselsza. – Nie spuszczała z Ani oczu.

Dziewczynka nieśmiało się uśmiechała.

– Obiecujesz?

– Obiecuję. – Łucja przyłożyła do piersi rękę.

– Chcę, żebyś była szczęśliwa. Łucjo… ja wierzę, że ty i tata jeszcze będziecie razem.

Łucja nie była tego taka pewna, ale nie chciała pozbawiać dziewczynki złudzeń.

– Aniu, czas pokaże, jak to się wszystko ułoży. Jedno jest pewne, oboje zawsze bardzo będziemy cię kochać. To się nigdy nie zmieni.

– Mam nadzieję – odparła Ania ze smutkiem.

Ten smutek Łucja miała przed oczami nawet wówczas, gdy siedziała na pustym peronie w Różanym Gaju, czekając na pociąg, który miał zawieźć ją w nieznane. Który to już raz jechała, by odnaleźć siebie? By poskładać swoje rozbite na kawałki życie? Przynajmniej była silna. Zahartowana. Niezależna i stała. To miało być tylko kilka dni, ale ona czuła, że zanim znowu tutaj wróci, minie cała wieczność. Tak trudno było jej się rozstać z Różanym Gajem. Pierwszy raz pokochała miejsce, w którym przyszło jej mieszkać. Pierwszy raz pokochała ludzi, których tam poznała. I nie chodziło tylko o Tomasza i Anię. Tych ludzi było wielu i wciąż pojawiali się nowi. Matylda, Antonina, Izabela, pani Lucyna, koleżanki ze szkoły, Ignacy, Józef – to tylko nieliczni, którzy okazali jej serce. Większość mieszkańców Różanego Gaju miała bowiem wielkie serce. Mieli też pomocne dłonie, których nie bali się użyć w żadnej sytuacji. Łucja nie chciała tego stracić.

Izabela dopięła wszystko na ostatni guzik, tak jak obiecała. Łucja miała tylko dojechać na miejsce. Przyjaciółka rozpisała jej nawet trasę dojazdową, czas odjazdu pociągów i autobusu, na który musiała się przesiąść po przyjeździe na dworzec w Rzeszowie. Do niedużego plecaka zapakowała tylko kilka najpotrzebniejszych rzeczy, wygodne ubrania i środki higieniczne. Miała też jedzenie w puszkach.

Kiedy na stację w Różanym Gaju wjechał pociąg, poczuła się nieswojo. Nie chciała wyjeżdżać i tłumaczyła sobie, że to tylko na kilka dni.

„Po co mi to?" – zadawała sobie pytanie, spoglądając w okno. Pociąg mknął dość szybko, dlatego ciało Łucji kołysało się na boki, wprawione w ruch siłą rozpędzonego pojazdu. „Mogłam zostać i spędzić ten czas z Anią. Ona mnie teraz potrzebuje" – oskarżała się, ale na dezercję było za późno. Znajdowała się już zbyt daleko od Różanego Gaju. Poza tym późnym popołudniem była umówiona z gospodynią, która miała jej wręczyć klucz do opuszczonego kościoła. „To przecież tylko kilka dni" – pocieszała się w myślach. „Niedługo wrócę, a wtedy nie wypuszczę Ani z rąk. Tak bardzo ją kocham. Tak bardzo kocham jej ojca" – jęknęła. „Koniec zadręczania się". Przysunęła głowę do szyby tak blisko, że na twarzy poczuła zimny dotyk szkła. Mijane krajobrazy zlewały się w jedną zieloną plamę. Nie widziała nic poza obrazami w swojej głowie. Poza Anią i jej ojcem

Podróż minęła jej bardzo szybko. Dwie godziny jazdy i już stała na dużym dworcu w Rzeszowie. Z kartki, którą otrzymała od Izabeli, wiedziała, że autobus odjeżdża za pół godziny. Miała więc czas, żeby spokojnie znaleźć przystanek autobusowy. Odnalazła go bez trudu, idąc za tłumem przechodniów. Okazało się, że autokar był już podstawiony na właściwym stanowisku. Weszła do środka. Położyła plecak na górnej półce i wygodnie się rozsiadła. Po kilku minutach pojazd wypełnił się ludźmi. Po chwili odjechał.

Znów czuła, że jedzie w nieznane. Kiedyś, jako młoda dziewczyna, lubiła to. A teraz? Ostatnio zrobiła się z niej domatorka. Odkąd poznała Anię i jej ojca, skłonna byłaby spędzać każdą chwilę tylko w ich towarzystwie. Złapała za zwisający pasek od swojego plecaka i przyciągnęła do siebie. Chciała zerknąć na telefon. Była ciekawa, czy przypadkiem nie dostała jakiejś wiadomości od Ani. Włożyła rękę do bocznej kieszonki. Potem wyjęła ją i wsadziła do następnej. Po chwili przetrząsnęła całą jego zawartość. Telefonu jednak nie było. „Jak to możliwe, że go nie zabrałam? Wygląda na to, że jestem całkiem odcięta od świata. Dobrze, że chociaż mam portfel". Poczuła się niekomfortowo. Pomiędzy zwiniętymi ubraniami namacała portmonetkę. Nie włożyła już plecaka na półkę, tylko położyła sobie na kolanach. Autobus długo kluczył głównymi ulicami miasta. Kiedy jednak wyjechał poza jego zabudowaną część i znacznie przyspieszył, dla Łucji nagle czas się zatrzymał. Poczuła, że naprawdę jedzie w nieznane. Za sobą miała ukochane uliczki Różanego Gaju, a przed sobą niewiadomą, która przemawiała do jej oczu obrazem niskich, zielonych pagórków i nieba, niezmąconego nawet najmniejszą chmurką. Autobus zatrzymywał się rzadko, a jeżeli już stawał, to wyrzucał na przystanku sporą grupkę podróżujących. W pewnym momencie zorientowała się, że jest jedyną pasażerką. Od dłuższego czasu po obu stronach szosy nie pojawiały się żadne zabudowania. Mocniej chwyciła plecak, wstała i pomału zaczęła iść w stronę kierowcy. Był tak zasłuchany w biesiadną muzykę wydobywającą się z głośników umieszczonych po obu stronach kierownicy, że zdawał się jej nie zauważać.

– Kiedy będzie przystanek w Starym Kościele? – spytała, chwiejąc się na boki. Po chwili prowadzący zahamował tak gwałtownie, że omal na niego nie wpadła. Zatrzymała się w ostatniej chwili, łapiąc za pierwszą z brzegu poręcz. Plecak wylądował na podłodze.

– Niech pani siada. – Kierowca się uśmiechnął. Jedną rękę zdjął z kierownicy i poprawił sobie przerzedzoną fryzurę. – Stary Kościół to ostatni przystanek. Zostało jeszcze z dziesięć minut jazdy.

– Aha. – Łucja podniosła z ziemi plecak i usiadła na najbliższym siedzeniu.

Popatrzyła w okno. „Zielone" – to było jedyne słowo, które przychodziło jej teraz na myśl. No, może było jeszcze jedno: „pięknie", ale to drugie niewątpliwie wynikało z pierwszego. Jechali wąską serpentyną oplatającą zalesiony pagórek.

– Jesteśmy na miejscu. – Kierowca zatrzymał pojazd i obdarzył pasażerkę czarującym uśmiechem. Nie przeszkadzała mu w tym nawet spora luka w uzębieniu.

Wyskoczyła z autobusu i grzecznie się pożegnała. Zaraz potem autobus odjechał. W pobliżu przystanku zauważyła kilka domów. Ruszyła w ich kierunku. Od razu rzucił jej się w oczy największy, zbudowany z ciemnowiśniowej cegły. Obok stała duża stodoła. Z opowieści Izabeli wiedziała, że to właśnie w nim mieszka gospodyni, od której miała odebrać klucze do kościoła.

Zauważyła ją na zewnątrz. Starsza kobieta, wzrostem i wiekiem przypominająca Matyldę, stała przy furtce i patrzyła w jej kierunku. Wyglądało to tak, jakby na nią czekała. Sprawiała wrażenie osoby bardzo sympatycznej

– Dzień dobry – odezwała się do gospodyni.

– Witam panią. Cieszę się, że pani do nas przyjechała.

– Ja też się cieszę. – Łucja popatrzyła najpierw na stojącą naprzeciw kobietę, a potem na chwilę odwróciła się i zerknęła na okolicę. – Pięknie tu u was – dodała.

Naprawdę cieszyła się, że Iza popchnęła ją do tego wyjazdu. Właściwie to można by powiedzieć, że przyjaciółka dała jej solidnego kopniaka i zdecydowała za nią. To był jednak dobry pomysł. Pobyt w zupełnie nowym miejscu zawsze pobudzał w niej wydzielanie endorfin. Na jej twarzy pojawił się uśmiech, czuła się świetnie.

– Zapraszam do środka. – Gospodyni szła przodem chodnikiem prowadzącym pod drzwi domostwa. Kiedy stały już przy wejściu, starsza kobieta nagle odwróciła się i popatrzyła na niebo.

– Może byłoby lepiej, żeby dzisiejszą noc spędziła pani u mnie? Mam dwa schludne pokoje, więc...

– Nie, dziękuję. Chciałabym już dziś zobaczyć ten kościół. – Łucja miała zakłopotany wyraz twarzy. Nie lubiła nikomu odmawiać. Nie była pewna, czy swoimi słowami nie sprawiła gospodyni przykrości.

– Wy, artyści, to tylko ciągniecie do tej... zapomnianej świątyni.

– Nie jestem artystką. – Łucja się uśmiechnęła. – I zapewniam panią, że nie mam żadnych predyspozycji, by nią być. – Głośno się roześmiała.

– Nie? – Gospodyni była wyraźnie zdziwiona.

– Nie. – Łucja cały czas się uśmiechała.

Przekroczyły próg, wchodząc do wąskiego ganku z niskim stropem. Potem przeszły dalej i weszły do przestronnego pokoju. Wszystkie ściany pokrywały obrazy z postaciami świętych.

– Podobają się pani? – zagadnęła gospodyni.

Łucja przytaknęła, choć w rzeczywistości uważała, że było ich zbyt wiele. Kiedy popatrzyła przez ramię, aż zamarła. Zdawało jej się, że znalazła się pod obstrzałem wzroku świętego Antoniego. Kilka par namalowanych oczu wpatrywało się w nią bezceremonialnie. W ciągu następnej godziny trochę sobie porozmawiały. Pani Gabriela nie dawała za wygraną i starała się namówić Łucję na spędzenie pierwszej nocy w jej domu. Najwyraźniej brakowało jej towarzystwa. Łucja jednak grzecznie odmówiła.

Po dwóch godzinach szły polną drogą w kierunku „zapomnianej świątyni". Gospodyni, zgodnie z wcześniejszymi ustaleniami, wręczyła Łucji karimatę i śpiwór.

– Daleko jest ten kościół? – spytała Łucja, kiedy już na tyle odeszły od domu pani Gabrieli, by mogła przypuszczać, że lada moment pojawi się przed nią zarys starej budowli.

Niestety, jak okiem sięgnąć wokół roztaczały się tylko bujne łąki, a w oddali majaczyła zielona ściana lasu.

– Jesteśmy już prawie na miejscu. – Pani Gabriela, która szła przodem, na moment odwróciła się do Łucji, nie ustając jednak w wędrówce.

Po kilku minutach do uszu Łucji doleciał szmer wody. Przystanęła, nasłuchując.

– Czy mi się wydaje, czy to szumi woda? – Łucja wypuściła z rąk śpiwór i karimatę.

– Tak, to Kościelnica, mała rzeczka. Żeby do niej dojść, musi pani iść tą ścieżką. – Wskazała na zarośniętą dróżynę wijącą się między niskimi krzaczkami. – To kilka metrów stąd. Chce pani teraz tam pójść? – popatrzyła na Łucję.

– Nie wiem. Chyba nie. Może lepiej chodźmy dalej. Chciałabym już dojść na miejsce – rzekła Łucja zdecydowanie.

Sięgnęła po śpiwór, wzięła pod pachę karimatę. Poprawiła plecak, który mimo niewielkiego gabarytu zaczął uwierać ją w plecy.

– Na pewno się tam wybiorę. – Odwróciła się jeszcze w kierunku rzeczki.

Potem znów ruszyły. Wszędzie roztaczały się poprzecinane miedzą, zarośnięte, leżące odłogiem pola i dzikie łąki, odgrodzone niskimi pagórkami. Po kilku minutach dalszego marszu za jednym z takich wzniesień dojrzały niewyraźny zarys budynku kościółka. Przyspieszyły kroku.

Kościółek nie był duży, ale robił niesamowite wrażenie. Zbudowany z jasnego kamienia, otoczony kilkoma kolumnami, bardziej przypominał świątynię Artemidy niż chrześcijańską budowlę. Kiedy podeszły pod drewnianą bramę, pani Gabriela przekazała Łucji duży klucz.

– Proszę. Musi się pani nauczyć otwierać te drzwi. Niech pani spróbuje. – Stanęła obok gościa, wpatrując się w wielki otwór zamka.

Łucja uniosła klucz i przyjrzała mu się dokładnie. Potem wsadziła go do zamka, starając się go przekręcić. Niestety ani drgnął.

– Musi pani mocno przyciągnąć do siebie prawe skrzydło i w tym czasie dwukrotnie przekręcić klucz – poinstruowała ją gospodyni.

Łucja zastosowała się do jej polecenia. Zadziałało. Za chwilę były już w kościele. Panował tam półmrok. Światło ledwie sączyło się przez kilka malutkich, ostrołukowych okienek. Pomimo to było w nim przytulnie i ciepło. Właściwie w jego wnętrzu nie było nic poza kilkoma ławkami i niewielką amboną. Miejsce, gdzie kiedyś stał ołtarz, zionęło pustką. Za to ściany w dwóch przeciwległych bocznych nawach pokryte były pięknymi, mimo upływu lat, malowidłami. Pani Gabriela skierowała się w prawo, do jednej z naw.

– To najlepsze miejsce na spoczynek. Tylko tutaj podłoga pokryta jest drewnem. Może więc pani rozłożyć karimatę i śpiwór.

Łucja rozejrzała się wokół, potem uniosła głowę. Uśmiechnęła się. Bardzo jej się to miejsce podobało. Przy jednej ze ścian stał ciemnobrązowy klęcznik. To był w zasadzie jedyny element wyposażenia prawej nawy. Przedstawiająca usiane gwiazdami niebo dekoracja sklepienia sprawiała, że ta część kościółka wyglądała niezwykle tajemniczo. Łucja rzuciła na podłogę plecak i śpiwór z karimatą.

– Piękne miejsce – westchnęła i weszła w głąb budynku. – Wcale się nie dziwię, że urzekło moją przyjaciółkę. Czuje się w nim... – Łucja przez chwilę się zastanowiła. Właściwie to nie potrafiła nazwać wrażeń, jakie wywołało u niej zetknięcie z tym miejscem. – Jakąś tajemnicę i... – Znów nie wiedziała, co powiedzieć, tylko wpatrywała się w otwarte drzwi, które wyglądały jak przejście do innego świata.

– Pójdę już. Mam do załatwienia kilka spraw. Da sobie pani radę? – zapytała gospodyni.

– Tak, na pewno. – Tym razem Łucja odpowiedziała już zdecydowanie.

– Żeby skorzystać z kuchni i łazienki, może pani do mnie przyjść o każdej porze. Kościół jest uroczliwy, ale niestety decyduje się pani na życie w spartańskich warunkach. Z tyłu, na zewnątrz, tuż za ścianą ołtarza jest drewniany wychodek. To… właściwie wszystko z mojej strony. – Pani Gabriela najwyraźniej się śpieszyła.

Wyszły na zewnątrz. Łucja zmrużyła oczy. Pomimo późnego popołudnia słońce nadal świeciło wyjątkowo ostro.

– Już pani wie, jak długo się tutaj zatrzyma?

Łucja wzruszyła ramionami.

– Nie wiem, dwa… może trzy dni. Tyle, na ile starczy mi jedzenia. – Uśmiechnęła się.

– Proszę się nie krępować i korzystać z mojej kuchni. Wie pani, że chętnie…

– Wiem, wiem. Wzięłam ze sobą sporo prowiantu.

– Gdyby jednak chciała zjeść pani coś ciepłego, to… W kościele nie ma prądu.

– Dam radę, a jeżeli nie, to ucieknę do pani domu. Tak czy owak do pani zajrzę. – Łucja cofnęła się, przybliżając się do jednej z kolumn.

Potem się pożegnały i pani Gabriela ruszyła w powrotną drogę. Kiedy odeszła kilkanaście kroków, odwróciła się jeszcze do Łucji i powiedziała:

– Aha… Jak już wspomniałam, w budynku nie ma prądu. Po zmierzchu trzeba zapalać świece. Są rozmieszczone w kilku miejscach. Ma pani zapałki?

– Tak, przewidziałam to i wzięłam ze sobą kilka paczek. Mam też latarkę.

– To dobrze. W takim razie uciekam. – Pani Gabriela odwróciła się i ruszyła w powrotną drogę. Po kilku minutach znikła Łucji z oczu.

Wysokie trawy, rozgrzane słońcem i rozedrgane muzyką świerszczy, kołysały się w rytm wygrywanej przez nie melodii. Łucja usiadła u wrót kościoła na jednym z trzech podniszczonych schodków. Zamknęła oczy. Dopiero teraz poczuła na ciele powiew letniego wiatru. W końcu udało jej się odprężyć. Wiedziała, że jest sama. Ale ta samotność nie była zła. Nie czuła się wyalienowana. Wokół tętniło życie… prawdziwe życie. Śpiew ptaków i szum liści przywoływały na myśl miłe skojarzenia.

Noc nadeszła nagle, choć słońce dość długo mierzyło się na niebie z dojrzewającym księżycem, do ostatniej chwili nie chciało odejść i oddać przynależnej mu części nieba. W końcu zrezygnowało, opuszczając się w dół, jak spadająca kula ognia. Mimo zmierzchu nadal było jasno. Księżyc zbliżał się do pełni. Gwarantowało to, że najbliższe noce też będą pełne światła.

Przez cały wieczór Łucja kilka razy obeszła teren wokół kościoła. Nie oddalała się jednak zbytnio, mając na uwadze, że nie zamknęła drzwi na klucz. Stojąc na najwyższym pagórku, widziała z oddali srebrzystą, wijącą się linię rzeki. Postanowiła, że wybierze się tam następnego dnia z samego rana. Wokół nie było żywej duszy. Rzeczywiście, tak jak wspominała Iza, było to miejsce całkowitego odosobnienia. Dlatego tak często zaglądali tu malarze, szukając inspiracji, którą trudniej było odnaleźć w nowoczesnym świecie.

Późnym wieczorem zjadła przygotowane na podróż kanapki. Wciąż były świeże. Dopiła herbatę z termosu. W plecaku miała kilka butelek wody mineralnej, ciemne pieczywo, puszki z konserwą mięsną, kilka sezonowych warzyw i owoców. Wciąż nie wiedziała, jak długo zostanie. Nie chciała nic planować. Nieraz się przekonała, że ze snucia szczegółowych planów nic nie wychodziło.

Wieczorne powietrze nadal było ciepłe. Nie chciało jej się spać. Siedziała na zniszczonych schodach starego kościoła i było jej dobrze. Tuż przed dwudziestą trzecią weszła do wnętrza. Zasunęła od środka dużą zasuwę i zapaliła świecę tkwiącą w najbliżej stojącym świeczniku. Zrobiło się trochę jaśniej. Wzięła przenośny kandelabr i ruszyła do bocznej nawy, gdzie wcześniej rozłożyła śpiwór. Przez maleńkie okienko do środka leniwie sączyły się mdławe smugi światła księżyca. Przebrała się w welurowy dres i wsunęła w zapięty do połowy śpiwór. Świecę postawiła przy jednej ze ścian. Nie mogła usnąć. Patrzyła na sklepienie. Nie myślała o niczym i to już był sukces. Czuła, że jest sama ze sobą. Ale miała też świadomość tego, że to tylko stan przejściowy. Bo przecież lada dzień i tak będzie musiała wrócić i podjąć jakąś decyzję. W tej chwili wolała jednak o tym nie myśleć. Noc była ciepła. Nie dosuwała zamka śpiwora, tylko trochę go rozchyliła. Obróciła się na bok. Zerknęła na ścianę. Metr nad podłogą dojrzała kilka rzędów nierówno zapisanych wyrazów. Były niewyraźne, gdzieniegdzie odgrodzone bardziej widocznymi malunkami. Skupiła wzrok na jednym z nich, przedstawiającym dużą kamienną księgę. Podciągnęła się na łokciach i usiadła. Nie przestawała wpatrywać się w słabo oświetlone malowidła. Zaciekawiły ją. Całkowicie wysunęła się ze śpiwora, a już za moment stała przy interesującej ją części ściany.

Przybliżyła kandelabr. Świeca paliła się równo, ładnym, dużym płomieniem. „Dekalog" – zauważyła. Przykazania Mojżeszowe w znikomym świetle wyglądały tak, jakby zostały wyryte na szarym kamieniu, a nie zapisane na pokrytej białą farbą kościelnej ścianie. Większość z nich, zatarta czasem, była słabo czytelna. Malunki obok uwiarygodniały przesłanie wyłaniające się na pierwszy plan, przed niewyraźne litery. Tylko jedno przykazanie pozostało nienaruszone. Obok proporcjonalnego obrazka, nasączonego ładnymi barwami, zachowało się w całości wyraźnie zapisane zdanie: „Czcij ojca swego i matkę swoją". Łucja odczytała je na głos. Potem długo patrzyła na ten fragment, czytając go jeszcze kilkakrotnie w myślach. Powtarzała go tak uparcie, że potem, kiedy odwróciła głowę w drugą stronę, tekst nadal tkwił jej w głowie.

Odeszła od ściany i z powrotem wcisnęła się do śpiwora. Zrobiło jej się gorąco, a policzki pokrył intensywny rumieniec. Pod zamkniętymi powiekami cały czas miała przeczytany przed momentem ustęp tekstu. „Czcij ojca swego i matkę swoją" – powtarzała w myślach raz po raz, wcale tego nie chcąc. Otworzyła oczy, a jej wzrok znów powędrował w kierunku oświetlonej mdławym płomieniem ściany. Namalowana na niej uniesiona ojcowska ręka skierowana była prosto na nią, jakby chciała ją skarcić. Skuliła się. Znów poczuła się jak mała dziewczynka, starająca się sprostać wymaganiom surowego rodzica.

– Odejdź! – krzyknęła, patrząc na ścianę. – Daj mi spokój! – Niechciany wizerunek ojca znów pojawił się w jej pamięci. Poczuła, jakby Eryk stał obok niej. Starszy, lekko przykurczony, ukrywający w sobie tajemnicę lat swojej nieobecności.

Poczuła złość. Czwarte przykazanie wydało jej się całkowicie absurdalne i nieaktualne. Nie dość, że przywołało niechciane wspomnienia, to jeszcze poruszyło tę część jej duszy, w której ukryła kiedyś żal i tęsknotę za ojcem. Była na niego wściekła, ale jednocześnie zdała sobie sprawę, że za nim tęskni. Była zła na siebie za to, że pozwoliła sobie to poczuć.

– To nonsens! – zawołała. Jednym pociągnięciem otworzyła śpiwór i stanęła na nogi. Podeszła do świecznika i zdmuchnęła tylko trochę nadpaloną świecę. Zakręcone pasma dymu jeszcze długo snuły się pomiędzy ciemnymi ścianami zachodniej nawy.

Nie mogła usnąć. Wsłuchiwała się w odgłosy dobiegające z zewnątrz i te ciche, nieme, odzywające się coraz śmielej z jej wnętrza. Z oddali słyszała zawodzenie przypominające wycie wilków. Targane wiatrem gałęzie co chwilę uderzały w niższe partie dachu. Głośne szmery wdzierały się do wnętrza kościoła przez wszystkie szczeliny. Nie bała się. To, co na zewnątrz, nie miało dla niej znaczenia. Fizyczność była do zaakceptowania. Gorzej było z tym, co niewidzialne, z tym, co czuła. „Ojciec". – To słowo zaczynało budzić w niej nowe doznania. A może wcale nie były nowe?

Długo mocowała się sama ze sobą. Kiedy jednak usnęła, spała nieprzerwanym snem do samego rana. Obudziła się, kiedy we wnętrzu świątyni zrobiło się już jasno. Uniosła rękę i popatrzyła na zegarek, którego nawet nie zdjęła. Zwykle, kiedy kładła się spać, odpinała cieniutki skórzany pasek zegarka i odkładała go. Była piąta dziesięć – bardzo wczesny świt, a ona odniosła wrażenie, że jest już przynajmniej ósma. Czuła się wyspana i wypoczęta. Przebrała się w wygodne, obcisłe, krótkie spodenki, szeroki podkoszulek i sportowe buty. Zajrzała do siatki z przywiezionym prowiantem. Nie była głodna. Napiła się tylko wody mineralnej. Potem postanowiła pójść na poranny spacer.

Kiedy przesunęła wielką zasuwę kościelnej bramy i otworzyła ją, do wnętrza wciąż zacienionego kościoła wtłoczyło się świeże, ale już ciepłe powietrze. Zbiegła ze schodków i odwróciła się w kierunku kościoła. Potem uniosła w górę ręce i leniwie się rozciągnęła. Czuła, że ma w sobie dużo pozytywnej energii. Spojrzała w bok. Wszędzie, jak okiem sięgnąć, otaczała ją bujna zieleń. Postanowiła się przejść. Nie planowała jednak długiego spaceru, dlatego nie zamykała kościelnych wrót. Zresztą i tak czuła się w tym miejscu bezpiecznie. Pani Gabriela zapewniła ją, że w ciągu dwóch najbliższych tygodni na pewno nikt się tu nie pojawi. Kiedy oddaliła się kilka metrów od jasnego budynku świątyni, jeszcze raz się odwróciła. Zaraz potem przeniosła wzrok na niedużą dolinkę, w której srebrzyła się zakręcająca wstążka wody. Ruszyła w tamtą stronę.

Po kilkunastu minutach intensywnego marszu poczuła wilgotny zapach ziemi i usłyszała szmer bystro przepływającej rzeki. Kiedy się zbliżyła, zauważyła, że przybrzeżny teren w większości pokrywały większe i mniejsze głazy. Podeszła i usiadła na jednym z nich. Rzeczka nie była głęboka. W miejscu, gdzie akurat znajdowała się Łucja, jej poziom na pewno nie przekraczał kilkudziesięciu centymetrów, a brzegi oddzielało zaledwie kilka metrów.

Parę minut posiedziała na kamieniu, przypatrując się detalom najbliższej przestrzeni. Potem wstała i ruszyła w stronę niedużego drewnianego mostku, który znajdował się w odległości kilkanastu metrów. Poszła w dół kamiennego brzegu, wraz z nurtem rzeki. W chwilę potem już stała na kładce zbudowanej z luźno ułożonych desek. Mostek wyglądał na dość wiekowy, a niektóre deszczułki były zmurszałe i odstawały od reszty. Tak samo miała się rzecz z zaokrąglonymi balaskami. Większości z nich już nie było. Na tle przejrzystej, odsłaniającej drobne kamienie wody i zieleni przybrzeżnych roślin wygięty w łuk mostek wyglądał niezwykle urokliwie.

Weszła na jego środek. Usiadła, zdjęła buty i opuściła w dół nogi, czubkami palców dotykając chłodnego nurtu. Oparła dłonie na kolanach i zaczęła nucić ulubioną melodię, którą bardzo często grała Ania. Unikatowa kompozycja, stworzona przez dawną panią pałacu, Lukrecję von Kreiwets, zapadła w serce Łucji od chwili, gdy pierwszy raz ją usłyszała. Lukrecji za życia nigdy nie udało się publicznie wykonać tego utworu. Dopiero Tomasz i Ania dokończyli jej dzieło, adaptując stary zapis nutowy na fortepian Tomasza. Od tamtej pory utwór stał się bardzo znany. Tomasz grał go zawsze w czasie koncertów i za każdym razem wywoływał aplauz publiczności.

– Ładna melodia. – Usłyszała za plecami.

Odwróciła się. Tuż za nią stał około siedemdziesięcioletni mężczyzna. W ręku trzymał wiadro i wędkę. Łucja drgnęła. Miała zamiar wstać, ale przytrzymał jej ramię.

– Proszę sobie nie przeszkadzać. Będę się zachowywał dyskretnie. – Mężczyzna uśmiechnął się do niej. – Właściwie mógłbym pójść w inne miejsce, ale przychodzę tutaj już od niemal czterdziestu lat. A wie pani, jak to jest… Stare przyzwyczajenia zwykle biorą nad nami górę. Znam ten fragment rzeki prawie tak dobrze jak siebie.

Łucja odwzajemniła jego uśmiech. Mężczyzna rozłożył na moście niedużą pasiastą derkę, odstawił wiadro i wędkę, poczym usiadł obok.

– Jest pani na wakacjach? – Popatrzył na Łucję dyskretnie.

– Właściwie… tak. – Zamyśliła się. Przez chwilę zastanawiała się, jak ma określić swój nagły wyjazd.

– Zatrzymała się pani w „zapomnianej świątyni", prawda? – Potwierdziła jego słowa pojedynczym skinieniem głowy. – Nie jest pani malarką – zauważył.

– Skąd pan o tym wie? – Zerknęła na niego ciekawie.

Miał króciuteńkie siwe włosy, sympatyczną okrągłą twarz o dużych szarych oczach. Był bardzo szczupły. Ciemnozielone ogrodniczki i kraciasta flanelowa koszula po prostu wisiały na

jego wątłej sylwetce. Długie, sięgające ponad kolana gumiaki nieco pogrubiały jego nogi.

– Oni nigdy tutaj nie przychodzą, a jeżeli już trafią nad rzekę, to zwykle przez przypadek. Przeważnie siedzą przy świątyni.

Łucja przybrała zagadkowy wyraz twarzy, zastanawiając się
nad słowami mężczyzny. Wtedy wyciągnął rękę w jej stronę.

– Jestem Horacy. Mówią na mnie „Głupi Rybak".

Łucja wpierw podała mężczyźnie rękę, a dopiero później się
odezwała:

– Łucja. – Wpatrywała się w jego twarz z jeszcze większą
ciekawością. Było w niej coś fascynującego.

Przymrużył oczy, a potem głośno się roześmiał.

– Nie ciekawi pani, dlaczego tak mnie nazywają?

Nie odpowiedziała, jej wzrok jednak zdradzał zainteresowanie.

– Jak już wspomniałem, przychodzę w to miejsce od czterdziestu lat. Od ponad dwudziestu lat łowię ryby... A potem je
wypuszczam. Właściwie to tylko udaję, że je łapię. Jest ich tutaj
całkiem sporo. Najwięcej szczupaków. Pewno wydaje się to pani
bezcelowe? – Zerknął na nią przelotnie, a potem odwrócił głowę w kierunku wiadra i wędki.

– Rzeczywiście, to dość nietypowe. – Popatrzyła na niego
szczerze. – Dlaczego więc je pan łowi?

Roześmiał się, a potem zamyślił. Przez kilka minut nic nie
mówił, tylko patrzył na rzekę. Potem jednak przybliżył się do
niej, jednocześnie przysuwając do siebie wędkę.

– Zna pani opowieść o rybce spełniającej życzenia? – Oczy
Horacego się śmiały.

– Oczywiście – przytaknęła.

– Może pani wierzyć, może pani nie wierzyć, ale ja właśnie kiedyś spotkałem taką złotą rybkę. – Twarz rybaka przybrała bardzo poważny wyraz. – Myśli pani, że to, co mówię jest zbyt infantylne, by mogło być prawdziwe, tak? – Rozszyfrował ją w jednej chwili.

Właśnie tak sobie pomyślała. Nie potrafiła wyobrazić sobie tego starszego człowieka rozmawiającego z jakimś bajkowym stworzeniem.

Horacy zarzucił wędkę. Znów długo wpatrywał się w ruchomy nurt wody.

– Była końcówka listopada. Wczesny poranek. Nasza Kościelnica już miejscami pokryła się lodem. Przyszedłem w to miejsce w wyjątkowo podłym nastroju. Mówiąc dosadnie, nie chciało mi się żyć. Właściwie to… nie brakowało mi niczego. Byłem zdrowy, tuż przed pięćdziesiątką. Postawiłem dom. Ożeniłem się. Żona, czuła i dobra, dbała o nasz dobytek. Brakowało nam tylko dziecka. Mimo starań ono nie chciało się pojawić. Po pewnym czasie pogodziliśmy się z tym, że w naszym dużym domu nigdy nie będzie słychać dziecięcego szczebiotu. Że będziemy w nim tylko my: moja żona Janka, i ja. Janina strasznie to przeżywała. Cierpiała skrycie, ale dla mnie zawsze miała na twarzy uśmiech. Teraz wiem, że wtedy kosztowało ją to wiele wysiłku. Rozumie pani? Taki dobry nastrój na zawołanie? – Spojrzał na nią uważnie, a ona przytaknęła. Wówczas Horacy znowu wrócił do swojej opowieści. – Był taki okres w życiu mojej żony, że zachorowała. Chorowała bardzo długo i uciążliwie, a ja nie mogłem jej pomóc, bo ona tego nie chciała. Musiałem nauczyć się żyć z chorobą mojej Janki. Teraz to się chyba mówi na to depresja… – Zamyślił się. – Choć sam uważam, że słowo melancholia brzmi o wiele łagodniej. Janka wciąż była smutna, ale nie o tym chciałem…

Chcąc nie chcąc, odbiegłem od tematu. – Przez chwilę przestał mówić i skupił się na wędkowaniu. – W tamtym dniu, kiedy tutaj przyszedłem, w tamten zimny, listopadowy poranek, naprawdę myślałem, że moje życie zaraz się skończy. Byłem na rozdrożu. Janka powiedziała mi dzień wcześniej, że powinniśmy się rozstać. Wiedziałem, że nadal mnie kocha, ale nie chciała obarczać mnie swoim cierpieniem. Ona ciągle się obwiniała o to, że nie może dać mi dziecka. Lekarze orzekli, że to z jej winy. Stanąłem na tym mostku, tak jak zwykle, na samym środku, i bez namysłu zarzuciłem wędkę. Od zachodniej strony wiał lodowaty wiatr. Miałem skostniałe dłonie. Siedziałem i patrzyłem na rzekę. Zazwyczaj czynność ta przynosiła mi pewnego rodzaju ukojenie. Nie tym razem jednak. Rzeka tak jakby wyczuwała mój niepokój. Ryby nie chciały brać, choć jak już pani mówiłem, nigdy ich tutaj nie brakowało. A moim ciałem targały nieprzyjemne dreszcze. Już miałem odejść zrezygnowany, gdy poczułem, że na wędkę coś się złapało. Czułem w dłoniach, że była to wielka sztuka. W pośpiechu kręciłem kołowrotkiem. Nie potrafię pani tego wyjaśnić, ale czułem dziwne podekscytowanie. Ryby łowiłem już wiele lat i, co tu dużo mówić, stały się one dla mnie czymś powszednim. Tamtego dnia wszystko się zmieniło, bo tamten dzień był inny niż wszystkie, które przeżyłem wcześniej. Niech pani sobie wyobrazi, jakie było moje zdziwienie, kiedy z wody wyciągnąłem taki okaz... – Horacy szeroko rozłożył ręce, przywołując w pamięci minione wydarzenie. – Nigdy wcześniej nie widziałem takiej ryby. Do tej pory nie wiem, jaki to był gatunek. Może mi pani nie wierzyć, ale rybę pokrywały drobne złote łuski. To było niesamowite. Od razu wyjąłem z jej pyska haczyk od wędki. Wiedziałem, że tak trzeba. Potem długo trzymałem ją w rękach. Ona... ta ryba, patrzyła na

mnie jak człowiek. Miała takie mądre spojrzenie. Czułem jej lęk
i jednocześnie spokój, jaki daje prawdziwa wolność. A potem...
chlup, wrzuciłem ją do rzeki i zwróciłem wolność. Jeszcze przez
kilka minut widziałem złotą poświatę jej łusek odbijających się
pod powierzchnią wody. Odpływała i przypływała z powrotem,
a ja patrzyłem na nią jak zahipnotyzowany. W końcu zaczął padać drobny deszcz, który w jednej chwili przerodził się w ulewę.
Byłem już na wskroś przemoknięty, ale tkwiłem na mostku do-
póty, dopóki widziałem pod wodą złote światełko. Jeszcze długo
patrzyłem w zaciemnione dno. Dopiero kiedy miałem pewność,
że odpłynęła, odszedłem.

Łucja wpatrywała się w twarz starszego człowieka z wielkim
skupieniem. Jego historia całkowicie ją pochłonęła. Była ciekawa
zakończenia. Wiedziała, że było dobre.

Po chwili Horacy wyjął z wody wędkę. Haczyk był pusty. Odłożył ją na bok.

– Wie pani, co się stało potem? Domyśla się pani? – Patrzył
na Łucję, a ona widziała, że był szczęśliwy.

Zaprzeczyła ruchem głowy. Zauważył jej zniecierpliwienie, ale
mimo to zamiast od razu wrócić do opowieści, milczał, przyjmu-
jąc intrygujące spojrzenie kobiety.

– W równe dwa miesiące od tamtego wydarzenia dowiedzie-
liśmy się, że Janka jest przy nadziei. Lekarz powiedział, że to cud.
Dawali nam tylko jeden procent szansy. Zresztą Janina miała
już siwą skroń i czterdzieści siedem lat. Nie posiadaliśmy się ze
szczęścia. Wie pani, to zupełnie tak, jakbyśmy zaczynali nowe
życie. Żona odmłodniała, a we mnie pojawiła się jakaś męska
siła, której wcześniej nie byłem świadomy. Od kiedy Michalin-
ka pojawiła się na świecie, czuję, jakby na nowo wzeszło dla nas

słońce. Misia ma już ponad dwadzieścia lat, a każdy dzień spędzony z nią jest dla mnie szczęściem, którego nie sposób opisać. Nie było łatwo. Nasza córeczka urodziła się w ósmym miesiącu ciąży. Długo walczyła o życie. Ma zespół Downa. Ona jest naszym największym błogosławieństwem, naszym darem. Ja wiem, że to wtedy... tamtego jesiennego, ponurego dnia... Po prostu to wiem. – Popatrzył na Łucję, ciekaw, jakie wrażenie wywarła na niej jego opowieść.

Łucja tylko się uśmiechnęła. Była pod wrażeniem dopiero co usłyszanej, niezwykłej historii. Teraz już wiedziała, że takie rzeczy są możliwe. Sama tego doznała. Przecież magia to nic innego jak piękno życia. Nie dostrzeżemy jej, patrząc zamyślonym wzrokiem. Tylko oczy naszego serca pozwolą nam ujrzeć to, co istotne. Nie każdy chce jednak to zobaczyć. Łucja doskonale wiedziała, o czym mówił rybak.

– Wie pani, że jest pierwszą osobą, której opowiedziałem tę historię? – Horacy zwrócił się w jej stronę. – Domyśla się pani, że od tamtej pory wszystkie ryby są dla mnie pod ochroną? – Uśmiechnął się pod nosem.

– Dlaczego w ogóle je pan łowi? – spytała Łucja.

Machnął ręką.

– To moje przyzwyczajenie. Od dziecka uczono mnie rybołówstwa. Mój dziadek łowił, ojciec też, a teraz i ja łowię. – Chwycił za wędkę. Przez moment zastanawiał się, czy zarzucić ją ponownie, ale w końcu zrezygnował. – Wie pani, Misia jest moim szczęściem. Każdego dnia uczę się od niej, jak żyć. To taka mądra kobieta. Od dziecka była wyjątkowa. Jej miłość jest taka bezinteresowna. Nie mógłbym chcieć od losu niczego więcej. Jestem najszczęśliwszą osobą na świecie. – Schylił głowę i spojrzał na przepływającą rzekę. Po minucie jednak uniósł wzrok i znów zaczął przypatrywać się Łucji. – Ma pani dzieci? – spytał wprost.

– Tak, mam córkę – odparła bez zastanowienia. Była zaskoczona swoją spontaniczną reakcją. W końcu przed tym obcym człowiekiem nazwała rzeczy po imieniu. Ania była jej córką. Kochała ją. Oddała tej małej serce, a teraz nie wyobrażała sobie bez niej życia. Tylko że Ania tak naprawdę była córką Tomasza, a ona… Łucja, była tylko jej tymczasową opiekunką.

Odruchowo zamknęła oczy. „Cholera!" – zaklęła w duchu. „Przecież to nie tak miało wyglądać!" Jeszcze niedawno wszyscy troje snuli szczęśliwe plany, a teraz? Teraz została z nich kupka rozsypanego gruzu. Przecież nie można tak na zawołanie przestać kogoś kochać. Ta miłość była prawdziwa. Czasem trudna, ale trwała na przekór życiowym wichurom.

– Jest pani smutna – zauważył rybak.

Na poczekaniu starała się uśmiechnąć, ale nie była w stanie. Nie zapytał jej o nic, czując, że nie chce przed nim obnażyć swych uczuć. Rzeczywiście, nie chciała mówić o sobie. Wcale nie chciało jej się rozmawiać. Tego dnia nastawiona była na odbiór. Historia opowiedziana przez Horacego urzekła ją. Przez parę chwil udało jej się zapomnieć o sobie. Dopiero pytanie starego rybaka na powrót zmobilizowało jej siły. I znów poczuła zamęt i pomyślała, że trzeba zacząć walkę z samą sobą. Choć kiedyś była już pewna, że ta walka dobiegła końca, a na ruinach powstałych w wyniku wojennych działań, jakie sama prowadziła, w końcu zaczęła budować nową konstrukcję… nowe życie.

– Niech pani przestanie walczyć – odezwał się Horacy, jakby czytał w jej myślach.

– Skąd pan wie, że walczę? – odezwała się cicho, nadal nie-
chętna jakimkolwiek wynurzeniom.

Nie odpowiedział jej, tylko wstał. Przez chwilę oparł dłonie
na zmurszałej balustradzie i znów długo wpatrywał się w nurt
rzeczki.

Łucja przyglądała się mu z boku. Był spokojny, ale jednocześnie bardzo skoncentrowany, jakby mocno i bardzo świadomie
przeżywał każdą chwilę. Pochylił się, wziął w ręce wędkę i sięgnął po wiadro.

– Pożegnam się już z panią. Janina i Misia czekają na mnie
ze śniadaniem. Tylko posiłek przygotowany z miłością daje siłę
potrzebną na cały dzień. Moje dziewczyny świetnie gotują, a Michalina to prawdziwa mistrzyni kuchni. – Horacy zszedł z mostu
i stanął na trawie. – Długo pani u nas zostanie?

– Nie wiem, może…

– Pewno jeszcze się zobaczymy. – Cofał się, spoglądając w kierunku mostu. – Gdybyśmy się jednak już mieli nie spotkać, to
życzę pani wszystkiego dobrego.

Uśmiechnęła się. Wiedziała, że słowa rybaka były szczere. Poczuła je i zrobiło jej się naprawdę miło. Cieszyła się, że ostatnio
właśnie takich ludzi spotykała. Kiedyś było inaczej. Bo dawniej
od innych odgradzał ją szczelny mur, a osoby, które pojawiały się
w jej życiu, po czubek głowy ukrywały się za swoimi manierami.
Ich słowa były puste, a dłuższe rozmowy – szablonowe, jakby
wyjęte z poradnika prowadzenia poprawnych konwersacji.

– Ja też życzę panu wszystkiego dobrego… Panu i pana rodzinie.

Wędkarz z daleka pomachał w jej kierunku wędką. Długo
patrzyła w ślad za nim. Na moment wszedł w kępę wysokich
przybrzeżnych traw i zniknął jej z oczu. Zaraz jednak znów

zobaczyła zarys jego niewyraźnej sylwetki. W końcu stał się mdłą, znikającą w oddali zielonkawą plamką, aż zniknął całkowicie.

Została na mostku jeszcze kilka minut, ale bez rybaka zrobiło się jakoś pusto i bezosobowo, jakby to właśnie on nadawał sens temu miejscu. Włożyła buty, wstała i zeszła z mostku. Cofnęła się do kamienistego miejsca tuż przy rzece, gdzie zatrzymała się kilkanaście minut wcześniej. Zaraz jednak ruszyła z powrotem w górę wzniesienia, kierując się w stronę opuszczonego kościółka.

Po spacerze nabrała apetytu. Gdy wróciła, od razu sięgnęła po jedzenie. Okazało się, że bułki były jeszcze dosyć świeże, a i cienkie plasterki żółtego sera nadawały się do jedzenia. Brakowało jej tylko herbaty. Termos opróżniła poprzedniego wieczoru. Nie chciało jej się schodzić do wsi, do gospodyni. Uznała więc, że całkowicie wystarczy jej woda mineralna.

Cały dzień leniuchowała. Po prostu siedziała na polanie obok kościółka i wystawiała ciało na słońce. „Izabela miała rację, zachęcając mnie do wyjazdu. To miejsce jest niesamowite. Namacalne i fizyczne, a jednak oderwane od reszty świata"– myślała, rozkoszując się latem. Wcale nie odczuwała braku telefonu.

Kolejne dwa dni też upłynęły jej w leniwej atmosferze. Kilka razy chodziła nad rzekę, ale nie spotkała już rybaka Horacego. Rano, tuż po wschodzie słońca, biegła nad wodę i myła się w zimnej, ledwo co rozjaśnionej słońcem toni. Kąpała się również po zmroku, kiedy cała dolina zdawała się już usypiać. Od rozmowy z mężczyzną żyła na zwolnionych obrotach. Korzystała z drewnianego wychodka tuż za kościółkiem, nie narzekając na niewygodę. Wciąż patrzyła na drewniany mostek z nadzieją, że jeszcze uda jej się spotkać z rybakiem.

Po trzech naprawdę spokojnych dniach, zaraz po przebudzeniu, nagle podjęła decyzję o powrocie. Czuła, że już „naładowała akumulatory". Wiedziała, że teraz musi wrócić do Różanego Gaju i twardo stanąć na dawnej ziemi Kreiwetsów. Tęskniła za Anią. Dziewczynka cały czas była w jej sercu. Był w nim też Tomasz, ale o tej miłości Łucja wolałaby zapomnieć. W przeszłości już nieraz się przekonała, że Tomasza bardzo łatwo zranić. Wierzył w to, w co chciał wierzyć, a twarde, namacalne dowody były dla niego najważniejsze. Czuła, że nie ma szans.

Już zamykała drzwi kościoła, ale rozchyliła je znowu i weszła do środka. Zrzuciła plecak, a zwiniętą w rulon karimatę ze śpiworem odłożyła na bok. Podeszła do bocznej nawy, miejsca, w którym spędziła ostatnie cztery noce. Spojrzała na ścianę, na znajome malowidło. „Czcij ojca swego i matkę swoją" – przeczytała, a przed jej oczami znów pojawiła się twarz ojca. Była zdumiona, że tak dokładnie ją zapamiętała. Widziała go przecież bardzo krótko. Zdziwiło ją także to, że po raz pierwszy pomyślała o nim bez złości. Nie jak o ojcu, ale jak o człowieku, który miał na tej planecie zapisany swój fragment historii. Ojciec żył, istniał i nie dało się temu zaprzeczyć. Ale jednocześnie była pewna, że nigdy więcej nie chce się już z nim spotkać. Jeszcze raz dokładnie popatrzyła na obrazek. Uniesiona ojcowska ręka wyglądała tak, jakby chciała wskazać jej właściwą drogę. Patrzyła na rozstawione palce, niedokładnie namalowane linie papilarne i odniosła wrażenie, że ma przed sobą niewyraźną mapę swojego życia. Ta ręka mogła wymierzyć siarczysty policzek, ale mogła również wskazać drogę. Postrzeganie świata to indywidualna sprawa. Dotknęła ściany, przykładając swoją drobną, kobiecą dłoń do namalowanej ręki. Poczuła się dziwnie. Znów pomyślała o ojcu. Przez ułamek sekundy wydawało jej się nawet, że go rozumie, że mu współczuje. Przeraziło ją to uczucie. Oderwała rękę. Potem szybko otarła ją o swoje biodro, jakby chciała strzepnąć z niej zastygły kościelny kurz. Odwróciła się i szybko wyszła na zewnątrz. Dokładnie zamknęła bramę i przekręciła klucz. Pozbierała z ziemi swoje rzeczy i ruszyła przed siebie. Już miała wejść na dróżkę prowadzącą do wsi, gdy nagle odwróciła się, cofnęła o kilka kroków i stanęła na krętej ścieżce biegnącej w dół doliny. Jeszcze raz zapragnęła popatrzeć na Kościelnicę. Zanurzyć dłonie w jej chłodnym nurcie. Poczuć krople wody na swojej twarzy. Po cichu liczyła jeszcze na to, że być może uda jej się spotkać rybaka Horacego. Popatrzyła na zegarek, było po siódmej. Przypomniała sobie, że poprzednio widziała go nad rzeką właśnie o tej porze. Mężczyzna wspominał, że przychodzi na mostek codziennie. Kiedy jednak doszła na miejsce, nie zastała go tam. Wąski mostek, zawieszony pomiędzy dwoma dzikimi brzegami, stał pusty, a drobne kropelki wody, wyskakując co jakiś czas z wartkiego nurtu, chlapały na jego podstarzałe deski. Łucja położyła swój bagaż na trawie i weszła na mostek. Stanęła na środku, w tym samym miejscu, w którym Horacy codziennie łowił ryby. Pochyliła głowę i wpatrzyła się w wodę. Była bardzo czysta. Większe i mniejsze otoczaki wyglądały z jej dna, srebrząc się w słońcu jak zapomniane klejnoty, które przez przypadek wypadły z wielkiego kufra, a teraz czekały tylko na to, by ktoś je z powrotem pozbierał. Patrzyła na wodę, nie odrywając oczu od jej powierzchni, roziskrzonej porannym słońcem. Patrzyła zachłannie, jakby chciała nasycić się tym widokiem i zapamiętać go na resztę lat. Pomimo ostatnich trudnych dni wynosiła z tego miejsca dobre wspomnienia. Chciała je zabrać ze sobą, wszystkie. Widok starego kościoła i dobrą twarz Horacego, z jego historią.

Nagle coś zamigotało przed jej oczami. Pod osłoną wody, blisko dna dojrzała bardzo jasną plamkę. Wpatrzyła się w nią dokładniej. Złote łuski migotały w wodzie. Nie mogła od nich oderwać wzroku. Była pewna, że ma przed sobą rybkę z opowieści Horacego. Była tego tak samo pewna jak tego, że kocha Anię. Stała tak dłuższy czas, wpatrując się w złotą plamkę. To było niesamowite przeżycie. Czuła dokładnie to samo, kiedy Tomasz z Anią siadali do fortepianu i grali którąś z jego kompozycji. Miała wtedy wrażenie, że mogłaby się w tej muzyce zatracić, utonąć w niej i pozostać tak na zawsze. Teraz, patrząc w rwący nurt wody, też miała ochotę zanurzyć się w nim bez reszty.

Nagle jasna plamka zniknęła. Jeszcze przez kilka minut Łucja miała przed oczami drobne, złote rybie łuski. Popatrzyła w bok. Wciąż miała nadzieję, że za moment na moście pojawi się Horacy. Postała jeszcze jakiś czas, wsłuchując się w szum wody i szelest przybrzeżnych roślin. Potem zeszła z mostku. Podniosła z trawy swój pakunek i ruszyła w górę. Jeszcze kilka razy obejrzała się na srebrną nitkę wody. Kiedy jednak stanęła po drugiej stronie rozłożystego pagórka, nie widziała już ani rozmytej, niebieskiej smugi wody, ani spiczastego dachu starego kościoła. Ta krótka podróż właśnie się kończyła.

— Czekałam na panią — powitała ją pani Gabriela. — Nie chciałam pani przeszkadzać, ale zastanawiało mnie, kiedy pani w końcu zajdzie do wsi. — Dopiero teraz popatrzyła na niewielki bagaż Łucji.

— Chciałam zwrócić śpiwór, karimatę i rozliczyć się z panią — odezwała się Łucja wesoło.

– Już pani odjeżdża? – Gospodyni była zdziwiona. – Nie podoba się pani u nas.

– Bardzo mi się podoba. – Łucja się uśmiechnęła.

– Więc o co chodzi? – Oparła się bokiem o ścianę.

– To była miła podróż, ale czas wracać do siebie – rzekła Łucja, a mówiąc „do siebie", miała na myśli oczywiście Różany Gaj.

Skończyło się na pożegnalnej herbatce, którą wypiły w pokoju gospodyni. Łucja znów musiała się zmierzyć ze wzrokiem spoglądających na nią świętych, wtopionych w pozłacane ramy olejnych obrazów. Domyślała się, że malowidła były pamiątką po malarzach przyjeżdżających do Starego Kościoła na coroczne plenery.

– Jest pani odważna. Przetrwała pani bez cywilizacji całe trzy dni. – Gospodyni się uśmiechała.

– Chętnie przetrwałabym jeszcze kolejne dni z dala od zewnętrznego świata, ale uznałam, że na mnie już czas.

– Może nas pani jeszcze kiedyś odwiedzi?

– Chętnie tutaj wrócę. Proszę mi powiedzieć, czy zna pani takiego mężczyznę… wędkarza, który codziennie łowi ryby na mostku, w dolinie, za opuszczonym kościołem? – Łucja zerknęła na gospodynię ciekawie.

– Kto by nie znał naszego Horacego? – Pani Gabriela uśmiechnęła się serdecznie. – Poznała go pani?

– Tak, miałam tę przyjemność – przytaknęła Łucja. – Szczerze mówiąc, liczyłam, że przed odjazdem jeszcze uda mi się go spotkać. Chodziłam nad rzekę kilkakrotnie, ale niestety nie zobaczyłam go już więcej.

Gospodyni nagle posmutniała.

– Horacy przebywa w szpitalu – powiedziała po chwili, spoglądając na Łucję posępnym wzrokiem.

– Co mu się stało?! Kiedy widziałam go dwa dni temu… był w dobrej kondycji. – Łucja była zdenerwowana.

– Horacy jest zdrowy. To jego córka, Michalina… To ona zachorowała. Misia urodziła się z zespołem Downa. Ma też wrodzoną wadę serca. Przeszła już kilka poważnych operacji. A teraz? We wsi mówią, że można liczyć tylko na cud. Horacy i Janina nie odchodzą od łóżka córki. Po ostatniej operacji dawano jej niewielką szansę na przeżycie. Pojawiły się komplikacje i los córki Horacego wydawał się z góry przesądzony. Misia od urodzenia kilka razy uciekała śmierci. Może i tym razem jej się to uda, daj Bóg! – Pani Gabriela położyła na piersi prawą rękę i spojrzała na obraz Matki Boskiej Anielskiej.

Łucji zrobiło się bardzo smutno. Kiedy wracała z opuszczonego kościoła i szła drogą do wsi, czuła się lekka. Teraz, po usłyszeniu wiadomości od pani Gabrieli, nie mogła zebrać myśli. Po kilku minutach pożegnały się i Łucja udała się na przystanek autobusowy. Już z daleka dostrzegła pojazd, obok którego stał znajomy jej już kierowca.

– Już z powrotem? – zagadnął wesoło mężczyzna.

– Tak, z powrotem – odpowiedziała, zerkając na zegarek. Zauważył to.

– Mamy jeszcze dziesięć minut do odjazdu, ale jak pani chce, to może pani wsiadać. – Pokazał ręką na otwarte drzwi.

– Rzeczywiście, chyba wsiądę. – Wspięła się po dwóch schodkach i weszła do autobusu, zajmując pierwsze z brzegu miejsce, choć do wyboru miała wszystkie fotele.

Podróż minęła bardzo szybko. Kierowca nie zatrzymywał się na przystankach, bo nie było pasażerów. Na dworcu w Rzeszowie znalazła się dość wcześnie. Jej pociąg powinien odjechać około czternastej. Postanowiła jednak od razu kupić bilet. Udała się więc do kasy biletowej i ustawiła na końcu kolejki. Przed nią stała miła starsza pani. Najwyraźniej miała ochotę na pogawędkę. Co chwilę odwracała się w jej stronę i zaczepnie uśmiechała. Łucja odwzajemniała uśmiech, ale spoglądała głównie w stronę okienka. Kolejka jakby stała w miejscu. Starsza pani w końcu odwróciła się i wesoło zagadnęła:

– Ładny dzień dzisiaj mamy. – Spojrzała w kierunku dużej szyby poczekalni, wypolerowanej na błysk. – Szkoda, że tracimy tyle czasu.

– Tak. A mamy dziś taką piękną pogodę – przytaknęła Łucja, próbując uniknąć dalszej konwersacji.

Kobieta jednak nie dawała za wygraną.

– Dokąd pani jedzie? – spytała Łucję bez ogródek.

– Do Różanego Gaju – odpowiedziała. – A pani? – Po chwili zdecydowała się odwdzięczyć kobiecie takim samym pytaniem.

– Do Wrocławia. Za dwadzieścia minut odjeżdża mój pociąg. Boję się, że jeśli kolejka dalej będzie się posuwała w takim żółwim tempie, to nie zdążę. Następny mam dopiero za trzy godziny, a na dworcu tkwię już przynajmniej od dwóch. Przez gapiostwo nie kupiłam biletu, a teraz... – Z konsternacją popatrzyła w kierunku kasy biletowej.

Tymczasem kolejka w szybkim tempie zaczęła się zmniejszać. Po chwili obie były już przy okienku. Kobieta szybko kupiła bilet i jeszcze szybciej odeszła, wcześniej żegnając się z Łucją.

– Słucham? – Pani po drugiej stronie szyby patrzyła na Łucję niecierpliwie. Łucja zagapiła się i dopiero po drugim napomnieniu kasjerki dotarło do niej pytanie.

A wówczas zrobiła coś szalonego i dla niej samej niepojętego.

– Proszę bilet do Wrocławia na pociąg, który odjeżdża o dziewiątej dziesięć z peronu czwartego – wyrecytowała, powtarzając słowa stojącej przed nią wcześniej kobiety.

Po chwili już trzymała w ręce bilet i szła na odpowiedni peron. „Co ja robię najlepszego?!" – ganiła się w myślach, poprawiając lekki plecak. Całą jego zawartość zostawiła w Starym Kościele, puste butelki po wodzie mineralnej, papiery po zjedzonych kanapkach, puszki po konserwach. Idąc z tłumem pasażerów, czuła się jak trybik w skomplikowanej maszynie. Kiedy dotarła na odpowiedni peron, pociąg już tam stał. Weszła do środka i zajęła wolne miejsce przy oknie.

Tyle lat mieszkała we Wrocławiu. Gdy opuszczała to miasto półtora roku temu, nie sądziła, że jeszcze tam wróci. Zostawiła za sobą przeszłość i ten etap jej życia był już zamknięty. Kiedy jednak odbierali z pogotowia opiekuńczego dzieciaki, nieoczekiwany powrót na „stare śmieci" ożywił w niej wspomnienia z tamtego, dawnego życia. Ruchliwe ulice, zduszony odgłosem samochodowych klaksonów cichy szept drzew, zapomnianą perfekcję, która wówczas towarzyszyła każdemu z jej dni. Nie tęskniła za tym, ale w jakiejś części czuła się od tego zależna. Nie wiedziała, dlaczego wsiadła do tego pociągu. Kilka godzin podróży także nie dało jej odpowiedzi na to pytanie. Kolejny już raz znalazła się na rozdrożu. Nie wiedziała, w którą stronę powinna pójść. A teraz? Teraz jechała do starego, dobrze jej znanego Wrocławia. Po co?

Kiedy bardzo późnym wieczorem siedziała w hotelowej restauracji i jadła pierwszy od kilku dni ciepły posiłek, znów poczuła, że jest w podróży. Gdy starała się usnąć, jeszcze długo słyszała stukot kół pociągu mknącego po szynach.

Wynajęła pokój w hotelu znajdującym się w centrum miasta. Kilkanaście minut drogi stamtąd znajdował się apartament, który kiedyś zajmowała z mężem. Od tamtej pory z Karolem nie widziała się ani razu. Ale to nie z powodu Karola przyjechała teraz do Wrocławia. W jej głowie coraz śmielej pojawiało się słowo „ojciec". Czy to dla niego tutaj wróciła? Przecież nawet nie zabrała ze sobą kartki z jego adresem zamieszkania. Wiedziała tylko, gdzie pracuje. Wcale nie planowała spotkania z nim. Bo co miałaby mu powiedzieć? O czym mieliby rozmawiać? A może powinna dać mu szansę na wytłumaczenie lat nieobecności? Musiał mieć jakiś powód, by je zostawić. By odejść i nigdy więcej się nie pokazać. Nie była pewna, czy ten powód jej się spodoba, czy go zrozumie. Może powinna dać mu szansę? Jej życie znów się rozsypywało. Właściwie było jej już wszystko jedno.

Kiedy rano się obudziła, była pewna, że to dla *niego* tutaj wróciła. Dla mężczyzny, który skrzywdził ją najbardziej na świecie. Dla swojego ojca. Po śniadaniu szybko opuściła hotel. Do pogotowia opiekuńczego postanowiła iść piechotą. Chciała w ten sposób dać sobie więcej czasu na oswojenie myśli, że zaraz spojrzy mu w oczy. Był dla niej obcy, jak obcy może być ktoś, kogo się nie widzi ponad trzydzieści lat. A jednocześnie w ciągu ostatnich dni… godzin, jego kiedyś odległy wizerunek stał się jej bliższy niż kiedykolwiek wcześniej.

Kiedy zobaczyła szary budynek ośrodka, zwolniła kroku. Teraz nie było już odwrotu. Przecież przyszła tu dla niego. Otwarte na oścież drzwi zachęcały do wejścia. W ciemnym holu Łucja dojrzała znajomą sylwetkę dyrektorki placówki, pani Malwiny Kucharczyk. Kobieta od razu ją poznała. Nie zapamiętała jednak jej imienia.

Przywitały się bardzo serdecznie, choć już na wstępie dyrektorka nie kryła zainteresowania jej ponownym pojawieniem się w ośrodku. Po krótkim przywitaniu Łucja od razu postanowiła wyjaśnić sytuację.

– Chciałabym się spotkać z mężczyzną, który tu pracuje – powiedziała z marszu.

Przecież po to tutaj przyjechała. Przemierzyła paręset kilometrów, a mogłaby już być w Różanym Gaju.

– O kogo chodzi? – Dyrektorka popatrzyła na nią rzeczowo.

– Chodzi o… pana Eryka Wróblewskiego. – Łucja odwróciła głowę. Z trudem wymówiła imię ojca.

– Aaa… – Dyrektorka się uśmiechnęła. Nagle jednak jej wzrok spoważniał. – Niestety, to nie będzie dzisiaj możliwe – rzekła.

– Dlaczego? – Łucja opuściła ręce z rezygnacją.

– Pana Eryka nie będzie w ośrodku do końca tygodnia, jest na zwolnieniu.

– Jest chory? – Łucja patrzyła niecierpliwie.

– To nic groźnego, podobno sezonowy wirus. – Uspokoiła Łucję, dostrzegłszy jej zdenerwowanie. – Będzie prawdopodobnie w poniedziałek – dodała po chwili.

Łucja chwyciła paski plecaka, a potem zacisnęła na nich dłonie.

– Proszę mi powiedzieć, gdzie mogę go znaleźć? – Łucja popatrzyła na nią z nadzieją.

– W jego mieszkaniu.

– Poda mi pani adres? – Łucja patrzyła proszącą.

– Nie mogę – odpowiedziała kobieta z zakłopotaniem.

– Proszę. – Łucja nie spuszczała z niej oczu. – Ja muszę się z nim zobaczyć. Przyjechałam tutaj z daleka.

– Dlaczego tak bardzo pani na tym zależy?

– Bo… ja jestem jego córką. – Trudno było jej wymówić te słowa. Kiedy miała to już za sobą, poczuła ulgę.

Łucja zauważyła, że dyrektorka przez chwilę poczuła się niezręcznie. Zaraz jednak wróciła do rozmowy.

– On na panią zawsze czekał… Wierzył, że mu pani wybaczy.

– Skąd pani wie o mnie?

– Wszyscy w ośrodku bardzo lubimy Eryka. To taki miły, pomocny człowiek. Zwykle nie mówi nic o sobie, ale o córce… którą kiedyś podobno bardzo skrzywdził, wiedzą wszyscy. On bardzo cierpiał z tego powodu. Więc to pani? – Kobieta przyglądała się Łucji z zaciekawieniem i sympatią. – Chodźmy do mojego gabinetu. Zapiszę pani adres. – Uśmiechnęła się.

Ruszyły wąskim korytarzem. Po kilku minutach Łucja trzymała już w rękach kartkę z adresem ojca.

– Mam go telefonicznie uprzedzić o pani wizycie? – spytała dyskretnie dyrektorka.

– Nie. Proszę mu nic nie mówić. Chyba… zrobię mu niespodziankę swoim nagłym przyjazdem. Zresztą sama jestem zaskoczona tym, że się tu znalazłam.

Było południe. Przez uchylone okno jednego z mieszkań usłyszała dźwięk kuranta. Jeszcze raz wyciągnęła z kieszeni kartkę z adresem ojca. Od momentu wyjścia z ośrodka robiła to wielokrotnie. Wyjmowała ją, przyglądała się nazwie ulicy, a potem znów wsuwała kartkę do kieszeni. Wiedziała, gdzie mieszkał. To były już właściwie peryferie Wrocławia. Uznała, że najlepiej będzie się tam dostać taksówką. W innym wypadku musiałaby jechać z przesiadkami.

Po godzinie od opuszczenia ośrodka stała już przed blokiem, w którym znajdowało się mieszkanie ojca. Jeszcze raz wyjęła z kieszeni kartkę, choć zapisany na niej numer znała już na pamięć. Przebiegła wzrokiem po oknach kolejnych mieszkań. „To będzie chyba pierwsze piętro" – pomyślała, przypatrując się bryle niskiego, bo zaledwie dwupiętrowego budynku. Okna na pierwszym piętrze po prawej stronie były czyste, a spod króciutkiej firanki wychylały się kwiaty doniczkowe. Podeszła do drzwi, były zamknięte. Na niedużej tabliczce od domofonu znalazła nazwisko ojca. Zawahała się. Położyła palec na odpowiednim przycisku, ale nim zdążyła go nacisnąć, drzwi się otworzyły. Z klatki wyszła starsza kobieta, wpuszczając Łucję do środka. Odetchnęła. Zyskała na czasie. Pomału zaczęła wspinać się po schodach. Chwilę potem już stała przed drzwiami mieszkania, do którego zmierzała. Znów się zawahała. Wiedziała, że nie ma już odwrotu, ale była bliska ucieczki. Pokonała lęk i nacisnęła przycisk dzwonka. Zadźwięczał bardzo donośnie. Po chwili z wnętrza mieszkania dało się słyszeć szuranie kapci. Nerwowo zaciskała dłonie, a w ustach czuła ostry smak strachu.

– Łucja?! – Ojciec stanął w szeroko otwartych drzwiach, opierając się na klamce. Miał na sobie pasiastą piżamę. Był blady.

– Mogę wejść? – spytała.

– Oczywiście! Chodź! Boże… Nie spodziewałem się ciebie! – Ojciec był zaszokowany jej nagłymi odwiedzinami.

Weszli do środka. Eryk zamknął drzwi.

– Pewno jesteś głodna? – Nie wiedział, o co mógłby ją spytać.

– Nie, niedawno jadłam śniadanie.

– To może chociaż czegoś się napijesz? – Był wyraźnie spłoszony, jakby się obawiał, że stojąca przed nim kobieta zaraz zniknie.

Łucja też nie wiedziała, jak ma się zachować. Znów stała obok niego... jej ojca. Tylko że teraz wydawał się jeszcze bardziej bezbronny i nieporadny niż poprzednio.

– Może w czymś ci pomóc? Słyszałam, że jesteś chory.

– Skąd o tym wiesz?

– Byłam w ośrodku. Pani Malwina dała mi twój adres.

Nie spytał już o nic, a i ona nie miała zamiaru tłumaczyć mu kulis swojej podróży. Dodała tylko:

– Nie miałam zamiaru tu przyjeżdżać. To wyszło zupełnie nagle.

Zauważyła, że po jej słowach skulił ramiona, przez co wydał się jeszcze chudszy.

– Cieszę się, że cię widzę. Po ostatnim spotkaniu... straciłem nadzieję, że jeszcze kiedyś cię zobaczę. – Starannie ważył słowa. – Wejdźmy do pokoju. – Wskazał ręką na jedne z dwojga uchylonych drzwi wychodzących z niewielkiego, podłużnego przedpokoju.

Mieszkanko nie było duże, ale już na pierwszy rzut oka sprawiało wrażenie zadbanego. Okno pokoju dziennego, zasnute rzadką firanką, wychodziło na plac zabaw. Słychać było krzyki bawiących się tam dzieci.

– Nie przeszkadza ci ten hałas? – zagadnęła Łucja, sadowiąc się na jednym z czterech stołków dosuniętych do kwadratowego stołu.

– Nie. – Uśmiechnął się. – Lubię słyszeć głosy dzieci. Nie jestem wtedy taki samotny. – Nagle zamilkł. Nie był pewien, czy nie powiedział za dużo.

– Czego się napijesz?

– Nie wiem... Może być cokolwiek, choćby herbata. – Wzruszyła ramionami.

Ojciec wyszedł do kuchni, a ona w tym czasie mogła przyjrzeć się ścianom pokoju. Na jednej z nich zauważyła kilka zdjęć w drewnianych ramkach. Wstała i podeszła do nich. Czarno-białe fotografie były niewyraźne, ale od razu zauważyła na nich siebie. Mała dziewczynka spoglądała ze ściany zawadiackim wzrokiem. Mogła mieć tutaj nie więcej niż trzy, cztery lata. „Wtedy jeszcze byłam szczęśliwa, a on... tata znajdował się obok mnie" – pomyślała. Tylko na jednym ze zdjęć była matka. Nie taką ją zapamiętała. Matka, przy której dorastała, była smutna i wycofana, zagubiona w życiu, od którego świadomie się oddalała. Tutaj na zdjęciu była jeszcze pogodna i wesoła.

Do pokoju wszedł ojciec, niosąc na tacy szklanki z herbatą i talerzyk z kupnymi ciasteczkami. Położył je na stole i usiadł. Łucja odeszła od ściany i usiadła naprzeciwko ojca.

– Nie pamiętam już tych zdjęć. Wcale nie pamiętam tego, że kiedyś byłam taka mała. – Znów skierowała wzrok na ścianę z fotografiami.

Oboje nie wiedzieli, jak ze sobą rozmawiać. Uczyli się tego, dokładnie się obserwując, badając reakcje na swoje słowa.

– Byłaś cudownym dzieckiem – odezwał się cicho.

Łucja nie odniosła się do jego słów. Długo nic nie mówiła. W końcu poczuła, że jest gotowa go o to zapytać. Przecież po to tutaj przyjechała. Musiała to wiedzieć.

– Dlaczego nas zostawiłeś? – Patrzyła na niego smutno, z rezygnacją. Tak jak wtedy, ponad trzydzieści lat temu, kiedy widziała tylko szybko oddalającą się postać. Doskonale zapamiętała tamten moment. Ojciec miał wówczas na sobie ciemnobeżową koszulę, starannie upchniętą w spodnie z kantem, uszyte z brązowej wełny. Spod zbyt długich nogawek ledwo wystawały czarne, lśniące buty.

Ojciec wkładał je tylko na szczególne okazje. Zazwyczaj leżały na dole w szafie. Tamtego dnia jednak je włożył… i już więcej nie wrócił. Wyszedł, trzymając w ręku tylko jedną obitą skajem walizkę.

— Łucjo… tego nie da się wytłumaczyć w kilku słowach. — Potarł czoło.

— Spróbuj, po to tutaj przyjechałam. Jesteś mi to winny. — Wzrok Łucji przepełniony był wyrzutem.

Przez ułamek sekundy znów poczuła w sobie złość. Jej oczy od razu zaiskrzyły.

— Tak, rzeczywiście, tylko że ty możesz tego nie zrozumieć. — Był wyraźnie zakłopotany i zdenerwowany.

— Jakie to ma teraz znaczenie? Przyzwyczaiłam się do tego, że nie istniejesz — powiedziała twardo.

Zauważyła, że zabolały go jej słowa.

— Przepraszam — rzekł cicho i pochylił głowę, tak że teraz niemal dotykała blatu stołu. — Twoja mama… Jadwiga… Ona nie chciała, żebym dłużej z wami mieszkał. Cały czas obwiniała mnie o śmierć Pawełka. — Nieco uniósł głowę.

— Przecież mój brat miał wadę serca, której podobno nie dało się wyleczyć. — Łucja starała się pozbierać fakty z przeszłości.

— Tak, rzeczywiście twój braciszek był nieuleczalnie chory. Ale Jadwiga twierdziła, że to moja wina.

— Dlaczego?

— W mojej rodzinie wady serca często były dziedziczne. Mój ojciec też zmarł bardzo młodo. Moja siostra była zaledwie dwuletnim dzieckiem, kiedy odeszła z tego świata, tuż po operacji. Ja też choruję na serce. Ty na szczęście urodziłaś się całkowicie zdrowa.

— Nie rozumiem, jaki to ma związek z tym, co mówisz.

– Nie rozumiesz? – Dłuższą chwilę się jej przyglądał. – Każdy dzień życia z Jadwigą przypominał mi o śmierci syna. Początkowo ona tylko patrzyła na mnie oskarżycielsko… Potem zaczęła nazywać mnie zabójcą. Nie wytrzymałem tego. – Głos ojca zadrżał.

– Przecież ona była chora! Dobrze o tym wiedziałeś! Nie pomogłeś jej! Nie pomogłeś mnie! – Łucja nie wytrzymała napięcia. Nagle wstała i uderzyła pięścią w najbliższą szafkę.

– Czy ty wiesz, jak wyglądało moje życie?! – wykrzyczała. – Nie to we Wrocławiu, kiedy przyjąłeś na siebie rolę podglądacza, ale to szare, brudne i nijakie, w tej zabitej dechami wiosce, gdzie musiałam walczyć, żeby przetrwać każdy kolejny dzień. Kiedy o tym myślę, to naprawdę nie wiem, jak mi się to udało! – Łucja była wzburzona, ale jednocześnie odczuwała ulgę, że w końcu mogła stanąć naprzeciw ojca i wyrzucić z siebie wszystko, co było dla niej niewygodnym ciężarem. Nie wierzyła, że jeszcze kiedyś spojrzy mu w oczy. Nie wierzyła, że w ogóle go spotka. Nie myślała o nim. Pogrzebała jego ojcowski wizerunek tamtego smutnego dnia, kiedy widziała go po raz ostatni.

– Nie proszę cię, żebyś mi wybaczyła. Wiem, że cierpienie, jakie ci zadałem swoim odejściem, jest niewyobrażalne. Zdaję sobie sprawę, że nie zasługuję na darowanie winy. Pragnę tylko, żebyś popatrzyła na mnie jak na niedoskonałego człowieka, który wie, że zrobił źle, i wie też, że jest już za późno na naprawienie błędów młodości.

– Czego ode mnie oczekujesz? – Popatrzyła na niego bezradnie.

– Niczego. I tak spełniło się moje marzenie. Stanęłaś naprzeciw mnie, a ja mogłem ci powiedzieć to, co układałem sobie w głowie przez długie lata. Teraz już wiem, że takiej rozmowy nie da się zaplanować.

– Nic o tobie nie wiem. – Znów podeszła do stołu i usiadła, przelotnie obdarzając go spojrzeniem.

– A chciałabyś się o mnie dowiedzieć czegoś więcej?

– Nie wiem. – Naprawdę nie wiedziała, czego chce: natychmiast stąd uciec i nie wracać czy zostać i dowiedzieć się więcej.

– Zostaniesz u mnie... na jakiś czas? – Ojciec zdawał sobie sprawę, że tym pytaniem zaciągnął kredyt zaufania. Czuł, że ono nie powinno było się pojawić. Wiedział jednak, że drugiej takiej szansy może już nie mieć.

– Jestem tutaj tylko przejazdem – powiedziała wymijająco.

– Mam wolny pokój. Mógłabyś go zająć, gdybyś...

– To chyba nie jest dobry pomysł. Dwójka obcych sobie ludzi pod wspólnym dachem.

Jej słowa go zabolały. Nie dbała o to, znów czuła się zraniona. Nie umiała znaleźć wytłumaczenia dla tego, co zrobił. W jej oczach był tchórzem, który uciekł, wybierając łatwiejszą, ale tylko pozornie, drogę życia. Nie powiedziała mu tego jednak.

– Chyba zatrzymam się u ciebie na dzisiejszą noc – rzekła po chwili. – Nawet nie sprawdziłam, o której odjeżdża mój pociąg. – Chciała, żeby jej głos brzmiał obojętnie.

Ojciec drgnął, przesuwając ręce po blacie stołu. Ucieszyły go słowa córki. Nie krył tego. Na jego twarzy pojawił się uśmiech.

Popatrzyła na niego ciekawie. Nie pamiętała go takiego. Wcale go nie pamiętała, poza kilkoma, jakby przez przypadek przywołanymi wspomnieniami. Pomyślała tylko, że do twarzy mu z tym uśmiechem. Wyglądał z nim przynajmniej o dziesięć lat młodziej.

„Przecież to absurd" – myślała, leżąc nocą na wąskim, przylegającym do ściany łóżku. Po drugiej stronie niewielkiego mieszkanka spał ojciec. Tego dnia nie rozmawiali już prawie wcale.

Właściwie bez słowa zjedli podgrzany przez ojca obiad. Do samego wieczora patrzyli jednak na siebie z zaciekawieniem, jakby na nowo chcieli się ze sobą oswoić.

Po południu Łucja wyszła do sklepu spożywczego i apteki po potrzebne sprawunki. Okazało się, że lodówka ojca świeciła pustkami. Od chwili pojawienia się Łucji w mieszkaniu ojciec poczuł się znacznie lepiej.

„Jutro stąd wyjadę" – myślała, przekręcając się na drugi bok. Długo nie mogła usnąć. Miała ochotę wstać i wyjść do kuchni, ale bała się, że może tam spotkać ojca. Słyszała jego kroki w przedpokoju. Nie wiedziała, czy to spotkanie coś w niej zmieniło. Nadal była pogrążona w chaosie. Ale nie miała już w sobie złości, która – nieuświadomiona – drzemała na krawędzi jej serca przez ostatnie trzydzieści lat. Ojciec był, jaki był, i takim go postrzegała. Starszy, zmęczony życiem człowiek, który stara się wyprostować swoją przeszłość.

Rano obudził ją zapach kawy. Weszła do kuchni. Eryk już tam był. Stał przy jednej z szafek i przygotowywał śniadanie.

– Jak ci się spało? – zagadnął, na moment odwracając wzrok od plasterków równo pokrojonego ogórka.

– Zasnęłam dość późno, ale spałam dobrze – odpowiedziała i usiadła przy wąskim, przysuniętym do okna stole, przy którym znajdowały się tylko dwa taborety.

Zaraz potem ojciec usiadł obok, częstując ją kanapkami.

– Smacznego – powiedział, nie pytając wcześniej, czy ma ochotę coś zjeść.

– Dziękuję – odpowiedziała i wzięła do ręki kromkę razowego chleba, obłożoną szynką i ozdobioną warzywami.

– Jesteś bardzo szczupła – zauważył.

– Czy to źle? – spytała z pełnymi ustami.

– Nie – odpowiedział, uśmiechając się. – Zawsze byłaś drobniutka. Kiedy się urodziłaś, ważyłaś niecałe trzy kilogramy. Wdałaś się w moją rodzinę. U nas zawsze wszyscy byli bardzo szczupli.

Łucja nie pamiętała rodziny ze strony ojca. Mieszkali daleko. Właściwie nigdy nie miała okazji ich poznać. Familia matki nie była liczna i Łucja zapamiętała tylko babcię, która zmarła tuż przed tym, jak opuścił je ojciec. Teraz to nie miało dla niej żadnego znaczenia. Jedyną rodziną była dla niej Ania… Niedawno myślała, że jeszcze Tomasz.

– Powiedz mi… – przyglądał jej się przenikliwie – jesteś szczęśliwa?

Odłożyła kromkę na skraj talerza. Czuła, że nie przełknie ostatniego kęsa. Ojciec zaskoczył ją tym pytaniem. Nie wiedziała, co odpowiedzieć. Do niedawna przecież była szczęśliwa. Ale teraz? Teraz wszystko się zmieniło. Nie wiedziała, jak ułoży się jej relacja z Anią. Wszystko było dobrze, dopóki mieszkały ze sobą. Dopóki obok niej był ukochany mężczyzna – Tomasz.

– Nie musisz odpowiadać – odezwał się ojciec, widząc, jak Łucja w pośpiechu próbuje zebrać myśli.

– Nie wiem, czy jestem szczęśliwa. Jeszcze jakiś czas temu wszystko zaczęło mi się układać, ale teraz… – Zamyśliła się i spojrzała za okno, na osiedlowy parking.

– Przykro mi. – Ojciec posmutniał. – Zasługujesz na szczęście. Miałaś takie smutne życie.

– Każdy na nie zasługuje w równej mierze.

– Może masz rację, ale ty… Ja wiem, że to przeze mnie. – Mięśnie jego twarzy zadrżały.

Nie zaprzeczyła. Dorastała w przeświadczeniu, że jest niewiele warta. Bez ojca, u boku zobojętniałej, chorej psychicznie matki. Takie dzieciństwo na pewno nie było dobrą pożywką dla wchodzącej w dorosłość dziewczyny.

– Tak bardzo chciałbym ci pomóc. – Patrzył na nią tak miękko, że dłuższą chwilę nie miała ochoty odrywać wzroku od jego twarzy.

– Wiesz dobrze, że nie możesz już nic zrobić.

– Wiem – odrzekł. – Ale chciałbym przejąć od ciebie wszystko, co zagłusza twój spokój.

Uśmiechnęła się smutno.

– To niemożliwe. – Sięgnęła po dzbanek, nalała sobie kawy i od razu upiła ją do połowy. – Jak długo mieszkasz we Wrocławiu? – Uniosła filiżankę i powoli delektowała się wciąż ciepłym płynem.

– Przecież wiesz, mówiłem ci już o tym. Przyjechałem tutaj dla ciebie piętnaście lat temu.

Wciąż nie mogła tego zrozumieć. Wolała o tym nie myśleć.

– Co się działo z tobą wcześniej, zanim postanowiłeś zabawić się w podglądacza? – odezwała się z sarkazmem.

– Naprawdę cię to interesuje?

– Skoro już podjęliśmy temat, to… Zresztą, nie uważasz, że zasługuję na szczerość?

– Tak, zasługujesz, jak nikt inny. – Zamyślił się. Wyglądało to tak, jakby układał sobie, co ma powiedzieć, od czego zacząć. – Kiedy was opuściłem i wyjechałem ze Strumian, na jakiś czas osiadłem w Warszawie, gdzie pracowałem w jednej z fabryk. Ty tego nie wiesz, ale wtedy jeszcze kilka razy starałem się do was wrócić. Niestety… Jadwiga nie chciała mnie widzieć. Ostatni raz,

Dorota Gąsiorowska

kiedy powiedziała: „Odejdź, zabójco, i nigdy więcej tutaj nie wracaj", zaważył na wszystkim. Potem już nie próbowałem.

Łucja słuchała jego opowieści coraz bardziej niecierpliwie. W pewnym momencie nie wytrzymała.

– Dlaczego wtedy nie zabrałeś mnie ze sobą?! – krzyknęła. Potem roztrzęsioną ręką postawiła na stole pustą filiżankę.

– Nie wiem. Do dzisiaj tego żałuję – rzekł smutno. – Po pewnym czasie trafił mi się wyjazd za granicę. Postanowiłem z tego skorzystać. Sądziłem, że na obcej ziemi łatwiej mi będzie zapomnieć o przeszłości i zacząć nowe życie.

– Chciałeś o mnie zapomnieć?!

– Niestety tak.

– Udało ci się to?

– Nie. Przez ostatnie trzydzieści pięć lat nie było chwili, żebym o tobie nie myślał, żebym za tobą nie tęsknił i żebym nie żałował swojej decyzji. To były długie, smutne lata.

– Nie założyłeś drugiej rodziny? – ośmieliła się zapytać, a mówiąc to, czuła zazdrość.

Po jej słowach ojciec wstał od stołu i zaczął przekładać znajdujące się na szafce naczynia. Zachowywał się nienaturalnie. Nie ustąpiła jednak, tylko uparcie się w niego wpatrywała. W końcu podszedł do stołu i znów usiadł obok niej.

– Nie udało mi się – powiedział, unikając jej wzroku.

Słowa te nie zabrzmiały przekonująco. Łucja czuła, że coś przed nią ukrywał, ale nie miała śmiałości, by dalej ciągnąć go za język.

– Kim jest dla ciebie ta dziewczynka, Ania, która była w naszym ośrodku? – spytał po chwili, odchodząc tym samym od niewygodnego tematu.

– Ania... – Łucja przez chwilę poszybowała myślami do Różanego Gaju, miejsca, gdzie mieszkało ukochane dziecko.

– To moja córka – powiedziała stanowczo, a potem w kilku zdaniach zdecydowała się opisać ojcu ten fragment własnego życia, który miał związek z Anią. Oczywiście pojawiła się w nim też Ewa. Zabrakło jednak miejsca dla Tomasza.

– A ten mężczyzna, ojciec tej małej... Powiedz mi, czy on jest dla ciebie kimś ważnym? Bo wydaje mi się, że tak...

– Był kimś ważnym. – Urwała i odwróciła głowę w drugą stronę, dając mu do zrozumienia, że nie ma zamiaru mówić nic więcej.

Niestety, każde kolejne pytanie ojca wiązało się z kłopotliwym dla niej tematem.

– Dobrze ci jest na tej wsi, gdzie osiadłaś? – Patrzył cierpliwie, jakby dawał jej dużo czasu do namysłu.

I znów przed jej oczami pojawili się Ania i Tomasz.

– Właściwie... tak – odpowiedziała dopiero po chwili.

– To dobrze, że odnalazłaś swoje miejsce do życia. – Nie spuszczał z niej oczu. Wiedział, że coś przed nim ukrywała, ale nie śmiał wypytywać o jej prywatne sprawy. Odezwał się dopiero po chwili, kiedy czuł, że już mogą ze sobą swobodnie rozmawiać.

– Nie myślałaś, żeby wrócić do Wrocławia?

– Nie – odpowiedziała natychmiast. Pytanie ojca wydało jej się nonsensowne.

Zrozumiał to, gdy tylko na nią popatrzył.

– Tak jak już wspomniałam, dzisiaj wyjadę. Po trzynastej odjeżdża mój pociąg. Mam jeszcze sporo czasu, ale... właściwie chciałabym już pójść. – Wstała i wsunęła taboret pod blat stolika.

– Myślałem, że może zechcesz dłużej... – Przypatrywał jej się tak, jakby miał jej już nigdy więcej nie zobaczyć.

– Sądzę, że to, czego chciałam się dowiedzieć, już usłyszałam. Potem wyszła z kuchni i wróciła do pokoiku, w którym spędziła noc. Zaścieliła łóżko. Pozgarniała do plecaka rzeczy, które przez przypadek z niego wypadły, i zawiesiła go sobie na ramieniu. Omiotła wzrokiem ściany pomieszczenia. Wciąż czuła się tu obco. Ojciec był dla niej nadal obcym człowiekiem. Nawet starała się go zrozumieć. Nawet mu współczuła, ale… nie potrafiła go kochać. Oduczyła się tego.

Kiedy weszła do przedpokoju, stał oparty o ścianę. Wyglądał na znacznie spokojniejszego niż poprzedniego dnia, gdy na progu jego mieszkania spojrzeli sobie w oczy. Ona też była spokojniejsza, choć nadal nie miała pewności, co dało jej to spotkanie i po co właściwie tu przyjechała. Nacisnęła na klamkę drzwi wejściowych. Odczuła ulgę, że ma to już za sobą.

– Odwiedzisz mnie jeszcze kiedyś? – spytał, kiedy stała już na korytarzu.

– Nie wiem. – Popatrzyła na niego niepewnie. Nadal nie wiedziała, jak ma do niego mówić. Zwracała się więc bezosobowo, co było bardzo uciążliwe. Czuła jednak, że stojący przed nią człowiek nie jest jej ojcem. Przynajmniej nie teraz. – Do zobaczenia – powiedziała, a potem zbiegła po schodach.

Jej ostatnie słowa dały Erykowi nadzieję, że jeszcze kiedyś ją zobaczy. Wierzył w to.

– Do zobaczenia, Łucjo. Bądź szczęśliwa – odpowiedział.

Słyszała jego słowa, ale była już na parterze i otwierała drzwi na zewnątrz budynku. Kilka minut później jechała taksówką na dworzec. Siedząc w dworcowym barze, przeglądała kupione po drodze kobiece czasopismo i raczyła się mocną herbatą.

„To była dziwna podróż" – przyznała. Droga powrotna minęła jej dość szybko. Cały czas wracała myślami do miejsc, które odwiedziła w ciągu ostatnich dni, i do rozmowy z ojcem. To całkowicie zaprzątało jej głowę, odwracając uwagę od jazdy. W Krakowie, gdzie przesiadała się na kolejny pociąg, też nie czekała zbyt długo. Połączenie do Różanego Gaju miała niemal od razu, gdy tylko stanęła na odpowiednim peronie. Kiedy pociąg podjechał, zajęła miejsce przy oknie. Większą część drogi przespała. Jechała długo. Według własnych obliczeń wiedziała, że do Różanego Gaju dotrze dopiero po północy. Nie miała przy sobie telefonu, była więc zdana tylko na siebie. Domyślała się, że będzie musiała pokonać na piechotę spory kawałek drogi od stacji kolejowej do centrum Różanego Gaju. Najważniejsze było to, że wracała. W Różanym Gaju nie było jej zaledwie kilka dni, a czuła, jakby minął przynajmniej miesiąc.

Tak jak przypuszczała, tuż po dwunastej pociąg zatrzymał się na stacji w Różanym Gaju. Kiedy wysiadła, mimo późnej pory owiało ją ciepłe, letnie powietrze. Ostatnie kilkanaście dni było bardzo gorących, nocami więc ziemia oddawała zgromadzone w blasku słońca ciepło, oddychając razem z uśpioną przyrodą. Rozejrzała się wokół. Nie było źle. Widziała wszystko dokładnie na odległość dwóch, trzech metrów. Ubywający księżyc rozjaśniał drogę.

Kiedy znalazła się kilkanaście metrów za stacją, poczuła, że znów jest u siebie. Znajomy, aromatyczny zapach ziemi i polnych roślin sprawiał, że od razu odzyskała rezon po długiej i nużącej podróży. Pędziła jak na skrzydłach, nie patrząc na to, że czasem zbaczała z wydeptanej ścieżki. To było nieważne. Bo najistotniejsze było to, że znowu stała na znajomej ziemi. Że wkrótce zobaczy Anię, ludzi, na których zawsze mogła liczyć. Oddychała pełną piersią. Tylko w Różanym Gaju tak potrafiła. Na plenerowej polanie w Starym Kościele czuła się cudownie, ale tylko tutaj, w tej niewielkiej wiosce na Podkarpaciu mogła być naprawdę sobą. I nieważne było w tej chwili, że życie znów wypadło z właściwego toru, niosąc bolesne perturbacje i zamęt. Kochała to miejsce. W tym momencie tylko to się dla niej liczyło.

Kiedy doszła do domu Matyldy, nie czuła zmęczenia. Było już sporo po pierwszej. Ciemne, zasunięte kotarami okna świadczyły o tym, że gospodyni spała. Nie miała wyjścia, musiała ją obudzić. Inaczej tę noc przyszłoby jej spędzić w ogrodzie. Już miała zastukać do drzwi, ale nagle uznała, że w gruncie rzeczy nie jest to znowu taki zły pomysł. Noc była naprawdę bardzo przyjemna, a deski ławki w altanie nadal ciepłe od dotyku słońca. Pani Matylda zostawiła nawet koc.

Łucja rozpostarła go na trawie i położyła się. Ławka wydała jej się zbyt twarda, za to miękka murawa była wprost idealna, by zapomnieć o całym świecie. Rozgwieżdżone niebo przykuwało wzrok. Nie mogła oderwać od niego oczu. Poczuła zmęczenie, zachciało jej się spać. Nagle spod wpółprzymkniętych powiek tuż nad głową ujrzała spadającą gwiazdę. Uśmiechnęła się. „Chcę w końcu być szczęśliwa z Anią i… Tomaszem" – powiedziała w myślach, a zaraz potem przymknęła powieki. Spadające gwiazdy zawsze pobudzały jej wyobraźnię. Wolała nie myśleć, że są to tylko meteoroidy. Chciała wierzyć, że to magiczne światełka przywołujące dobry los. Naprawdę w to wierzyła. Wierzyła tak samo, jak Horacy wierzył w swoją złotą rybkę. Zresztą ona też ją widziała i miała pewność, że jego historia jest prawdziwa. Wiara sprawia bowiem, że z naszych marzeń potrafimy stworzyć wielkie rzeczy i zamienić je w rzeczywistość. Zanim usnęła, jeszcze długo pod zamkniętymi powiekami widziała pulsujące światełko spadającej gwiazdy. Potem zapadła w kamienny sen.

– Boże przenajświętszy! Łucjo, co ty tutaj robisz?! Cała jesteś zmarznięta.

Kiedy Łucja otworzyła oczy, tuż nad sobą zobaczyła pochylającą się Matyldę. Przez ułamek sekundy nie miała pojęcia, gdzie się znajduje. Kiedy jednak poczuła zapach trawy, wilgotnej od porannej rosy, uśmiechnęła się szeroko.

– Dzień dobry, pani Matyldo – odezwała się rozbrajająco. – Nie chciałam pani budzić, dlatego położyłam się w ogrodzie.

– Dlaczego nie zadzwoniłaś do drzwi? – Matylda mówiła z wyrzutem. – Wszyscy czekaliśmy na ciebie. Nie zabrałaś telefonu, nie było z tobą kontaktu.

– Wszyscy? – Łucja złapała ją za słowo.

– Wszyscy... Ja, Izabela, Ania, pan Tomasz. Nawet pani Grażyna była u mnie ze dwa razy i pytała o ciebie.

To było miłe. Łucja uśmiechnęła się. Nie sądziła, że jej krótki wyjazd wywoła aż takie poruszenie.

– Martwiliśmy się o ciebie. Iza dzwoniła do tej gospodyni, co to cię do niej wysłała, ale dowiedziała się, że wyjechałaś. Gdzie ty byłaś? – Matylda miała zafrasowaną twarz.

– Byłam u mojego ojca – powiedziała bez pośpiechu.

– Gdzie?! – Matylda podniosła głos.

– We Wrocławiu, w mieszkaniu ojca – powtórzyła równie spokojnie.

– Jak... to? – Matylda z wrażenia otworzyła usta.

– Sama nie wiem, jak to się stało. Po prostu nagle kupiłam bilet do Wrocławia, wsiadłam do pociągu i... pojechałam do niego. Niech mnie pani nie pyta, dlaczego to zrobiłam, bo nie potrafię odpowiedzieć.

Matylda patrzyła na nią, nie mogąc wyjść ze zdumienia.

– Chodźmy do domu, jesteś zmarznięta – powiedziała.

Po chwili siedziały już w ciepłej kuchni Matyldy. Starsza pani z marszu zaczęła przygotowywać śniadanie, a po kilkunastu minutach Łucja poczuła znajomy zapach kaszy jaglanej.

– Smacznego – powiedziała Matylda, podsuwając Łucji miseczkę wypełnioną ugotowanym prosem i warzywami z ogródka.

– Pani Matyldo, tylko pani wie, co jest dla mnie dobre. – Łucja chwyciła łyżkę i zabrała się do jedzenia.

– Jesteś mi bliska... Tak jak córka. A o bliskie osoby po prostu człowiek się troszczy.

Słowa Matyldy poruszyły Łucję. Odłożyła łyżkę i popatrzyła prosto na starszą panią.

– Nie wiedziałam, że... – Łucja wpatrywała się w Matyldę z przejęciem.

– Że co? – Matylda lekko się uśmiechała.

– Że myśli pani o mnie w ten sposób.

– Łucjo, naprawdę jesteś mi bardzo droga. Tak samo jak Izabela i Antosia. Może nawet bardziej...

Młoda kobieta nie odezwała się. Poczuła wzruszenie. Pani Matylda tak trafnie ubrała w słowa to, co czuły obie. Połączyła je silna zażyłość, ale nigdy wcześniej o tym nie mówiły.

– Cieszę się – powiedziała Łucja. Dalsze słowa były zbyteczne. Obie wiedziały, co czują. To było najważniejsze.

– Jedz, bo ci wystygnie – rzekła Matylda.

Dopiero kiedy Łucja odniosła naczynie do zlewozmywaka i z powrotem usiadła przy stole, wróciły do rozmowy.

– Jaki on jest? – starsza pani zapytała nieśmiało.

– Kto? – Łucja doskonale wiedziała, o kogo chodzi, ale grała na zwłokę.

— Twój ojciec.

— Przecież widziała go pani, kiedy przyjechał do Różanego Gaju.

— Nie chodzi mi o to, jak wygląda, tylko jak ty go odebrałaś.

Łucja zastanowiła się.

— Nie wiem, krótko u niego byłam. Trochę rozmawialiśmy, ale… ja w gruncie rzeczy nadal nie wiem, jaki on jest.

— Po coś jednak tam pojechałaś… — zauważyła Matylda.

Łucja westchnęła. Widać było, że głęboko się nad czymś zastanawia.

— Może udałam się tam po to, żeby po drodze zgubić gdzieś złość, którą przez całe życie do niego żywiłam. Nie czuję się już skrzywdzona. On twierdzi, że przez te wszystkie lata o mnie myślał, że za mną tęsknił i… nie był w pełni szczęśliwy. Wierzę mu. Nie wiem dlaczego, ale mu wierzę.

— Wrócisz do niego jeszcze?

— Nie wiem. Na razie to jedno spotkanie mi wystarczy. Nie sądziłam, że jeszcze kiedykolwiek go zobaczę… że z nim porozmawiam. Kiedy ujrzałam go w ośrodku pogotowia opiekuńczego, miałam wrażenie, że mam przed sobą ducha. Później, kiedy ośmielił się tu przyjechać, czułam, że nienawidzę go jeszcze bardziej niż wtedy, gdy mnie opuścił. A teraz? — Łucja wzruszyła ramionami.

Przez kilka minut w ciszy sączyły kawę. Słońce opierało się już na parapecie, pozostawiając na nim miłe ciepło i obietnicę pogodnego dnia.

— Muszę zaraz zadzwonić do dziewczyn, że już wróciłaś. Panu Tomaszowi i Ani też jak najszybciej trzeba dać znać — rzekła Matylda, kiedy zauważyła, że Łucja doszła już do siebie po podróży.

– Sama pójdę do pałacu. Tak bardzo tęsknię za Anią, że...
zrobię to już teraz. – Wstała i zwróciła się w stronę drzwi.

– A za panem Tomaszem? – spytała Matylda, zawieszając
wzrok na drzwiach.

– Za Tomaszem... też tęsknię – odpowiedziała pośpiesznie
Łucja.

Wzięła tylko szybki prysznic, przebrała się i wyszła.

Dobrze było znów czuć pod stopami rozgrzaną latem ziemię
Kreiwetsów. Kiedy znalazła się poza centrum wioski i weszła
na polną drogę, wiedziała, że jest u siebie. Gdy w oddali ujrzała
rozpostarte ramiona brzozowego krzyża, poczuła wzruszenie.
Kilka minut potem stała tuż przy nim i spoglądała w stronę
gęstego starodrzewu w parku Kreiwetsów. Przez chwilę popatrzyła w nieruchome oczy drewnianego Jezusa i zaraz potem
weszła na ścieżkę wiodącą do pałacu.

Znalazłszy się pod bramą, zauważyła otwartą furtkę, która
kołysała się w rytm wiatru wiejącego od strony łąk. Pośpiesznie
przemknęła jedną z głównych alejek i zatrzymała się dopiero
przed schodami, przy jednym z kamiennych gryfów. Była u siebie. Przez chwilę się zamyśliła, a kamienne monstrum w jej wyobraźni zatrzepotało skrzydłami. Dotknęła go. Lubiła to robić.
Kamienni strażnicy byli wizytówką pałacu. Ktokolwiek zjawiał
się w pałacu, najpierw zwracał uwagę na te misternie wyrzeź-
bione figury.

Większość okien od frontowej strony była otwarta. Nawet
okno w pokoju gościnnym, który nie tak dawno zajmował Luca.
Nadal wiązała z tym miejscem przykre wspomnienia. Zdjęła rękę
z gryfa i szybko ruszyła na górę. Doskonale znała te schody. Po-
konywała je przecież kilka razy dziennie.

Drzwi pałacu też były otwarte. Zwykle o tej porze w pobliżu krzątali się Józef i Ignacy. Tego dnia nie zauważyła jednak żywej duszy. Tylko ptaki śpiewały jak zawsze, sprawiając, że wszystko tętniło życiem. I róże... one również rozkwitały różnymi kolorami, ubarwiając letnią zieleń ogrodu i parku.

Kiedy Łucja przekroczyła próg i znalazła się w obszernym holu, od razu usłyszała dobiegający z góry pośpieszny tupot niedużych stóp. Po chwili Ania zbiegała już ze schodów. Zauważywszy Łucję, na moment zatrzymała się, przyglądając się jej w osłupieniu. Zaraz jednak znów ruszyła pędem na dół, jeszcze szybciej przebierając nogami. Łucja nawet nie zdążyła zareagować i upomnieć dziewczynki, bo ta, zbiegając po kilka stopni naraz, już za moment wisiała jej na szyi.

– Łucjo, tak się cieszę, że wróciłaś! – powiedziała, mocno się przytulając.

– Wróciłam, kochana... Ale skąd taka radość? Przecież nie było mnie zaledwie kilka dni.

– Te ostatnie dni były chyba najdłuższe w moim życiu. – Ania nadal wisiała Łucji na szyi.

Kiedy w końcu stanęły naprzeciw siebie, długo mierzyły się wzrokiem.

– Wydaje mi się, że urosłaś. – Łucja patrzyła na Anię z góry na dół.

Dziewczynka nie pozostała jej w tym dłużna, też wnikliwie się jej przypatrywała.

– A ty za to schudłaś. Znów sterczą ci łopatki.

Rzeczywiście, Łucja też zauważyła, że ostatnio trochę straciła na wadze.

– Muszę o ciebie zadbać. – Ania znów się przytuliła. – Gdzie byłaś? – Dziewczynka uniosła głowę i spojrzała na opiekunkę.

– To… długa historia. Może zrobimy sobie herbatę i pójdziemy na „jaśminową ławkę", to coś więcej ci opowiem. Co
ty na to?

– Zgoda – odpowiedziała Ania bez chwili namysłu.

Kiedy Łucja po raz pierwszy pojawiła się w szkole podstawowej w Różanym Gaju i przyjęła wychowawstwo w klasie Ani, od
razu stała się dla dziewczynki kimś ważnym.

– Dobrze być tutaj znowu, Aniu. – Łucja popatrzyła przed
siebie, kiedy znalazły się przy krzewie jaśminu. – Wiem, że nigdzie nie będzie mi lepiej niż na ziemi Kreiwetsów, a pałac i jego
otoczenie są mi szczególnie bliskie.

– Przecież możesz do nas wrócić. – Mówiąc to, Ania odwróciła głowę.

Łucja czuła, że coś przed nią ukrywa.

– Najważniejsze, że znów widzę ciebie. – Przysunęła się bardzo blisko dziewczynki, tak że ich stopy się zetknęły. – I że mi
wierzysz… Właśnie to liczy się dla mnie najbardziej.

Ania niby na nią patrzyła, niby słuchała jej słów, ale myślami
była gdzieś indziej.

– Opowiesz mi o swoim wyjeździe? – odezwała się po chwili.

– Tak, przecież ci to obiecałam. – Łucja wróciła do wspomnień
związanych ze swoją krótką podróżą, a potem dość dokładnie zdała z niej dziewczynce relację. Ania nie mogła jej uwierzyć.

– Dlaczego nie powiedziałaś mi wtedy, że pan Eryk jest twoim tatą? – spytała. W jej głosie nie było pretensji.

– Nie wiem, spotkanie z nim było dla mnie dużym zaskoczeniem. Myślałam, że już nigdy go nie zobaczę. To dzięki tobie
znów natknęliśmy się na siebie.

– Nigdy nic mi o nim nie mówiłaś. – Ania wydawała się naprawdę zaciekawiona tematem ojca Łucji. Zwłaszcza że sama ponad rok wcześniej odnalazła swojego.

– Aniu, nie było o czym mówić. Nie widziałam go trzydzieści pięć lat.

– Dlaczego cię zostawił? – Dziewczynka była wyjątkowo dociekliwa.

Łucja nie odpowiadała, tylko wpatrywała się w twarz małej.

– Powiedział ci to? – dopytywała się Ania.

Znając Anię, Łucja doskonale zdawała sobie sprawę z tego, że nie da się zbyć byle czym.

– Powiedział… ale niedokładnie. Aniu, tego, co zrobił mój ojciec, nie da się wytłumaczyć w kilku słowach. Nie potrafię ci tego wyjaśnić, zrozum mnie. – Łucja rozłożyła ręce i popatrzyła na Anię przepraszająco.

Dziewczynka w mig zrozumiała i przestała się dopytywać. Dodała tylko:

– Pan Eryk wygląda na miłego człowieka.

– Być może właśnie teraz taki jest. – Łucja objęła ramiona Ani. Dłuższą chwilę siedziały, nie rozmawiając o niczym.

– Gdzie jest twój tata? Chciałabym się z nim przywitać – odezwała się Łucja, kiedy już wracały do pałacu. Jedną ręką trzymała dłoń Ani, w drugiej natomiast kubek po wypitej herbacie.

– Tata? – Ania wyraźnie się speszyła, a potem długo zwlekała z odpowiedzią.

Nie musiała jednak nic więcej Łucji wyjaśniać, bo kilka sekund później wszystko stało się dla niej oczywiste.

Zza gazonu wieńczącego jeden z narożników pałacu nagle wyszedł Tomasz w towarzystwie jakiejś kobiety. Z dala Łucja nie widziała dokładnie jej twarzy. Była jednak pewna, że nie spotkała jej nigdy wcześniej. Chociaż? Rysy kobiety wydawały jej się dziwnie znajome. Wraz z przybliżaniem się tej dwójki Łucja kamieniała. W pewnej chwili stanęła, czując, że nie jest w stanie już zrobić ani kroku dalej. Popatrzyła na Anię. Dziewczynka miała smutną minę.

– Aniu, kto to jest? – spytała drżącym głosem, choć była niemal pewna, że kobieta u boku Tomasza to Chiara, piękna wiolonczelistka. „Tylko skąd, u licha, ona się wzięła w Różanym Gaju?!" – Łucja zaklęła w duchu. „Przecież Tomek nie mógł być aż takim obłudnikiem, żeby tuż po naszym rozstaniu sprowadzać sobie do pałacu kochankę... Przecież mieliśmy zamieszkać w nim wspólnie, z Anią... naszą córką".

– To... jest taty znajoma. – Ania opuściła głowę. Była zażenowana. Nagle mocniej ścisnęła Łucję za rękę, jakby chciała dodać jej otuchy.

Kiedy Tomasz zauważył Łucję, zaczął iść szybciej, a znajdująca się obok kobieta na moment została z tyłu. Zaraz jednak zrównała się z nim, przyspieszając kroku.

– Łucjo, gdzie ty się podziewałaś?! – Na ustach Tomasza pojawił się serdeczny uśmiech. Łucja odwdzięczyła mu się kamiennym wyrazem twarzy.

– Nie przedstawisz nas sobie? – Ciekawie zerkała na stojącą przed nią piękność. Była pewna, że się nie polubią.

– To... Chiara, moja znajoma. Przyjechała do mnie... – Długo się wahał, nie wiedząc, co jeszcze powiedzieć. – ...w odwiedziny – dodał dopiero po chwili.

– Miło mi. – Łucja wyciągnęła rękę w stronę ślicznej Włoszki, chociaż przyszło jej to z wielkim trudem.

– Witam – odpowiedziała Chiara po polsku.

Łucja nie kryła zdziwienia. Nie zdążyła jednak o nic zapytać, bo Tomasz od razu poczuł się w obowiązku wyjaśnić sytuację.

– Chiara dość dobrze mówi po polsku.

– Aha. – Łucja pokiwała tylko głową. Nie miała ochoty rozmawiać z Chiarą, nawet jeśli ta perfekcyjnie opanowała język polski.

– Nie odpowiedziałaś mi, co się z tobą działo? Martwiliśmy się o ciebie. – Tomasz patrzył na nią tak jak dawniej. Gdyby nie stojąca obok Chiara, mogłaby pomyśleć, że Tomasz znów jest blisko niej. Kiedy jednak przeniosła wzrok na roziskrzone, wpatrzone w muzyka oczy Chiary, od razu pozbyła się złudzeń.

– Naprawdę cię to interesuje? – spytała Łucja uszczypliwie.

– Łucjo… – Nie zdążył już nic więcej powiedzieć, bo nie dała mu tej szansy. Miała dość tej sytuacji. Chciała odejść z pałacowego ogrodu jak najszybciej. To nie był już jej pałac, tak jak i mężczyzna stojący naprzeciw też już nie był jej.

Ania jakby wyczuła zamiar Łucji i wypuściła jej rękę. Kobieta od razu to wykorzystała, cofając się o kilka kroków.

– Ja… przyszłam tylko na chwilę. Właściwie to powinnam już wracać – wymyśliła na poczekaniu.

Potem odwróciła się i bez oficjalnego pożegnania oddaliła się w kierunku bramy. Ania pobiegła za nią.

Szły obok siebie, trzymając się za ręce. Milczały. Kiedy dochodziły do rozstajów, gdzie wyłaniał się już biały zarys krzyża, Ania powiedziała:

– To nie jest wina taty, to ona… To ta baba wpakowała się do nas z walizkami. – Ania szarpnęła Łucję za rękę, ponieważ ta nie zareagowała na jej słowa.

– Aniu, twój tata to dorosły człowiek. A ja… Ja nie zamierzam stawać na drodze do jego szczęścia.

– Łucjo, jakiego szczęścia?! Co ty mówisz?! Tata kocha tylko ciebie. Ja to wiem.

– Niby skąd? – Łucja roześmiała się nerwowo.

– Nie pamiętasz już, jak się poznaliście? Za dwa tygodnie mieliście się pobrać.

– Dobrze to ujęłaś… mieliśmy. Zwróciłam twojemu tacie pierścionek zaręczynowy.

– Łucjo. – Ania patrzyła na nią błagalnie. – Ja wierzę, że to wszystko da się jeszcze jakoś odkręcić. Nie oddawaj go tej małpie. Przecież ona tylko na to czeka. Proszę cię, nie odpuszczaj.

Łucja patrzyła na Anię smutno. Bardzo chciała ją pocieszyć, ale nie wiedziała jak. Sama była pełna obaw i wewnętrznego buntu. Zdawała sobie sprawę, że w takim stanie była dla dziewczynki niewiarygodna. Ania to czuła, ale łudziła się, że jeszcze wszystko jest możliwe. Że Łucja i jej tata będą razem, tak jak to planowali.

– Aniu, nie będę przed tobą udawać, że ta cała sytuacja z twoim tatą i… tą kobietą jest łatwa. Bo nie jest. Powiem więcej: jest mi bardzo przykro, ale nic nie mogę zrobić. Kochanie, dorośli dogadują się między sobą trochę inaczej niż twoi rówieśnicy.

– Sugerujesz, że jestem niedojrzała? Że nie rozumiem, co się dzieje między tobą i tatą? – Ania odezwała się pełnym wzburzenia głosem.

– Nie to chciałam powiedzieć. – Łucja się speszyła.

Rzeczywiście zapomniała, jaką dojrzałą dziewczynką jest Ania. Śmierć matki i dorastanie w cieniu jej choroby sprawiły, że musiała błyskawicznie dorosnąć.

– Aniu… – Popatrzyła jej prosto w oczy. – Ja i twój tata… Myśmy się naprawdę bardzo starali. – Łucja czuła, że lada moment się rozpłacze.

– Widocznie nie staraliście się dostatecznie. – Ania wydawała się dotknięta.

Do końca łąk szły bez słowa. Dopiero kiedy weszły na niewielki odcinek szutrowej drogi łączący nieuprawiane od lat pola z asfaltową szosą, popatrzyły na siebie w taki sposób, jakby dopiero co zdały sobie sprawę ze swojej obecności.

– Może pójdziemy na grób twojej mamy? – zaproponowała Łucja. – Dawno nie byłyśmy tam razem.

– Chodźmy. – Ania miała pełną powagi minę, jak zawsze, kiedy mówiła o mamie.

– Wstąpimy tylko do sklepu i kupimy znicz. Mam przy sobie jakieś drobne. – Łucja wsunęła rękę do kieszeni spódnicy.

Ania przytaknęła. Po kilkunastu minutach stały już nad grobem Ewy. Posadzone zeszłej wiosny róże w tym roku rozkwitły jeszcze bujniej. Łucja postawiła nieduży lampion na samym środku, pod obfitą girlandą z herbacianych róż. Ania pochyliła się i wzięła w drobne dłonie zapałki. Zapaliła knot.

Przez pewien czas stały, milcząc. Każda rozmawiała z Ewą po swojemu. Zawsze było tak samo. Chwila zadumy. Potem uśmiech na twarzy Ani. Niby przypadkowy, ale bardzo mocny dotyk dłoni i jej pełne zrozumienia spojrzenie. Tak było i tym razem. Obie potrzebowały tych kilku chwil spędzonych przy grobie Ewy. Traktowały to jak pewnego rodzaju rytuał.

Pożegnały się przy rozstajnych drogach. Potem każda wróciła do siebie.

Jeszcze tego samego dnia po południu Łucja wybrała się do Izabeli. Chciała osobiście zdać przyjaciółce relację ze swojej krótkiej podróży. Kiedy stanęła przed bramą jej osiedla, poczuła przykrą woń rozgrzanego asfaltu. Ten dzień był bardzo upalny. Machinalnie wstukała na domofonie numer kodu. Znała go doskonale. Często tu bywała. W chwilę potem stała już przed drzwiami mieszkania przyjaciółki.

Po drodze kupiła jeszcze w osiedlowej cukierni kilka pysznych kremówek, które teraz trzymała zapakowane w ładnym białym pudełku. Zadzwoniła do drzwi. Dopiero po dłuższej chwili w holu rozległy się kroki i Łucja usłyszała odgłos otwieranego zamka.

– Łucja?! – Na twarzy Izabeli malował się uśmiech zaskoczenia. – Co za niespodzianka! Tak bardzo się cieszę, że cię widzę, zwłaszcza teraz, gdy… – Wpuściła Łucję do środka i niecierpliwie zajrzała do kuchni.

Łucja weszła pośpiesznie, stając tuż za zamkniętymi drzwiami. Przy jednej ze ścian zauważyła czarną walizkę. Spojrzała na przyjaciółkę.

– Wybierasz się gdzieś? – Łucja wpatrywała się w nią.

– Nie. – Iza się roześmiała. – Chodź do kuchni. Co ja ci będę mówić… Zobacz sama. – Pociągnęła przyjaciółkę za rękę.

W chwilę potem stały obie w jasnej kuchni malarki. Łucja nie mogła uwierzyć w to, kogo zobaczyła. Przy stole, tuż pod pięknym obrazem przedstawiającym Laurę de Borgio, siedział Luca.

– Luca?! Skąd ty się tu znalazłeś?!

– Przyleciałem prosto z gorących Włoch. – Uśmiechnął się zabawnie.

– Domyślam się skąd… Powiedz mi raczej dlaczego? Nic nie wspominałeś, że chcesz tutaj wrócić.

Ostatnimi czasy Łucja i Luca byli ze sobą w kontakcie. Luca nie pisał jednak, że planuje znów się pojawić w Polsce. Przecież niedawno wyjechał, a we Włoszech zaczęło mu się dobrze wieść. Malował i, jak twierdził, to było dla niego najważniejsze.

– To… temat na dłuższą dyskusję. – Zrobił zagadkową minę.

– Co tam masz? – Izabela zerknęła na pudełko, które Łucja z wrażenia zaciskała w dłoniach.

– A… to pyszne ciastka na powitanie. Gdy je kupowałam, nie wiedziałam, że powitanie odbędzie się w poszerzonym gronie.

Cieszyła się, że widzi Lucę. Tak jak cieszyła się, że znów ma przed sobą Izabelę. Była coraz bardziej pewna tego, że Luca jest też i jej przyjacielem. Świadczyły o tym ich bardzo osobiste e-maile. Czekała na nie, nie mogła się wręcz bez nich obyć.

Po chwili wszyscy troje siedzieli przy stole. Z filiżanek, jak zwykle przy tego typu spotkaniach, parowało zbyt mocne espresso, a na gładkim talerzyku pyszniły się kremówki. Ze szklanego dzbanka, do połowy wypełnionego wodą, wychylały się delikatne frezje. Łucja dłużej zatrzymała na nich wzrok.

– Dostałam je od Luki. – Iza się uśmiechnęła, zerkając z wdzięcznością na przyjaciela.

– Nie mogłem się oprzeć, kiedy zobaczyłem je przed kwiaciarnią. Musiałem je kupić. Zresztą Iza jest dla mnie taka dobra… Nie wiem, gdzie bym się podział, gdyby nie przyjęła mnie pod swój dach. – Znów zrobił zabawną minę.

Łucja była bardzo ciekawa powodu, dla którego Włoch ponownie zjawił się w Polsce. Czekała jednak, aż sam uchyli rąbka tajemnicy.

– Długo planujesz zostać? – To było jedno z tych pytań, które bezpiecznie mogła zadać.

– Jeszcze nie wiem, to zależy od przebiegu spraw. – Popatrzył tajemniczo za okno.

– Widziałeś się ze Staszkiem? – spytała Łucja. Temat kolegi Ani też był bezpieczny. Tym bardziej że Łucja wiedziała, jak mocna więź połączyła malarza z chłopcem.

– Nie. Dopiero co przyjechaliśmy. Dwie godziny temu Iza odebrała mnie ze stacji, a w mieszkaniu byliśmy może dwadzieścia minut przed tobą. – Zerknął na zegarek. – Cieszę się, że was widzę. – Popatrzył wpierw na Izabelę, a potem na Łucję, dłużej zatrzymując wzrok na jej twarzy.

Dopiero teraz Łucja zauważyła, że jest zmęczony. Dłuższą chwilę rozmawiali na temat jego podróży. Potem Luca opowiadał o Włoszech, o ostatnich dniach, kiedy malował jak szalony. Chciał skończyć obraz, zanim wyjedzie do Polski. Ciągnęło go tutaj, choć decyzję o wyjeździe podjął nagle.

Kiedy po godzinie poszedł wziąć prysznic, Łucja i Izabela zostały przy stole same, wpatrując się w ostatnią kremówkę.

– Zjedz ją. – Iza przysunęła w stronę przyjaciółki talerzyk z ciastkiem.

– Nie, ty ją zjedz. – Łucja odsunęła naczynie w kierunku malarki. W końcu Izabela zadecydowała.

– W takim razie zjemy ją obie. – Wstała, wzięła do ręki nóż i przekroiła ciastko na pół.

– Dlaczego on tu przyjechał? – Łucja miała nadzieję, że Iza odpowie na to pytanie.

– Nie wiem. – Przyjaciółka wzruszyła ramionami. – Zadzwonił dwa dni temu i spytał, czy go przechowam. Nie mogłam mu odmówić. Sama rozumiesz, że w pałacu Kreiwetsów jest spalony, a u mamy jesteś ty, więc…

— Ciekawe, co go skłoniło, żeby tutaj tak szybko wrócić? — Łucja westchnęła.

Izabela nagle wstała i odniosła na blat brudne talerze. Zaraz potem odwróciła się do Łucji. Nie usiadła jednak do stołu.

— Wiesz… Luca wspominał mi coś o Chiarze, o jej wizycie w pałacu. Nie wiem, ale może to ma związek właśnie z nią.

Łucja pobladła. Temat pięknej Włoszki budził w niej spore emocje.

— Spotkałam ją — odezwała się po chwili zduszonym głosem.

Iza podeszła do stołu i znów usiadła naprzeciw Łucji.

— To musi być dla ciebie bardzo trudne. — Złapała przyjaciółkę za rękę.

— Tak, to jest trudne — rzekła Łucja drżącym głosem.

— Rozmawiałaś z Tomaszem? — Izabela spytała ostrożnie.

— Nie. Dziś rano byłam w pałacu, ale właściwie nie zamieniliśmy słowa. Widziałam ją, to mi wystarczyło. — Łucja jeszcze bardziej posmutniała.

— Do cholery, czy ta zołza zawsze musi dostawać to, czego chce! — wybuchła Izabela. Dopiero po chwili zorientowała się, że powiedziała o dwa słowa za dużo.

— Czy mi się tylko wydaje, czy ty o czymś wiesz? — Łucja nie spuszczała z przyjaciółki oczu.

Iza popatrzyła na nią bezradnie. Zdawała sobie sprawę, że w tej sytuacji nie było odwrotu. Musiała powiedzieć Łucji prawdę.

— Tomasz zawsze podobał się Chiarze — powiedziała zgodnie z prawdą.

Po jej słowach Łucja znów zbladła.

– Co nie znaczy, że ona jemu również… – Nie zdążyła dokończyć. Reakcja Łucji na jej słowa była bardzo gwałtowna.

Kobieta wstała i w jednej chwili znalazła się przy drzwiach.

– Nie interesuje mnie to. Wszystko, co ma związek z Tomaszem, jest dla mnie bez znaczenia. – Odwróciła głowę w kierunku holu, doskonale zdając sobie sprawę, że kłamstwo ma wypisane na twarzy.

– Kochana, kogo ty chcesz oszukać? – Iza też wstała i podeszła do niej. – Nie zapominaj, że cwana ze mnie lisica. Aż tak bardzo się nie zmieniłam. No… może troszeczkę. – Roześmiała się głośno.

Łucja odwróciła się w jej stronę. Rzeczywiście, to był śmiech dawnej Izabeli, a raczej Adeli, kobiety, która była Łucji równie daleka, jak odległość dzieląca Polskę i Włochy, gdzie wówczas mieszkała jej obecna przyjaciółka.

– Siadaj. – Iza pociągnęła Łucję za ramię.

– Nie. Pójdę już. – Łucja patrzyła w kierunku holu.

– Zaczekaj chociaż na Lucę. Nie wybaczy mi, że cię wypuściłam.

– Na pewno jeszcze się zobaczymy. – Łucja weszła do holu i stanęła przy drzwiach.

– Nawet nie zdążyłyśmy porozmawiać o twoim wyjeździe do Starego Kościoła. Podobało ci się tam?

– Tak, bardzo mi się podobało. Dobrze zrobiłaś, że mnie tam wysłałaś. – Łucja przez moment się uśmiechnęła. Zaraz jednak znów posmutniała. – Szkoda tylko, że powrót do Różanego Gaju okazał się dla mnie taki bolesny. – Przed oczami Łucji znów stanęła twarz urodziwej wiolonczelistki.

Łucja położyła dłoń na klamce. Kiedy już miała ją nacisnąć, w otwartych drzwiach łazienki stanął Luca.

– A gdzie ty się już wybierasz? Tak bez pożegnania? – Uśmiechnął się. Wyglądał niezwykle męsko w jasnym podkoszulku i szortach. Z mokrych włosów na kark spływały mu duże krople wody.

– Mówiłam jej. – Iza zerknęła na Łucję. – Ale chyba wiesz, jaka potrafi być uparta.

Wszyscy troje uśmiechnęli się.

– No dobra, to wy się pożegnajcie, a ja zajrzę do pracowni. – W chwilę potem Iza zniknęła za drzwiami pokoju, w którym zazwyczaj spędzała najwięcej czasu.

– Szkoda, że już uciekasz. Myślałem, że spędzimy ze sobą trochę więcej czasu. – Podszedł bliżej.

Poczuła się nieswojo i w wyraźny sposób odsunęła od niego.

– Łucjo, gwoli jasności... Relacja między nami jest czysto przyjacielska. Nie będę udawał, że mi się nie podobasz, ale szanuję to, że ty i Tommaso... – Urwał. Nie wiedział, jak skończyć.

– Nie jestem z Tomaszem. Pisałam ci o tym. Nie pamiętasz? – Popatrzyła mu prosto w oczy.

– Przecież nadal go kochasz, to oczywiste.

Łucja spuściła głowę. Nie potrafiła zaprzeczyć, ale nie miała zamiaru przyznać się do swoich uczuć. Nagle jednak uniosła głowę i popatrzyła na Włocha.

– Luca, to już koniec. Tomek i ja już nie będziemy razem. Ja już mu nie wierzę. Ta kobieta... Chiara... Myślę, że to właśnie ona jest mu teraz bliska. – Odwróciła głowę. Nie chciała, żeby Luca zobaczył w jej oczach łzy.

– Nie jest mu bliska – odezwał się Luca swobodnie.

– Skąd wiesz? – Na moment znów popatrzyła na niego, a on dostrzegł w jej wzroku błysk nadziei.

– Wiem. Tommaso nigdy nie patrzył na Chiarę jak na kobietę. Postrzegał ją raczej jak znajomą, z którą łączy go wspólna pasja. Nie sądzę, żeby to się zmieniło. – Luca chciał ją pocieszyć, choć właściwie niczego nie był już pewien. Wiedział, że wiolonczelistka była zdolna do wszystkiego. Za mężczyzną, w którym kochała się od lat, przyjechała aż do Polski, choć jak Luca zdążył zauważyć, dość niepochlebnie wyrażała się o Polakach.

– Nie wiem, może masz rację. Ja jednak czuję, że... Nie chcę już o nim myśleć i zastanawiać się, co się znowu stanie. Zmęczyła mnie ta niepewność. Nie mam siły na ten związek. Pójdę już. – Nacisnęła na klamkę i otworzyła drzwi. – Cześć – powiedziała, stojąc już w korytarzu.

– Jutro do ciebie wpadnę, musimy porozmawiać. Mam ci do powiedzenia coś bardzo ważnego. Po to tutaj przyjechałem. Choć właściwie... Może nie tylko po to – odezwał się Luca zagadkowo.

W chwilę potem Łucja pomału schodziła ze schodów. Widok Luki w jakiś sposób dodał jej siły i wiary, że jeszcze wszystko się ułoży.

Kiedy wróciła do domu Matyldy, chciała niepostrzeżenie wślizgnąć się do swojego pokoju. Gospodyni stanęła jednak naprzeciw niej, jakby chciała zagrodzić jej drogę.

– Łucjo, zaraz po twoim wyjeździe do Wieliczan był tutaj Tomasz. Pytał, kiedy wrócisz. Niewykluczone, że jeszcze dzisiaj tu przyjdzie. Siadaj, pogadamy trochę.

Tak jak zazwyczaj, usiadły w kuchni, gdzie Łucja została poczęstowana talerzem pożywnej zupy. Chwilę porozmawiały. Potem jednak młoda kobieta wycofała się do pokoju. Nie czuła się dobrze. Wciąż miała w głowie urywki porannego spotkania w pałacu. Był jeszcze Luca... Jego przyjazd stanowił dla niej wielką zagadkę. Miała nadzieję, że w najbliższych dniach uda jej się poznać prawdziwy powód jego nieoczekiwanego powrotu. To nie była sąsiedzka wizyta. Florencję i Polskę dzieliło ponad tysiąc sześćset kilometrów. Musiało mu na czymś bardzo zależeć, by ot tak, nagle, bez zbędnych ceregieli, podjąć decyzję o przyjeździe.

Wcześniejsze słowa Matyldy znalazły potwierdzenie. Rzeczywiście, tuż po osiemnastej w jej domu pojawił się Tomasz.

Gospodyni cicho zapukała do drzwi, delikatnie ją o tym informując. Młoda kobieta nie miała ochoty na konfrontację z byłym partnerem. Najchętniej zabarykadowałaby się od środka i udała, że jej nie ma, ale wiedziała, że musi wyjść na zewnątrz i stawić czoło problemom.

Tomasz czekał za domem, w niewielkiej altanie. Gdy zauważył, że się zbliża, podniósł się z ławy i wyszedł jej naprzeciw. Stanęli vis-à-vis, kilka kroków od ściany pawilonu, zasłoniętej dorodnymi słonecznikami.

– Cieszę się, że jesteś… że znów cię widzę. – Podszedł do niej.

Nie drgnęła. Patrzyła na niego bez mrugnięcia, nie odzywając się.

– Kiedy wyjechałaś i przez jakiś czas nie było z tobą kontaktu, bałem się, że… już nie wrócisz. Że cię straciłem. – Tomasz patrzył na nią ciepło, zupełnie tak jak dawniej.

Nie rozumiała jego zachowania. Przecież gdy widzieli się po raz ostatni, przyznał, że jej nie ufa. Przed jej oczami znów stanęła słodka twarz pięknej Włoszki.

„Nie dam się zwieść" – pomyślała.

– Zostawiłeś w pałacu swoją przyjaciółkę? – powiedziała kąśliwie. – Może czuć się samotna. – Łucja cofnęła się i schowała w cieniu altany.

– Chiara przyjechała na kilka dni, żeby odpocząć od zgiełku miasta. – Tomasz był speszony.

– Tak ci powiedziała? – Łucja patrzyła na niego ironicznie. – Na pewno wypocznie. Różany Gaj to oaza spokoju. – Wymuszony uśmiech nagle zniknął z jej twarzy.

– Łucjo, ty chyba nie jesteś o nią zazdrosna... Ja jej tutaj nie zapraszałem. Sama...

– Nie interesują mnie twoje tłumaczenia. Nie wiem, czy pamiętasz, ale zwróciłam ci pierścionek. Możesz spotykać się, z kim tylko chcesz. Nic mi do tego. – Odwróciła głowę. Była bardzo wzburzona.

– Naprawdę tak myślisz? – Zbliżył się do niej. Chwycił w dłonie jej twarz i zmusił, by na niego spojrzała.

Nie miała wyboru, patrzyła prosto w jego oczy.

– Wiedziałem, że kłamiesz. – Uśmiechnął się. – Nadal ci na mnie zależy.

Jego słowa wytrąciły Łucję z równowagi. Zmobilizowała siły i wyrwała się. Kompletnie nie pojmowała jego postępowania.

– O co ci chodzi?! – krzyknęła. – Dlaczego igrasz z moimi uczuciami?! Co się zmieniło od czasu naszej ostatniej rozmowy, że teraz zdecydowałeś się popatrzeć na mnie jak na człowieka, a nie jak na zbędny mebel?!

Tomasz zawstydził się.

– Przepraszam. – Na chwilę zwiesił głowę. – Istotnie powinienem był zacząć od tego, że... – Trudno było mu prowadzić tę rozmowę. – Przepraszam. Przepraszam, że ci nie uwierzyłem, tylko... tak jak zwykle dałem się ponieść emocjom. – Przesunął głowę, chowając się pod zwisającą z donicy girlandą z róż. Jego niebieskie oczy pociemniały.

– Teraz mi wierzysz? – Popatrzyła na niego zaskoczona. Nie wiedziała, co myśleć. Sytuacja wydawała jej się paradoksalna.

Jeszcze kilka dni wcześniej dzielił ich mur nie do przebycia, a dzisiaj Tomasz stał przed nią i mówił to, co pragnęła usłyszeć, zanim zdusiła w sobie złudzenia. A może wciąż je miała? Przecież go kochała, a ta miłość sprawiała, że w jakimś sensie była od niego uzależniona, nawet jeśli tego nie chciała.

– Tak, teraz ci wierzę. – Tomasz był coraz bardziej skrępowany.

– Dlaczego? – Tylko o to była w stanie zapytać.

– Luca uświadomił mi, że... źle to wszystko zrozumiałem.

– Luca ci to uświadomił? Jakim cudem? – Pokręciła z niedowierzaniem głową.

– Wziął mnie podstępem. – Tomasz zamilkł.

– Proszę cię, wyrażaj się nieco jaśniej. – Łucja była poirytowana sposobem, w jaki Tomasz prowadził rozmowę.

– Przesłał mi twoje e-maile. To znaczy... kiedy pisałaś, jak cierpisz, że ci nie uwierzyłem i jak bardzo za mną tęsknisz. Nie wiem, dlaczego ci nie uwierzyłem. – Chciał się do niej zbliżyć, ale zmroziła go wzrokiem.

– To obrzydliwe! Jak mógł to zrobić?! Zwierzałam mu się! Udało mu się uśpić moją czujność! Pocieszyć mnie! – Łucja wrzała.

– On to zrobił dla ciebie... dla nas. – Tomasz starał się ratować sytuację.

– Przestań go bronić! Żadnemu z was nie można ufać! – Łucja była wściekła i nie miała ochoty dłużej rozmawiać. Wyczuł to.

– Chyba będzie lepiej, jak już pójdę. – Oddalił się o kilka kroków. Cały czas patrzył jednak w jej stronę, jakby czekał na to, że go zatrzyma.

– Tak, rzeczywiście powinieneś już iść! – Łucja nie mogła ochłonąć.

– Gdy będziesz gotowa, musimy dokończyć tę rozmowę.

– Uważam ją za skończoną. – Łucja ostentacyjnie odwróciła się, nie dając mu szansy nawet na jedno słowo. Była tak wściekła, że nie mogła logicznie myśleć. Słyszała tylko szelest trawy i ciche kroki oddalającego się Tomasza. Nagle przystanął. Długo nic nie mówił. Pomiędzy nimi nie było ani gry słów, ani szemrania usypiających roślin. Była tylko cisza. Męcząca i niepasująca do radości letniego wieczoru. A potem nagle usłyszała jego głos:

– Kocham cię, Łucjo. Nikogo nigdy nie kochałem tak bardzo jak ciebie. Nie mogę cię stracić, nie zniósłbym tego.

Potem znów były tylko jego kroki pomieszane z odgłosem ptaków udających się na spoczynek.

Lucę dojrzała już z oddali. Właśnie wybrała się do sklepu po sprawunki. Z wrażenia wypadła jej z rąk torba na zakupy. Była na niego wściekła. Kucnęła, chcąc podnieść z ziemi pustą siatkę.

– Cześć – usłyszała nad sobą. Wygląda na to, że przyszedłem nie w porę. Wybierasz się gdzieś? – Patrzył na nią z góry, cierpliwie czekając, aż wstanie.

Podniosła się. Nie patrzyła na niego.

– Łucjo, o co chodzi? Jesteś na mnie zła? – zapytał.

– Czy ja jestem na ciebie zła?! – Nie wytrzymała i wybuchła. – Gdybym tylko mogła, to… – Tak mocno poruszyła rękami, że równo złożona torba znów wypadła jej z ręki.

Oboje jednocześnie się po nią schylili, zderzając się głowami.

– Auu! – krzyknęła Łucja, odskakując. Mocno poczuła to nagłe uderzenie. Chwyciła się za czoło.

Luca też potarł sobie okolice skroni.

– Jesteś dziś w bojowym nastroju. – Nadal starał się żartować, choć jednocześnie bacznie ją obserwował, starając się wyczuć sytuację. – Poznam w końcu powód twojego zdenerwowania?

– Ty jesteś tym powodem! – krzyknęła.

– Ja? – Wydawał się naprawdę zdziwiony. – Ale... przecież ja dopiero co przyjechałem. Kiedy miałbym cię rozzłościć?

– Wiesz co... Nie udawaj!

– Nie udaję, naprawdę nie wiem, o co ci chodzi.

Spojrzała na niego i dotarło do niej, że Luca naprawdę niczego się nie domyśla.

– Dlaczego przesłałeś Tomaszowi naszą prywatną korespondencję?! – zagrzmiała.

– A, więc o to chodzi. – Uśmiechnął się.

– Bawi cię ta sytuacja?!

– Ależ skąd – odpowiedział. Kiedy na nią popatrzył, wiedział, że nie żartowała. Tak wściekłej nie widział jej nigdy przedtem. Nawet wówczas, kiedy wyniknęła sytuacja z obrazem, do którego mu pozowała, Łucja mimo wzburzenia starała się trzymać nerwy na wodzy.

Teraz było jednak zupełnie inaczej. Wydawało się, że Łucji puściły wszelkie hamulce.

– Nie sądziłem, że będziesz miała coś przeciwko temu. Sama dobrze wiesz, że Tomasz nie przyjmował niczego do wiadomości. Ten sposób wydał mi się więc idealny.

– Idealny! – Roześmiała się ironicznie. – Wiesz co, jak na ciebie patrzę, to... – Wpatrywała się w niego zacięcie.

– To co? – odezwał się cicho, bojąc się zaostrzyć sytuację.

– To zaczynam tracić wiarę w ludzi – rzekła i z rezygnacją machnęła rękami.

– Łucjo, ja chciałem tylko, żebyście się pogodzili. Nie ma dnia, żebym nie odczuwał wyrzutów sumienia z powodu obrazu. Do tej pory nie potrafię racjonalnie wytłumaczyć, dlaczego to tak wyszło.

– Wiesz co, Luca, po prostu odpuść. Daj sobie z tym spokój. – Ponownie schyliła się po siatkę, która niedbale leżała na chodniku. – A teraz wybacz, ale mam do załatwienia kilka spraw. – Ruszyła przed siebie, nie oglądając się.

Czuła, że malarz idzie kilka kroków za nią. Trochę ją to denerwowało. Najchętniej pozbyłaby się go od razu. Ale nie… On musiał przyjechać akurat teraz i znowu sporo namieszać. Szła pustym chodnikiem. Kusiło ją, żeby się obejrzeć, ale mimo to cały czas patrzyła przed siebie. Kiedy jednak doszła do skrzyżowania, nie wytrzymała. Przystanęła i nie czekając, aż Luca się z nią zrówna, krzyknęła:

– Czemu za mną leziesz?! – Jej słowa zabrzmiały wyjątkowo niegrzecznie.

Włocha nie przestraszył jednak ich wydźwięk.

– Łucjo, musimy porozmawiać – odezwał się cicho.

– Nie mam ci już nic do powiedzenia. Myślę, że ty też przekazałeś mi to, co najbardziej istotne. Naprawdę nie wiem, czego jeszcze możesz ode mnie chcieć i po co właściwie wróciłeś do Polski.

– Właśnie to chciałbym ci wyjaśnić.

Kiedy podszedł do niej, opuściła gardę. Widać było, że nie ma już siły walczyć. Ten nagły wybuch i tak kosztował ją zbyt wiele energii.

– Wysłuchasz mnie? – Popatrzył prosząco.

– To zależy od tego, co masz mi do powiedzenia. – Głęboko odetchnęła.

– Chodzi o ten łańcuszek. – Spojrzał w jej dekolt.

Pod wpływem jego zaciekawionego wzroku chwyciła złoty wisiorek i zamknęła w dłoni na kilka sekund. Przez dłuższą chwilę stali bez słowa, a ona czuła na szyi mrowienie. Łańcuszek znów ją uwierał, a złoty ptak parzył niechcianym dotykiem.

„Jednak mu się to udało" – musiała przyznać Łucja. Słowa Luki zaintrygowały ją. Z sekundy na sekundę była coraz bardziej ciekawa tego, co miał jej do przekazania. Po co tutaj przyjechał?

– Co wiesz jeszcze na jego temat? – Na twarzy miała wypisany głód poznania.

Już otwierał usta, by coś powiedzieć, gdy nagle obok nich przejechała ciężarówka, powodując wielki hałas. Łucja przysłoniła sobie uszy. Gęste plisy jej bawełnianej spódnicy, wprawione w ruch nagłym pędem powietrza, lekko się rozchyliły. Wygładziła je ręką, jakby od nowa chciała je ułożyć.

– Znasz jakieś spokojne miejsce, gdzie moglibyśmy pogadać? – Luca spojrzał w kierunku pól i gęstych drzew, za którymi wznosił się pałac Kreiwetsów.

– Jeśli chcesz, możemy wrócić do domu pani Matyldy. Jak pewno zauważyłeś, wybrałam się na zakupy, ale z tego wszystkiego zapomniałam, co miałam kupić. – Łucja potrząsnęła pustą siatką.

– Może pójdziemy do pałacu? – zaproponował Luca nieśmiało.

– Nie – odpowiedziała zdecydowanie, a on od razu zrozumiał, że to była głupia propozycja.

Poszli jednak w stronę stacji kolejowej. Po kilkunastu minutach marszu zauważyli nieduży brzozowy gaik, do którego prowadziła wąziutka ścieżka. Weszli na nią, a w chwilę potem znajdowali się już w cieniu młodych wysmukłych drzew. Usiedli na trawie. Przez całą drogę właściwie wcale się nie odzywali. A teraz patrzyli na siebie tak, jakby znaleźli się w tym miejscu przez pomyłkę.

Łucja czekała cierpliwie, aż Luca rozpocznie rozmowę. On natomiast sprawiał wrażenie, jakby całkowicie zapomniał, co jeszcze przed momentem chciał jej powiedzieć.

– Powiesz mi w końcu, po co tutaj wróciłeś? – Po przedłużającej się chwili milczenia Łucja w końcu nie wytrzymała.

Uśmiechnął się, ale pod tym uśmiechem ukrył zdenerwowanie. Zaczął grzebać ręką w trawie, rozgarniając ją, jakby czegoś szukał.

– Po powrocie z Różanego Gaju widziałem się z Monicą… moją byłą partnerką. W końcu zdecydowaliśmy się na poważną rozmowę. Od dnia naszego rozstania unikaliśmy się jak ognia.

Łucja zerknęła na niego przelotnie. Zaczęła się zastanawiać, do czego zmierzał. Jakie znaczenie mogła mieć dla niej jego historia.

– Sporo sobie wyjaśniliśmy, a ja musiałem od nowa zmierzyć się ze wspomnieniami, szczególnie tymi, które znienawidziłem.

Łucja zastygła w bezruchu. Czuła, że lada chwila pozna jakąś część życia włoskiego przyjaciela, być może tę najbardziej intymną.

– Nie byłem dla niej dobry, Łucjo – odezwał się oskarżycielsko. Ciężko oddychał, jakby jego piersi ugniatał wielki ciężar. – Byłem kobieciarzem i nieudacznikiem. Nieustannie znikałem na zakrapiane wieczory, a ona czekała w domu jak wierna Penelopa. Czasem się skarżyła na mój „nietypowy" styl bycia, ale zawsze potrafiłem ją obłaskawić. Myślę, że musiała mnie bardzo kochać, żeby przetrwać to wszystko. W końcu nie wytrzymała i… odeszła. Zabrała tylko kilka niezbędnych rzeczy, a ja wiedziałem, że to koniec.

Łucja nie pytała o nic. Obawiała się nawet głośniej oddychać, żeby go nie spłoszyć. Wiedziała, że ta opowieść była dla niego bardzo ważna.

– Jeden dzień zmienił wszystko – kontynuował Luca. – Monica była w ósmym miesiącu ciąży. Bardzo cieszyłem się, że zostanę ojcem, choć nadal zachowywałem się jak niebieski ptak. Był zimny, jak na włoski klimat, deszczowy wieczór. Monica źle się czuła. Od rana nie mogła sobie znaleźć miejsca. Chciała, żebyśmy ten wieczór spędzili razem. Bardzo mnie potrzebowała, mówiła, że po prostu chce się do mnie przytulić i posiedzieć obok mnie. Roześmiałem się tylko i powiedziałem, żeby nie przesadzała. Niestety, tak jak zazwyczaj, tak i tamtego dnia, ważniejsza od ukochanej kobiety była dla mnie kolejna impreza. Mój kumpel po pędzlu akurat odniósł sukces. Była więc okazja do świętowania. Monica nie protestowała, tylko od razu odpuściła. Do dzisiaj mam przed oczami jej smutek i… rezygnację, kiedy na mnie wówczas patrzyła. Potem zamknęła się w sypialni. Znalazłem ją tam kilka godzin później, kiedy zadowolony, na rauszu, wróciłem do mieszkania. Monica leżała na łóżku zwinięta w kłębek. Straciła przytomność. Zadzwoniłem po karetkę. Niestety było już za późno. Monicę cudem odratowano, ale nasz syn Mattia nie przeżył. Gdybym wtedy został, to… – Luca miał w oczach łzy.

Łucja nie miała pojęcia, jak się zachować. Przybliżyła się do Luki i wzięła go za rękę. Wydawało się, że tylko na to czekał. Przylgnął do niej i wtulił się w jej kark jak dziecko, które potrzebuje pocieszenia. Po chwili jednak się odsunął.

– Przepraszam – powiedział cicho. – Musiałem to w końcu z siebie wyrzucić. Pewnie uważasz mnie teraz za ostatniego łajdaka? – Spojówki jego oczu były mocno poczerwieniałe.

– Nie oceniam cię, to twoje życie – powiedziała.

– Tak, rzeczywiście, to moje życie. Życie, które schrzaniłem w najgorszy z możliwych sposobów. Wydawało mi się, że jestem

nietykalny. Mój syn… Mattia miałby teraz tyle samo lat co Staszek. Teraz już wiesz, dlaczego ten chłopak jest mi taki bliski.
Widzę w nim moje dziecko. Jeszcze to jego zainteresowanie malarstwem, ta niezwykła wrażliwość. Staszek mógłby być moim
synem. – Głos Luki zadrżał.

Łucja wiedziała, że Włoch pokochał tego chłopaka, tak samo
jak ona ponad rok temu pokochała Anię. Doskonale go rozumiała.
Chciała go pocieszyć, dlatego postanowiła opowiedzieć mu swoją historię, tę sprzed kilkunastu miesięcy, kiedy po raz pierwszy
przyjechała do Różanego Gaju i poznała Ewę, mamę Ani. Starała się nie pominąć żadnego szczegółu, aby oddać emocje towarzyszące tamtym wydarzeniom. Luca słuchał jej z wypiekami na
twarzy. Czuli, że są sobie bliscy. Nic tak nie łączy ludzi jak przyznanie się do własnych porażek. Ludzie zawsze popełniali błędy,
wciąż je popełniają i będą popełniać. Nie należy się ich wstydzić,
tylko traktować jak drogowskaz do lepszego życia.

– Wiesz, że gdybyś nie była z Tommasem, to od razu bym się
z tobą umówił na randkę. – Luca się uśmiechał. Po swoim wy-
znaniu czuł, że teraz może powiedzieć jej już wszystko.

– Nie jestem z Tomkiem – powiedziała smutno i tak jak
wcześniej Włoch, również i ona zaczęła bawić się gęstą kępą trawy.

– Łucjo, przestań udawać! – Luca chwycił ją za ramię. – On
cię kocha, ty go kochasz. Co więc stoi na przeszkodzie, żebyście
się dogadali?

Kobieta popatrzyła na niego z obawą.

– Wiesz, Luca, wcześniej myślałam, że tylko jego muzyka
może nas rozdzielić. Teraz wiem, że nie tylko ona.

– Mówisz o Chiarze? – Luca nazwał rzeczy po imieniu.

Przytaknęła.

– Teraz mogę ci to powiedzieć. – Roześmiał się, żeby ukryć zmieszanie. – Gdy dowiedziałem się, że nasza „boska Chiara" wybrała się do Tommaso, od razu wsiadłem w pierwszy samolot i zjawiłem się u was.

– Więc to dlatego? – Łucja pomału zaczynała wszystko rozumieć.

– Niezupełnie… To znaczy nie tylko dlatego. – Luca zaczął żonglować słowami. – Łucjo, jesteś silną kobietą. Chiara zawsze była żmiją. Wiesz, co należy zrobić z takim obrzydliwym i podstępnym gadem? – Chwilę wpatrywał się w nią, a kiedy nie odpowiedziała, dodał: – Należy jak najszybciej ukręcić mu łeb – rzucił swobodnie.

– Luca! – Łucja była oburzona. Nie znosiła Chiary, ale żeby od razu ukręcić łeb… – Jestem pokojowo nastawiona do świata. Nie zabijam zwierząt – starała się obrócić te słowa w żart.

– Chętnie zrobię to za ciebie – ciągnął Luca żartobliwym tonem. – A tak na poważnie… W końcu coś z tym zrób. Nie pozwól jej wami manipulować. Tommaso może w końcu ulec jej wdziękowi i przemyślnym sztuczkom. Ta kobieta jest naprawdę zdolna do wszystkiego. Pod słodką buźką i perfekcyjną muzyką swojej wiolonczeli chowa najgorsze śmieci.

– Czy w ten sposób chciałeś mnie pocieszyć?

– Nie chcę cię pocieszać. Mam zamiar zmobilizować cię do działania. Nie poddawaj się, Łucjo. Zbyt wiele masz do stracenia. Uwierz człowiekowi, który przegrał własne życie. – Luca znowu posmutniał.

– Czy to… z Monicą, to już na pewno skończone? – Łucja chciała zachować rezerwę, ale zdawała sobie sprawę z tego, że teraz może spytać przyjaciela o wszystko, a on jej odpowie.

– Tak. – Jego odpowiedź padła od razu. – Po tamtym wydarzeniu długie lata męczyliśmy się razem. Ja nie potrafiłem jej przeprosić, a ona mi zaufać. Właściwie wcale ze sobą nie rozmawialiśmy. Monica patrzyła na mnie jak na okrutnika. Nigdy mi tego nie powiedziała. Teraz wiem, że były to tylko moje myśli... Moje wyrzuty sumienia. Nasza ostatnia rozmowa wiele mi dała, wybaczyłem sobie.

– A ona... Czy ona też ci wybaczyła? – wtrąciła Łucja.

– Trudno to sobie wyobrazić, ale ona wcale mnie nie oskarżała. Zawsze taka była, pełna najbardziej wzniosłych uczuć. To ja sam, patrząc na nią, biczowałem się własnymi myślami.

– Dlaczego więc odeszła od ciebie? – Łucja coraz śmielej zadawała pytania.

– Po prostu przestała mnie kochać – powiedział smutno. – Byłem idiotą. Myślałem, że mam na jej uczucia monopol. Niestety...

– Kochasz ją?

– Nie. Chyba... nie. Wciąż mam jednak w głowie scenariusz sytuacji, które nigdy się nie wydarzyły... Nie miały prawa zaistnieć. Nie mogę się z nimi rozstać.

– To tylko przeszłość.

– Wiem. Pewno kiedyś odejdzie. W końcu to tylko przeszłość. Muszę tylko zdać sobie z tego sprawę. – Gdy to mówił, był spokojny.

Kiedy wydawało się, że wyjaśnili sobie już wszystko, Luca popatrzył na nią w ten specyficzny sposób, który intrygował ją najbardziej. Wciąż nie powiedział jej, dlaczego właściwie wrócił do Różanego Gaju. Chiara była tylko częściowym wytłumaczeniem. Tęsknota za Staszkiem, która mogła jeszcze wzmóc się po rozmowie z Monicą, też nie była wystarczającym wyjaśnieniem. Nadal nie rozumiała, po co jej włoski przyjaciel przyjechał. Wspominał coś o łańcuszku, który nadal uwierał ją w szyję.

– Mówiłeś, że masz mi coś do powiedzenia o... – Złapała wisiorek ze złotym ptakiem, który od ponad roku dumnie spoglądał z jej dekoltu.

– Tak – odpowiedział szybko. Nie miał już tak zagadkowego wzroku jak kilka chwil wcześniej, kiedy zjawił się pod domem Matyldy. – Mówiłem ci, że widziałem go już kiedyś. Rzeczywiście tak było. Jak może pamiętasz, Monica miała galerię. Kochała obrazy, kolekcjonowała je. Wśród tej kolekcji miała dwa nietykalne, z którymi przysięgła nigdy się nie rozstawać. Oba oryginały przedstawiały Laurę de Borgio. Jeden portret sławnej mieszczki był zawieszony przez jakiś czas w centralnej części jej galerii. Drugi wisiał w naszej sypialni, tuż nad wezgłowiem łóżka. To właśnie na nim Laura miała na szyi łańcuszek. Wyglądał identycznie jak ten, który nosisz. Pamiętasz, jak pierwszy raz zareagowałem, gdy go zobaczyłem?

Przytaknęła. Doskonale pamiętała tamten moment, kiedy po raz pierwszy poczuła się skrępowana obecnością Luki. Czuła się tak, jakby Włoch naruszył jej bezpieczną, osobistą przestrzeń. Teraz nie było między nimi tej bariery. Byli wobec siebie całkowicie szczerzy.

– Jesteś pewien, że to ten sam?

– Tak, jestem tego całkowicie pewien. – Znów zerknął na rozłożyste skrzydła ptaka.

– To znaczy, że zanim ten wisiorek trafił do Lukrecji, przywieziony przez jej męża z Florencji, wcześniej należał do Laury de Borgio... Bo jak inaczej można to wytłumaczyć? – Łucja popatrzyła na malarza w taki sposób, jakby chciała usłyszeć od niego więcej informacji na ten temat. – Tylko dlaczego się go pozbyła? – Nie uzyskawszy odpowiedzi, Łucja brnęła w przypuszczeniach.

– Widziałem kilka obrazów z jej podobizną, ale tylko na tym jednym miała ten łańcuszek.

– Dlaczego nie powiedziałeś mi tego od razu, gdy zobaczyłeś go po raz pierwszy?

– Nie wiem. Nie miałem odwagi. Wtedy jeszcze nie byłem gotów na konfrontację ze wspomnieniami. Widok tego ptaka, zawieszonego na twojej szyi, zburzył mój spokój.

– Zauważyłam to. – Dopiero teraz mu o tym powiedziała. Chciała, żeby wszystko sobie wyjaśnili.

– No właśnie… Monica kochała Laurę de Borgio, a ten obraz traktowała szczególnie. Zresztą nie tylko ona miała hopla na jej punkcie. Zdaje się, że Izabela ostatnio też sfiksowała. Maluje tylko ją. To niesamowite, zważywszy, że portret Laury widziała tylko raz, w galerii Moniki. Podobieństwo jest uderzające. Kobieta namalowana przez Izabelę wygląda identycznie jak ta z płócien Moniki. Nie wiem, jak tego dokonała. – Luca potrząsnął z uznaniem głową.

– Wiesz co, Luca… – Łucja znów dotknęła łańcuszka. Potem zaczęła się nim bawić. – Zawsze czułam, że nie należy do mnie. Jakoś ze mną nie współgra.

Wcześniej Łucja wspomniała, że dostała go od Ani. Luca znał historię tego łańcuszka w tej samej mierze co ona.

– Źle się z nim czuję – dodała. – Czasem odnoszę wrażenie, że pali mnie jak rozżarzony węgiel.

– Dlaczego go nie zdejmiesz?

– Nie wiem. Ciągle coś mnie przed tym powstrzymuje. Niby chcę się od niego uwolnić, a jednak wciąż wynajduję tuzin banalnych powodów, by tego nie zrobić.

Luca wzruszył ramionami.

– Jest naprawdę piękny. Może jeszcze nie czas, żeby się go pozbyć? – Podparł się, wbijając zaciśnięte dłonie w ziemię. Zaraz potem wstał.

Łucja też się podniosła.

– Wracamy? – Popatrzyła wpierw na przyjaciela, a potem w kierunku wsi.

– Tak. Umówiliśmy się z Izą dzisiaj na obiad w tej włoskiej restauracji, w której byliśmy kiedyś razem. Może pojedziesz ze mną?

– Nie – odpowiedziała.

Nie namawiał jej.

– Iza malowała całą noc. Skończyła dopiero nad ranem.

Powoli szli w stronę wsi. Kiedy znaleźli się pod domem Matyldy, widać było, że Luca chce już wracać. Łucja zauważyła, że kilkakrotnie spoglądał na zegarek.

– To ja będę uciekał. Mam nadzieję, że już nie jesteś na mnie zła? – Uśmiechnął się szeroko i złożył dłonie jak do modlitwy.

– No… nie wiem. – Starała się przybrać marsowy wyraz twarzy, ale w konsekwencji tylko się roześmiała.

Luca miał w sobie coś, co sprawiało, że nie można było się na niego gniewać. Poza tym w ciągu ostatnich dwóch godzin, które spędzili na rozmowie, wiele się o nim dowiedziała. Była pewna, że Włoch chciał dla niej jak najlepiej. Coraz śmielej nazywała go w myślach przyjacielem.

– Widziałeś się ze Staszkiem? – Łucja spytała jeszcze, kiedy Luca już odchodził.

Przez chwilę się zamyślił, ale zaraz potem po jego twarzy rozlał się promienny uśmiech.

– Tak, byłem u niego dziś rano, zanim dotarłem do ciebie. Wydaje mi się, że Staszek bardzo wydoroślał przez ten czas, kiedy go nie widziałem. Cieszę się, że ta historia z ucieczką dobrze się skończyła.

– Ja też się cieszę. Nawet nie chcę wracać wspomnieniami do tamtego czasu, bo... – Łucja objęła dłońmi ramiona, jakby nagle zrobiło jej się zimno.

– Masz rację, lepiej do tego nie wracać. Najważniejsze, że wszystko dobrze się skończyło.

Kiedy wydawało się, że Włoch już odejdzie, on nagle znów sobie coś przypomniał.

– Łucjo, chciałbym, żebyś mi coś obiecała.

Spojrzała na niego, mocno mrużąc oczy.

– Posłuchaj, idź do pałacu i porozmawiaj z Tommasem. Daj mu szansę. Daj szansę wam. Ja nie zaznam spokoju, jeśli wasz związek się rozleci. Czuję się z tym naprawdę fatalnie. – Luca machnął obiema rękami naraz.

– Ten związek już się rozleciał. – Łucja miała przygnębioną minę.

– Ależ ty jesteś bezkompromisowa! Obiecaj mi chociaż, że się nad tym zastanowisz. – Patrzył błagalnie. – Ja nie powinienem już siedzieć Izie na głowie.

– Nie mogę. – Odwróciła głowę.

– Proszę... Obiecałem sobie, że dopóki nie pogodzicie się z Tomem, nie wyjadę do Włoch. – Luca był nieustępliwy. Patrzył na nią tak długo, że nie wytrzymała.

– Dobrze, przemyślę sprawę. Ale tylko to mogę ci obiecać. Na więcej nie masz co liczyć. – Łucja starała się zachować dystans.

W końcu się rozstali, ale zanim sylwetka Luki całkowicie zniknęła jej z oczu, jeszcze kilka razy się odwracał. I choć nie widziała jego twarzy, była pewna, że się uśmiechał.

Stała przy rozstajach, spoglądając w stronę pałacu. Decyzję o rozmowie z Tomaszem podjęła nagle, ale wciąż szukała pretekstu, by ją zmienić. Nawet teraz, gdy patrzyła na zmierzchające niebo, zastanawiała się, czy nie zawrócić z drogi. „No dobrze" – myślała. „Luca może rzeczywiście miał rację. Nie zaszkodzi wyjaśnić sobie kilku spraw. Przecież Tomek teraz mi wierzy" – dodawała sobie otuchy. Zaraz jednak odwracała głowę w kierunku wsi, walcząc z pokusą odwrotu. „Dzisiaj jest chyba jednak już zbyt późno na wizytę. Zanim dotrę do pałacu, będzie ciemno" – podsycała w sobie wątpliwości. W końcu jednak pomału ruszyła. Drogę znała doskonale, więc nie przeszkadzało jej, że się zmierzcha. Mogłaby tam dojść po omacku.

Kiedy znalazła się już w parku, wszystko zdawało się usypiać, choć główne alejki nadal były dość dobrze widoczne. W pobliżu pałacu paliło się kilka okrągłych lamp, wystających ponad niziutkie klomby. W pałacowych oknach też jaśniało światło.

Bała się tej rozmowy. Czuła, że ją i Tomasza dzieli przepaść nie do przebycia. Nigdy wcześniej nie było im do siebie równie daleko. Rozmowa z Lucą uświadomiła jej jednak, że nie może zostawić spraw bez ostatecznego wyjaśnienia. Tomasz był dla niej wciąż tak ważny, że nie chciała oddać go bez walki. Poza tym była jeszcze Ania. Łucja tak mocno za nią tęskniła. Kiedy jeszcze mieszkała w pałacu, dziewczęcy szczebiot towarzyszył jej każdego dnia. Teraz w ciszy domu pani Matyldy nie mogła się odnaleźć.

Otworzyła drzwi. Rozejrzała się po ciemnym holu, stwierdzając, że na dole nie ma nikogo. Ruszyła schodami do góry. Gdy była już na piętrze, dostrzegła światło w pokoju Ani. Wsunęła głowę przez uchylone drzwi. Niestety, nie było w nim dziewczynki. Niewielka lampka umieszczona tuż przy fortepianie świeciła jaskrawym światłem, padającym na biało-czarne klawisze. Wyglądało na to, że Ania w pośpiechu opuściła to miejsce. Łucja od razu się wycofała. W sypialni też było ciemno. Właściwie światło paliło się tylko w kuchni, skąd dochodził brzęk przesuwanych przedmiotów. Kuchenne drzwi były lekko przymknięte. Kiedy stanęła tuż za nimi, przez chwilę zawahała się, czy jednak powinna wejść. W końcu je pchnęła. Od razu pożałowała swojej decyzji. Przy blacie stała Chiara, krojąc zawzięcie na drewnianej deseczce pomidory. Robiła to z taką pasją, że nie zauważyła stojącej w drzwiach kobiety. Łucja pomyślała nawet, że jest to doskonały moment na unik. Niestety, w chwili, gdy ta nagła myśl pojawiła się w jej głowie, „boska Chiara" się odwróciła, spoglądając w kierunku drzwi. Od razu zastygła w bezruchu, a nóż, który jeszcze kilka sekund wcześniej trzymała, nagle wypadł jej z dłoni.

– Ty tutaj? – zapytała, zaskoczona jej widokiem.

Łucja też nie wiedziała, jak wybrnąć z sytuacji.

– Po co tu przyszłaś? – odezwała się Chiara grubiańsko. Słowa i ton na pewno nie pasowały do jej słodkiej buźki.

Łucja długo się nie odzywała. Kiedy jednak dotarło do niej, że Włoszka próbuje ją obrazić, przystąpiła do ataku.

– Przyszłam do Tomasza, chciałam z nim porozmawiać.

Chiara roześmiała się głośno i nienaturalnie.

– Nie żartuj sobie. – Cały czas złośliwie chichotała.

– Nie żartuję – odpowiedziała twardo Łucja i weszła do kuchni, stając naprzeciw Chiary.

Wiolonczelistka przestała się śmiać. W jej pięknych oczach pojawił się błysk złości.

– Lepiej stąd idź, zanim Tommaso wróci.

– Gdzie jest Tomasz? – Łucja nie dała się zbyć.

– Poszedł gdzieś z tą… gówniarą. – Zrobiła grymaśną minę.

– Chodzi ci o Anię? – Łucja zawrzała. Słowa Chiary teraz już na dobre wytrąciły ją z równowagi. Czuła, że lada moment przestanie nad sobą panować.

– Tak, chyba tak ma na imię to dziecko – odezwała się pretensjonalnie.

– Słuchaj, dla ścisłości… Chciałam ci przypomnieć, że to dziecko to ukochana córka Tomasza.

– Niestety. – Na ustach Włoszki znów pojawił się nieładny, chimeryczny grymas. – Nie wiem, co on w niej widzi. Ta mała bez przerwy go gdzieś wyciąga. Nieustannie wchodzi mu na głowę. – W oczach Chiary była zazdrość.

Dopiero teraz Łucja maiała okazję przyjrzeć jej się dokładnie i musiała przyznać, że nigdy wcześniej nie spotkała kobiety o tak niepokojącej urodzie. Chiara naprawdę była „boska". Nie bez przyczyny nadano jej ten przydomek. Zdjęcie nie oddawało jej prawdziwej urody, która była po prostu doskonała. Długie czarne włosy sięgały jej niemal do pasa, głaszcząc króciuteńką nocną koszulkę, ledwo co zasłaniającą pośladki. Kremowy, wykończony delikatną koronką szlafroczek nie był w stanie zasłonić tego, co Chiara najwyraźniej i tak chciała wyeksponować: długie gołe nogi i dekolt ledwo przysłonięty cienkim pasmem tkaniny.

Łucja w bezpośredniej konfrontacji z Włoszką poczuła się jak brzydactwo, choć zawsze uchodziła za urodziwą kobietę. Chiara od razu to zauważyła, a na jej pięknych, pełnych ustach pojawił się uśmiech samozadowolenia. W tej rundzie czuła się wygrana.

Nagle wzrok Chiary się wyostrzył. Przybliżyła się do Łucji jeszcze bardziej. Teraz dzieliły je tylko dwa kroki.

– Skąd to masz? – Chiara patrzyła na dekolt Łucji, z którego wyłaniał się złoty ptak zawieszony na cienkim łańcuszku.

Łucja złapała wisiorek w dłoń. Zazwyczaj tak reagowała, widząc zainteresowanie tym przedmiotem. Nie odpowiedziała, tylko coraz mocniej zaciskała go w dłoni, jakby chciała go ukryć przed wścibskim wzrokiem.

– Odpowiedz, jak cię pytam. – Chiara zachowywała się wyjątkowo grubiańsko. Łucja szybko zdała sobie sprawę, że wiolonczelistka po prostu taki ma sposób bycia. Zadufana w sobie, kapryśna i nieznosząca sprzeciwu.

Nagle na schodach zrobił się ruch, a w holu zapaliło się główne światło. Łucja usłyszała głos Ani, któremu wtórował Tomasz. Wkrótce ta dwójka znalazła się w kuchni.

– Łucja! – Ania już w jednej chwili była przy niej. – Jak się cieszę, że przyszłaś. – Dziewczynka przytuliła Łucję tak mocno, że ta niemal nie mogła oddychać.

– Kochanie, też się cieszę, że cię widzę. Obiecałaś mi, że częściej będziesz mnie odwiedzała u pani Matyldy.

– Zostaniesz dzisiaj na noc? – Ania wyżej uniosła głowę, nadal przypatrując się Łucji.

– Aniu, nie możesz mnie o to prosić. – Łucja była skrępowana.

Kątem oka zerknęła na Chiarę. Włoszka udawała, że ta sytuacja wcale jej nie obchodzi, ale widać było, że się cała gotuje.

Tomasz, którego tak bardzo zaskoczył widok Łucji, dopiero teraz zdał sobie sprawę, że ma przed sobą ukochaną kobietę.

– Łucjo, cudownie, że przyszłaś. – W chwilę potem stał obok nich. – Możesz zostać… Jest już ciemno. – Popatrzył na nią nieśmiało.

– Nie, to beznadziejny pomysł. Nie chcę przeszkadzać – odpowiedziała od razu i zerknęła na Chiarę.

Przez moment na ustach Włoszki pojawił się uśmieszek satysfakcji.

– Przyszłaś do taty? – Ania odsunęła się od opiekunki. Było widać, że w głowie już układa czarci plan.

– Tak – odpowiedziała Łucja.

Tomasz od razu przystąpił do działania.

– Cieszę się, że dałaś mi szansę na rozmowę. – Muzyk wydawał się tak speszony i skurczony w sobie, że patrząc na niego z boku, miało się wrażenie, że jest niższy o parę centymetrów.

– Chyba trochę za późno się wybrałam. – Łucja odwróciła głowę w kierunku już całkiem ciemnej kuchennej szyby. – Przyznam ci się, że dopiero spotkanie i rozmowa z Lucą skłoniły mnie do przyjścia. Wcześniej… – Patrzyła na Tomasza tak jak dawniej, kiedy jeszcze nie było między nimi Chiary, a muzyka, która teraz na pewien czas ich rozdzieliła, wtedy mocno łączyła ich zakochane serca.

– Luca jest w Polsce? – Tomasz nie krył zdziwienia.

Pod wpływem tej wiadomości Chiara też drgnęła. O ile jednak na Tomaszu wywarła ona pozytywne wrażenie, o tyle Włoszka wydawała się nią zaszokowana. Kucnęła, podnosząc z ziemi nóż, który wcześniej wypadł jej z ręki. Potem odwróciła się w stronę kuchennego blatu. Nie chciała pokazywać uczuć, które miała wypisane na twarzy.

– Tak, przyleciał wczoraj. – Łucja potwierdziła wiadomość.

– To fantastycznie. Powinniśmy się spotkać. – Tomasz pałał entuzjazmem.

– Nie jesteś już na niego zły za tamto?

– Nie. – Tomasz znów się zawstydził.

Nagle przybliżył się i złapał Łucję za rękę.

– Chodźmy gdzieś w ustronne miejsce, musimy porozmawiać.

Chiara odwróciła się. Wydawało się, że poczerwieniały od pomidorowego soku nóż znów wypadnie jej z ręki.

– Tommaso, ale… ja przygotowałam kolację. Obiecałeś, że ten wieczór spędzimy razem. – Drugą ręką wskazywała gustownie nakryty stół. Stały na nim dwa bialutkie talerze, a pośrodku otwarta butelka czerwonego wina. Pękate kieliszki na wysokich nóżkach były zapowiedzią miłego wieczoru we dwoje.

– Ja… nic ci nie obiecywałem. – Tomasz był zażenowany jej zachowaniem. Zwłaszcza teraz, kiedy obok niego stała kobieta, którą kochał.

– Może… ja jednak pójdę? – Łucja starała się wyjąć rękę z dłoni Tomasza, ale ten trzymał ją tak mocno, że nie mogłaby uciec.

– Nie. Wyjdziemy stąd razem – powiedział stanowczo muzyk. Zaraz potem mocno pociągnął za sobą Łucję i udali się w kierunku drzwi. Ania też wyszła z kuchni i zamknęła się w swoim pokoju.

Kiedy Łucja z Tomaszem byli już na zewnątrz pałacu, z otwartego w pokoju dziewczynki okna usłyszeli dźwięki fortepianu. Oboje popatrzyli na siebie, uśmiechając się. Łucja czuła, że muzyka znów była jej sojuszniczką… Była blisko niej.

– Dokąd chcesz iść? Jest już ciemno – rzekła Łucja.

– Nie wiesz? – W mdławym blasku lampy wyłaniającej się zza najbliższego gazonu Łucja dokładnie zobaczyła twarz Tomasza. Jeden błysk jego oczu wystarczył, by wiedziała, dokąd zmierzają.

Kilka minut później siedzieli na „jaśminowej ławce". Tomasz nieśmiało starał się ją objąć, ale opierała się każdej jego próbie.

– Przepraszam cię – powiedział. – Wszystko się posypało. To nie tak miało wyglądać. – Zamilkł. – Za półtora tygodnia byłby nasz ślub – powiedział smutnym głosem.

– Rzeczywiście, sporo się zmieniło od czasu, gdy go planowaliśmy – potwierdziła Łucja. – Nie jesteśmy już ze sobą. Oddaliliśmy się od siebie o lata świetlne – zauważyła gorzko.

– Łucjo, to wszystko jeszcze można naprawić. – Pomimo jej oporu Tomasz złapał ją za rękę.

– Tomek... ja nie wiem, czy jeszcze mogłabym ci zaufać. Tyle się wydarzyło, odkąd wyjechałeś do Włoch. – Łucja mówiła zrezygnowanym głosem.

– Ale... kiedy wróciłem, wyjaśniliśmy sobie wszystko. Znów było dobrze, prawda? – W słowach Tomasza słychać było niepewność.

– Teoretycznie tak, ale... Sam widzisz, że nasze chwilowe zbliżenie nie było wiele warte. Nasz związek rozsypał się jak domek z kart, przy byle podmuchu wiatru.

– Łucjo, wierzę, że jeszcze da się to poskładać.

– Nie ufamy już sobie, a bez zaufania nasz związek długo nie pociągnie.

– Kochamy się. Czy to nie jest najważniejsze? – Ujął w dłonie jej twarz i przysunął do swojej.

Tak bardzo chciała być blisko niego. Tak mocno pragnęła czuć w sobie tę miłość. Miała jednak zbyt wiele obaw, by tak zwyczajnie mu zaufać.

– Jest ważna – odsunęła się – ale… nie najważniejsza. Bez wiary w to, że jeszcze wszystko się ułoży, nic nam nie wyjdzie… Ja tę wiarę straciłam.

– Łucjo… Proszę… To nie może się skończyć w taki banalny sposób. Tak bardzo cię kocham.

Mimo chłodu późnego wieczoru Łucja na swojej twarzy czuła gorący oddech Tomasza.

– Też cię kocham, ale…

– Zapomnij o wszelkich „ale". Porzuć wątpliwości. Spróbujmy jeszcze raz. Tylko ten jeden raz… ostatni.

Nie wiedziała, co odpowiedzieć. Miała mętlik w głowie. Złość mieszała jej się z miłością, a obawa z odwagą. Nie wiedziała, czego było w niej więcej.

W nagłym odruchu przybliżyła się do Tomasza i, tak jak zazwyczaj, wtuliła głowę w jego kark. Od razu poczuła się lepiej. Tak mocno tęskniła za jego zapachem przez cały ten czas, kiedy nie miała go przy sobie.

– Bardzo chciałabym ci znów zaufać… Uwierzyć, że jeszcze wszystko między nami się ułoży – szepnęła.

– Naprawdę może być tak jak dawniej.

– Już nigdy nie będzie tak jak dawniej. Będzie inaczej. Ostatnie tygodnie bardzo nas zmieniły. Jeszcze ta kobieta… Chiara. Co ona w ogóle tu robi? – Łucja odsunęła się od Tomasza. Chciała przyjrzeć mu się dokładnie, ale gęsty filtr mroku był przeszkodą nie do pokonania. Zawłaszczył sobie twarz muzyka, ukrywając jego rysy.

– Mówiłem ci już, że Chiara zjawiła się u mnie nagle. Po prostu stanęła pewnego poranka przed bramą pałacu i oświadczyła, że zamierza spędzić w Polsce urlop.

– Nie zapraszałeś jej? – Łucja popatrzyła na niego sceptycznie.

– Nie – odpowiedział od razu.

– Wiesz, że jej się podobasz?

Długo nic nie mówił.

– Odpowiedz – domagała się.

– Chiara to tylko znajoma. Znam ją od dawna.

– Odpowiedz – powtórzyła Łucja stanowczo.

– Tak – odpowiedział cicho.

– No właśnie. Czy ty zdajesz sobie sprawę, jak ja mogę się czuć w tej sytuacji? Nieziemsko piękna, gotowa na wszystko, roznegliżowana kobieta obok ciebie, a ja...

– Łucjo, przecież mówiłem ci, że Chiara nic dla mnie nie znaczy. Gdybym chciał, mógłbym się z nią związać, zanim poznałem ciebie. Nie wiem, jak mam cię przekonać.

– Nie musisz mnie przekonywać. Nie jesteśmy już... – Nie zdążyła dokończyć, bo nagle poczuła znajome usta Tomasza na swojej twarzy. Nie miała siły już walczyć. Poddała się temu pocałunkowi bez reszty.

– Nadal uważasz, że nie jesteśmy już razem, a to, co nas łączy, nic dla ciebie nie znaczy? – Tomasz wciąż trzymał usta przy jej policzku.

– Nie... Nie wiem.

– Łucjo, niech ta chwila będzie dla nas początkiem... Zacznijmy wszystko od nowa.

– Ale... Jak ty sobie to wyobrażasz? – Jeszcze starała się bronić przed podjęciem ostatecznej decyzji.

– Może... jednak weźmiemy ślub... w umówionym terminie...

Łucja nagle wstała. Pod stopami poczuła wilgotny dotyk parującej ziemi. Przesunęła nogę. Drobne kawałki igliwia wsunęły się do jej sandałów, kłując palce.

– Tomku, nie zrozum mnie źle... Ale ja nie jestem gotowa na ten ślub.

Tomasz też wstał i przybliżył się do niej.

– Jak to nie jesteś gotowa? Wtedy byłaś, a teraz nie jesteś? Nic już z tego nie rozumiem.

– No i znowu jesteśmy w punkcie wyjścia. Nie możemy znaleźć właściwego rozwiązania.

– Rozwiązanie jest tylko jedno i doskonale zdajesz sobie z tego sprawę.

– Tomku... – Łucja jęknęła i niby przez przypadek dotknęła jego ręki.

– Zrobisz, jak zechcesz. Do niczego już nie będę cię namawiał. Nie mam do tego prawa. Ale jedno mogę ci obiecać... Nigdy nie przestanę cię kochać!

Przybliżyła się do niego i chwyciła brzeg jego podkoszulka, wsunęła pod niego dłonie i pogładziła jego plecy. Znów czuła, że są blisko siebie, a odpowiedź mogła być tylko jedna.

– Spróbujmy... Jeszcze ten jeden raz – szepnęła mu do ucha. Potem wtuliła się w zagłębienie na jego ramieniu.

– Obiecuję ci, że tym razem tego nie schrzanię. I... nie będę nalegał na ślub. Weźmiemy go dopiero wtedy, gdy będziesz gotowa.

Chwilę potem wracali w kierunku pałacu. Od strony polany z fontanną sylfidy zerwał się lekki wiatr. Łucja mocniej przytuliła się do Tomasza. Gdy stanęli pod szerokimi pałacowymi schodami przy jednym z gryfów, oboje jednocześnie spojrzeli na okna od pokoju Ani. Z jego wnętrza nadal wydobywały się harmonijne dźwięki fortepianu.

– Zostaniesz? – Tomasz przytulił ją tak mocno, że bardziej czuła jego ciało niż swoje.

– Nie... Tomku, jeszcze przez jakiś czas wolałabym mieszkać u pani Matyldy – mówiła cicho Łucja. Nie wiedziała, jak ukochany zareaguje na jej słowa.

– Chodzi o Chiarę, tak?

– Właściwie tak. Nie polubiłyśmy się. Źle bym się czuła, mijając ją w korytarzu. Z drugiej strony... to przecież twój gość, choć, jak twierdzisz, nieproszony.

– Łucjo, Chiara zajęła pokój gościnny na dole. My mamy przecież naszą sypialnię i...

– Tomku, nie chcę mieszkać z tą kobietą pod jednym dachem. Wprowadzę się znów do pałacu, kiedy ona wyjedzie.

– Łucjo, nie chcę, żeby Chiara stanęła na naszej drodze. Nie chcę, żebyś myślała, że mnie i ją...

– Nie będę tak myśleć. – Łucja pogładziła Tomasza po włosach. Były tak samo miękkie w dotyku jak zazwyczaj.

– W takim razie nie pozostaje mi nic innego, jak tylko odprowadzić grzeczną dziewczynkę na stancję do pani Matyldy. – Tomaszowi wrócił dobry humor.

– Na to wygląda. – Odsunęła się od niego, ale zaraz potem złapała go za rękę i pociągnęła w kierunku bramy.

Kiedy szli ciemnymi polami, Tomasz co chwilę się potykał. Łucja musiała go sprowadzać na właściwą ścieżkę. Gdy dotarli pod dom gospodyni Łucji, jeszcze długo nie mogli się rozstać.

– Trafisz do pałacu czy mam cię odprowadzić? – żartowała Łucja.

– Nie zaszkodziłoby mieć przy sobie taką czujną przewodniczkę.

Wydawało się, że tej nocy Tomasz nie wypuści Łucji ze swoich ramion. Kiedy w końcu weszła do domu i położyła się do łóżka, jeszcze długo miała przed oczami jego wizerunek. Nadal nie mogła uwierzyć, że to jedno spotkanie tak wiele zmieniło. Właściwie już straciła nadzieję, że jeszcze kiedyś się zejdą. A gdy zobaczyła w pałacu piękną Włoszkę, była pewna, że to już koniec.

Wprawdzie nadal miała mnóstwo obaw, wiedziała, że musi dać sobie i Tomaszowi jeszcze jedną szansę. W innym wypadku nie zaznałaby spokoju. Była jeszcze wiolonczelistka... Łucja miała wszak nadzieję, że urokliwy, ale zbyt spokojny Różany Gaj szybko znudzi tę piękną kosmopolitkę.

Tego popołudnia pogoda nie dopisała. Padało od samego rana. Łucja szła chodnikiem wzdłuż głównej drogi w Wieliczanach, omijając slalomem kolejne kałuże. Żałowała, że dała się wyciągnąć Izabeli i Luce z domu. „W taką pogodę powinien obowiązywać zakaz wychodzenia z domu" – myślała, dochodząc do włoskiej restauracji, gdzie umówiła się z przyjaciółmi. Zanim wyszła, zjadła porządny obiad, którym uraczyła ją pani Matylda, dlatego teraz na myśl o kolejnej porcji jedzenia dostawała gęsiej skórki.

Iza i Luca zajęli stolik przy oknie, ten sam, przy którym Łucja siedziała z Włochem w czasie ich ostatniej wizyty w restauracji.

– Nareszcie jesteś. – Ujrzawszy przyjaciółkę w drzwiach lokalu, Izabela wstała z miejsca. Luca też zaczął się podnosić, ale malarka dała mu ręką znak, żeby siedział.

Łucja podeszła do wieszaka stojącego w rogu sali i powiesiła na nim wilgotne palto. Mokrą parasolkę oparła w kąciku. Potem razem z przyjaciółką usadowiła się obok Włocha.

– Co zamawiamy? – spytała Izabela, zerkając na malarza.

Luca popatrzył na Łucję.

– Mnie nie bierzcie pod uwagę. Zaliczyłam już dzisiaj solidny obiad twojej mamy. Dla towarzystwa zamówię tylko kawę.

– Ostatnio tak ci smakowało. – Luca przypomniał sobie ich spotkanie w restauracji. – Co myśmy wtedy zamawiali? Chyba ravioli ze szpinakiem i ricottą...

– Tak, to było dokładnie to – potwierdziła Łucja.

– Może jednak dasz się skusić na małą powtórkę – nalegał Włoch.

Niestety, w odpowiedzi usłyszał kategoryczne „nie". Koniec końców Iza i Luca zamówili wykwintny obiad, a Łucja, tak jak to sobie już wcześniej zaplanowała, została przy małej czarnej. A ponieważ uwielbiała słodkości, skusiła się tylko na smakowitą panna cottę.

Izabela i Luca mieli tego dnia wyjątkowy apetyt. Pałaszowali, nie wdając się w rozmowę. Łucja delektowała się więc kawą i deserem, co jakiś czas spoglądając przez zalaną deszczem szybę.

– Fajnie, że cię widzę – odezwał się w końcu Luca, kiedy jego talerz był już pusty.

Łucja popatrzyła na niego z obiekcją. W ciągu ostatnich czterech dni Włoch codziennie zjawiał się w Różanym Gaju. Przyjeżdżał nie tyle do niej, co do Staszka, z którym nie mogli się nagadać. Łucja wiedziała, że Luca spotkał się też z Tomaszem. Podobno wiele sobie wyjaśnili. Treść oficjalnej męskiej rozmowy pozostała jednak ich tajemnicą.

– Czy coś już wiadomo, kiedy ona wyjedzie? – spytał Włoch, a chodziło mu oczywiście o Chiarę.

– Niestety, nic nie wiem na ten temat. Podobno cały czas siedzi w pałacu i nie wychodzi na zewnątrz.

Odkąd „boska Chiara" pojawiła się w dawnym siedlisku Kreiwetsów, Łucja starała się tam nie bywać. Tomasz z Anią, chcąc zobaczyć się z Łucją, przychodzili do domu Matyldy. Wszyscy mieli już dość kapryśnej Włoszki i omijali ją szerokim łukiem. Ona jednak nic sobie nie robiła z kierowanych w jej stronę krzywych spojrzeń i wydawała się nie myśleć o powrocie do rodzinnego kraju.

Ania i Staszek starali się jej dopiec na wiele możliwych sposobów, ale Włoszka z kamienną twarzą dawała wszystkim wokół do zrozumienia, że przetrzyma wszystko. Już drugiego dnia swojego pobytu w Różanym Gaju weszła w konflikt z ogrodnikiem Józefem i biednym Ignacym, którego bez skrupułów nazwała jąkałą.

– Sądzę, że długo tu miejsca nie zagrzeje. Dzieciaki na pewno coś wymyślą… – Luca uśmiechnął się zagadkowo.

Łucja popatrzyła na niego z ciekawością, ale i obawą.

– Czy ty coś wiesz? – Starała się wyciągnąć z przyjaciela jakąś informację.

– Nie. – Luca roześmiał się, co dowodziło, że jednak łączył go z Anią i Staszkiem jakiś sekrecik.

– Mam tylko nadzieję, że nie wymyślicie nic głupiego. – Łucja chciała zachować powagę, ale wybuchła śmiechem.

Ania informowała ją na bieżąco, opisując ich aktualne wybryki skierowane przeciw niechcianemu gościowi. Dziwnym trafem od momentu przyjazdu Chiary do pałacu codziennie ginęły jej jakieś części garderoby. Pomysł z pineską na stołku niestety się nie sprawdził, gdyż przeczulona Włoszka zawsze dokładnie sprawdzała miejsce, na którym miała usiąść. Udawała, że nie przeszkadza jej ani wiadro wody rozlanej pod drzwiami pokoju, który zajmowała, ani tłusta ropucha siedząca na łóżku. Wciąż sprawiała wrażenie, że dziecięce psikusy nic jej nie obchodzą, w rzeczywistości jednak gotowała się od środka. Ani i Staszkowi pomału wyczerpywały się pomysły. Piękna Chiara była naprawdę twardą sztuką. Staszek nawet zaczął ją podziwiać. Do tej pory nikt nie pozostał obojętny na figiel z „tłustą żabą".

– Fajnie, że wyjaśniliście sobie wszystko z Tommasem. – Luca puścił do Łucji oko.

Wiedziała, że chodziło mu o ich rozmowę, kiedy Włoch dał jej wyraźnie do zrozumienia, że powinna zawalczyć o ukochanego mężczyznę.

Odwdzięczyła mu się uśmiechem.

– Dzięki. – Zrobiła słodką minę.

– Nie ma sprawy. Od czego ma się przyjaciół. Teraz musimy się tylko postarać, żeby jak najszybciej pozbyć się *belle femme*. – Luca tryskał optymizmem. – Nie mogę przecież zbyt długo siedzieć mojej kochanej Izabeli na głowie. – Przesunął się w stronę malarki i cmoknął ją w rękę. Iza się roześmiała.

– Dość tego, mój drogi. Koniec tych umizgów, bo jeszcze mnie w sobie rozkochasz. A muszę ci powiedzieć, że jestem wymagającą kochanką. Marny żywot czekałby cię przy mnie. – Łucja już dawno nie widziała Izabeli tak wesołej.

– Kochanie, nie miałbym nic przeciwko temu, żebyśmy... – Popatrzył na Izę udawanym uwodzicielskim wzrokiem, a zaraz potem oboje wybuchnęli śmiechem.

– Dość tych głupot! – głośno odezwała się Izabela. – Może jakaś repeta? – Popatrzyła na przyjaciół. – Ciacho, kawa, soczek?

Łucja pokręciła przecząco głową. Luca sprawiał wrażenie zamyślonego.

– Ja w każdym razie zamawiam mocne espresso. – Skinęła na kelnera. Na tym jednak nie poprzestała, bo po wypiciu kawy zamówiła kolejną.

Kiedy po dwóch godzinach wyszli z restauracji, na dworze nadal było szaro, ale przynajmniej przestało padać.

Gdy znaleźli się w Różanym Gaju, Luca, nie zwlekając, poszedł zobaczyć się ze Staszkiem. Łucja i Iza miały w tym dniu jeszcze sporo czasu na rozmowę. Towarzyszyła im oczywiście Matylda, która – jak się okazało – miała przygotowaną dla swojej córki gotową listę pytań wymagających natychmiastowej odpowiedzi. Iza nawet nie próbowała się wykręcać. Cierpliwie opowiadała matce o tym, co ją najbardziej nurtowało. Kiedy późnym wieczorem wracała do Wieliczan, oczywiście została obdarowana przyzwoitym wiktem, w skład którego weszło kilka słoików domowych przetworów i duży bochenek dopiero co upieczonego chleba.

Kiedy wieczorem Łucja siedziała przy oknie i rozmyślała nad ostatnimi wydarzeniami, nie sądziła, że tego dnia jeszcze coś może ją zaskoczyć. A jednak… kiedy do pokoju weszła Matylda, informując ją, że ma gościa, nie przypuszczała, że ten wieczór może mieć takie nieoczekiwane zakończenie.

W ślad za gospodynią do pokoju Łucji niemal od razu wtargnęła Chiara. Była wściekła, co od razu dało się zauważyć. Włoszka miała na sobie luźną bluzę, a na głowie ciasny kaptur, spod którego nie wysuwał się nawet najmniejszy kosmyk włosów. Kiedy gospodyni zamknęła drzwi, Chiara nie powstrzymała emocji.

– Powiedz mi, czy to twoja sprawka?! – Jednym ruchem ściągnęła z głowy kaptur.

Łucja się roześmiała. Chiara wyglądała żałośnie. Jej kiedyś piękne, długie czarne włosy teraz przypominały rudą sfilcowaną wełnę.

– Moja sprawka? – Łucja patrzyła na Włoszkę pobłażliwie. – Niby jak?

– Już ja wiem, że to ty jesteś siłą sprawczą. Wysługujesz się tymi dzieciakami, a sama udajesz niewiniątko. Przejrzałam cię!

– Wejdź i ochłoń. – Łucja skinęła na wysunięte krzesło.

Wbrew oczekiwaniom kobiety wiolonczelistka pośpiesznie podeszła do krzesła i jak gdyby nigdy nic usiadła.

– To przestępstwo! Zamach na moją osobę! Nie zostawię tak tego! Tommaso o wszystkim się dowie.

W tym dniu Tomasz i Ania akurat przebywali poza Różanym Gajem. Pianista zabrał córkę na występ swojego znajomego, który odbywał się w Warszawie. Łucja oczywiście też była zaproszona, ale odmówiła. Wiedziała, że w takich chwilach Tomasz z Anią najlepiej czuli się we własnym towarzystwie. Gra na fortepianie była ich pasją. Niestety, planując swój wyjazd, muzyk wcale nie brał pod uwagę Chiary, choć doskonale zdawał sobie sprawę, że kocha muzykę tak samo jak on.

– Co ja teraz zrobię?! Jak się pokażę ludziom?! Jak wrócę do Włoch?! – lamentowała Chiara.

– Nie panikuj, na pewno da się to jakoś naprawić. – Łucja podeszła do Włoszki i dotknęła jej włosów. Niestety nie wyglądały dobrze. – Trzeba znaleźć dobrego fryzjera. – Nie wiedzieć czemu nagle postanowiła pocieszyć rywalkę.

– Myślisz, że jeszcze da się coś z tym zrobić? – Chiara popatrzyła na Łucję ze strachem.

– Sądzę, że tak. Nie jest źle. – Łucja zakasłała. Było źle. Włosy wyglądały tragicznie. Według niej natychmiast należałoby je ściąć, ale wolała głośno tego nie mówić. – W Wieliczanach jest dobry salon fryzjerski. Powinnaś tam jutro pojechać.

– Dopiero jutro?! – Chiara była przerażona. – Mam z tym czymś usnąć?! – Złapała się za głowę. – Na pewno oka nie zmrużę.

Łucja wzruszyła ramionami.

– Nic więcej nie mogę ci doradzić. Jest już późny wieczór. Musisz zaczekać do rana.

Chiara wydawała się zdruzgotana. Dłuższą chwilę mierzyły się wzrokiem.

– Jak mnie tu znalazłaś? – spytała Łucja.

Włoszka nie odpowiedziała. Zrobiła za to skrzywdzoną minę. Mimo zniszczonych włosów nadal wyglądała ślicznie, co Łucja zauważyła z przykrością.

Nagle wzrok Chiary zatrzymał się na dekolcie nauczycielki.

– Skąd to masz? – Łucja usłyszała od Włoszki to samo pytanie, które zadała poprzednio. Chiara znów wpatrywała się hipnotycznie w łańcuszek ze złotym ptakiem.

– Dlaczego tak cię to interesuje? – Łucja dotknęła drobnych oczek łańcuszka.

Nagle Chiara wstała. Była tego samego wzrostu co Łucja. Obie długo patrzyły sobie w oczy, a Łucja po raz pierwszy dostrzegła w nich coś znajomego. Wtem Włoszka dotknęła złotego wisiorka, przytulonego do piersi rywalki, i mocno nim szarpnęła. Delikatna biżuteria w jednej chwili znalazła się na dywanie.

– Auu! – Łucja krzyknęła z bólu i chwyciła się za szyję. Długo nie mogła wydobyć z siebie słowa, tak była zaskoczona. Z otartej skóry polała jej się smużka krwi, zabarwiając brzeg kremowego podkoszulka na różowo. – Ty... jesteś szalona – szepnęła po chwili, przyglądając się wiolonczelistce.

– To nie należy do ciebie. – Chiara uklękła i zagarnęła wisiorek, mocno zaciskając go w dłoni.

Łucja stała zaszokowana.

– Nie wierzyłam, że go odnajdę. W tym dziwnym kraju, gdzie... – Łucja zauważyła, że oczy Chiary pociemniały.

Nagle Włoszka podniosła się, a w chwilę potem stała tuż przy drzwiach.

– Nie oddam ci go – powiedziała głosem nieznoszącym sprzeciwu.

Łucja nawet nie była w stanie zaprotestować. Odebrało jej mowę. Zuchwałe zachowanie Chiary nie mieściło jej się w głowie. „Co to w ogóle miało znaczyć?!" Przecież Włoszka w pewien sposób zaatakowała ją, a zaraz potem skradła jej własność. Zraniona skóra mocno paliła, ale pomimo to czuła ulgę, jakby zrzuciła z siebie wielki ciężar. Nie miała zamiaru odbierać go Chiarze. Nawet przez moment nie przyszło jej do głowy, by o niego zawalczyć. Bez wisiorka poczuła się wolna. Długo stały obok siebie. Chiara patrzyła w ciemne okno niewidzącym wzrokiem. Po kilku minutach wyszła z pokoju, mocno trzaskając drzwiami.

W domu Matyldy z samego rana zjawiła się Ania. Pierwsze, co rzuciło się Łucji w oczy, kiedy tylko ją zobaczyła, to szeroki uśmiech i pogoda ducha.

– Anka, co wyście nawyrabiali? – Łucja spytała małą, zanim zdążyły dojść do altanki.

– Nic takiego. – Dziewczynka odpowiedziała dopiero wówczas, kiedy usiadły.

– Wczoraj wieczorem była u mnie Chiara.

– Jak ci się podoba w nowej fryzurze? – Ania się roześmiała.

Łucja zdawała sobie sprawę, że powinna ją skarcić, ale tylko się do niej uśmiechnęła.

– Wygląda w niej dość… nietypowo.

– Może teraz w końcu wyjedzie. Wie, że z nami nie ma żartów.

– Jak do tego doszło? – Trochę bała się wyjaśnień.

– Staszek przyniósł ze swojej szopy taki przeźroczysty płyn, który strasznie cuchnął. Dodaliśmy go trochę do odżywki Chiary, którą codziennie nakłada na włosy.

– Anka, przecież mogliście jej zrobić krzywdę! – Łucja zdała sobie sprawę, że dzieciaki postąpiły nierozsądnie. Toksyczny płyn niewiadomego pochodzenia mógł Chiarze zaszkodzić.

– Oj tam, przecież nic się jej nie stało. Tylko trochę zrudziała. – Ania nie traciła dobrego humoru. – Należało jej się! Może teraz ta wiedźma w końcu się wyniesie. Mogę jej nawet zamówić bilet na samolot.

– Aniu… te wasze żarty stają się naprawdę niebezpieczne. Proszę cię, skończcie z tym.

– Niedoczekanie, jak to nie wypali, to mamy już kolejny plan. – Ania miała triumfującą minę.

– Mam tylko nadzieję, że nie zrobicie nic równie głupiego. A jak tata na to zareagował? – Łucja cały czas starała się utrzymać surową minę.

– Z samego rana pojechał z Chiarą do fryzjera w Wieliczanach.

– Ale… co powiedział na tę sytuację? – Łucja powtórzyła pytanie.

– Nic, przecież to logiczne, że się nie przyznałam.

– Aniu, przestańcie. Ona w końcu wyjedzie. – Łucja starała się dotrzeć do małej, ale ta miała już w głowie nowy plan.

– Czekam na to niecierpliwie. Wtedy znów będzie jak dawniej… Wrócisz do pałacu.

– Pogodziliśmy się z tatą. Moja przeprowadzka to tylko kwestia czasu.

– Im wcześniej, tym lepiej – skwitowała Ania.

Łucja oparła głowę o jeden ze słupków podtrzymujących altanę. Zamyśliła się. Dopiero teraz zdała sobie sprawę z powagi sytuacji. Atakując Chiarę, dzieci przekroczyły niedozwoloną granicę. Młodzi przyjaciele zatracili się w wymyślaniu kolejnych, głupich żartów. Należało jak najszybciej interweniować. Łucja postanowiła, że koniecznie musi porozmawiać na ten temat z Tomaszem. Skłonna była nawet iść do pałacu.

– Co ci się stało w szyję? – Ania wstała i podeszła do Łucji.

– Nic takiego. – Łucja nie potrafiła na poczekaniu wymyślić żadnego wytłumaczenia. Dotknęła tylko świeżego otarcia.

– Jak to nic? Przecież widzę. Gdzie masz łańcuszek? – Dziewczynka patrzyła na nią uważnie.

Łucja milczała. Nie mogła powiedzieć małej prawdy. Nie teraz. Tylko dolałaby oliwy do ognia. Ania już i tak nie znosiła Chiary.

– No właśnie… – zaczęła powoli, nie wiedząc, jak skończyć.

– Zgubiłaś go? – Swoim pytaniem Ania wyręczyła ją w odpowiedzi.

Nie potwierdziła. Patrzyła tylko na dziewczynkę, cały czas usiłując zebrać myśli.

– Nie przejmuj się – odezwała się Ania po dłuższej chwili, a Łucji zrobiło się jeszcze bardziej wstyd.

Na szczęście Ania nie drążyła już dłużej tematu.

– Boli cię to? – Dotknęła niegroźnej, ale dość brzydko wyglądającej rany na szyi opiekunki.

– Nie – odpowiedziała wzruszona Łucja.

Ania wciąż ją zadziwiała. Miała w sobie tyle empatii i dojrzałości, że mogłaby nimi obdarować pół świata.

– Przemyłaś to czymś? – dopytywała się nadal, trzymając palec wskazujący na szyi Łucji.

– Tak – odparła kobieta na odczepnego. Obawiała się, że Ania może się jeszcze dopytywać o okoliczności zniknięcia łańcuszka z wisiorkiem. Na szczęście z opresji wybawił ją Tomasz.

Zauważyły go, kiedy wyłonił się akurat zza narożnika domu. Kiedy się zbliżył, widać było, że jest mocno zdenerwowany. Obie domyśliły się, że tym razem nie będzie taryfy ulgowej.

– Dlaczego to zrobiłaś? – Tomasz stał naprzeciw córki i patrzył na nią surowym wzrokiem.

Nie miała zamiaru się wypierać. Spuściła głowę, nie mając odwagi spojrzeć ojcu w twarz.

– Odpowiedz, kiedy pytam. – Tomasz wpatrywał się w Anię nieustępliwie.

Łucja pierwszy raz widziała, żeby w taki sposób rozmawiał z córką.

– Przecież wiesz dlaczego… – cicho odpowiedziała dziewczynka, nadal unikając wzroku ojca.

– Nie wiem. Może więc mi to wytłumaczysz. Wydawało mi się, że jesteś rozsądną dziewczynką, ale teraz… przeszłaś samą siebie.

– Tato. – Ania odważyła się w końcu unieść głowę. Miała przerażone oczy. Wyglądało na to, że dopiero teraz dotarły do niej skutki nierozważnego zachowania.

– Teraz pójdziesz ze mną. Wrócimy do pałacu i jak najszybciej przeprosisz Chiarę. – Tomasz przez cały czas mówił podniesionym głosem.

Ania dość długo się nie odzywała. Po chwili jednak zdała sobie sprawę, że musi ponieść konsekwencje. Postanowiła nie wkopywać przyjaciela i z podniesioną głową przyjąć całą winę na siebie.

— Dobrze, chodźmy — odezwała się cicho i niewyraźnie, jakby miała kluski w gardle.

Tomasz na moment podszedł do Łucji i cmoknął ją w policzek.

— Przyjdę do ciebie później, jak wyjaśnimy sobie tę sytuację. — Znów popatrzył na córkę gniewnie.

Łucja dotknęła jego ramienia.

— Nie bądź dla niej zbyt ostry. — Pociągnęła go za rękaw koszulki.

Tomasz westchnął. Widać było, że to dla niego trudna sytuacja. Dopiero uczył się, jak być w razie potrzeby surowym rodzicem.

— Co ci się stało? — Zauważył otarcie na szyi ukochanej.

— Nic. — Przymrużyła oczy i lekko go odepchnęła, jakby chciała się go pozbyć.

— Łucja zgubiła łańcuszek. — Ania znów ją wyręczyła.

— Zgubiłaś? Gdzie? — Tomasz przyglądał jej się z bliska.

Czuła, że w tej sytuacji nie ma szansy na unik. Wzruszyła tylko ramionami. Na szczęście nie spytał już o nic. Jego uwaga znów skoncentrowała się na córce. Ania nawet nie starała się robić słodkich min, żeby rozmiękczyć serce ojca. Stała cierpliwie, jak winowajca czekający na zasłużoną karę. Łucja odprowadziła ich do furtki. Potem, kiedy odeszli, jeszcze długo stała przy słupku, przypatrując się ich znikającym w oddali sylwetkom.

Zasnute poranną mgłą pola nie zachęcały do spaceru. Łucja jednak wbrew niesprzyjającej, jak na połowę sierpnia, aurze postanowiła ten niezbyt pogodny poranek spędzić na łonie natury.

Brakowało jej parku i ogrodu Kreiwetsów. Kiedy mieszkała w pałacu, spędzała na zewnątrz przeważnie kilka godzin dziennie. Teraz też pomagała Matyldzie na działce, ale wciąż tęskniła za rodową siedzibą Kreiwetsów.

Kiedy doszła do rozstajów, zatrzymała się. Przez moment zastanowiła się nawet, czy nie pójść w kierunku pałacu, ale kiedy przypomniała sobie ostatnie spotkanie z Chiarą, porzuciła ten zamiar, uznając go za bezsensowny.

Rano jej szyja nie wyglądała już tak źle jak poprzedniego dnia, ale wciąż była świadectwem tego, co wydarzyło się wieczorem.

Zabiegi dzieciaków, aby przegonić Włoszkę, niestety nie przyniosły oczekiwanych efektów. „Boska Chiara" nadal panoszyła się w pałacu. Ania powiedziała Łucji, że teraz ma niestety związane ręce. Tomasz obserwował każdy jej ruch. Dziewczynka częściej przychodziła do domu Matyldy. Odkąd Tomasz wyznaczył jej karę, która dla dziewczynki była wyjątkowo odczuwalna, nie miała co z sobą zrobić. Dwa tygodnie bez fortepianu jawiły jej się niczym cała epoka. Staszek też nie poświęcał jej tyle czasu co dawniej. Niemal codziennie spotykał się z Lucą, który na dobre osiadł u Izabeli.

Łucja dotknęła szorstkiej kory brzozowego krzyża. Popatrzyła w kierunku pałacu. Na szczęście wciąż utrzymująca się gęsta mgła ograniczała widoczność, bo w innym wypadku skłonna byłaby jeszcze tam pójść. Czuła jednak, że jej kolejne spotkanie z Chiarą nie przyniosłoby nic dobrego. Ta cała sytuacja była pokręcona. Chiara w pałacu, ona nadal w domu Matyldy. Spotykali się z Tomaszem ukradkiem, jakby chcieli ukryć swoje uczucie, a ich miłość była zakazana. Łucja zaczynała mieć tego wszystkiego dość.

Okazało się, że z włosami Chiary nie było aż tak źle. Fryzjerka skróciła je tylko o kilkanaście centymetrów i nałożyła na nie czarną farbę. Ania z niezadowoleniem potwierdziła, że Włoszka niestety znów wygląda normalnie, co Łucja od razu odczytała jako „ładnie". Na dodatek, jak wspomniała dziewczynka, po tym całym incydencie z włosami Chiara zrobiła się jeszcze bardziej nieznośna.

Łucja nagle drgnęła. Kilka metrów przed nią z białej mgły wyłoniła się postać kobiety.

– Pani... Eleonora. – Łucja patrzyła na starszą kobietę jak na ducha, bo tak też wyglądała. Miała na sobie zszarzałą białą sukienkę, okrytą przeźroczystą peleryną. Jej głowę ozdabiał charakterystyczny kapelusz z ptasimi piórami. Tak jak zazwyczaj, i tym razem Eleonora wyglądała cudacznie.

– Pomyślałam sobie, że właśnie dzisiaj miło byłoby cię spotkać, Delikatny Ptaku. – Eleonora stanęła naprzeciw niej.

– Dzień dobry, dawno pani nie widziałam. – Łucja cofnęła się myślami do momentu, kiedy po raz ostatni była w domku starszej kobiety. „Rzeczywiście, wszystko dobrze się skończyło, tak jak powiedziała wówczas Eleonora. Ania i Staszek się odnaleźli" – pomyślała Łucja, przyglądając się znajomej.

Starsza kobieta miała prawie zawsze taki sam wyraz twarzy. Kiedy nie patrzyła w niebo, jej skoncentrowany wzrok niemal dotykał wszystkiego, na czym go zatrzymywała. Teraz patrzyła na Łucję, ta zaś w jej bliskim towarzystwie czuła, że kobieta czyta wszystkie jej myśli jak z otwartej księgi.

– Niepotrzebnie martwiłaś się na zapas... Wciąż to robisz. To zbyteczne. – Eleonora podeszła bliżej krzyża.

Łucja nie odezwała się. Czekała, co jeszcze usłyszy.

– Nareszcie się go pozbyłaś. – Wpatrywała się w zaschnięte otarcie na szyi młodej kobiety. – Uwolniłaś się od kłopotu. Powinnaś się z tego cieszyć. – Jej twarz rozświetlił łagodny uśmiech.

– Nie wiem, o czym pani mówi. – Łucja poprawiła kołnierzyk lnianej sukienki, przysłaniając ręką naznaczoną część ciała.

Eleonora odeszła kawałek dalej, wykonując zamaszysty ruch ręką. Wyglądało to trochę tak, jakby chciała odsunąć zasłonę z mgły. Łucja spojrzała na nią. Nietypowe zachowanie starszej kobiety wcale jej nie dziwiło.

– Idziesz do pałacu? – Eleonora włożyła ręce w gęste fałdy staroświeckiej sukienki.

– Nie – odpowiedziała.

– A mnie się wydaje, że właśnie w tamtą stronę podążasz. – Eleonora odezwała się z tą pewnością w głosie, która zawsze sprawiała, że Łucja zaczynała się zastanawiać, czy rzeczywiście akurat nie to miała zamiar zrobić.

Łucja znów odwróciła się w stronę pałacu. Ze zdziwieniem zauważyła, że mgła w tamtej części pól znacznie opadła, a teraz snuła się jedynie kilkadziesiąt centymetrów nad ziemią, ledwo przykrywając roślinność.

– Pamiętaj, że dwie połówki tego samego jabłka bardzo często są różne. – Eleonora też popatrzyła w kierunku ziemi Kreiwetsów, a zaraz potem przeniosła wzrok na Łucję.

Niestety i tym razem Łucja nie miała pojęcia, o co jej chodzi.

– Jedna strona może być robaczywa – ciągnęła dalej Eleonora.

Łucja bardzo lubiła Eleonorę. Jej nietypowe zachowanie w pewnym sensie ją fascynowało. Ale często wprawiało też w zakłopotanie, gdyż trudno było zrozumieć sens przekazu. Eleonora przeważnie posługiwała się metaforami, przez co jej słowa zamieniały się w poezję.

Łucja westchnęła. Nie spytała o nic, bo wiedziała, że to i tak nie miałoby sensu. Na pewno znów usłyszałaby niezrozumiałe dla niej słowa.

– Mogę cię odprowadzić, dawno nie odwiedzałam parku. – Eleonora przesunęła się i stanęła na ścieżce prowadzącej do parku Kreiwetsów. – No chodź. – Skinęła na Łucję. Potem zaś ruszyła w stronę, w którą spoglądała jeszcze przed kilkoma sekundami.

Łucja wciąż stała w miejscu i uparcie wpatrywała się w postać wolno oddalającej się Eleonory. Nie wiedziała, co ma zrobić. Nie miała ochoty na tę wizytę, lecz w pewnym sensie czuła nacisk ze strony starszej kobiety.

– Chodź. – Eleonora odwróciła się. Nie podniosła ręki, za to uparcie wpatrywała się w Łucję.

Młoda kobieta drgnęła. Po chwili była już na ścieżce prowadzącej do pałacu. Eleonora chwilę stała w miejscu, a kiedy Łucja była zaledwie dwa metry od niej, znów ruszyła przed siebie. Cały czas szły w milczeniu. Pomiędzy cichym szumem roślin uwolnionych z wilgotnego uścisku mgły Łucja słyszała szelest taftowej spódnicy Eleonory. Wiatr plątał jej włosy, wtrącając ich najdłuższe pasma w zawinięte rondo kapelusza.

Nieduża furta przy pałacowej bramie była otwarta. Zapraszała do wejścia. Łucja nabrała w płuca wyjątkowo dużo powietrza. „Dobrze być tu znowu" – pomyślała, wiedząc, że jest to miejsce, w którym chciałaby spędzić resztę życia.

Obie kobiety bardzo wolno stawiały kroki, idąc jedną z głównych alejek prowadzących do pałacu. Eleonora znów błądziła wzrokiem w czubkach wysokiego starodrzewu. „Pewno wypatruje ptaków" – zauważyła Łucja, znając zamiłowanie starszej pani do tych nieuchwytnych stworzeń. Eleonora nagle straciła zainteresowanie rozmową. Mimo że przez ostatnie kilkanaście minut rozmawiały w zasadzie niewiele, teraz wydawało się, że nie ma zamiaru wymówić już ani słowa więcej. Zatrzymała się przy buku, jednym z najstarszych drzew w parku, a potem oparła się o jego gruby, srebrzysty pień. Przymknęła oczy. Łucja miała świadomość, że nie powinna jej teraz przeszkadzać. Chwilę stała w milczeniu, przypatrując się z boku. Kiedy nie doczekała się reakcji ze strony starszej pani, poszła w stronę pałacu.

Już z daleka zauważyła, że przed frontowymi drzwiami dzieje się coś niedobrego. Na szczycie szerokich, kamiennych schodów stali Tomasz, Chiara i Ania. Coraz wyraźniej słyszała ich głosy. Najbardziej wyraźny i charakterystyczny należał do Chiary. Włoszka była wściekła. Mocno gestykulowała rękami, jakby chciała kogoś uderzyć. Nerwowa atmosfera i poruszenie wcale Łucji nie spłoszyły. Z rosnącą ciekawością coraz szybciej przybliżała się do miejsca awantury. Kiedy postawiła stopy na pierwszym ze stopni, a po swojej lewej stronie miała wyniosłą postać kamiennego gryfa, słyszała dokładnie wszystkie słowa osób uczestniczących w burzliwej wymianie zdań.

– Nie zostanę tu ani chwili dłużej! – wrzeszczała Chiara. – Ty mała... ty... ty... – Chiara w gorączce nie potrafiła sformułować zdania. Dostrzegła Łucję, która pięła się po kolejnych stopniach.

– A ty tu czego szukasz?! – zaatakowała rywalkę. Widać było, że nie panuje nad emocjami.

Zanim jednak Łucja zdążyła się odezwać, na pierwszy plan wysunęła się Ania.

– Łucja tutaj mieszka – odezwała się butnie.

– Jakoś tego nie zauważyłam. – Mimo wzburzenia Chiara próbowała się uśmiechnąć, co wywołało na jej twarzy nieładny grymas.

Ania podeszła do Łucji i chwyciła ją za rękę.

– Łucja... to moja mama. – Ania popatrzyła na swoją opiekunkę z czułością.

– Aniu... – Wzruszenie odebrało Łucji głos. Dziewczynka po raz pierwszy nazwała ją mamą.

Tak bardzo pragnęła usłyszeć te słowa. Objęła mocno Anię i wtuliła twarz w jej włosy.

– Kocham cię... córeczko – szepnęła tuż nad uchem dziewczynki.

– Też cię kocham, mamo. – Ania po raz drugi wypowiedziała słowo, które zapadło w serce Łucji jak najpiękniejsza modlitwa.

Łucja odchyliła się i uniosła głowę. Dopiero teraz spojrzała na Tomasza. Uśmiechał się do niej szeroko.

– Łucja to moja narzeczona, przyszła pani Kellter, i rzeczywiście mieszka w tym pałacu. Na jakiś czas przeprowadziła się do znajomej, której musiała pomóc, ale właśnie do nas wróciła. – Tomasz mówił swobodnie, ale zarazem zdecydowanie.

Łucja popatrzyła na niego z wdzięcznością i była pewna, że tę noc na pewno spędzi już w pałacu u boku Tomasza i w pobliżu Ani.

– Wiecie co, wszyscy jesteście beznadziejni. – Chiara sprawiała wrażenie, jakby zaraz miała się rozpłakać. – Ty... bo ta mała robi z tobą, co tylko zechce. – Gniewnie zatrzymała wzrok na mężczyźnie, dla którego przejechała kawał świata. Potem popatrzyła na Łucję. – A ty... uzurpatorko, bo wyobraziłaś sobie, że możesz mieć coś, co i tak nigdy nie będzie należeć do ciebie. – Patrzyła na Łucję z wielką niechęcią. – Tommaso nie potrafi być z drugim człowiekiem. On kocha tylko muzykę. Musisz liczyć się z tym, że po pewnym czasie znudzi się tobą i zamieni na kolejny model fortepianu.

– O, przepraszam. Od lat jestem wierny mojemu staremu, poczciwemu Bechsteinowi. – Tomasz starał się rozładować atmosferę.

Mimo to Łucja poczuła ukłucie w sercu. Przecież tego bała się najbardziej. Ewa przegrała z muzyką Tomasza, ona też niedawno musiała z nią rywalizować o ukochanego. Chiara osiągnęła to, co chciała. Zasiała w Łucji ziarno niepokoju. Włoszka schyliła się i sięgnęła po walizkę, którą od razu przyciągnęła do siebie.

– Zaczekaj, pomogę ci. – Pomimo chwilowej dezorientacji, spowodowanej napiętą atmosferą, Tomasz przypomniał sobie o dobrych manierach.

– Nie trzeba. – Chiara wydawała się urażona. Szarpnęła za uchwyt bagażu, a potem ruszyła schodami w dół, ciągnąc go za sobą.

Tomasz poszedł za nią.

– Gdzie mam cię odwieźć? – spytał.

– Do Florencji – popatrzyła na niego kpiąco.

– Chiaro, nie żartuj sobie. Po prostu chcę ci pomóc.

– Naprawdę chcesz mi pomóc? – Przez chwilę zapomniała o złości i mimowolnie zrobiła żałosną minę. Tomasz nie zareagował, a jej od razu wróciła swada. – Jeśli naprawdę chcesz mi pomóc, to wywieź mnie jak najdalej stąd! – krzyknęła.

– Zapraszam więc do samochodu. Stoi tam. – Tomasz wskazał na miejsce, gdzie kiedyś były stajnie, a teraz mieściły się pomieszczenia gospodarcze i garaż.

– Podjedź, zaczekam tutaj. – Chiara popatrzyła na niego obojętnie.

Kilka minut później przed pałacowymi schodami unosił się tuman kurzu. Ania i Łucja jeszcze jakiś czas stały przed drzwiami, wpatrując się w białe kamyki rozrzucone przez opony auta.

– Wreszcie wyjechała. – Ania odetchnęła.

– Aniu, powiedz mi, co tutaj się właściwie wydarzyło? – Łucja przyglądała się małej.

– Nic takiego. – Dziewczynka parsknęła śmiechem. – Chodź, to sama zobaczysz. Zresztą musisz mi w czymś pomóc. – Ania wyrażała się niejasno, ale uśmiech na jej twarzy uspokoił Łucję.

Weszły do pałacu. Dziewczynka od razu ruszyła w stronę pokoju gościnnego, który wcześniej zajmował Luca, a z którego właśnie wyniosła się Chiara. Nie bez obaw Łucja szła ciemnym korytarzem, zastanawiając się, co też tym razem wymyśliły dzieciaki. Bo była pewna, że znowu zrobiły wiolonczelistce jakiś przykry kawał. Fakt faktem, tym razem udało im się dopiąć swego.

Kiedy podeszły pod zamknięte drzwi, Łucja usłyszała dziwnie brzmiący, choć dobrze jej znajomy odgłos. Zerknęła na Anię, a ona od razu nacisnęła na klamkę. Obie jednocześnie weszły do pokoju.

– Co... to ma znaczyć? – Łucja otworzyła szeroko oczy. Nie wiedziała, czy ma się śmiać, czy płakać. To był na pewno nietypowy widok. Na meblach, ścianach, zasłonach i parapecie otwartego na oścież okna siedziały świerszcze. Było ich tak dużo, jak na letniej, rozgrzanej słońcem łące.

– Nie patrz tak na mnie. – Dobry humor wciąż nie opuszczał Ani. – Najważniejsze, że tym razem zadziałało. – Dziewczynka znów głośno się roześmiała. – Teraz musimy tylko pomóc tym biednym stworzeniom wydostać się na zewnątrz. Otworzyłam okno, ale wydaje mi się, że trochę pobłądziły. – Ania starała się złapać jednego owada, ale od razu odskoczył od jej ręki. – Widzę, że nie będzie łatwo – rzekła.

– Dlaczego akurat koniki polne? – Łucja zamknęła drzwi pokoju.

– Bo świerszcze to największa fobia Chiary – powiedziała Ania szeptem, jakby to była wielka tajemnica.

– Skąd o tym wiedzieliście? – spytała Łucja, bo była święcie przekonana o tym, że w finalnym psikusie brał udział również Staszek.

– Luca nam powiedział. – Ania cały czas mówiła cicho, nie mając pewności, czy może zdradzić malarza.

Po tych słowach Łucja się roześmiała, na co Ania odetchnęła z ulgą.

– Wygląda na to, że nasz Luca będzie mógł teraz spokojnie wrócić do Włoch. Na przepędzeniu Chiary zależało mu nie mniej niż wam.

– Wiem o tym. Wspólnie połączyliśmy siły. Pan Luca był mózgiem naszych działań operacyjnych, a my... tylko wykonywaliśmy polecenia. – Ania stanęła na baczność. Wyglądała jak żołnierz oddany słusznej sprawie.

– Co proponujesz? – Łucja popatrzyła na dziewczynkę z zaciekawieniem.

– Teraz musimy je wszystkie jak najszybciej wyłapać i zanieść na łąkę. Część wyszła przez okno, ale wygląda na to, że nie wszystkie potrafią znaleźć drogę powrotną. Przynieśliśmy je tutaj w słoiku, dlatego straciły czujność. – Ania na chwilę się zamyśliła. – Wiem, że to niehumanitarne, ale... to było naprawdę jedyne wyjście. Nasi zieloni przyjaciele zaraz wszyscy, co do jednego, wrócą na łąkę.

Dość długo zajęło im przywracanie porządku w pokoju gościnnym. Przez trzy godziny przetrząsnęły wszystkie kąty, a i tak co chwilę natykały się na kolejnego owada.

– Skąd ich się tutaj tyle wzięło? – Ania była już zmęczona.

– Mnie o to pytasz? – Łucja patrzyła na nią cierpliwie, z uśmiechem na twarzy, choć i ona miała już dość uganiania się za ruchliwymi owadami.

Kiedy w pokoju było już całkiem cicho, zamknęły okno i usiadły na łóżku.

– Co tym razem powiedział na to tata? – Łucja lekko trąciła dziewczynkę w ramię.

– Nic. Nie zdążył nawet zareagować, bo od razu wybuchła wielka draka. Chiara biegała po całym pałacu i wrzeszczała jak wariatka. Wywlekła walizkę na korytarz, a potem kazała mi wejść do pokoju i wynieść z niego wszystkie jej rzeczy. Myślę, że teraz już do nas nie wróci – rzekła Ania pewnie.

– Oby to była prawda, bo i ja nie mam już ochoty po raz kolejny jej oglądać.

– Łucjo, ja… Ja nazwałam cię… mamą. Powiedz, czy ty… nie masz nic przeciwko temu, żebym tak do ciebie mówiła? – Ania zrobiła nagle bardzo poważną minę.

– Kochanie, oczywiście, że nie. – Łucja przechyliła się w stronę dziewczynki i mocno przycisnęła ją do siebie. – Czekałam na te słowa od bardzo dawna. Tak bardzo się cieszę, że cię mam… Że mam córkę – powiedziała wzruszona.

– Moja mama… Ewa zawsze będzie dla mnie bardzo ważna, ale teraz to ty jesteś ze mną każdego dnia. To ciebie i tatę kocham najbardziej na świecie. Chociaż... ona zawsze będzie miała w moim sercu szczególne miejsce. Nigdy o niej nie zapomnę.

– Aniu, twoja mama już na zawsze będzie częścią naszego życia. Razem będziemy o niej pamiętać. Ona nauczyła mnie najważniejszej rzeczy. Mimo swojej kruchości i choroby pokazała, jak wygląda prawdziwa miłość. Aniu, ona kochała cię tak mocno, że bardziej już się chyba nie da.

– Wiem. – Ania nagle posmutniała.

– Brakuje ci jej? – Po raz pierwszy od śmierci Ewy rozmawiały o niej tak szczerze.

– Może trochę... Czuję, że ona zawsze jest gdzieś obok. Wiesz co, ja nigdy ci o tym nie mówiłam, ale przed śmiercią mama mi coś obiecała.

– Co takiego? – Łucja zaczęła się zastanawiać, czy jest coś, o czym nie powiedziała jej Ewa.

– Ona obiecała mi, że kiedy odejdzie, ty będziesz zawsze obok mnie. Mówiła, żebym się niczego nie bała... A ja jej uwierzyłam.

– I bardzo dobrze, kochana. Już na zawsze będę przy tobie. Niezależnie od tego, jak ułożą się sprawy między mną i twoim ojcem.

– Ale jest dobrze, prawda? Znów jesteście razem? – Ania patrzyła na Łucję czujnie.

– Tak, jest dobrze. Wierzę, że tak już zostanie. Ale... Aniu, ty jesteś jeszcze bardzo młoda i...

– Jestem młoda, ale bardzo dojrzała, nie zapominaj o tym – odezwała się rezolutnie dziewczynka.

– Tak, wiem. Nie to miałam na myśli. Wiele przeszłaś w życiu. Jesteś aż za bardzo dojrzała jak na swój wiek. Chodzi raczej o to, że masz dopiero dwanaście lat, zbyt krótko żyjesz na świecie, by... – Łucja nie chciała urazić małej. Ania była naprawdę wyjątkowym dzieckiem. Czasami Łucja mogła rozmawiać z nią jak z dorosłą kobietą.

Ania przyglądała jej się z zaciekawieniem, ale o nic nie pytała.

– Aniu... ja przekonałam się, że w życiu wszystko może się odmienić w jednej chwili.

– Na lepsze czy na gorsze?

– Po prostu może się zmienić. Lepiej nie mieć oczekiwań i cieszyć się każdą chwilą. To, co teraz wydaje nam się złe, za jakiś czas może okazać się dla nas wielkim dobrodziejstwem. Nie bardzo wiem, jak ci to wytłumaczyć. – Łucja oparła plecy o ścianę i położyła dłonie na kolanach.

– Wiem, o co ci chodzi. – Ania patrzyła na nią uważnie. – Nie rozumiem tylko, dlaczego mama tak wcześnie odeszła. – Ania spojrzała na firankę. Siedział na niej jaskrawozielony świerszcz.

Łucja ciężko westchnęła.

– Na to pytanie, Aniu... chyba nie ma odpowiedzi. Jedno jest pewne, że wraz ze śmiercią Ewy w naszym życiu... w twoim i moim... zamknął się pewien etap, ale jednocześnie otworzył następny. Zmarłym należy pozwolić odejść.

– Wiem, że jej jest tam dobrze, bo ja jestem szczęśliwa. – Ania mówiła cichutko.

– Jesteś cudowną dziewczynką... córeczko. – Łucja chwyciła buzię dziewczynki i przybliżyła do swojej twarzy. – Pamiętaj jedno... Cokolwiek będzie się działo w naszym życiu, ja zawsze będę przy tobie.

– Kocham cię, mamo. – Ania położyła głowę na ramieniu Łucji.

Tę bardzo intymną rozmowę przerwał warkot silnika samochodu, który właśnie zatrzymał się na podjeździe.

— To chyba tata — zauważyła Ania. Potem wstała, uchyliła okno i strzepnęła na zewnątrz świerszcza. Po kilku minutach Tomasz stał obok nich.

— Widzę, że zrobiły tu panie porządek. — Miał dobry humor.

— Rzeczywiście, pracy było sporo. Miałyśmy pełne ręce roboty. — Łucja wstała i podeszła do Tomasza. — Jak było? — Położyła mu rękę na ramieniu.

— Uff, cieszę się, że mam to już za sobą. Zjeździliśmy wzdłuż i wszerz całe Wieliczany, ale Chiarze niestety nic nie odpowiadało. Już myślałem, że będę musiał zawieźć ją do Warszawy, do Bristolu — Tomasz się uśmiechał, ale było widać, że jest zmęczony.

— Gdzie ją zostawiłeś? — wtrąciła się Ania, która cały czas stała przy oknie.

— Postanowiła zatrzymać się w pensjonacie, za Wieliczanami, ale… szczerze mówiąc, współczuję właścicielom. Już na wstępie zrobiła tam awanturę. Stwierdziła, że w pokoju, który jej oferowano, jest brudno i że nie spełnia on oczekiwanych standardów. Było mi za nią wstyd. Cieszę się, że mam to już za sobą. Właściwie… to powinienem być ci wdzięczny. — Tomasz popatrzył na córkę i zrobił groźną minę, ale zaraz się roześmiał. — Skąd taki pomysł? Świerszcze w naszym pałacu? Ciekawe, co powiedzieliby na to jego pierwsi właściciele? — Tomasz też był pewien, że w zorganizowaniu szalonego przedsięwzięcia pomagał Ani Staszek.

— Nieważne skąd. Ważne, że zadziałał. — Ania miała minę zwycięzcy.

— Dziewczyny, chodźcie do altany, muszę się napić porządnej kawy. — Tomasz wciąż się uśmiechał, ale nie ukrywał, że sytuacja z Chiarą go wykończyła.

Tego samego dnia Łucja wróciła do pałacu. Uparła się jednak, że swoje bagaże przyniesie sama. Chciała mieć chwilę, by porozmawiać z Matyldą. Czuła, że jest jej winna wyjaśnienia, bo odkąd wprowadziła się do domu emerytowanej nauczycielki, ani słowem nie wspomniała jej o okolicznościach, które wpłynęły na podjęcie decyzji o wyprowadzce z pałacu.

Matylda jak zwykle była bardzo powściągliwa i o nic nie pytała. Kiedy Łucja stanęła w jej kuchni późnym popołudniem, oświadczając, że z powrotem przenosi się do pałacu, gospodyni rozłożyła ręce i z rozbrajającą szczerością oświadczyła:

— Ja już nic z tego nie rozumiem.

W takiej sytuacji Łucja nie miała wyjścia — musiała powiedzieć prawdę. Opowiedziała nawet więcej, niż początkowo planowała. A swoją historię oczywiście zaczęła od sprawy żenującego obrazu.

— Dlaczego nie powiedziałaś mi tego od razu? — spytała Matylda po usłyszeniu całej opowieści.

— Po prostu się wstydziłam — odrzekła szczerze Łucja.

— Przecież to nie była twoja wina — zauważyła od razu gospodyni.

— No tak, ale... Gdyby pani zobaczyła ten obraz, to... też czułaby się pani zawstydzona. — Na wspomnienie „zakazanego" płótna Łucja poczerwieniała.

— Co się z nim stało?

— Nie wiem. — Do Łucji dopiero teraz dotarło, że nie ma pojęcia, gdzie jest malunek.

— Najważniejsze, że wszystko się wyjaśniło. Prawda zawsze znajdzie właściwą drogę. Przekonałaś się o tym już nieraz, a ciągle w to wątpisz.

– Pani Matyldo, przecież dobrze pani wie, że zwątpienie wpisane jest w naturę człowieka, tak samo jak wiatr i deszcz w cykliczne pory roku.

Matylda uśmiechnęła się zagadkowo.

– Oj, moja droga, przekonasz się jeszcze nieraz, że wcale nie musi tak być. Zwątpienie jest jak ciemne, gęste chmury na przejrzystym niebie. Wątpiąc w siebie, nie widzimy tego, co tak naprawdę jest przed nami... Wielkie słońce, po które można sięgnąć w każdej chwili.

– Pani Matyldo, brakowało mi takiej szczerej rozmowy z panią.

– Pamiętaj, że zawsze jestem obok.

– Wiem, to bardzo budujące...

Pierwszy poranek po powrocie do pałacu powitał Łucję słońcem. Przeciągnęła się leniwie, otulając się kołdrą. Pomału otwierała oczy, a kiedy zorientowała się, że obok nie ma Tomasza, usiadła, pośpiesznie podciągając się na rękach. Jego połowa łóżka była świadectwem tego, że jeszcze niedawno tam był. Zagłębienie w puchatej poduszce, obleczonej w poszewkę z jasnymi orchideami, wciąż miało na sobie jego zapach. Przytuliła się do niej. Była taka szczęśliwa.

Jeszcze przez chwilę została w łóżku. Po kilku minutach jednak z niego wyszła. Stanęła naprzeciw weneckiej szafy i dotknęła swojego odbicia. Znów się uśmiechała, a pod tym uśmiechem nie kryły się już lęk i tęsknota.

Narzuciła szlafrok i wyszła do holu. Z kuchni usłyszała stukot przekładanych talerzy i wesołe głosy Ani i Tomasza.

– Co wy tak... z samego rana? – Łucja stanęła w kuchennych drzwiach, ziewając.

– Mamy dziś do wykonania ważną misję. – Ania uśmiechnęła się tajemniczo.

Łucja przeniosła wzrok na mężczyznę, który tylko wzruszył ramionami.

– Idź na swoją ławkę. Zaraz zrobię ci herbaty. – Mówiąc to, Ania już trzymała w rękach ulubiony kubek Łucji, a do jego wnętrza wsypywała zwinięte listki jej ulubionej herbaty.

– Tak, rzeczywiście wydaje mi się, że powinnaś się przewietrzyć. Świeże poranne powietrze dobrze ci zrobi. Mam wrażenie, że nie całkiem się jeszcze obudziłaś. – Tomasz przybliżył się do Łucji i pocałował ją w czoło.

– Teraz już na pewno się obudziłam. – Popatrzyła na niego filuternie.

Kiedy jednak chciała wejść do kuchni, Tomasz zagrodził jej drogę.

– O co chodzi? – Popatrzyła na niego zdezorientowana, ale nadal się uśmiechała.

– Zawsze zaczynałaś dzień od picia herbaty w ogrodzie. Czyżbyś zmieniła przyzwyczajenia?

– Nie, nie zmieniłam przyzwyczajeń. Odnoszę jednak wrażenie, że coś przede mną ukrywacie. Wyglądacie tak, jakbyście się chcieli mnie pozbyć… – Łucja najpierw zerknęła na partnera, a potem na córkę.

– Mamo, tylko ci się wydaje. – Ania już stała przy Łucji i wręczała jej porcelanowy kubek wypełniony gorącym płynem.

Słowa Ani znów zmiękczyły jej serce. Chwyciła uszko rozgrzanego naczynia i gotowa do odwrotu, cofnęła się o krok. Mimo to nie straciła czujności. Była pewna, że dziewczynka i jej ojciec coś kombinują. W końcu jednak dała za wygraną.

– Dobrze, teraz wychodzę do ogrodu, ale… zaraz wracam. – Pogroziła im palcem.

– Idź już, mamo, bo wystygnie ci herbata. – Ania uśmiechała się od ucha do ucha, a Łucja od razu przytuliła jej uśmiech do swojej twarzy. Teraz uśmiechały się do siebie tak samo… matka i córka.

Park o poranku wyglądał zjawiskowo. Łucja zeszła z dróżki wysypanej drobnymi kamykami i stanęła na mokrej trawie. Postanowiła dostać się do ulubionego miejsca na przełaj. Na stopach miała cienkie gumowe klapki, dlatego wcale nie przeszkadzało jej wilgotne podłoże. Oblepione rosą źdźbła traw i rozchylające się kielichy kwiatów łaskotały jej gołe nogi przyjemnym dotykiem. „Cudownie znów być w tym miejscu… Mieszkać tutaj". Szła, zaciskając dłonie na wciąż gorącym kubku. Kiedy zbyt mocno ją parzył, zatrzymywała się, chwytała za uszko, robiła pośpieszny łyk, a potem znów łapała, zamykała w dłoni jego okrągłe, porcelanowe ścianki i ruszała przed siebie.

Swoją ławeczkę dojrzała już z daleka, chociaż prawie cała zatopiona była w zieleni jaśminowca. Kiedy się przybliżyła, na drewnianych deskach pokrytych białą farbą zauważyła niewielki, połyskliwy przedmiot. Przyspieszyła kroku. Popatrzyła na siedzisko. Na dużym soczysto zielonym liściu leżał jej pierścionek zaręczynowy. A tuż obok – nieduża, ręcznie napisana kartka. Sięgnęła po nią i od razu przeczytała: „Kochanie, ten przedmiot chyba powinien wrócić do ciebie. Kocham cię. Twój Tomasz".

Bez zastanowienia wzięła go do ręki i założyła na palec. Uśmiechnęła się, dotykając szmaragdowego oczka. Potem usiadła i po raz kolejny przeczytała słowa Tomasza. „Tak, rzeczywiście ten pierścionek powinien wrócić do mnie. Brakowało mi go. Lepiej byłoby, gdybym wcale się z nim nie rozstawała" – pomyślała.

Oparła się plecami o tył ławki, wzięła w ręce kubek, który na moment odstawiła na bok. Herbata była jeszcze ciepła. Pita o poranku miała niepowtarzalny smak. Łucja zazwyczaj dorzucała do niej ususzone płatki róż zebrane w ogrodzie poprzedniego lata. Ta sama herbata pita po południu smakowała już inaczej. „Pierścionek wrócił do mnie, a więc na pewno będzie ślub". Na razie nie chciała jednak o tym myśleć. Kochała Tomka. Wciąż byli ze sobą, ale z doświadczenia wiedziała, że w życiu nie można być niczego tak naprawdę pewnym. Trzeba przyjmować to, co oferuje nam los, i uczyć się od niego jak od najlepszego nauczyciela. Łucja wciąż nie wiedziała, dlaczego rozstała się z Tomaszem. Muzyka... Chiara? Niepewność może mieć wiele imion. Wolała wierzyć, że teraz już zawsze będą razem.

Herbata, którą piła pierwszego poranka po powrocie do domu, smakowała jej jak nigdy dotąd. Bladoróżowe płatki róż, nasączone naparem, straciły kolor na rzecz aromatu, przez co napój miał wyjątkowy smak. Znów czuła zapach Różanego Gaju. Widziała jego barwy, słyszała jego głos przemawiający do niej szumem drzew, świergotem ptaków i wonnym powietrzem, które uwielbiała wdychać, rozkoszując się pierwszą herbatą i rozpoczynając nowy dzień. „Nareszcie jestem u siebie". – Wstała i włożyła do kieszeni napisaną przez Tomasza kartkę. Jeszcze raz zerknęła na ławkę. Zielony, parasolowaty liść klonu leżał na niej spokojnie. Wyglądał tak, jakby był częścią jakiegoś ważnego poselstwa.

Znów weszła na wciąż mokrą trawę. Opuściła ręce. Pusty kubek zwisał luźno, zawieszony na jej palcu. Co kawałek przystawała, witając się ze znajomymi miejscami. Droga powrotna do pałacu zajęła jej znacznie więcej czasu niż zazwyczaj. Kiedy w końcu dotarła na miejsce, zrzuciła z nóg mokre klapki i zatopiła stopy w miękkich pantoflach. Weszła na schody, a zaraz potem już stała przed kuchennymi drzwiami, zza których nadal dochodziły odgłosy w pośpiechu przesuwanych naczyń.

– Nie przeszkadzam? – Łucja stanęła w drzwiach, tak samo jak godzinę wcześniej.

– Kochanie, wracaj do łóżka. – W mgnieniu oka Tomasz znalazł się przy niej.

– Do łóżka? Jest już grubo po ósmej. – Popatrzyła na ścienny zegar.

– Tylko na chwileczkę... Zaraz przyniesiemy ci śniadanie – kusił.

Łucja przeniosła wzrok na Anię, która zawzięcie układała coś na talerzu.

– To prawda, mamo. – Dziewczynka zerknęła w jej stronę, by za moment wrócić do wykonywanej wcześniejszej czynności.

– Widzę, że się z wami nie dogadam. Jakaś zmowa milczenia? Czekam w sypialni. – Łucja dała za wygraną i po chwili wycofała się z kuchni.

Kiedy weszła do sypialni, panował tam miły chłód. Wychodząc, zostawiła rozchylone okno. Nic tak nie ożywia zmęczonych nocnym mrokiem ścian pokoju jak rześki powiew jutrzenki. Zdjęła szlafrok, zsunęła z nóg kapcie i wskoczyła do łóżka. Było jeszcze ciepłe, przesiąknięte zapachem Tomasza. Opadła na poduszkę i zamknęła oczy. Przez chwilę poczuła senność, jednak nie dane jej było usnąć. Po paru minutach w drzwiach stanęła Ania, a tuż za nią pojawił się Tomasz.

– Dotarła do nas wiadomość, że jest pani dzisiaj bardzo głodna. Po porannym spacerze na pewno wrócił pani apetyt. – Tomasz trzymał w rękach okrągłą tacę wypełnioną różnymi specjałami. Ania niosła drewnianą nakładkę i jasny obrusik.

– Mamo, przesuń się trochę. Musimy nakryć do stołu. – Dziewczynka uśmiechnęła się nieśmiało, ale już za chwilę siedziała obok Łucji, a na podstawce rozścielała nakrycie. – To od pani Matyldy – powiedziała, dostrzegając zainteresowanie Łucji bialuteńką serwetą, obsypaną czerwonymi różami.

– Piękna – zdążyła tylko szepnąć Łucja, bo już po chwili na pokrytej misterną serwetą podstawce pojawiła się taca ze śniadaniem.

– Stoliczku, nakryj się... – Tomasz klasnął w dłonie i usiadł obok Łucji. – Smacznego – dodał po chwili.

Popatrzyła na niego z wdzięcznością.

– Dziękuję wam bardzo – odezwała się cichutko i złapała Anię za rękę.

– Jedz, bo wystygnie – zachęciła ją dziewczynka.

Łucja popatrzyła na sam środek tacy, gdzie królował duży omlet w otoczeniu różnych warzyw. Obok leżały jaglane placuszki, malinowe ciasto i kilka innych apetycznie wyglądających specjałów.

– Musicie mi pomóc, sama nie dam rady.

– Będziemy cię pilnować, żebyś pochłonęła wszystko, co do ostatniego okruszka – rzekła Ania, robiąc przy tym komiczną minę.

– Nie chcę wam robić przykrości, ale... nie zjem wszystkiego. – Łucja rozłożyła ręce.

– Musisz. – Tomasz przybliżył się do niej. – Ostatnio bardzo schudłaś. Pani Matylda skarżyła się, że mało jadłaś. – Przez chwilę Tomasz miał zakłopotaną twarz.

Łucja nieśmiało wzięła się do jedzenia. Rzeczywiście, w słowach Tomasza było sporo prawdy. Pomimo tego, że pani Matylda podstawiała jej pod nos różne smakowitości, niewiele jadła. Nie miała apetytu. Śniadanie przygotowane przez Tomka i Anię było przewyborne, ale za duże. Kiedy na tacy została połowa posiłku, Łucja skapitulowała i odłożyła sztućce.

– Dziękuję wam. To było wyśmienite – mówiła, przełykając ostatni kęs.

– Podziękujesz, jak zjesz do końca. Sporo ci jeszcze zostało. – Tomasz patrzył nieugiętym wzrokiem.

– Pójdźmy na kompromis... Dojem za chwilę – żartowała Łucja, przyglądając się Ani i Tomaszowi. Potem odsunęła na bok tacę.

– Chodźcie do mnie, kochani. – Spojrzała na dziewczynkę i jej ojca. – Chcę, żebyście wiedzieli, że bardzo was kocham... Wiem, mówiłam wam to już nieraz, ale... – Wzruszenie odebrało jej głos.

Po chwili cała trójka się obejmowała. I znów wszystko przestało się liczyć, a Łucja pomyślała tylko, że dla takich chwil warto żyć.

– Znalazłaś go. – Tomasz spojrzał po chwili na jej rękę. – Cieszę się, że znów go nosisz. – Uśmiechnął się nieśmiało.

Łucja uniosła do góry dłoń, a na serdecznym palcu zamigotało zielone oczko zaręczynowego pierścionka.

– Jest piękny. – Łucja popatrzyła prosto w oczy Tomasza i poczuła, jakby czas zatrzymał się w miejscu.

Po śniadaniu wybrała się do Wieliczan. Właściwie to po części została do tego wyjazdu zmuszona. Ania i Tomasz za wszelką cenę starali się jej pozbyć z pałacu. Dziewczynka stwierdziła, że Łucji przydałby się jakiś nowy ciuch, a ukochany mężczyzna nagle uznał, że powinna sobie poprawić fryzurę. Wiedziała, że znów coś kombinowali. Starała się dowiedzieć co, ale oni tak zręcznie manewrowali słowami, że udało im się uśpić jej czujność.

Kiedy była już na miejscu, w Wieliczanach, i szła jedną z głównych ulic, uznała, że właściwie nie ma tam co robić. Przechodząc obok rzędu witryn sklepowych, co chwilę zerkała na swoje odbicie.

„Nie jest ze mną aż tak źle" – pomyślała. Jej włosy były już na tyle długie, że swobodnie mogła założyć je za ucho, a nawet związać w kucyk. Nie zamierzała więc odwiedzać fryzjera. Jej szafa też pełna była wciąż modnych ubrań. Jeśli wymagała tego sytuacja, Łucja nosiła się z klasą, na co dzień wybierała jednak wygodne ubrania. Odkąd przyjechała do Różanego Gaju, nie wydawała zbyt wiele na ciuchy. Uważała to za zbyteczne. Idąc, mijała kolejne sklepy i nie czuła potrzeby wejścia do któregokolwiek z nich.

Zadzwoniła do Izabeli. Przyjaciółka nie odbierała, ale to zdarzało się dość często. Po pełnej malarskiej twórczości nocy zwykle nie pamiętała, gdzie odłożyła telefon. Luca też nie odpowiedział na dwa wysłane przez Łucję SMS-y. Postanowiła ich jednak odwiedzić. Oczywiście po drodze kupiła kremówki.

Kiedy była już pod blokiem Izabeli, zerknęła do góry. Okna jej mieszkania były zamknięte i szczelnie zasunięte. Drzwi do klatki wejściowej były otwarte. Od razu weszła do chłodnego korytarza. Jedną ręką dotknęła śliskiej poręczy, drugą mocniej chwyciła pudełko z ciastkami i zaczęła wspinać się po schodach.

Już na pierwszym piętrze poczuła znajomy zapach terpentyny, którym zazwyczaj przesiąknięte było mieszkanie Izabeli. Kiedy stanęła naprzeciw drzwi, woń, która zazwyczaj sprawiała jej przyjemność, teraz była wręcz nie do zniesienia.

Zapukała cichutko i przyłożyła ucho do drzwi. Po drugiej stronie rozległ się znajomy odgłos kroków.

– Łucja? Nie spodziewałam się ciebie… – Mina Izabeli zdradzała zaskoczenie.

– Nie wiedziałam, że muszę się do ciebie anonsować – zażartowała Łucja. – Przeszkadzam?

– Nie. No skąd. Wchodź. – Iza wpuściła ją do środka.

– Co tu tak… cuchnie! – Łucja chwyciła za dekolt podkoszulka i zakryła sobie nos.

– Ach… – Malarka machnęła rękami. Przez przypadek wylałam w nocy butelkę z terpentyną.

– Aaa… To już rozumiem, skąd ten zapach. Otworzyłaś chociaż okna? Przecież to szkodliwe. Tu naprawdę nie można oddychać. – Łucja trzymała przy twarzy otwartą dłoń.

– Dopiero wstałam. – Iza ziewnęła.

Łucja zmierzyła ją wzrokiem od stóp do głów. Tak jak zazwyczaj, przyjaciółka była w piżamie, na którą tylko narzuciła szlafrok, zaplamiony kilkoma odcieniami farby.

– No wchodź – Widząc, że Łucja się ociąga, Iza złapała ją za rękę i wciągnęła na środek holu. – Idź do kuchni. Zaraz do ciebie dojdę, tylko otworzę okna w pracowni.

Łucja uśmiechnęła się pod nosem. Potem weszła do kuchni. Od razu skierowała się do rzędu szafek i włożyła rękę do jednej z nich. Niestety, jej wnętrze świeciło pustką. Przeniosła wzrok na bok. W zlewozmywaku piętrzyła się sterta brudnych naczyń.

– Izo, wiedziałam, że marna z ciebie gospodyni, ale żeby aż tak zapuścić dom! – krzyknęła Łucja do przyjaciółki, śmiejąc się.

Już za chwilę Iza pojawiła się w kuchennych drzwiach.

– Siadaj. Zaraz to ogarnę. – Podciągnęła do łokcia rękaw włożonej w pośpiechu wiskozowej sukienki. – Jesteś moim gościem, siadaj – powtórzyła, a Łucja w jej wzroku dostrzegła znajomy przebłysk apodyktyczności.

Usiadła i wyciągnęła pudełko z ciastkami.

– Może obejdzie się bez talerzy? Możemy przecież zjeść nad tacką. – Popatrzyła na Izabelę.

– Nie. Zjemy jak ludzie, na czystych talerzach. – Mówiąc to, już je otrzepywała z wody, a zaraz potem wytarła w czystą ściereczkę.

Izabelę wciąż cechowała pewna władczość. Czasami Łucja odnosiła wrażenie, że wcale jej nie zna. Ale już za chwilę Iza pokazywała swoją ciepłą stronę. Te dwa oblicza czasami dość mocno się w niej ścierały i w takich momentach Iza miała zagubiony wzrok, jakby nie wiedziała, co się z nią działo.

– Gdzie jest Luca? – Łucja dopiero teraz zdała się zauważyć nieobecność Włocha.

– Z samego rana popędził do Różanego Gaju – rzekła Iza, nakładając ciastka na talerzyki.

– No to się minęliśmy. – Łucja była zawiedziona.

– Myślę, że jeszcze dzisiaj będziecie mieli okazję porozmawiać – odezwała się malarka tajemniczo.

Łucja już miała zamiar zapytać ją coś więcej, ale Iza na zawołanie zmieniła temat.

– Cieszę się, że między tobą i Tomaszem znów się wszystko poukładało. Wiedziałam, że tak będzie. – Uśmiechnęła się z satysfakcją. – W takich momentach była w niej zarówno stara Adela, jak i nowa, dopiero co odkryta Izabela.

– Tak? Ciekawe skąd? – Łucja nie spuszczała z niej oczu.

– Hm… Kobieca intuicja. Notabene, ty też ją masz. – Iza wciąż miała na twarzy zagadkowy uśmieszek.

Łucja uniosła ramiona.

– W końcu się wyniosła – powiedziała Łucja, głęboko wzdychając, a chodziło jej oczywiście o Chiarę.

Iza roześmiała się głośno.

– Swoją drogą dzieciaki nieźle to obmyśliły... Małe zielone stworzonka. Kto by pomyślał? – Iza była rozbawiona. – Najważniejsze, że zadziałało. Pozbierałyście te „agresywne" owady i odniosłyście tam, gdzie ich miejsce?

– Tak, nasi sprzymierzeńcy wrócili na łąkę.

– To dobrze. – Izabela znów głośno się roześmiała. – Kiedy Luca mi o tym opowiedział, to... – Nie mogła przestać się śmiać. – Chyba się domyślasz, że to jego pomysł? – Popatrzyła wesoło na Łucję.

– Tak – przytaknęła.

– Kiedy przyjechał wtedy z Różanego Gaju, już od progu mi oświadczył, że misja została wykonana, a on sam może teraz spokojnie wrócić do Włoch... Ot cały Luca. – Izabela nagle spoważniała. – Będzie mi go brakowało. Przyzwyczaiłam się do niego. Kto mi będzie zmywał naczynia i robił zakupy? Chociaż... – Odwróciła głowę w stronę zapełnionego zlewu. – Wygląda na to, że Luca chyba ma już dość mnie i moich złych nawyków. Przez ostatnie dwa dni się zbuntował. – Tym razem Iza uśmiechnęła się łagodnie. – Kto by zresztą ze mną wytrzymał?

Po tych słowach obie się roześmiały. Zaraz potem zabrały się do kremówek, które zniknęły w błyskawicznym tempie.

Izabela była zmęczona. Znów miała ten swój melancholijny wzrok, którym odgradzała się od reszty świata. Czasami Łucja odnosiła wrażenie, że tylko malowanie sprawia jej prawdziwą przyjemność. Często zastanawiała się, jaka byłaby teraz Izabela, gdyby nie jej obrazy. Zmieniała się razem z nimi.

– Skończyłaś ostatnie płótno? – spytała Łucja. Dawno nie zaglądała za sztalugi Izabeli, a była pewna, że znów ukrywa się tam piękna twarz Laury de Borgio.

– Tak – odpowiedziała Iza bez entuzjazmu. Potem wstała i podeszła do ekspresu. – Jak mogłam zapomnieć o kawie? Dlaczego się nie upomniałaś? – Popatrzyła na Łucję tak, jakby sprawa nie podanej na czas kawy była najważniejsza.

– Po prostu nie odczułam jej braku. – Łucja przyglądała się Izabeli i już wiedziała, że przyjaciółka prawdopodobnie będzie starała się ominąć temat związany z nią i jej twórczością.

– Nie możesz ode mnie wyjść, nie wypiwszy dobrej kawy. Nie wybaczyłabym sobie tego – oświadczyła, sięgając na półkę po filiżanki. Miała szczęście, ostatnie dwie czyste filiżanki czekały tylko, by je wzięła do ręki. Już za moment ciemnobrązowy płyn zabarwił ich perłowe wnętrze.

Iza usiadła obok Łucji, a nie, tak jak zwykle, naprzeciw.

– Wiesz co, nie wiem, czy dobrze zrobiłam, że wróciłam do Polski. Tutaj niby wszystko jest takie proste i klarowne, ale... wciąż nie jestem sobą. – Iza odwróciła głowę w kierunku drzwi. Jej oczy się zwęziły. Teraz wyglądały jak dwie cieniutkie szparki.

– Co ty mówisz? Wydawało mi się, że odnalazłaś się tutaj... Poukładałaś sobie wiele spraw. Jesteś blisko mamy i siostry, malujesz...

– No właśnie... Mama, Antośka, obrazy. To wszystko nie jest takie oczywiste. Czasem są momenty, że moje życie wydaje mi się zbyt banalne, za słodkie. Wiesz... To może dziwne, ale ja do istnienia potrzebuję trochę pikanterii, dreszczyku emocji. Ten cały poukładany świat jest dla mnie zbyt idealny. Jak starannie poskładana konstrukcja z niewielkich klocków. Coraz częściej nachodzi mnie myśl, by ją rozwalić.

– Izabelo... nie wiem, co mam powiedzieć.

– Chyba jednak wrócę do Włoch. Może zabiorę się tam razem z Lucą. Pojawiła się ku temu świetna okazja, bo w pobliżu domu, w którym mieszka, jest akurat wolne lokum. Trzeba tylko szybko podjąć decyzję.

– Izo, przemyśl to dobrze. Tutaj nie jesteś sama. Masz rodzinę, ja też zawsze jestem obok. Naprawdę chcesz to rzucić?

– Nie wiem, ale jestem pewna jednego: mam dość stagnacji. Nie potrafię tak żyć. Kiedy rano się budzę, nie czuję entuzjazmu, że mam przed sobą do przeżycia kolejny piękny dzień.

– Nie działaj pochopnie. Pani Matylda będzie na pewno bardzo przeżywać twój wyjazd. Ona tak strasznie cierpiała, kiedy nie było cię przy niej.

– Łucjo… Czuję, że muszę wyjechać. W nocy skończyłam obraz. W momencie kiedy wstawiłam pędzel do słoika, właściwie już podjęłam decyzję. – Iza przechyliła filiżankę i duszkiem wypiła całą jej zawartość.

– Wiem, że i tak do niczego cię nie przekonam. – Łucja popatrzyła w zielone oczy Izabeli i przez chwilę odniosła wrażenie, że znów ma przed sobą dawną Adelę. Może nieco spokojniejszą, ociosaną z dawnej złości, ale wciąż pogubioną i szukającą siebie.

Iza uśmiechnęła się smutno. W jej nostalgicznym uśmiechu kryła się tęsknota za tym, co było dobre w jej życiu, ale już przestało ją cieszyć.

– Pokażesz mi ostatni obraz? – spytała Łucja nieśmiało.

– Nie jest zbyt interesujący – odpowiedziała przyjaciółka oględnie.

– Wszystko, co wychodzi spod twojego pędzla, jest ciekawe. – Do tej pory Łucja była zachwycona dziełami Izabeli.

– Jak zawsze jesteś miła… prostolinijna, szczera pani nauczycielka. – Iza mówiła dość głośno.

Łucja po raz pierwszy od bardzo długiego czasu wychwyciła w jej słowach nutkę ironii. Popatrzyła na przyjaciółkę zmieszana.

– Chodź. – Iza nagle wstała i nie patrząc w stronę Łucji, pośpiesznie weszła do holu. Zaraz potem zniknęła za drzwiami pracowni.

Łucja podniosła się wolno. Zanim odeszła od stołu, zerknęła jeszcze do swojej filiżanki. Nadal była pełna. Kiedy weszła do pracowni Izabeli, uderzył w nią pęd powietrza przesiąkniętego terpentyną. Mimo otwartego okna intensywna woń wylewała się ze wszystkich kątów. Malarka stała do niej tyłem. Zdawała się jej nie zauważać.

– Zobacz – powiedziała po chwili i odwróciła w jej kierunku sztalugi, na których rozpościerało się płótno pokryte świeżą farbą. – To ostatni portret Laury de Borgio. Nie wiem, czy nie ostatni mój obraz. – Twarz Izabeli stężała. Widać było, że stara się ukryć emocje.

– Dlaczego to robisz? – Łucja stanęła naprzeciw niej. Była tak blisko, że widziała każde, nawet najmniejsze drgnienie na jej twarzy.

– Nie wiem, o czym mówisz. – Iza się spłoszyła. Dawno nie zachowywała się w ten sposób.

– Doskonale wiesz, o czym mówię. Kochasz malarstwo. Dlaczego chcesz rezygnować z czegoś, co jest częścią ciebie? Nie widzisz, jak wszyscy łakną twoich obrazów?! Naprawdę cię nie rozumiem.

– I dobrze. To znaczy, że wszystko jest ze mną w porządku. Przynajmniej jestem nieprzewidywalna – odezwała się enigmatycznie. – Łucjo… ja wiem, że ty tego nie zrozumiesz. Nie musisz.

Zresztą… tego chyba nie da się ogarnąć. Ja muszę ruszyć z miejsca. Chcę znów spróbować czegoś nowego.

– Wiesz chociaż, co chciałabyś robić w tych Włoszech? – Łucja patrzyła na przyjaciółkę z powątpiewaniem.

– Nie wiem, i to w tym wszystkim jest najfajniejsze. Znów mogę zacząć wszystko od początku. Może nawet zmienię imię… – Roześmiała się.

– Nawet się nie waż. Pani Matylda by tego nie zniosła po raz kolejny.

– Nowe życie, nowe imię, nowa ja – dodała z pietyzmem Izabela. – Spójrz. – Wskazała ręką na nowe, jeszcze obsychające dzieło. – Nawet ona nie jest przekonana, czy chciała się znaleźć na tym obrazie.

Łucja popatrzyła na płótno, które oczywiście przedstawiało Laurę de Borgio. Rzeczywiście, florencka mieszczka sprawiała wrażenie, jakby była oderwana od obrazu. W ostatnim dziele Izabeli nie było spójności. Czegoś tam brakowało. – Nawet ona przestała mnie fascynować. – Iza miała znudzoną minę.

– Możesz malować cokolwiek, masz wielki talent.

– Talent to nie wszystko. Uschnie, jeśli nie dostanie nowej porcji wrażeń. – Iza omiotła wzrokiem kilka ukończonych płócien ustawionych pod ścianą. – Wszystkie powinny trafić do galerii. Podobno tam na nie czekają

Łucja wiedziała, że Izabela znów jest na rozdrożu. Miała tylko nadzieję, że ciemna strona przyjaciółki nie zdominuje tej jaśniejszej, która ujawniła się po przyjeździe do Różanego Gaju.

Potem jeszcze na moment wróciły do kuchni. Łucja dopiła swoją kawę, a Iza zrobiła sobie kolejną. Nie wiedziały jednak, o czym rozmawiać. Żadna z nich nie chciała kontynuować tematu wyjazdu Izy, a na nowe wątki zabrakło im zapału. Pożegnały się szybko. Iza otworzyła przyjaciółce drzwi. Wyglądało to trochę tak, jakby chciała zostać sama.

– Właściwie to nie musimy się żegnać. Jeszcze dzisiaj się zobaczymy – rzekła Izabela.

– Tak? Będziesz dzisiaj w Różanym Gaju?

– Na to wygląda. – Malarka uśmiechnęła się ciepło, tak jak zazwyczaj. – Będę u was o siedemnastej – dodała, ale zaraz odwróciła się w stronę holu, dając Łucji do zrozumienia, że powinna już pójść.

– W takim razie cześć – rzuciła szybko Łucja i zbiegła ze schodów.

Droga powrotna do Różanego Gaju trwała dość długo. Kierując samochodem, Łucja wybrała mniej zatłoczoną, ale za to bardziej malowniczą drogę. Co chwilę odwracała głowę do szyby, podziwiając dziki pejzaż.

Kiedy wjechała do Różanego Gaju, powitały ją puste, rozgrzane sierpniowym słońcem ulice. Akurat była pora obiadu, więc większość mieszkańców schroniła się przed upałem w domach. Po wybrzuszonych pasmach miedzy przechadzały się bażanty. W Różanym Gaju było ich bardzo dużo. W szczególności upodobały sobie dziki teren przy pałacu, niedaleko stawu. Ich szmaragdowe szyje połyskiwały w słońcu, kiedy leniwie snuły się po rozgrzanej ziemi.

Łucja zaparkowała samochód przy sklepie, naprzeciw szkoły. Popatrzyła na budynek. Kilka okien było otwartych. Wyglądało na to, że już zaczęło się wielkie sprzątanie przed nowym rokiem szkolnym. Sierpień zbliżał się ku końcowi. Zresztą, mimo ostatnich kilkunastu upalnych dni, w powietrzu czuć już było zmierzch lata.

Łucja wyłączyła silnik i powoli wyszła z samochodu. W tym samym momencie drzwi sklepu otworzyły się i stanęła w nich uśmiechnięta pani Grażyna.

– Kogóż ja widzę?! Pani Łucja. Tak dawno pani nie widziałam. – Mama Staszka entuzjastycznie uniosła rękę, w której trzymała siatkę z zakupami.

– Dzień dobry, pani Grażynko. – Łucja też ucieszyła się na widok kobiety. – Rzeczywiście, dawno się nie widziałyśmy. – Zatrzasnęła drzwi samochodu i skierowała się w stronę pani Grażyny.

Nie czekając na dalszy rozwój wydarzeń, kobieta zbliżyła się do Łucji i objęła ją jak starą, dobrą znajomą.

– Nie wypuszczę tak pani. Musi się pani napić ze mną kawy. – Pani Grażyna była mocno ożywiona.

Łucja uśmiechnęła się. W ustach wciąż czuła gorzki posmak espresso wypitego u Izabeli. Teraz wypije kawę w towarzystwie pani Grażyny. Cieszyła ją ta perspektywa. Rzeczywiście, dość dawno się nie widziały i nie miały okazji porozmawiać o dzieciakach i o życiu. Z opowieści pani Matyldy Łucja wiedziała, że mama Stasia radziła sobie doskonale.

– To jak? Idziemy do mnie? – Pani Grażyna uśmiechała się szeroko.

– Pewno, że idziemy – odpowiedziała Łucja. – Zostawię tu samochód. Taki kawałek możemy podejść piechotą.

– Ma pani rację. Po cóż zatruwać nasze swojskie powietrze. Kiedyś, kiedy jeszcze żyła moja babka, to dopiero było tutaj czysto. Teraz graty na kółkach stoją przy każdej chałupie, a ludzie właściwie oduczyli się chodzić na piechotę. Uwierzy pani, że ta… Gołębiowa, co to koło mnie mieszka, wsiada w samochód nawet wtedy, jak jedzie po chleb… parę metrów. Żeby pani widziała, jaką ma wtedy minę, jak jaka hrabina. Wraca okrężną drogą, żeby pół wsi ją widziało. – Pani Grażyna mówiła w tak zabawny sposób, że Łucja nie mogła się powstrzymać od śmiechu.

Niestety to, co powiedziała mama Stasia, było całkowitą prawdą. A jej sąsiadka, pani Gołębiowa, nie była jedyną, która osłaniając się jaskrawą karoserią samochodu, puszyła się jak paw.

– Zwariowała ta nasza wieś, zwariowała – ciągnęła mama Staszka.

Miło gawędząc, szybko pokonały drogę do domu pani Grażyny. Mama Staszka lubiła dużo mówić. Wcześniej, kiedy jeszcze była zależna od męża alkoholika, wypowiadała wymuszone i smutne słowa. Teraz, gdy odzyskała wiarę w siebie, wszystkim wokół rozprawiała o swoim szczęściu. Najczęściej jednak prowadziła monolog z Jezusem. Jego wizerunek wisiał w bocznej nawie kościoła parafialnego w Różanym Gaju, i to on był powiernikiem jej największych sekretów.

Gdy znalazły się w domu, pani Grażyna od razu przystąpiła do parzenia kawy. Już po chwili na stole pojawiły się dwa okrągluchne kubki po sam brzeg wypełnione zabielaną kawą. Potem wyłożyła na talerz drobne ciasteczka, które dopiero co kupiła w sklepie.

– Mój Stasiu je uwielbia. Muszę mieć w domu zapas. Gdy maluje te swoje obrazki, zawsze podjada. – Na twarzy pani Grażyny zagościł spokojny uśmiech. – Teraz, jak do Różanego Gaju wrócił pan Luca, Staszek jest taki radosny. Szkoda, że będzie musiał wyjechać. Ma na chłopaka taki dobry wpływ. – Pani Grażyna zamyśliła się.

Wyjazd Włocha był już niemal przesądzony, ale Łucja wolała o tym na razie nie informować pani Grażyny, dla której życie toczyło się teraz tylko wokół syna.

– Wie pani, ja teraz tak dużo zrozumiałam. – Nagle twarz pani Grażyny spoważniała. – Wcześniej nie dostrzegałam tego, jak mój mały synek… Stasiu, cierpiał. Mój starszy syn, Piotrek, uciekł z domu. Nie umiałam go obronić. Ale ze Stasiem będzie inaczej… Bo ja teraz jestem inna. – Pani Grażyna hardo uniosła głowę. – Nie miałam okazji powiedzieć pani tego wcześniej, ale od miesiąca chodzimy ze Staszkiem na terapię do klubu rodzin anonimowych alkoholików. Mamy za sobą zaledwie kilka spotkań, ale już widzę, jaką krzywdę wyrządziłam mojemu synkowi swoją bezsilnością. – Pani Grażyna miała taką minę, jakby przyjęła na siebie ciężar oskarżenia.

– Pani Grażynko, wtedy nie potrafiła pani inaczej. Proszę się nie oskarżać. Najważniejsze, że teraz układacie sobie życie po nowemu, lepiej.

– No tak, ale mój synek musiał tyle wycierpieć. A ja, głupia baba… Ach. – Machnęła ręką.

– A co u pani męża? Jak sobie radzi? – Łucja nie była do końca pewna, czy powinna poruszać temat ojca Staszka. Słyszała jednak, że po krótkim odwyku trzyma się dzielnie i stroni od alkoholu.

– Stary, jak to stary, przyłazi co dzień pod kościół. Ale przynajmniej przestał gadać głupoty, żebym go do domu przyjęła z powrotem. Wygląda trochę jak bezdomny psiak. Powiem pani, że nawet mi go żal, ale… co tam. Tym razem już mnie nie podejdzie. Podobno szwagier daje mu niezły wycisk. Mój nieprzywykły do pracy mężulek teraz musi robić w obejściu, a i do roboty w polu go podobno Antek zaprzągł. No i na niedzielną mszę musi się stawiać. Tak między nami, to powiem pani, że jak tak na niego zerkam znad ławki, to widzę, że całkiem przystojny z niego chłop. Ogolony, w świeżej koszuli. A brat to mu nawet na niedzielną sumę garnitur sprawił. – Pani Grażyna pokręciła głową.

– To dobrze, że zaczął porządne życie – potwierdziła Łucja.

– Dobrze nie dobrze. Słyszałam, że o robotę się stara u naszego leśnika. Daj mu Bóg, żeby jeszcze wyszedł na ludzi. – Kobieta mimo trudnej przeszłości życzyła swojemu mężowi jak najlepiej. – Odkąd wytrzeźwiał, nawet ze Staszkiem widzieli się kilka razy. Na początku mały był trochę nieufny, ale widzę, że powoli jakoś zaczynają się dogadywać. Takie to nasze życie popaprane. Nie mógłby to mój stary być taki jak ten pan Luca? Ileż on ma cierpliwości dla Stasia. Jaki on jest dla niego dobry. Gdy tak czasem na nich ukradkiem zerkam, to wydaje mi się, jakbym widziała ojca i syna.

Po słowach pani Grażyny Łucja się zamyśliła. Od razu przypomniała jej się smutna historia Włocha. Jego niespełnione rodzicielskie uczucia, które teraz przelewał na syna pani Grażyny.

– Pani Grażynko, trochę się u pani zasiedziałam. Będę się już zbierać. – Łucja popatrzyła na zegarek.

Czas spędzony w towarzystwie mamy Staszka minął szybko. Łucja miała jeszcze w planie odwiedzić panią Matyldę, ale stwierdziła, że jednak powinna już wracać do pałacu. Nagle w jej torebce zadzwonił telefon. Nie zdążyła go jednak odebrać. Na wyświetlaczu zauważyła numer Ani.

– Wygląda na to, że już nawołują mnie do powrotu. Trzeba wracać. Pani Grażyno, zapraszam panią do nas. – Łucja wstała i skierowała się do drzwi.

– A pewnie, że przyjdę. Myślę, że szybciej niż się pani spodziewa. – Pani Grażyna miała wesołą, ale tajemniczą minę. Odprowadziła Łucję na zewnątrz, za ogrodzenie swojego domu. – Jak pani wróci do pałacu, niech pani pogoni mojego Staszka do domu. Wyszli z panem Lucą już cztery godziny temu. Mówili, że idą do pałacu. Miało to trwać tylko chwilę, a wsiąkli na dobre. Żurek podgrzewam, zaraz cały wyparuje.

– Przekażę mu – odparła Łucja.

Wkrótce jechała już w kierunku pałacu.

W parku i ogrodzie było bardzo cicho. Nawet z otwartych na oścież kilku okien nie dochodziła żadna muzyka. Choć zazwyczaj dźwięki fortepianu snuły się po ogrodowych alejkach niczym dobre duchy strzegące tego miejsca. Równo skoszone trawniki w pobliżu pałacu świadczyły o tym, że niedawno musiał być tutaj ogrodnik Józef ze swoją kosiarką. Ignacy ostatnio częściej doglądał okolic stawu i dzikiej części ogrodu.

Łucja zatrzymała się przed pomieszczeniem gospodarczym, gdzie teraz, po remontach, mieścił się garaż. Wysiadła i wolno ruszyła do pałacu. Wewnątrz też było bardzo cicho. Poszła na górę. Zobaczyła, że drzwi do pokoju Ani są otwarte. Wsunęła przez nie głowę i zajrzała do środka. Dziewczynka leżała na łóżku i czytała książkę.

– Mama? Już wróciłaś? – Usiadła, włożyła do książki zakładkę i odłożyła ją na półkę.

– Już? – Łucja się zdziwiła. – Nie było mnie dobrych kilka godzin. Gdzie jest tata? – Łucja na moment odwróciła głowę w kierunku holu, jakby chciała się przekonać, czy przypadkiem nie ma tam Tomasza.

– Tata… – Ania długo się zastanawiała. Widać było, że nie wie, co odpowiedzieć.

– Tak, tata. – Łucja patrzyła na nią podejrzliwie.

– Poszedł do ogrodu – rzuciła szybko.

– Nie widziałam go. – Łucja wpatrywała się w córkę.

– To nie moja wina, że go nie spotkałaś. – Ania zmieniła taktykę. Zeskoczyła z łóżka i podeszła do okna. – Pewno zaraz wróci – dodała po chwili, nie patrząc na Łucję.

Łucja podeszła do niej i też spojrzała na ogród.

– Widziałaś się ze Staszkiem? Spotkałam panią Grażynę i mówiła, że poszli razem z Lucą do pałacu.

– Tak, byli tutaj, ale... – Ania była wyraźnie zmieszana.

Łucja złapała ją delikatnie za ramię i przyciągnęła do siebie.

– Anka, popatrz na mnie. Wydaje mi się, że coś kręcisz – powiedziała stanowczo, ale łagodnie.

– Nie kręcę. – Ania miała żałosną minę. – Po prostu są sprawy, o których nie mogę ci powiedzieć – odezwała się bardzo cicho.

– Aniu, jakie sprawy? Wystraszyłaś mnie. – Łucja zbladła.

– Niepotrzebnie. Zaczekaj chwilę, to wszystkiego się dowiesz.

– Mam się bać? – Patrząc na Anię, Łucja trochę się uspokoiła, ale nadal była pełna obaw.

– Nie. Mamo, nie pytaj mnie o nic, proszę. – Ania jęknęła. – Idź do swojego pokoju. Tata zaraz wróci i wszystko ci wyjaśni. – Dziewczynka omijała Łucję wzrokiem.

– No dobrze. Nie będę naciskać. Jak zbierze się wam na rozmowę, to jestem u siebie. – Dała Ani całusa w czoło. Zaraz potem odwróciła się i wyszła.

W sypialni też nie było Tomasza. Równo zaścielone łóżko nie nosiło nawet najmniejszego śladu porannej biesiady. Przez uchylone okno do wnętrza pokoju łagodnie wdzierało się ciepłe, popołudniowe powietrze. Stanęła przed szafą wenecką. Nim zdążyła jednak spojrzeć w jej kryształowe lustro, na schodach usłyszała kroki, które z sekundy na sekundę robiły się coraz bardziej wyraźne. Po chwili w drzwiach stanął Tomasz.

– O! Kochanie, już jesteś?! – Kiedy zobaczył Łucję, był zdziwiony nie mniej niż Ania.

– Tak, jestem. Nie było mnie kilka długich godzin, a odnoszę wrażenie, że najchętniej wysłalibyście mnie na parę następnych. Przyjechałam nie w porę? – Łucja odeszła od lustra.

– Nie. Nic bardziej mylnego. Przyjechałaś w samą porę. – Tomasz był zdyszany. Widać było, że bardzo się spieszył.

– Tomek... – Łucja podeszła do niego i objęła go w pasie. – Słuchaj, od samego rana było miło i w ogóle... ale mam już dość tych tajemnic. O co chodzi?

Tomasz się uśmiechnął.

– Zaraz się wszystkiego dowiesz. – Cmoknął ją w policzek.

– Zaraz?

– Tak, zaraz. Obiecuję. Ubierz się ładnie i zejdź na dół, dobrze?

– Sugerujesz, że źle wyglądam?

– Nie. Jak zawsze wyglądasz pięknie. Proponuję, żebyś jednak włożyła na siebie coś eleganckiego. – Muzyk odsunął się i skierował do drzwi. Widać było, że starał się uniknąć dalszych pytań.

– Eleganckiego? Wiesz przecież, że nie lubię szykownych ubrań. Chcesz mnie gdzieś zaprosić?

Tomasz stanął za progiem.

– Tak – odpowiedział niewyraźnie. – Czekam na ciebie na dole. Jak będziesz gotowa, to zejdź.

– No dobrze – odpowiedziała cicho, ale tego Tomasz już nie usłyszał.

Znów podeszła do lustra. Rozsunęła zamek spódnicy, która w jednej chwili znalazła się na podłodze. Weszła do łazienki i zrzuciła z siebie resztę ubrania. Chłodny prysznic ją orzeźwił. Kiedy stanęła na lekko zroszonej posadzce, poczuła przypływ sił witalnych. Owinęła się ręcznikiem i znów weszła do pokoju. Otworzyła szafę. Przejechała ręką po kilku sukienkach, zawieszonych na wieszakach. Bez zastanowienia wybrała swoją ulubioną, uszytą z delikatnego jedwabiu w kolorze groszku. Pod zieloną sukienkę włożyła jasnooliwkową bieliznę. Popatrzyła na swoje odbicie. Podobała się sobie. Delikatny jedwab pięknie podkreślił jej kobiece kształty. Uwydatnił ponętny dekolt i luźno spływał po gładkich, szczupłych nogach, zatrzymując się tuż przed kolanem. Czarne włosy, choć jeszcze mokre, dość szybko schły, układając się w delikatne fale. Teraz sięgały prawie ramion. Wcześniej, zanim je obcięła, były proste i oporne na wszelkie zabiegi pielęgnacyjne. Jedyną odżywką dla nich był ciepły wiatr nasączony aromatem ogrodowych róż.

Odeszła od szafy. Wsunęła nogi w wygodne sandały na niewielkim obcasie. Na koniec skropiła się ulubionymi perfumami, które dostała od Tomasza. To dziwne, ale miały zapach Różanego Gaju. Pachniały słońcem, wolnością i bukietem różnych kwiatów.

Wyszła z sypialni. Zajrzała do pokoju Ani, ale dziewczynki nie było. Zeszła ze schodów. Zaraz potem była już na dworze.

Tomasz z Anią stali przy kamiennym gryfie. Tomek miał na sobie jasne dżinsy i błękitną koszulę. Wyglądał elegancko, a zarazem chłopięco – z długimi, spadającymi na ramiona włosami. Ania też była ubrana bardzo ładnie, w lekką sukienkę, obsypaną różnokolorowymi, drobnymi kwiatkami.

Łucja pomału zeszła ze schodów. Czuła, że czeka ją jakaś niespodzianka. A niespodzianki mają to do siebie, że bardzo szybko chce się je odkryć. Dlatego też Łucja z sekundy na sekundę niecierpliwiła się coraz bardziej. Ania i Tomasz mieli uroczyste miny. Uśmiechali się do niej, ale wzrokiem już uciekali gdzieś w dal.

– Dowiem się teraz, o co chodzi? – Łucja uśmiechała się do nich, ale było widać, że pali ją ciekawość.

– Mamo, wszystko w swoim czasie. Chodź. – Ania chwyciła ją za rękę i pociągnęła w kierunku jednej z alejek.

Tomasz przez chwilę został z tyłu, ale zaraz do nich dołączył.

– Myślałam, że gdzieś pojedziemy. – Łucja odwróciła się przez ramię i popatrzyła na Tomasza.

– Czy ja wspominałem coś o wyjeździe? – Tomasz udał zdziwionego.

– Do ogrodu zazwyczaj tak się nie ubieram. – Łucja przejechała ręką po miękkich fałdach sukienki.

– Zazwyczaj to może nie, ale dzisiaj jest szczególna okazja – Tomasz był nadal tajemniczy.

Łucja wiedziała, że idą na polanę sylfidy. Jej stosunek do tego miejsca był niejasny. Przy niewielkiej fontannie kamiennej boginki dochodziło do niezwyczajnych sytuacji.

Zbliżając się do iglastej ściany wysokich świerków, była coraz bardziej ciekawa tego, co zobaczy. Nie mogło to być nic złego. Miała przy sobie Anię i Tomasza. Kiedy wyszli poza szereg gęstych, niskich jałowców, Łucja nagle przystanęła. Popatrzyła na Tomasza.

– Tomku, o co tu chodzi? – Przez chwilę wpatrywała się w mężczyznę, ale zaraz potem przeniosła wzrok na miejsce, które tętniło życiem.

Na środku polany, w pobliżu jasnej fontanny stał stół, wokół którego siedziało sporo roześmianych osób. Już z daleka Łucja rozpoznała ich twarze.

Na moment odwróciła się do Tomasza, zaraz potem popatrzyła na Anię.

– Wiecie co, jesteście niemożliwi. – Roześmiała się i popędziła do przodu.

Na polanie sylfidy byli wszyscy, których znała. Antosia z mężem i Julkiem, Izabela, Luca, Ignacy, Józef. Nawet pani Grażyna, oczywiście ze Staszkiem. Właściwie brakowało tylko Matyldy i Eleonory, ale ta druga przecież zawsze chadzała własnymi ścieżkami.

Zanim Łucja zdążyła podejść do głównego miejsca biesiady, wszyscy wstali. Serdecznym powitaniom nie było końca.

– Dlaczego nic mi nie powiedziałaś? – szepnęła Łucja, nachylając się nad uchem Izabeli.

Przyjaciółka tylko spojrzała na nią zagadkowo, pozostawiając pytanie bez odpowiedzi. Tomasz i Ania też podeszli do stołu.

– Dowiem się teraz, o co w tym wszystkim chodzi? – Łucja omiotła wzrokiem znajome twarze i uśmiechnęła się. Potem popatrzyła na suto zastawiony stół. – Teraz przynajmniej wiem, dlaczego tak usilnie staraliście się mnie dzisiaj pozbyć z pałacu. Nie wiedziałam, że jesteś takim świetnym kucharzem. – Łucja złapała Tomasza za ramię.

– To nie tylko ja. Wszyscy mają w tym swój udział. Antosia upiekła makowiec, Izabela jabłecznik, Ania i ja zrobiliśmy lasagne, Józef udekorował stół świeżymi kwiatami, a Ignacy zwiózł od pani Matyldy resztę specjałów. Bo to jednak jej wkład jest największy. Mama Izabeli i Antoniny to świetny organizator.

– No właśnie, a gdzie ona jest?

– Zaraz do nas dołączy. Siadaj. – Tomasz podprowadził ją do wolnego krzesła.

Usiadła. Nie mogła ochłonąć. Wpatrywała się w znajome twarze i była jeszcze bardziej ciekawa tego, co zaraz się wydarzy. Domyślała się powodu, dla którego Tomasz zorganizował to spotkanie. Czekała tylko na jego słowa. Przecież wszystko było już przesądzone. Szmaragdowy pierścionek błyszczał na jej serdecznym palcu, odbijając się zieloną smugą na białym obrusie pokrywającym długi stół. Mały Julek wesoło popiskiwał, ze wszystkich sił starając się wyrwać trzymającej go Antosi. Ze wsi dobiegało pianie kogutów. Z dwóch emaliowanych dzbanków parowała świeża kawa, a jej aromat mieszał się z rześkim powietrzem i zapachem skoszonej trawy. Tomasz z Anią usiedli obok.

– Dziękuję – powiedziała Łucja.

Nagle dojrzała zbliżającą się Matyldę. Tuż za nią kroczył wysoki mężczyzna. Łucja wyrwała się Tomaszowi i wstała, potrącając krzesło. Jego drewniane nogi zaplątały się o trawę. Tomasz chwycił je niemal w ostatniej chwili.

– Powiedz mi, o co tu chodzi? – Z trudem wymawiała słowa.

Tomasz stał nieruchomo. Nie rozumiał jej reakcji.

– Myślałam, że już go więcej nie zobaczę. – Łucja przysunęła się do Tomasza w taki sposób, jakby chciała się za nim schować.

– To twój ojciec – szepnął Tomasz.

Łucja złapała oparcie krzesła, potem mocno zacisnęła na nim dłonie. Czuła w sobie wir emocji. Przez moment wydawało jej się, że wpadła do głębokiej wody i wciągnął ją wartki nurt. Niestety, nie potrafiła pływać. Czuła, że zaraz utonie.

– Kochanie, wszystko w porządku? – Tomasz objął jej ramiona. Spojrzał w dół, na jej rękę, która tak mocno zaciskała się na drewnianym oparciu, że przez cienką warstwę różowej skóry uwydatniały się białe kości.

– Tak – odpowiedziała i od razu poczuła suchość w gardle.

W tej chwili stanął przed nią ojciec, wyprzedziwszy Matyldę o kilka kroków.

– Dzień dobry – powiedział, spoglądając na gości, a na koniec zatrzymując wzrok na pergaminowej twarzy Łucji.

– Witaj w Różanym Gaju. – Podeszła do niego.

– Łucjo, jeżeli moja obecność sprawia ci przykrość, to w każdej chwili mogę stąd odejść. – Odchylił się do tyłu, jakby był gotowy do odwrotu.

– Nie. Zostań. Oswoiłam się już z myślą, że istniejesz. – Patrzyła na niego jak na interesujący eksponat.

Uśmiechnął się, ale tylko oczami. Jego usta nawet nie drgnęły.

– Dziękuję ci – rzekł po chwili.

– Proszę usiąść. – Tomasz podszedł do Eryka i wskazał ręką wolne miejsce znajdujące się po prawej stronie Łucji.

Mężczyzna powoli podszedł do stołu, potem równie wolno osunął się na krzesło.

– No to jesteśmy w komplecie. – Tomasz spojrzał jeszcze na Matyldę, która usadowiła się między swoimi córkami. Potem znów zbliżył się do Łucji. – Kochanie, pewno domyślasz się, po co to wszystko, ale… – Nagle zamilkł. Odwrócił od niej wzrok i zerknął w kierunku fontanny. Sprawiał wrażenie zamyślonego, jakby właśnie układał w głowie swoje exposé.

– Za dwa dni odbędzie się nasz ślub, więc…

– Odbędzie się? – Łucja popatrzyła na niego zdziwiona. – Przecież go odwołałeś, to znaczy… tak mi powiedziałeś.

– Nie odwołałem. Data jest nadal aktualna, chciałbym więc jeszcze raz cię prosić, żebyś za mnie wyszła… Dokładnie za dwa dni. – Tomasz niepewnie spoglądał na ukochaną.

Łucja nie wiedziała, co ma o tym myśleć. Czy znaczyło to, że po prostu ją wtedy okłamał, informując o odwołaniu ślubu?

Patrzyli tak na siebie dłuższą chwilę.

– No, odpowiedz mu! – odezwała się wesoło Matylda. A w ślad za nią i inne głosy.

– Nie trzymaj go tak w niepewności! – Antosia z wrażenia aż wstała.

– Zobacz, jak się denerwuje. – Luca też postanowił wesprzeć kolegę.

Nagle na polanie sylfidy podniósł się taki gwar jak na dworcu kolejowym w godzinie szczytu.

– Zgadzam się – powiedziała Łucja głośno. – Jak mogłabym się nie zgodzić. – Przytuliła się do Tomasza. – Zresztą przecież już wcześniej podjęłam decyzję. – Uniosła wysoko rękę ozdobioną pierścionkiem ze szmaragdowym oczkiem.

Wszyscy zaczęli bić brawo.

– Łucjo, ciesz się jeszcze wolnością, póki możesz, bo potem to już Tomek nigdzie samej cię nie wypuści – śmiała się Antosia.

Wesoły nastrój momentalnie udzielił się wszystkim. Nawet Eryk uśmiechał się wesoło, co chwilę spoglądając w kierunku córki.

– Dziękuję wam. – Łucja wstała i popatrzyła kolejno na wszystkich. – Jesteście kochani. Cieszę się, że was spotkałam. – Na moment wzruszenie odebrało jej głos.

– Proponuję toast za naszych zakochanych! – Luca uniósł w górę lampkę wypełnioną czerwonym winem.

Zabrzęczały kieliszki. Nawet Łucja, która nie znosiła alkoholu, dała się skusić na wino. Trunek był włoski, ale zakupiony w sklepie w Wieliczanach.

– Łucjo, musisz koniecznie wybrać się z Tommasem do Włoch. Już my cię nauczymy, jak się pije wino! – Luca miał świetny humor. Obok niego siedział Staszek, a nieco dalej pani Grażyna.

Staszek był tak wpatrzony w malarza, jakby już w głębi serca przeżywał rozłąkę.

– Nie sądzę, żeby komuś udało się nauczyć mnie pić alkohol. – Łucja się skrzywiła. – Moi kochani, ten kieliszek... – Łucja uniosła puste naczynie. – Zrobiłam to tylko dla was.

W jednej chwili Luca znalazł się tuż przy niej, trzymając w ręku spory baniak wypełniony winem. Już przechylał go w kierunku jej pustego kieliszka, ale Łucja odstawiła go na stół i położyła na nim rękę.

– O nie! To koniec! Wystarczy. Toast toastem, ale ja, mój drogi, mam swoje zasady. – Popatrzyła na Włocha z uśmiechem.

– Tak? Ciekawe jakie? Uchyl choć rąbka tajemnicy. – Luca od wina miał zaczerwienione policzki.

– Niech tajemnice pozostaną tajemnicami, a wy, moi drodzy, raczcie się winem... ale beze mnie.

Na efekt słów Łucji nie trzeba było długo czekać. Za chwilę większość kieliszków wypełniał ciemnoczerwony płyn. Zrobiło się jeszcze głośniej i weselej.

Tylko Eryk siedział nieruchomo. Wyglądał jak sfinks, wpatrzony przed siebie i przeniesiony z przeszłości. Ukradkiem zerkał na Łucję, a ona od razu uchwyciła jego płochliwy wzrok.

– Może coś zjesz? – odezwała się, nie wiedząc, jak zacząć rozmowę.

– Nie, dziękuję. Nie przyszedłem tutaj jeść.

– Tak... – Łucja znów poczuła suchość w gardle.

– Cieszę się, że jesteś szczęśliwa. – Ojciec w końcu się uśmiechnął. – Ostatnio, kiedy byłaś u mnie we Wrocławiu, źle wyglądałaś. Martwiłem się o ciebie. – W oczach Eryka była troska.

– Naprawdę? – zapytała Łucja uszczypliwie.

– Naprawdę – odpowiedział i opuścił głowę. Zaraz jednak znów ją podniósł i popatrzył wprost na córkę.

– Jak się tutaj znalazłeś?

– Pani Matylda mnie zaprosiła – powiedział cicho, jakby nie był do końca pewien, czy powinien zdradzić spisek emerytowanej nauczycielki.

– Aha. – Łucja tylko kiwnęła głową. Była zaskoczona widokiem ojca, ale nie budził w niej już takich skrajnych emocji jak wtedy, gdy stanęła w progu jego kawalerki.

Wciąż czuła żal i jakąś tęsknotę, ale te uczucia były zbyt słabe, by wprawić w drżenie jej serce. Popatrzyła na ojca i zastanowiła się, co jeszcze może się między nimi wydarzyć. Nie liczyła na zbyt wiele. Nie sądziła, by jeszcze mogli się do siebie zbliżyć.

– Zostaniesz u nas… na jakiś czas? – spytała.

– Chcesz tego? – Eryk był zdenerwowany.

Łucja ukradkiem zauważyła, jak trzyma w zaciśniętej pięści brzeg obrusu.

– Tak, myślę, że powinieneś zostać. Za dwa dni odbędzie się przecież nasz ślub. Jesteś zaproszony, więc…

– Czy tylko dlatego chcesz, żebym został? – Oczy ojca były czarne, mimo że odbijało się w nich słońce. Takie same oczy miała Łucja.

Nie odpowiedziała, ale wpatrywała się w niego w taki sposób, jakby czekała na dalsze słowa. Milczał jednak. Patrzył tylko na nią łagodnie i cierpliwie. Tak jak w dzieciństwie. Poczuła się nieswojo. Odsunęła krzesło i wstała. Nie umknęło to uwagi Tomasza.

– Kochanie, wybierasz się gdzieś?

– Tylko na chwilę, zaraz wrócę. – Odeszła kilka kroków, potem kilkanaście… kilkadziesiąt, ale wciąż czuła na sobie wzrok ojca.

Niby była na niego zła, ale jednocześnie czuła się szczęśliwa, że był obok. Patrzył na nią. Była w centrum jego uwagi. Tak bardzo pragnęła jej w dzieciństwie i potem, w samotnej młodości. Na próżno szukała jej w nieudanym małżeństwie. Nie mogła jej odnaleźć, bo tak naprawdę jej nie chciała. Wciąż miała przed oczami obraz odchodzącego ojca, który zabrał wtedy ze sobą część jej małego, dziecięcego serca. Ograbił ją z kobiecości, która jeszcze nie zdążyła się w niej obudzić. Teraz wrócił. Czy przyjechał do Różanego Gaju po to, by zwrócić jej to, czego brakowało jej przez ostatnie trzydzieści pięć lat: miłość, troskę, uwagę?

„Nie!" – krzyknęła w myślach, coraz bardziej oddalając się od polany sylfidy. „Na to jest już za późno. Jesteśmy innymi ludźmi. Nigdy nie będę już jego małą córeczką".

Nawet nie zauważyła, kiedy znalazła się przed pałacem. Usiadła na schodach. Poczuła chłód. Kamienne stopnie w połowie ukryte były w cieniu. Słońce nadal przedzierało się między gałęziami drzew, ale z każdą kolejną chwilą było go coraz mniej. Zniżało się do ziemi.

Łucja potrzebowała chwili samotności. Lubiła samotność. Tylko będąc sama ze sobą, mogła dokładnie pozbierać myśli, wyciszyć się. Za plecami usłyszała bicie kuranta. Odwróciła się. Była siódma. Nie wiedziała, jak długo siedziała przed frontem pałacu. Zrobiło jej się zimno. Wstała, wspięła się po schodach i weszła do budynku. Miała zamiar włożyć ciepły sweter. Od razu skierowała się do sypialni.

Gdy znalazła się wewnątrz, zamknęła okno. Z każdą chwilą wzmagał się wiatr, który uderzał skrzydłem okiennym i plątał firankę. Otworzyła szafę. Kucnęła. Już miała wyjąć z dolnej półki sweter, kiedy nagle zauważyła satynowe, bladoróżowe pudełko. Wzięła je w dłonie i położyła na łóżku. Potem powoli zdjęła z niego wieczko. Kremowa sukienka wyglądała dokładnie tak samo jak wtedy, kiedy ją tutaj zostawiła. Doskonale pamiętała ten moment, gdy obie z Anią wybrały się na ślubne zakupy. Sukienka czekała na nią cierpliwie w pudełku wyścielonym miękkim atłasem.

Łucja wzięła ją w dłonie, przyłożyła do siebie i stanęła przed lustrem. „Jednak cię włożę" – uśmiechnęła się. Sięgnęła do szafy po wieszak i powiesiła na nim ślubną kreację. Chciała nacieszyć się jej widokiem.

Łucja uważała, że ta cała ceremonia… ślub, przyjęcie, są zbyteczne. Wiedziała jednak, jak bardzo zależało na tym Tomaszowi. Jej wystarczyła tylko jego miłość, prawdziwa bliskość i codzienność, którą mieli dzielić w najbliższym czasie. No ale cóż, powiedziała „tak" i za dwa dni miała stać się panią Kellter. Nie sądziła, by miało to coś zmienić. Była jednak ostrożna. Chiara zniknęła z ich życia, ale muzyka wciąż była wielką namiętnością ukochanego. Łucja żywiła tylko nadzieję, że wypadki z ostatnich tygodni czegoś Tomasza nauczyły.

Popatrzyła na okno. Dotarło do niej, że jak najszybciej powinna wrócić na polanę. Przecież właśnie odbywało się jej zaręczynowe przyjęcie. Zamknęła drzwi sypialni i szybko zbiegła ze schodów.

Do fontanny poszła na skróty. Zorientowała się, że nie zabrała swetra, ale nie zamierzała już wracać. Po chwili była już na polanie, gdzie cały czas trwała zabawa. Odniosła wrażenie, że nikt nie zauważył jej nieobecności. Nikt, oprócz Eryka i Tomasza. Ojciec i jej ukochany mężczyzna siedzieli obok siebie i patrzyli na nią.

– Długo cię nie było – odezwał się Tomasz. – Wszystko w porządku? – Patrzył badawczo.

– Tak – odpowiedziała i uśmiechnęła się na potwierdzenie.

– Zjedz lasagne, zaraz będzie zimna. – Tomasz sięgnął po czysty talerz, potem znów odsunął dla niej krzesło.

Usiadła pospiesznie i poczuła, że jest głodna. Przez kilkanaście minut delektowała się daniem przygotowanym przez Anię i Tomasza.

– Jest wyśmienite – powiedziała na koniec, kiedy na talerzu pozostały tylko pomarańczowe smużki.

Ania była podbudowana pochwałą. Wyprostowała się i uniosła głowę. Teraz Łucja zauważyła, że towarzystwo się przemieszało i wszyscy ze sobą miło gawędzili. Po przeciwległej stronie stołu siedział Luca, jak zwykle w nią zapatrzony. Przypomniała sobie momenty, kiedy na tej polanie wspólnie spędzali czas. Wtedy jeszcze nie wiedziała, co kryło się na płótnie, które Włoch tworzył z wielką pasją. Sprawa obrazu, choć wyjaśniona, nadal stanowiła dla niej wielką zagadkę. Wiedziała, że Luca też nie potrafił wytłumaczyć sobie tego, co się wtedy wydarzyło. Łucja nadal miała przed oczami wizerunek uwiecznionej na obrazie nagiej sylfidy z jej twarzą.

Nagle Luca podniósł się zza stołu, a chwilę potem już stał przy Łucji. Zatrzymał się pomiędzy nią i Tomaszem.

– Chciałbym was jeszcze raz przeprosić za tamto… – Patrzył na Tomasza.

– Daj spokój, przecież wyjaśniliśmy sobie wszystko. Lepiej już do tego nie wracajmy. – Temat obrazu nadal był dla Tomasza trudny. Nie miał już do Luki żalu, co jednak nie oznaczało, że całkiem przetrawił okoliczności towarzyszące jego powstaniu.

– Wiesz co, może lepiej pogadajcie sobie z Łucją, a my z Erykiem przejdziemy się do pałacu po wodę. – Tomasz zasygnalizował ojcu Łucji, że właśnie teraz powinni wyjść.

Starszy mężczyzna od razu wstał i posłusznie stanął obok muzyka. Luca tylko na to czekał. Nie zastanawiając się długo, zajął jego miejsce. Tomasz i Eryk ruszyli w kierunku pałacu okrężną drogą.

– Niedługo wyjeżdżam – powiedział Luca głośno, jakby bał się, że wśród okrzyków gości Łucja nie usłyszy jego słów. – Będzie mi ciebie brakowało – dodał po chwili, kiedy nie zareagowała.

Westchnęła i przysunęła się do niego bliżej. Na polanie było bardzo gwarno.

– Naprawdę przepraszam cię za tamto. – Luca nadal przeżywał sytuację z obrazem. – Wciąż nie potrafię tego wyjaśnić. Ta fontanna jest jakaś… No nie wiem. – Nie umiał znaleźć właściwych słów, by opisać to, co chciał jej przekazać. – Sporo namieszałem. – Wpatrywał się w jej twarz, cierpliwie czekając, co powie.

– Było, minęło – odpowiedziała w końcu ogólnikowo. – Znów jesteśmy w punkcie wyjścia. Pojutrze odbędzie się ślub. – Zamyśliła się.

– Czy mi się tylko wydaje, czy ty się nie cieszysz z tego powodu?

– Cieszę się. – Znów westchnęła.

– Chyba nie do końca – zauważył.

– Do końca. Po prostu jestem trochę zmęczona. Ostatnio życie zafundowało mi emocjonalną huśtawkę.

– Chodzi o Chiarę?

– O Chiarę, o Tomasza, o jego muzykę, o dzieciaki. Sporo się tego nazbierało. Nawet nie potrafię uporządkować chronologicznie wspomnień z ostatnich kilku tygodni… Tyle tego było.

– Teraz będzie już dobrze. – Wzrok Luki był przepełniony optymizmem. – Tomasz zrozumiał, że może cię utracić. Przestraszył się.

– Mówił ci o tym? – Łucja popatrzyła na przyjaciela z zaciekawieniem, ale Luca odwrócił głowę.

– Pasujecie do siebie. Tomasz, jego muzyka, ty i twoja melancholia. Razem stanowicie niezły uczuciowy kolaż.

Łucja uśmiechnęła się w zamyśleniu. Kochała Tomasza, ale ich związek tylko na pozór był łatwy. Oboje byli dojrzałymi ludźmi. Stanowili zlepek różnych doświadczeń. Każde z nich wniosło do tej relacji swój majdan. Ale w obojgu była ta potrzeba miłości, która sprawia, że na drugiego człowieka patrzymy nie przez pryzmat własnych oczekiwań, ale jak przez soczewkę, w której skupia się to, co najważniejsze.

– Szkoda, że już wyjeżdżasz. – Łucji było naprawdę przykro z powodu rozstania z Włochem.

– Misja została wykonana. Pora wracać. – Luca miał smutny wzrok.

– Może powinieneś jeszcze trochę zostać?

– Nie. Ten wyjazd w zasadzie był nieplanowany. Myślę, że w przyszłym tygodniu będę się zbierał. Zaraz po powrocie z tego spędu.

– Jakiego spędu? – zainteresowała się Łucja.

– Iza nic ci nie mówiła?

– Nie.

– Jedziemy do Starego Kościoła, na plener. Jakaś przyjaciółka Izabeli go organizuje. Skrzyknęła kilku znajomych.

– To świetnie. Stary Kościół to urokliwe miejsce, a zabytkowa świątynia, w której zapewne się zatrzymacie, jest naprawdę boska. – Łucja uśmiechnęła się na wspomnienie tej małej miejscowości, otoczonej cieniutkim sznureczkiem malowniczej rzeczki.

– Może wybierzecie się z nami... ty, Tomasz i Ania?

– Nie. Teraz chcę zostać w Różanym Gaju. Musimy jeszcze doszlifować wnętrze pałacu. W przyszłym roku Tomek chce otworzyć na dole szkołę dla uzdolnionych artystycznie dzieciaków. Wakacje już niedługo się kończą. Chcę ten czas spędzić tylko z Anią i z nim.

– Rozumiem. Nie namawiam.

– Fajnie, że jedziesz z Izą. Ten wyjazd dobrze jej zrobi. – Łucja popatrzyła w stronę przyjaciółki, która ochoczo raczyła się winem.

– Tak, widać, że dzieje się z nią coś niedobrego.

– Mówiła ci o... – Łucja nagle ugryzła się w język. Nie była pewna, czy może zdradzić sekret przyjaciółki.

– O wyjeździe do Włoch? – Luca popatrzył pobłażliwie.

– To znaczy, że mówiła. – Przez chwilę Łucja wydawała się zbita z tropu.

– Nie musiała nic mówić. Domyśliłem się. Trochę już ją znam. I tak długo tu siedziała. Początkowo obstawiałem dwa, może trzy miesiące... Ale ona poszła na całość, zadomowiła się w Polsce na ponad rok.

– Myślisz, że ponowny wyjazd do Włoch wyjdzie jej na dobre? – Łucja była sceptyczna.

– Sądzę, że tak. Nawet gdy mieszkała we Florencji, wciąż ją gdzieś nosiło, nieustannie podróżowała.

– Myślałam, że była tutaj szczęśliwa. – Łucja była zawiedziona.

– Pewno była. Może nadal jest, ale to przestało jej już wystarczać. Ja ją świetnie rozumiem. – Luca popatrzył w stronę już zdrowo podchmielonej Izabeli.

– Będzie mi was brakowało… ciebie i jej.

– Odwiedźcie nas. Dla Tomasza Włochy to już prawie druga ojczyzna. Chciałbym ci pokazać wiele fajnych miejsc, no i, jak obiecałem, nauczyłbym cię pić wino – rzucił luźno Luca.

– Daruj sobie. – Łucja się roześmiała. Po raz pierwszy przyszło jej do głowy, że może wyjazd Izabeli rzeczywiście ma sens.

Tylko że w tym wszystkim była jeszcze pani Matylda, matka spragniona uczuć starszej córki. Czekająca na nią latami, kochająca mimo wszystko. No i jeszcze Antosia, siostra, z którą Izabela w ciągu ostatniego roku nawiązała bliską relację. Ale czy nasi bliscy i przyjaciele swoimi oczekiwaniami mają prawo wywierać na nas nacisk? Raczej nie, choć mogą dać nam wiele cennych wskazówek. To jednak my sami decydujemy o kierunku naszej wędrówki.

– Chyba pójdę z nią pogadać. – Luca ciepło wpatrywał się w twarz Izabeli, czerwoną od nadmiaru alkoholu.

– Najwyraźniej przeholowała. – Łucja potwierdziła obawy Włocha.

Luca wstał. Długo jeszcze patrzył na Łucję, przez co odniosła wrażenie, jakby ich rozmowa została niedokończona. Obszedł stół i zatrzymał się obok malarki. Pochylił się nad nią, długo jej coś tłumacząc do ucha.

Wkrótce pojawili się także Tomasz i Eryk. Chwilę później ubyło jednak kilkoro gości. Antosia musiała wracać, żeby położyć spać małego Julka, a Ignacy spieszył się do swoich koni. W ciągu godziny polana opustoszała. Okazało się, że razem z Antoniną zabrali się także Luca i Izabela. Natomiast pani Matylda odjechała wygodnie kolaską poczciwego Ignacego.

Kiedy niebo nad polaną sylfidy ogarnął zmierzch, przy stole zostali tylko mieszkańcy pałacu i Eryk. Ojciec wydawał się zmęczony. Siedział jednak cierpliwie przy stole, nie chcąc zakłócać przebiegu imprezy.

– Wracamy do pałacu? – Tomasz zauważył znużenie starszego człowieka.

Eryk głęboko westchnął, ale nie odpowiedział. Czekał, aż młodzi podejmą decyzję.

– Tak, wracajmy. Jest już późno. – Łucja też była już zmęczona. – Musimy jeszcze to wszystko pozbierać. – Omiotła wzrokiem stół.

– Jutro się tym zajmę. Nie zanosi się na żadną wichurę. Zresztą przez najbliższe dni zapowiadali upały – rzekł Tomasz.

– Z prognozami różnie bywa – wtrąciła Łucja. – Może jednak powinniśmy to ogarnąć?

– Nie. Przyjdę tutaj jutro o świcie i wszystkiego dopilnuję. Nie twoja w tym głowa. – Głos Tomasza był stanowczy.

– Uważaj, bo jak się przyzwyczaję, to będziesz musiał przejąć większość domowych obowiązków. – Pomimo zmęczenia Łucji nie opuszczał dobry humor.

– Nie przeszkadza mi to. Jestem nowoczesnym mężczyzną. – Tomasz się uśmiechnął.

– Aha… Do czasu. – Łucja położyła głowę na jego ramieniu.

Poczuła senność. Na chwilę podniosła oczy i zerknęła na ojca. Przyglądał się jej spokojnym wzrokiem. To było dziwne, ale pierwszy raz w tym dniu pomyślała, że cieszy ją jego obecność. Coraz chętniej odwracała głowę w jego kierunku. Coraz odważniej patrzyła mu w oczy. Przez moment pomyślała nawet, że zaczyna go lubić.

– Chodźmy już – odezwała się nagle Ania. – Jutro z samego rana umówiliśmy się ze Staszkiem, że pójdziemy pomagać obrywać gruszki jego sąsiadce. Ona już ledwo chodzi, a owoce lecą z drzewa i gniją. Nie może przeboleć, że tyle się marnuje.

– Chodźmy więc, skoro nasz ranny ptaszek musi skoro świt wyfrunąć z gniazdka. – Łucja złapała Anię za rękę i przyciągnęła do siebie.

Potem wszyscy zebrali się i ruszyli w stronę pałacu. Było już ciemno, wydeptana ścieżki świeciła jednak jasną, wijącą się smugą.

Rano Łucję obudził cichy szmer deszczu. Długo nie otwierała oczu. Kiedy natrafiła jednak ręką na pustą poduszkę Tomasza, szybko usiadła, a jej wzrok powędrował w stronę ściennego zegara. Była siódma. O tej porze zwykle była już na nogach i zaczynała dzień od porannej herbaty. Położyła się dość późno. Ojciec zajął pokój gościnny na dole, a oni od razu poszli na górę.

Kiedy Łucja z Tomaszem planowali remont pałacu, obawiali się, że pokój dla gości będzie stał pusty. A tutaj proszę… Trzecia wizyta w ciągu ostatnich dwóch miesięcy.

Łucja spuściła nogi. Usłyszała w łazience szum wody. Wyszła z łóżka. W tej samej chwili drzwi łazienki się otworzyły i stanął w nich Tomasz.

– Dzień dobry, kochanie. – Podszedł do szafy i wyjął z niej świeży podkoszulek. Miał na sobie tylko szorty.

– Nie wiem, czy taki dobry. – Łucja zerknęła na szybę obficie oblaną deszczem. – Jakoś się te twoje prognozy nie sprawdziły. Miało być słonecznie. – Uśmiechnęła się do narzeczonego.

– Taki mały deszczyk jeszcze nikomu nie zaszkodził. – Tomasz miał świetny humor.

– Ciekawe, czy to samo powiesz, jak wyjdziemy na zewnątrz, żeby posprzątać po imprezie?

– Nigdzie nie będziemy wychodzić. To znaczy ty nie będziesz… Wszystko jest już doprowadzone do porządku.

– Jak to? – Łucja nie wiedziała, o czym mówił. Odniosła wrażenie, że dopiero co wstał i wyszedł spod prysznica.

– Obiecałem ci, że skoro świt pójdę na polanę i wszystko uprzątnę. Tak właśnie zrobiłem.

– Przecież pada.

– A komu to przeszkadza? Trochę się orzeźwiłem tym porannym deszczykiem. Na pewno jest jedna zaleta tych opadów; właściwie zebrałem ze stołu czyste naczynia. Tylko włożyłem je do zmywarki… Ale to była w zasadzie formalność.

– Ty wariacie, dlaczego mnie nie obudziłeś? Przecież bym ci pomogła. – Łucja stanęła obok Tomasza i mocno objęła go w pasie.

– Obiecałem, że posprzątam, a ja zawsze dotrzymuję słowa.

Łucja wtuliła się w niego. Poczuła lawendowy zapach płynu, w którym uprany był podkoszulek Tomasza. Z jego jasnych włosów sączyły się drobne kropelki wody. Kilka z nich spadło na twarz Łucji. Rozmazała je ręką, chłodząc sobie twarz.

– Chodź jeszcze do łóżka. Dzisiaj raczej nie powitasz dzionka w ogrodzie. – Tomasz lekko popchnął ją w kierunku łóżka.

– A co z Anią? Mieli wyruszyć ze Staszkiem skoro świt na wielkie zbiory.

– Niestety, pogoda pokrzyżowała im plany. Ale Anka jest już po śniadaniu. Siedzi przy oknie i patrzy, kiedy przestanie padać. Powiedziała: „Co się odwlecze, to nie uciecze", myśląc oczywiście o zbieraniu gruszek.

– Rzeczywiście, skoro tyle czasu wisiały na drzewie, to jeden dzień na pewno im nie zaszkodzi.

– Jesteś głodna? – spytał Tomasz.

– Nie, wcale. Po wczorajszej uczcie śniadanie zjem dopiero w porze obiadu.

– To zmykaj do łóżka. Widziałem, że Antosia przywiozła ci wczoraj dwie nowe książki. Może poczytasz?

– Kochanie, to są moje książki, które pożyczyłam Antośce, a ona mi je teraz zwróciła. – Łucja zrobiła minę srogiej nauczycielki.

– A to przepraszam. – Choć rozmawiali w żartobliwym tonie, Tomasz wyraźnie się zmieszał. – Ostatnio tak mało o tobie wiem. Obiecuję, że nadrobię wszystkie zaległości. – Przytulił się do jej włosów.

– Nie będziesz miał wyjścia. Jako pani Kellter będę bardzo surowa. Jeszcze się możesz wycofać, póki nie jest za późno. – Łucja nadal żartowała, ale kiedy natrafiła na poważny wzrok muzyka, zamilkła.

– Łucjo, tak bardzo cię kocham. Gdy pomyślę, jak łatwo mogłem cię stracić, to…

– Cii. – Łucja przyłożyła palec do jego ust. – Nie mówmy już o tym. Wyjaśniliśmy sobie wszystko. Zacznijmy po prostu od nowa zapisywać słowa w pamiętniku naszego wspólnego życia. I niech to będzie najpiękniejszy poemat.

– Jesteś nadzwyczajna – szepnął Tomasz, a potem naznaczył jej usta zdecydowanym, męskim pocałunkiem.

Nagle drzwi sypialni otworzyły się i stanęła w nich Ania.

– O, chyba przeszkadzam. – Mała stanęła w drzwiach, za-stanawiając się, czy wejść.

– Anka, jakie przeszkadzam… My tylko z tatą… – Łucja była trochę zmieszana, ale nie chciała, żeby dziewczynka to odczuła.

– Łucja i ja okazujemy sobie dobre uczucia – odezwał się To-masz. Z sytuacji wybrnął z klasą, bo Ania w okamgnieniu znala-zła się tuż przy nich i po chwilowym zażenowaniu nie było śladu.

– Cieszę się, że tak bardzo się kochacie. Że znów jest tak jak dawniej. – Dziewczynka przytuliła się do obojga. – Żeby tylko jutro nie padało. Mamy jasne sukienki…

– Aniu, nie bądź czarnowidzem. Na jutro mamy zamówione duże słońce i bezchmurne niebo. Zobaczysz, że tak będzie – po-wiedziała Łucja.

– O! – Ania nagle krzyknęła. – Powiesiłaś sukienkę! Już za-pomniałam, jaka jest piękna. Nie przeszkadza ci, że tata ją zo-baczył? – Ania zawiesiła wzrok na ślubnej kreacji Łucji, która dumnie zwisała z wieszaka.

– Aniu, nie wierzę w zabobony. To tylko sukienka. Dlaczego jakaś rzecz miałaby decydować o moim losie?

– Coś w tym musi być, skoro ludzie od dawna w to wierzą.

– Złe i dobre przepowiednie sprawdzają się właśnie dlatego, że się w nie wierzy. Im mocniej, tym większe prawdopodobień-stwo, że oczekiwany scenariusz przyjmie realny kształt.

– Naprawdę tak myślisz? – Ania nadal nie wydawała się prze-konana.

– Naprawdę, i radzę ci, żebyś też zaczęła inaczej na to patrzeć. Kochana, chciałabyś, żeby coś decydowało za ciebie, a ty nie mia-łabyś wpływu na swoje życie?

– No nie. – Dziewczynka wciąż wpatrywała się w sukienkę. – Rzeczywiście, przecież to tylko ubranie. Będziesz w niej pięknie wyglądała – stwierdziła po chwili. – Mamo, powinnaś pójść do kuchni, jest tam twój tata. – Ania miała taką minę, jakby dopiero teraz przypomniała sobie, po co właściwie weszła do sypialni.

– Mój tata? – Łucja odsunęła się od Tomasza. Już miała odpowiedzieć, że przecież nie ma ojca, ale w ostatniej chwili zrezygnowała.

– Wydaje mi się, że pan Eryk jest głodny, ale jak zaproponowałam mu śniadanie, to odmówił.

– Chyba faktycznie tam pójdę. Umyję się tylko i ubiorę.

– To ja mu powiem, że zaraz do niego przyjdziesz. – Ania pobiegła tanecznym krokiem do drzwi, a zaraz potem jej szczupła sylwetka zniknęła w holu.

Łucja błyskawicznie się umyła i jeszcze szybciej ubrała. Denerwowała się. Wciąż czuła napięcie, kiedy miała stanąć z ojcem twarzą w twarz. Tomasz przyglądał jej się z boku. Długo nic nie mówił. Zdawał sobie sprawę, że Łucja mocno przeżywa spotkanie z odnalezionym po latach rodzicem. Wiedział od niej, jak trudna łączyła ich relacja.

– Pójdę do garażu. Ignacy z Józefem od samego rana porządkują wszystkie pomieszczenia gospodarcze. Robota pali im się w rękach. Pomogę im.

Łucja zdawała sobie sprawę, że Tomasz w ten sposób daje jej wolną przestrzeń do rozmowy z ojcem. Uniosła ramiona. Potem podeszła do lustra i ręką przeczesała włosy.

– Ślicznie wyglądasz. – Starał się dodać jej otuchy.

Odwzajemniła mu się ciepłym uśmiechem. Zaraz potem Tomasz wyszedł. Długą chwilę stała przy drzwiach sypialni, opierając dłoń na klamce. Nie mogła zebrać się na odwagę, by przekroczyć próg. W końcu jednak to zrobiła. Wyszła do holu i mocno zatrzasnęła za sobą drzwi. Zamknęły się z głośnym hukiem. Do kuchni szła wolno. Miała do przejścia zaledwie kilka kroków, a odniosła wrażenie, że od spotkania z ojcem dzieli ją cała epoka. W końcu stanęła przy framudze jasnych, kuchennych drzwi.

– Dzień dobry – powiedziała cicho.

– Dzień dobry, Łucjo. – Eryk wstał i wyszedł jej na powitanie.

Odruchowo cofnęła się, ale kiedy złapał ją za rękę, znieruchomiała. Już dawno nie była tak blisko niego. Nawet tam, w jego wrocławskim mieszkaniu, trzymała się na dystans. Nie wiedziała, jak zareagować. Stała wyprostowana jak struna i przyglądała mu się nieśmiało.

– Pewno jesteś głodny? – odezwała się, aby przerwać ciszę.

– Nie, nie jestem głodny – odpowiedział swobodnie. – Ale może ty masz ochotę na śniadanie?

– Nie, mnie też nie chce się jeść. – Łucja czuła się skrępowana, kiedy jej ręka tkwiła w jego uścisku. – To może chociaż się czegoś napijemy? – spytała już po chwili.

– Chętnie. – Eryk w końcu wypuścił jej rękę i podszedł do stołu. Wysunął stołek i skinął, aby na nim usiadła.

– Czego się napijesz: kawy, herbaty? – Łucja podeszła do blatu, gdzie stał elektryczny czajnik.

– Zrób mi to, co sobie – odparł.

Łucja spojrzała na niego kątem oka. Nie wiedziała, czy rzeczywiście było mu wszystko jedno, czy po prostu nie chciał jej robić kłopotu.

– Ja zaczynam dzień od zielonej herbaty. Nie wiem, czy będzie ci smakowała.

– Lubię zieloną herbatę – skwitował.

Łucja wyjęła dwa kubki i wsypała do nich herbaciane listki. W tym czasie woda zdążyła się już podgrzać, więc od razu je zalała.

– Proszę. – Podała Erykowi naczynie.

– Dziękuję. – Przysunął kubek do siebie.

– Powinna się chwilę zaparzyć – zwróciła uwagę Łucja.

– Poczekam. – Uśmiechnął się łagodnie.

Długo na siebie patrzyli, ale teraz nie było już pomiędzy nimi napięcia.

– Kto cię tutaj zaprosił? – spytała, choć już wiedziała, że za wszystkim stała Matylda.

– Ta miła starsza pani, u której mieszkałaś.

– Aha, Matylda. – Kiwnęła głową. Starsza kobieta rzeczywiście miała adres Eryka. Łucja zostawiła go na stole, kiedy ojciec pierwszy raz przyjechał do Różanego Gaju. Kiedy ją odnalazł.

– Jesteś na nią zła?

– Nie. Dobrze, że jesteś.

– Naprawdę tak uważasz?

– Tak. – Odwróciła głowę. Nagle zaczęła ją krępować ta rozmowa. Bała się, że może powiedzieć za dużo. Bała się uczuć, które obudził w niej ojciec. Bała się siebie.

– Jutro twój wielki dzień. – Eryk sięgnął po łyżeczkę i pomieszał herbatę. Zielone liście napęczniały i zrobiło się ich tak dużo, że okleiły wewnętrzną stronę kubka. – We Wrocławiu byłaś nieszczęśliwa, a tutaj rozkwitasz.

Łucja zacisnęła zęby. Zrobiło jej się głupio, kiedy przypomniała sobie, że przez tyle lat była obserwowana.

– Dlaczego to robiłeś? – spytała go.

– Co? – Domyślał się, o co pyta, ale chciał przeciągnąć czas na odpowiedź.

– Czemu mnie śledziłeś?

– Przecież wiesz, mówiłem ci. – Erykowi zrobiło się głupio. – W jakimś sensie byłem wtedy blisko ciebie, nawet jeśli o tym nie wiedziałaś. Było mi lżej, choć cały czas odczuwałem wyrzuty sumienia.

Kiedy Łucja na niego popatrzyła, zdała sobie sprawę, że teraz był gotowy powiedzieć jej naprawdę wszystko.

– Czy to coś zmieniło? – zapytał Eryk, nie spuszczając z niej oczu.

– Nie wiem. Sądzę, że to raczej nie ma wpływu na teraźniejszość.

Uśmiechnął się.

– Myślisz, że mogłabyś mnie polubić?

Łucja odniosła wrażenie, że ojciec wyciągnął asa z rękawa. Bardziej osobistego pytania nie mogła oczekiwać.

– Mogę spróbować, ale…

– Wiem, że to nie jest dla ciebie łatwe, ale skoro na nowo ułożyłaś sobie życie, skoro… Może między nami pomału też mogłoby się poukładać?

– Może… Nie mogę ci tego jednak obiecać.

– Nie chcę obietnic bez pokrycia. Po prostu, gdy poczujesz, że jesteś gotowa mi wybaczyć, daj znak.

– Już ci wybaczyłam.

– Naprawdę? – Eryk uniósł brwi.

– Tak – odpowiedziała zdecydowanie. – Powiedzmy, że nie mam do ciebie żalu. Chodzi tylko o to, że potrzebuję trochę więcej czasu, żeby sobie to poukładać. Gdy cię wczoraj zobaczyłam na polanie sylfidy, poczułam… to dziwne, że zatrzasnęły się we mnie grube drzwi do mojego dzieciństwa. Zdałam sobie sprawę, że wcześniej cały czas były otwarte, a ja, choć nieświadomie, często zaglądałam w tę szczelinę prowadzącą do smutnej przeszłości. Teraz tej dziury już nie ma.

– Opisałaś to w dość skomplikowany sposób, ale wiem, o co ci chodzi. Cieszę się, że mamy drugą szansę. Teraz na pewno jej nie zmarnuję. W swoim życiu skrzywdziłem już zbyt wiele osób. – Na moment zamknął oczy.

Łucja udała, że tego nie słyszy. Odniosła wrażenie, że ojciec chciał jej o czymś powiedzieć. Coś, co nie miało związku z nią i jej matką. Nie chciała tego słuchać. Czuła, że nie są ze sobą na tyle blisko, by mogło ich połączyć takie, jak się spodziewała, poufne wyznanie.

– Może jednak coś zjesz? – Zmieniła temat.

– Nie, przypuszczam, że po wczorajszej kolacji śniadanie zjem dopiero w porze obiadu.

– To tak jak ja. – Łucja roześmiała się, słysząc w ustach ojca własne słowa. – Szkoda, że pogoda nie dopisała, mógłbyś zobaczyć park, ogród i całą okolicę. W Różanym Gaju jest naprawdę pięknie.

– Zauważyłem to już poprzednio, kiedy pierwszy raz tutaj zawitałem. Wybrałaś sobie do życia piękne miejsce. – Ojciec wydawał się spokojny.

– Tak, rzeczywiście pokochałam je od pierwszego wejrzenia. – Łucja miała na twarzy wypieki.

– Odnalazłaś tutaj coś cennego.

– Tak. – Jej oczy błyszczały.

– Widać, że bardzo kochasz tę dziewczynkę. Ona jest tak bardzo podobna do ciebie.

– Skąd wiesz, jaka byłam w wieku Ani? Nie było cię przy mnie – wtrąciła Łucja, ale w jej słowach nie było złośliwości.

– Takie rzeczy po prostu się czuje. W jakimś sensie jesteście do siebie bardzo podobne. Wyglądacie jak matka i córka. Nie chodzi mi tutaj o zewnętrzne cechy.

– Domyślam się, o co ci chodzi. Ania jest moją córką. – Łucja popatrzyła na drzwi, jakby myślała, że za chwilę zobaczy w nich dziewczynkę.

– Wiem, że nie mogłaś mieć dzieci, choć bardzo tego pragnęłaś. Ta mała ci to wynagrodziła.

Ojciec mówił swobodnie, ale Łucja była zażenowana tą rozmową. Znów poczuła się jak pionek wystawiony na kolorowej planszy, którego miejsce zależało tylko od przypadkowego rzutu kostką. Kilka liczb popychało go do przodu, stawiając na kolejnej pozycji. Tych liczb było w życiu Łucji bardzo dużo. Dokładnie trzydzieści pięć lat, kiedy ze swojego słownika wykreśliła słowo „ojciec".

– Naprawdę wiedziałeś o mnie aż tyle? – spytała. Była trochę wzburzona.

– Tak.

– Już raz ci powiedziałam, że to obrzydliwe. Nadal tak twierdzę.

– Wiem, że z twojej perspektywy może to tak wyglądać, ale ja chciałem cię tylko ochronić.

– Ochronić? Przed czym?

– Przed skutkami przeszłości.

– To niemożliwe. Czy ty sobie ubzdurałeś, że możesz wpływać na mój los?

– Trzymałem się od ciebie na dystans, ale w każdej chwili byłem gotowy, by w razie czego stanąć w twojej obronie.

Łucja schowała ręce pod stół i oparła je na kolanach. Nie miała słów, by skomentować zachowanie ojca. Dwudziestoletni fragment życia we Wrocławiu wydawał jej się teraz strasznie zagmatwany. Ona, były mąż, Karol, jej ciągła ucieczka przed życiem, a obok tego wszystkiego jeszcze ojciec. Niczym widz opery mydlanej, w której ona grała główną rolę.

– Chyba przestało padać. – Wstała, podeszła do okna i odsunęła firankę. Uważała tę rozmowę za zakończoną.

Eryk też wstał i podszedł do niej. Nie spodziewała się tego. Na szczęście dzieliły ich dwa kroki. Oboje stali po przeciwległej stronie framugi. Patrzyli jednak w ten sam punkt, pałacowy podjazd, wysypany białymi, drobnymi kamykami. Właśnie przechodził tamtędy Tomasz. Wkrótce na schodach usłyszeli jego kroki, a już za moment stał w kuchennych drzwiach.

– Przestało padać, a od południowej strony niebo jest już całkiem jasne. – Muzyk z werwą wparował do kuchni. – Piliście już kawę? – Popatrzył na obojga.

– Nie – odpowiedzieli jednocześnie.

– Mam ogromną ochotę na świeże espresso. Są chętni? – Uśmiechnął się do Eryka.

– Ja właściwie… – powiedział powoli ojciec Łucji.

Tomasz potraktował te słowa jak wezwanie do działania. Już po chwili w kuchni zapachniało kawą.

– A ty, kochanie, napijesz się z nami? – Tomasz spytał Łucję, choć domyślał się, że odmówi.

– Nie. Popatrzę tylko na was, jak będziecie się nią delektować.

– Siadajcie. – Tomasz skinął na wysunięte krzesła.

Łucja z Erykiem znów podeszli do stołu i usiedli. Wkrótce obok kubka ojca, w którym nadal znajdowała się niedopita herbata, stanęła porcelanowa filiżanka z parującą kawą. Łucja jeszcze sączyła chłodną już herbatę. Zanim zdążyła odstawić kubek na stół, w otwartych drzwiach stanęła Ania.

– Mamo, przestało padać! – krzyknęła.

– Wiem, kochanie. Właśnie to zauważyliśmy. – Po słowach dziewczynki wszyscy się roześmiali.

– Pędzę do Staszka. Będziemy zbierać gruszki. – Ania uśmiechała się od ucha do ucha.

– Jest mokro, zaczekaj, aż trawa obeschnie.

– Nie będziemy czekać. Włożę kalosze. Musimy dzisiaj zebrać te gruszki. Jutrzejszy dzień odpada, a potem to nie wiadomo, jak będzie z pogodą. – Ania była już przygotowana, by lada moment wybiec z pałacu. Na nogach wprawdzie nie miała jeszcze gumiaków, ale w ręce już ściskała kurtkę przeciwdeszczową.

– Zjadłaś śniadanie? – upewniła się Łucja, mimo że dziewczynka już wcześniej informowała ją o zjedzonym posiłku.

– Tak, przecież ci mówiłam – odpowiedziała pośpiesznie. – To ja lecę... Wrócę na obiad albo trochę później.

– W takim razie pędź. – Łucja uśmiechnęła się, co jeszcze bardziej zmobilizowało dziewczynkę.

Ania musiała zbiegać po kilka stopni naraz, bo już po chwili usłyszeli szuranie jej stóp na zewnątrz.

– Może ma pan ochotę na przechadzkę po okolicy? – zaproponował Erykowi Tomasz.

Mężczyzna nie odpowiedział wprost, ale było widać, że spodobał mu się ten pomysł.

– Przecież jest mokro. – Łucja popatrzyła w kierunku okna.

– Skoro Ani nie przeszkadza wilgotne podłoże, to tym bardziej nam, dorosłym mężczyznom. To jak, idziemy? – Tomasz ponowił propozycję.

– Idziemy. – Tym razem Eryk odpowiedział. Zdawało się, że nabrał ochoty na spacer.

Ten dzień okazał się bardzo leniwy, zupełnie jakby rozciągnął się w czasie i trwał nie dwadzieścia cztery, ale przynajmniej trzydzieści sześć godzin. Zaraz po porannej kawie Tomasz porwał Eryka, a potem na długo razem zniknęli. Łucja zauważyła, że coś robili w ogrodzie. Zresztą zaraz po ustaniu deszczu przy pałacu pojawili się też Ignacy i Józef. Wszyscy pełni zapału ruszyli do pracy.

Ania, tak jak zapowiedziała, zajrzała do domu w porze obiadu. Zaraz potem znów przepadła gdzieś ze Staszkiem. Okazało się, że młodzi zobowiązali się jeszcze do pomocy sąsiadce w pobliżu jej domu. Staruszka była niedołężna i nie radziła sobie z większością polowych prac, które dla rezolutnych dzieciaków były łatwizną. Gruszki oczywiście zostały wyzbierane do czysta. Pozostało tylko kilka nie całkiem dojrzałych i tych rosnących na samym wierzchołku starego drzewa.

Tego dnia Łucja miała dla siebie wyjątkowo dużo czasu. Mężczyźni cały czas zajęci byli swoimi sprawami. Sądziła, że może Luca pojawi się w Różanym Gaju, ale wyglądało na to, że malarz wolał małomiasteczkowe klimaty niż urok cichej prowincji.

Po południu po deszczu nie było nawet śladu. Podłoże błyskawicznie obeschło w ciepłej obecności słońca, a trawa tak szybko zrzuciła drobne krople wody, jak pranie wystawione na letni wiatr.

Łucja wybrała się na spacer. Zamierzała też odwiedzić Matyldę. Kiedy doszła do rozstajów, zatrzymała się. Spojrzała w stronę domu, gdzie kiedyś mieszkały Ewa z Anią. Przez moment kusiło ją, by tam pójść. Budynek wynajęła córka sąsiadki, która wcześniej pomagała prowadzić Ewie gospodarstwo. Kiedyś wybrały się tam z Anią. Z zadowoleniem zauważyły, że był zadbany. Tymczasowi właściciele posadzili nawet wokół niego kilka krzewów i utworzyli ładne rabaty kwiatowe. Ania i Staszek czasami biegali w tamtym kierunku, ale dziewczynki już tam nie ciągnęło. Zmarła matka była przy niej. Obecna w jej myślach i sercu, niczym opiekuńczy duch strzegący jej bezpieczeństwa. Nowym domem Ani był teraz pałac Kreiwetsów, więc to właśnie w tym miejscu dziewczynka rozsiewała własne szczęście.

Łucja jeszcze raz ciekawie zerknęła w stronę, gdzie ponad rok wcześniej kierowała kroki niemal każdego dnia. Wówczas życie chorej na białaczkę Ewy i jej córki Ani w naturalny sposób stało się jej życiem. Już wtedy kochała Anię, choć jeszcze nie w pełni zdawała sobie z tego sprawę.

Jeszcze raz popatrzyła na rozciągnięte ramiona brzozowego krzyża, a potem ruszyła w stronę domku Eleonory. To był impuls. Po prostu postawiła nogę na ścieżce prowadzącej do domu ekscentrycznej starszej kobiety. Szła dość długo. Kiedy jednak pod stopami poczuła grube skiby dawno nieuprawianej ziemi, wiedziała, że jest już na miejscu. Nagle zapragnęła podzielić się z Eleonorą dobrą nowiną. Ślub miał się odbyć następnego dnia. Właściwie można było już zacząć odliczać godziny. Łucja czuła dziwne podekscytowanie. Przypuszczała, że samotniczka Eleonora i tak nie pojawi się na uroczystości, postanowiła ją jednak zaprosić. Dawno się nie widziały. Eleonora zjawiała się zawsze w nieoczekiwanym momencie, jakby wyznaczała datę i godzinę według własnego terminarza. Właściwie to spotkanie osobliwej Eleonory graniczyło z cudem. Łucja zdziwiła się bardzo, kiedy dostrzegła ją już z daleka, siedzącą tuż przed domem. Starsza kobieta była spokojna, jakby upajała się chwilą spędzaną z samą sobą. Zareagowała dopiero wówczas, kiedy Łucja stanęła tuż przed nią.

– Miło, że mnie odwiedziłaś. – Eleonora ładnie się uśmiechnęła. – Usiądź. – Skinęła, wskazując miejsce obok siebie.

Łucja przycupnęła przy niej na wąskiej ławeczce, której siedzisko stanowiła tylko jedna deska. Była tak mocno wygrzana przez słońce, że Łucja od razu poczuła ciepło pod pośladkami. Eleonora przeciągnęła się leniwie, niczym kot.

– Dzisiaj jesteś dużo spokojniejsza niż ostatnio – powiedziała bardzo wolno. Nie patrzyła na Łucję, tylko zza przymkniętych powiek spoglądała na słońce. – Dobrze, że w końcu uwierzyłaś w dobry los. Gdybyś tego nie zrobiła, mógłby cię ominąć.

– Nie wiem, o czym pani mówi – odezwała się Łucja, ale i tak nie łudziła się, że Eleonora powie coś więcej.

– Właściwie już nic ci nie grozi, ale na niebie są jeszcze niewielkie ciemne chmury. Trzeba je przegonić. – Kobieta otworzyła oczy i popatrzyła na zachodnią stronę widnokręgu. Potem uniosła wzrok wyżej.

Łucja też spojrzała w ten sam punkt. Zauważyła, że na błękitnym niebie pojawiło się kilka ciemniejszych obłoków.

– Może znów będzie padać – rzekła.

– Dziś już nie będzie deszczu. Ani jutro. – Eleonora nieustannie wpatrywała się w niebo.

– Jest pani tego pewna?

– Tak.

– Pani Eleonoro… – Łucja zamilkła. Rzadko zwracała się do znajomej po imieniu… Właściwie wcale. – Chciałabym panią zaprosić na jutrzejszą uroczystość. Bierzemy z Tomaszem ślub. Byłoby nam bardzo miło, gdyby pojawiła się na nim i pani. Będą wszyscy nasi bliscy.

Eleonora uśmiechnęła się zagadkowo.

– Pozwól, że pozostawię twoje pytanie bez odpowiedzi. Ty i tak ją znasz.

– To znaczy, że pani nie przyjdzie? – spytała Łucja poważnie, lecz niestety nie uzyskała odpowiedzi.

– Rzeczywiście jutro będą przy tobie wszyscy bliscy, nawet ci, o których istnieniu wolałabyś nie wiedzieć. – Starsza kobieta nagle popatrzyła na Łucję wyjątkowo przenikliwie. Jeszcze nigdy tak na nią nie patrzyła.

Łucja odwróciła wzrok. Zaczęła się zastanawiać, czy Eleonorze chodziło o Eryka? Czy to ojciec był tym, o którego istnieniu wolałaby nie wiedzieć?

Słowa ekscentryczki były porozrzucaną układanką, w której jak zwykle brakowało istotnych elementów. Znów poczuła się zawiedziona. Po spotkaniu ze starszą kobietą zawsze odczuwała pewien rodzaj niedosytu. Była podbudowana, ale jednocześnie niespokojna.

– Nie będę pani namawiała. Gdyby jednak zmieniła pani zdanie…

– Nie zmienię zdania. Nigdy tego nie robię. – Eleonora przechyliła się w stronę Łucji.

– Dobrze. W takim razie ja już pójdę. – Popatrzyła na starszą kobietę, czekając, aż ta coś powie. Nie doczekała się jednak żadnego gestu z jej strony.

Wstała, wspierając się na wciąż ciepłej desce.

– Do widzenia – odezwała się głośno.

– Do zobaczenia, Łucjo. – Eleonora wymówiła jej imię w bardzo miękki sposób.

Łucja odczuła jej słowa głęboko w sobie.

Eleonora znów zamknęła oczy i zwróciła twarz ku słońcu. Wyglądała tak, jakby spała.

Łucja odeszła po cichu. To było dziwne, ale odniosła wrażenie, że wraz z zamknięciem przez nią oczu usnęło również wszystko, co znajdowało się obok niej: drzewa, kwiaty i ptaki, które tak bardzo kochała. Nie było słychać ich śpiewu.

Kiedy przeszła już kilkanaście metrów i znajdowała się za najbliższą miedzą, na moment zatrzymała się i odwróciła w kierunku niewielkiego domku Eleonory. Z tej odległości postać starszej kobiety jawiła jej się jak ciemna plamka. Nie było widać powleczonej koronką zbyt szerokiej spódnicy ani piór, które tym razem miała wetknięte w upięty na czubku głowy kok. Potem Łucja popatrzyła jeszcze na zachodnią stronę nieba. Jego fragment nadal pokrywały kłęby spłaszczonych chmur. Reszta nieba była przejrzysta, mocno niebieska.

Znów ruszyła w stronę wsi. Kiedy doszła do rozstajów, z oddali dojrzała Anię i Staszka. Nawet z odległości kilkunastu metrów słychać było ich pełne śmiechu głosy. Łucja zatrzymała się. Kiedy dzieciaki stanęły przed nią, miały jej tak wiele do powiedzenia, że w lawinie wyrzucanych przez nie słów nie była w stanie wyłowić nawet jednego sensownego zdania.

– Zaraz, zaraz. – Klasnęła w dłonie w taki sam sposób, jak to zazwyczaj robiła na lekcji, kiedy chciała utemperować dzieciaki. – Cisza – dodała po chwili, kiedy z ich strony nie zauważyła reakcji na swoje słowa.

Stanęli niemal na baczność.

– Gdzie byłaś? – spytała Ania. Staszek tylko się podśmiechiwał.

– U pani Eleonory – odpowiedziała Łucja pośpiesznie, jakby to było nieistotne.

– Szkoda, że nie wiedziałam. Chętnie wybrałabym się tam razem z tobą – rzekła Ania z wyrzutem.

– Przecież w każdej chwili możesz do niej pójść. Wiesz, gdzie mieszka. – Łucja popatrzyła na dziewczynkę pobłażliwie.

Ania i Eleonora bardzo się lubiły. Dziewczynkę i starszą kobietę już dawno połączyła nietypowa nić zależności, którą z powodzeniem można było nazwać przyjaźnią. Kiedy Łucja pierwszy raz zawitała do Różanego Gaju, trochę bała się ekscentryczki. We wsi mówiono, że „Lora" jest szalona i na dodatek głucha. Mimo wcześniejszych, na szczęście tylko chwilowych uprzedzeń, a właściwie głównie za sprawą Ani, Łucja dość szybko znalazła z Eleonorą wspólny język.

– Tak, masz rację. Dawno u niej nie byłam. Chyba powinnam ją odwiedzić w najbliższym czasie. – Ania popatrzyła w stronę pól, którędy szło się do domku Eleonory.

– Gdzie idziesz? – Ania popatrzyła na Łucję pytająco.

– Właśnie miałam iść do pani Matyldy.

– Pani Matyldy nie ma. Przejeżdżały razem z panią Antosią obok nas samochodem.

– No to mój dylemat został rozwiązany. W takim razie… wracam do pałacu. – Łucja odwróciła się w kierunku parku. Z tej odległości było już wyraźnie widać piękne korony starych drzew.

– Idziemy z tobą – powiedziała Ania dobitnie.

Potem wszyscy troje weszli na ścieżkę prowadzącą do starej rezydencji.

Eryk, Tomasz, Józef i Ignacy siedzieli na ławce przed budynkiem, wesoło gawędząc. O tył ławki stały oparte grabie i dwie łopaty. Kiedy Łucja z dzieciakami zbliżyła się do nich, mężczyźni wstali.

– Siasiadojcie – rzekł Ignacy, wskazując wolne miejsce.

Łucja się uśmiechnęła. Ostatnio tak rzadko widywała starszego człowieka. Gruby głos Ignacego, jego poprzecinane nieustannym jąkaniem słowa sprawiały jej przyjemność. Gospodarz Ignacy był częścią Różanego Gaju, tak samo jak częścią tej uroczej prowincji była teraz i ona.

– Ignacy, niech pan siedzi. Odpoczywajcie. – Łucja odruchowo złapała go za ramię, ale mężczyzna odskoczył.

Ignacy bardzo nie lubił bliskiego kontaktu z ludźmi, nawet jeżeli ci ludzie byli jego przyjaciółmi.

– Jo nie bede siesiedzioł, jak pani bedzie stoła. – Ignacy był podenerwowany. Miał swoje przyzwyczajenia, które czyniły go niepowtarzalnym. No i to jego jąkanie, które Łucja naprawdę polubiła.

Stojący obok mężczyźni uśmiechali się. Ignacy w swoim nieco dziwacznym, acz szczerym sposobie bycia, był dość zabawny.

– Jo już puda. Jestem dzidzisioj piechta. Trza wrowrocać do kuni. – Odszedł kilka kroków. – Rorobota zrobiona, to moga iść – podsumował już z oddali.

– Ignacy, czekamy na ciebie jutro. Tylko nie zapomnij… – Tomasz z uśmiechem wpatrywał się w starszego człowieka.

– Co też pan gogodo. Jak jo by mógł zapomnieć? Za kokogo mnie pan uważo? – Ignacy miał urażoną minę, ale nikt się tym nie przejął. Ot, cały Ignacy.

Ogrodnik Józef też nagle przypomniał sobie, że jednak powinien już wracać.

– Zaczekaj, Ignacy. Pójdę z tobą – zawołał za oddalającym się mężczyzną.

– Byle szybko. Mo-moje kunie dziś sie-siedzioły same pół dnia. – Ignacy nie raczył się zatrzymać, zwolnił jednak kroku.

– Już do ciebie pędzę. – Józef w pośpiechu pożegnał się z Erykiem i mieszkańcami pałacu, a za chwilę już szedł równym tempem obok koniarza Ignacego.

– Chodźcie, zjemy coś. – Tomasz uniósł głowę, spoglądając na uchylone okno kuchenne, z którego lekko powiewała firanka. – Zostało nam jeszcze tyle frykasów z wczorajszej biesiady.

– Chodźmy więc – zadecydowała Łucja.

– My biegniemy nad staw. – Ania pociągnęła Staszka za rękę. – Ty zresztą też powinnaś tam pójść.

– Dlaczego? – spytała Łucja, choć wiedziała, jakie ważne było to miejsce dla córki. Kiedy nie grała na fortepianie albo nie hasała ze Staszkiem po okolicy, przeważnie spędzała czas nad stawem.

– Dlatego że nasz staw jest teraz magicznym miejscem. – Ania miała rozmarzoną minę.

– Magiczny, powiadasz? Niby dlaczego? – Łucję zaintrygował wzrok dziewczynki.

– Obiecałam sobie, że się nie wygadam, ale chyba nie wytrzymam… – Ania w zabawny sposób przyłożyła sobie do usta otwartą dłoń. – Jestem pleciugą i nie potrafię dochować tajemnicy – zachichotała.

– O co chodzi? – kusiła Łucja.

– Pan Józef wpuścił dziś do stawu złotą rybkę – wyrzuciła z siebie szybko. – Powiedział, że ta nasza rybka z Różanego Gaju spełni tylko jedno życzenie. Trzeba być pewnym tego, o co się ją poprosi.

Łucja popatrzyła na Anię poważnie. „Kolejna złota rybka" – pomyślała.

– Rzeczywiście, każde ukochane miejsce powinno mieć własną rybkę. – Łucja nadal była poważna, co trochę zmyliło Anię.

– Każde miejsce? O czym mówisz, mamo? – Dziewczynka wpatrywała się w twarz kobiety, oczekując dalszych wyjaśnień.

– Chciałam tylko powiedzieć, że koniecznie muszę iść się z nią przywitać. To przecież nowa mieszkanka naszego ogrodu.

– Chyba jej się spodobało, bo gdy pan Józef ją wpuścił do wody, spokojnie odpłynęła. Wydaje mi się, że inne ryby też ją polubiły. Wygląda na to, że nie są o nią zazdrosne, chociaż jest od nich po stokroć ładniejsza. Na szczęście ryby zachowują się inaczej niż ludzie. – Ania miała taką minę jak Łucja, kiedy wykładała uczniom nowy temat.

– Proponuję teraz zjeść kolację, a potem możemy pójść nad staw – zaproponowała Łucja.

– My nie jesteśmy głodni. Przed chwilą jedliśmy u Staszka frytki. Idziemy nad staw. – Dzieciaki nieustannie spoglądały w kierunku dzikiej części ogrodu, gdzie mieścił się staw. Łucja nie starała się ich zatrzymać.

Wieczór upłynął leniwie. Łucja nie denerwowała się wcale na myśl o jutrzejszej ceremonii. Za to Eryk wydawał się jakiś strapiony. Zaraz po kolacji zamknął się w gościnnym pokoju, twierdząc, że boli go głowa.

Łucja z Tomaszem wybrali się nad staw, ale niestety nie udało im się zobaczyć złotej rybki, choć wszystkie inne ochoczo podpływały do brzegu, domagając się jedzenia. Ania kilkakrotnie obchodziła staw, wpatrując się w coraz ciemniejszą toń, ale złota rybka nie miała zamiaru się pokazać.

– Pewno poszła spać. Miała w końcu dzień pełen wrażeń – rzekła Ania, nadal jednak starając się wyłowić wzrokiem łunę połyskliwych łusek.

– Masz rację, kochanie. – Łucja objęła dziewczynkę. – Na pewno usnęła. My też powinnyśmy się już położyć. Jutro musimy przecież pięknie wyglądać. Z podpuchniętymi oczami nie będziemy się ładnie prezentować. – Ania wtuliła się w ramiona Łucji.

– Nie wiem, czy dzisiaj usnę – powiedziała. – Wydaje mi się, że jestem bardziej podekscytowana od ciebie.

– Rzeczywiście, widzę, że bardzo przeżywasz ten ślub.

– Tak, trochę się denerwuję – potwierdziła Ania. – Ale przecież wszystko się uda, prawda? – popatrzyła pytająco.

– Oczywiście, że wszystko się uda. – Łucja mocniej ścisnęła rękę małej. – Wracajmy. – Spojrzała w kierunku pałacu. Zaraz potem wszyscy odeszli w tamtą stronę.

Wczesnym rankiem spomiędzy rozchylonej zasłony do okna sypialni przyszłych małżonków nachalnie dobijało się słońce. Łucja, nawet nie otwierając oczu, czuła jego śmiałe zaczepki. Nie miała ochoty na nie odpowiadać. Przekręciła się na drugi bok i przytuliła do Tomasza. Nie spał, tylko leżał i patrzył na nią. Wyczuła jego wzrok. Otworzyła oczy i uśmiechnęła się.

– Dzień dobry, kochanie. – Tomasz przysunął się bliżej. – Jak spałaś?

– Chyba nieźle. – Starała się przeciągnąć, ale mężczyzna mocno ją trzymał.

– Puść mnie, nie mogę się ruszyć. – Zaczęła się z nim przekomarzać. – Która jest właściwie godzina? – starała się kątem
oka dojrzeć tarczę ściennego zegara.

– Kochana, zapomnij o czasie. Liczy się tylko ta chwila. – Tomasz nadal żartował.

– Chwila? Jesteś tego pewien? – Wywinęła się mu i oparła
plecy o dużą poduchę.

– Tak. – Nie przestawał się uśmiechać.

– A co z naszym ślubem? – Łucja starała się, żeby jej głos
brzmiał poważnie, ale uśmiech partnera ją rozbrajał.

Mężczyzna nie odpowiedział.

– Czyżbyś chciał mnie porzucić w dzień ceremonii? – Pociągnęła go za rękaw piżamy. – Odpowiedz. – Rzuciła w niego
poduszką, odsunęła się i usiadła na brzegu łóżka.

Tomasz przeturlał się do niej. Potem szybko wstał, chwycił ją
mocno i przewiesił sobie przez ramię.

– Co ty robisz, wariacie?! – krzyknęła. – Masz mnie natychmiast wypuścić.

Tomasz otworzył drzwi. Mocniej objął jej ciało i skierował się
na schody. Starał się zbiegać ostrożnie, co chwilę przytrzymując
się poręczy, ale Łucja mu to uniemożliwiała.

Kiedy mężczyzna stanął przed frontem pałacu, Łucja zręcznie
zeskoczyła, stając boso na podłożu z kamyków.

– Zmarzniesz – zauważył Tomasz i znów starał się ją złapać.

– O nie! Wystarczy! – Roześmiała się.

W tej samej chwili oboje popatrzyli do góry, na okno pokoju Ani. Dziewczynka wychylała się z niego, patrząc prosto
na nich.

– Co tam się dzieje? – spytała zaspana. Burza kędzierzawych włosów zasnuwała jej prawie całą twarz, ale Łucja i tak zauważyła, że się śmieje. – Zachowujecie się jak dzieci. Trudno uwierzyć, że jesteście moimi rodzicami – powiedziała mądrze, z miną urwisa. Potem poprawiła włosy, które przysłoniły jej oczy.

– Nasza córka ma rację. – Łucja znów złapała Tomasza za rękaw piżamy. Jasny podkoszulek ześlizgnął się, odsłaniając ramię.

– Chciałem cię tylko zaprosić na przechadzkę. – Tomasz nie mógł oderwać od Łucji oczu.

– Naprawdę? – Schyliła głowę, spoglądając na swoje bose stopy. Tomasz też skierował wzrok w dół.

– Powiedzmy, że nie przemyślałem wszystkiego do końca. – Znów złapał ją w pasie i przygarnął do siebie, jak małą dziewczynkę. Potem przeszedł przez otwarte drzwi i w kilku susach pokonał schody.

Ania stała już u ich wylotu.

– Powinniście się już ubierać. – Popatrzyła na nich strofującym wzrokiem. – Nawet pan Eryk jest już gotowy. – Dziewczynka popatrzyła w kierunku kuchennych drzwi.

Łucja i Tomasz też odwrócili się w tamtą stronę. Zza drzwi nieśmiało wychylał się ojciec. Był wyraźnie skrępowany.

– Dzień dobry, Eryku! – Tomasz podniósł do góry rękę, witając się z mężczyzną.

– Witam was – odparł Eryk.

Rzeczywiście był już wyszykowany. Miał na sobie eleganckie tabaczkowe spodnie od garnituru i kremową koszulę.

Łucja zsunęła się z rąk Tomasza.

– Wprawdzie jest jeszcze sporo czasu, ale nie zaszkodziłoby się już powoli zbierać, w końcu bierzemy dzisiaj ślub.

– Zjedzmy śniadanie – upomniała się Ania, którą zazwyczaj trzeba było namawiać na poranny posiłek.

– Tak, śniadanie to podstawa – Tomasz potwierdził słowa córki. – Do restauracji dotrzemy dopiero koło drugiej, po ślubie. – Mam nadzieję, że wszyscy zjawią się w ratuszu we właściwym czasie. – Tomasz zamyślił się.

– Na pewno, tato. – Ania przyglądała się ojcu. – Dopilnuj raczej tego, żebyście to wy z Łucją zjawili się na czas.

– O to się nie martw, kochana. A póki co rzeczywiście powinniśmy iść do kuchni coś zjeść.

Tego poranka apetyt dopisywał wszystkim. Nikt nie wybrzydzał, a kanapki przygotowane przez Łucję i Tomasza zniknęły błyskawicznie. Nawet Ania pochłaniała zawartość swojego talerza w przyspieszonym tempie.

Eryk nadal wydawał się zamyślony, ale jego oczy się śmiały. Tomasz musiał jeszcze zajechać do Wieliczan, żeby coś dograć. Miał podobno odebrać kwiaty, ale Łucja uważała to za nonsens, bo co jak co, ale tych w Różanym Gaju nie brakowało. Domyślała się, że miał dla niej w zanadrzu jakąś niespodziankę, postanowiła więc nie ciągnąć go za język.

Ania, która od niemal godziny popędzała Łucję, nie mogąc się doczekać, kiedy włożą sukienki, teraz podjęła decyzję, że pojedzie z Tomaszem. Również Eryk nagle zapragnął zabrać się z nimi.

– Zostawiacie mnie samą? – Popatrzyła na nich, udając gniew.

Po śniadaniu zdążyła tylko włożyć krótkie spodenki i cienki T-shirt. Wpatrywała się jednak w kreację coraz bardziej tęsknym wzrokiem. Z jednej strony chciała ją już mieć na sobie, ale przecież od rozpoczęcia ceremonii dzieliło ją jeszcze kilka godzin. No i musiała poczekać na Anię.

– Możesz jechać z nami – powiedziała Ania poważnie. Przez chwilę zrobiło jej się głupio, że zostawia mamę samą.

Łucja uśmiechnęła się, rozwiewając w ten sposób wszelkie wątpliwości małej.

– Ten czas poświęcę wyłącznie sobie. Zrobię sobie szałową fryzurę i makijaż... pierwszy od roku.

– Zaraz wrócimy. Jedziemy dosłownie w dwa miejsca i... za półtorej godziny będziemy z powrotem. – Tomasz uśmiechnął się do Łucji, wsiadając do samochodu.

– Jedźcie ostrożnie. – Pomachała do nich na pożegnanie.

Zaraz potem odjechali z pałacowego podjazdu, a ona weszła do wnętrza. Było spokojnie. Przeważnie tak bywało. Czasami tę ciszę przerywały dźwięki fortepianu. Teraz było jednak jakoś bezosobowo i bezgłośnie. Dokładnie słyszała kroki, które stawiała, wspinając się po drewnianych schodach. Zatęskniła za muzyką Tomasza. Tak ładnie wypełniała wnętrze pałacu. Na chwilę weszła do kuchni. Naczynia po śniadaniu były już uprzątnięte. Na blacie walało się tylko kilka okruszków chleba. Sprzątnęła je, wypłukała ściereczkę i powiesiła na wieszaku. Rzuciła okiem na stół. Był ładnie zasnuty lnianym bieżnikiem, a wszystkie krzesła stały równiutko dosunięte.

Nagle usłyszała na dole jakiś trzask. Niby cichy i przypadkowy, taki, który nie powinien niepokoić. Coś nie dało jej jednak spokoju. Momentalnie wyszła do holu i stanęła przy jednej ze ścian, nasłuchując. W odpowiedzi otrzymała tylko brzęczenie przelatującej obok muchy. Machnęła ręką, jakby w tej chwili chciała uciszyć niechcianego owada. Potem znów zaczęła nasłuchiwać. Przechyliła się jeszcze przez poręcz i zajrzała w dół. Później weszła do sypialni. „Czas się zbierać. Wypadałoby przypomnieć sobie kilka wizażowych sztuczek" – pomyślała. Sięgnęła po stojącą na toaletce kosmetyczkę i ruszyła w stronę łazienki. Nagle zerknęła na ścianę, tuż za wenecką szafą. Nieduża saszetka wypadła jej z ręki. Podeszła pod ścienny wieszak, który samotnie przytulał się do jasnej ściany.

– Gdzie jest moja sukienka?! – krzyknęła i zaczęła się nerwowo rozglądać po pokoju.

Niestety nigdzie nie zauważyła ślubnej kreacji. „Może jest u Ani?" – pomyślała i popędziła do pokoju dziewczynki. Sukienka córeczki leżała rozłożona na jej łóżku, prezentując delikatny splot tkaniny. Jasnokremowej sukni Łucji nigdzie jednak nie było. Przetrząsnęła całą górę. Na koniec wyjęła jeszcze z szafy satynowe pudło, w którym przez ostatnie tygodnie drzemała jej kreacja. Bez skutku, nie było jej.

Łucja poczuła przypływ paniki. Stanęła na środku holu i spojrzała na schody. W tej samej chwili znów usłyszała szmer. Wydawało jej się, że dochodził z prawej strony pałacu, gdzie mieściła się sala balowa. Ostrożnie i bardzo powoli zeszła stopień po stopniu. Czuła się nieswojo, zupełnie tak, jakby była obserwowana.

– Hej, jest tutaj ktoś?! – zawołała, by dodać sobie odwagi.

Nie odpowiedział jej nawet najmniejszy szelest. Weszła do sali balowej. Przez szyby kilku zamkniętych okien zaglądało do niej słońce. Z odnowionych malowideł ściennych ciekawie spoglądało na nią kilka par oczu. Przeszła na środek i stanęła naprzeciw dużych dwuskrzydłowych drzwi prowadzących do wysokiego korytarza, z którego odchodziło troje mniejszych. Nacisnęła klamkę i ostrożnie wsunęła głowę do zacienionego wnętrza. Jedne drzwi były otwarte. To właśnie za nimi mieściła się niewielka pracownia, w której Luca i Staszek malowali swój obraz. Także i teraz kolega Ani czasem tam przesiadywał.

Pełna obaw weszła do pracowni. W pokoju panował lekki półmrok. Wąskie okienko, przysłonięte fioletowym perkalem, wychodziło na tylną stronę budynku, odgrodzoną gęstwiną niskich iglaków. Nie dało się go otworzyć, bo niedawno Józef wymontował z niego felerną klamkę i nie zdążył jeszcze naprawić. Kiedy stanęła na środku pokoiku, obejrzała się przez ramię. Wciąż mogła wyjść. Dopiero teraz zauważyła wyłącznik światła. Już miała na niego nacisnąć, gdy nagle zza mniejszych, cienkich przesuwanych drzwiczek, oddzielających rzędy półek, na których stały słoiki z farbami i niepotrzebne sprzęty, wysunęła się kobieca postać. W ciemnej scenerii niewielkiego składziku wyglądała jak zjawa, przeniesiona tutaj z epoki, kiedy to miejsce cieszyło się jeszcze wielką sławą.

– Chiara? – Łucja przylgnęła do ściany. Poczuła strach.

Włoszka zasunęła za sobą drzwi i zbliżyła się. Na jej twarzy tkwił zimny uśmieszek. Ostentacyjnie przejechała ręką po fałdach sukienki, którą miała na sobie.

– Na mnie wygląda lepiej. – Wypięła do przodu piersi, które kusząco wychylały się z dekoltu, wykończonego francuską koronką.

Łucja wpatrywała się w stojącą obok kobietę.

– No powiedz coś! – Chiarę nagle zaczęła irytować pasywność Łucji.

– Nie wiem, co mam powiedzieć – rzekła Łucja drżącymi ustami. To był dla niej szok. Nadal nie potrafiła dopasować pięknej Włoszki do układanki aktualnych wydarzeń. Bo przecież Chiara zniknęła z jej... ich życia. Została przepędzona przez armię małych, zielonych żołnierzyków, zamieszkujących dzikie połacie Różanego Gaju. Ona nie miała prawa pojawić się tutaj teraz.

Chiara przesunęła się w bok, a na jej śniadej szyi zamigotał łańcuszek ze złotym ptakiem. Łucja poczuła jeszcze większy strach. Zdała sobie sprawę, że wiolonczelistka jest gotowa na wszystko.

– Powiesz mi, dlaczego to robisz? – Łucja jeszcze mocniej naparła na ścianę. Miała ochotę wniknąć w jej lodowatą strukturę i schować się między starymi cegłami, powleczonymi nowym tynkiem.

Chiara roześmiała się nienaturalnie.

– Chyba nie muszę ci odpowiadać. Doskonale o tym wiesz. – Przywołany na poczekaniu uśmiech nagle zniknął z jej twarzy. Teraz miała na niej grymas złości.

– Co chcesz przez to osiągnąć? – Łucja wpatrywała się w rywalkę coraz mniej pewnie.

Wiolonczelistka znów głośno się roześmiała.

– Trochę wam pomieszam szyki. Nie myślcie sobie, że tak łatwo wam pójdzie. Nie zbudujecie wspólnego szczęścia na mojej rozpaczy – odezwała się zawistnie.

– Jakiej rozpaczy? Co ty mówisz? – Ręka Łucji przesuwała się po szorstkiej ścianie jak wskazówka tykającego zegara.

– Mogłabym go mieć, gdyby nie ty! Co on w ogóle w tobie widzi?! Jesteś taka… – Chiara obrzuciła Łucję pogardliwym spojrzeniem. Nie mogła znaleźć odpowiednich słów. – I jeszcze ta mała dziewucha!

– Odczep się od Ani. – Ostatnie słowa Włoszki zadziałały na Łucję jak zimny prysznic.

– Nigdy nie będziecie razem szczęśliwi! – krzyknęła tak głośno, że Łucja aż przyłożyła sobie dłonie do uszu. – Tommaso nigdy nie będzie należał do nikogo. Nawet jeżeli ty i ta… wyobrażacie sobie coś innego. To ja jestem dla niego tą jedyną i najważniejszą.

A wiesz dlaczego?! – Długo wpatrywała się w bladą twarz Łucji. – Bo łączy nas muzyka! Ty nigdy tego nie zrozumiesz. Kiedy dźwięki mojej wiolonczeli i jego fortepianu spotykają się ze sobą, jesteśmy razem, w całkowitej symbiozie. Tommaso jest mój!

Łucja zdawała sobie sprawę, że z Chiarą nie warto dyskutować. Ukradkiem zerknęła na drzwi, gotowa, by w każdej chwili się wymknąć. Wiolonczelistka od razu to zauważyła.

– Nie myśl sobie, że stąd czmychniesz.

Łucja pomału przesuwała się wzdłuż ściany.

– Ze mną nie pójdzie ci tak gładko. Nie potrafię tego pojąć, ale odkąd cię spotkałam, ciągle dziwnym trafem zabierasz mi to, co powinno należeć do mnie. – Chwyciła wisiorek. Potem długo trzymała go w zaciśniętej dłoni, a na jej twarzy przez moment pojawił się cień błogiego uśmiechu.

To Łucję zmyliło. Już miała wyjść, gdy nagle ten groteskowy, nie całkiem zrozumiały dla niej uśmieszek przykuł jej uwagę, zatrzymując wzrok na wydatnych ustach Chiary, pokrytych perłową szminką.

– Właściwie… to powinnam być ci wdzięczna. – Przez moment Włoszka spojrzała na Łucję łaskawiej. – Nawet nie zdajesz sobie sprawy, ile czasu go szukałam. A tu, proszę… Zjawiam się w tym dzikim, zimnym kraju i co znajduję?

Łucja zauważyła, jak delikatna dłoń wiolonczelistki z każdą kolejną chwilą mocniej zaciska się na niewielkim złotym ptaku, spoglądającym z jej dekoltu.

– Po co ci on? – Łucja spytała z czystej ciekawości, choć jeszcze przed chwilą miała zamiar uciec z tego miejsca jak najdalej.

– Po co?! – Chiara nagle uwolniła wisior z zaborczego uchwytu. Złote skrzydła zamigotały na oliwkowej skórze. – To moje dziedzictwo. Ona go miała – powiedziała z dumą.

– Kto? – Łucja już domyślała się, jakie imię piękna Chiara ma wypisane na ustach.

– Moja krewna, Laura de Borgio. Na niej wyglądał najpiękniej. Na niej i... na mnie – poprawiła się i na moment odwróciła w kierunku okna. – I teraz znów wrócił tam, gdzie powinien być. – Z namaszczeniem dotknęła wisiorka. Tylko my zasługujemy na to, żeby go nosić. – Uniosła głowę. Wyglądała jak dumna cesarzowa tuż przed koronacją.

Sprawa łańcuszka zaintrygowała Łucję. Całkowicie straciła czujność. Przypomniała sobie rozmowę z Lucą, dotyczącą tego osobliwego przedmiotu, który podobno przyjechał do Różanego Gaju razem z Ludwikiem von Kreiwetsem z odległej Florencji i był podarunkiem dla jego żony Lukrecji.

– Przez długie lata był w naszej rodzinie. Nosiły go dumnie wszystkie kobiety z rodu de Borgio. Tylko Laura go nie chciała. Ubzdurała sobie, że przynosi pecha... Choć może i coś w tym było? – Chiara zamyśliła się, a jej wzrok złagodniał. – Wszystkie panny de Borgio były zawsze wielkimi pięknościami, ale żadna nie miała szczęścia w miłości. Związek każdej z nich rozpadał się, gdy oddawała się w objęcia złotego ptaka. Laura w to uwierzyła. Zakochała się w młodym, utalentowanym złotniku, który miał sklep na Ponte Vecchio. To była wielka miłość, choć podobno moja krewna przyrzeczona była już komuś innemu. Było tak, że kiedy kobieta poznawała tego jedynego, którego oczywiście wyznaczała jej rodzina, dołączał do niej złoty wisior w kształcie starożytnego ptaka. Laura go nie chciała. Uwierzyła w te brednie i oddała go Samuelowi. On to wykorzystał. Zagarnął ten bezcenny przedmiot i od razu go spieniężył. A Laura? Potem wyszła za mężczyznę, z którym była zaręczona. Podobno żyli razem długo i nieszczęśliwie. – Chiara popatrzyła wprost na Łucję, a w jej ciemnych oczach znów pojawiła się złość.

– Skoro twierdzisz, że przynosi pecha, to po co ci on? – Łucja wpatrzyła się w dekolt Chiary i odczuła przeogromną ulgę, że pozbyła się go, zanim usłyszała tę dziwną opowieść.

– To tylko brednie, które powtarzają słabi ludzie!

– Uważasz, że Laura przejawiła słabość, pozbywając się go?

– Tylko chwilowo. To on… ten mężczyzna ją go pozbawił. Była zakochana i jak każda kobieta ugodzona strzałą Amora, po prostu oślepła. Kiedy odzyskała wzrok, niestety było już za późno. Ten łajdak od razu sprzedał to cudeńko. Tylko jeden raz Laura zdążyła go założyć, kiedy pozowała malarzowi, znanemu w ówczesnej Florencji. Ale… tamten obraz też podobno przepadł, tak jak łańcuszek ze złotym ptakiem.

Łucja uśmiechnęła się. Wiedziała coś, o czym „boska Chiara" nie miała pojęcia. Miała nad nią przewagę. Wiolonczelistka nie domyślała się, że jej powinowata co dzień spogląda ze ściany na byłą partnerkę Luki, Monicę.

„Ciekawe, skąd ta obsesja wszystkich na punkcie Laury de Borgio?" – zdążyła jeszcze pomyśleć, ale zaraz znów zeszła na ziemię. W jednej chwili Chiara szybko ją ominęła i znalazła się przy drzwiach. Łucja zdążyła podejść do nich w momencie, kiedy Włoszka porządnie je zatrzasnęła, zagłębiając w nich długi, gruby klucz.

– Do widzenia, skarbie – odezwała się po drugiej stronie. Mimo grubej bariery drzwi jej głos brzmiał dźwięcznie i mocno.

– Wypuść mnie! – Łucja złapała za klamkę i zaczęła nią szarpać w górę i w dół. Była wściekła, że dała się omamić Włoszce rodzinną historyjką, nawet jeśli jej przewodnim motywem był zagadkowy wisiorek, który od początku budził w niej niechęć.

– Chyba oszalałaś! Nie po to cię tutaj zwabiłam, żeby ci teraz łaskawie uchylić drzwi! – roześmiała się głośno.

– Będę krzyczeć! – Łucja próbowała nie dać się sprowokować i wciąż szukała rozwiązania patowej sytuacji.

– A krzycz sobie, ile tylko chcesz! I tak nikt cię nie usłyszy!

– Niedługo wróci Tomasz.

– Nie wróci. – Chiara odezwała się pewnie, a Łucja poczuła na ciele zimny dreszcz.

– Jak to nie wróci?! Co ty mówisz?!

– Za dużo byś chciała wiedzieć. Siedź cicho i nie rozrabiaj. I tak jesteś bez szans.

Nagle głos Chiary ucichł, słychać było tylko odgłos oddalających się, z każdą chwilą coraz cichszych kroków.

– Chiaro, wracaj! Wypuść mnie! – Łucja waliła pięściami w drzwi. Zdawała sobie sprawę, że to bezcelowe. W pobliżu pałacu, poza nią i wiolonczelistką i tak nie było nikogo. W powszedni dzień mogłaby się spodziewać, że usłyszy ją Ignacy albo Józef, ale dzisiaj? Teraz wszyscy szykowali się do uroczystości albo byli już w drodze do Wieliczan. Łucja wciąż miała nadzieję, że za moment pojawi się Tomasz. On usłyszałby ją na pewno. Pusta sala balowa miała idealną akustykę. Chociaż grube drzwi pracowni schowane były za szerokimi podwojami, oddzielającymi je od sali balowej i wejścia do holu, Łucja była pewna, że ją usłyszą. Wciąż na nich czekała, udając przed sobą, że przepełnione grozą słowa Chiary wcale nie mają na nią wpływu. Niestety miały, i to niebagatelny. Łucję dusił strach na myśl, co dzieje się z bliskimi. „Przecież powinni już tutaj być" – myślała w panice. Przez moment opadła z sił i usiadła na ziemi. Mimo grubego splotu wełnianego chodnika i ciepłych sosnowych desek czuła pod sobą tylko zimno zionące z mieszczącej się poniżej piwnicy. Chwilowa niemoc minęła, a ona znów odzyskała pewność siebie. Podeszła do okna i rozchyliła zasłonę. Niestety we wnętrzu zrobiło się tylko trochę jaśniej. Pomieszczenie wychodziło na północ. Trudno było tutaj o bodaj jeden promyk słońca. Zrobiło jej się zimno. Miała na sobie tylko szorty i cienki T-shirt. Podeszła do wnęki z przesuwanymi drzwiami. Rozchyliła je. Nacisnęła wyłącznik światła mieszczący się tuż za nimi. Pierwsze, co zobaczyła, to rzędy długich półek, poprzystawiane niezliczoną ilością szpargałów. Dawno tu nie zaglądała. Wokół roznosił się zarówno zapach akrylowych farb, którymi jeszcze niedawno malowano ściany pałacu, jak i dobrze znana Łucji woń werniksu i terpentyny, które przypisane były mieszkaniu Izabeli. „Może będą gdzieś tu klucze?" – pomyślała i zabrała się do poszukiwań.

Przetrząsnęła po kolei wszystkie półki, zaglądając niemal do każdej puszki. Nie otworzyła tylko tych, które jeszcze wypełnione były farbą.

Nagle za tylną częścią regału dojrzała dwa płótna. Serce zabiło jej mocniej. Przeczuwała, co za moment może zobaczyć. Przesunęła lekko regał w prawo, by szczelina ukrywająca zagadkowe dzieła się poszerzyła. Potem włożyła w nią rękę i pociągnęła oba płótna do siebie. Mniejszy obraz wysunął się pierwszy. Łucja zobaczyła na nim uśmiechniętą twarz małego chłopca. Obok niego stał wesoły mężczyzna i obejmująca go w talii kobieta. Zza mężczyzny wychylała się głowa chłopaka. To było dzieło Staszka i Luki, które przyjaciel Ani porzucił, żegnając się z wizerunkiem dobrego ojca, w który przestał już wierzyć. Kiedy ze swoim włoskim przyjacielem malował ten obraz, miał nadzieję, że jeszcze wszystko będzie dobrze. Że ojciec w końcu wykorzysta kolejną szansę, którą dała mu matka. Teraz Łucja wiedziała, że następnej szansy nie było. Pani Grażyna odzyskała siłę, która była teraz największą ochroną Staszka. Matka stała po jego stronie. W końcu mógł jej zaufać, bo i ona zaufała sobie. Mógł się nie bać, bo i ona się nie bała. W domu nie było już smrodu przetrawionego alkoholu, a po kątach nie walały się butelki po tanim winie.

Łucja uniosła obraz Staszka i oparła o ścianę. Teraz był nieaktualny, ale w przyszłości? Przecież wszystko mogło się zdarzyć. Pani Grażyna była teraz inną kobietą, nie dałaby się już skrzywdzić. A jej mąż? Chyba naprawdę zdał sobie sprawę z tego, co stracił.

Łucja czuła coraz większe napięcie, które narastało z każdym oddechem, z każdym centymetrem zbliżającym jej rękę do kolejnego płótna. Już je czuła. Złapała górny brzeg. Był ciepły i szorstki. Przez ułamek sekundy zastanowiła się, czy powinna go wyjąć? Czy będzie miała odwagę spojrzeć na niego jeszcze raz? Od tamtej pory, kiedy widziała go w pokoju Luki, minęło wiele tygodni. Wciąż miała w pamięci zimny wzrok Tomasza.

Przesunęła obraz bliżej, tak że widziała plecy. Wystarczyło go tylko odwrócić. Spojrzeć w oczy sylfidy… swoje oczy. Płótno miało duży rozmiar. Odsunęła się do tyłu, by swobodnie je przekręcić. A potem zrobiła to. Na moment przymrużyła oczy, a kiedy je otworzyła miała przed sobą piękną boginię… siebie. To było dziwne, ale tym razem nie czuła już zawstydzenia, patrząc na swoje-nie-swoje obfite, nagie piersi. Na nagie łono i odchylone w zmysłowej pozie ciało. Śmiało popatrzyła w swoje oczy i na ciało ponętnej sylfidy. To mogła być ona, ale nie musiała. To mogłaby być każda kobieta, która jest w stanie uwierzyć w swój wewnętrzny ogień. Przedstawiona przez Lucę bogini była piękna. Do Łucji dopiero teraz to dotarło. Jeszcze raz popatrzyła w jej... swoje oczy i wyszła na zewnątrz. Wcześniej zabrała z półki puszkę z nierozpoczętą farbą. „Dlaczego wcześniej nie wpadłam na ten pomysł?" – Złapała w ręce ciężki pojemnik, odeszła od okna aż do samych drzwi i z tej odległości z wielkim rozmachem rzuciła nim w okienną szybę. Rozprysła się momentalnie. Nagle do dusznego pomieszczenia wpadło rześkie, żywiczne powietrze. W Łucję wstąpiła jeszcze większa siła. W jednej chwili znalazła się przy oknie. Starała się wyjąć z framugi wszystkie ostre pozostałości. Brała je po kolei przez materię kilka razy zwiniętej zasłony. W pewnej chwili zbyt mocno szarpnęła i drewniany karnisz, z przyczepioną do niego cienką kotarą znalazł się na podłodze. Zdjęła z niego tkaninę i powróciła do wcześniejszej czynności. Kiedy uznała, że dolna część framugi jest już czysta, podskoczyła, wspięła się na łokciach i w jednej chwili już była na oknie. Od razu zeskoczyła po drugiej stronie w sam środek okrągłego iglaka. Poczuła ból w łydce. Pomyślała, że to ostre igiełki niewielkiego krzewu tak boleśnie ją pokłuły, ale kiedy zerknęła na nogę i zobaczyła sączącą się z nieudżej ranki smużkę krwi, zorientowała się, że zraniła się o wystający z boku kawałek szkła. Rana nie była rozległa, ale za to dość głęboka i mocno krwawiła.

– Au! – Łucja krzyknęła. Dopiero teraz poczuła pieczenie skóry.

Cofnęła się do okna, przechyliła i zabrała jedną część zasłony, której luźno zahaczony brzeg zwisał z framugi. Jednym ruchem szarpnęła za podarty kraniec. Potem rozdarła go jeszcze dwa razy. Kiedy miała już w rękach jeden z kilku wąskich kawałków, obwiązała nim sobie łydkę. Potem szybko popędziła w kierunku frontu pałacu. Wciąż nie miała pewności, czy nie spotka tam

Chiary. Była jednak tak zdeterminowana, że nie zastanawiała się nad tym. W jej uszach wciąż dźwięczały słowa Włoszki: „Tomasz nie wróci". Łucja pędziła jak szalona. „Co ta wariatka wymyśliła tym razem?" – rozmyślała, w gorączce pokonując kolejne metry dzielące ją od pałacowych schodów. Mimo narastającego bólu szybko rozprawiała się z kolejnymi stopniami. Weszła do pałacu, tym razem przez drzwi.

– Hej, jest tu kto?! – krzyknęła, ale odpowiedziała jej tylko cisza.

Była pewna, że nikogo nie ma w środku. Na zewnątrz też nie było żywej duszy. Tylko ptaki śpiewały, tak jak zawsze, a głośne świerszcze wtórowały im swoją muzyką.

– Boże, nie mam zbyt wiele czasu. Muszę jak najszybciej dostać się do Wieliczan. – Zbiegła ze schodów i stanęła na podjeździe. Odwróciła się i spojrzała pośpiesznie na fasadę. Zawieszony na niej zegar pokazywał dwunastą trzydzieści. Znów poczuła przypływ paniki. Noga bolała ją coraz bardziej. Zamiast wrócić do pałacu, by zrobić sobie opatrunek, kucnęła i mocniej związała pseudobandaż w pięknym kolorze fioletu, który dość szybko zmieniał barwę na ciemnobordową. Teraz liczyła się każda chwila. Musiała jak najszybciej dotrzeć do ratusza. Miała nadzieję, że zastanie tam Tomasza i Anię. Odczuwała coraz większy niepokój. Przecież Tomek powinien wrócić dwie godziny temu. W jego szafie nadal wisiał ślubny garnitur, a sukienka Ani leżała na jej łóżku.

Popędziła przez park, do bramy. Prześlizgnęła się przez rozchyloną furtkę. Dopiero teraz zorientowała się, że ktoś jej nie domknął. Ale to w tej chwili było najmniej istotne. Bała się tak bardzo, że biegnąc, mocno zagryzła wargi. Nie czuła fizycznego bólu, tylko palący lęk, że Tomasz i Ania... że coś im się stało.

Chiara była szalona. Łucja aż bała się pomyśleć, na jaki pomysł mogła wpaść ta wariatka.

Gdy wydostała się poza łąki i dobiegła do głównej szosy, zauważyła odjeżdżający autobus. Zaczęła biec w jego kierunku, niestety za późno. Kierowca nie zauważył jej i odjechał. Była sobota, więc autobusy rzadko kursowały. Stanęła na chodniku, zastanawiając się, co powinna zrobić. Wszyscy znajomi odjechali do Wieliczan. Prawdopodobnie byli już pod ratuszem. Zauważyła jadący z naprzeciwka jaskrawoniebieski samochód pani Gołębiowej. Sąsiadka pani Grażyny zatrzymała się koło Łucji.

– Dzień dobry, pani nauczycielko – odezwała się oficjalnie, opuściwszy szybę.

– Dzień dobry, pani Gołębiowa – odpowiedziała jej zrezygnowana Łucja.

– Dokąd to się pani wybiera? – Obrzuciła Łucję wzrokiem od stóp do głów.

– Do Wieliczan – odpowiedziała nauczycielka pospiesznie.

– Do Wieliczan, na piechotę? – Gołębiowa starała się być zabawna.

Łucja nie uśmiechnęła się, tylko zagryzła wargi. Co jak co, ale na pewno nie było jej do śmiechu.

– Właśnie uciekł pani autobus – zauważyła Gołębiowa.

– Na to wygląda. – Łucja utkwiła wzrok w swoich klapkach. – Zaraz… a może pani mogłaby mnie podrzucić do ratusza? – Łucji w jednej chwili wrócił entuzjazm.

– Ja… się poza naszą wioskę nie ruszam – burknęła kobieta cicho. Było jej wstyd, że musiała się przyznać głośno do tego, co i tak wszyscy wiedzieli.

– A może mogłaby mi pani pożyczyć swój samochód? – Łucji było już wszystko jedno. Wiedziała, że musi wykorzystać tę szansę. Los zesłał jej sąsiadkę pani Grażyny i postawił na jednej z głównych szos Różanego Gaju w odpowiednim momencie.

– Ale... – Kobieta nawet nie próbowała ukryć zaskoczenia.

– Dobrze pani zapłacę. – Łucja nie spuszczała z niej oczu.

– Tak pani mówi – zaczęła Gołębiowa z innej beczki.

Wszyscy w wiosce wiedzieli, że nowi właściciele pałacu są zamożni. Kobieta wyłączyła silnik, wyszła z samochodu, stanęła przed Łucją i wręczyła jej kluczyki.

– W schowku jest dowód rejestracyjny – powiedziała. – Tylko niech pani uważa. Mój stary by mnie zabił, gdybym go zarysowała. – Gołębiowa dotknęła rozgrzanej karoserii.

– Będę uważała. – Łucja uśmiechnęła się i już za moment siedziała w samochodzie.

Gołębiowa jeszcze długo stała na chodniku i patrzyła na swojego odjeżdżającego „jaguara". Po jej minie widać było, że nadal nie miała pewności, czy słusznie postąpiła, oddając kluczyki. Kiedy Łucja zniknęła za drugim zakrętem, w końcu odeszła.

Łucja jechała jak szalona. Była pełna obaw o swoich bliskich. Co kawałek zwalniała jednak i rozglądała się na pobocza, czy przypadkiem nie było tam Ani i Tomasza. Gdy naciskała na sprzęgło, bardzo bolała ją noga, starała się więc jak najrzadziej zmieniać biegi.

Główna droga do Wieliczan w zasadzie była pusta. Zwykle tak było w weekendy. Nie zwracała uwagi na prędkość. Jechała bardzo szybko. Była pewna, że gdyby teraz namierzyła ją drogówka, dostałaby dużo punktów karnych.

Kiedy przejechała rogatki Wieliczan i wjechała w miejskie uliczki, zwolniła. Znów poczuła palący lęk. Dojechała na parking. Szybko wysiadła i zamknęła samochód. Ruszyła w kierunku ratusza. Kiedy stanęła na wybrukowanej drobną kostką uliczce prowadzącej do zabytkowego budynku, gdzie mieścił się nie tylko Urząd Stanu Cywilnego, ale także Centrum Kultury, na moment się zatrzymała. Jej serce zaczęło bić jak szalone. Każda sekunda dzieląca ją od bramy ratusza trwała wieki, a kolejne minuty cofały się, jakby chciały uciec do poprzedniego stulecia.

Ruszyła powoli i niepewnie. Ból w nodze po chwilowym odpoczynku potęgował się coraz bardziej. Odwracała głowę w kierunku witryn sklepowych, bojąc się spojrzeć wprost na drzwi budynku. W końcu jednak uniosła głowę i popatrzyła przed siebie. Z daleka dojrzała tabliczkę zawieszoną na kamiennej fasadzie i stojącą obok niej grupkę osób. Usłyszała podniesione głosy. Ktoś zaczął machać w jej kierunku. Po chwili dokładnie rozpoznała wszystkich. Niestety, nie było wśród nich Tomasza, Ani i ojca. Znów zwolniła. Przygarbiła plecy. Strach paraliżował jej ruchy. Człapała wolno, jak stara, przygnieciona życiem kobieta.

Kiedy doszła do drzwi, wszyscy ją otoczyli. Każdy pytał o coś innego, a ona nie słyszała już nic, tylko szum. Było jej wszystko jedno. Czuła, że nie ma już siły. Kręciło jej się w głowie. Znajome głosy zlewały się w jeden monotonny dźwięk, a hałas jadących w oddali samochodów wydawał jej się odgłosem z innego świata. Potem upadła. Kiedy się ocknęła, siedziała na schodach przed budynkiem ratusza. Obejmowały ją ciepłe ramiona Matyldy.

– Łucjo, kochana, co się stało? – Starsza kobieta nachylała się nad nią i z przerażeniem wpatrywała się w jej oczy. – Masz zranioną nogę. Jak tutaj w ogóle dotarłaś w tym stanie?! Co się stało? Gdzie Tomasz i Ania?

– Nie wiem. – Łucja przytuliła się do Matyldy i zaczęła szlochać.

– Coś im się stało? – Matylda nadal starała się czegoś dowiedzieć od Łucji.

– Nie wiem, wyszli z pałacu po dziesiątej. Mieli jechać do Wieliczan, ale tylko na chwilę. Nie wrócili. – Łucja znów zaszlochała, tym razem głośniej.

– A co z tobą? – Matylda z trwogą wpatrywała się w nasiąknięty krwią kawałek zasłony, którym Łucja obwiązała sobie ranę. – Ktoś cię skrzywdził? – Matylda gładziła jej włosy.

Wszyscy zbliżyli się do nich. Każdy chciał o coś zapytać, ale starsza pani przegoniła ich ręką.

– Cicho – odezwała się zdecydowanie. – Łucja zaraz nam wszystko opowie. Dajcie jej trochę więcej czasu. Nie widzicie, w jakim jest stanie?

Łucja, podpierając się na ramieniu Matyldy, pomału wstała. Popatrzyła po twarzach kolejnych znajomych. Wyczytała z nich przerażenie. Wszyscy się o nią martwili. Ważąc słowa, opowiedziała, co zaszło w pałacu.

– Kochana, przecież mogłaś zadzwonić, kiedy wydostałaś się na zewnątrz przez rozbite okno – zauważyła Antosia.

– Nawet o tym nie pomyślałam. Po prostu postawiłam sobie za cel, by jak najszybciej dotrzeć tutaj. Myślałam, że Tomasz i Ania… – Znów załamał jej się głos.

– Na pewno zaraz ich znajdziemy – powiedziała Izabela pewnym głosem. Jak zawsze w takich sytuacjach nie traciła zimnej krwi.

– Dzwoniliście do Tomka? – Łucja popatrzyła z nadzieją.

– Tak – rzekła Iza. – Niestety nie odpowiada.

Rozmowę przerwał hałas przejeżdżającej obok ciężarówki. Wszyscy odruchowo odwrócili głowy, czekając, aż potężny pojazd przejedzie. Samochód jednak z głośnym piskiem zatrzymał się tuż przed wejściem. Z wysokiej kabiny wyskoczył Tomasz, a zaraz za nim Eryk i Ania. Tomasz z Łucją stali, wpatrując się w siebie z niedowierzaniem. Dopiero po chwili mężczyzna zauważył ranę na nodze narzeczonej.

– Boże, Łucjo, co ci się stało?! – Był przerażony.

Łucja machnęła tylko ręką. Przybliżyła się do niego i mocno przytuliła, drugą ręką przygarniając córkę.

– Tak bardzo was kocham! Nie wiem, co bym zrobiła, gdyby coś wam się stało. – Odchyliła się i popatrzyła na niego.

– A właściwie dlaczego nie dotarliście na czas do pałacu?

– Długo by opowiadać – westchnął Tomasz.

Łucja zauważyła, że ręce po łokcie miał ubrudzone smarem.

– Samochód? – szepnęła cicho.

– Niestety, samochód. Nic nie wskazywało, że coś jest nie tak. W zeszłym tygodniu przecież miał przegląd.

– Więc co się stało? – Łucja bała się usłyszeć odpowiedź. Czuła, że za tym wszystkim stała Chiara.

– Podobno wysiadł układ hamulcowy. Wylądowaliśmy w polu. Na szczęście nikomu nic się nie stało. Ktoś nad nami czuwał. – Tomasz popatrzył w niebo, a Łucja wiedziała, że mówił o Ewie.

Potem Łucja w kilku zdaniach zdała mu relację z przebiegu ostatnich godzin. Zauważyła, że miał zaciśnięte pięści i ściągniętą twarz.

– Jednak nie wyjechała? Trzeba ją jak najszybciej znaleźć. Może stanowić poważne zagrożenie.

– Nie przesadzaj – powiedziała Łucja, chcąc go uspokoić. – Przecież ona tylko zamknęła mnie w pracowni. Właściwie nic takiego mi nie zrobiła. – Łucja nie była jednak pewna własnych słów. Wciąż miała przed oczami szalony wzrok wiolonczelistki, kiedy bez skrupułów zerwała jej z szyi łańcuszek. Nie powiedziała jednak o tym Tomaszowi. I tak zbyt wiele niejasności było wokół całej tej sytuacji.

– Tylko cię zamknęła w pracowni?! Co ty mówisz?! Gdybym ją teraz dorwał, to nie ręczę za siebie! – Mocno objął Łucję.

Kobieta poczuła, że uchodzi z niej całe napięcie. Zakręciło jej się w głowie. Położyła ją na ramieniu Tomasza. Poczuła znajomy zapach. Czuła, że z każdym oddechem wraca jej siła.

– To jak, kochanie? – Tomasz odsunął ją od siebie i spojrzał prosto w oczy.

Były zmęczone, naznaczone strachem i smutkiem, które już na szczęście odeszły.

– Wchodzimy do środka? Podobno jeszcze tam na nas czekają.

– Ty... mówisz poważnie? – Łucja nie wierzyła w słowa ukochanego. – Zobacz, jak wyglądamy? – Pierwszy raz od kilku godzin z jej ust wydobył się głośny, szczery śmiech.

– A kto powiedział, że do ślubu trzeba iść elegancko ubranym, co? – Mimo widocznego na twarzy zmęczenia Tomasz miał dobry humor.

Jego jasnogranatowe dżinsy były pokryte ciemnymi, tłustymi plamami, a szary podkoszulek ociekał smarem. Ania miała zakurzone legginsy i brudną tunikę w groszki.

– Jesteś najpiękniejszą panną młodą na świecie. – Tomasz ją objął.

– Ty naprawdę mówisz poważnie? Chcesz tam teraz wejść i... – Łucji odebrało mowę. Roześmiała się tylko.

– Tak, kochana. Mam nadzieję, że wejdziemy tam razem. – Wskazał na drzwi. – Chyba się nie rozmyśliłaś? – Zabawnie zmarszczył brwi.

Łucja zauważyła, że kilka kosmyków jego włosów też zabarwiło się na ciemny kolor.

– Chyba jeszcze muszę się nad tym zastanowić. – Starała się obrócić sytuację w żart.

Zauważyła, że z każdą kolejną chwilą wszyscy się odprężali.

– Jednego jestem pewna, zapewnisz mi ekscytujące życie. Na pewno nie będzie mi się przy tobie nudzić – powiedziała Łucja. Potem oboje z Tomaszem się roześmiali. – Chodźmy. – Złapała go za ramię i pociągnęła w kierunku drzwi. Ania szła z drugiej strony.

Okazało się, że pani urzędniczka, która miała udzielać im ślubu, wykazała się dużą cierpliwością. To miała być ostatnia ceremonia tego dnia, dlatego na prośbę przybyłych osób postanowiła jeszcze dać nowożeńcom szansę na przybycie.

Ślub odbył się szybko. Na szczęście Eryk miał obrączki. Dzień wcześniej Tomasz poprosił go, żeby je zabrał. Ojciec Łucji tak bardzo się tym przejął, że już z samego rana zapakował je do kieszeni swych eleganckich spodni.

– Poszło całkiem nieźle, pani Kellter. – Tomasz długo trzymał rękę Łucji, czując w dłoni chłodną obrączkę z białego złota, którą kilka chwil wcześniej wsunął jej na palec.

– Rzeczywiście, obyło się bez sensacji, panie Kellter. – Łucja też mocno ścisnęła jego rękę.

Kiedy wyszli na zewnątrz, goście przystąpili do składania gratulacji. Tomasz nadal czuwał nad wszystkim.

– Posłuchajcie – zwrócił się do Eryka. – Wy jedźcie teraz do restauracji. Doskonale wiecie, gdzie to jest, a my podjedziemy z Łucją na pogotowie i zaraz do was dołączymy – zadecydował.

– Na pogotowie?! – Łucja popatrzyła na niego zszokowana. – Po co?!

– Twoją nogę musi zobaczyć lekarz. Widzę przecież, że kulejesz. Dlaczego nie chcesz się przyznać, że cię boli?

– Rzeczywiście mnie boli – potwierdziła Łucja. Teraz, kiedy emocje już opadły, rwący ból narastał na potęgę.

Okazało się, że wszyscy zostawili samochody na tym samym parkingu, tuż przy niedużym centrum handlowym.

– Czym tutaj dotarłaś? – Tomasz dopiero teraz zorientował się, że we wcześniejszych opowieściach Łucja nic nie wspomniała o podróży do Wieliczan.

– Przyjechałam samochodem pani Gołębiowej. – Włożyła ręce do kieszeni szortów, wyjęła kluczyki i pomachała nimi.

– Co takiego?! – parsknęła stojąca obok pani Grażyna, która akurat pakowała się do samochodu Antosi. – Pożyczyła pani? – Mama Staszka przypatrywała się Łucji z niedowierzaniem. Podzwaniające w górze kluczyki wyglądały w jej oczach jak niebagatelne trofeum.

– Pożyczyła. – Łucja uśmiechnęła się chytrze. – Wprawdzie nie uzgodniłyśmy dokładnej kwoty za wynajem, ale mam nadzieję, że nie zedrze ze mnie skóry. – Mimo bólu nogi Łucja na dobre odzyskała humor.

– Nie byłabym tego taka pewna. – Pani Grażyna niby się uśmiechała, ale było widać, że swoje sobie pomyślała.

Po kilku minutach wszyscy się rozjechali. Na pogotowiu w Wieliczanach na szczęście nie było tłumów. Przyjęto ich od razu. Rana okazała się dość głęboka, na dodatek utkwił w niej kawałek szkła. Łucja wyszła z gabinetu zabiegowego o własnych siłach. Rana została oczyszczona, zdezynfekowana i zszyta, a na

nodze Łucji zamiast kawałka perkalowej zasłony znalazł się jało-
wy opatrunek, owinięty czystym bandażem. Dzięki zaaplikowa-
nym środkom przeciwbólowym Łucja czuła się całkiem dobrze.

Wkrótce dotarli do restauracji, w której odbywało się przyjęcie. Wszyscy znów powitali ich entuzjastycznie. Właśnie kończyli
jeść obiad. Ania siedziała obok Eryka. Widać było, że bardzo się
polubili. Tomasz i Łucja usiedli obok siebie.

– Kochanie, ja wiem, że to nie tak miało wyglądać. Miały być
kwiaty, muzyka z fortepianu…

– Kwiaty, muzyka?

– Jechałem do Wieliczan, żeby to dograć. Chciałem przewieźć
fortepian do restauracji, ale… nie wypaliło. Gdyby nie ten samochód, to… – Tomasz miał poważny wyraz twarzy.

– Tomek, co ty mówisz? Kwiaty i muzykę mamy na co dzień
w Różanym Gaju, a najważniejsze jest to, że mimo wszystko jesteśmy razem. Różnie bywało … ostatnio. – Pomiędzy nimi stanął kelner. W ręku trzymał tacę z ciepłym obiadem.

Łucja poczuła, że jest bardzo głodna. Tomasza także zachęcił
zapach wydobywający się z dwóch ładnie przystrojonych talerzy.

– Smacznego, panie Kellter. – Puściła do Tomasza oko.

– Smacznego, pani Kellter – odpowiedział.

Przyjęcie weselne trwało do późnych godzin. Nawet
Ignacy, siedząc u boku Matyldy, nie marudził, tylko z dużym zainteresowaniem przyglądał się wszystkiemu. Luca i Izabela co
chwilę wznosili toasty. A okazji do nich nie brakowało.

Kiedy około pierwszej w nocy opuszczali lokal, Łucja czuła
się już zmęczona. Dzień pełen wrażeń i leki dały o sobie znać.
W drodze powrotnej prowadził Tomasz. Łucja z Anią przespa-
ły całą podróż. Obudziły się, kiedy Tomasz stanął przy polnej

ścieżce. Niestety samochodem pani Gołębiowej nie dało się przedrzeć przez dzikie ostępy.

– Moje panie, pora wstawać – powiedział Tomasz do Łucji i Ani.

Po wyjściu z samochodu bardzo powoli ruszyli w kierunku rezydencji. Kiedy stanęli na podjeździe, Łucja popatrzyła na ciemne okna pałacu. Powróciły do niej wspomnienia z całego dnia. Wzdrygnęła się. Dopiero teraz dotarło do niej, że zostawiła otwarte drzwi, a z tyłu budynku wielką dziurę po wybitej szybie.

– Ja tam nie wejdę. Dzisiaj śpię w garażu. – Łucja ścisnęła Anię.

– Mamo, nie żartuj. – Dziewczynka wystraszyła się.

– My pójdziemy – zadecydował Eryk, po czym ruszył w kierunku schodów. W ślad za nim poszedł Tomasz. Wkrótce na zewnątrz zapaliło się światło.

Łucja i Ania dość długo patrzyły na pałac.

– Idziemy? – Łucja zerknęła na Anię.

– Nie wiem.

– Chodź – zachęciła Łucja.

Weszły na schody i popatrzyły do góry. W większości pałacowych okien rozbłysło światło. Przed drzwiami zauważyły Tomasza.

– Chodźcie, w pałacu nie ma nikogo. Eryk na razie stara się jakoś zabezpieczyć tę dziurę w pracowni. Jutro jest niedziela, ale pojutrze zadzwonimy do firmy, która wprawiała nam okna, to wszystkim się zajmą. Droga wolna. – Tomasz zszedł kilka stopni w dół, zrównując się z nimi.

Ania dopadła do niego.

– Ja idę z tatą. – Nadal była wystraszona.

Tomasz złapał ją za rękę. Potem zwrócił się do Łucji.

– Jak się czujesz? Boli? – Spojrzał na jej nogę.

– Daję radę – odpowiedziała mu z uśmiechem, choć środki przeciwbólowe przestały już działać.

Gdy wrócili, Łucja zaraz wskoczyła do łóżka. Tomasz położył się obok. Długo leżeli, wpatrując się w siebie przy świetle lampki. Oboje czuli, że jest to szczególna chwila. Nawet nic nie musieli mówić, by wyrazić miłość. Nagle w drzwiach sypialni stanęła Ania.

– Nie mogę usnąć. – Podeszła do ich łóżka. – Mogę dzisiaj spać z wami? – spytała, pocierając oczy.

– Wskakuj. – Łucja rozchyliła kołdrę.

Małej nie trzeba było długo zachęcać. Od razu weszła do środka, wtulając się w obojga.

– Boję się – szepnęła.

– Z nami nic ci nie grozi. – Łucja objęła ją. – Śpij spokojnie. Zobaczysz, że rano wszystko będzie wyglądało inaczej.

Usnęły niemal jednocześnie, wtulone w siebie, z uśmiechem na twarzy. Kiedy ich oddechy się wyrównały, Tomasz zgasił światło.

Następnego dnia rzeczywiście wszystko wyglądało bardziej optymistycznie. Po szybie, tak samo jak poprzedniego dnia, ślizgało się słońce. Kiedy Łucja się obudziła, na głowie miała ręce Ani. Delikatnie je zdjęła. Dziewczynka nawet nie drgnęła, tak bardzo była zmęczona. Tomasza, tak jak zazwyczaj, nie było już w łóżku. Tym razem jego część zajmowała Ania. Łucja długo patrzyła na spokojną twarz śpiącej córki. Wpatrywała się w nią do momentu, aż w drzwiach sypialni pojawił się Tomasz.

– Wyspałaś się? – szepnął, żeby nie obudzić dziewczynki.

– Tak. – Łucja się przeciągnęła.

– Chodź do kuchni, zrobiłem ci herbatę. – Cały czas mówił cicho, spoglądając na Anię.

Jeszcze przez chwilę została w łóżku. Zaraz jednak wstała i nasunęła na Anię kołdrę. Dziewczynka spała kamiennym snem. Kobieta podeszła do okna i otworzyła je, wpuszczając świeże powietrze. Kiedy na dłuższą chwilę stanęła na zranionej nodze, poczuła piekący ból, który na szczęście zaraz minął. Potem wyszła z pokoju. Była wypoczęta. Wydawało się, że przykre wspomnienia pozostawiła za sobą.

Tomasz siedział przy stole nad filiżanką aromatycznej kawy. Czytał książkę. Kiedy ją zobaczył, od razu wstał i podsunął jej krzesło.

– Siadaj, kochanie. Jak się czujesz? – Popatrzył troskliwie na owiniętą bandażem nogę. – Jutro musimy jechać na zmianę opatrunku.

– Jest dobrze. – Łucja uśmiechnęła się leniwie. – Wiesz co, Tomku, nalej mi też kawy – Wciągnęła w płuca parujący z filiżanki męża aromat.

– Jesteś pewna?

Przytaknęła.

– Ta kawa tak pachnie, że nie mogę się jej oprzeć.

– Dobrze. – Tomasz uśmiechnął się. Potem wstał, podszedł do szafki po dzbanek z kawą i nalał do filiżanki. Postawił ją przed żoną.

– Miło tak siedzieć razem i pić kawę. – Uśmiechnął się do niej, kiedy oboje nasycili się espresso.

– Tak, rzeczywiście, to jest miłe – odwzajemniła się Łucja.

– Kocham cię i naszą wspólną codzienność. – Tomasz wziął ją za rękę.

– Też cię kocham – powiedziała spokojnie.

– Nie żałujesz?

– Czego?

– Tego, że zdecydowałaś się na ten ostateczny krok i teraz jesteś panią Kellter.

– Nie żałuję, mój drogi mężu. Mam nadzieję, że nie dasz mi nigdy powodów, bym musiała zmienić zdanie. – Uśmiechnęła się do Tomasza szelmowsko.

Usłyszeli kroki na schodach.

W chwilę potem w drzwiach stał ojciec Łucji.

– Dzień dobry, można? – Eryk cały czas stał nieruchomo, jakby czekał na wezwanie.

– Siadaj, Eryku. – Tomasz wstał i podsunął starszemu mężczyźnie krzesło.

– Jesteście pewni, że nie będę wam przeszkadzał?

– Pijesz kawę? – Tomasz podał mu filiżankę, a po uzyskaniu twierdzącej odpowiedzi, przechylił dzbanek.

– Dobrze, że wszystko się udało. – Eryk nie wiedział, jak zacząć rozmowę.

– Tak, pomimo nieprzewidzianych przeciwności wszystko skończyło się idealnie. – Tomasz popatrzył na Łucję.

Przez chwilę w jej wzroku wyczuł napięcie. Zaraz jednak rozmowa zeszła na przyjemniejsze tematy. Ania dołączyła do nich dopiero po dwunastej. Wydawała się wyspana, ale siedząc przy stole, nieustannie ziewała. Była wyjątkowo małomówna. Chętnie natomiast słuchała dorosłych.

Przed obiadem Łucja pojechała odwieźć samochód pani Gołębiowej. Kobieta dokładnie go obejrzała, a potem ku zdziwieniu Łucji stwierdziła, że nie chce żadnej zapłaty.

Po południu w pałacu zjawili się Luca i Izabela. Malarka przywiozła obiecany wcześniej garnek bigosu od pani Matyldy.

Tak więc ciepły posiłek na ten dzień mieli zapewniony. Mama Izabeli często robiła mieszkańcom pałacu takie pyszne niespodzianki. Lubiła gotować, a jeszcze bardziej obdarowywać bliskie osoby efektami swojego kulinarnego kunsztu. Jak wszystko, co wychodziło spod rąk Matyldy, tak i tym razem bigos okazał się wyśmienity. Zniknął w okamgnieniu, dlatego Izabela mogła od razu zabrać ze sobą pusty garnek i odwieźć go po drodze mamie.

Po obiedzie wszyscy poszli do altany. Znów była kawa i ciasto, które zostało jeszcze z przyjęcia. Łucja z Tomaszem przywieźli tego ciasta całkiem sporo. Mimo że obdarowali nim wszystkich gości, to teraz i tak wypełniało kilka półek w lodówce.

– Masz jeszcze ten makowiec, którym się wczoraj tak zajadałam? – Na talerzu przyniesionym przez Łucję Izabela zaczęła szukać wzrokiem ulubionego ciasta.

– Tak, już ci nakładam. Schował się pod sernik wiedeński. – Łucja podała przyjaciółce od razu trzy kawałki makowca.

Izabela jadła je bardzo powoli, popijając kolejne kęsy ulubioną mocną kawą.

– Nie było jej tutaj? – Zniżyła głos i popatrzyła ukradkiem na siedzącą obok Anię.

Dziewczynka bawiła się kawałkiem drewienka odstającego z blatu ławy. Łucja pokręciła głową. Luca zakaszlał.

– Byliśmy w tym pensjonacie, do którego odwiózł ją Tomasz. Podobno wyprowadziła się stamtąd już następnego dnia, robiąc wcześniej karczemną awanturę. Jeździliśmy po Wieliczanach i okolicy, szukając jej we wszystkich możliwych hotelach i pensjonatach, ale nikt o niej nie słyszał. Dosłownie zapadła się pod ziemię. Myślałam, że już ją mamy z głowy. – Izabela popatrzyła na Lucę, jakby czekała na jakieś pomysły z jego strony.

– Nic już nie wymyślimy. Musimy czekać, aż się pojawi. W końcu musi wyjść z ukrycia. Długo nie wytrzyma w Polsce. Zbyt dobrze ją znam. Chiara jest przyzwyczajona do luksusu. To kapryśna księżniczka – powiedział Luca.

– Wygląda na to, że nasza diwa nieźle sobie radzi w skromnych polskich warunkach – zauważyła kąśliwie Izabela.

– Szkoda, że nie wiemy, gdzie jest, bo dalibyśmy jej ze Staszkiem popalić. – Ania nagle wtrąciła się do rozmowy.

– Nie wątpimy – odezwali się dorośli.

– Ty i Staszek jesteście pod tym względem niezastąpieni. – Łucja się roześmiała i przysunęła do Ani talerz z ciastkami. – Zjedz coś. – Uniosła go wyżej, tuż przed oczy córki.

– Nie. Mam już dość ciasta. – Dziewczynka nabrała w usta powietrza.

– Ta kobieta, o której tak zawzięcie od wczoraj dyskutujecie, musiała solidnie zaleźć wam za skórę – odezwał się dotąd milczący Eryk.

– Oj, rzeczywiście dała nam się ostatnio porządnie we znaki – potwierdził Luca. – To żmija w ludzkiej skórze. Szkoda, że akurat musiała wpełznąć do Różanego Gaju. Trzeba ją jak najszybciej zlokalizować. Takie podstępne gady są niebezpieczne dla otoczenia.

Eryk z uwagą przysłuchiwał się rozmowie.

– Myślę, że to ona stoi za awarią twojego samochodu – rzekł Luca.

– Niemożliwe – odezwał się Tomasz. – Kto jak kto, ale nasza artystka na pewno nie pobrudziłaby sobie delikatnych rączek. Zresztą, co ona może wiedzieć na temat samochodów?

– Nie zapominaj, jak ona działa na facetów. Żaden jej się nie oprze.

– Żaden? – Tomasz nabrał głęboko powietrza. Potem niby przez przypadek złapał Łucję za rękę. Ona też ścisnęła jego dłoń.

– Masz rację, są wyjątki – potwierdził Luca. – Na przyszłość muszę lepiej dobierać słowa. – Uśmiechnął się. – Ale przyznaj, że nieźle sobie radzę po polsku.

– To prawda, mówisz jak rodowity Polak.

Luca znów się uśmiechnął. Schlebiły mu słowa przyjaciela.

– Zdecydowałeś już, kiedy wracasz do Florencji? – spytał Tomasz. Potem oboje z Łucją spojrzeli na Włocha z zainteresowaniem.

– W przyszłym tygodniu mamy zarezerwowany poranny lot. – Luca spojrzał na Izabelę. Nie wiedział, ile jeszcze może powiedzieć.

– Więc jednak wracasz? – Łucja odwróciła się do przyjaciółki. W jej słowach czuć było nutkę żalu.

– Tak, wracam. To już postanowione. Nigdzie nie ma takiego dobrego wina jak we Włoszech – starała się żartować.

– Twoja mama już wie? – Łucja naprawdę bała się, jak Matylda przyjmie kolejny wyjazd córki.

– Wie – odpowiedziała malarka, dając do zrozumienia, że nie zamierza dłużej ciągnąć tematu.

Zauważyli Staszka zbliżającego się od zachodniej strony pałacu.

– Dzień dobry! – wołał już z daleka.

– Witaj, Staszku! – odezwał się Tomasz. Wstał i wyciągnął do chłopaka rękę. Zawsze tak się witali, mocnym uściskiem dłoni, po męsku.

Staszek od razu zajął miejsce przy Włochu. Już wiedział, że odjeżdża, ale wciąż nie przyjął tego do wiadomości.

– Wszyscy tu jesteście? Nikt nie został w pałacu? – Popatrzył kolejno po twarzach siedzących. – Kiedy przechodziłem koło schodów, wydawało mi się, że ktoś zamyka okno. – Chłopiec miał nietęgą minę. – Tak, na pewno to słyszałem. Mocno huknęło – dodał po chwili.

Wszyscy popatrzyli po sobie. Luca i Tomasz od razu wstali.

– Pójdziemy sprawdzić, co tam się dzieje.

– Idziemy z wami – dodały kobiety.

Eryk chwycił Anię za rękę. Zauważył, że była zdenerwowana.

– A my tutaj na was zaczekamy. Na pewno dacie sobie radę bez nas. – Starszy mężczyzna przysunął się do dziewczynki jeszcze bliżej.

Na twarzy Ani malował się strach.

Luca szedł przodem, jakby przyjął na siebie rolę dowodzącego. Tomasz starał się z nim zrównać, ale Włoch cały czas wyprzedzał go o krok. Kobiety szły za Tomaszem. Wszyscy uważnie przyglądali się pałacowym oknom, a kiedy weszli do głównego wejścia, jednocześnie wstrzymali oddech.

Drzwi były niedomknięte, choć Łucja dałaby sobie uciąć głowę, że je zatrzasnęła. Dziewczyny ostrożnie wsunęły się do wnętrza tuż za mężczyznami. Nawet zwykle odważna Izabela teraz lękliwie zerkała na boki.

– Pójdziemy na górę. – Tomasz trącił Włocha w bok, po czym obaj podeszli pod schody.

Nim zdążyli postawić na nich stopy, wyraźnie usłyszeli czyjeś kroki. Stanęli, czekając, co się wydarzy.

– Witam was. – Chiara schodziła pomału. Każdy jej krok był przemyślany. Tylko ona sama była w tym wszystkim bez wyrazu. Sprawiała wrażenie szarej i przykurzonej, jakby jej zjawiskowa uroda nagle zblakła.

– Co ty wyprawiasz?! – Tomasz nie wytrzymał i wyszedł jej naprzeciw, pokonując szybko kilka pierwszych stopni.

Chiara nie zważała na to. Nadal wolno schodziła, przyglądając się wszystkim beznamiętnie.

– Przyszłam się z wami pożegnać, jutro wylatuję do Włoch. Wiem, że będziecie za mną tęsknić.

Łucja nie wytrzymała i złapała Izabelę za ramię.

– Boże! – szepnęła do ucha przyjaciółki. – Cynizm tej kobiety nie ma granic!

– Mówiłaś coś? – Chiara uśmiechnęła się słodko i popatrzyła na Łucję. – Myślisz, że ci się udało, ale to tylko chwilowe. – Chiara stanęła na środku schodów. Wyglądała tak, jakby zaraz miała wygłosić ważną przemowę. – Mówiłam ci już, że on i tak nigdy nie będzie twój. Ten krążek na twoim palcu jeszcze o niczym nie świadczy.

– Kocham Łucję i to się nigdy nie zmieni. Przyjmij to w końcu do wiadomości! – Tomasz wszedł dwa stopnie wyżej.

– Nie zbliżaj się! – Chiara zmroziła go wzrokiem. – Siedzicie sobie w tym zapyziałym zakątku i czujecie się panami świata. Boże, jakie to żałosne. – Na jej twarzy zagościł sztuczny uśmiech. Zmiana nastroju przychodziła jej bardzo łatwo. W jednej chwili mogła się śmiać na głos, by zaraz potem zalewać się krokodylimi łzami. – Cieszę się, że już jutro wracam do siebie. Nawet nie wiem, po co tu przyjeżdżałam.

– No właśnie, wracaj, gdzie twoje miejsce! – Izabela nie wytrzymała.

Chiara zwróciła się do niej.

– Skarbie, tobie to się dziwię. Tak bardzo spowszedniałaś. Kiedyś wydawało mi się nawet, że mogłybyśmy mieć ze sobą coś wspólnego. Ale teraz widzę, że w tym koszmarnym kraju wszyscy stają się imitacją siebie samych.

– Wynoś się stąd! – Izabela pałała złością.

Kiedy Łucja na nią spojrzała, od razu zorientowała się, że znów ma obok siebie dawną Izabelę. Nie była pewna, czy sprawy przybrały dobry obrót. Ostatnio przekonała się, że naprawdę wszystko może się zdarzyć.

– Wyjdę stąd, ale nie dlatego, że to ty mi każesz! – Chiara znów zaczęła schodzić.

W chwilę później zrównała się z Tomaszem. Obrzuciła go tylko pogardliwym wzrokiem i zeszła na sam dół.

– Chciałam się tylko z wami pożegnać, ale widzę, że nie jestem tutaj mile widziana. Jesteście wyjątkowo niewychowani. – Uniosła głowę, jakby nie miała zamiaru już na nich patrzeć.

– Zaczekaj. – Tomasz zbiegł ze schodów. – Musimy sobie wyjaśnić kilka spraw. – Podbiegł do Włoszki i chwycił ją za rękaw sukienki.

– Nie zamierzam już z wami rozmawiać. Nie będę się zniżać do waszego poziomu. – Chiara grała. Była świetną aktorką. Gdyby nie była uzdolnioną wiolonczelistką, na pewno nieraz przechadzałaby się po czerwonym dywanie.

– Gdzie się zatrzymałaś? – Tomasz zaczął innym tonem.

– Nie powinno cię to obchodzić. Nie masz prawa mnie o to pytać, po tym jak... – W oczach Chiary była wrogość.

– Chiaro, chcemy ci pomóc – rzekł Luca.

Kobiety popatrzyły na niego skołowane.

– W co on pogrywa? – szepnęła Izabela do ucha Łucji. Nadal była wściekła.

Łucja wzruszyła ramionami. Luca miał łagodny wyraz twarzy. Jakby z jednym oddechem ulotniła się z niego cała przekora.

Po jego słowach wiolonczelistka roześmiała się melodramatycznie.

– Wiecie co… – Widać było, że Chiara zbiera myśli.

Nagle uchylone drzwi wejściowe rozwarły się szerzej. Stanął w nich Eryk z Anią. Tuż za nimi wychylał się Staszek. Włoszka pobladła. Wyglądała tak, jakby ktoś wylał na nią kubeł zimnej wody. Chwyciła się za brzuch, jakby to właśnie w nim ukrywały się emocje, które teraz nią targały.

Eryk wypuścił rękę Ani i odsunął dziewczynkę od siebie. Powoli podszedł do stojącej przed nim kobiety, wykrzywiającej twarz w groteskowy sposób.

Chiara chciała się uśmiechnąć, chciała udawać, ale w tym momencie nie potrafiła. Sytuacja przerosła nawet ją.

– Co ty tu robisz?! – zapytał Eryk, zaszokowany.

– Co ja tutaj robię?! – Włoszka nie była w stanie spojrzeć mężczyźnie w oczy. – Wystarczy, że zdecydowałam się przyjechać do tego… niecywilizowanego kraju i już cię spotykam, tatulku?! – Odważyła się popatrzeć na Eryka.

Mężczyzna skurczył się w sobie. Nic nie mówił. Tylko patrzył w twarz wiolonczelistki, naszpikowaną całą gamą uczuć. Wokół zapanowała głucha cisza, którą jak zwykle przerywało tylko bzyczenie natrętnych much.

– W końcu się spotkaliśmy – odezwał się Eryk.

– W końcu?! Przyznaj się, miałeś nadzieję, że już nigdy mnie nie zobaczysz, co?! – Włoszka zbliżyła się do starszego mężczyzny.

– To nie tak – odparł Eryk cicho.

– Porzuciłeś mnie jak niepotrzebny grat. Nigdy ci tego nie wybaczę! Życzę ci wszystkiego najgorszego! Czy ty wiesz, jak to jest być odrzuconą przez mężczyznę?! – Chiara nadal patrzyła na Eryka, ale jej wzrok na chwilę powędrował do Tomasza. Szybko się jednak zmitygowała.

– Przepraszam – szepnął Eryk. – Nie umiałem inaczej. – Skulił się jeszcze bardziej.

Łucja po raz pierwszy popatrzyła na Chiarę z empatią. Doskonale wiedziała, co czuła. Mimo że ta cała sytuacja wydawała się jej absurdalna, świetnie ją rozumiała. Nosiła w sobie takie same emocje. Myślała, że już się ich pozbyła, ale nagły wybuch wiolonczelistki obudził resztki drzemiących w niej negatywnych uczuć.

Wszyscy spoglądali na siebie z zakłopotaniem. Czuli, że ta chwila powinna należeć tylko do Chiary i Eryka, ale nikt nie odważył się wyjść.

Chiara dość długo się nie odzywała. Wciąż mierzyła jednak Eryka wzrokiem.

– Wiesz – powiedziała w końcu. – Życzę nam, aby to było ostatnie nasze spotkanie. Nie chcę cię już nigdy więcej widzieć! Kiedyś jeszcze się łudziłam, że być może… Ach, zresztą… – Machnęła ze złością ręką. Potem znów nic nie mówiła przez dłuższy czas. – Ta chwila jest naszą ostatnią! Dla mnie umarłeś, ojczulku! – Pełne dramatyzmu słowa Chiary były aktorską grą.

Eryk patrzył na nią smutno. Nie miał nic na swoją obronę. Chiara podeszła do drzwi. Nie patrzyła już na nikogo, tylko wyszła na zewnątrz. Łucja podeszła do Tomasza.

– Idź za nią – szepnęła. Potem popatrzyła na ojca. Nadal nie potrafiła ocenić realności sytuacji. Odgrodziła się od niej. To było zbyt nieprawdopodobne.

Tomasz i Luca wyszli za Chiarą. Potem długo nie wracali. Z oddali usłyszała odgłos odjeżdżającego samochodu. Domyśliła się, że odjechali samochodem Izabeli. Popatrzyła na Eryka. Odwrócił się i odszedł w stronę swojego pokoju.

– Łucjo, będzie lepiej, jak ja też sobie już pójdę. Obiecałam mamie, że jeszcze do niej zajrzę. – Malarka też nie mogła znaleźć właściwych słów.

– Jak chcesz – powiedziała Łucja i ruszyła do góry.

Chyba tylko dzieciaki nie miały problemu z sytuacją. Kiedy Chiara opuściła pałac, od razu wrócił im dobry humor. Popędziły nad staw.

Tomasz i Luca odwieźli Chiarę do Wieliczan. Okazało się, że wynajęła pokój w jednym z prywatnych mieszkań. Prawdopodobnie skonfliktowała się z większością właścicieli hoteli i pensjonatów w okolicy.

Kiedy się z nią rozstawali, sprawiała wrażenie uległej. Nie miała w sobie tej całej apodyktyczności, w którą ubierała się niczym w żelazny pancerz.

– Dasz sobie radę? – spytał Tomasz, kiedy rozstawali się przed drzwiami mieszkania, w którym Włoszka wynajmowała pokój.

– Marzę tylko o tym, żeby z powrotem znaleźć się u siebie. – Kiedy to mówiła, nie patrzyła Tomaszowi w oczy. Znów była nieprzystępną, zimną królową, ukrywającą się za upozorowaną słodyczą. Nietuzinkowa uroda dawała jej przewagę. Dzięki niej mogła być tą, którą być chciała. Mogła robić to, na co miała ochotę, i zwykle nie ponosiła za to konsekwencji. Wydawało się, że nawet teraz wszystko uszło jej płazem. Tylko że nikt nie przewidział, że w progach pałacu należącego do mężczyzny, którego kochała, spotka tego, którego nienawidziła. To zmieniło wszystko. Odwróciło uwagę od mniej istotnych spraw, przenosząc ją na te najważniejsze, ukryte pod zmęczoną twarzą ojca, którego wciąż doskonale pamiętała.

– Nie obawiaj się, usunę się wam z drogi. Wiem, kiedy powinnam odejść. Zresztą nie mogłabym tutaj teraz zostać. Pamiętaj, Tommaso, że nikt nigdy nie będzie kochał cię tak mocno jak ja. – Chiara po raz pierwszy oficjalnie wyznała mu miłość.

Nie wiedział, jak się zachować.

– Chiaro, ja…

– Nic nie mów. Nadal nie rozumiem, co w niej widzisz. Jest taka pospolita.

– Chiaro… – Tomasz próbował jej coś przekazać.

– Bądź cicho. – W jej słodkich ustach pojawiły się nieprzyjemne słowa. – Żyj sobie, jak chcesz, i tak nie będziesz z nią w pełni szczęśliwy. Tylko ze mną mógłbyś… Tylko ktoś, kto czuje muzykę tak samo jak ty, może cię zrozumieć. Twój wybór. – Chiara w jednej chwili odwróciła się i zatrzasnęła za sobą drzwi. Zamknęły się z wielkim hukiem. Tomasz aż się wzdrygnął. Chwilę popatrzył za oddalającą się wiolonczelistką, która przez grubą szybę wyglądała jak postać znajdująca się po drugiej stronie lustra.

Kiedy podszedł do samochodu, pozostawionego na parkingu osiedlowym, zauważył Lucę, opartego o bagażnik. Palił papierosa i nerwowo spoglądał w kierunku, z którego akurat wracał muzyk.

– Przecież ty nie palisz. – Tomasz zdziwił się, kiedy zobaczył Włocha ukrytego w kłębach dymu.

– Tylko czasami. – Luca uśmiechnął się, chcąc ukryć zmieszanie. Potem wziął do ręki paczkę papierosów, którą położył na dachu samochodu, i wrzucił ją do stojącego niedaleko kosza na śmieci.

– Jeden wystarczy. – Dopalił papierosa do końca. – Wracamy?

– Wracamy – odpowiedział Tomasz.

W drodze powrotnej nie poruszyli już tematu Chiary.

Do końca dnia Eryk nie wychodził z pokoju. Kiedy nazajutrz rano Łucja szła do ogrodu z kubkiem gorącej herbaty, tuż przy schodach zauważyła jego walizkę. Przez moment zatrzymała się, czekając, aż mężczyzna wyjdzie. Kiedy jednak po dłuższej chwili go nie zobaczyła, ruszyła w kierunku jego pokoju. Zapukała, a nie uzyskawszy odpowiedzi, nacisnęła na klamkę. Eryk stał przy oknie, ale sprawiał wrażenie, jakby nie przyglądał się niczemu.

– Wyjeżdżasz? – spytała go Łucja.

– Tak – odpowiedział i odwrócił się do niej.

– Chciałeś wyjść bez pożegnania?

– Nie wiem – odpowiedział szczerze. – Wciąż tylko wszystkich ranię. Lepiej będzie, jak usunę się z twojej drogi jak najszybciej.

– Nie schlebiaj sobie. Trzeba wypić piwo, którego się nawarzyło.

Popatrzył na nią zdezorientowany.

– Jakbyś chciał pogadać, to jestem w ogrodzie – powiedziała Łucja. Potem odwróciła się i wyszła.

Poszła jedną ze swoich ulubionych alejek, w kierunku „jaśminowej ławki". Idąc, słyszała za sobą czyjeś kroki. Odwróciła się. Ojciec szedł kilkanaście metrów za nią. Zatrzymała się, aby mógł się z nią zrównać.

– Chcę pogadać – rzucił pośpiesznie.

Uśmiechnęła się do niego, a potem bez słowa poszli przed siebie. Kiedy usiedli, ojciec odezwał się:

– Pewno teraz jawię ci się jako najgorszy człowiek na świecie? – Oczy Eryka przepełniał ból.

– Już kiedyś ci powiedziałam, że cię nie oceniam. To twoje życie. Przez trzydzieści pięć lat żyliśmy z dala od siebie.

– No właśnie... – Mężczyzna pochylił głowę. – Nie chcesz wiedzieć, jak to się stało? – Starał się zaczepić ją wzrokiem.

– Jak będziesz chciał, to sam mi powiesz. – Łucja siliła się na obojętność.

– Chcę – powiedział Eryk i zaczął swoje zwierzenia. – Mówiłem ci już, że po wyjeździe ze Strumian i rozwodzie z twoją matką na pewien czas wyjechałem do Włoch. Podjąłem tam pracę w niewielkiej przetwórni owoców. Obok była winnica, w której też sobie dorabiałem. Właśnie tam poznałem Rosalie, matkę Chiary. Ta winnica należała do jej męża. – Eryk wymownie zakasłał. – Rosalie sprawiała wrażenie samotnej. Ten jej mąż to był kawał łajdaka. Do tego pijak i kobieciarz. Był od niej sporo starszy. Podobno do ślubu nakłoniła ją matka. Nie będę ci opisywał wszystkiego dokładnie. Wiesz doskonale, jak to jest z samotnymi ludźmi. Myślę, że to właśnie samotność nas połączyła, nie miłość. Spotykaliśmy się głównie wieczorami, kiedy jej mąż zaczynał nocne, hulaszcze życie. Kiedy Rosie powiedziała mi, że jest w ciąży, spanikowałem, ale wciąż byłem przy niej. Znalazła w sobie siłę i odeszła od męża. Wynajęliśmy niewielki pokój na obrzeżach Florencji. Potem urodziła się Chiara. Niestety nie umiałem jej pokochać. Wszyscy się nią zachwycali, a ja w jej ciemnych oczach wciąż widziałem swoją przeszłość. Mieliśmy z Rosie różne okresy. To nie był łatwy związek. Wielokrotnie od niej odchodziłem, a potem wracałem. W końcu odszedłem na zawsze. Chiara miała wtedy może osiem lat. Z jej matką pozostałem w dobrych stosunkach. Wysyłała mi co jakiś czas zdjęcia córki… Trochę się ich uzbierało przez te lata. Ostatni list otrzymałem cztery lata temu. Potem nagle zamilkła. Rosalie była mądrą kobietą, w odróżnieniu od jej matki, która nieustannie uprzykrzała nam życie. Twierdziła, że Rosie popełniła mezalians, zadając się ze mną. To głównie ona wychowywała Chiarę i miała na nią ogromny wpływ. Wiem, że to, co mówię, brzmi okrutnie, ale nigdy nie potrafiłem pokochać Chiary. Nadal tego nie umiem. – Ojciec przerwał. Patrzył na Łucję, czekając na jej słowa.

Łucja słuchała zwierzeń ojca w skupieniu. Kiedy zamilkł, nie mogła znaleźć w sobie właściwych słów. Nie rozumiała go. Nie oceniała, ale nie potrafiła zbliżyć się do niego na tyle, by mu zaufać. Te trzydzieści pięć lat rozłąki okazały się drogą nie do przebycia. Czarną dziurą, zionącą pustką. Nie było w niej wspomnień, nie było uczuć. Była tylko samotność i ból odrzucenia.

Do Łucji dotarło, że ojciec to zagubiony, słaby człowiek, który krzywdzi bliskich. Mimo to nie umiała go już teraz odtrącić. W jakiś niezrozumiały dla niej sposób znów stał się częścią jej życia. Na pewno zawikłaną i trochę niewygodną, ale jednak był. Stał obok niej. Mogła na niego patrzeć. Czy sprawiało jej to przyjemność? Niczego nie była już pewna. Wniknął do jej świata niespodzianie, jak huragan, burząc prowizoryczny mur, którym odgrodziła się od smutnych lat dzieciństwa. Skruszałe cegły rozpadły się, pozostawiając kupkę gruzu. Na razie nie potrafiła odbudować nic nowego na tym rumowisku. Ale w przyszłości? Kto wie…

– Myślę, że powinieneś zostać u nas jeszcze na kilka dni. – Usłyszał od niej w odpowiedzi.

Zdziwił się, ale starał się tego nie okazywać.

– Zostanę – powiedział cicho, żeby córka nie usłyszała w jego głosie wzruszenia. Potem skulił ramiona i odwrócił głowę w kierunku pałacu. We własnych oczach był skazańcem, któremu darowano część winy. Czuł, że w jego życiu zaczyna się nowy etap.

Izabela i Luca pojawili się w pałacu po kilku dniach. Właściwie przyjechali się pożegnać. Nazajutrz wylatywali do Włoch.

— A więc wyjeżdżasz. Przyznam ci się, że do końca miałam nadzieję, że zmienisz zdanie. — Łucja miała niewesołą minę.

— Tylko mi się tu nie rozpłacz. Wiesz, że nie lubię sentymentalnych nastrojów. — Izabeli mimo pozornej wyniosłości też kręciła się w oku łezka. — Pożegnania nie są dla mnie — rzekła. — Nie wiem, po co w ogóle do ciebie przyjeżdżałam. Mogłyśmy po prostu pogadać przez telefon.

— Iza! — Łucja upomniała przyjaciółkę.

Luca też był rozbity po rozmowie ze Staszkiem. Pani Grażyna musiała obiecać, że wybiorą się do Włoch w następne wakacje.

— Mam coś dla ciebie — powiedziała Izabela po wypiciu dużej filiżanki kawy w pałacowej kuchni. — Chodź na dół. — Miała zagadkową minę.

Kiedy zeszła ze schodów, Łucja zauważyła zapakowany obraz, oparty o ścianę. Domyśliła się, co może się kryć pod kilkoma warstwami miodowego papieru, ale niecierpliwie rozwijała pakunek. Kiedy obraz ukazał się przed nią w pełnej krasie, uśmiechnęła się.

— Widziałam, że bardzo ci się podobał — powiedziała Iza.

— Tak, rzeczywiście, ten jest najpiękniejszy — przyznała Łucja.

— To mój pierwszy obraz, na którym uwieczniłam Laurę de Borgio. Myślę, że ona zgarnęła wszystko, co najlepsze. Na pozostałych płótnach czegoś jej brakuje... zwłaszcza na ostatnim.

– Tak, coś w tym jest. Nie szkoda ci się z nim rozstawać?

– Nie zamierzam zabierać go ze sobą. We Włoszech namaluję sobie nowy… może.

– A jak nie? – Łucja prowokowała przyjaciółkę.

– Jak nie, to nie. Przecież to bez znaczenia. Aha… – Izabela sięgnęła do kieszeni szerokich spodni i wyjęła z nich klucze. Masz. – Podała je Łucji.

– Co to?

– Jak to co? Klucze do mojego mieszkania. Nie zamierzam się go na razie pozbywać. Dopiero co je kupiłam. Mam do ciebie prośbę, zajrzyj tam czasem i przewietrz wnętrze. Ściany strasznie przeszły terpentyną. Sąsiedzi się skarżyli, że zapach ulatnia się nawet na korytarz.

– Będzie mi go brakowało.

– Zapachu terpentyny? Spokojnie, zostawiłam w pracowni całą butelkę. – Uśmiechnęła się.

– Izabelo… Wiesz, że trudno mi będzie tutaj bez ciebie. – Łucja przejechała ręką po obrazie, wnikliwie przyglądając się przedstawionej na nim kobiecie. – Nie sądzisz, że jest trochę podobna do Chiary?

– Może… – Iza popatrzyła obojętnie na płótno.

Kiedy godzinę później rozstawali się przed pałacem, Łucja była wzruszona. Chciała mieć to już za sobą. Z Lucą też pożegnali się ciepło. Łucja dała mu się nawet namówić na lampkę wytrawnego wina. Oczywiście razem z Tomaszem obiecali, że odwiedzą ich we Florencji najszybciej, jak to będzie możliwe. Izabela nie była do końca pewna, czy decyzja o wyjeździe jest słuszna. Ze wszystkich sił starała się jednak w to wierzyć.

Kiedy już się wydawało, że odejdzie, Iza nagle się odwróciła.

– Słuchaj, Łucjo, coś sobie przypomniałam. Nie mogłabym wyjechać, nie przekazując ci pozdrowień od Horacego.

– Od Horacego? – Łucja nagle ujrzała przed oczami mądrą, dobrą twarz starego rybaka.

– Tak. Nie bardzo wiem, o co mu chodzi, ale kazał ci powiedzieć, że pula życzeń nadal się nie wyczerpała. No... i zaprasza cię do Starego Kościoła, na drewniany most, gdzie codziennie łowi ryby.

– Skąd o tym wiesz? – spytała Łucja.

Przypomniała sobie, jak rybak mówił, że malarze raczej nie schodzą do doliny, w której płynie Kościelnica.

Izabela popatrzyła przed siebie tajemniczo.

– Znam starego Horacego i jego córkę Misię. To bardzo mądra dziewczyna.

– Co z nią? – W głowie Łucji przewinął się film z ostatnich wydarzeń w Starym Kościele, kiedy to dotarła do niej smutna wiadomość o chorobie córki rybaka.

– Podobno po raz kolejny uciekła śmierci.

– To najcudowniejsza nowina, jaką mogłam usłyszeć. Jesteś dobrym posłańcem. Obyś zawsze przybywała z takimi wiadomościami. – Łucja poczuła się spokojna.

Była pewna, że Izabela na pewno kolejny raz poukłada sobie życie we Włoszech. Kto wie, może nawet spotka miłość?

Słońce powoli ślizgało się po krystalicznej tafli stawu, malując na niej mniejsze i większe kręgi. Wiatr kołysał je potem, spychając do brzegu zarośniętego aksamitnymi pałkami tataraku. Kolorowe liście, owiane oddechem ciepłej jesieni, wciąż ozdabiały drzewa, ale już odchylały się od gałęzi, gotowe, by w każdej chwili upaść na coraz chłodniejszą ziemię.

Ania i Łucja siedziały na pomoście. Dziewczynka, tak jak zazwyczaj, zdjęła buty i zanurzyła stopy w stawie.

– Aniu, już wystarczy. Wyjmij nogi z wody. Przeziębisz się. Nie muszę ci chyba przypominać, że jest już koniec października.

Ania odwróciła się do Łucji, a zamiast wyjąć stopy z wody, tylko nimi pomachała.

– Och, mamo, daj spokój. To może już ostatni raz w tym roku. Pan Józef mówił, że w przyszłym tygodniu ma być przymrozek. Lepiej sama zdejmij buty i... hop do wody. – Dziewczynka się roześmiała.

Łucja przysunęła się do córki i wbrew zdrowemu rozsądkowi w pośpiechu rozsznurowała tenisówki, odrzucając je na bok. Po chwili zanurzyła nogi w chłodnej toni.

– I jak? – Ania miała uśmiech od ucha do ucha.

– Cudownie – odpowiedziała, zerkając na dziewczynkę.

Wtem obie jednocześnie schyliły głowy i spojrzały na złotą łunę pobłyskującą po drugiej stronie brzegu.

– Mamo, widziałaś?! To ona... Nasza złota rybka. W końcu wyszła z ukrycia.

Łucja popatrzyła na jasny punkt przybliżający się w ich stronę.

– Tak... rzeczywiście. – Nie mogła oderwać oczu od rozpromienionej wody.

– Pomyślałaś sobie życzenie? – Ania na chwilę odwróciła wzrok od stawu i zerknęła na Łucję.

– Tak – odpowiedziała kobieta od razu.

Pomyślała, choć właściwie nie musiała tego robić. Już raz spojrzała w oczy bajkowego stworzenia, a marzenie miała tylko jedno: kochać i być kochaną. Kiedy na moment odwróciła głowę od pofalowanego lustra wody i popatrzyła na córkę, była pewna, że jej życzenie się spełniło. Bo przecież miłość ma niejedno imię i chadza różnymi ścieżkami.

Jej miłość, dojrzewająca na urodzajnej ziemi Kreiwetsów, miała na imię Ania i Tomasz.

– Kocham cię, córeczko. – Łucja przytuliła policzek do twarzy Ani.

– Też cię kocham, mamo. – Ania wyciągnęła stopy z wody i je otrząsnęła.

Rozedrgana tafla jeszcze raz jaskrawo zalśniła, witając się z zaplątanymi w nią słonecznymi promieniami. Jesień, ciepła i bezpieczna, otuliła zmierzwione brzegi dzikiego stawu, dając schronienie wszystkim dobrym myślom, które się w nim ukryły.